# 牛李党争与中晚唐文学 修订本

方坚铭◎著

ZHEJIANG UNIVERSITY PRESS
浙江大学出版社

**图书在版编目(CIP)数据**

牛李党争与中晚唐文学 / 方坚铭著. --修订本. --杭州：
浙江大学出版社，2019.11
ISBN 978-7-308-19709-0

Ⅰ．①牛… Ⅱ．①方… Ⅲ．①牛李之争－影响－古典
文学研究 Ⅳ．①I206.2

中国版本图书馆 CIP 数据核字(2019)第 253765 号

**牛李党争与中晚唐文学**

NIU-LI DANGZHENG YU ZHONG-WAN TANG WENXUE

方坚铭 著

责任编辑　杨利军(ylj_zjup@zju.edu.cn)
责任校对　张培洁
封面设计　周　灵
出版发行　浙江大学出版社
　　　　　(杭州市天目山路 148 号　邮政编码 310007)
　　　　　(网址：http://www.zjupress.com)
排　　版　浙江时代出版服务有限公司
印　　刷　杭州高腾印务有限公司
开　　本　710mm×1000mm　1/16
印　　张　26.75
字　　数　472 千
版 印 次　2019 年 11 月第 1 版　2019 年 11 月第 1 次印刷
书　　号　ISBN 978-7-308-19709-0
定　　价　88.00 元

李德裕

牛僧孺

白居易

刘禹锡

杜牧

李商隐

温庭筠

# 目　录

# 绪　论

## 一

观目前晚唐文学研究之概况,虽研究情况有所改善,取得成就不菲[1],然以"历史文化综合研究"之方法对晚唐文学进行全面观照之著作则不多见。古代社会,政治关系文学甚巨,欲阐明晚唐文学之特质,不能不明当时政治、政治文化之概貌也。此笔者所以以晚唐政治、政治文化为切入点,而对晚唐文学展开总体研究之故也。而发生在中晚唐政坛上一大事件即牛李党争,很多文士卷入党争之中,党争影响其诗文创作甚巨,笔者乃复以此为切入口,推演中晚唐政治格局、政治文化之嬗变,进而考察文士之政治命运,又进而考察晚唐文学之特征。初欲以晚唐文学为研求之范围,然中晚唐文学自是连成一片,莫能割舍,乃以晚唐文学为据点,上溯中唐文学,合而综论之,由此乃有《牛李党争与中晚唐文学》一书。此选题之考虑及基本思路也。

就晚唐政治与文学这个课题来看,目前学界这方面的专著尚阙,已有的研究或侧重于政治,或侧重于文学,但很少有人能够真正把文学与政治联系起来,找到它们之间的关系。因此,这些研究也就很难回答这个问题:政治是如何具体地影响到中晚唐文学,如何影响到文士的政治命运和文学创作的?

就牛李党争与文学这个研究课题看,同样也存在着或侧重于政治或侧重于文学的现象,以及其他缺陷,应予修正。

---

[1] 参见:陶庆梅:《新时期晚唐诗歌研究述评》,《南京师大学报(社会科学版)》1999 年第 4 期;杜晓勤:《隋唐五代文学研究》(上、下),北京出版社 2001 年版。

首述侧重政治而薄于文学者。

古今论牛李党争者众矣。陈寅恪、岑仲勉二先生奠定了近世牛李党争研究之格局,扬波于前,傅璇琮、周建国、王炎平诸先生又从而阐扬之,推浪于后,故有关牛李党争之专著、论文层出不穷,颇为可观。陈寅恪先生撰《唐代政治史述论稿》[1],认为李党是重门第的"山东士族"集团,牛党是重科举的"新兴阶级"集团,在这种党派分野观念的基础上论述了党争的性质、起源、过程。岑仲勉先生针对陈寅恪先生的观点,提出"李德裕无党"之说,以实证主义研究方法辨析了党争的一些基本事实,如"牛党"和"李党"的名称,元和三年制科案是否是党争的起源等。此后学者围绕二家说法,各自立论,自出新见,一些对立的观念争论得十分激烈,可谓众说纷纭,莫衷一是,"与其说是看不到有归同的趋向,倒不如说目前还处于一种混沌状态"[2]。欲知牛李党争研究之现状,可观如下几篇综述:渡边孝《牛李党争研究的现状与展望》,张国刚《隋唐五代史研究概要》(天津教育出版社 1996 年版)牛李党争部分概述,周建国《李德裕与牛李党争考述》(参见荣新江主编《唐研究 第五卷》,北京大学出版社 1999 年版)。这些文章和专著基本上侧重对牛李党争作纯粹的历史研究,对文学方面基本上忽略了,即使提及,也是几笔带过。

20 世纪 80 年代牛李党争研究的集大成之作,是傅璇琮先生的《李德裕年谱》(齐鲁书社 1984 年版)。该书汲取前人研究成果,坚持是李非牛的原则,在广泛占有史料的基础上,认真辨析党争史料之真伪,全书深入细致地考察了牛李党争的经过、性质和是非曲直,对中晚唐文学研究甚有助益。

周建国在《论牛李党争与中晚唐文学——兼评〈李德裕年谱〉》(《文学遗产》1987 年第 3 期)中评价该书贡献指出两点:"一、《年谱》是中晚唐文学的历史记录。二、《年谱》是中晚唐历史的文学反映。""《年谱》通过谱叙李德裕与这些人物的关系为读者展示了一个中晚唐文学家之间有机联系的立体空间。如果能立体地看问题,我们对当前学术界有关争议的问题就可能比原先看得深",这使我们觉得有必要突破传谱之体例,进一步更加开阔地展示牛李党争与中晚唐文学的关系之必要性。因为"牛李党争与中晚唐文学的关系涉及甚广,其包括着纵向的史的研究及横向的历史文化总背景下作家作品的研究",然而由于专著性质的限制,更多侧重于政治事件的梳理,对牛李党争和当时文学的具体关系,对文士的诗文作品本身,则尚未

---

[1] 重庆商务印书馆 1943 年初版,今用上海古籍出版社 1997 年版。
[2] [日]渡边孝:《牛李党争研究的现状与展望》,《中国史研究动态》1997 年第 5 期。

来得及展开阐述。

次述侧重文学而薄于政治者。

新时期以来,对于晚唐文学的研究逐步深入,其中值得注意的是从社会文化角度来综论晚唐文学的专著和文章,如:余恕诚《晚唐两大诗人群落及其风貌特征》(《安徽师大学报》1996年第2期)与《唐诗风貌》(安徽大学出版社1997年版),康萍《唐末诗歌中的淡泊情思及其原因》(《复旦学报(社会科学版)》1991年第4期),吴在庆《中晚唐的苦吟之风及其成因初探》(《中州学刊》1996年第6期),许总《论唐末社会心理与诗风走向》(《社会科学战线》1997年第1期),等等。但是晚唐社会文化背景(包括牛李党争)仅仅作为具体的文学现象阐释的后景甚至远景,被浮光掠影、蜻蜓点水地论及,使人有意犹未尽之感。

次述虽论述牛李党争与文学之关系,然仅针对某个人物或者某本专著,而基本上尚未有展开综合论述者。

一些学者已经认识到牛李党争对中晚唐文学的影响,而且也从党争的角度去研究中晚唐一些重要诗人,如白居易、刘禹锡、李商隐、杜牧、温庭筠等。

缪钺、吴在庆、寇养厚、王西平、任晖、朱碧莲、凌文生等人研究了杜牧与牛李党争的关系[1];刘智亭、王载源、刘修明、周建国、傅璇琮等人研究了李商隐与牛李党争的关系[2];朱金城、周建国以及魏昌和殷崇俊等研究了白居易与牛李党争的关系[3];吴汝煜、卞孝萱等研究了刘禹锡与牛李党争的关系[4];卞孝萱还研究了唐传

[1] 缪钺:《杜牧年谱》,人民文学出版社1980年版;吴在庆:《杜牧论稿》,厦门大学出版社1991年版;寇养厚:《杜牧与牛李党争》,《文史哲》1988年第4期;王西平:《杜牧与牛李党争》,《陕西师大学报(哲学社会科学版)》1985年第4期;任晖:《杜牧与牛李党争》,《西南师范大学学报(哲学社会科学版)》1991年第1期;朱碧莲:《论杜牧与牛李党争》,《文学遗产》1989年第2期;凌义生:《杜牧与牛李党争》,《铁道师院学报》1998年第2期。

[2] 刘智亭:《李商隐与牛李党争》,《陕西师大学报(哲学社会科学版)》1985年第4期;王载源:《牛李党争与李商隐的倾向》,《中州学刊》1986年第2期;刘修明:《牛李党争和李商隐的〈无题〉诗》,《史林》1995年第4期;周建国:《试论李商隐与牛李党争》,载《文学评论》编辑部编:《文学评论丛刊 第二十二辑》,中国社会科学出版社1984年版;傅璇琮:《李商隐研究中的一些问题》,《文学评论》1982年第3期。

[3] 朱金城:《白居易年谱》,上海古籍出版社1982年版;周建国:《白居易与中晚唐的党争》,《文献》1994年第4期;魏昌、殷崇俊:《牛李党争与白居易诗歌创作》,《荆州师专学报(哲学社会科学版)》1986年第3期。

[4] 吴汝煜:《刘禹锡传论》,陕西人民出版社1988年版;卞孝萱:《刘禹锡年谱》,中华书局1963年版;卞孝萱、卞敏:《刘禹锡评传》,南京大学出版社1996年版。

奇、笔记小说与党争的关系[1]。

当然,在其他专著里,有关党争与这些著名文士之关系的论述则更多了,兹不赘举。

这些专题的研究为我们研究牛李党争与中晚唐文学的关系,进而综合研究中晚唐政治与文学的关系奠定了基础,具有很大的参考价值。

末述虽已对牛李党争与文学进行专题论述,然我们未必不可以重新诠释这一事件与文学之关系者。

据我目前所知,台湾学者傅锡壬先生的《牛李党争与唐代文学》(东大图书有限公司1984年9月初版)一书或许是仅见的全面讨论牛李党争与文学之关系的专著。据其自序,他选择牛李党争与文学这个课题的原因是:"借着历史与文学相互交错的某些现象中,窥见了当代历史的真相,或透析了文学的表面,探触到了和人类接触更广泛的文化意义。"并且认为:"历史与文学的整合性研究,是未来必须走的一条路。"此与大陆上历史文化综合研究之潮流可谓不谋而合。该书是在陈寅恪党派分野的观念上展开论述的,而且认为李党多系山东贵族,而牛党多系关陇贵族。全书共分为四章:第一章探讨了牛李党争的始末,第二章辨别了党争的有关史料,第三章和第四章分别探讨了党争与文学、党争与文士的关系,形成了一个完整的阐释体系。其中很多观念,跟大陆的学者有很多不同的地方,比如,其党派分野的理论就不无可以商榷之处,其观点接近于大陆学者李浩的观点,然另一位学者王力平先生则对此作出反驳[2]。参照其他学者对牛李党争问题的研究,重新诠释牛李党争与文学之关系,写出与此书面貌颇异的论著,也并不是不可行的,此亦唐李商隐"愚与周孔俱身之"(《樊南文集》卷8《上崔华州书》)之意,学术之路本便允许多样化的探索。

## 二

传统文学研究虽然十分注重政治与文学的关系,但是这种研究的缺陷也是十

---

[1] 《唐小说集〈玉泉子〉的政治倾向》,《南通师范学院学报(哲学社会科学版)》2000年第3期;《〈戎幕闲谈〉新探》,《西北师大学报(社会科学版)》2000年第4期;《唐代小说与政治》,《中华文史论丛》1985年第一辑;《唐传奇新探》,江苏教育出版社2001年版。

[2] 参见本书第一章第二节。

分明显的,其具体表现在:①在研究选题的取舍标准上过于注重作家作品的思想价值,集中研究重要作家,而忽视了大量的二、三流作家以及他们的更加直接地反映时代风气的作品[1];②往往沿袭注重于重大历史事件对文学的影响这一既成思路;③把社会政治变动直接跟文学创作对应起来,认为文学像一面镜子一样直接地反映社会历史现状,这是反映论的方法。从而,我们认为有必要重新审视政治与文学的关系,汲取学界文学文化学、社会学研究的成功的经验,尽量避免这些研究的缺陷。

那么,政治与文学的关系究竟是怎样的呢?最重要的是找到二者之间的中介将二者联结起来。余恕诚在《唐诗风貌·弁言》(安徽大学出版社1997年版)中提出了中介的寻找,"努力在诗歌风貌与社会生活之间,探寻其中介,对社会的文化背景、时代心理、诗人的情感体验予以注意"。这种观念打破了传统的仅仅考察重大历史事件对文学的影响这一既定思路,要求将宏观的社会背景(政治)与具体的文学现象用一些具体的环节联结起来。

本书将以中晚唐政治文化和文士的政治命运为中介,将政治、文人、文学三者联系起来,通过对政治与文学之间一些因素和环节的梳理,形成政治与文学互动的理论。政治格局、社会力量的变化,通过文人的政治命运和生存境遇而形成了一定的政治文化和其他价值观念,并塑造了这个时期文学艺术的精神特质和艺术风格。

## (一)政治文化的定义

政治文化的定义有狭义和广义之分,本书取狭义的定义。政治文化是一个民族在特定时期流行的一套政治态度、信仰和感情,由本民族的历史和当代社会、经济、政治活动进程所促成。它的隐含前提是人们在过去的经历中形成的态度类型对未来的政治行为有着不可忽视的强制作用。[2]

---

[1] 该理论参见[美]阿瑟·O.洛夫乔伊:《存在巨链:对一个观念的历史的研究》,商务印书馆2015年版;[英]拉曼·塞尔登编:《文学批评理论——从柏拉图到现在》,北京大学出版社2000年版,第460—462页。

[2] 有关政治文化的理论,参见[美]加布里埃尔·A.阿尔蒙德、西德尼·维巴:《公民文化——五国的政治态度和民主》,浙江人民出版社1989年版;[美]加布里埃尔·A.阿尔蒙德、小G·宾厄姆·鲍威尔:《比较政治学:体系、过程和政策》,上海译文出版社1987年版;孔德元:《政治社会学导论》,人民出版社2001年版;王乐理:《政治文化导论》,中国人民大学出版社2000年版;毛寿龙:《政治社会学》,中国社会科学出版社2001年版;王卓君:《文化视野中的政治系统——政治文化研究引论》,东南大学出版社1997年版。

### (二)政治事件和政治文化的互动

按照年鉴学派—新史学派的观点,政治事件属于短时段的历史,而政治文化属于长时段的历史。这两者并不是互不相干的。短时段的因素,在一定条件下也可以转化为某种长时段的因素,某些重大的具有特别意义的政治事件也能产生长时段的深刻影响,即对政治文化产生冲击和调整。一旦政治文化受到冲击和调整,人类行为的基本特征便会随之产生一定的变化,即便形成这种行为特征的客观条件已然消失,其行为特征仍旧会依靠某种"心态结构的情况"而苟延下去。[1] 举个例子来看,比如甘露之变事件,由宦官操持的恐怖性大屠杀,对于中唐以来士人奋厉当世之事的政治文化无疑产生了重大的冲击和影响,以致当时很多士人开始形成一种避祸全身的政治文化。这种政治文化成为晚唐政治文化的总体特征。同时,政治文化也不是被动的,而是反作用于当时的政治形势和政治事件,并产生直接的影响。可以这样说,晚唐政治本身就是当时每个人的政治文化共同作用的结果。

### (三)一定的政治文化如何影响文人的文学创作

文人主导性的政治认知、情感和评价,将直接影响到他们的文学创作。以奋厉当世之事为政治文化主导观念的文人,会写出更多更直接的讽喻时事的作品,而以独善其身为政治文化主导观念的文人则有可能消解了对政治的关注和热情,而沉迷于艳情、隐逸、景物之中。

### (四)政治与文学互动的理论

笔者初步作了一定的梳理,认为在政治和文学之间实际上有着这样的一些因素和环节:①处在一定的社会环境中的政治(政治事件和政治环境);②文人的政治命运和生存境遇;③由这种政治、文人的政治命运跟其他因素一起形成一定的政治文化和其他价值观念;④由此而形成的一些文学现象(包括文学潮流、文学体式、文学群体等);⑤个体的文学创作。这些因素和环节处在一个互动的过程中。这种互动,使政治跟文学联系在一起,使我们可以通过政治来谈文学,使我们可以说"没有多少晚唐文人能避开政治"。

---

[1] 参见高毅:《法兰西风格:大革命的政治文化》,浙江人民出版社1991年版,第5—44页。

第一步,处在一定的社会环境中的政治,由当时的经济、文化、社会心理诸因素综合决定,并由社会经济的总规律最后决定。经济对政治的决定这个层面,在本书里基本上不谈,这是为了突出重点,避免枝蔓。但是政治文化对政治的影响,本书将会重点谈到。因为政治事件作为短时段的历史,一方面固然不一定会改变政治文化的本质结构,但是另一方面,会对原有的政治文化产生冲击,使之作出调整和变化,而这种变化了的政治文化反过来又会影响到政治事件、政治氛围和政治进程。

第二步,政治环境和政治事件是通过什么环节形成一定的政治文化的呢?那就是通过文人的政治命运和生存境遇。固然,处在权力中心或直接有从政经验的文人,他们与权力的关系更加直接,其政治命运表现得更加直观。但是实际上,几乎所有的文人都处在一定的政治环境和政治氛围之中,即使他们避开或疏远政治,这本身也是一种政治行为(如果从广义的政治来看)。在文人的政治命运和生存境遇方面,笔者至少要注意到这么一些方面:①文人跟政治权力的关系。他们是处在政治权力中心还是边缘,这对他们的生存境遇、心态和文学创作都会产生相应的影响。②一定的具体的政治事件中文人的处境是怎样的?在考察这个政治事件的时候,将更加注意政治事件前后权力结构的变化和士人的社会地位的升降。③处在一定的政治环境中的士人阶层的变化,其社会政治、经济地位的变化,比如,晚唐士族和庶族的地位的升降,这要求从阶层的层面上来把握士人群体。

第三步,由这种政治、文人的政治命运跟其他因素一起形成的一定的政治文化和其他价值观念。一定的政治文化本身,一方面既是一定的政治传统的产物,另一方面也会随着政治环境的推移和重大政治事件的冲击而发生相应的变化。在考察晚唐文人的政治文化和社会心态的时候,笔者将抓住几对主要的矛盾和关系:①道统与政统的矛盾;②仕与隐的矛盾;③个体主体与群体主体的矛盾。

第四步,由此而产生了一些文学现象(包括文学潮流、文学体式、文学主题等),形成了各种文学群体。某种文学思潮和文学流派的形成,是以一定的文学价值观念为中介的。而这种文学价值观念本身就是从一定的经济、政治、文化的总体环境中生长起来的,其中政治文化所起的作用也是不可忽视的。晚唐文学具有明显的不同于盛唐文学和中唐文学的特征。就其文学的价值取向来看,具有内倾性的文学思想、文学主题和文学体式占据了当时文学主流,这并不是空谷来风,而是有其具体的文化背景的,是士人政治心态和社会心态的一种直接表现。表现个体的内心世界的文学观念基本上占了上风,出现了隐逸诗风、艳情诗风、朦胧诗风和苦吟诗风,当然也盛行着愤世诗风,这是对不公正的政治体制无奈和激愤的抗争。就其文学体式来看,诗歌以近体律绝为主,骈文复归的潮流中出现了抒情小赋,寓言体的小品文大为流行,传奇志怪的创作进一步衰落,词作为一种新兴的文体正在兴起。从某个角度来说,这些文学体式未必不是晚唐社会环境的一种必然产物,是一种经济政治文化的转喻,与士人的心态正好具有一种微妙的对应性。同时,我们也应该看到,作为具有一定的人文关怀精神的文人,即使在险恶的政治环境和衰微的时代中也并不能全然忘怀于国家、人民和民族前途,所以即使是在晚唐这个衰落的时代,还是出现了一股反思社会现实、呼吁社会正义的思潮,并在其文学创作中表现出来。

第五步,最后落实到个体的文学创作。个体文人往往是某个文学群体中的一员,故而他的文学创作不能不受到这种文学思潮、文学流派和文学时尚的影响,从个体的文学作品往往可以窥探当时的某种文学价值取向。同时,必须注意到文学作品并不是空洞无物的形式制品,而是一种意识形态要素和艺术形式的结构构成物,当然,这种意识形态要素也要经过个体的文学价值观念的选择和过滤才能最后成为文学作品的结构成分。

在讲到社会环境对个体的文学创作产生影响和制约的同时,也不应该忽视文人本身也是具有一定的主观能动性的主体,其本身就是社会生活和政治生活的参与者和当事人,其主观选择和客观实践对经济政治文化起着反作用或推动作用。不同的文人即使处在完全相同的政治经济环境中,其文学创作也会有所不同,甚至刚好相互对立,这就必须从文人的社会文化心理结构和其性格结构来探求原因。所以,在谈到经济政治、社会心理、文学现象对于个体的文学创作的影响和制约的同时,也不应该忽略作为有一定的主观承受性和主观选择性的文人主体的自身原因。如果有可能,我将注意到这么一些因素:文人的知识观念、在地域背景和文化背景上形成的文化传统、人生已有的经验和记忆、对于时代氛围和潮流的感应、审美意识和审美心理、性格气质等等。

以上的理论设想主要是使我们在考察牛李党争和文学关系的时候,不将两者的关系简单化,展现出一副庸俗社会学的面孔。在研究晚唐文学的时候,至少不孤立地谈审美,而是将之放到一个复杂的、丰富的历史社会语境中去。当然如果要真正落实这个理论设想,也不是容易的事情,我只能尽我所能,在摸索中逐步调整,寻找最佳的切入点,以便对牛李党争与中晚唐文学作出合理的理解和阐释。

# 三

本书围绕牛李党争、文人、文学三者之间的关系展开论述。在政治与文学互动理论的基础上,阐述三大部分的内容:①牛李党争的性质、特征以及发展历程(政治部分);②牛李党争对文士的政治命运和生存境遇的影响以及对文学创作的影响(主体部分);③中晚唐政治格局、中晚唐政治文化的嬗变与晚唐诗风的形成(创作部分)。

本书的主要内容和主要观点梳理如下。

## (一)第一章分两节,为"关于牛李党争的几个基本问题"

第一节述牛李党争起由。

本书将元和三年(808年)对策案[1]作为牛李党争的起因。本书按照陈寅恪先生的观念(即认为元和朝内朝宦官分为两派且与外廷朝臣互为进退),在文史学家已有研究成果之上,将元和三年对策案分为两个阶段来考察,从而得出:由于宦官和裴均的构陷、人事上的矛盾,李吉甫与牛李之间间接产生纠葛。同时指出:我们既要看到元和三年对策案在牛李党争史上的地位,更应该看到只有长庆元年(821年)科场覆试案[2]才是真正使牛李两党分裂为两大对立集团的标志性事件。

第二节述党派分野和党争动力机制。

本书吸收陈寅恪先生党派分野理论的合理内核,认为陈寅恪先生的党派分野理论其实是一种"政治文化决定论",而非出自出身决定论。在忽略牛李两党出自出身对立的基础上,可以认为牛李党争是统治阶级内部两大不同的政治亚文化之争。

接着本书按照党人归属的客观规定性和主观自主性两方面兼顾的原则,提出党派分野三大依据:①出自出身和政治文化的自我认同;②政治观念;③人际关系的两个方面和时人的眼光。这种党派分野理论进一步突出了政治文化的自我抉

---

[1]　元和三年为公元808年,后文再提及元和三年及元和三年对策案,不再标注公元纪年。

[2]　长庆元年为公元821年,后文再提及长庆元年及长庆元年科场覆试案,不再标注公元纪年。

择、自我认同对党人归属所起的作用。

从总体上看,党派分野具有从中心向边缘扩散的特征,本书依据士人卷入党争的程度、与党争距离的远近,划分了五个层次,形成了党派分野动态结构理论,依次考察了处在不同层次的士人与党争的关系及其生存形态,对不同层次之间的相互交融、相互移动的现象作出说明。最后,对外围层中立派的各种不同形态作出考察,以便反过来更深入理解当时士人被卷入党争的广泛性、深入性。

本书认为,至少有四项因素可以构成党争动力机制的要素:①权力与利益之争;②政治文化之争;③政见之争;④意气之争。不同的党争事件,往往突出的是党争动力因素的某个层面,或者几个层面,或者必须从完整的党争动力机制的角度来理解某个事件。从党争作为一个动态过程来看,越到后期,意气之争的成分也就越严重。

### (二)第二章分三节,为"牛李党争的演进历程"

第一节述从前期党争模式向牛李党争模式的演变。

元和末长庆宝历年间,以李逢吉为首的党派与李宗闵、牛僧孺为首的党派组合成一个普泛的同盟,与以李吉甫、裴度、李绅、李德裕为首的党派展开斗争。党人之间的关系错综复杂,党争相当剧烈,长庆元年覆试案初步标划了牛李两党的界线。到了宝历二年(826年)李逢吉之党经武昭狱而淡出党争之局,牛、李的矛盾也成为主要矛盾,由此完成了前期党争模式向牛李党争模式的演变。

第二节述文宗朝时期,此乃互为胶着、互为进退时期。

文宗朝两党成员在朝廷中呈互为进退状,这或许是文宗采取权力制衡的策略的结果。大和八年、九年(834年、835年)李训、郑注之党的崛起,分别打击了牛、李两党。然甘露之变后,随着这个势力集团的消失,两党又恢复到互相制衡、互相胶着的状态,开成年间(836年至840年)两党的斗争更加表现为朝争廷议。

第三节述会昌朝和大中朝时期,此乃一党独制的阶段以及党争的结束期。

从会昌朝至大中朝,党争模式的特点是:一党在政治上占有绝对优势,而敌对党则处于相对劣势。会昌朝为李党主政的时期,大中朝是牛党主政的时期,其各自凭借手中的权力,对敌对党进行政治排挤,甚至残酷迫害。会昌朝李德裕与武宗君臣相得,李德裕放手大胆地进行政治改革,处理政治事件,故一度出现中兴气象。然李德裕亦树敌无数。到了大中朝,牛党对李德裕的政治迫害则是全面的、致命的。李德裕被贬斥崖州且卒于贬所,标志着这场中晚唐最大规模的党争也正式宣告结束,而政治余波却一直延续到大中末、咸通初。

### (三)第三章分两节,为"党争的产物:一种具有攻击倾向的文学作品"

本章考察了党争过程中出现的文学作品,提出了"攻击型"文学作品的概念。这种文学作品是党争的特殊产物,往往以攻讦、诽谤、污蔑政敌为著文之宗旨。

第一节述早期党争中产生的"攻击型"传奇作品。①《霍小玉传》作为爱情悲剧经典和"攻击型"传奇作品,是一篇倾向于李党的蒋防出于攻击牛党而作的传奇作品。②《李娃传》主复调互补的叙述策略及间接攻击策略。这是一篇白行简为攻击荥阳公郑氏为代表的高门世族而作的传奇作品。

第二节述李党攻击牛党的系列作品。①绯衣小儿和两角犊子——对图谶的利用。牛李两党均曾利用谶语进行相互之间的攻击。李党制造的《牛羊日历》《周秦行纪》《周秦行纪论》等作品皆直接或间接攻击牛僧孺名应图谶、大逆不道。②政治形势的变化与匿名、易名的攻击策略。在党争中产生的攻击型文学作品中,常常采用匿名、易名的攻击策略,这种现象是党争格局和权力动态分布决定的。而且随着政治形势的变化,"攻击型"作品也在作者精心的策略安排之下,对形势作出不同的反应。③探析了李党攻击牛党的力作——《周秦行纪》,认为这是一部由李德裕门人韦瓘所作的诋毁牛僧孺大逆不道的作品。

### (四)第四章分为四节,为"牛李党争与文士"

本章主要从两个角度来考察牛李党争与文士的关系:一是考察李德裕的贬死对晚唐政治文化和士人心态的影响,二是从党派分野动态结构角度来考察党争与文士的关系。前者着重于考察政治形势的变化对政治文化和士人心态结构的影响,后者着重于考察党争对文士政治命运的影响,从而考察其对文学创作的影响,并且区分具有不同的政治身份、处在不同权力位置的士人的政治命运、政治立场和心态而考察之。

第一节述李德裕贬死崖州与文士心态。

李德裕被贬崖州是一大标志性的政治事件,既标志着牛李党争的结束,也标志着那种欲革除弊政、加强中央集权的士人精神的严重削弱。大中朝务反会昌之政,打击李德裕为首的李党,并不仅仅是政治上的小小的变动,在当时导致朝局之动荡,影响到士人心态之变化,实关乎晚唐政治文化之演变。对士人而言,自甘露之变后所激化的避祸全身、营营自谋的心态进一步加强,一种伤感、消极、沉郁的情绪笼罩着晚唐的政坛。本节从诋毁者的喧嚣、亲善者的悲痛和悼念、赞赏者的同情三个方面考察了李德裕贬死对晚唐政治文化和士人心态的影响。

第二节述从党派分野动态结构的角度来考察党争和文士的关系。

按照党派分野动态结构的理论,本节主要考察了中心层、外围层中立派文士。中心层主要考察核心层文士,李党之李德裕、裴度、元稹、李绅,牛党之令狐楚、牛僧孺、白敏中、令狐绹等。党争的经历和体验在他们的作品中打下深刻的烙印。本节从以下三个方面进行考察:①强烈的忧危意识无时无刻不萦绕着他们;②政治打击和贬谪成为生命中不可磨灭的伤痕;③独善意识的加强以及乌托邦幻想曲。

本节也考察了外围层中立派文士的特征,以白居易、刘禹锡为代表,考察他们是如何受到党争的强力辐射,以及如何最终形成独善、避祸意识的。

第三节述杜牧与牛李党争。

李商隐和杜牧都是在边缘层和中心层之间摆动的文士,两者均被卷入党争的旋涡之中,所不同的是,李商隐是"被抛入",而杜牧是"突入"。李商隐"被抛入"是指李商隐本无预乎党争,但是他跟牛、李党人的那种纠缠不清的关系,使他处在党争夹缝之中,备受折磨。杜牧"突入"是指他在大中朝一反其赞誉会昌之政和李德裕政绩的面目,转而攻讦和诋毁李德裕,表现出一种强烈的主观意愿和自我选择。

本节认为,自党派分野三大依据观之,杜牧当属于牛党。值得注意的是,杜牧在政治观念方面与李德裕接近,而与牛僧孺对立,但是这并没有改变杜牧之为牛党的事实,尤其是其在大中朝表现出强烈的攻讦李德裕的意愿和行为之后。其一生行迹,始则徘徊于党争之边缘层,终则突入党争之紧密层,乃是一条自边缘层向紧密层摆动的轨迹。本节分析了杜牧自会昌到大中精神蜕变前后对比如此明显的原因:①会昌大中之际的自我角色期待落空而导致的心态蜕变;②自我归因——将自身的不遇归因李德裕的排挤和压制;③自我认同于牛党,共享牛党当时通用的强势话语。

第四节述李商隐与牛李党争。

本节吸收了文史专家傅璇琮、周建国的成果,他们认为王茂元非牛非李,故李商隐入王茂元幕为卷入党争之始的陈说是站不住脚的,从而以较新眼光来诠释李商隐与牛李党争的关系。本节强调指出,牛李党争对李商隐的影响主要分为两个阶段。

在第一个阶段,开成初至会昌末,这段时间党争对李商隐的直接影响不是很明显。当时打击压制李商隐的当是某些权贵,而未必是令狐绹。但是令狐绹与李商隐交疏是必然的,本节从性格、志趣之不同,政治价值取向之不同,对待泽潞叛镇的态度之不同三个方面进行探析。

在第二个阶段,大中初至李商隐卒,这段时间党争直接影响了李商隐的政治命运和诗文创作。也就是说,他身不由己地陷入政治旋涡,成了党争的受害者和牺牲品。他由于在大中初入郑亚幕,跟李党过从甚密,受到令狐绹的鄙薄和冷落,但是显然他还是不甘心的,所以屡次向令狐绹、杜悰陈情告哀。

本节探讨了李商隐与李党的关系。李商隐对李德裕有一种倾服之情,对他的贬死深寓同情。这是他的政治理想和政治立场所决定的,也是他遭受令狐绹忌恨和打击的原因之一。

本节从大中朝李商隐与令狐绹的关系的角度,从忧危和陈情告哀的意识、隔绝感和漂泊感、艳羡和嫉恨的意识、自伤身世的意识四个方面来窥探这段时间李商隐的心迹。

最后,本节还从经验模式角度来探求党局牵连与李商隐无题诗之关系。认为政治遭遇、党局牵连确实加强了李商隐无题诗的艺术特质,而其之所以如此,是通过其经验模式起作用的。政治遭遇、党局牵连以及爱情遭遇等各种压力一起铸造了李商隐所特有的经验模式,并使其找到了最适合表达其心灵体验的诗歌形式,即无题诗。

(五)第五章分四节,为"牛李党争与中晚唐政治文化及晚唐诗风"

中晚唐时期统治阶级内部分裂成两大对立的党派之间的斗争,对于晚唐政治走向和诗风的形成都是影响甚巨的。作为晚唐政治腐败之表征的牛李党争,不但影响到中晚唐政治格局之演变,亦影响到中晚唐政治文化之变迁,即由以济世为主导的政治文化转向以独善为主导的政治文化。推而原之,则肇始于元和末长庆初,激化于甘露之变后,成于大中朝。

士之处其时,宁能免党争之波及乎? 其诗其文,亦宁能免党争之波及乎? 身处于党争格局之中,与党魁交涉,或以人事矛盾而处党争夹缝之中,或由政治形势之变化而由边缘层突入紧密层,所为诗文,必显露其政治倾向性与当下心态,此即牛李党争对中晚唐诗歌的显性层面的影响。杜牧、李商隐、温庭筠诸诗人,即显例也。

岂仅如此乎？牛李党争参与塑造了晚唐政治文化，从而参与塑造了晚唐诗风，吾人欲明晚唐诗风之所以然，不能不考虑党争所起的作用。故由晚唐语境之诸表征观之，如律绝的盛行、苦吟的风尚和律切精严的诗风、无题诗的首创、咏史怀古诗风的盛行，皆可见牛李党争所起的隐性层面的影响。由此显性层面与隐性层面合而推究之，牛李党争与晚唐诗歌的关系庶几可尽也。

（六）余论分三节，为"从牛李党争到白马之祸：怨恨积聚的晚唐社会和充满怨恨的文士"

牛李党争、势家把持科举等各项政治经济因素影响中晚唐政治文化走向和士人心态，具体还表现在怨恨情绪的形成，故本章特以怨恨情绪为考察对象，来考察牛李党争时代初步显形，而至唐末随处可见的怨恨情绪的时代特征和演变过程。

科第关系晚唐士人甚巨，唐末势家把持科第对于形成怨恨情绪有着直接的影响。本章考察了大量士人艰难的科第之路，作为阐释晚唐怨恨的社会学基础。

本章粗线条地划分了唐末怨恨的两种指向：一种是私人化指向，另一种是社会化指向。前者主要是指那些自伤不遇、怨愤不平之作，列举了李山甫、罗隐、邵谒、罗邺、来鹄等；后者主要是指讽喻兴寄和批判现实之作，或者是贬低被比较者，或者是提出新的价值观，以皮陆二人与罗隐为代表。

书中进一步考察了唐末心怀怨恨且直接采取报复性行为的现象，如李山甫、杜荀鹤、李巨川等，可见当时士人价值观念转型、人格蜕变的现实。其尤酷烈者为白马驿事件，这是李振等旧族沦替的士人向唐王室旧族出身的高级官僚发动的一次报复性行动。

由于怨恨情绪是晚唐士人的普遍心态，所以，即使是艳情和隐逸风习中也浸透了这种情绪。本章最后在大略地考察这两种风习的基础上，进一步考察：①艳情世界的怨恨。其一是由于权力阶层对女性资源的掠夺，受到损害的士人的怨恨。其二是一些寒士阶层借艳情诗来寄慨。其三是贵胄诗人由于社会政治环境的恶化，由前期的艳情诗创作转向后期的感慨深沉、怨恨不平，这种现象本身是很有意思的。②隐逸者的怨恨。本章从各种负面的、消极的情绪下手，尽量争取间接地、逐步地接近对这种怨恨情绪的描述，挖掘出晚唐隐逸者貌似闲适的表面下掩盖的不安、骚动、忧愤的一面，力图完整地把握他们的精神世界。本章分别从怀才不遇之叹、怨刺不平之气、抨击现实之语和家国衰亡之痛这几个方面下手来进行阐释。

　　从本书的总体思路来看,牛李党争这一重大的政治事件,之所以对中晚唐诗歌造成影响,主要是以政治文化作为中介的。无论是在阐释牛李党争对中晚唐诗歌显性层面和隐性层面的影响,还是在以怨恨情绪为考察对象从而考察晚唐艳情和隐逸风习的特征时,笔者的这种意图均有所体现。

第一章

关于牛李党争的几个基本问题

这场绵亘了三十来年[1]的朝臣党争对唐王朝的负面影响无疑是巨大的。在阶级矛盾日趋激烈的中晚唐时期,发生在统治阶级之间的各种矛盾和斗争,如朝臣内讧、宦官专政、南衙北司之争、藩镇之祸等,使唐王朝元气大伤,不断加剧的社会政治危机,使当局的自我调整能力受到了严重的损害。随着统治阶级与被统治阶级之间矛盾的加剧,不堪赋税重负的民众开始铤而走险、揭竿而起。黄巢起义为风雨飘摇、破损不堪的唐王朝敲响了丧钟,这个王朝也就苟延残喘,名存实亡,直挨到唐天祐四年(后梁太祖开平元年,907年),时年流氓地痞出身的政治投机分子朱温篡唐,宣告了唐王朝的正式覆灭。在各种矛盾和危机中,牛李党争无疑是导致王朝覆灭的重要催化剂。

在这一章里,我们将考察牛李党争的起因、党派分野、党争动力机制等,以便奠定本书论述的基础。

## 第一节　牛李党争起因刍议

本书认为牛李党争缘起于元和三年对策案,但是对其起因和过程的具体解释,稍有别于他人。

本书首先从元和朝内外朝的权力关系和权力结构入手,引用陈寅恪先生的观

---

[1] 据史书,牛李虽结怨于元和三年,但是当时牛僧孺、李宗闵等尚未进入中央权力机构,此后并没有发生正式冲突的党争事件。直至长庆元年覆试案,才算是牛李党人各自凭借地位和权力正面交锋的第一起事件。自长庆元年起,至大中三年(849年)李德裕贬死,牛李党争结束,共历时29年。

念,认为当时内朝宦官分为两派且与外廷朝臣互为进退,这可以作为考察这一事件的具体历史背景。接着,将元和三年对策案分为两个阶段来考察。第一个阶段,即四月份的牛李对策事件。这一阶段与李吉甫无涉。牛、李(宗闵)对策所攻击的矛头主要是指向宦官,导致了宦官的公愤,宪宗为之贬斥制策人和相关朝臣。本次对策充分暴露了牛、李(宗闵)与李吉甫父子围绕藩镇用兵问题所形成的对立的政治观念,是牛李党争"表面形式化"之始。第二个阶段,即本年秋裴均诬陷李吉甫事。这一阶段,由于人事方面的纠葛,李吉甫与牛、李(宗闵)之间间接产生矛盾,并成为后来党争的因由之一。李吉甫和牛、李(宗闵)结下梁子可以说是宦官和裴均构陷的"积极"成果。从这两个阶段来考察,本书认为,以元和三年对策案事件作为牛李党争缘起是妥当的。

有关牛李党争发端时间,众说纷纭。以元和三年对策案为发端的传统说法[1],仍为当代一些文史学者所坚持[2],此外,今人还提出其他说法,一些人主张当以长庆元年覆试案为发端[3],还有些人主张以元和十年(815年)淮西用兵之争为发端[4]。

这三种说法之所以不同,主要是因为他们对元和三年对策案看法不同。持元和三年对策案为始因者,以牛、李(宗闵)对策矛头所指为李吉甫,故李吉甫泣诉于上,双方矛盾如此,故成为牛李党争之导火线。持他说者,则异于是,以为元和三年对策案,牛、李(宗闵)对策矛头并非指向李吉甫,而是宦官,故当别择事件和缘由,以成缘起之说,从而形成了元和十年淮西用兵之争说与长庆元年科场覆试案的说法。欲明元和三年对策案之真相者,当首先确定牛、李(宗闵)策文矛头所指为何人,泣诉者为何人。从这个考证的基点出发,我们可以重新来考察牛李党争的缘起、发端时间以及整个过程。

下面,我将分三个方面来考察元和三年对策案和党争起因。

---

[1]《资治通鉴》卷237元和三年四月。又《郡斋读书志》卷二上著录《元和朋党录一卷》云:"右唐马永易记牛李朋党始末,自牛僧孺试贤良,迄令狐绹至位。"又宋邵博《邵氏闻见后录》卷九云:"牛僧孺自伊阙尉试贤良方正,深诋时政之失,宰相李吉甫恶之,泣诉于宪宗。……予谓牛李之党基于此。"

[2] 王西平:《杜牧与牛李党争》,《陕西师大学报(哲学社会科学版)》1985年4期;胡可先:《中唐政治与文学——以永贞革新为研究中心》,安徽大学出版社2000年版。

[3] 周建国:《关于唐代牛李党争的几个问题——兼与胡如雷同志商榷》,《复旦学报(社会科学版)》1983年第6期;何灿浩:《元和对策案试探》,《南开学报(哲学社会科学版)》1984年第3期。

[4] 王炎平:《牛李党争始因辨析》,《四川大学学报(哲学社会科学版)》1985年第3期;刘智亭:《李商隐与牛李党争》,《陕西师大学报(哲学社会科学版)》1985年第4期。

（一）元和年间宦官分为两派，与朝臣互为进退。主张积极用兵藩镇的宦官（以吐突承璀为代表）一派与主张保守策略的宦官一派构成了派系冲突

中晚唐宦官分为两派且与朝臣互为进退之理论，为陈寅恪先生所阐明。先生以读史之巨眼，揭露了中晚唐内外朝权力斗争之真相。其《唐代政治史述论稿》中篇《政治革命及党派分野》云：

> 就牛李党人在唐代政治史之进退历程言之，两党虽俱有悠久之历史社会背景，但其表面形式化则在宪宗之世。此后纷乱斗争，愈久愈烈。至文宗朝为两党参错并进，竞逐最剧之时。武宗朝为李党全盛时期，宣宗朝为牛党全盛时期，宣宗以后士大夫朋党似已渐次消泯，无复前此两党对立、生死搏斗之迹象，此读史者所习知也。然试一求问此两党竞争之历程何以呈如是之情状者，则自来史家鲜有解答。鄙意外朝士大夫朋党之动态即内廷阉寺党派之反影。内廷阉寺为主动，外朝士大夫为被动。阉寺为两派同时并进，或某一时甲派进而乙派退，或某一时乙派进而甲派退，则外朝士大夫亦为两党同时并进，或某一时甲党进而乙党退，或某一时乙党进而甲党退。迄至后来内廷之阉寺"合为一片"（此唐宣宗语，见下文所引）全体对外之时，则内廷阉寺与外朝士大夫成为生死不两立之仇敌集团，终于事势既穷，乞援外力，遂同受别一武装社会阶级之宰割矣。[1]

据陈寅恪先生所述，内朝阉宦分为两派且与外朝士大夫互为进退，其表面形式化始于宪宗之世。宪宗朝阉宦分为两派，一派主张积极用兵藩镇的策略，以吐突承璀为代表；另一派主张姑息保守的策略。同时，外朝士大夫也因之分为两派，与之互为进退。以宰相李吉甫为代表的朝臣是主张用兵的，不免与吐突承璀有连[2]。元和二年九月李古甫出为淮南节度使，也是受到了主张保守策略的阉宦和阉宦之党的排挤[3]。

围绕着用兵与否的问题，在内外朝形成了两种不同的政治势力。主张用兵

---

〔1〕　陈寅恪：《唐代政治史述论稿》，上海古籍出版社1997年版，第109—110页。
〔2〕　参见《新唐书》201《文艺传》上《元万顷传》附《义方传》、《旧唐书》卷164《李绛传》、《资治通鉴》卷238元和七年正月辛未。书中所据经典古籍版本见书末参考文献，为表述简洁故，不再在正文部分一一指明。
〔3〕　《旧唐书》卷137《吕渭传附温传》："（元和）三年，吉甫为中官所恶，将出镇扬州，温欲乘其有间倾之。"

者,外朝以李吉甫、裴度为代表,内廷以吐突承璀为主。反对用兵者,外朝以李逢吉、令狐楚、萧俛、钱徽[1]、牛僧孺、李宗闵诸人为主,内廷以吐突承璀之对立派为主。这种相互之间的对立,导致了牛李党争的初步"表面形式化"。陈寅恪指出:"元和廷议用兵淮蔡之时,宪宗总持于上,吐突承璀之流主张于内,而外朝士大夫持论虽有异同,然其初未必遽有社会阶级之背景存乎其间也。不意与吐突承璀交结赞助用兵出自山东旧门之外廷宰相李吉甫,其个人适为新兴阶级之急进派牛僧孺等所痛诋,竟酿成互相报复之行动。夫两派既势不并立,自然各就其气类所近招求同党,于是两种不同社会阶级争取社会政治地位之竞争,遂因此表面形式化矣。"[2]

关于元和朝阉宦之间的相互对立,当以宪宗被弑及嗣位之争表现为最明显。

吐突承璀这一派的宦官欲立澧王恽[3],而宪宗不许。扶持遂王宥的宦官陈弘志、梁守谦、王守澄等谋划了一次弑帝阴谋。元和十五年(820年)正月,宦官陈弘志弑宪宗,拥立太子恒,是为穆宗,杀吐突承璀及其所谋拥立澧王恽[4]。

吐突承璀这一派的宦官与梁守谦这一派的宦官之间的矛盾当非一朝一夕之事。吐突承璀自宪宗即位以来即以东宫旧人而为宪宗所倚重。然与吐突承璀主张用兵藩镇策略对立之阉宦党派亦未必即梁守谦一派,此不可不辨白之[5]。要之,当时党派斗争激烈,与吐突承璀或在政治观念或为权力、利益而展开斗争的宦官亦大有人在。

陈寅恪先生之论中晚唐内廷阉宦派系之争与外朝士大夫之争互为进退之说,早已成为学界熟知的观念之一。然鲜有将此一观念与元和三年对策案联系起来看。由于元和三年对策案牵连甚广,欲明其内幕者,当联系此内朝外廷之党争情状,方能透析之,此予所以不厌其烦,阐明元和朝内朝外廷权力斗争之大致情况也。

---

[1] 萧俛、钱徽二人为长庆消兵之议主唱者,即反对用兵藩镇也。

[2] 陈寅恪:《唐代政治史述论稿》,第98页。

[3] 《旧唐书》卷184《宦官传》作澧王宽,《新唐书》卷207《吐突承璀传》作澧王,《新唐书》卷82《十一宗诸子》作澧王恽。今从《新唐书》与《资治通鉴》,作澧王恽。按,李恽,唐宪宗第二子,"初,恽名宽"(《新唐书》卷82《十一宗诸子》)。贞元十一年(805年),封同安郡王。元和元年(806年),进封澧王。

[4] 参见《旧唐书》184《宦官传》、《新唐书》卷82《澧王恽传》、《资治通鉴》卷241元和十五年正月。

[5] 梁守谦亦为宪宗所倚重。《新唐书》卷172《于頔传》:"时宦者梁守谦幸于帝,颇用事。"梁守谦亦尝积极用兵。元和十一年(816年)为平淮西监军,立有功绩。参见《新唐书》卷173《裴度》。

（二）元和三年对策案，牛、李（宗闵）所指斥者为宦官，其策文"数强臣不奉法，忧天子炽于武功"［杜牧《唐故太子少师奇章郡开国公赠太尉牛公墓志铭并序》（以下简称为《牛公墓志铭并序》）］，引起宦官的"公愤"，故泣诉于上，导致制策举子和一批朝臣被贬斥。吉甫虽未直接被牛、李（宗闵）指斥，然其素以用兵藩镇为其重要主张，在政治观念方面与牛、李（宗闵）对立，故间接地与牛、李（宗闵）站在对立面

欲明元和三年对策案之真相者，首先当明：牛、李（宗闵）对策所指斥者为何人，受指斥后泣诉于上者为何人，吉甫耶，宦官耶？若为吉甫，则以元和三年对策案为牛李党争之缘起，可谓名正言顺也。若非吉甫，而别有一番内幕，则当别进新解，以阐明此对策案之真相。

王炎平在《牛李党争始因辨析》一文中通过史料的分析，归类出元和对策案有五种说法：一是确指吉甫，二是泛指执政，三是说"权幸"或"贵幸"，四是说犯讳触忌，五是说裴垍诬吉甫教指僧孺等"忤犯权幸"。可见，"吉甫泣诉"云云，本来可疑。

正史对于元和三年对策案的记载，留下了多处矛盾的记录。即从《旧唐书·李宗闵传》和《旧唐书·李吉甫传》对元和三年对策案的记载来看，显然是两种不同的说法。《旧唐书》卷176《李宗闵传》（第4551—4552页）载：

> 初，宗闵与牛僧孺同年登进士第，又与僧孺同年登制科。应制之岁，李吉甫为宰相当国，宗闵、僧孺对策，指切时政之失，言甚鲠直，无所回避。考策官杨於陵、韦贯之、李益等又第其策为中等，又为不中第者注解牛、李策语，同为唱诽。又言翰林学士王涯甥皇甫湜中选，考核之际，不先上言。裴垍时为学士，居中覆视，无所异同。吉甫泣诉于上前，宪宗不获已，罢王涯、裴垍学士，垍守户部侍郎，涯守都官员外郎；吏部尚书杨於陵出为岭南节度使，吏部员外郎韦贯之出为果州刺史。王涯再贬虢州司马，贯之再贬巴州刺史，僧孺、宗闵亦久之不调，随牒诸侯府。七年，吉甫卒，方入朝为监察御史，累迁礼部员外郎。[1]

《旧唐书》卷148《裴垍传》（第3990页）载：

---

[1] 认为牛李所指斥者为李吉甫的，正史记载尚有：《旧唐书》卷174《李德裕传》，第4510页；《旧唐书》卷169《王涯传》，第4401页；《资治通鉴》卷237元和三年四月；《新唐书》卷174《李宗闵传》，第5235页；《新唐书》卷174《牛僧儒传》，第5229页；《新唐书》卷163《杨於陵传》，第5032页。

（元和）三年，诏举贤良，时有皇甫湜对策，其言激切，牛僧孺、李宗闵亦苦诋时政。考官杨於陵、韦贯之升三子之策皆上第，垍居中覆视，无所同异。及为贵幸泣诉，请罪于上，宪宗不得已，出於陵、贯之官，罢垍翰林学士，除户部侍郎。然宪宗知垍好直，信任弥厚。[1]

前者明言泣诉者为李吉甫，后者则言为"贵幸"。此类矛盾之记载，不一而足。

经过诸位文史名家和文史工作者（岑仲勉、唐长孺、王炎平、何灿浩、周建国等人）的考证和挖掘，元和三年对策案的部分真相可谓揭露无余。我们已经大致可以确定元和三年对策案，牛李对策矛头所指并非李吉甫，而是宦官。"权幸恶之"的"权幸"是指宦官，而不是李吉甫。

岑仲勉先生始发此难。他在其《隋唐史》一书中，考察了元和三年对策案，认为当时牛僧孺、皇甫湜、李宗闵策文的矛头指向不是宰相李吉甫，而是内官，故元和三年对策案不能构成牛李党争的重要公案。其在《通鉴隋唐纪比事质疑》一书中，也力辨之。其他一些历史学家也作出相似的判断。傅璇琮在《李德裕年谱》[2]、唐长孺在《〈旧唐书〉中关于元和三年对策案的矛盾记载》[3]一文中指出皇甫湜与牛僧孺的策文主要不是以李吉甫为攻击对象。王炎平《牛李党争始因辨析》一文认为对策一案，吉甫非但未迫害牛僧孺等，其本身亦受牵连，不断遭到打击。何灿浩《元和对策案试探》一文认为，策文矛头所向并非针对李吉甫，而是宦竖，泣诉于上者不是李吉甫而是宦官。周建国在《关于唐代牛李党争的几个问题——兼与胡如雷同志商榷》《李德裕与牛李党争考述》两文中也是持这个观点，并进一步用集部的资料来印证自己的观点，显得更加信实。

下面我们胪列证明此论断的基本材料，并略作分析。

首先，皇甫湜之策文，为最直接之材料。其矛头所对正是宦官。"今宰相之进见亦有数，侍从之臣，皆失其职。……夫裔夷亏残之微，褊险之徒，皂隶之职，岂可使之掌王命，握兵柄，内膺腹心之寄，外当耳目之任乎？"[4]

其次，裴均的诬构反证李吉甫未曾为牛、李（宗闵）策文所指斥。《旧唐书》卷

<hr>

[1] 认为牛李所指斥为权幸、贵幸者，《旧唐书》卷14《宪宗本纪》上，元和三年四月，第425页；《全唐文》卷720，李珏《故丞相太子少师赠太尉牛公神道碑铭并序》，第7406页；《唐会要》卷76《贡举》；《旧唐书》卷148《李吉甫传》，第3989页。

[2] 齐鲁书社1984年版，第68—79页。

[3] 中国唐史学会编：《唐史学会论文集》，陕西人民出版社1986年版。

[4] 皇甫湜：《对贤良方正直言极谏策》，载董浩等编：《全唐文》卷865，中华书局1983年版，第7015页。

148《李吉甫传》载：

> 三年秋，裴均为仆射、判度支，交结权幸，欲求宰相。先是，制策试直言极谏科，其中有讥刺时政，忤犯权幸者，因此均党扬言皆执政教指，冀以摇动吉甫，赖谏官李约、独孤郁、李正辞、萧俛密疏陈奏，帝意乃解。

按：裴均既诬构李吉甫唆使牛、李（宗闵）"讥刺时政，忤犯权幸者"，则可知策文之非指斥李吉甫明矣。

再次，"权幸""贵幸"云云，指的正是宦官。《唐会要》卷76《制科举》："权幸或恶其诋己，而不中第者乃注解其策，同为唱诽。"（参见《旧唐书》卷148《李吉甫传》《裴坰传》）按："权幸（倖）""贵幸（倖）"等词在两唐书中的通用意义，指的往往是宦官。略举一例。《新唐书》卷146《李吉甫传》载："宪宗立，以考功郎中召，知制诰。俄入翰林为学士，迁中书舍人。刘辟拒命，帝意讨之，未决。吉甫独请无置，宜绝朝贡以折奸谋。时李锜在浙西，厚赂贵幸，请用韩滉故事领盐铁，又求宣、歙。"[1]

最后，集部的有关资料。

李翱《杨於陵墓志铭》："会考制举人，奖直言策为第一，中贵人大怒。"[2]

杜牧在《牛公墓志铭并序》一文中云："元和四年，应贤良直谏制，数强臣不奉法，忧天子炽于武功，诏下第一，授伊阙尉。以直被毁，周岁凡十府奏取不下。"[3]

李珏在《故丞相太子少师赠太尉牛公神道碑铭并序》（以下简称《牛公神道碑铭并序》）一文中云："联以贤良方正举，又冠甲科，策中盛言时事，无有隐避，持权者深忌之。"[4]按：杜牧、李珏所作墓志，皆大中朝李党失势，遭贬斥后所作。文中诋毁攻击李德裕略无避嫌，而言及元和三年对策案则隐约措辞。倘使元和三年对策案果为李吉甫泣诉于上，则这正是攻击诋毁他的绝佳材料。由此反证元和三年三月对策牛、李（宗闵）所指斥者非李吉甫，而李吉甫亦非泣诉于上者。

李商隐代李党要人郑亚写给牛僧孺的《为荥阳公贺牛相公状》（《全唐文》卷

---

〔1〕　唐长孺先生在《〈旧唐书〉中关于元和三年对策案的矛盾记载》（载《唐史学会论文集》，陕西人民出版社1986年版）一文中指出："……当时所说'权倖'、'贵倖'通常指的是宦官。《李相国论事集》卷三论逸毁事云'学士奏事，极论宦权倖侵侵政事，罔惑圣听'，'宦官权倖'连称，实即指宦官，观下文称'中人本性，唯在财利'云云可知；《李文饶外集》卷三有《近倖论》，所谓'近倖'及文中的'倖臣'指的也主要是宦官。我们可以断言，纪传所述对策触犯的'权倖'、'贵倖'均指宦官而非吉甫。"

〔2〕　见《全唐文》卷639李翱《唐故金紫光禄大夫尚书右仆射致仕上柱国宏农郡开国公食邑二千户赠司空杨公墓志铭》。为表述简洁明晰，后文一律称该文为《杨於陵墓志铭》。

〔3〕　见《樊川文集》卷7，后文引述该文不再标明出处。

〔4〕　见《全唐文》卷720，后文引述该文不再标明出处。

774)一文中云:"始者召入紫宸,亲承清问,仲舒演《春秋》之奥,孙宏阐《洪范》之微,抉摘奸豪,指切贵近。"按:李党郑亚竟赞美牛僧孺元和三年之对策,则此对策非针对李吉甫可谓明矣。"奸豪""贵近"云云,当指强藩、权阉之类。

以上文章中"中贵人""持权者""强臣""贵近"之所指,统而观之,最有可能者为权宦。

既明牛李所指斥者为宦官,而非李吉甫,则此对策案之内幕大致明矣。

那么,到底是哪位宦官能具有如此大的影响力,向宪宗泣诉几下,即能导致制举人和大批的朝臣被贬斥呢? 这是一个很关键的问题。还有,李吉甫果与此对策案无涉乎?

现在所遗留下来的文献材料皆未曾直接言明此泣诉者为哪位宦官,而可以间接推断的最为有力的凭证为当时唯一遗留下来的皇甫湜对策文。也就是说,通过对皇甫湜对策文的主要内容的研究,并结合当时内廷外朝的权力结构来推究其所指斥对象,庶几能中鹄的。

牛、李(宗闵)对策文的主要内容是什么? 杜牧在《牛公墓志铭并序》文中云:"元和四年,应贤良直谏制,数强臣不奉法,忧天子炽于武功,诏下第一,授伊阙尉。以直被毁,周岁凡十府奏取不下。"主要包括两个方面:其一,"数强臣不奉法",即抨击宦官乱政,这是牛、李(宗闵)对策文所着重强调的且因此而引起轩然大波。其二,"忧天子炽于武功",抨击天子用兵所带来的各种问题,包括流品混乱、兵众过多、财政紧张等问题。

这两层意思,主要是放在第一大段(自"制策曰:盖闻昔之令王"至"又何虑乎视听之表有所不周乎?")和第三大段(自"制策曰:爰自近岁"至"实承诏将事者之罪耳")讲的。

其第一大段阐明了治理国家的大要,要求"复周之旧典,去汉之末祸,还谏官、史官、侍臣之职,使之左右前后,日延宰相与论义理"。针对宦官乱政这个现实的弊端,作出强烈的批评。"今宰相之进见亦有数,侍从之臣皆失其职,百执事奉朝请以进,而律且有议及乘舆之诛,未知为陛下出纳喉舌者为谁乎,为陛下爪牙者为谁乎? 日夕侍起居,从游豫,与之论臣下之是非,赏罚之臧否者,复何人也? 股肱不得而接,何疾如之;爪牙不足以卫,其危甚矣! 夫裔夷亏残之微,褊险之徒,皂隶之职,岂可使之掌王命,握兵柄,内膺腹心之寄,外当耳目之任乎? 此壮夫义士所以寒心销志,泣愤而不能已也。"想来牛、李(宗闵)两人已佚之策文亦当有此等指斥之词。

其第三大段通过陈述兵兴以来所带来的各种问题,提出省兵之议。首先陈述兵兴以来所导致的赏罚失当现象,"赏之不劝,罚之不沮",尤其是对流品混乱、州县断狱失当诸弊端作出批评,此所谓"忧天子炽于武功也"。其批评兵兴以来官品混乱之文云:"伏见兵兴以来,开权宜之道,行苟且之政,台省之官,王公之爵,溢于州郡,遍于舆台,将帅之臣,借绯紫于使令,定官员而奏请,名器轻于土芥,操柄擅于爪牙,此其所以赏人而人不劝也。"为了进一步反对兵兴,皇甫湜开始从徭役、田租等民生问题入手,提出省兵的建议:"且天下所以意意然者,岂非以兵乎……今昆夷未平,边备未可去;中夏或虞,镇防未可罢。若就其功,则莫若减而练之也。"皇甫湜要求对军队进行申饬,从"十分之士可省其五",再到"五分之兵又可省其半"。皇甫湜是通过陈述兵兴以来的种种弊端来要求朝廷取消用兵,这一层潜台词经过全文的多次阅读不难发现。

由此策文之所指斥,而因此泣诉于上的宦官最有可能的是吐突承璀。何则?因唯有吐突承璀最合乎此策文所指斥之情状,最合乎此策文指斥之两个方面。吐突承璀幼以小黄门事东宫太子,宪宗即位,授内常侍,知内省宦官事,旋擢为左神策护军中尉,封蓟国公,可谓贵之极矣,同时又为当时宦官中积极主张用兵之代表。彼既为当时权宦,复为宪宗所宠爱,且与皇甫湜与牛、李(宗闵)等人省兵的政治观念对立,故而不惜出面泣诉于上,以为宦官挽回声誉,消弭牛、李(宗闵)省兵之论调。而宪宗亦迫于当时宦官的压力,故为之贬斥制举人与有关朝臣[1]。

然李吉甫果与此对策案无涉乎?

李吉甫虽未直接被牛、李(宗闵)指斥,然其素以用兵藩镇为其重要主张,在政治观念方面与牛、李(宗闵)对立,故间接地与牛、李(宗闵)站在对立面。

李吉甫终身以用兵藩镇为念。元和朝首启讨伐刘辟之谋:"刘辟反,帝命诛讨之,计未决,吉甫密赞其谋。"(《旧唐书》卷148《李吉甫传》)吴元济擅立,李吉甫亦为主张积极讨伐者:"及元济擅立,吉甫以内地无唇齿援,因时可取,不当用河朔故事,与帝意合。又请自往招元济,苟逆志不悛,得指授群帅俘贼以献天子。不许,固请至流涕,帝慰勉之。"(《新唐书》卷146《李吉甫传》)观李吉甫诸种表现,用兵藩镇,重

---

[1]　牛、李(宗闵)对策文在当时引起轩然大波。《唐会要》卷76《制科举》在言及牛、李(宗闵)等三策皆取后云:"权幸或恶其讦己,而不中第者乃注解其策,同为唱诽。……乃为贵幸泣诉,请罪于上。"可见牛、李(宗闵)的对策引起了宦官的痛恶,同时也让其他心怀不满未第的士人对他们的策文注解附会,谤言沸腾。策文一出,可想而知引起了宦官的"公愤",无疑给宪宗皇帝造成了很大的压力。

振中央权威,乃其政治思想之基本观念,其他政治主张或当暂屈于此基本观念之下。

观皇甫湜之对策文,言中时弊,不为无见。虽李吉甫亦认识此等弊端且采取一定措施以改进之,其言"天下常以劳苦之人三,奉坐侍衣食之人七"(《全唐文》卷512《请汰冗吏疏》),其明赏罚,疾吏员太广,去冗官之政治改革,"及再入相,请减省职员并诸色出身胥吏等,及量定中外官俸料,时以为当"(《旧唐书》卷148《李吉甫传》),皆稍同于牛、李(宗闵)之论。然其积极用兵之观念始终占据主要地位。而牛、李(宗闵)、皇甫湜对策文陈述兵兴之弊的潜台词乃是反对用兵,且强烈建议要省兵。此李吉甫之所以与之对立,而导致党争"表面形式化"(陈寅恪语)者也。而此次元和对策案中,李吉甫虽未直接与牛、李(宗闵)作对,双方政治观念的严重分歧却暴露无遗。从而可以说,李吉甫间接站在牛、李(宗闵)对立面,此不可不知也。

翻检有关资料,抑李吉甫亦有排挤杨於陵之行为乎?《全唐文》卷639李翱《杨於陵墓志铭》云:

> 会考制举人,奖直言策为第一,中贵人大怒,宰相有欲因而出之者,由是为岭南节度使。

此宰相为何人?宁非李吉甫乎?当时宰相共有三人在任——郑絪、武元衡、李吉甫。前二人执政风格皆以守成、中立为主。郑絪在宪宗即位初,拜中书侍郎、同平章事,居相位四年无所建树而罢。武元衡也颇有长者风范,《旧唐书》卷158本传载:"时李吉甫、李绛情不相叶,各以事理曲直于上前。元衡居中,无所违附,上称为长者。"而李吉甫政治立场坚定,持积极用兵观念,难免得罪他人,亦难免打击政敌。

如果此论属实,在时人眼中,李吉甫自是站在牛、李(宗闵)对立面,而非其支持者。

故元和三年对策案之真相为:牛、李(宗闵)对策文所指斥者主要为宦官乱政与兵兴以来弊端。而泣诉于上者为宦官,非李吉甫。然此次对策,亦充分暴露了牛、李(宗闵)与李吉甫父子政治观念的对立。盖牛、李(宗闵)以兵兴以来种种弊端为借口,提出"省兵"的消极防御策略。而李吉甫父子刻刻所提嘶者,乃用兵藩镇之积极进取策略,虽则对各种弊端亦屡欲改革之。此元和对策案之真相也。以之作为牛李党争之缘起,又有何不妥?

（三）元和三年秋，阉宦之党羽裴均，即与积极用兵藩镇一派的宦官对立的派系，构陷李吉甫曾唆使牛、李（宗闵）攻击宦官，这种人事上的纠纷进一步确定了牛、李（宗闵）与李吉甫的对立基调

如果说元和三年三月的对策案，李吉甫与牛、李（宗闵）并没有直接对立行为的表现，仅仅暴露了二者因用兵问题而形成的不同的政治观念，那么，到了是年秋，则因阉宦党羽裴均的构陷，因人事上的纠纷确定了牛、李（宗闵）与李吉甫的对立基调。是年秋裴均构陷李吉甫之经过见《旧唐书》卷148《李吉甫传》载：

> 三年秋，裴均为仆射、判度支，交结权幸，欲求宰相。先是，制策试直言极谏科，其中有讥刺时政，忤犯权幸者，因此均党扬言皆执政教指，冀以摇动吉甫，赖谏官李约、独孤郁、李正辞、萧俛密疏陈奏，帝意乃解。

裴均属于阉宦之党，欲求宰相而谋沮李吉甫。他扬言李吉甫教指牛、李（宗闵）、皇甫湜"讥刺时政，忤犯权幸"，想摇动吉甫，让宪宗皇帝对他作出处罚，手段可谓卑劣。从四月至秋，已经有三四个月，而仍能使宪宗相信，倘非谏官李约等人密疏陈奏，恐怕宪宗会为之采取一定的惩罚措施。传统社会的一些诬陷即或明知无中生有，仍有很大杀伤力，比如李德裕在大和九年（835年）也经历了这样一次诬陷："九年三月，左丞王璠、户部侍郎李汉进状，论李德裕在镇，厚贿（杜）仲阳，结托漳王，图为不轨。"（《旧唐书》卷174《李德裕传》）此事距李德裕第一次镇浙西，即大和三年（829年）八月存处杜仲阳事[1]已经有六年之久，距大和五年（831年）宋申锡冤案已经有四年之久，而依旧有如许杀伤力，倘非路随保护，恐怕又是一桩宋申锡冤案。故裴均在时隔三四个月后诬构李吉甫，亦能产生杀伤力，当为实况也。至于司马光所论："裴均等虽欲为谗，若云执政自教指举人讪时政之失，岂近人情邪？"（《资治通鉴考异》卷19《唐纪十一》）则不过拘泥之见。而岑仲勉先生以"宰相教举子讪讥阉寺，安见不近人情？"之言解说之，亦难免画蛇添足之嫌。因三月份的对策案并没有表现出李吉甫与牛、李（宗闵）的直接冲突，即或他们不同的政治观念也没有直接对抗，故秋季裴均扬言李吉甫之教指，亦能迷惑宪宗也。

裴均所属的阉宦党派当属于吐突承璀党派的对立面，为求达到打击积极用兵藩镇的李吉甫，以及达到自身入相的目的，故诋毁李吉甫以动摇之。此种错综复杂的关

---

〔1〕　参见傅璇琮：《李德裕年谱》，齐鲁书社1984年版，第295—301页。

系,后人已经难以厘清,然裴均所属的阉宦党派与吐突承璀党派对立,当基本能确定。

又进一步推测:此裴均所属阉宦之党或为刘光琦一派? 其理由如下:

首先,刘光琦与李吉甫素有过节。刘光琦元和初又当势,故很有可能借元和对策案趁机打击李吉甫。《资治通鉴》卷237元和元年(806年)八月载:

> 堂后主书滑涣久在中书,与知枢密刘光琦相结,宰相议事有与光琦异者,令涣达意,常得所欲,杜佑、郑絪等皆低意善视之。郑余庆与诸相议事,涣从旁指陈是非,余庆怒叱之。未几,罢相。四方赂遗无虚日,中书舍人李吉甫言其专恣,请去之。上命宰相阖中书四门搜掩,尽得其奸状,九月,辛丑,贬涣雷州司户,寻赐死;籍没,家财凡数千万。

按:此事发生于宪宗嗣位后不久。刘光琦能通过中书小吏左右宰相决策,可见其当时势力之大。刘光琦有翊戴、扶立宪宗之功[1],元和初又正当势(时刘光琦为枢密使),故很有可能借元和对策案趁机打击李吉甫。

其次,裴均与刘光琦很有可能互相勾结。裴均曾在宪宗嗣位中出过力[2],与刘光琦一样,同为翊戴宪宗之功臣。又此人颇多劣迹,任襄阳节度使时曾非法进奉——"襄阳裴均违诏书,献银壶瓮数百具",排挤同僚卢坦、李吉甫等。韦贯之甚至不屑于为其作墓志[3]。裴均在德宗朝即依附权宦窦文场、霍仙鸣[4]。如此人品,结交、攀附当权者刘光琦之流的阉宦,也在情理之中。元和三年他有入相之欲求,而刘光琦又与李吉甫有素怨,故不免同流合污,潜李吉甫几得手。

此次裴均对李吉甫的构陷中,李吉甫莫非亦有"泣诉于上"、以为自我辩白之行为? 史籍虽未载,然联系到以《旧唐书·李宗闵传》为代表的多处提及的"吉甫泣诉于上前"之说,或有历史之蓝本,并非完全捏造也。不过移此是年秋之事实,而为三月份之说,以达到党人混淆视听之目的[5]。又元和十二年(817年)张仲方驳斥李

[1]《旧唐书》卷184《俱文珍传》载:"(俱文珍)知其朋徒炽,虑蠹朝政,乃与中官刘光琦、薛文珍、尚衍、解玉等谋,奏请立广陵王为皇太子,勾当军国大事。顺宗可之。"

[2]《旧唐书》卷140《韦皋传》载:"……太子优令答之。而裴均、严绶笺表继至,由是政归太子,尽逐伾文之党。"

[3]《新唐书》卷169《韦贯之传》载:"裴均子持万缣请撰先铭,答曰:'吾宁饿死,岂能为是哉!'"

[4]据孙甫《唐史论断》(《丛书集成初编》第3842册)卷下,第58页"制内臣"条云:"德宗宠窦文场、霍仙鸣,命为神策中尉,憸人裴均辈附之,往往外取方镇,内取要官。"

[5]岑仲勉《隋唐史》"吉甫何以受谤"条云:"牛、李(宗闵)则后来身居宰辅,投鼠忌器,唯恐内官旧事重提,不安于位;又以早年对策,喧腾一时,遂计为接木移花,以转人视听,吉甫泣诉之诬说,于于是应时而生,《宪宗实录》之被牛党重视,此其一因也。"(河北教育出版社2000年版,第413—414页)

吉甫谥,说他:"诎泪在脸,遇便则流;巧言如簧,应机必发。"(《全唐文》卷684《驳赠司徒李吉甫谥议》)必非无端之论,当有事实根据。则李吉甫在其政治生涯中,也是善于用他的泪水和巧言来打动君主的。元和三年三月的对策案既然排斥了李吉甫泣诉于上的可能性,则是年秋李吉甫"泣诉于上"的可能性很大,或者在其他事件中李吉甫亦有"泣诉于上"的表演,故为牛党后来提出元和三年三月李吉甫泣诉之谰说提供依据。

人事上的纠葛,对于牛、李(宗闵)与李吉甫父子的对立之形成有一定的作用。随着后来两者因用兵问题而形成的对峙,进一步造成党争的"表面形式化"。论者或以为以人事上的微妙关系来阐释党争之缘起过于简单化、近于臆测,然中国人在人事上的那种微妙关系可谓自古以来如此,友敌的区分往往可能始于人事上的某种纠纷,这在我们生活中是屡见不鲜的。因此,裴均之党的诬构对于牛李两党之间的对立形成还是起了一定作用的。今之论牛李党争起源者,或者片面强调政治经济文化方面而忽略人事方面纠葛,或者片面强调人事方面纠葛而忽略政治经济文化方面的决定作用,皆非持平之论。在我看来,人事方面的纠葛虽然对牛李党争的起源未必起决定作用,然而忽视这个维度也是不对的。

牛、李(宗闵)和李吉甫结怨当始于元和三年对策案,包含着两个方面的意思:其一,元和三年三月对策案暴露了牛、李(宗闵)与李吉甫父子在用兵藩镇方面的严重分歧,故不妨视作一个起点;其二,是年秋裴均之党对李吉甫的构陷,确定了牛、李(宗闵)与李吉甫父子的对立基调。二者之间对立之"表面形式化",并不是他们之间直接冲突的结果,而是宦官和宦党诬陷的"积极"成果。即,以宦官和宦党的诬陷之故,李吉甫固当自示清白,划清与他们的界限,而牛、李(宗闵)等人以策试被贬故,亦可能归怨于李吉甫(此归因说也),何况他们的政治文化和政治见解本来就有着相当的区别。故元和三年史料固然经过牛党之粉饰(据岑仲勉说),但并不是说就没有现实基础。

必须指出的是,尽管我们不妨将元和三年对策案视为牛李党争的缘起,但是这次对策案还是仅仅初步暴露了牛、李两党政见的对立,人事上的一些纠葛,双方还没有达到分朋立党、阵垒分明的程度。其原因最主要的是牛、李(宗闵)还是初入仕途,还没有来得及在朝廷中形成自己的势力范围,且在元和长庆宝历年间党附李逢吉之党。长庆元年科场覆试案才是牛李两党正面冲突的第一次重大事件。这是一起具有党争性质的大事,由此也标划了牛李两党各自的势力范围,形成比较鲜明的党派分野。我们既要看到元和三年对策案在牛李党争史上的地位,更应该看到只有长庆元年科场覆试案才是真正使牛李两党分裂为两大对立集团的标志性事件。

# 第二节　党派分野和党争动力机制

陈寅恪先生从种族和文化的角度来划分牛李党人的党派分野,为我们认识牛李党人的党派分野提供了重要参考。我们该如何认识该理论,并予以补正呢？将党争作为一个动态的过程去认识,其动态结构又是怎样的呢？

## 一、党派分野的依据

在晚唐错综复杂的朝臣关系之中,有没有一种比较清晰一致的界限,来划分牛李党人的党派分野,可以之确定哪些是党人,哪些不是党人,哪些属于牛党,哪些属于李党？

### (一)陈寅恪先生的党派分野理论其实是一种"政治文化决定论"

陈寅恪以其宏观的历史眼光,从种族和文化角度来划分牛李党人的党派分野,以为"唐代士大夫中其主张经学为正宗、薄进士为浮冶者,大抵出于北朝以来山东士族之旧家也。其由进士出身而以浮华放浪著称者,多为高宗、武后以来君主所提拔之新兴统治阶级也"[1]。前者即李党,后者即牛党。李党是重门第的"山东士族"集团,牛党是重科举的"新兴阶级"集团。而且,李党往往主张积极用兵藩镇的政策,而牛党则往往主张姑息保守的政策,这是政见的不同。

不仅如此,其还将党争作为一个动态的过程,注意到士人身份的变动与党派归属的关系。对士族出身却沦替,混同新兴阶级,进士出身而讲究门第贵胄,即在出自出身一定的情况下,却选择了不同政治文化的现象,对他们在社会阶层变动情况

---

〔1〕　陈寅恪:《唐代政治史述论稿》,第71页。

下的党派归属也作出了动态的说明[1]。

在我看来,陈寅恪的说法,至少胪列了这么几个党派分野的依据:①出自出身;②政治文化,即牛李两党的礼法、门风等文化背景的差异;③政治主张,即对藩镇对外的不同态度。其将一个人的党派归属从客观方面和主观方面进行了界定,而且还从社会阶层动态的变动过程来确定党派归属,所以是有相当的客观性和可阐释性的。

仔细演绎陈寅恪先生党派分野的思路,其实是从党魁的特征出发来进行党派分野,即以党魁的对峙决定了党争的特点,并以之为党派分野的界标。李党之李德裕、李绅(赵郡李氏),郑覃、郑肃、郑亚(荥阳郑氏),崔琪(博陵崔氏)等人,特别是担任宰相之职的核心成员,则多半出自"山东氏族"。尤其是党魁李德裕、郑覃一贯宣扬经学和礼教,厌恶进士的浮华,这是一种以东汉、魏晋以来之传统自负的"山东士族"的传统意识。李党党魁的这种鲜明的特征对整个党争的定性起了至关重要的作用。这也是陈寅恪先生论牛李党争拿捏到位、高人一筹的地方。而其所论牛党党人确有不同于李党党魁李德裕、郑覃处,虽亦多有出自贵族者,李宗闵、李汉(宗室,陇西李氏),杨嗣复、杨虞卿、汉公、汝士兄弟(弘农杨氏),杜悰、杜牧(京兆杜氏),李珏、李固言(赵郡李氏),崔铉(博陵崔氏),然竟有何人如李德裕、郑覃之流,立足于欲修"开元故事"的复古主义精神,将过去的传统作为自己的立足点和样板,深契于"山东士族"的意识与精神[2]?而且他们多进士出身,祖尚词彩,多浮华放浪之举。故由此以李党对照牛党,益显出为两大对峙的党派。

更进一步地看,这种党派分野理论其实是一种"政治文化决定论"。因为党魁

---

〔1〕 陈寅恪《唐代政治史述论稿》第 71 页:"其间山东旧族亦有由进士出身,而放浪才华之人或为公卿高门之子弟者,则因旧日之士族既已沦替,乃与新兴阶级渐染混同,而新兴阶级虽已取得统治地位,仍未具旧日山东旧族之礼法门风,其子弟逞才放浪之习气犹不能改易也。总之,两种新旧不同之士大夫阶级空间时间既非绝对隔离,自不能无传染熏习之事。"同书第 78 页:"若李(珏)杨(嗣复)之流虽号称士族,即使俱生依托,但旧习门风沦替殆尽,论其实质,亦与高宗、武后由进士词科进身之新兴阶级无异。迨其拔起寒微之后,用科举座主门生及同门等关系,勾结朋党,互相援助,如杨於陵、嗣复及杨虞卿、汝士等,一门父子兄弟俱以进士起家,致身通显(见旧唐书 壹陆肆 新唐书 壹陆叁 杨於陵传……),转成世家名族,遂不得不崇尚地胄,以巩固其新贯党类之门阀,而拔引孤寒之美德高名翻让与山东旧族之李德裕矣。"
〔2〕 转引自渡边孝《牛李党争研究的现状与展望》(《中国史研究动态》1997 年第 5 期):"正如刘运承(1986 年)所评论的,李德裕的'进取'是立足于'修开元故事'的复古主义,试图在贵族统治的态势中回复到律令制。我认为,这种贵族的复古主义精神,将过去的传统作为自己的立足点和样板,这是与'山东士族'的意识和精神相符的。李德裕厌恶进士浮华的感情,与他对藩镇、对外问题上的'进取',两者在思想根源上毕竟是相同的。"

身上体现出来的是一种鲜明的政治文化传统,这种政治文化传统既为党魁所持有,则相应地标划了其党派特征。故曰:牛李党争为统治阶级内部两大不同的政治亚文化之争,此陈寅恪先生所揭发之真谛也。唐末裴庭裕《东观奏记》(又《唐语林》卷3识鉴类,《南部新书》丁卷)云:"……陈夷行、郑覃请经术孤单者进用,(李)珏与(杨)嗣复论地胄词采者居先。每延英议政,率相矛盾,竟无成政,但寄颊舌而已。"李党认同于以李德裕、郑覃代表的山东士族文化传统,以经术孤进为要旨,牛党认同于高宗、武后以来新进统治阶级之政治文化,以地胄词彩为要旨,欲论牛李党争之真谛不可忽视这段文字。

由此而言之,以出自、出身论牛李党争之区分实则流于表面化。

何则?

首先,出自、出身并非无关要紧。若李德裕郑覃之由门荫入仕、非进士出身,且素持山东士族家学礼法之传统意识,由此决定其为李党之中流砥柱,且标划了李党的党派特征。

其次,出自、出身并非决定党派归属之必要条件。若斤斤计较于出自出身,吹毛求疵于陈寅恪先生之大判断,则不过是"阶级出身决定论"之翻版而已。

岑仲勉先生根据陈氏所论及的牛党和李党的人数(各为23人和8人),考查了他们的门第、出身(仕宦手段),认为两党的大多数都是科举(进士)出身。被认定是重视门第派的李德裕,同样通过科举锐意"奖拔孤寒"[1];而被认定是"新兴阶级"的牛党,也多有"旧族"(名门士族)出身者,如宗室李氏出身的李宗闵、弘农杨氏出身的杨嗣复、与李德裕同属赵郡李氏的李珏等人皆是。所以,岑氏不认为牛党与所谓"李党"之间在门第和出身方面有什么差异。他认为,牛党与李德裕之间的斗争,究其实,是"同一士族阶级内部热衷于朋党私利者与比较正直者之间的抗争"[2]。按:岑仲勉先生对两党成员的门第和出身加以比较的实证主义研究方法,对后来的研究有着很大的影响。然牛李两党即或出自出身方面没有什么差异,但并不是说在政治文化方面没有质的区分。陈说将作为李党骨干的山东士族与旧族等同,将"山

---

〔1〕《太平广记》卷182卢肇条引《玉泉子》。

〔2〕砺波护肯定了岑仲勉先生的判断。据渡边孝《牛李党争研究的现状与展望》(载《中国史研究动态》1997年第5期)载:"在日本,砺波护在1962年……首先仔细查阅史料,列出属于牛党的有41名官员,李党有22名官员,并且检讨了两者的出自和出身,认为在两党的成员中,科举(进士)出身者占大多数,也都有'贵族'(郡望)出身者,以此确认了岑仲勉的看法,即两党在出自和出身方面没有差异(但是不同意李德裕无党这种极端的说法)。"

东士族"与"新兴阶级"对立起来;而岑氏却忽视了陈寅恪先生的根本用意,将两者单纯地视为"科举与门第之争"。然即或如此,岑仲勉先生所理解的科举与门第之争,亦非政治文化方面之不同乎? 而其牛李两党出自出身方面无甚差异之说,又焉能为此说之凭据乎? 且陈寅恪先生为解决出自出身问题,乃从社会阶层动态的变动过程来阐述党派归属问题,即:虽出身于士族而门风沦替等同于新兴阶级,虽出身于寒微,及其贵显,转崇尚地胄。此说深合社会阶层变化之实况,并非执着于出自出身问题,可谓甚明。故陈说虽切言于牛李两党出自出身之对峙,由于以史的动态眼光去分析,却非"阶级出身决定论",而岑仲勉先生却执实于出自出身问题,却难免"阶级出身决定论"色彩。

将陈寅恪先生的党派分野观念简单化为"科举门第之争""士庶之争",不合乎陈寅恪先生之原意。首先,从史的眼光来看,陈氏所论,乃是从中古史一大变局的角度来看待牛李党争问题的。"值得注意的是,陈氏认为牛李党争的本质是'山东士族'与'新兴阶级'之争的看法,是建立在对自北朝以至隋唐长期的政治、社会、文化史发展之上的,而以后的研究(特别是中国大陆的研究),仅仅着眼于牛李党争的局部,将这场斗党说成是'科举与门第之争',甚至简单化地认为是'士庶之争',这多半是不符合陈氏的原意的。"[1]其次,牛李两党在出自出身上没有差异,在构成上没有特殊的异质性。而韩国磐先生用"中小地主阶级"取代陈氏的"新兴阶级",将"山东士族"理解为"门阀世族",用图式来说明牛李党争。这种将牛党理解为科举派,而将李党看作"门阀世族"的简单化的做法,无疑是不符合历史实际的。

一些研究者执意要以出自、出身作为党派分野的根本依据。有一种说法是,牛李党争并非士族与庶族之争,而是士族之间的"圈内之争",从地域分野来看,则是山东士族与关陇士族之争。[2]王力平先生对此作出有力的反驳,他认为:"郡姓分野没有带来严格的利益分配上的差异,更不足以对士族的等级、政治立场以及政治集团的形成产生很大的影响。"首先,作者所挑选的牛李党"核心人物"不够全面。从整体上看,在唐后期,山东士族和关陇士族在社会地位、入仕机会等方面已无根本差异,不可能因地域之别形成两大党派。从唐中叶以后郡姓变动的趋向来看,山东与关陇郡姓的特殊地位都在下降,彼此间不再存有森严的壁垒。牛李党争是一

---

〔1〕 ［日］渡边孝:《牛李党争研究的现状与展望》,《中国史研究动态》1997 年第 5 期。

〔2〕 见李浩:《从士族郡望看牛李党争的分野》,《历史研究》1999 年第 4 期。

个特定历史阶段的现象。[1]

　　陈寅恪先生党派分野理论其实是一种"政治文化决定论",而非出自出身决定论,明白这一点对我们更好地把握他的理论,吸收他的理论的合理内核,是非常重要的。而之所以一些人在出自出身问题上对其诘难不已,是因为他在《唐代政治史述论稿》一书中强调了出自出身对党派分野所起的作用[2],让人印象深刻,从而忽略他对两种不同的政治亚文化的区分对党派分野所起的决定作用。按:牛李党人出自出身与政治文化的关系,除了李德裕郑覃等出身于山东士族而其政治文化亦等同于山东士族者,出自庶族复出身科第者而其政治文化亦为新兴阶级之崇尚词采、具有浮华放浪风习者,很多党人的出自出身与政治文化出现了脱节的现象——虽出身于世族而颇染新兴阶级风习,虽出身于科第而仰慕山东士族礼法门风,行持有素,倾向于李党,虽拔起于寒微,致身通显后,转崇尚地胄。而这种种现象,陈寅恪先生的"在社会阶层动态的变动过程中确定党派归属"的理论可较好阐释。

　　结合岑仲勉等先生的实证主义考察,笔者认为,对陈寅恪先生的党派分野理论可以小有修正,以便更好地阐释牛李党争。首先,可以忽略牛李两党出自出身方面的对立色彩。无须为了论证李党多为山东士族出身、牛党多为新兴阶级出身浪费心思,必须认识到牛李两党在出自出身上没有太大差异。其次,牛李党争是统治阶级内部两种不同的政治亚文化的斗争。李党认同以李德裕、郑覃代表的山东士族文化传统,以经术孤进为要旨,牛党认同高宗、武后以来新兴统治阶级之政治文化,以地胄词采为要旨。注意"认同"二字,既名认同,则即使在出自出身与原有的政治文化脱节情况下,也可以通过主体的积极认同,而归属于对立的政治文化。此即我前面所阐释的出自出身与政治文化出现脱节的现象,而陈寅恪先生的"在社会阶层动态的变动过程中确定党派归属"的理论正是阐释这种现象的绝佳武器,有待于我们进一步阐发。最后,出自出身与政治文化保持同一者往往成为党派的中坚分子,也成为其他党人进行自我认同的理想类型。比如,李党党魁李德裕、郑覃既出

---

[1] 王力平:《地域分野难以界说党派之争——〈从士族郡望看牛李党争的分野〉商榷》,《历史研究》2000年第4期。

[2] 陈寅恪《唐代政治史述论稿》第84—85页:"……然则牛党钜子俱是北朝以来之旧门及当代之宗室,而李党之健如陈夷行、李绅、李回、李让夷之流复皆以进士擢第(见……等),是李党亦重进士之科,前所谓牛李党派之分野在科举与门第者,毋乃不能成立耶? 应之曰:牛李两党既产生于同一时间,而地域又相错杂,则其互受影响,自不能免,但此为少数之特例,非原则之大概也。"又为了证明牛党多非门阀出身,乃成"凡牛党或新兴阶级所自称之门阀多不可信"(第87页)之说,花费很多笔墨证明牛僧孺、白居易、令狐楚之先祖赐田、家世谱牒多所依托,不可信赖。

身于山东士族，又素以经术孤进自期，这种人格类型对于凝聚其他党人从而形成李党具有示范意义。同时这也是李党之为李党的内核，由此形成一个热力辐射场，影响到各个层面的士人，使之与李党发生敌对或者友善、疏远或者亲密的各种关系。

## （二）党派分野三大依据

从一种历史背景和文化背景出发，考察一个人的党派分野，就必须充分考虑其客观方面的规定性和主观方面的自主性两方面，如此才能对其党派归属作出合理的确认。那种简单化的划分不免有曲解历史之弊。就客观方面的规定性来看，有出自出身、人际关系的客观规定性、时人的眼光等等；就主观方面的自主性来看，有政治文化的自我认同、政治观念、人际关系的自我认同等等。其实，分主观和客观，也是为了阐释的方便，这两方面更多的是融合、纠缠在一起。一个人的人际关系网络也是主观和客观交织的结果，座主门生关系、幕主幕僚关系、擢拔任用关系，是客观事实，由此决定了两者之间的基本关系，但是人是有自我选择的能力的，可以因其政治观念、趣味、价值观念的异同而疏远或亲近某个人，故虽为座主门生关系或幕主幕僚关系，亦可能隔若天壤；虽出自出身不同，亦可能亲密无间。

从这种主客观两方面都兼顾的思路出发，参酌陈寅恪先生所论，更为抉发党人归属为党人自我选择之结果，于历史人物之行为自主性方面作进一步强调，庶几避免历史阐释简单化之弊。

陈寅恪先生论牛李党派分野，实则十分强调出自出身作为党派分野之依据，然既经笔者前义之扬弃，既要注意到党人出自出身之客观规定性，又要突出其政治文化的自我抉择、自我认同，故党派分野当结合定量和变量而酌定之。定量者，指客观方面的规定性，如出自出身、人际关系的客观规定、时人眼光；变量者，指主观方面的自主性、如政治文化的自我认同、政治观念，人际关系的自我认同。前者为考察之基点，而后者为圆通之必要。鄙意以为党派分野有三大依据：

其一，出自出身与政治文化的自我认同。出自出身是客观的，但是主体可以通过自我抉择认同某种政治文化，这种政治文化可能与原来的政治文化（即由出自出身所规定的政治文化）保持同一，也可能恰好是对立的。

其二，政治观念。从人物的政治观念来看，其可能会倾向于哪一派，这是一个重要的参考。

其三,人际关系的两个方面和时人的眼光。人际关系的两个方面即亲善方面和敌对方面。以此可以确定其到底倾向于哪一派,或者是哪一派的外围人物。时人的眼光,也是一种重要的测量尺度。人际关系至少要从三个方面去综合考虑,才能对此人的党派归属作出正确的划分。

(1)人际关系亲善方面。分两个层面:①此人的自我归属、自我认同,即将自身归入哪一党派。②某党对此人的认同感。

(2)人际关系敌对方面。分两个层面:①此人自身有没有针对敌党的敌对性言论和行为。②某党是不是以此人为敌对者而有排挤、贬斥行为。

(3)时人的眼光——时人是将此人归入哪一派的?

下面依次略为阐释。

山东士族出身者本当以门荫入仕,以经术自期,厌薄科举。高宗、武后以来新兴进士阶级本当出自庶族、出身进士,崇尚词采地胄。按之牛李党人之中坚分子,则几不离,如李德裕、郑覃为李党之中坚,此出自出身同一于其政治文化之显例也。然更多的是出自出身与政治文化脱节的现象,如前所论,在这种情况下,无须斤斤计较于其出自出身,当以其政治文化自我归属为考察其党派归属之依据。比如,宗室李氏出身的李宗闵、弘农杨氏出身的杨嗣复、与李德裕同属赵郡李氏的李珏等亦何妨归于牛党,以其本认同于牛党之政治文化,而与李德裕、郑覃为两类人也。"一个人的思想的形成过程,除了阶级出身之外,教育、交游、社会现状、个人遭遇或某一突发事件都会有影响;而且一个人的思想、言论并不一定就代表他出身的阶级和阶层,要具体分析,不要用唯成份论来代替阶级分析。"[1]

政治观念,主要表现在政见方面,正如陈寅恪先生所抉发,李党往往是主张积极用兵藩镇的政策,而牛党则往往主张姑息保守的政策。另外,在对外问题上,两党也有着明显的对立。按图索骥,以之考察牛李党人政见之分,大致合乎此标准。然亦有例外者,举其典型者,比如杜牧。杜牧在藩镇问题、边防问题、佛教问题、宦官问题上均惊人地接近于李德裕,然归之于李党则不可。李党内部的政治观念也是有对立的。会昌年间李德裕处理回鹘、泽潞事件时,陈夷行、李绅均持异议,反对李德裕的策略。他们的政治观念不同于李德裕,但是以人际关系亲近故,自是归之于李党。由此观之,党派归属非但要视其政见如何,当更参酌政治文化与人际关

〔1〕 阎守诚、赵和平整理:《唐代士族、庶族问题讨论会综述》,《历史研究》1984 年第 4 期。

系,方能确定之。有些人政治观念可以有所不同,甚至严重对立,但是以人际关系的亲善、政治文化的接近而观,还是宜归之于同党。

又大和五年(831年)牛僧孺反对李德裕收复维州,而同为牛党的杜悰于大中二年(848年)收复维州,此无非牛党前后政策之变化[1]。且大中年间李德裕既已倒台,无须持对立之政策与之抗衡,宜乎收复维州、收复河湟、靖抚党项也。

人际关系是确定党派归属的重要依据。同声相应,同气相求,人际关系既是确定其政治文化归属的重要衡量标准,具有相同的政治文化观念的人总是容易聚合在一起,同时也是直接确定其党派归属的坐标。对某党的亲善往往意味着对某党的敌对,故在考虑某人党派归属的时候,不能不重视人际关系的两个方面与时人的眼光。

人际关系错综复杂,尤其在牛李党争时期,除了核心层与紧密层的党人其党派归属是明显的,其边缘层士人的人际关系和党派归属则出现了模糊色彩。在A与B保持关系密切的时候,A未必与B的好朋友C密切,甚至可能真是死对头。像这种情况,当再结合其他情况,作更具体深入的分析。

首先,人际关系的自我认同、自我归属也是十分要紧的。史籍常常记载某人A跟李德裕"善"。但是这并不表示某人就是李党。这个"善"字至少应区分出两种不同含义:其一,表明A在人际关系的他律与自律方面都是倾向于李党的,即既与李党交厚,认同李党,同时在政治观念、政治行为均站在李党立场上。其二,表明A在人际关系的客观规定性方面跟李党交厚,有交情,但是其人际关系的自我认同方面却未必如此,即未必认同于李党。比如柳仲郢,他受到了李德裕的器重,但是他并没有在政治观念和政治行为全面地赞同和倾向于李党。又如王质。《新唐书》卷164《王质传》载:"质清白畏慎,为政必先究风俗,所至有惠爱。虽与德裕厚善,而中立自将,不为党。"史书非常明白地说出当时一些人与牛李党人的特征,即"虽与××厚善,而中立自将,不为党"。

如果A站在某党的立场上,采取针对敌对党的政治言论和行为,则他自可归于某党。这是因为他有强烈的自我认同于某党的心理。像这样的人,牛李两党中都有一批人,他们构成党派中紧密层中的积极分子。

比如,李党之皇甫松、韦璀。

---

[1]　"毛双民(1990年)则根据牛党成员李绛对藩镇态度认为,牛党并非坐视藩镇割据,只是反对无视财政等现实状况的闇(?)云的用兵论。"此论可参,转引自渡边孝《牛李党争研究的现状与展望》(《中国史研究动态》1997年第5期)。

**皇甫松** 《唐摭言》卷 10 载：

> 皇甫松，著《醉乡日月》三卷，自叙之矣，或曰，松，丞相奇章公表甥，然公不荐。因襄阳大水，遂为《大水辨》，极言诽谤。有"夜入真珠室，朝游玳瑁宫"之句。公有爱姬名真珠。

皇甫松积极参与构陷牛党活动，自是属于李党。

**韦瓘** 韦瓘与李德裕交厚。《新唐书》卷 162《韦瓘传》载：

> 正卿子瓘，字茂弘，及进士第，仕累中书舍人。与李德裕善，德裕任宰相，罕接士，唯瓘往请无间也。李宗闵恶之，德裕罢，贬为明州长史。会昌末，累迁楚州刺史，终桂管观察使。

按：此言李德裕任宰相，当在大和六年（832 年）二月至八年（834 年）十一月期间，李德裕罢相在大和八年（834 年）十一月为李宗闵等所排，复出为浙西观察使。韦瓘亦受累贬为明州刺史。此时，牛李两党斗争十分激烈。大和九年（835 年）李党党人抛出《牛羊日历》，韦瓘大概也在八、九年间撰《周秦行纪》以构牛僧孺[1]，此文对牛僧孺极尽诽谤之能事，欲坐实其"名应图谶，心非王臣"，用心可谓歹毒。

牛党之吴汝纳、李汉。

**吴汝纳** 《旧唐书》卷 173《吴汝纳传》载：

> 汝纳亦进士擢第，以季父赃罪，久之不调。会昌中，为河南府永宁县尉。初，武陵坐赃时，李德裕作相，贬之，故汝纳以不调挟怨，而附宗闵、嗣复之党，同作谤言。会汝纳弟湘为江都尉，为部人所讼赃罪，兼娶百姓颜悦女为妻，有逾格律。李绅令观察判官魏铏鞫之，赃状明白，伏法。湘妻颜，颜继母焦，皆笞而释之，仍令江都令张弘思以船监送湘妻颜及儿女送澧州。

按：吴汝纳之所以附会牛党，个人私怨起了很大的作用。一则季父吴武陵之受斥于李德裕，二则会昌中作县尉不调而挟怨，三则其弟吴湘为李绅、李德裕锻炼成狱而判死罪。以此三者，吴汝纳积极依附牛党，伺机向李德裕之党报复，此大中初吴湘

---

[1] 此处以《周秦行纪》为韦瓘撰写，亦从李剑国先生之说（参李剑国《唐五代志怪传奇叙录》，南开大学出版社 1998 年版，第 529—537 页）。其说乃从宋初贾黄中之说。《贾氏谈录》云："牛奇章初与李卫公相善，尝因饮会，僧孺戏曰：'绮纨子何预斯坐？'卫公衔之。后卫公再居相位，僧孺卒遭谴逐。世传《周秦行纪》，非僧孺所作，是德裕门人韦瓘所撰。开成中曾为宪司所核，文宗览之笑曰：'此必假名，僧孺是贞元中进士，岂敢呼德宗为沈婆儿也。'事遂寝。"

狱翻案事件之所以兴也。

　　**李汉**　李汉之被李德裕憎恨的主要原因是他参与《宪宗实录》修撰。《旧唐书》卷 171《李汉传》载："汉，韩愈子婿，少师愈为文，长于古学，刚评亦类愈。预修《宪宗实录》，尤为李德裕所憎。""七年，转礼部侍郎。八年，改户部侍郎。九年四月，转吏部侍郎。六月，李宗闵得罪罢相，汉坐其党，出为汾州刺史。宗闵再贬，汉亦改汾州司马，仍三二十年不得录用。会昌中，李德裕用事，汉竟沦踬而卒。"按：李汉与李宗闵相始终，是牛党忠实成员之一。李汉曾构陷李德裕[1]，李德裕当然要打击他。党争的残酷性是可想而知的。

　　其次，某党如何看待某人也是十分要紧的。比如，在某人跟李德裕交好，或受到李德裕器重的时候，他在牛党人物的眼中是怎样的？牛党是怎样看待他的？如果他跟李德裕交好，牛党也视其为李党，并采取打击和敌对措施，那么，他当然是属于李党了。可如果他虽跟李德裕交好，但是牛党人物并没有将他视作李党，则他的党派归属也应该慎重考虑。

　　举些例子来看。比如李回，既与李德裕亲善[2]，又在政治观念方面接近于李德裕[3]，宜乎其于大中初受到牛党的排挤[4]，由是观之，李回属于李党甚明。

　　王起就不同了。他也跟李德裕善，会昌年间，王起知贡举，曾秉承李德裕的旨意取了几个他所欣赏的举子，李德裕在会昌年间让司空就曾推荐王起自代[5]，但是以其为耆旧宿德，公心处世，并无针对牛党的敌对性行为，牛党也不视之为敌。

　　时人的眼光也是十分要紧的。除了牛李党人的眼光，时人的眼光也是一把重要的尺度，标划着某人的党派归属。举例来看。比如崔从。《旧唐书》卷 177《崔从传》载："大和三年，入为户部尚书。李宗闵秉政，以从与裴度、李德裕厚善，恶之。改检校尚书右仆射、太子宾客东都分司。从请告百日，罢官，物论咎执政。宗闵惧，四年三月，召拜检校左仆射，兼扬州大都督府长史、御史大夫，充淮南节度副大使，知

---

〔1〕　大和九年（835 年），牛党人物王璠、李汉和郑注等联合打击李德裕，他们诬李德裕前在浙西时厚贿漳王傅母杜仲阳（秋娘），"结托漳王，图为不轨"。（参见《旧唐书》卷 174《李德裕传》）

〔2〕　李回出身于宗室，会昌年间任相。他因其出众的政治才干而受到了李德裕的器重。"李德裕雅知之。为人强干，所莅无不办。"（《新唐书》卷 131《李回传》，第 4517 页）

〔3〕　会昌年间平泽潞，李回是立有很大功绩的。李德裕推荐他持节往谕河北三镇，令其出师；调和张仲武和刘沔的矛盾的任务；到泽潞前线督战，责王宰、石雄以破贼限牒，终平泽潞。

〔4〕　李回被牛党视为李党要人，所以在大中初受到贬斥。"大中元年冬，坐与李德裕亲善，改潭州刺史、湖南观察使，再贬抚州刺史。"（《旧唐书》卷 173《李回传》，第 4502 页）

〔5〕　见《全唐文》卷 704 李德裕《让司空后举太常卿王起自代状》，第 7226 页。

节度事。"按：崔从既在人际关系与李德裕亲善，又受到李宗闵的排挤，故在牛党眼中自是李党。而时人认为李宗闵在打击崔从，"物论咎执政"（《旧唐书》卷 177《崔从传》），"哗语不平"（《新唐书》卷 114《崔从传》），所以形成了很大的舆论压力。再进一步就其政治文化来看，颇讲究礼法门风，也是接近于李党的。《旧唐书》本传载："从气貌孤峻，正色立朝，弹奏不避权幸。事关台阁或付仗内者，必抗章论列，请归有司。选辟御史，必先质重贞退者。""从少以贞晦恭让自处，不交权利，忠厚方严，正人多所推仰。阶品合立门戟，终不之请。四为大镇，家无妓乐，士友多之。"由是观之，崔从可归之为李党。

值得指出的是，那种简单化的党派归属观念是不对的。他们往往执着于那些表面上的交往痕迹，而将之武断地归属于某党。比如有些诗评家，以李商隐的两篇诗歌《哭虔州杨侍郎》《哭遂州萧侍郎二十四韵》（二诗见《玉溪生诗集》卷 1）为标准，认为他跟牛党人物亲密，故将其归于牛党。这是不对的。冯浩辨之云："徐氏谓观哭萧、杨诗，益知义山为牛党。夫一介之士必有密友，岂定党哉？当时'欲趋举场，问苏、张、三杨'，义山之相亲，当以是也。若必遽以为党，则白香山乃杨氏之戚，集中寄诗甚多，何千古无人谓为牛党乎？又曰：夫牛、李之党，实繁有徒，然岂人人必入党中，不此即彼，无可解免者哉？既同时矣，同仕矣，势不能不与之款接，要惟为党魁者，方足以持局而树帜，下此小臣文士，绝无与于轻重之数者也。"（《李商隐诗歌集解》，第 248 页）刘学锴先生在按语中指出："然决其果否牛党，既不能仅以其是否交结牛党成员为主要依据，亦不得以其地位之高下为口实，而应视其是否站在牛党立场，对李党进行攻击（此系派性之主要标志）。"（同上，第 249 页）若于党派归属方面常作如是观，多方面考虑，则庶几矣。

### （三）辨"李德裕无党说"

李党重要人物，李德裕、郑覃、李回、薛元赏等人，皆有可以称道的业绩，他们的组合更多是因为人格上的相互推重、政治文化和政治观念的接近而形成一个相当松散的人际关系网络，比之牛党大多因座主、门生、僚属关系而凝集成一个相当紧密的人际关系网络[1]，可谓大相径庭，以至于如岑仲勉、王炎平诸先生皆力唱"李德

---

〔1〕 宋孙甫《唐史论断》云："德裕所与者多才德之人，几于不党。"

裕无党说"〔1〕。然李德裕及其党羽亦难免朋党习气,"李德裕无党说"未免誉美,何则?

岑仲勉先生针对陈寅恪的观点,倡导李党"无党说"。他从语源学的角度,辨析了唐代史书一定语境中"牛李"二字的含义,其中"李"是指李宗闵,而不是指李德裕。同时,他将"朋党"两字当作结党营私的代名词,认为"与牛僧孺、李宗闵一伙朋党('牛李'之朋党)相对立,李德裕是厌恶朋党的,自己也不会与别人结成朋党"。此外,"乌廷玉(1983年)、田廷柱(1990年)、王炎平(1992年)等人,也都承袭了李德裕无党说。傅璇琮(1984年)、刘运承(1986年)等人更进一步肯定李党是进步的改革派,而对牛党作出了否定的评价,认为它是无所作为的保守反对派。但是另一方面,朱桂却为牛僧孺辩护,从而引起了'研究者之间的牛李党争',这也是始料不及的"〔2〕。

岑仲勉先生的论述固然有助于我们理清一些重要的史实原貌,但是提出李党"无党说",似有将李党作为一大党派的客观存在否定掉之嫌,将牛李党争转换成李德裕一人与牛党的斗争,从而转换成"牛党对德裕,只是同一士族阶级内结党营私者与较为持正者之相互间斗争,并非'门第'与'科第'之斗争"〔3〕。按:所谓较为持正者云云,固然合乎李党成员之实况,而何必刻意云李德裕无党,李德裕有党其实是一个客观的历史事实。

其实,这关系如何看待牛李两党的集团形态问题。就集团形态来看,牛党具有传统社会朋党的明显特征,但是李党也是一个具有比较宽泛的、一定的成员基础的党派,其实也是传统社会朋党的一类,只不过表现形式有别于一般性的朋党而已,以"无党"目之,未免失之于简单化。

下面针对岑仲勉先生《隋唐史》第45节所论的四个要点,我将强调以李德裕为首的李党之存在是一个客观事实。不敢造次于长者,惟抒一管之见而已。

其一,岑仲勉先生举史籍中"牛李"之记载,认为原意是指牛僧孺、李宗闵。按:岑仲勉先生的此番辨别无助于改变牛李两大党派对峙的现实。即使"牛李"的原意是指牛僧孺、李宗闵,但是牛僧孺、李宗闵为首的"牛党"和李德裕为首的"李党"之

---

〔1〕　岑仲勉:《隋唐史》第45节,第392—416页;王炎平:《辨李德裕无党及其与牛党之关系》,《四川大学学报》1992年第2期。

〔2〕　[日]渡边孝:《牛李党争研究的现状与展望》,《中国史研究动态》1997第5期。

〔3〕　岑仲勉:《隋唐史》,第400页。

对峙亦不妨按后人的习惯称呼而称之为"牛李"党争。且自唐代史籍记载来看,虽然没有出现"牛李"并列而指代牛僧孺、李德裕的现象,然牛僧孺、李宗闵之党与李德裕之党的对峙却是一个无法改变的历史事实,要不那么多的党争事件和党人排挤行为就无从合法地解释了。

其二,认为李德裕没有树党,因他既擢拔牛党人物白敏中等,又宣宗朝所贬斥的也只有"三数人"。从李德裕笔者的言论和"唐末中立派"的言论观之,李德裕无党,而牛僧孺一派有死党,且以牛党性质为"黑暗社会"。按:笔者认为李德裕尽管没有在朝廷中树党,但是,以李德裕为首的朝士还是形成一大遥相呼应的势力场,由人格上的相互推重、政治文化和政治观念的接近而形成一个相当松散的人际关系网络,所以,重大的党争事件中,这一部分人还是成为声望资源和士人基础,支持着以李德裕为首的李党的政治方略的实施,以及党争排挤行为的展开和完成。所以尽管部分史料称誉李德裕"清真无党"(《唐国史补》卷中),实际上则未必其然。李德裕每入相,必排挤牛党士人,而擢拔李党士人,会昌朝又借泽潞事,以非充分证据贬斥、放逐牛僧孺、李宗闵,而其忠实的跟随者郑亚、薛元龟之流又往往成为其具体意图的操作者和实施者。此皆难免朋党结习之显例也。而李党攻击牛党的系列作品,如皇甫松之《大水辨》、韦瓘之《周秦行纪》、署名刘轲之《牛羊日历》等等,皆李党积极分子秉承李德裕之意旨,或者投合李德裕之口味而为之也。且以史书所载的可归之于李党或者倾向于李党、或者属于李党势力范围内的成员实为不少,故岑仲勉先生以宣宗朝贬李德裕,被波及之官位者较显著者,仅三数人为理由,从而否定李德裕之党的说法,是值得商榷的。而李德裕于会昌朝能擢拔白敏中、周墀等后期牛党魁首,恩遇亲近牛僧孺的柳仲郢,并不能说明李德裕无党,因为一则当时白敏中之流归属于牛党的倾向性还是潜伏的,二则当时李德裕与牛党魁首牛僧孺、李宗闵的对抗是现实存在的,且打击也是猛烈的,故恩遇这几个人,并不能改变以他为代表的李党在整体上与牛党对立的现实。最后,以李德裕反对朋党的言论为理由来证明李德裕无党,也是不充分的。李德裕在主观意愿上的确有着非常强烈的打击朋党的欲望,但是处在当时这样的党争格局之中,李德裕能免除得了党人排挤行为吗?祭起反对朋党的大旗,其实也是一种策略,即直接指斥朝廷中以牛党为首的朋党,且借机整之,当水火不兼容的局势已经形成之后,李德裕排挤牛党人物自难免意气成分。

其三,现存史料中掺杂不少牛党对李德裕的怨辞。按:先生所论甚确,史料中确实充斥着党人之谰言,然所举例子并无助于改变李德裕结党之事实。

其四,驳斥了所谓牛李分树两党、各自有其阶级分野的观点。尤以李德裕亦有"家风沦替"处而质疑所谓李德裕合乎山东士族标准的说法,而李珏、杨嗣复为旧族并没有"旧习、门风,沦替殆尽"从而属于新兴阶级的证据,故阶级分野之说,并不能成立。岑仲勉先生进一步提出:"牛党对德裕,只是同一士族阶级内结党营私者与较为持正者之相互间斗争,并非'门第'与'科第'之斗争。"按:岑仲勉先生对陈寅恪先生的说法提出质疑,在史实方面进行矫正,对后来研究影响很大。岑先生以中古时代门第之真义、出自出身之区分来质疑牛李两派能划出一道鸿沟之说,然若放开此一层执着,放开对牛李两党出自出身的差异的推究,而将两者的对立看作是两种不同的政治亚文化的自我认同,则陈说之精义顿显。要言之,虽李德裕亦有不合乎士族标准之行为(如其妻刘氏为"不知其氏族所兴"及"不生朱门"),李珏、杨嗣复出身旧族,亦未尝"门风废替",然其主观自我认同,当属于两大不同的政治亚文化,具体论述可参见本章之《党派分野与党争动力机制》一节。故李德裕无党之说,从政治文化角度观之,实不能成立也。

既明牛李两党之对峙乃是客观之事实、李德裕无党说难免溢美之嫌,则党人私情炽盛的一面也就昭然若揭。大致而言,牛李两党的构成都是比较复杂的,而且一般都具有传统社会士人的两面性,既有经世的一面,又有私情的一面,故牛党中亦不乏忠贞之士,而李党中亦不乏奸猾之徒。从总体上看,牛党结党营私的一面十分明显,而李党忠心体国的一面比较明显。然若云牛党所为皆小人之事,李党所作皆君子之举,则未免过当也。

## 二、党派分野动态结构

从总体上看,党派分野具有从中心向边缘扩散的特征。由于牛李党争是统治阶级内部两大不同的政治亚文化之争,所以,当时很多人被裹挟于党争之中[1]。每个人均因其与政治文化的关系、与党争距离的远近、与党魁的关系,而与牛李党争发生程度不同的关系。有的人处在党争的旋涡之中,有的人处在党争的边缘;有的人是党魁,直接决定着党争的性质和方向,有的人仅仅是某党的拥护者,虽参与某

---

[1]　李德裕所谓"朝士三分之一为朋党"(《资治通鉴》卷 244 大和七年二月丙戌),"中朝半为党人"(《新唐书》卷 174《李宗闵传》)。

党却并无积极攻击敌对党之言行;有的人积极攻击敌对党,有意识地为求扩大本党的政治势力,有的人虽然有时倾向于某党,但是平时却跟两党成员皆有来往,一时难以确定其党派归属;还有些虽与两党均保持了友好关系,可是却既非牛党,亦非李党,始终处在党争的外围。

面对这种种情况,有必要标划党派分野动态结构,以便我们更好地掌握党争的实况。对牛李党争而言,由于李党以山东士族出身的李德裕、郑覃为代表,为人格模范,牛党以新兴阶级的政治代表牛僧孺、李宗闵为代表,为人格模范,且各自的党人又接受处在中心之党魁的热力辐射,逐层扩散,从而具有从中心向边缘扩散的特征。这是我们进行标划时首先要注意的方面。

## (一)党派分野动态结构分为五个层次

五个层次为:内核层、紧密层、松散层、边缘层、外围层。其中,内核层、紧密层、松散层三者共同构成中心层。

内核层——牛李党魁为主。表现为鲜明的对立,党派分野三大依据的对立基本上都能区别出来。

紧密层——牛李党派成员。他们的党派归属基本上是明显的。唯党魁马首是瞻,在党争中比较活跃,往往有攻击敌党的行动。从党派分野三大依据来看,往往是某些方面的对立比较明显,而另一些方面的对立比较模糊。从总体上来说,由于他们比较积极地投身于党争之中,或者亲善本党党魁,或者甚至有针对敌对党的攻击行为,故成为本党的积极分子或党魁的同谋者。

松散层——牛李党派成员。他们的党派归属基本上也是明显的。但是比之紧密层党人而言,他们表现得并不十分积极,不一定有攻击敌对党的行为。从党派分野三大依据来看,往往是某些方面的对立比较明显,而另一些方面的对立比较模糊。他们往往与党魁亲善,且随党魁仕宦之进退而进退。然除此之外,并没有太多的攻击敌对党的行为,从而成为本党的消极分子或者备用军。

边缘层——受党争波及的士人。他们受到牛李党争一定的影响,并且在一定时候还会表现出其党争倾向性,或者甚至会突入紧密层之中。但是总体而言,其党派分野并不是十分明显,如果将他们断然归于某党,往往无法合理解释他们的一些行为。如李商隐、杜牧等,他们在核心层和紧密层附近跳动,有时令人感到他们倾向于牛党,有时又与李党有过往,有时又与之无涉。

对于边缘层士人的定性,可以称之为"某党势力范围内的人",或者"倾向于某党的人",或者"党派归属比较模糊的人",应该按照不同的时期、不同的情境对其行为作出合理的说明。

外围层——中立派。或者以礼法门风自持,或者置身局外,保持了独立性,没有划归到某一党派。尽管如此,在某种情境下,还是会受到党争的影响。外围层分类:一是中立派,无预乎党争;二是其他党派,比如李训、郑注之党;三是其他士人。

## (二)党派分野动态结构说明

其一,中心层(包括内核层、紧密层、松散层)是热力辐射层。由于党魁在党派分野三大依据方面皆势不两立,在党争动力机制作用下,形成鲜明的党派对立。热力辐射层影响了整个党争格局,形成了党人基本阵营,并且影响到大批士人,令其与党争发生这样那样的关系。

其二,越靠近中心,党人界限越分明;越趋向边缘,党人界限越模糊。

其三,每层之间并不是截然分开的,而是存在相互交融、相互移动的现象。有时自外层向内层移动,有时自内层向外层移动。

(1)外层向内层移动。

比如,杨虞卿本在紧密层,但是由于与党魁密切,积极参与党争,"日见宾客于第,世号行中书"(《新唐书》卷174《李宗闵传》),也被称为党魁。这是紧密层向核心层移动。杜牧本处于边缘层,但是大中朝却向紧密层移动,参见本书第四章第三节所论。

下面再举一个一个人怎样成为李党的例子,以证成自党争外层向内层移动的理论。《旧唐书》卷176《李让夷》载:

> 开成元年,以本官兼知起居舍人事。时起居舍人李褒有痼疾,请罢官。宰臣李石奏阙官,上曰:"褚遂良为谏议大夫,尝兼此官,卿可尽言今谏议大夫姓名。"石遂奏李让夷、冯定、孙简、萧俶。帝曰:"让夷可也。"李固言欲用崔球、张次宗。郑覃曰:"崔球游宗闵之门,赤墀下秉笔记注,为千古法,不可用朋党。如裴中孺、李让夷,臣不敢有纤芥异论。"其为人主大臣知重如此。二年,拜中书舍人。以郑覃此言,深为李珏、杨嗣复所恶,终文宗世,官不达。及德裕秉政,骤加拔擢,历工、户二侍郎,转左丞。累迁检校尚书右仆射,俄拜中书侍郎,同平章事。宣宗即位罢相,以太子宾客分司卒。

按：李让夷原来未必是倾向于哪一党的。但是由于李党郑覃对他擢用，引起了牛党对他的嫌恶，所以他自然就归入了李党。可见，党争过程中由于某党的器重而导致了敌对党的嫌恶，其党派归属可谓不得不然的选择。也就是说，人际关系的互动，党争的互动，导致了某人的党派归属。而这种过程，即是从党争外层向内层移动的过程。

（2）内层向外层移动。

令狐楚早期本处在核心层，但是后期却供职节镇，没有进入权力中枢，且明哲保身，未见明显地参与党争的迹象，所以从核心层移向紧密层，甚至边缘层。一些暂时离开权力中枢的党魁也存在这种现象。

卢弘止在会昌年间曾受到李德裕的重用，一度处在李党之松散层，然以其并无攻击牛党之言行，及至大中初，也没有受到牛党的贬斥打击，于是移向边缘层，乃至外围层。

其四，遵循后果自负原则。即处在这样的一个党争格局中，每一个人都必须承受自己的言行所带来的后果。一个人跟某党成员的交往并不是毫不相干的私人行为，而是会带来相应的后果，比如某党的认同，敌对党的排挤，而这一切后果，必须由主体自己承担。在已经陷入党争之局后，很难脱身而出，即使你后来放弃对敌对党的攻击，敌对党也绝不会原谅你，所以在党争格局中必须遵循后果自负原则。

**毕诚** 《旧唐书》卷177《毕诚传》载：

> 武宗朝，宰相李德裕专政，出（杜）惊为东蜀节度。惊之故吏，莫敢饯送问讯，唯诚无所顾虑，问遗不绝。德裕怒，出诚为磁州刺史。宣宗即位，德裕得罪，凡被谴者皆征还。诚入为户部员外郎，分司东都，历驾部员外郎、仓部郎中。

按：毕诚之与杜惊交接，必非始于会昌朝。然问讯李党所忌之杜惊，而为李德裕所挤。此可见党争中一言一行，莫不遵循后果自负原则。

**李景让** 从李景让的人际关系来看，他跟苏涤、裴夷直交善，而他们"皆为李宗闵、杨嗣复所擢"，在李党的观念中，也是视之为敌对者，"故景让在会昌时，抑厌不迁"（《新唐书》卷177《李景让传》，第5291页），故归之于牛党。按：苏涤、裴夷直并非牛党要人，然以其为李、杨擢拔之故，为李德裕所恶，此可见人际关系之微妙性也。

下面再举李德裕由父辈（李吉甫）之积怨，而终其一生，不能稍释其怨之事例，以见党争格局中必须遵循后果自负原则。

**吕氏兄弟** 元和三年，李吉甫将欲出镇扬州，吕温、窦群、羊士谔倾之，奏劾他交通术士。宪宗发现这是一起构陷之事，故贬斥之。李吉甫人际关系的恩怨均为其子李德裕所继承。吕氏子孙在仕途上受到了压制。《旧唐书》卷137《吕渭附恭俭让传》(第3770页)载："恭、俭皆至侍御史,让至太子右庶子,皆有美才。自后吉甫再入中书,长庆以后,李德裕党盛,吕氏诸子无至达官者。"

张仲方　张仲方在元和年间李吉甫卒后,驳李吉甫谥,为李吉甫之党所恶。观张仲方驳斥之文,对李吉甫的政治品质表示否定,并且强烈反对李吉甫的积极用兵政治主张。"惜乎通敏资性,便媚取容。故载践枢衡,叠致台衮,大权在己,沉谋罕成,好恶徇情,轻诺寡信。诡泪在脸,遇便则流;巧言如簧,应机必发。""兵者凶器,不可从我始;及乎伐罪,则料敌以成功。至使内有害辅臣之盗,外有怀毒虿之孽。师徒暴野,戎马生郊。皇上旰食宵衣,公卿大夫且惭且耻。农人不得在亩,缫妇不得在桑。耗敛赋之常资,散帑廪之中积;征边徼之备,竭运挽之劳。僵尸血流,骴骼成岳,酷毒之痛,号诉无辜,剿绝群生,逮今四载。祸胎之兆,实始其谋;遗君父之忧,而岂谓之先觉者乎?"(《旧唐书》卷171本传)故自政治观念来看,张仲方是接近于牛党的。由于这种父辈的积怨,所以张仲方在李德裕执政期间,也受到排摈。"七年,李德裕辅政,出为太子宾客分司。八年,德裕罢相,李宗闵复召仲方为常侍。"(《旧唐书》卷171本传)张仲方自己也知道为李德裕所不喜,故主动请求外放:"仲方为郎中时,常驳故相李吉甫谥,德裕秉政,仲方请告(太子宾客分司),因授之。"(《旧唐书》卷17下文宗下大和七年,第548页)甘露之变后用张仲方为京兆尹,"宰相郑覃更以薛元赏代之,出为华州刺史"(《新唐书》卷126《张仲方传》,第4431页)。张仲方卒于开成初,以李党排摈故,坎坷而殁。《旧唐书》卷171《张仲方传》(第4445页)云:"仲方贞确自立,绰有祖风。自驳谥之后,为德裕之党摈斥,坎坷而殁,人士悲之。"

其五,界定一个人的党派归属时,应该考虑到时间性、阶段性,以及与权力中枢的距离。有必要从总体上去判断他:到底属于哪一党派,究竟属于党争的哪一层。

其六,边缘层和外围层中立派,在表面上看起来,似乎有一致的地方,尤其是当边缘层士人尚未卷入党争旋涡而显得比较中立的时候。实际上,两者的区别还是比较明显的。那就是,边缘层士人尽管一度与党争无涉,但是一旦被卷入党争,可能会整个人陷进去,而且党争会给其心灵带来巨大的影响,比如李商隐、杜牧,前者在党争夹缝中度过一生,后者呢,由大中朝之前处在边缘层一变而为大中朝之后突入紧密层,在人格上完成很大的嬗变。而对外围层中立派士人来说,尽管他们也跟党争发生这样那样的关系,但是他们还是有意识地、比较幸运地避开了党争,比如刘禹锡、白居易。前者在大和五年(831年)因裴度被李宗闵排斥出朝亦随之出为苏州刺史,而颇怨牛党之专政,后者虽与李德裕在长庆宝历年间保持友情、互相酬唱,然文宗朝党争加剧后未见与李德裕交往之迹象,且以身为牛党杨氏之姻亲,乃有意识地避居洛阳,不问政事,此皆党争作用于其身上之具体表现也。两者皆能明哲保身、超然物外,未曾卷入党争旋涡之中,而党争予其身心之创痛自不如小李杜之感受真切也。

其七,党争动力机制,主要体现在中心层(内核层、紧密层、松散层)。以权力和利益之争、政治文化之争、政见之争、意气之争四者所形成的党争动力机制,导致党派分野的明晰化,从而推动牛李党争的发生、发展。

### (三)外围层中立派各种不同形态之考察

陈寅恪论中晚唐社会乃老学之政治社会。[1] 何则?士之处在当时,孰人能免牛李党争之波及乎?苟欲免此风波,当法老子之知足不辱、谦光含默之旨,此所以为老学之政治社会也。对外围层中立派的考察,有助于我们确定这部分人:虽为某党党魁器重或与某党党魁密切交往,然在时人眼光中,并不归之于某党。反过来又可以帮助我们加深了解为什么当时大多数士人会不可避免地处在党派分野的不同层次之上。

1. 或者作为幕僚尽其职责,或者直声满天下,或者自其一生事迹观之,而无预乎党争,皆当归之于中立派

杜颢 《新唐书》卷166《杜颢传》载:

> 颢字胜之,幼病目,母禁其为学。举进士,礼部侍郎贾𫗧语人曰:"得杜颢足敌数百人。"授秘书省正字。李德裕奏为浙西府宾佐。德裕贵盛,宾客无敢忤,惟颢数谏正之。及谪袁州,叹曰:"门下爱我皆如颢,吾无今日。"大和末,召为咸阳尉,直史馆。常语人曰:"李训、郑注必败。"行未及都,闻难作,即辞疾归。颢亦善属文,与牧相上下。竟以丧明卒。

按:杜颢虽为李德裕幕僚,却没有附从他,仅是尽其幕僚之职责。其主体价值取向未必从李党,亦无采取针对牛党的言行,故归为中立派。

卢简求 《新唐书》卷177《卢简求传》载:

---

[1] 《元白诗笺证稿》附论《白乐天之思想行为与佛道关系》云:"夫当日士大夫之政治社会,乃老学之政治社会也。苟不能奉老学以周旋者,必致身败名裂。"见生活·读书·新知三联书店2001年版,第341页。

简求字子臧,始从江西王仲舒幕府,两为裴度、元稹所辟,又佐牛僧孺镇襄阳,入迁户部员外郎。会昌中,讨刘稹,以忠武节度使李彦佐为招讨使,各选简求副之,俾知后务。历苏、寿二州刺史。

按:其卢简求当时既为李党所辟,又为牛党所辟,且别无其他确定其党派归属之资料,故归为中立派。

**韩佽**　《旧唐书》卷101《韩佽传》载:

曾孙佽,字相之,少有文学,性尚简澹。举进士,累辟藩方。自襄州从事征拜殿中侍御史,迁刑部员外。求为澧州刺史。岁满受代,宰相牛僧孺镇鄂渚,辟为从事,征拜刑部郎中,转京兆少尹,迁给事中。出为桂州观察使。

按:史仅言韩佽曾为牛僧孺从事,后来出为桂州观察使,久任地方官,故无预乎党争。

**刘蕡**　《新唐书》卷178《刘蕡传》载:

蕡对后七年,有甘露之难。令狐楚、牛僧孺节度山南东西道,皆表蕡幕府,授秘书郎,以师礼礼之。而宦人深嫉蕡,诬以罪,贬柳州司户参军,卒。

按:大和二年刘蕡对策倾动天下。观其人际关系,自是与牛党亲善。然仅以此为凭据,归之于牛党,则失之武断。因为像刘蕡这种谠直忠正之士,就其主观意愿来看,何尝欲参与党争,所以还是将之划归到中立派为妥。

2.以其或为耆旧重德,或自律甚严,公心处世,故虽与某党党魁交往密切,而时人并不归之于某党

**王起**　见前述。

**崔邠兄弟**　崔氏兄弟多有掌春官者,为时名德。《旧唐书》卷155《崔鄯传》(第4117页):"邠、郾、郸三人,知贡举,掌铨衡。冠族闻望,为时名德。"颇能以公心从政。《旧唐书》卷155《崔郾传》载:"居内忧,释服为吏部员外。奸吏不敢欺,孤寒无援者未尝留滞,铨叙之美,为时所称。……其(宝历初)年,转礼部侍郎,东都试举人。凡两岁掌贡士,平心阅试,赏拔艺能,所擢者无非名士,至大中、咸通之代,为辅相名卿者十数人。"

然崔氏兄弟却无预乎党争。遍检史料,未见其积极攻击牛党之行为,或者为牛党所嫌恶之事迹。《旧唐书》卷155《崔郸传》仅载:"会昌初,李德裕用事,与郸弟兄素善。"此是因双方皆出自山东士族(清河崔氏),认同同一政治文化,故自然亲善。然仅以此出自为凭据,将崔氏兄弟划归李党,则过于简单化。以之为中立派,当更

合乎历史实况。

沈传师　沈传师与李德裕交好。"李德裕素与善"(《新唐书》卷132《沈传师传》),李德裕写有《问泉途赋(并序)》(《会昌一品集·别集》卷2),序云:"问泉途,思沈侯也(原注:沈使传师也)。余与沈侯同侍禁林,俱守藩翰,出入光宠,垂二十年。"可见其同僚之谊甚为深厚。

沈传师虽然跟李德裕很好,但是并不能说他属于李党。这种辨别是要紧的。一个人是不是属于李党,还有看他的主观倾向性和自我归属。如果是自觉地认同这个党派,并且为其利益而争,且站在李党的立场上,才可以称之为李党。然沈传师异于是。《新唐书》卷132《沈传师传》(第4541页)载:

> 传师性夷粹无竞,更二镇十年,无书赂入权家。初拜官,宰相欲以姻私托幕府者,传师固拒曰:"诚尔,愿罢所授。"故其僚佐如李景让、萧寘、杜牧,极当时选云。治家不威严,闺门自化。兄弟子姓,属无亲疏,衣服饮食如一。问饷姻家故人,帑无储钱,鬻宅以葬。

可见,沈传师自律甚严,廉洁自持,"夷粹无竞",家风自化,无预乎党争,亦不被时人列入李党。

王质　李吉甫、李德裕父子十分器重王质。"质射策时,深为李吉甫所器,及德裕为相,甚礼之,事必咨决,寻召为给事中、河南尹。"(《旧唐书》卷163《王质传》,第4267—4268页)"质清白畏慎,为政必先究风俗,所至有惠爱。虽与德裕厚善,而中立自将,不为党。"(《新唐书》卷164《王质传》,第5053页)

韦温　《旧唐书》卷168《韦温传》(第4379—4380页)载:

> 武宗即位,李德裕用事,召拜吏部侍郎,欲引以为相。时李汉以家行不谨,贬汾州司马,温从容白德裕曰:"李汉不为相公所知,昨以不孝之罪绌免,乞加按问。"德裕曰:"亲情耶?"温曰:"虽非亲昵,久相知耳。"德裕不悦。居无何,出温为宣歙观察使,辟郑处诲为观察判官,德裕愈不悦。池州人讼郡守,温按之无状,杖杀之。

按:韦温本受李德裕器重[1],然他帮李汉讲话,且辟郑处诲,会昌朝因与李德裕不合,出为宣歙观察使,自不能归之于李党。又其虽与牛党交往,"与杨嗣复、李珏善,

---

[1] "李德裕入辅,擢礼部员外郎。或言雅为牛僧孺厚,德裕曰:'是子坚正,可以私废乎?'"(《新唐书》卷169《韦温传》)

尝劝与李德裕平故憾,二人不从"(《新唐书》卷 169《韦温传》),然时人不视之为党人。韦温颇著直名,宋申锡冤案中率同阁论争而知名,大和九年(835 年)拒郑注凤翔之辟,庄恪太子事件中能直言责文宗"训之不早",可见其正色立朝,忠正自持,故时人不以党人目之。

3. 以礼法门风自持,行持有素,不偏不党,虽与牛李两党都有交接,然双方并不以对方为党人,时人亦然

柳公权　《旧唐书》卷 165《柳公权传》(第 4311 页)载:

> 累迁学士承旨。武宗即位,罢内职,授右散骑常侍。宰相崔珙用为集贤学士、判院事。李德裕素待公权厚,及为珙奏荐,颇不悦,左授太子詹事,改宾客。累迁金紫光禄大夫、上柱国、河东郡开国公、食邑二千户。复为左常侍、国子祭酒。历工部尚书。咸通初,改太子少傅,改少师,居三品、二品班三十年。六年卒,赠太子太师,时年八十八。

柳公权尝蒙李宗闵之恩:"公绰尝寓书宰相李宗闵,言家弟本志儒学,先朝以侍书见用,颇类工祝,愿徙散秩。乃改右司郎中、弘文馆学士。"(《新唐书》卷 163《柳公权传》,第 5029 页)其亦尝为李德裕所嫌。会昌年间,"李德裕素待公权厚,及为珙奏荐,颇不悦,左授太子詹事,改宾客"(《旧唐书》卷 165《柳公权传》,第 4311 页)。

然即或如此,双方皆没有将之视作党人,时人亦然。柳公权侍书中禁,长庆年间尝笔谏穆宗,平时操持有素,并没有参与党争。

柳公绰　柳公绰跟牛僧孺的关系是十分密切的。《资治通鉴》卷 243 载:

> 牛僧孺过襄阳,山南东道节度使柳公绰服橐鞬候于馆舍,将佐谏曰:"襄阳地高于夏口,此礼太过!"公绰曰:"奇章公甫离台席,方镇重宰相,所以尊朝廷也。"竟行之。

而且,李吉甫也因裴垍的缘故,对柳公绰有过排挤行为。《旧唐书》卷 165《柳公绰传》(第 4302 页)载:

> 公绰素与裴垍厚,李吉甫出镇淮南,深怨垍。六年,吉甫复辅政,以公绰为潭州刺史、兼御史中丞,充湖南观察使。湖南地气卑湿,公绰以母在京师,不可迎侍,致书宰相,乞分司洛阳,以便奉养,久不许。

但是凭借此来判断他属于牛党则是不足的。从他的政治文化和时人的看法来判

断,其实他是属于中立派的。只看他的一些个别表现,或许会将之归为牛党。但实际上他从来没有针对李党而采取敌对性行为。而且他素以家法门风自持,故在时人的眼光中,未必将之归于牛党。但是还是有必要指出,柳公绰跟牛僧孺的关系确实不错,从其个人倾向性来看,是倾向于牛党的。这点陈寅恪先生亦指出过。[1]

柳仲郢　柳仲郢在当时是一个典型的与牛李两党党魁皆一度交厚,而不被视作党人的人。《资治通鉴》卷248载:

> 李德裕以柳仲郢为京兆尹。素与牛僧孺善,谢德裕曰:"不意太尉恩奖及此,仰报厚德,敢不如奇章公门馆!"德裕不以为嫌。

其旧族门风之美,为士林推重[2]:"仲郢方严,尚气义,事亲甚谨。"(《新唐书》卷163《柳仲郢传》,第5025页)"仲郢严礼法,重气义。"(《旧唐书》卷165《柳仲郢传》,第4307页)柳氏家法为世所称[3],《旧唐书》卷165《柳公绰传》云:"初公绰理家甚严,子弟克禀诫训,言家法者,世称柳氏云。"以如是家法门风自持,方能于党争剧烈时代高标一格,洵乎为难事也。

会昌年间,柳仲郢受到了李德裕的重用。但是他并没有阿附顺从李德裕,而是依公正原则行事。《旧唐书》卷165《柳仲郢传》(第4305—4306页)载:

> 会昌中,三迁吏部郎中,李德裕颇知之。武宗有诏减冗官,吏部条疏,欲牒天下州府取额外官员,仲郢曰:"诸州每冬申阙,何烦牒耶?"幸门顿塞。仲郢条理旬日,减一千二百员,时议为惬。迁谏议大夫。五年,淮南奏吴湘狱,御史崔元藻覆按得罪,仲郢上疏理之,人皆危惧。德裕知其无私,益重之。武宗筑望仙台,仲郢累疏切谏,帝召谕之曰:"聊因旧趾增葺,愧卿忠言。"德裕奏为京兆尹,谢日,言曰:"下官不期太尉恩奖及此,仰报厚德,敢不如奇章门馆。"德裕不以为嫌。时废浮图法,以铜像铸钱。仲郢为京畿铸钱使,钱工欲于模加新字,仲郢止之,唯淮南加新字,后竟为僧人取之为像设钟磬。纥干臮诉表甥刘诩殴母,诩为禁军小校,仲郢不俟奏下,杖杀。为北司所谮,改右散骑常侍,权知吏部尚书铨事。

---

[1] 《读旧唐书之部札记》列传115《柳公绰传》,第161页按语云:"此尊奇章,故为此说词,若易以赞皇,则起之恐不若是之谦下。观于谕蒙之受奇章所辟,足以知其交谊矣。"
[2] 《唐语林》卷6载:"贞元、元和以来,士林家礼法,推韩滉、韩皋、柳公绰、柳仲郢。"
[3] 《全唐文》卷816《戒子孙》《家训》载柳仲郢之子柳玭之家法,这是一套十分讲究的家法,直接承传自柳公绰、柳仲郢。

陈寅恪论柳仲郢云：

> 考柳氏虽是旧门，然非山东冠族七姓之一，公绰、仲郢父子所出，亦非柳氏
> 显著之房望（见新唐书柒叁上宰相世系表柳氏条），独家风修整，行谊敦笃，虽
> 以进士词科仕进（公绰举贤良方正直言极谏科），受牛僧孺之知奖，自可谓之牛
> 党，然终用家门及本身之儒素德业，得见谅于尊尚门风家学之山东旧族李德
> 裕，故能置身牛李恩怨之外，致位通显，较李商隐之见弃于两党，进退维谷
> 者，诚相悬远矣。[1]

按：鄙意以为与其目柳仲郢为牛党，不如视之为中间派，以其家法门风自持，无论是
牛李，还是时人，都没有将他简单看作某党成员。

柳仲郢虽与牛僧孺交厚，然非属于牛党。李德裕虽于他有知遇之恩，他也知恩
图报[2]，但却不属于李党。自政治文化视之，以礼法门风自持，保持旧族风范，以
"无私"之心处世、从政，故虽与牛李两党党魁交往，而无涉于党局，亦不为两党所排
斥，此亦为唐时社会道德风尚的一种表现。

4. 自觉韬晦，明哲保身，避开党争旋涡的中立派

路随　《旧唐书》卷 159《路随传》载：

> 随有学行大度，为谏官能直言，在内廷匡益。自宝历初为承旨学士，即参
> 大政矣。后十五年在相位，宗闵、德裕朋党交兴，攘臂于其间，李训、郑注始终
> 奸诈，接武于其后，而随藏器韬光，隆污一致，可谓得君子中庸而常居之也。

很显然，路随由于善韬晦，坚持中庸原则，所以，能保其相位，处在党争格局的外
围层。

白居易　白居易虽与牛李两党党魁都有交谊，然能避开党争旋涡；或者虽一度
受到党争锋芒之伤害，然与两党党魁基本上能保持交情、互相酬唱，归之于中立派。

刘禹锡　刘禹锡跟牛党令狐楚、牛僧孺、杨嗣复有交往，与李党裴度、李德裕、
李绅、元稹也有交往，互相酬唱，与白居易情况略似，亦归之于中立派。[3]

---

〔1〕　陈寅恪：《唐代政治史述论稿》，第 92 页。
〔2〕　《新唐书》卷 163《柳仲郢传》（第 5025 页）载："仲郢方严，尚气义，事亲甚谨。李德裕贬死，家无禄，
　　　不自振；及领盐铁，遂取其兄子从质为推官，知苏州院。宰相令狐绹持不可，乃移书开谕绹，绹感
　　　寤，从之。"
〔3〕　有关白居易和刘禹锡跟党争的关系参本书第四章《牛李党争与文士》有关论述。

像这样的能与两党党魁保持联系，而不被卷入党争旋涡的文士是不多的，白刘是代表。他们往往是元和朝就跟双方保持着一种关系，并且一度有过相当的政治影响力。不像后起的文士李商隐、杜牧，资历颇浅，年纪又轻，自不能与这些前辈党魁保持这种关系，而是动辄得咎，生活在党争夹缝之中，或者卷入党争旋涡。

## 三、党争动力机制

哪些重要的因素推动着党争发生、发展？党争的动力是什么？笔者认为，至少有四项因素可以构成党争动力机制的要素：其一，权力与利益之争；其二，政治文化之争；其三，政见之争；其四，意气之争。在其中尤其要认识到权力与利益之争是古代朋党之争形成和发展的最后决定因素，也是决定党争胜负的根本因素。《朋党政治研究》一书深刻地指出了这一点：

> 我们就不难理解，为什么中国封建社会官僚、外戚、宦官要凝聚成朋党集团，拼命来争夺权力，因为权力在中国古代社会确实具有特殊的功能，它可以支配一切，特别是可以支配封建社会最主要的生产资料——土地。民以食为天，土地作为人们的衣食之源是当时最重要的财富，也是最能引起各派政治势力进行权力之争的兴奋剂。地主集团占有土地的要求越迫切，追求政治权力的欲望也就越强烈。政治是经济的集中表现，统治阶级各个集团争夺权力的根本目的，就在于最大限度地实现自身的经济利益，其中包括最大限度地满足自身占有土地的私欲。所以说对权力和财富的狂热崇拜贯穿于中国封建社会的始终，权力已成为官僚们竞相追逐的目标。据此我们也就能解开中国古代社会各种政治势力结朋聚党，形成帮派集团之谜，原来他们结成朋党的主要原因就是为了争夺权力和财富。朋党之争归根结蒂是统治阶级内部代表各个不同利益集团的权力之争，他们通过拉帮组派，结成朋党势力来扩大自己的权力，又利用权力来保护和扩大自己的产业，因此争夺土地和争夺权力的斗争如同孪生同胞一样，和朋党政治紧密地联系在一起。[1]

党派分野是在党争的动态过程中标划出来的，不是一成不变的。党派分野形成后，又加剧了党争。而党争之形成，党派分野之明晰化，均是在党争动力机制作用下的结果。

---

〔1〕 朱子彦、陈生民：《朋党政治研究》，华东师范大学出版社1992年版，第70页。

对于党争事件的理解，有必要从党争动力机制角度去认识它，有必要探究此一党争事件是哪些因素推动着它产生、激烈化的。

有些事件突出了党争的某一方面的动力因素。比如，长庆元年科场案，就是突出了权力与利益之争这个层面。

有些事件由某个动力因素引起后，又引起了另一个动力因素。比如大和五年（831年）的维州事件，它本来是李德裕和牛僧孺因不同的政治文化、政治观念而引起的，但是矛盾产生后，又加强了意气之争的成分。

有些事件产生的原因是复杂的，仅仅用某个动力因素去解释是不够的。而必须从一个完整的党争动力机制的角度，才能真切地理解它。比如开成年间牛李两党的朝争廷议，既关系权力与利益之争，又关系政治文化、政治观念的不同，还是一种意气之争。

从唐代牛李党争的特点来看，其权力与利益之争这个层面是比较突出的。历次相位之争，多数党人随着党魁的进退而进退，以及对科第和铨选权力的争夺，皆是因权力与利益之争而引起的。宋范祖禹对比了汉代党争与唐代党争的区别，指出："汉之党尚风节，故政乱于上，而俗清于下。及其亡也，人犹畏义而有不为。唐之党趋势利，势穷利尽而止，故其衰季，士无操行，不足称也。"[1]

从党争作为一个动态过程来看，越到后期，意气之争的成分也越严重。会昌朝李德裕因平泽潞事驱逐牛党党魁，而所用证据皆凭空无实。到了大中朝，牛党打击李党，遑论是非曲直，意气之争的成分越来越严重了。《新唐书》卷180赞曰："汉刘向论朋党，其言明切，可为流涕，而主不悟，卒陷亡辜。德裕复援向言，指质邪正，再被逐，终婴大祸。嗟乎，朋党之兴也，殆哉！根夫主威夺者下陵，听弗明者贤不肖两进，进必务胜，而后人人引所私，以所私乘狐疑不断之隙，是引桀、跖、孔、颜相哄于前，而以众寡为胜负矣。欲国不亡，得乎？身为名宰相，不能损所憎，显挤以仇，使比周势成，根株牵连，贤智播奔，而王室亦衰，宁明有未哲欤？不然，功烈光明，佐武中兴，与姚、宋等矣。"按："进必务胜"，其实就是一种意气之争。《新唐书》深刻地指出了牛李党争势不可遏的原因。

党争一旦形成后，在党争动力机制的推动下，很少有人能避开党争。李德裕的《退身论》（《会昌一品集·外集》卷1）阐明了自己难以退身的原因："其难于退者，以

<hr />

[1]　宋范祖禹《唐鉴》卷19《穆宗》，商务印书馆1958年版，第174页。

余忖度,颇得古人微旨,天下善人少恶人多,一旦去权,祸机不测。掺政柄以御怨诽者,如荷戟以当狡兽,闭关以待暴客,若舍戟开关,则寇难立至,迟迟不去者,以延一日至命,庶免终身之祸,亦犹奔马者不可委辔,乘流者不可以去楫,是以惧祸而不断,未必皆耽禄而患失矣。"[1]其《智囊赋》(《会昌一品集·别集》卷1)序云:"余尝感汉晁错、魏桓范,皆号为智囊,不能全身,竟罹大患。"赋云:"智排患以解纷,亦有患于不虞。将不殆于无涯,信莫尚于冥枢。"最后表达了其欲终老江湖的愿望,可见李德裕的忧危意识是相当强烈的。

---

[1] 按傅璇琮先生以事迹不合而疑《退身论》非李德裕所作(参《李德裕年谱》第694—695页)。然此文深契李德裕之情状。

第二章

牛李党争的演进历程

牛李党争的演进历程可分为三个阶段。

第一阶段，前期党争阶段。以李逢吉为首的党派与以李宗闵、牛僧孺为首的党派组成一个普泛的同盟，与以李吉甫、裴度、李绅、李德裕为首的党派之间展开斗争。这段时期政争的焦点往往围绕着相位之争和淮西用兵之争。一条比较清晰的党争界线正渐渐地形成。尤其是经过长庆元年覆试案，牛李两党的界限开始清晰地标划出来。到了宝历二年（826 年）李逢吉因兴武昭狱而沮，部分党羽被贬，淡出党争之局，牛、李的矛盾也成为主要矛盾，由此完成了前期党争模式向牛李党争模式的演变。

第二阶段，文宗朝：牛李两党互为胶着、互为进退时期。文宗对牛李两党人员分别委以相任，两党成员在朝廷中呈互为进退状。文宗叹朋党难去，开始擢拔李训、郑注，形成了又一政治势力。他们在文宗皇帝的扶植下，在大和八年与九年间崛起，采用分而制之的策略，对朝廷中的牛李两党势力都进行了打击和驱除。但是甘露之变后，这个势力集团消失后，牛李两党又在朝廷中进用，并呈现互相制衡、互相胶着状态。他们的斗争形式更多表现为朝争廷议，互不退让。李德裕和李宗闵、牛僧孺都远离了中枢决策系统。他们的斗争是通过郑覃、陈夷行和杨嗣复、李珏进行的。

第三阶段，从会昌朝至大中朝：一党独制的阶段以及党争的结束。会昌朝李德裕与武宗君臣相得，平泽潞，驱回鹘，灭佛教，革弊政，故会昌一朝政治呈中兴气象，然李德裕坚持相权独重，排沮异议，树敌不少。其借平泽潞事打击牛党党魁，连逐三相（牛僧孺、李宗闵、崔铉），为大中朝牛党的全面报复埋下了种子。

大中朝宣宗、宦官和牛党三大政治势力联手打击以李德裕为首的李党，李德裕罢相与被贬崖州,宣告了这场延续四十来年的党争的结束。于是唐末朝臣围绕着权力和利益又开始不断地分化组合,形成新的党派势力和利益集团,并在它们之间发生斗争。

# 第一节　从前期党争模式向牛李党争模式的演变

## 一、前期党争中几个党争旋涡的考察

所谓前期党争模式,是指在元和末、长庆宝历年间,以李逢吉之党与令狐楚、李宗闵、牛僧孺为首的党派所组成的一个普泛的同盟与以裴度、李绅为首的党派之间展开的斗争,其斗争的焦点围绕着藩镇用兵之争和相位之争。

这里"前期"二字,是相对于续起的牛李党争而言的。因为在前期的党争过程中,牛李之间的矛盾还没有激化,正面的激烈冲突也没有发生,党派的界限也正在逐渐地标划出来,党人的归属也是在动态过程中逐渐定型的。

传统社会的党争并不是像后人所理解的现代党派之争那样旗帜鲜明、壁垒分明,而是相当复杂的,即或李逢吉之党与李宗闵、牛僧孺之党之间也有矛盾冲突,还有一些并不能简单地归入某一党派的人物,也跟这些党人的魁首发生了这样那样的关系,产生了这样那样的矛盾。他们之间的党争共同体现了历史政治现象的复杂性,形成了前期党争错综复杂的特征。

前期党争中,李逢吉之党可谓兴盛,牛僧孺、李宗闵之党势力尚未盖过李逢吉之党势力,且未与李党早期成员如裴度、李绅之间正面冲突,故与李党早期成员裴度、李绅正面冲突者,当以李逢吉之党为主。然李逢吉之党虽与牛僧孺之党有密切之关系,两者自是有别,不可混而为一,此又不可不知也。

前期党争有几大旋涡。首先,让我们来看看李逢吉之党与裴度、李绅之间的党争。在这条主线基础上,我们再来看其他不同类型的党争。

### (一)李逢吉与裴度之争

史载李逢吉"天与奸回,妒贤伤善"(《旧唐书》卷167《李逢吉传》,第4365页),为了达到目的,不惜使用一切可能的手段。因郑注而结交于王守澄,直接与宦官勾结(同上,第 4366 页)。

李逢吉与裴度两人的矛盾产生在唐宪宗时。元和年间,令狐楚、皇甫镈、萧俛等同年进士,与李逢吉勾结,与裴度、李吉甫展开了针锋相对的斗争,其斗争的焦点是淮西用兵的问题,即如何处理藩镇问题。《旧唐书》卷172《令狐楚传》(第4460页,参《旧唐书》卷167《李逢吉传》、《新唐书》卷166《令狐楚传》)载:

> 楚与皇甫镈、萧俛同年登进士第。元和九年,镈初以财赋得幸,荐俛、楚俱入翰林,充学士,迁职方郎中、中书舍人,皆居内职。时用兵淮西,言事者以师久无功,宜宥贼罢兵,唯裴度与宪宗志在殄寇。十二年夏,度自宰相兼彰义军节度、淮西招抚宣慰处置使。宰相李逢吉与度不协,与楚相善。楚草度淮西招抚使制,不合度旨,度请改制内三数句语。宪宗方责度用兵,乃罢逢吉相任,亦罢楚内职,守中书舍人。元和十三年四月,出为华州刺史。其年十月,皇甫镈作相,其月以楚为河阳怀节度使。十四年四月,裴度出镇太原。七月,皇甫镈荐楚入朝,自朝议郎授朝议大夫、中书侍郎、同平章事,与镈同处台衡,深承顾待。

相权的获得是推行自己政治主张的保证。故李逢吉在相位期间(元和十一年二月拜相至十二年夏),与翰林学士令狐楚等形成了一股阻碍淮西用兵的势力。宪宗为了让裴度的用兵计划顺利实施,故两罢之。元和十四年(819年)四月,裴度之出镇太原,就是皇甫镈、令狐楚、李逢吉积极排挤的结果(《旧唐书》卷135《皇甫镈传》,第3741页)。

唐穆宗即位,李逢吉因"于帝有侍读之恩,遣人密结幸臣"(《旧唐书》卷167《李逢吉传》)而转升兵部尚书。此时,裴度和元稹为相,两人素不和睦。李逢吉利用他们之间的矛盾,派人诬告元稹收买刺客,想刺杀裴度,构成"于方狱"。穆宗命御史台、大理寺、刑部追查此事,皆证据不足。元稹、裴度也因此罢相,李逢吉取而代之,为门下侍郎平章事。裴度俄出为山南西道节度使,不带平章事(《旧唐书》卷170《裴度传》)。

宝历二年(826年)正月,裴度请自兴元入觐,李逢吉党张权舆造谣倾之。既不能沮,乃欲因武昭事而倾之,李逢吉阴谋败露,部分党羽被贬,裴度再入相(《旧唐书》卷167《李逢吉传》)。

武昭狱之后,李逢吉出为山南东道节度使。宝历三年(827年)裴度发田伾犯赃事,李逢吉坐罚俸。[1] 此事可见裴度亦非坐而待毙者,也利用可能的机会来打击李逢吉。

武昭狱可谓是李逢吉之党失势之始。此后李逢吉历任节度使,或闲职,直至大和八年(834年)李训(李仲言)任事方入朝任职,基本上已不再直接参与中枢决策。因这一派势力的退出,朝廷中的党争遂演变为以牛李党争为主。故武昭狱可谓是前期党争模式向牛李党争模式转化的一个转折点(长庆元年科场覆试案是牛李党争的第一次正面冲突)。

### (二)李逢吉与李绅之争

穆宗即位,时李绅、李德裕、元稹同在翰林,号为"三俊"。三人才力相当,政治观点比较接近,又同在翰林,故为李逢吉之党所忌。

时李绅为穆宗所宠幸,他不满李逢吉结党营私,每逢唐穆宗向他征求意见时,总是斥责、抨击王守澄和李逢吉之党。[2] 为排挤李绅,李逢吉又使用一石二鸟的阴谋,"及绅为中丞,乃除韩愈为京兆尹、兼御史大夫,仍放台参",李绅、韩愈的性格或褊直或木强,导致了他们"更持台府故事,论诘往反,诋评纷然"。李逢吉乘机上疏言二人不和,置韩愈为兵部侍郎,将李绅贬为江西观察使。[3]

为了彻底打击李绅,置之于死地,在敬宗即位后,长庆四年(824年)二月,李逢吉集团又炮制了李绅谋立深王的冤案,贬其为端州司马,并使庞严、蒋防等人受到牵连。张又新作为李逢吉之党的一员干将,深以自己在此次构陷中卖力为荣。而朝臣中附势者,如于敖之流,则乘机献媚讨好李逢吉。李逢吉之党用心可谓险恶,必欲将李绅置之死地而后快。其在李绅被贬后,甚至不欲其量移,赖翰林学士韦处厚上书论列,于宝历元年(825年)五月量移江州长史。[4]

此次冤案对李绅心灵之打击可谓巨大,并在其诗文中留下了深刻的烙印。[5]

早期党争模式的一个特点就是派系林立,头绪众多,用某种简单化的模式往往

---

〔1〕《旧唐书》卷149《张又新传》(第4025页):"逢吉为宰相时,用门下省主事田伓,任犯赃亡命,逢吉保之于外。及罢相,裴度发其事,逢吉坐罚俸。"

〔2〕《全唐诗》卷480《趋翰苑遭诬构四十六韵》"辨疑分黑白,举直抵朋徒"句下自注:"思政面论逢吉、崔楨奸邪,刘栖楚、柏耆凶险,张又新、苏景修朋党也。"

〔3〕事详《新唐书》卷181《李绅传》、《旧唐书》卷173《李绅传》、《旧唐书》卷167《李逢吉传》。

〔4〕参见《资治通鉴》卷243长庆四年正月。

〔5〕参见本书第四章《牛李党争与文士》。

无从解释党派分野、党人归属问题,也无从解释党争现象的复杂性。所以有必要按照历史原貌,梳理各种矛盾,以获得规律性的认识。

下面让我们在李逢吉之党和裴度、李绅斗争的主线上,考察其他类型的党人矛盾和斗争。

(三)李逢吉之党与李宗闵、牛僧孺之党的矛盾

尽管李逢吉之党与李宗闵、牛僧孺之党有着这样那样的联系,我们还是要看到两党之间其实还是有着相当区别的,不该将之混为一体。过去那种无一例外将李逢吉划归为牛党的说法是值得商榷的。

李逢吉之党的主体是哪些人?其实,史书上已经说得很明白了,就是以李逢吉为首,"八关十六子"为主要成员,崛起于元和末及长庆宝历之际的这么一个势力集团。《旧唐书》卷170《裴度传》载:"自是,逢吉之党李仲言、张又新、李续等,内结中官,外扇朝士,立朋党以沮度,时号'八关十六子',皆交结相关之人数也。"亦即李绅在长庆年间"思政面论逢吉、崔植奸邪,刘栖楚、柏耆凶险,张又新、苏景修朋党"所针对的这么一个集团。明白了这一点,我们就可以避免将李逢吉简单归入牛党的思路。

那么,李逢吉和牛党究竟是一种怎样的关系呢?

我认为,在相当长一段时间内,李逢吉之党和牛党成员构成一种同盟关系,他们不满于裴度用兵藩镇的策略,故与之围绕着相权和政见展开了斗争,但是到了后期,牛党与李逢吉之党的分歧很大,对立也很明显,尤其是牛僧孺跟李逢吉交恶。

元和年间,牛党的早期成员,如皇甫镈、萧俛、令狐楚等,跟李逢吉关系密切,在反对淮西用兵问题上结成同盟,共同排挤裴度。《旧唐书》卷167《李逢吉传》载:

> 逢吉天与奸回,妒贤伤善。时用兵讨淮、蔡,宪宗以兵机委裴度,逢吉虑其成功,密沮之,由是相恶。及度亲征,学士令狐楚为度制辞,言不合旨,楚与逢吉相善,帝皆黜之,罢楚学士,罢逢吉政事,出为剑南东川节度使、检校兵部尚书。

而令狐楚此次草制的内容,当即为"密赞讨伐之谋"[1]之语。

长庆年间李宗闵、牛僧孺入相,当与李逢吉之援引有极大关系。《旧唐书》卷

---

[1]　元稹《贬令狐楚衡州刺史制》中语,参见《旧唐书》172《令狐楚传》。

174《李德裕传》(第4510页,参《旧唐书》卷173《李绅传》):

> (长庆二年)六月,元稹、裴度俱罢相,稹出为同州刺史,逢吉代裴度为门下
> 侍郎、平章事。既得权位,锐意报怨。时德裕与牛僧孺俱有相望,逢吉欲引僧
> 孺,惧绅与德裕禁中沮之,九月,出德裕为浙西观察使,寻引僧孺同平章事。由
> 是交怨愈深。

牛僧孺尽管在反对藩镇用兵方面与李逢吉相似[1],但是在为人和从政观方面却与
"天与奸回,妒贤伤善"的李逢吉不同。他为人比较清直,一些基本政治原则还是很
注意遵守的。[2]他并不配合李逢吉的一些倾轧、构陷行为,所以为李逢吉所恶,呼
之为"太牢公"[3]。过去一些论者往往忽视了牛党与李逢吉之党之间的矛盾,其实
他们的矛盾也是不少的。

李逢吉和牛僧孺是有过正面冲突的。长庆二年(822年)十二月在立景王为太
子的事情上,两人就发生了矛盾。当李逢吉要用他惯用的构陷手段来谋害杜元颖
的时候,牛僧孺就不配合他。李珏《牛公神道碑铭并序》有载:

> 先是李司徒逢吉与杜循州元颖同作相,穆宗寝疾,议建储贰,与公(牛僧
> 孺)不协。后元颖出镇井络,逢吉衔之,思有释憾,于政事堂谓公曰:"西川前有
> 废立谋,上熟知之,来日延英发其事,公不知,慎勿沮议。"公曰:"王导有言:'我
> 虽不杀伯仁,伯仁由我而死。'正近此耳。又安得不言哉?"逢吉喑呜而止。

宝历年间牛僧孺"拜章求罢者数四",也是出于对"朝廷政事出于邪幸,大臣朋
比"(《旧唐书》卷172《牛僧孺传》)的现状不满,即对李逢吉之党不满。

### (四)元稹与裴度的矛盾

元稹的党派归属也是值得商讨的。若说他是李党,可是他却一度与裴度有着
势不两立的矛盾。若说他是牛党(长庆消兵派),或者非牛非李,然皆无从证成。在
我看来,一个人的党派归属当结合客观方面的规定性和主观方面的规定性而综合

---

[1] 牛僧孺在大和五年(831年)回答文宗如何处理幽州军逐其帅杨载义,要求朝廷不必问"逆顺",采取
姑息政策。又,牛、李与裴度交恶当始于大和三、四年间。《旧唐书》卷170《裴度传》载裴度虽于李
宗闵有恩,但是相位之争和政见不同,导致了他们之间的最终交恶。

[2] 长庆元年牛僧孺坚持将赃臣李直臣治罪,事详《旧唐书》牛僧孺本传;不受河中节度使韩弘之贿,事
详杜牧《牛公墓志铭并序》。

[3] 刘轲《牛羊日历》云:"李逢吉恶其(牛僧孺)为人,常视之,咸呼为丑座,或为太牢。"

言之。客观方面的规定性主要指其出身、人际关系等方面。主观方面的规定性指政治主张，以及自我认同、自我归属方面。从这些方面来看，元稹基本上可以归于李党。

就人际关系而言，元稹亲于李党而疏于牛党。长庆元年，元稹、李德裕、李绅同在翰林，时称"三俊"。元稹与李德裕关系密切，长庆三年（823年）元稹任浙东观察使后跟浙西观察使李德裕、和州刺史刘禹锡三人唱和频繁，后编成《吴越唱和集》[始于长庆元年，终于大和三年（829年）]，且与李绅同为新乐府运动的代表人物。但是，李逢吉之党却视元稹为仇雠，长庆二年（822年）元稹拜相后，就是"寻为李逢吉教人告稹阴事"（《旧唐书》卷173《李绅传》）而罢相的。元稹跟牛党重要成员令狐楚关系也很坏。元和十五年（820年）八月，令狐楚由宣歙观察使再贬衡州刺史，元稹为草制词，力斥其奸。

在藩镇用兵问题上，元稹也是主张积极讨伐的。元稹为令狐楚草制的内容是"密赞讨伐之谋，潜附奸邪之党"，矛头所指正是指令狐楚附会李逢吉之党，沮裴度淮西用兵之谋。陈寅恪先生引元稹《连昌宫词》"努力庙谋休用兵"诗句以证成元稹为长庆年间主张消兵者[1]，实有深文周纳之嫌。因通观上下文联系，此意不过是元稹借老翁之口，表达自己的和平主义向往，无须求之过深。因为元稹自身的行为表明，他并不是一个要求一味对藩镇采取姑息政策的人。史言长庆二年（822年）元稹虽然和宦官一起谋沮裴度镇州讨伐王庭凑的军事行动，但他却赞成于方的奇谋，以解决牛元翼深州被围问题，"思立奇节报天子以厌人心"（《新唐书》卷174《元稹传》，第5228页）。此处所谓"奇节"者，即平息藩镇叛乱，建功立业也。由此，我们可以推定，元和年间的元稹并没有和李党重要成员裴度交恶，甚至是其藩镇用兵政策的积极支持者。到了长庆年间因为相权的争夺，元稹方始排挤裴度。

从晋泛意义上来理解李党，我个人认为，元稹和裴度之间的矛盾实际上也是李党内部矛盾的一种表现，正如会昌年间李德裕和陈夷行、崔珙之间的矛盾。他们之间的矛盾可能闹得很大，但是当作同党的内部矛盾去理解可能更好一些。

一个人的一生也是复杂的。早期的元稹颇能自励，仗义执言，为权幸所忌惮。但是经过一次又一次的政治打击、贬谪，元稹走向了倚靠中人、争夺相权的路径，此举颇为当时的士人所不齿，且被裴度视为奸臣。

---

〔1〕　陈寅恪:《元白诗笺证稿》，生活·读书·新知三联书店2001年版，第77页。

长庆初,元稹得中人之奥助入翰林。长庆元年十月,裴度上表言元稹与宦官魏弘简相结,陈其朋比之状,元稹改工部侍郎,出翰林。[1] "稹无怨于裴度,但以度先达重望,恐其复有功大用,妨己进取,故度所奏画军事,多与弘简从中沮坏之。"(《资治通鉴》卷242长庆元年十月)司马光此论,庶几得元、裴关系之实际。由于关系利益,关系相权,元稹成了裴度的敌对者。

长庆二年(822年)五月,在李逢吉的构陷下,兴起于方狱,元稹、裴度俱罢相。

就元稹的心迹来看,他对于藩镇也是要求采取积极主动的抑制措施的。其《自序》中云:"上怜之,三召与语。语及兵赋洎西北边事,因命经纪之。是后书奏及进见,皆言天下事,外间不知,多臆度。"所以,他会赞成于方的奇谋,以解决牛元翼深州被围问题。但是,事与愿违,这起奇谋最后竟成了李逢吉用来构陷元稹的借口,李逢吉通过"一石二鸟"的阴谋,成功地使元稹和裴度双双罢相(《旧唐书》卷166《元稹传》,第4334页)。

在于方狱之前,李逢吉之党已有阴谋行为,要达到同时打击裴度和元稹的效果。此元稹于其长庆末所作的《自序》中披露:"陛下益怜其不漏禁中语,召入禁林,且欲亟用为宰相。是时裴度在太原,亦有宰相望,巧者谋欲俱废之,乃以予所无构于裴。裴奏至,验之皆失实。上以裴方握兵,不欲校曲直,出予为工部侍郎,而相裴之期亦衰矣。不累月,上尽得所构者,虽不能暴扬之,遂果初意,卒用予与裴俱为宰相。复有购狂民告予借客刺裴者,鞫之复无状,然而裴与予以故俱罢免。"此处所言"巧者",即李逢吉之党。而李逢吉之党最忌恨者,即采用藩镇用兵策略,所以,在这点上,无论是元稹,还是裴度,都是李逢吉之党的眼中钉,故锻炼于方狱而两罢之。

到了大和二年(828年),元稹和裴度有可能开始消除宿怨、重归于好。朱金城《白居易年谱》云:"元稹与裴度不睦,构于于方一狱,致长庆二年六月俱罢相位。至大和三年,稹入为尚书左丞,正度在中书秉政时,殆由于度与稹始隙而终睦,非度惭悟于为二李(李逢吉、李宗闵)所愚,即出于刘禹锡、白居易二人为之居间解释所致也。"[2]此说可从。

### (五)元稹与令狐楚、李宗闵的矛盾

元稹和令狐楚曾经相互赏识文章,后来长庆中却相互嫌恶。元和十四年(819

---

〔1〕 参见《资治通鉴》卷242、《旧唐书》卷166《元稹传》。

〔2〕 朱金城:《白居易年谱》,上海古籍出版社1982年版,第190页。

年），元稹自虢州征还，入为膳部员外郎。令狐楚索其作。元稹因取二百首，成五卷，上之。《旧唐书》卷166《元稹传》载："宰相令狐楚一代文宗，雅知稹之辞学，谓稹曰：'尝览足下制作，所恨不多，迟之久矣。请出其所有，以豁予怀。'"当斯时也，令狐楚于元稹可谓备极赏识。而元稹对令狐楚的赏识也是备极感恩。其自述云："窃承相公特于廊庙间道稹诗句，昨又面奉教约，令献旧文。战汗悚踊，惭忝无地。""始闻相公记忆，累旬已来，实虑粪土之墙，庇之以大厦，使不复破坏，永为板筑者之误。辄写古体歌诗一百首，百韵至两韵律诗一百首，为五卷，奉启跪陈。或希构厦之余，一赐观览，知小生于章句中栾栌榱桷之材，尽曾量度，则十余年之遭回，不为无用矣。"

元和十五年（820年）八月，令狐楚由宣歙观察使再贬衡州刺史。时元稹为祠部郎中、知制诰，为草制词，力斥其奸，指责其"密赞讨伐之谋，潜附奸邪之党"，其矛头所指正是令狐楚附会李逢吉之党，沮裴度淮西用兵之谋。从献诗到制词，其前后不过一年，何其变化如是之速耶。

由于令狐楚和元稹的矛盾，令狐楚推荐诗人张祜时受到元稹的排挤，这也是党争影响到普通文士命运的一个例子。《唐摭言》卷11载：

> 张祜，元和、长庆中，深为令狐文公所知。公镇天平日，自草荐表，令以新旧格诗三百篇表进。献辞略曰："凡制五言，苟含六义，近多放诞，靡有宗师。前件人久在江湖，早工篇什，研机甚苦，搜象颇深，辈流所推，风格罕及。"云云。谨令录新旧格诗三百首，自光顺门进献，望请宣付中书门下。祜至京师，方属元江夏偃仰内庭，上因召问祜之辞藻上下，稹对曰："张祜雕虫小巧，壮夫耻而不为者，或奖激之，恐变陛下风教。"上颔之，由是寂寞而归。祜以诗自悼，略曰："贺知章口徒劳说，孟浩然身更不疑。"[1]

元稹和李宗闵的关系也是始善后恶。《旧唐书》卷168《钱徽传》（第4383页）载："李宗闵与元稹素相厚善。初稹以直道谴逐久之，及得还朝，大改前志，由径以徽进达，宗闵亦急于进取，二人遂有嫌隙。"权力的斗争使两者关系恶化，又经过长庆元年对策案，遂成势不两立之关系。

前期党争有这么几个特点：

其一，藩镇问题是前期党争的焦点。元和年间裴度主张对淮西用兵，而李逢

---

〔1〕　此事原委参《唐才子传校笺》卷6《张祜传》，第169—173页。

吉、皇甫镈、令狐楚等朝臣则持坚决反对态度。此决定了李逢吉之党与裴度之争是落后与进步、保守与革新之争。从历史的进步的观念出发,是可以得出这种结论的。

其二,元和长庆之际的党争甚为炽烈,也更为复杂,此时正当河北三镇复乱之时,国运消长之关键,而朝臣中也以如何处理藩镇问题而分成复杂的派系展开斗争,既有针锋相对、势不两立的政见之争,如长庆初提倡"消兵"策略和消极用兵藩镇的萧俛、李逢吉、令狐楚等,与主张积极用兵藩镇的裴度、李德裕严重冲突,也有围绕着相权而展开的权力和利益之争,如元稹与裴度,就其政治理想来看,未必无相合之处,然元稹却勾结宦官排挤裴度,而裴度亦目元稹为奸臣,他们之间的斗争,既是相权之争,也是两种不同的施政策略的斗争。

其三,相权之争是前期党争的主要表现形式。相权的获得是推行自己的政治主张的保证。故每当某党要人在朝任相时,必引进本党派人员,以扩大势力圈,巩固自己的地位,并采取可能的措施来排斥异己。

其四,李逢吉之党与宦官有着明显的勾结,在朝廷中形成了一股内廷阉宦和外庭士大夫公然勾结的巨大势力。为了获得相位、巩固相位,李逢吉通过郑注结交以王守澄为首的宦官。

其五,李逢吉之党,当长庆宝历之际,可谓势倾朝野,形成了"八关十六子"。如于敖这样出身于士族的人也依附他。李逢吉之党为求打击李绅和裴度,不惜采用一切可能的手段,可谓无所不用其极。李绅谋立深王的冤案与武昭狱都是李逢吉之党兴起的冤狱。造谣、中伤、阴谋陷害是其常用手段。其又惯于使用一石二鸟之策,如于方狱就成功地排挤了元稹和裴度。

其六,李宗闵、牛僧孺之党此时尚依附于李逢吉之党,以其在藩镇问题上与李逢吉之党相近,故组成同盟共同对付裴度等朝臣。然就此两党本身来看,也有很大的不同之处,也有矛盾冲突。

在前期党争的考察过程中,我认为,人事关系的互动是决定党派分野的重要原因。当然,人事关系的互动也不是毫无根据地乱动的,其背后肯定有政治、经济、文化方面的决定因素,并大致决定了人际关系互动的趋向。

当中唐之际,中央与藩镇之间的矛盾上升为主要矛盾,故对藩镇用兵问题成为当时不同党派争论的焦点,以坚持用兵伐叛政策的李吉甫、裴度为首的朝臣与要求采取姑息政策的李逢吉之党发生党争,并成为当时党争的两大主要派系。前者成为后期李党的前身,后者在元和末长庆宝历年间可谓权倾一时,而牛党党魁如令狐楚、李宗闵、牛僧孺多依附之,与之组成一个同盟。当李逢吉之党经过武昭狱而失势后,牛党逐渐取而代之。而前期党争模式也随之演变为牛李党争模式。

党争的人际关系是十分复杂的。即或政见相同,但是人际关系交恶,往往游离于其党派,成为另一势力的代表,如武元衡、武儒衡[1]。即或在同党内部,也会发生这样那样的矛盾,元稹和裴度之间一度誓不两立,然元稹的政见与裴度接近,且与李德裕交好,故不妨视之为同党内部的矛盾。而组成某种同盟关系时,在一段时间内他们可能联手,主要的政见接近,使人以为他们属于同派,但是他们之间的界限并没有全部泯灭,矛盾迟早会发生。李逢吉之党与李宗闵、牛僧孺之党之间就是这样。元和年间,牛僧孺与李逢吉曾一度联手,但是到了长庆年间牛僧孺入相的时候,他跟李逢吉之间的矛盾也闹得很大。因为他的从政风格和政治品德都跟李逢吉不同,所以李逢吉诋他为"太牢公"。

是座主门生、幕主僚属,或者文学知音尽管可以使两人之间的关系比较接近,甚至发展为同一党派,但是还是有些根本性的东西,如出身、政见、政治文化的不同,或者权力之争等等,使他们最终分开,甚至水火不相容。比如,令狐楚一度十分赏识元稹,元稹也很感恩,但是由于令狐楚对藩镇持姑息政策,元稹持积极用兵政策,故元稹于制词中诋毁他。李宗闵在元和十二年(817年)随裴度出征淮西,任彰义军观察判官,在这次平叛之后,才逐渐得到升迁,获得高位。但是,由于李宗闵的政治观念与裴度不同,且二人有相权之争,他们在大和三年(829年)彻底闹翻。而元稹和裴度交恶,固然是对藩镇用兵的不同策略之争,然究其实质,乃相位之争。故所谓人际关系的互动,表面上看起来是个人之间的恩怨,其实还是由某种更加根本的东西决定的。但是人际关系之间的表层关系也是相当要紧的,某种恩携或共事关系,往往对个人的党派归属起相当的作用。比如元稹,他跟李德裕的交情是很深的,故尽管其跟裴度有隙,仍不妨将之归于李党。

---

[1]　武元衡和李吉甫都是元和年间力主讨伐藩镇的重要宰臣,武元衡还为之付出生命代价(元和十一年王承宗派人刺死武元衡),按理说,武元衡和李吉甫应当关系密切,但是实际上,他们之间的矛盾是很大的。《北梦琐言》卷6载:"吉甫相与武元衡同列,事多不叶。每退,公词色不怿。掌武启白曰:'此出之何难?'乃请修狄梁公庙,于是武相求出镇。智计已闻于早成矣。"武元衡出镇剑南西川节度使在元和十年(815年)十月,当为李吉甫所排挤也。即或他们的政治主张比较一致,但是这种官僚之间的钩心斗角还是难免的。傅璇琮先生《李德裕年谱》第66—68页辨此事为非,认为二人政见相同,交谊不错,故此事乃出自晚唐文人诬构。按:先生回护前贤之心可以理解,然此事未必无根据,未必出自牛党之捏造。

## 二、从前期党争模式向牛李党争模式的演变

所谓从前期党争模式向牛李党争模式的演变,是指从元和末、长庆宝历年间,以李逢吉之党和李宗闵、牛僧孺之党组成的同盟与裴度、李德裕之间所展开的党争,演变为大和至大中年间,以牛僧孺、李宗闵为首的牛党和以李德裕为首的李党之间的党争。这是一个动态的过程,前后有着一定的延续性,但是也有相当的变异性。在考察牛李党争的时候,固然不能离开对前期党争的考察,因为前后期的人际关系和政治主张有着延续性,同时,又要防止用前期党争的模式来套牛李党争模式,僵化、简单化地理解牛李党争。

元和末、长庆宝历之际,李逢吉之党特盛,与李党的党争亦相当酷烈,到李宗闵、牛僧孺之党占据政治舞台,成为李党的主要对立面,这是一个渐进的过程。我认为,有这么几个事件,可以大致标划出这个渐进的过程:

长庆元年科场覆试案,是牛李党人各自凭借势力,通过科举考试而正面冲突的第一次重大事件,也是此模式演变的第一次重大事件;

长庆二年(822年)牛李相位之争,是第二次重大事件。但此时仍是处在李逢吉势力的覆盖之下;

宝历二年(826年)武昭狱是此模式演变的关键。李逢吉之党沮,为李宗闵、牛僧孺之党全面崛起提供了机会;

大和三年(829年)牛李相位之争是此模式演变的完成。

今兹论之。

### 1. 长庆元年科场覆试案是此模式演变的第一次重大事件

《资治通鉴》卷241长庆元年三月(第7790—7791页)载[1]:

> 翰林学士李德裕,吉甫之子也,以中书舍人李宗闵尝对策讥切其父,恨之。宗闵又与翰林学士元稹争进取有隙。右补阙杨汝士与礼部侍郎钱徽掌贡举,西川节度使段文昌、翰林学士李绅各以书属所善进士于徽;及榜出,文昌、绅所属皆不预,及第者,郑朗,覃之弟;裴譔,度之子;苏巢,宗闵之婿;杨殷士,汝士之弟也。
>
> 文昌言于上曰:"今岁礼部殊不公,所取进士皆子弟无艺,以关节得之。"上

---

[1] 更详细记载参《旧唐书》卷168《钱徽传》,第4383页。

以问诸学士,德裕、稹、绅皆曰:"诚如文昌言。"上乃命中书舍人王起等覆试。
夏,四月,丁丑,诏黜朗等十人,贬徽江州刺史,宗闵剑州刺史,汝士开江令。

> 或劝徽奏文昌、绅属书,上必悟,徽曰:"苟无愧心,得丧一致,奈何奏人私
> 书,岂士君子所为邪!"取而焚之,时人多之。绅,敬玄之曾孙;起,播之弟也。自
> 是德裕、宗闵各分朋党,更相倾轧,垂四十年。

长庆元年科场案一般被当作牛李党争的起因,自司马光首唱,后人往往从之。笔者认为,牛李党争的缘起当是元和三年对策案,如前所论,是宦党和宦官积极构陷的结果。但是一些学者在否定这次科场案为牛李党争起因时,亦有持论不当之处,故略陈鄙见以为商榷。

周建国先生在《白居易与中晚唐党争》[1]一文中辨析了司马光对党争计年的错误,以及辨别了参与这次党争的李党人物,均有史实依据。然而他又提出,长庆元年覆试案,"根本不具备牛李党争之性质","不论李德裕,抑或牛僧孺、李宗闵均未入相,还不足以分朋立党"。这种说法就值得商榷了。因为从前期党争模式向牛李党争模式演变的角度观之,长庆元年覆试案不但具有党争的性质,而且,在此模式演变的过程中具有重要的意义。

在前期李宗闵、牛僧孺依附李逢吉阶段,尚未有直接跟李党要人较大规模冲突事件,经过这一事件,两党的界限开始清晰化,敌我之分也开始明朗化,所以,这一事件,已经具备牛李党争的性质。因为,其一,长庆元年之时,李德裕、李宗闵、牛僧孺虽然并没有入相,但是两党的基本阵营已经具备,各自分朋立党。入相与否不是决定有否分朋立党的决定因素,即以官位言之,元稹、李绅、李德裕为翰林学士,居"内相"之重,李宗闵为中书舍人,仕途正处于上升趋势,故皆拥有相当的政治资本和一定的权力,在他们之间展开的斗争,何谓不是朋党之争?其二,从人事关系来看,元稹、李绅与李宗闵皆已有相当的矛盾,"宗闵又与翰林学士元稹争进取有隙",李绅跟李逢吉之党有着很大的矛盾,在穆宗即位后,常常"思政面论逢吉、崔植奸邪,刘栖楚、柏耆凶险,张又新、苏景修朋党也"(《趋翰苑遭诬构四十六韵》自注)。而李宗闵当时为党附李逢吉者,自与李绅交恶。故长庆元年科场覆试案其实是积蓄已久的牛李两党之间矛盾的一次总爆发。其三,尽管当时攻击此次知贡举最有力

---

〔1〕 载《文献》1994年第4期。

的是元稹和李绅,尤其是元稹,李德裕未必参加[1],然李德裕与李绅、元稹亲密,为同一阵营之人物,故视之为一起早期的牛李党争事件未必不妥。周建国先生"根本不具备牛李党争之性质"的说法略嫌武断。其四,此次覆试案,并无李逢吉之党的势力介入,故为比较正式的"牛李党争"事件。

从党争的动力机制来看,这次党争突出的是权力和利益之争这个层面,而以意气之争为驱动力。进士科请托之风,可谓行之已久,牛李党人皆有向钱徽通"关节",请托自己所属意的进士的行为,然录取结果却大违段文昌、李绅初愿,在恼怒之下,段文昌面奏"子弟艺薄,不当在选中",由此而触发了一场党争。李绅、元稹凭借着自己已经据有的权力,即翰林学士的特殊身份,指责礼部不公,从而覆案。此等行为,亦是后来牛李党争时期常有之事。故此次党争,究其实质,不过是利益之争的变形。王夫之《读通鉴论》卷26《穆宗》二指出:"贡举者,议论之丛也,……贡举之于天下,群人士而趋之者也。……内不胜妇人孺子之嚅呢,外不胜姻亚门生之洽比,恤暮年之炎冷,念身后之荣枯,一中其隐微而情不能禁,贤者不免,勿问垄断之贱丈夫矣。宗闵之于增苏巢,汝士之于弟殷士,固也;郑覃行谊无大疵而庇其弟朗,李绅以贤见忌而有所请托,乃至裴中立以耆德元勋,何患其子不与清华之选,而使其子譔膺冒昧之荣,尤可惜也。习尚之移人,特立不染者,伊何人邪?有之,则允为豪杰之士矣。"[2]

无论钱徽此次科试是公正还是不公正,都反映了当时势家对贡举进行干预的现实:"先是,贡举猥滥,势门子弟,交相酬酢,寒门俊造,十弃六七。"(《旧唐书》卷164《王起传》)李绅、段文昌自身之行为亦本非光明磊落,故傅璇琮先生所论的"这次科试案,实是非豪门势要的士人对贵门势要在科举试中的一次斗争"[3],似有拔高之嫌。而周建国先生以"被指责为'所取进士皆子弟无艺'的,固然有后来成为牛党党魁李宗闵、要员杨汝士的亲属,但也有被史家目为李党的裴度、郑覃等人的子弟"作为论据,来说明此科场案"根本不具备牛李党争之性质",似嫌论证不充分。夫党争往往挟意气而行,段文昌、李绅既在大怒之下攻讦此次科试不公,自是指钱徽取李宗闵、杨汝士所托之人中举,遑顾其中亦有裴度、郑覃之子弟,且既已发难,自当坚持到底,以赢此局,故李绅、元稹于内翰证实之。

---

[1] 《旧唐书》卷168《钱徽传》、《新唐书》卷177《钱徽传》,皆无李德裕直接参与排挤之事。

[2] 中华书局2002年版,第778—779页。

[3] 傅璇琮:《李德裕年谱》,第142页。

长庆元年科场案冲突的根本原因是科场录用问题,关系个人恩怨,在人际关系的互动中,以权力和利益之争为杠杆,以政见之争为关键,以意气之争为催化剂,共同形成一种党争的动力机制。

2.长庆二年(822年)牛李相位之争,是此模式演变的第二次重大事件

长庆二年(822年)牛李相位之争,其实是在李逢吉的控制之下进行的,但是其结果却使李德裕与李宗闵、牛僧孺之间的矛盾加深,使两党的分野明朗化。长庆宝历之际,李逢吉之党正不遗余力地排挤李党。其矛头所指,主要为裴度、元稹、李绅、李德裕等人。而李宗闵、牛僧孺之党因与李逢吉之党有着某种利益一致性,故为其所援引。《旧唐书》卷174《李德裕传》载:

> 时德裕与李绅、元稹俱在翰林,以学识才名相类,情颇款密。而逢吉之党深恶之。(长庆二年二月)其月,罢学士,出为御史中丞。时元稹自禁中出,拜工部侍郎、平章事。三月,裴度自太原复辅政。是月,李逢吉亦自襄阳入朝,乃密赂纤人,构成于方狱。六月,元稹、裴度俱罢相,稹出为同州刺史。逢吉代裴度为门下侍郎、平章事。既得权位,锐意报怨。时德裕与牛僧孺俱有相望,逢吉欲引僧孺,惧绅与德裕禁中沮之;九月,出德裕为浙西观察使,寻引僧孺同平章事。由是交怨愈深。[1]

李逢吉长庆二年(822年)三月入朝后,即制造了于方狱以构陷裴度,六月,裴度、元稹俱罢相,九月又出李德裕为浙西观察使。

李逢吉为什么要引牛僧孺入相? 最主要还是因为牛僧孺在藩镇用兵问题上跟李逢吉接近[2],故虽然李逢吉和牛僧孺也有着一些矛盾,入相后甚至矛盾更大,但是李逢吉还是援引牛僧孺入相,这是因为在整个权力布局中李逢吉只有援引与自己比较接近的党派,增加自己的势力,才能有效地排挤裴度、李德裕之党,这也是古代权臣之间斗争常用的策略。还有自人际关系观之,牛党与李党的积怨已很深,故与李逢吉之党可以形成同盟关系。

---

〔1〕 牛僧孺入相时间应以《旧唐书》中本传为正,不是长庆二年(822年)九月,而是长庆三年(823年)三月,辨见丁鼎《李逢吉与牛僧孺关系考论——兼论朱李两党的划分标准》,载《人文杂志》1993年第3期。

〔2〕 牛僧孺大和五年(831年)在回答文宗如何处理幽州军逐其帅杨载义的时候,要求朝廷不必问"逆顺",采取姑息政策;大和六年(832年)十一月回答问题"天下何时当太平"时提出"太平无象"说,皆可见这是其一贯的主张。

牛僧孺入相后，又援引李宗闵，长庆三年（823 年）冬权知礼部侍郎。这是牛党党魁首次入相，标志着牛党势力的正式崛起。

李逢吉之党当权时，排斥异己，制造了系列冤案。

长庆三年（823 年）六月制造李绅与韩愈的矛盾，以放台参事件两排之。

长庆四年（824 年）正月穆宗卒，敬宗即位，李逢吉之党诬构李绅谋立深王；二月，贬李绅为端州刺史。

牛僧孺时在相位，李宗闵亦据要职，而于此等排斥李党的行为却绝少反对。遍查史料，未发现他们有直接参与之迹象，然可想而知他们自是持默许态度的，不敢对李逢吉之党的行为持异议。

宝历元年（825 年）正月牛僧孺求出，为同平章事、武昌军节度使，史载"宝历中，朝廷政事出于邪幸，大臣朋比。僧孺不奈群小，拜章求罢者数四"，此实际上是李逢吉与牛僧孺个人矛盾越来越大的结果，是牛僧孺比较清直的政治操守与李逢吉奸邪行为冲突的结果，这成了他们同盟关系中的一大裂缝。

3. 宝历二年（826 年）武昭狱是此模式演变的关键

李逢吉之党由武昭狱而开始淡出朝廷党争，由此改变了朝廷中党派之间的权力结构，从而也正式揭开了以牛李两党相互对峙为主要模式的朝廷党争的序幕。

宝历二年（826 年）正月，裴度请自兴元入觐，李逢吉党张权舆造谣倾之。既不能沮，乃兴武昭狱，李逢吉沮，部分党羽被贬，裴度再入相（事详见《旧唐书》卷 167《李逢吉传》，第 4366 页）。

武昭狱之后，李逢吉出为山南东道节度使，为朝廷所疏，《新唐书》卷 174《李逢吉传》（第 5223 页）载："初，逢吉兴（武）昭狱以止度入而不果，天子知度忠，卒相之。逢吉于是浸疏，以检校司空、平章事为山南东道节度使。"傅璇琮先生《李德裕年谱》论云："按李逢吉此次罢知政事，出镇襄州，从此以后，即不再入朝执政。朝中党争，穆宗、敬宗时，主要表现为裴度与李逢吉之党的斗争，从文宗大和起，则主要表现为李德裕与牛僧孺、李宗闵的斗争。李德裕为裴度所器识，牛僧孺、李宗闵为李逢吉所援引，因此，李德裕与牛僧孺、李宗闵之争也就是裴度与李逢吉之争的继续。"[1] 按：傅璇琮先生以史的视野阐明了前期党争模式向牛李党争模式的演变特点，论断精辟，基本可从，但是说"李德裕与牛僧孺、李宗闵之争也就是裴度与李逢吉之争的

---

〔1〕 傅璇琮：《李德裕年谱》，第 191 页。

继续",虽指出了两者的联系性,对两者的变异性却强调不够,容易使人将前后两种党争模式混为一谈。前期党争其实是李逢吉之党与牛党所结成的同盟与裴度、李德裕之党的斗争。而李逢吉之党的党人主体跟牛党的党人主体还是不同的,两党之间也是有相当矛盾的,此又不可不知。

**4. 大和三年(829年)二李相位之争是此模式演变的完成**

《旧唐书》卷174《李德裕传》(第4518—4519页)载:

> 文宗即位,就加检校礼部尚书。大和三年八月,召为兵部侍郎,裴度荐以为相。而吏部侍郎李宗闵有中人之助,是月拜平章事,惧德裕大用。九月,检校礼部尚书,出为郑滑节度使。德裕为逢吉所摈,在浙西八年,虽远阙庭,每上章言事。文宗素知忠荩,采朝论征之。到未旬时,又为宗闵所逐,中怀于悒,无以自申。赖郑覃侍讲禁中,时称其善,虽朋党流言,帝乃心未已。宗闵寻引牛僧孺同知政事,二憾相结,凡德裕之善者,皆斥之于外。四年十月,以德裕检校兵部尚书、成都尹、剑南西川节度副大使、知节度事、管内观察处置、西山八国云南招抚等使。裴度于宗闵有恩,度征淮西时,请宗闵为彰义观察判官,自后名位日进。至是恨度援德裕,罢度相位,出为兴元节度使,牛、李权赫于天下。

从长庆元年科场案到大和三年(829年),已历时九年。在这段时间内,发生了很多党争事件,已有的矛盾加上新生的矛盾,旧恨加新仇,使牛李两党之间积怨愈深。大和三年(829年)党争集中在相权之争上,从动力机制的角度来看,突出了权力之争这个层面。李逢吉势力的退出,使朝廷中的党争成为牛李两党相互对峙的党争,标志着前期党争模式向牛李党争模式演变的完成。

这次党争有着这么一些特点:

其一,相权的争夺是牛李党争的焦点之一。因为相权的获得意味着在朝廷中获得中枢决策权,意味着能保持自身与打击对方。同时相权的获得也意味着能够实施自己的政治纲要和政治主张。所以牛李两党都为了获得相权而采取诸般措施,包括取悦皇帝,依附权要,甚至勾结宦官,围绕着相权的争夺发生各种政治排挤行为。

其二,为了获得相权,李宗闵不惜结交中人。《旧唐书·李宗闵传》载:"宗闵为吏部侍郎时,因驸马都尉沈𬒈结托女学士宋若宪及知枢密杨承和,二人数称于上前,故获征用。"李党也同样十分重视相位的获得,裴度推荐李德裕入相,郑覃侍讲禁中的时候也"时称其善"。

其三,每次党魁获得相位后,都不遗余力引进同党,排斥异己。李宗闵"寻引牛僧孺同知政事,二憾相结,凡德裕之善者,皆斥之于外(《旧唐书》卷174《李德裕传》,第4518页)。"到了文宗大和七年(833年)二月李德裕入相,文宗与之论朋党事,李德裕对曰"方今朝士三分之一为朋党"(《资治通鉴》卷244大和七年二月)时,即指牛党在朝中势力之盛,在这段时间内,也是牛党杨虞卿、杨汉公、张元夫、萧澣等人"善交结,依附权要,上干执政,下挠有司,为士人求官及科第,无不如志"(同上),最为猖狂、得势的时期。

其四,裴度于李宗闵有恩,然此次党争中两人却闹翻了脸,李宗闵出裴度为兴元节度使,裴度被贬斥,正是党争界限更加明显的标志。

其五,经过这次党争之后,"牛、李权赫于天下",填补了前期李逢吉之党失势后的权力真空,完成了党争模式的演变。

# 第二节　文宗朝:互为胶着、互为进退时期

自大和三年(829年)二李相位之争完成了牛党党争模式的演变之后,文宗朝牛李两党各自凭借着他们所拥有的集体资源,围绕着权力和利益的争夺,以及政见的针锋相对,演出了一幕又一幕的悲喜剧,可谓"乱哄哄你方唱罢我登场"。

文宗朝的政局显得十分复杂多变,各种利益集团之间的矛盾和斗争,错综复杂的权力网络,难以备述。我们应该全面深入地去考察这段时期的党争状况,而不该将之简单化。

文宗跟穆宗、敬宗不同的地方,即在于他是一个终其一生,有着强烈的除宦意愿的皇帝,他先后委任了宋申锡、李训、郑注等人,发动了两次谋剪宦官的行动。这种君主的意志力影响着当时朝局的发展变化。由君主所扶植起来的朝臣势力,跟朝臣中原有的各种势力交织在一起,使得朝局更加风云突变,瞬息莫测。

文宗朝的政治势力集团,除了牛李两党之外,还有主要是大和八、九年间崛起的李训、郑注之党。李训、郑注之党一方面固然秉承了文宗皇帝的除宦意愿,但是其本身又是一个自成一体的利益集团,代表着在朝臣争权夺利的过程中攀附宦官、权臣、皇帝等权势者而最终崛起的那么一股势力,这些人往往是因利益的重新分配和为实现个人野心而纠集在一起的。

李训、郑注之党崛起后,通过排斥异己,黜退牛、李党人,扶持党羽,剪除元和逆党成员,一时形成气焰熏天之势。

文宗朝对于牛李两党大体上采用了相互进退的均衡策略,不让一党独制。开成元年(836 年)前,主要是牛李两党党魁围绕着相权的争夺而展开党争,在执政期间压制对方,打击报复,大和五年(831 年)维州事件是牛党执政期间牛僧孺对李德裕的政治方略的反驳,大和七年(833 年)李德裕执政之后,又对科举制度、官僚体制进行了系列改革,以拨正牛党的施政纲要。但是大和八、九年间李训、郑注之党的崛起,使得两党皆被排挤出中央决策机构,出为外官。开成元年至会昌初,则是两党要人,在执政过程中,通过朝争廷议的方式,引进本党党魁,扩张自身势力。他们在词锋上互不相让,互相贬损对方,执政者之间的内讧,直接影响了官僚政治体制的正常运行。

## 一、大和三年(829 年)八月至大和七年(833 年)二月,牛党执政期间的政治行为

### (一)牛党排挤李党,扩张自身势力

大和三年(829 年)八月,李宗闵入相后,九月出李德裕为义成节度使。四年(830 年)正月引牛僧孺为相;九月,出裴度为山南东道节度使;十月,以李德裕为西川节度使。五年(831 年),恶郑覃"禁中言事,奏为工部尚书,罢侍讲学士"(《旧唐书》卷 173《郑覃传》,第 4490 页)。同时大力引进牛党成员,如李汉、高元裕、李珏、杨虞卿等,任以要职。李宗闵和牛僧孺"二憾相结,凡德裕之善者,皆斥之于外"(《旧唐书》卷 174《李德裕传》,第 4518 页),造成了"牛、李权赫于天下"现象,牛党的势力也以这段时期为最盛。

李宗闵在当时排挤李党,也引起了当时正直朝士的不满。比如李宗闵对崔从的排挤,引起了"哗语不平"。《新唐书》卷 114《崔从传》(第 4197—4198 页)载:"召拜户部尚书。宰相李宗闵以从裴度、李德裕所善,内不喜。从求致仕,除太子宾客,分司东都,告满百日去。于是众哗语不平,宗闵惧,复授检校尚书左仆射、淮南节度副大使,知节度事。"

牛党在执政期间,占有和控制"署第注员"的权力。《新唐书》卷 175《杨虞卿传》(第 5248—5249 页)载:

李宗闵、牛僧孺辅政，引为右司郎中、弘文馆学士。再迁给事中。虞卿佞柔，善谐丽权幸，倚为奸利。岁举选者，皆走门下，署第注员，无不得所欲，升沉在牙颊间。当时有苏景胤、张元夫，而虞卿兄弟汝士、汉公为人所奔向，故语曰："欲趋举场，问苏、张；苏、张犹可，三杨杀我。"宗闵待之尤厚，就党中为最能唱和者，以口语轩轾事机，故时号党魁。

李宗闵在相任期间，往往通宾客。《新唐书》卷180《李德裕传》（第5333页）载："故事，丞郎诣宰相，须少间乃敢通，郎官非公事不敢谒。李宗闵时，往往通宾客。李听为太子太傅，招所善载酒集宗闵阁，酣醉乃去。"

牛党执政期间，往往持禄苟安。

大和五年（831年）春正月卢龙军杨载义作乱，牛僧孺提出其处理方针，要求"但因而抚之，俾扞奚、契丹不令入寇，朝廷所赖也。假以节旄，必自陈力，不足以逆顺治之"（《旧唐书》卷172《牛僧孺传》，第4471页）。司马光斥其为"姑息偷安之术"（《资治通鉴》卷244大和五年正月）。

大和六年（832年）十一月，维州事件后，牛僧孺在延英会议上回答文宗的责望之语，又提出"太平无象"说，表露了其一贯的政治观念和政治方略，《资治通鉴》卷244大和六年十一月（第7880页）载：

十一月，乙卯，以荆南节度使段文昌为西川节度使。西川监军王践言入知枢密，数为上言："缚送悉怛谋以快虏心，绝后来降者，非计也。"上亦悔之，尤中书侍郎、同平章事牛僧孺失策。附李德裕者因言："僧孺与德裕有隙，害其功。"上益疏之。僧孺内不自安，会上御延英，谓宰相曰："天下何时当太平，卿等亦有意于此乎！"僧孺对曰："太平无象。今四夷不至交侵，百姓不至流散，虽非至理，亦谓小康。陛下若别求太平，非臣等所及。"退，谓同列曰："主上责望如此，吾曹岂得久居此地乎！"因累表请罢。十二月，乙丑，以僧孺同平章事，充淮南节度使。

司马光斥责了牛僧孺"进则偷安取容以窃位，退则欺君诬世以盗名"，并指出了当时严峻的政治现实："于斯之时，阉寺专权，胁君于内，弗能远也；藩镇阻兵，陵慢于外，弗能制也；士卒杀逐主帅，拒命自立，弗能诘也；军旅岁兴，赋敛日急，骨血纵横于原野，杼轴空竭于里闾，而僧孺谓之太平，不亦诬乎！"

### (二)维州事件是牛僧孺对李德裕的政治方略的反驳,其中不无意气成分

大和五年(831年)九月维州事件成为牛李矛盾激化的一大事件。在李珏看来,维州事件是造成牛李"宿憾"的关键事件。"初德裕承籍地势,自负机术,公介特素不与之交,及是大不平,遂成宿憾。"(《牛公神道碑铭并序》)

这是一起如何处理少数民族投诚的事件。以李德裕为主的积极招抚派和以牛僧孺为主的姑息保守派在此事件上互不相让。这不仅仅是两种不同的政治方略之间的矛盾,透过牛僧孺的那番看似振振有词的话语,我们还是可以看出其中有着相当的意气成分。从党争的动力机制来看,这次党争突出的是政见之争这个层面,而以意气之争为驱动力。

大和四年(830年)十月李德裕自任西川节度使以来,积极备边:"作筹边楼,图蜀地形,南入南诏,西达吐蕃。日召老于军旅、习边事者,虽走卒蛮夷无所间,访以山川、城邑、道路险易广狭远近。⋯⋯练士卒,葺堡鄣,积粮储以备边,蜀人粗安。"(《资治通鉴》卷244大和四年)在这种情况下,才发生了吐蕃维州副使悉怛谋请降事件。《资治通鉴》卷244大和五年九月(第7878页)载此事甚详:

> (大和五年)九月,吐蕃维州副使悉怛谋请降,尽帅其众奔成都;德裕遣行维州刺史虞藏俭将兵入据其城。庚申,具奏其状,且言"欲遣生羌三千,烧十三桥,捣西戎腹心,可洗久耻,是韦皋没身恨不能致者也!"事下尚书省,集百官议,皆请如德裕策。牛僧孺曰:"吐蕃之境,四面各万里,失一维州,未能损其势。比来修好,约罢戍兵,中国御戎,守信为上。彼若来责曰:'何事失信?'养马蔚茹川,上平凉阪,万骑缀回中,怒气直辞,不三日至咸阳桥。此时西南数千里外,得百维州何所用之! 徒弃诚信,有害无利。此匹夫所不为,况天子乎!"上以为然,诏德裕以其城归吐蕃,执悉怛谋及所与偕来者悉归之。吐蕃尽诛之于境上,极其惨酷。德裕由是怨僧孺益深。

李德裕提出收复维州的建议,朝廷集百官议,多数人是支持李德裕的主张的。但是牛僧孺却以宰相的身份讲了一番话,获得了文宗的首肯,这就导致了这个主张的破产。所以,这起事件中,牛僧孺应负相当的责任。显然,他所持的那种政治方略,即以姑息保守为治国之要,是决定他反驳和否定李德裕建议的主要原因。

牛僧孺无论是对待藩镇叛乱还是边事,一贯持姑息政策,这是由来有自的。他的这种政治观念和政治方略有着前后的一贯性和一致性,故维州事件中他极力反

对李德裕的积极招抚政策,这是可以理解的。当然,党人的那种意气也是驱使他唱成此说的动力之一,这一维度也不容忽视。政见之争往往使意气炽盛,而意气之争往往导致了政见的扭曲变形。

维州事件的是非曲直,历来聚讼纷纭。自司马光首唱直牛曲李之说,"且德裕所言者利也,僧孺所言者义也"(《资治通鉴》卷 247 会昌三年三月),后之论者,亦每有斥司马光之说为非者。

司马光在论维州事件的时候,充分肯定了牛僧孺的观点,以义利之辨作为是非曲直的分水岭,则是他的保守的政治观的表露。王夫之一针见血地指出了他的用心。《读通鉴论》卷 26《文宗》四:"牛、李维州之辨,伸牛以诎李者,始于司马温公。公之为此说也,惩熙丰之执政用兵生事、敝小国而启边衅,故崇奖处镇之说,以戒时君。"[1]

至于在当时情境之下,牛僧孺为什么会提出反对意见,他的动机是什么,这是我们后人所难以知道的。牛僧孺在反对李德裕的主张的时候,主要是以"信义"为幌子,即:第一,"中国御戎,守信为上";第二,失信之后会引起吐蕃的可怕的侵犯。

如果我们联系当时的国情,从当时的客观情势出发,则可以发现牛僧孺的话语其实扭曲事实,夸大敌情,有相当的意气成分,其说法是站不住脚的。

信义说、背盟说遭到了李德裕的有力反驳。会昌年间,李德裕当国的时候,重新论奏维州事件,并为悉怛谋平反,对牛僧孺的"塞忠款之路,快仇虐之情",表示极度的愤慨。李德裕是如何反驳牛僧孺的那种义利之说以及背盟说的?他指出:"吐蕃未降以前一年,犹围逼鲁州,以此言之,岂守盟约,况臣未尝用兵攻取,彼自感化来降,又沮议之人,岂思事实,犬戎迟钝,土旷人稀,每欲乘秋犯边,皆须数岁聚食。臣得维州逾月,未有一使入疆,自此以后,方应破胆,岂有虑其复怨,鼓此浮词?"

王夫之深刻地指出了牛僧孺这番话语的意气成分及其私心。王夫之从吐蕃当时的国力出发,认为吐蕃在当时根本没有力量与唐王朝较量,没有牛僧孺所讲的那么可怕:"夫僧孺,岂果崇信以服远,审势以图宁乎?事成于德裕而欲败之耳。"[2]岑仲勉先生亦持此论,所论甚详。[3] 无论是李德裕、王夫之还是岑仲勉,其立说皆有根有据,故于牛僧孺私心的一面可谓揭露无余。

---

[1] 王夫之:《读通鉴论》,中华书局 2002 年版,第 790 页。

[2] 王夫之:《读通鉴论》,第 792 页。

[3] 参见《隋唐史》,河北教育出版社 2000 年版,第 408 页。

## 二、大和七年(833 年)二月至大和九年(835 年)末,三大政治派系之间错综复杂的关系

大和七年至九年(833—835 年)期间,由于李训、郑注之党的崛起,打破原有的牛李党争模式,形成了三峰并峙的局面,党人之间关系可谓犬牙交错,错综复杂。三大派系之间经过一段时间的较量,李训、郑注之党成功地排挤了牛李两党,在朝廷的中枢决策系统中取得举足轻重的地位。而牛李两党与李训、郑注之党之间的矛盾也一时占据了主要地位,暂时盖过了牛李两党之间的矛盾。

### (一)李党拨正牛党的施政纲要,改革科举制度

大和七年(833 年)二月至大和八年(834 年)十一月,李德裕执政期间进行系列政治革新,以拨正牛党的施政纲要。文宗之所以择任李德裕为相,其原因无非有二:一则以李德裕在藩镇治绩相当突出,美誉流布;二则以维州事件之后,文宗于牛僧孺深为失望,加以西川监军使王践言之推荐,文宗乃择李德裕为相,以革新政治[1]。

李德裕初次主政,开始实施其政治方略,拨正牛党的施政纲要。但由于李德裕执政仅一年有余,且受到了牛党和李训、郑注之党的排挤,故可谓匆匆实施,草草收场,直到会昌年间他才将自己的政治方略贯彻实施。

1.以破除朋党的名义驱逐牛党人员,标榜自己的中立无私

李德裕一上台,就擎起他惯用的反对朋党的旗帜,排挤牛党人员。《新唐书》卷174《李宗闵传》(第 5235—5236 页)载:

> 久之,德裕为相,与宗闵共当国。德裕入谢,文宗曰:"而知朝廷有朋党乎?"德裕曰:"今中朝半为党人,虽后来者,趋利而靡,往往陷之。陛下能用中立无私者,党与破矣。"帝曰:"众以杨虞卿、张元夫、萧澣为党魁。"德裕因请皆出为刺史,帝然之。即以虞卿为常州,元夫为汝州,萧澣为郑州。宗闵曰:"虞卿位给事中,州不容在元夫下。德裕居外久,其知党人不如臣之详。虞卿日见宾客于第,世号行中书,故臣未尝与美官。"德裕质之曰:"给事中非美官云何?"宗闵大沮,不得对。俄以同平章事为山南西道节度使。

---

[1]　参见《旧唐书》卷 174《李德裕传》,第 4519—4520 页。

李德裕既已执政,于李宗闵之言论总是针锋相对。与李宗闵就郑覃的经术问题展开了一次交锋,《资治通鉴》卷244大和七年六月(第7885页)载:

> 壬申,以工部尚书郑覃为御史大夫。初,李宗闵恶覃在禁中数言事,奏罢其侍讲。上从容谓宰相曰:"殷侑经术颇似郑覃。"宗闵对曰:"覃、侑经术诚可尚,然论议不足听。"李德裕曰:"覃、侑议论,他人不欲闻,惟陛下欲闻之。"后旬日,宣出,除覃御史大夫。宗闵谓枢密使崔潭峻曰:"事一切宣出,安用中书!"潭峻曰:"八年天子,听其自行事亦可矣!"宗闵怅然而止。

**2.调整官僚运作机制,改革弊政**

废除了李宗闵时期丞相会见宾客的弊政(《新唐书》卷180《李德裕传》,第5333页);要求诸王出阁,去除百年弊法,竟以议所除官不决而罢(《资治通鉴》卷244大和七年七月);以及其他弊政。

**3.改革科举制度**

李德裕、郑覃素重经术,故对于以诗赋为重的科举考试也是从经术的思路出发,要求以经术为取士的主要标准,以去除进士浮薄的风气:"是时,文宗好学嗜古,郑覃以经术位宰相,深嫉进士浮薄,屡请罢之。文宗曰:'敦厚浮薄,色色有之,进士科取人二百年矣,不可遽废。'因得不罢。"(《新唐书》卷44《选举志上》)

本次科举改革,《唐会要》卷76《贡举》有详细记载:

> 太和七年八月,礼部奏:"进士举人先试帖经,并略问大义,取经义精通者,次试议论各一首,文理高者,便与及第,其所试诗赋并停者。伏请帖大小经各十帖,通五通六为及格,所问大义,便与习大经内,准格明经例问十条,仍对众口义。伏准新制,进士略问大义,缘初厘革,今且以通三通四为格,明年以后,并依明经例,其所试议论,请限五百字以上为式。"敕旨,依奏。

> 八年正月,中书门下奏:"进士放榜,旧例,礼部侍郎皆将及第人名先呈宰相,然后放榜。伏以委任有司,固当精慎,宰相先知取舍,事匪至公。今年以后,请便令放榜,不用先呈人名,其及第人所试杂文,及乡贯三代名讳,并当日送中书门下,便合定例。"敕旨,依奏。

> 其年十月,礼部奏:"进士举人,自国初以来,试诗赋帖经时务策五道,中闲或暂改更,旋即仍旧。盖以成格可守,所取得人故也。去年八月敕节文,先试帖经口义议论等,以臣商量,取其折衷。伏请先试帖经通数,依新格处分。"敕旨,依奏。

可见,李德裕执政期间对科举的改革主要集中在几个方面:其一,对科举内容进行改革,停诗赋,以经义为主要取士标准。这与其士族立场是一致的,也是李德裕、郑覃一贯认可的观念。其二,对贡举的流程进行变革,防止宰相介入科举取士,委礼部侍郎以自主权。其三,对那些导致座主门生、同年结党的仪式和聚会活动予以取缔。《新唐书》卷44《选举志上》(第1169页)德裕奏:"国家设科取士,而附党背公,自为门生。自今一见有司而止,其期集、参谒、曲江题名皆罢。"

但是李德裕的科举改革受到了重重阻力。本次科举考试从大和七年(833年)八月开始,到了大和八年(834年)就宣布破产,礼部复罢进士议论,而试诗、赋,文宗从内出题以试进士。到了会昌年间李德裕执政的时候,李德裕又贯彻他那套改革科举的措施,但是也没有贯彻进士试论议不试诗赋的要求,这是因为科举取士已根深蒂固,相沿成风,不是简单的行政措施所能改变的。正如文宗所指出的,"敦厚浮薄,色色有之,进士科取人二百年矣,不可遽废"(《新唐书》卷44《选举志上》)。

## (二)李训、郑注之党成功地排挤李党和牛党

牛李两党跟李训、郑注之党实际上都有矛盾。李德裕跟李训、郑注尤为交恶。大和七年至八年(833—834年)间李德裕虽然受到了文宗的委任和重用,但是随着李训、郑注之党的崛起,李德裕跟他们之间的矛盾也日趋激化。李德裕成了李训、郑注之党的眼中钉,成为首先要排挤的对象。

李训、郑注之党之所以能够在大和七年至九年(833—835年)间迅速崛起,主要是因为同时受到了宦官和文宗的信任和支持。李训、郑注本身是属于阉宦党派的人物。郑注在元和末即开始依附王守澄。而李训则是通过贿赂郑注而结求于王守澄(《旧唐书》卷176《李宗闵传》)。王守澄将他们推荐给文宗,文宗则在密室中跟他们商定了除宦的大计,委之以除宦重任。文宗"外托讲劝,又皆以守澄进,故与之谋则其党不疑"(《新唐书》卷179《李训传》)。在文宗亲自扶植下,他们入为翰林侍讲学士,李训入相,而郑注则出为凤翔节度使,两人开始在朝廷内外部署他们的除宦人员。

李训、郑注之党跟长庆宝历之际的李逢吉之党有着这样那样的联系。李训,原名李仲言,乃是"八关十六子"的中心成员之一。而李逢吉之党跟王守澄、郑注很早就有了勾结,在朝廷中相互倚重。所以,大和八年、九年之际李训和郑注的重新组合,其实是某种共同的利益需求在起作用。从某种意义上可以说,李训、郑注之党

是李逢吉之党在大和年间的复兴。但是,又不能简单地将两者对等起来。李训、郑注之党自是大和年间政治形势下的产物,无论是它的成员构成,还是它的政治活动特点,都跟早期的李逢吉之党有所不同。早期的李逢吉之党跟宦官勾结甚密,而李训、郑注之党虽然是阉宦派系里的人物,却接受了文宗的除宦使命,要反戈一击,以立奇功。

李训、郑注之党为了获得更多的政治权力,首先要排挤以李德裕为首的李党。

李德裕对于李训与郑注向来持否定态度。大和八年(834 年)八月李德裕力谏用李训为谏官之不可(《资治通鉴》卷 245)。对于这个文宗一再赞叹的"奇才"李训(《新唐书》卷 179《李训传》),李德裕向来持蔑视态度,即使在会昌年间,他所作的《奇才论》一文也对李训也持全盘否定态度,认为经过此一番甘露之变,唐王朝也日趋没落,李训他们负有不可推卸的责任:"既经李训猖獗,则天下大势,亦不可用也。"(《会昌一品集·外集》卷 2《奇才论》)

在这种情况下,李德裕成为李训、郑注之党最大的拦路石,于是他们开始设法倾轧李德裕。他们引进了李宗闵,与之相互勾结,共同排挤李德裕,其伎俩也甚为歹毒,制造"李德裕厚赂仲阳,阴结漳王,图为不轨"的冤狱,欲致李德裕于死地。《旧唐书》卷 176《李宗闵传》(第 4553 页)载:

> 宗闵为吏部侍郎时,因驸马都尉沈𫖮结托女学士宋若宪及知枢密杨承和,二人数称之于上前,故获征用。及德裕秉政,群邪不悦,而郑注、李训深恶之,文宗乃复召宗闵于兴元,为中书侍郎、平章事,命德裕代宗闵为兴元尹。既再得权位,辅之以训、注,尤恣所欲,进封襄武侯,食邑千户。

大和九年(835 年)三月,牛党和郑注构陷李德裕阴结漳王。《资治通鉴》卷 245(第 7902 页)载:

> 初,李德裕为浙西观察使,漳王傅母杜仲阳坐宋申锡事放归金陵,诏德裕存处之。会德裕已离浙西,牒留后李蟾使如诏旨。至是,左承王璠、户部侍郎李汉奏德裕厚赂仲阳,阴结漳王,图为不轨。上怒甚,召宰相及璠、汉、郑注等面质之。璠、汉等极口诬之,路隋曰:"德裕不至有此。果如所言,臣亦应得罪!"言者稍息。夏,四月,以德裕为宾客分司。

根据傅璇琮先生的辨正,他们指证李德裕厚赂杜仲阳是在李德裕第一次镇浙西时,即大和三年(829 年)八月,其真实内幕是:"李德裕由浙西观察使内召,在途得到诏旨,言漳王养母杜仲阳归润州[……杜仲阳(本是润州人)],令德裕存处。德裕因已离任,于是在宿州牒留后李蟾,请其安存,使如诏旨。这时宋申锡事尚未发生,因此李汉等可以告李德裕厚赂杜仲阳,结托漳王。……王璠、李汉诬告,在大和九年三月,漳王凑卒于大和八年十二月,这也使得王璠等认为死无对证,行其诬构。"[1]此次诬构的伎俩跟大和五年郑注和王守澄诬构宋申锡一般无二,皆欲以谋叛罪重击对手,欲将之置于死地。这也可见在当时的朝局中,牛李两党势同水火之关系。《资治通鉴》卷245大和八年十一月载:"时德裕、宗闵各有朋党,互相挤援。"而文宗卒发"去河北贼易,去朝廷朋党难"之叹。

李德裕既已贬为宾客分司,他们仍意犹未已,不惜趁机落井下石,再构诬词。半个月后,《李德裕袁州长史制》(《唐大诏令集》卷57)出,贬李德裕为袁州长史。《资治通鉴》卷245大和九年三月载:"庚子,制以向日上初得疾,王涯呼李德裕奔问起居,德裕竟不至;又在西蜀征逋悬钱三十万缗,百姓愁困;贬德裕袁州长史。"这也是当时以李宗闵为首的牛党秉承李训、郑注之党的意旨积极构陷李德裕的结果。

李党既已失势,牛党和李训、郑注的矛盾也开始激化了。李训、郑注之党先后制造了杨虞卿冤案和宋若宪案。

京城里传布的一则恐怖的流言成为两党交恶的契机。大和九年六月,京城里的谣言兴起:"其年(835年)六月,京师讹言郑注为上合金丹,须小儿心肝,密旨捕小儿无算。民间相告语,扃锁小儿甚密,街肆恟恟。"(《旧唐书》卷176《杨虞卿传》,第4563页)郑注和李训将之转嫁给京兆尹杨虞卿,御史大夫李固言坐实了此事。李宗闵极言救解,却受到了文宗的叱责,被贬为明州刺史。这一事件一举打击了牛党在朝中的势力。

李训、郑注之党随之在七月兴起宋若宪案:"郑注发沈𬤇、宋若宪事,内官杨承和、韦元素、沈𬤇及若宪姻党坐贬者十余人,又贬宗闵潮州司户(按:据《资治通鉴》,当为处州司户)。"(《旧唐书》卷176《李宗闵传》,第4553页)他们采取了"连打一大片"的方法,通过宋若宪案既打击李宗闵牛党势力,也打击韦元素宦官一系。而宋若宪可谓无辜之才女,销殒于党争之中。

此次牛党的重要分子均受到了牵连。杨虞卿、李汉、萧澣作为朋党之首,先后遭再贬,贬虞卿为虔州司户,汉汾州司户,澣遂州司马。

〔1〕　傅璇琮:《李德裕年谱》,第299页。

大和八年、九年之际,李训、郑注可谓炙手可热:"是时李训、郑注连逐三相,威震天下,于是平生丝恩发怨无不报者。"(《资治通鉴》卷 245 大和九年七月辛亥)只要是他们看不惯的,跟他们作对的,他们就指为"二李之党"而贬斥之,如崔侑、张讽、苏涤、苏特、杨敬之等皆受到了贬斥。那些比较忠直的谏官,尤在他们打击报复之列。

李训、郑注在打击二李之党的时候,也引进自己派系的人员,舒元舆等人皆擢迁迅速,逐步形成了一个除宦的基本阵营,也形成了一个拥有相当的政治军事力量的利益集团。他们也并不一味地贬斥朝臣:"然亦时取天下重望认顺人心,如裴度、令狐楚、郑覃皆累朝耆俊,久为当路所轧,置之散地,训皆引居崇秩。"(《资治通鉴》卷 245 大和九年十月)

李训、郑注的打击面很广,造成了朝野的普遍恐慌。在这种情况下,九月文宗下诏安抚。"应与宗闵、德裕或亲或故及门生旧吏等,除今日已前黜远之外,一切不问。"(《旧唐书》卷 176《李宗闵传》)

## 三、开成元年至会昌初,牛李党争模式持续发展

### (一)甘露之变后牛李党争模式的持续发展以及政治文化的演变

大和九年(835 年)十一月壬戌的甘露之变,犹如一场梦魇一样结束了之前三党并立、一党独制的政治局面。李训、郑注之党的全面溃败,使得朝廷中原有的以牛李二党对峙的党争模式又继续下去。在中晚唐的政坛,像大和八年、九年间那样一批朝廷新贵迅速崛起,且以除宦为其使命的政治派系可谓绝无仅有。而李训、郑注之党除宦行动的失败,表明宦官势力盘根错节,势力雄厚,非侥幸一击的除宦行动所能奏效。而宦官预政之现象早已成为不争的事实,卒与唐末政局相始终。

不仅如此,甘露之变也关系士人的政治文化的演变。甘露之变前,士人承继了中唐以来经世济民、复兴儒学的政治理想和政治抱负,无论是大和二年(828 年)的刘蕡对策案,还是大和五年(831 年)宋申锡除宦策划,还有李德裕的政治革新行为,甚至还有以李训、郑注为代表的部分朝臣所图画的政治蓝图:"以为当先除宦官,次复河、湟,次清河北"(《资治通鉴》卷 245 大和九年七月),其实都是这种政治文化的表现。

但是经过这一番宦官操持的恐怖性大屠杀,士人的用世积极性也严重受挫。

故甘露之变后,士人普遍性避祸全身、自我引退,洇成一时之风气,且影响到唐末政治文化的塑造。此番消息,不可不知。而牛李两党成员,在开成年间,在朝位者则苟安禄位,在野者则明哲保身。党争的主要表现形式为朝争廷议,于宦官之跋扈行为往往隐忍不发,而相互争执于朝廷庙堂之上,所争者又往往是两党党魁之进用问题。李党尚有个别化的抗衡宦官之行为,而牛党则更少了。

### (二)从相权的角度来窥探开成年间党争之特点

下面按照《资治通鉴》所述顺序,以宰相之任命为中心,来考察一下两党互为进退之关系和人事关系之变动,以见开成年间党争之特点。

大和九年十一月癸亥,令狐楚以"叙王涯、贾𫗧反事浮泛"而不得为相。

甲子,以右仆射郑覃同平章事。

乙丑,以户部侍郎、判度支李石同平章事,仍判度支。以令狐楚为盐铁转运使,左散骑常侍张仲方知京兆尹。

大和九年十二月出京兆尹张仲方为华州刺史,以司农卿薛元赏代之。

开成元年三月,以袁州刺史李德裕为滁州刺史。

夏四月,乙卯,以潮州司户李宗闵为衡州司马。"凡李训所指为李德裕、宗闵党者,稍收复之。"

甲午,以山南西道节度使李固言为门下侍郎、同平章事,以左仆射令狐楚代之(李固言接近于牛党,故入用)。李固言入相后,召嗣复为户部侍郎,判本司事。

七月,滁州刺史李德裕迁太子宾客。十一月,检校户部尚书,复浙西观察使。

开成二年夏四月,戊戌,以翰林学士、工部侍郎陈夷行同平章事。

开成二年五月,李德裕赴淮南节度使任。牛李两党为扬州府藏钱帛事而发生矛盾。布置在朝廷中的牛党势力又一次联合起来,"补阙王绩、魏謩、崔党、韦有翼、拾遗令狐绹、韦楚老、樊宗仁等,连章论德裕妄奏钱帛以倾僧孺,上竟不问"(《旧唐书》卷174《李德裕传》,第4521页)。

冬,十月,戊申,以门下侍郎、同平章事李固言同平章事,充西川节度使。

开成三年春,正月,戊申,以盐铁转运使、户部尚书杨嗣复,户部侍郎、判户部李珏并同平章事,判使如故。

李石以仇士良所恶,丙子,为同平章事,充荆南节度使。

三月,以凤翔节度使杜悰为工部尚书、判度支。

开成四年夏五月戊辰的那场宰辅之间的争议之后,丙申,门下侍郎、同平章事郑覃罢为右仆射,陈夷行罢为吏部侍郎。

秋,七月,甲辰,以太常卿崔邠同中书门下平章事。

杨嗣复和李珏介入了文宗立嗣之争。直至开成五年武宗即位后,夏五月,杨嗣复、李珏才失势。门下侍郎、同平章事杨嗣复罢为吏部尚书,以刑部尚书崔珙同平章事兼盐铁转运使。门下侍郎、同平章事李珏坐为太常卿。稍后,杨嗣复又出为湖南观察使,李珏出为桂管观察使。

武宗召淮南节度使李德裕入相。九月丁丑,以其为门下侍郎、同平章事。

十一月,给事中李中敏以判词得罪仇士良。李德裕以其为杨嗣复之党,出为婺州刺史。

会昌元年三月,以仇士良之谮故,武宗遣中使往潭州、桂州诛杨嗣复和李珏,赖李德裕延英极言论奏,方免一死。再贬杨嗣复为潮州刺史,李珏为昭州刺史,裴夷直为驩州司户。

开成年间党争的基本情况是:

甘露之变后的一二年内,组成了以郑覃和李石为主的新内阁。这是李党要人和倾向于李党的宰相共同主政的时候,他们对宦官不无抗拒的行为,并且和文宗共同反省过去的朝政。牛李矛盾随时可以触发。开成二年五月,牛李两党为扬州府藏钱帛事而发生矛盾,布置在朝廷中的牛党势力又一次联合起来,"连章论德裕妄奏钱帛以倾僧孺"(《旧唐书》卷174《李德裕传》)。此事之是非曲直或难以论定,然参与党争者抓住一切可能的机会来倾轧对方则一也。

开成三年春以后,牛党要人也开始入相,朝廷中形成以李党郑覃、陈夷行与牛党杨嗣复、李珏及倾向于牛党的李固言共同执政的局面,这是李训、郑注之党溃败后,两党人物随之来弥补权力真空的结果。于是朝廷中的党争也趋向激化,但是主要是以朝争廷议的形式,其党争的焦点是关于李宗闵迁官的问题。"每议政之际,是非锋起,上不能决也。"其所争者,开成三年春关于李宗闵迁官问题之争议,开成四年夏四月关于除杜悰为户部尚书、相权与君权关系、开成政事诸问题之争议。

开成四年夏四月戊辰的那场宰辅之间的争议之后,郑覃、陈夷行同时罢相,七月引进崔邠为相。崔邠无预乎党局。故开成四年夏四月后牛党开始执政。牛党执政近乎一年。在这一年内,牛党其实是占了上风的,因其既有宦官为援,又得文宗之倚信,这从郑、陈屡次提出文宗不要"威权下移"、暗讽杨李二人专权的情况也可以推断出来。

开成五年春武宗即位，夏五月，杨嗣复、李珏失势罢相，武宗召李德裕入相，结束了文宗朝两党同时并进、势力大致均衡的局面，从而进入一党独制的阶段，即以李党党魁李德裕占据中枢决策权，相权独重的阶段。

### (三)甘露之变后牛李二党抗衡宦官的一些行为

在文宗立嗣之争的过程中，宦官起了决定性的作用，故无论是贬谏议大夫裴夷直，还是谮杨嗣复、李珏，宦官都起了幕后操纵和主谋的作用。所以，牛李党争不仅仅是两大朝臣派系之间的斗争，宦官直接或间接的干预，使得权力网络相互交织、错综复杂，人事关系复杂多变，这是不可忽视的。

牛李两党都跟宦官有发生过某种关系。李德裕任西蜀节度使时，监军使王践言对他受悉怛谋降是支持的，故在维州事件后入朝，为李德裕论冤，对他大和七年(833年)入相直接起了作用；在淮南任时，杨钦义甚赏识之，会昌年间入相杨钦义也起了一定的作用。牛党的李宗闵则有依附宦官的行为，大和三年(829年)李宗闵入相就是因其"为吏部侍郎时，因驸马都尉沈𬭚结托女学士宋若宪及知枢密杨承和，二人数称之于上前，故获征用。"(《旧唐书》卷176《李宗闵传》)。但是也不能以偏概全，执着一端而忽略其他。宦官既已官僚化，李德裕任节度使时与宦官必难免交接，而杨钦义之推赏李德裕，以其同僚之谊，情义相待，故心生感激而推荐之，李德裕初非攀结者，且宦官亦非一概而论者，杨钦义非王守澄、仇士良之类权宦，并无侵犯君主权力之行为(史称杨钦义"愿悫")。而王践言之为李德裕论冤，"缚送悉怛谋以快虏心，绝后来降者，非计也"(《资治通鉴》卷244大和六年十一月)，亦代表其个人的政治观点，未必为李德裕所授意，因为当时持这种观点的人很多。对于牛党而言，也不应该以李宗闵有勾结宦官的行为就论定其他党人也有这种行为。比如另一党魁牛僧孺就没有留下什么与宦官勾结的史料。元和三年对策案中他的矛头指向宦官，导致"中贵人大怒"(《全唐文》卷639李翱《杨於陵墓志铭》)。大和五年(831年)宋申锡事件中他也敢于为这位受冤的宰相说几句公道话。至于归之于牛党的李中敏等人则都留下了指斥和讥切宦官、宦党的史料。

甘露之变后，在宦官控制朝局情况下，无论牛李两党都有抗衡宦官之行为，虽然并不激烈，但是仍能为之，亦属难能可贵。

令狐楚在甘露之变发生后曾扮演了不光彩的角色，指证王涯等果反，但是在仇士良的授意下草制词的时候，"楚叙王涯、贾𫟈反事浮泛，仇士良等不悦，由是不得为相"(《资治通鉴》卷245大和九年十一月)。可见他的政治良心使他并不一味地附从仇士良。《旧唐书》卷172《令狐楚传》(第4464页)载:"开成元年上巳,赐百僚曲江亭宴。楚以新诛大臣,不宜赏宴,独称疾不赴,论者美之。以权在内官,累上疏乞解使务。"开成元年(836年)三月,他要求收敛新诛大臣之刑骨。

宰相郑覃、李石执政期间抗衡仇士良。

甘露之变后,宰相李石等以言稍屈仇士良,并要求采取安抚政策以安人心。《旧唐书》卷172《李石传》(第4483页)载:

> 自京师变乱之后,宦者气盛,凌轹南司,延英议事,中贵语必引训以折文臣。石与郑覃尝谓之曰:"京师之乱,始自训、注;而训、注之起,始自何人?"仇士良等不能对,其势稍抑,缙绅赖之。

《资治通鉴》卷245(第7920页)载:

> (大和九年十二月)庚辰,上问宰相:"坊市安未?"李石对曰:"渐安。然比日寒冽特甚,盖刑杀太过所致。"郑覃曰:"罪人周亲前已皆死,其余殆不足问。"时宦官深怨李训等,凡与之有瓜葛亲,或暂蒙奖引者,诛贬不已,故二相言之。

开成元年(836年)九月,李石、郑覃为上言宋申锡之冤,文宗为之昭雪。

开成三年(838年)春仇士良潜遣盗杀李石,以其"承甘露之乱,人情危惧,宦官恣横,忘身徇国,故纪纲粗立"。在这种情况下,李石只得累表称疾辞位。(参《资治通鉴》卷246)

薛元赏杖杀禁军大将。《资治通鉴》卷245(第7922页)载:

> 时禁军暴横,京兆尹张仲方不敢诘,宰相以其不胜任,出为华州刺史,以司农卿薛元赏代之。元赏常诣李石第,闻石方坐听事与一人争辩甚喧,元赏使觇之,云有神策军将诉事。元赏趋入,责石曰:"相公辅佐天子,纪纲四海。今近不能制一军将,使无礼如此,何以镇服四夷!"即趋出上马,命左右擒军将,俟于下马桥,元赏至,则已解衣跽之矣。其党诉于仇士良,士良遣宦者召之曰:"中尉屈大尹。"元赏曰:"属有公事,行当继至。"遂杖杀之。乃白服见士良,士良曰:"痴书生何敢杖杀禁军大将!"元赏曰:"中尉大臣也,宰相亦大臣也,宰相之人若无礼于中尉,如之何?中尉之人无礼于宰相,庸可恕乎!中尉与国同体,当为国惜法,元赏已囚服而来,惟中尉死生之!"士良知军将已死,无可如何,乃呼酒与元赏欢饮而罢。

开成五年(840)十一月,李中敏言折仇士良。《资治通鉴》卷 246 开成五年十一月(第 7948 页)载:

> 开府仪同三司、左卫上将军兼内谒者监仇士良请以开府荫其子为千牛,给事中李中敏判曰:"开府阶诚宜荫子,谒者监何由有儿?"士良惭恚。李德裕亦以中敏为杨嗣复之党,恶之,出为婺州刺史。

从这一桩桩事例来看,对于宦官跋扈的行为,牛李两党都是十分痛恨的。作为朝士,他们与宦官始终有着不可调和的矛盾和利益冲突。牛李党争,虽受到宦官势力的影响,甚至为之左右,然按其实质,乃是朝臣之间两大派系之间的斗争,故可谓是君子之争。这跟明代士大夫与宦官合流,丧失人格者判然有别,此又不可不知。

### (四)开成年间两党之间的朝争廷议

自从开成三年(838 年)春后,由于牛党要人的进用,朝廷中的斗争趋向激烈。庙堂之上,两党互不相让,针锋相对。无数次的朝争廷议成为党争的主要表现形式之一。《资治通鉴》卷 246 开成三年正月载:"李固言与杨嗣复、李珏善,故引居大政以排郑覃、陈夷行,每议政之际,是非锋起,上不能决也。"《新唐书》卷 182《李珏传》(第 5360 页)载:"开成中,杨嗣复得君,引珏同中书门下平章事,与李固言皆善。三人居中秉权,乃与郑覃、陈夷行等更持议,一好恶,相影和,朋党益炽矣。"

这是两大具有不同的政治文化和政治观念的党派,故其纷争势必难免。就用人观念而言,他们的取向就不同,《南部新书》丁卷载:"陈夷行郑覃在相,请经术孤单者进用。李珏与杨嗣复论地胄,词彩者居先。每延英议政,率先矛盾,无成政,但寄之颊舌而已。"

他们朝争廷议的范围是十分广泛的。比如,任官人选之争论,君臣权力分配之争论,朋党概念之争论,李宗闵迁官问题之争论。很多争议都是被轻易地挑了起来,仅仅是为了持不同意见,仅仅是为了针锋相对,甚至仅仅是为了表达自己的情绪,就咬住对方的某个说法不放,一定要争个输赢。有时,又以退为进,大耍赖皮,最后搞得文宗也没有办法,只得黜退某一方,以图庙堂安静。而其表达方式,又往往指桑骂槐,声东击西,表面上看来是说着这桩事,实际上却是说着那桩事,往往绕着弯儿骂对方。此可谓党争特有的话语表意系统,值得研究。宰臣们互相内讧的结果就是"每延英议政,率先矛盾,无成政"(《南部新书》丁卷),而对实质性的施政进展却无济于事。

## 1.关于李宗闵迁官问题之争论

郑覃执政时,迁李德裕为浙西观察使,其实这也是秉承文宗的旨意。甘露之变后文宗追悔往事,于李德裕之前识和忠直颇为首肯,李德裕很快得到了升迁,到了开成元年(836年)十一月,李德裕即任浙西观察使(《旧唐书》卷174、《新唐书》卷180本传)。而李宗闵却迟迟不得升迁。牛党要人杨嗣复、李珏开成三年(838年)春入相后,即通过宦官向文宗施加影响,要求升迁李宗闵。而郑覃、陈夷行却坚决不同意,于是一场发生在庙堂上的党争开始了。此事当以《旧唐书》卷176《李宗闵传》(第4554—4555页)所载最为详尽:

> 开成元年,量移衢州司马。三年,杨嗣复辅政,与宗闵厚善,欲拔用之,而畏郑覃沮议,乃托中人密讽于上。上以嗣复故,因紫宸对,谓宰相曰:"宗闵在外四五年,宜别授一官。"郑覃曰:"陛下怜其地远,宜移近内地三五百里,不可再用奸邪。陛下若欲用宗闵,臣请先退。"陈夷行曰:"比者,宗闵得罪,以朋党之故,恕死为幸。宝历初,李续之、张又新、苏景胤等,朋比奸险,几倾朝廷,时号'八关十六子'。"李珏曰:"主此事者,罪在逢吉。李续之居丧服阕,不可不与一官,臣恐中外衣冠,交兴议论,非为续之辈也。"夷行曰:"昔舜逐四凶天下治,朝廷求理,何惜此十数纤人?"嗣复曰:"事贵得中,不可但徇憎爱。"上曰:"与一郡可也。"郑覃曰:"与郡太优,止可洪州司马耳。"夷行曰:"宗闵养成郑注之恶,几覆邦家,国之巨蠹也。"嗣复曰:"比者,陛下欲加郑注官,宗闵不肯,陛下亦当记忆。"覃曰:"嗣复党庇宗闵。臣观宗闵之恶,甚于李林甫。"嗣复曰:"覃语大过。昔玄宗季年,委用林甫,妒贤害能,破人家族。宗闵在位,固无此事。况大和末,宗闵、德裕同时得罪。二年之间,德裕再领重镇,而宗闵未离贬所。陛下惩恶劝善,进退之理宜均,非臣独敢党庇。昨殷侑与韩益奏官及章服,臣以益前年犯赃,未可其奏,郑覃托臣云:'幸且勿论。'孰为党庇?"翌日,以宗闵为杭州刺史。四年冬,迁太子宾客,分司东都。时郑覃、陈夷行罢相,嗣复方再拔用宗闵知政事,俄而文宗崩。

杨嗣复、李珏所托"中人",当为刘弘逸、薛季稜一派的宦官,而不是仇士良一派的宦官(在开成末文宗的立嗣之争中,他们就跟这两位宦官勾结)。这两位宦官当时受到文宗皇帝的宠爱[1],故文宗会向宰相们提出李宗闵升迁的问题。郑、陈以李宗闵

---

[1]《资治通鉴》卷246会昌元年三月载:"初,知枢密刘弘逸、薛季稜有宠于文宗,仇士良恶之。"

为朋党之故态度坚决地反对文宗的提议，并以"八关十六子"作对比。在李党的攻势之前，牛党显得还击无力，李珏认为"八关十六子"之一李续并不负有"朋比奸险，几倾朝廷"的责任，主要的责任当由李逢吉所负，并且以"中外衣冠议论"的缘故，提出即使李续也要与一官，如此言语的目的当然是认为李宗闵理所当然要与一官，因为他并不负有"朋比奸险，几倾朝廷"的责任，同时与他一官也有助于消弭"中外衣冠议论"。显然这种还击是十分苍白的。难道由于"中外衣冠议论"就要对他们特别照顾吗？杨嗣复则提出"事贵得中"的中庸原则，看似公允实则包含着话语的策略性，即希望摆平李宗闵和李德裕的待遇。在这种情况下，文宗要求与一郡。郑覃只得缩回攻势，降低标准，要求授予洪州司马。陈夷行心犹未已，将郑注这个时人公认的大恶人，这个官方定罪为谋乱分子的人，与李宗闵联系起来，认为"宗闵养成郑注之恶"，而郑覃则更进一步，话语偏激，以李林甫比李宗闵。在这种情况下，杨嗣复倒也反应灵敏：首先，他提出李宗闵曾反对加郑注官的例子；其次，他反驳了以李宗闵比李林甫的偏激论调，认为李宗闵并无李林甫的那种"妒贤害能，破人家族"的劣迹；再次，他又搬出他的那条"事贵得中""进退之理宜均"的中庸原则，要求同等对待李宗闵和李德裕；最后，为了表明他对"朋党"的反感，自己并非党庇李宗闵者，他提出一则郑覃帮助殷侑的例子，末句以一个反问句"孰为党庇？"来表示自己的公正无私。郑覃也许确实在殷侑与韩益奏官及章服时，托过李宗闵不要议论，郑覃因与殷侑交好，而庇护曾犯过赃的韩益，也算是一桩不光彩之事。但是这种同僚之间的托付未必严重到"朋党"程度，杨嗣复当然要尽量模糊所谓"朋党"概念的清晰性，以争夺话语的阐释权。经过一番唇枪舌剑，李宗闵于第二天迁为杭州刺史。

这场争论在当时的目击者看来，郑、陈的争议是"尽忠愤激，不自觉耳"[1]。郑覃他们坚持自己主张的正义性，故能"尽忠愤激"地进行争论。而且，显然郑、陈在攻击杨嗣复、李珏与李宗闵他们为"朋党"的时候，振振有词，理直气壮，弄得牛党几乎无还手之力，亏了杨嗣复善于诡辩，模糊事实和概念，再加上文宗的偏向，才算是挽回了颜面。从这次争议中也可以看出两党的自我认同是相当不同的。尽管两党都在摆明自己并非朋党者，但是郑、陈的自我认同和实际行为是一致的，而且在时人的眼光中，他们并非朋党者："覃性清俭，夷行亦耿介，故嗣复等深疾之。"(《资治通鉴》卷246 开成四年四月)而牛党就不同，他们在当时人的眼中多是作为朋党看待

---

〔1〕 《资治通鉴》卷246载："覃等退，上谓起居郎周敬复、舍人魏謩曰：'宰相喧争如此，可乎？'对曰：'诚为不可。然覃等尽忠愤激，不自觉耳。'"

的,如大和年间文宗与李德裕论云"方今朝士三分之一为朋党"(《资治通鉴》卷244大和七年二月丙戌),指的就是他们。杨虞卿等人朋党营私被时人目为"党魁"。他们的自我认同也是将他们作了一伙看待,故难以拿"朋党"二字去攻击对方,在郑、陈的攻势之下,一度处于守势。

**2.围绕着任官人选而展开的争论**

由于两党的用人观念相当不同,故开成年间两党围绕着任官人选而展开的争议是不少的。凡是牛党所推荐的人选,往往遭到李党的否定,反之亦然。而在相互攻击的时候,又往往讲究话语的策略性,以期达到有效反击对方的目的。当然,在无力反驳的情况,以退为进不失为一策,牛党每每玩此伎俩,最后还导致了郑、陈的罢相。围绕着任官人选而展开的争论触及多方面问题,李党尤喜指责对方为朋党,令牛党疲于应付,或者借论君主威权下移的话题来攻击牛党的专权,而对开成年间政事的评论其实亦是矛头指向牛党的误国。而牛党自是互不相让,在由任官人选而引发的争论之中,他们寸步不让,力挽败势,甚至不惜以辞去相位要挟文宗,可谓不达目的不罢休。

朝臣之间的党争也使文宗十分的困惑与恼火。柳公权曾劝其采用"允执厥中"的策略。《南部新书》甲卷载:"大和中(当为开成中),上自延英退,独召柳公权对。上不悦曰:'今日一场大奇也。嗣复、李珏道张讽是奇才,请与近密官;郑覃、夷行即云是奸邪,须斥之于岭外。教我如何即是?'公权奏曰:'允执厥中。'上曰:'如何是允执厥中?'又奏:'嗣复、李珏既言是奇才,即不合斥于岭外;郑覃夷行既云是奸邪,亦不合致于近密。若且与荆襄间一郡守,此近于允执厥中。'旬日,又召对,上曰:'允执厥中,向道也是。'张遂为郡守。"

**(1)围绕着择任起居舍人而展开的争论**

开成元年(836)夏四月,李石奏起居舍人阙官,文宗要求从谏议大夫中选一人任之。李固言要求用崔球、张次宗,而郑覃却"再三以为不可"(《资治通鉴》卷245开成元年四月),而其反对的理由也是崔球游李宗闵之门,有朋党行为。郑覃推荐李让夷、裴中孺,最后文宗确定了李让夷拜中书舍人。而李让夷就是因为受到了郑覃的赏识,为杨嗣复、李珏所恶,"终文宗世官不达"(《旧唐书》卷176《李让夷传》,第4566页)。

从这桩选人任官的政争中我们可以看出,无论牛李,他们都是希望与自己关系密切或者政见接近的人担任主要官职,千方百计地排挤对方所进用的人选。从这次政争中,我们可以看到一个人成为李党的过程。李让夷就是一个例子。他原来未必是倾向于那一党的。但是由于李党郑覃对他擢用,引起了牛党对他的嫌恶,所以他自然就归入了李党一系。可见,人际互动往往决定了党人的归属。

(2)围绕着杨嗣复拟议王彦威为忠武节度使,史孝章为邠宁节度使而展开的争论

《旧唐书》卷173《陈夷行传》(第4495页)载:

> (开成三年)七月,以王彦威为忠武节度使,史孝章为邠宁节度使,皆嗣复拟议。因延英对,上问夷行曰:"昨除二镇,当否?"夷行对曰:"但出自圣心即当。"杨嗣复曰:"若出自圣心则,即人情皆惬。如事或过当,臣下安得无言?"帝曰:"诚如此,朕固无私也。"夷行曰:"自三数年来,奸臣窃权,陛下不可倒持太阿,授人镈柄。"嗣复曰:"齐桓用管仲于雠虏,岂有太阿之虑乎?"上不悦。

对于杨嗣复的拟议,陈夷行实际上十分不满,但是他在表达其意思时却总是采用绵里藏针的方式。在劝说文宗不可"倒持太阿,授人镈柄"的时候,实际上即是指朝廷中有奸臣窃位,而奸臣者,自是指杨嗣复、李珏。文宗当然明白他的意思,所以很不高兴。

(3)围绕着陆洿任官问题而展开的争论

《旧唐书》卷176《杨嗣复传》(第4557页)载:

> (开成三年)八月,紫宸奏事,曰:"圣人在上,野无遗贤。陆洿上疏论兵,虽不中时事,意亦可奖。闲居苏州累年,宜与一官。"李珏曰:"士子趋竞者多,若奖陆洿,贪夫知劝矣。昨窦洵直论事,陛下赏之以币帛,况与陆洿官耶?"帝曰:"洵直奖其直心,不言事之当否。"郑覃曰:"若苞藏则不可知。"嗣复曰:"臣深知洵直无邪恶,所奏陆洿官,尚未奉圣旨。"郑覃曰:"陛下须防朋党。"嗣复曰:"郑覃疑臣朋党,乞陛下放臣归去。"因拜乞罢免。李珏曰:"比来朋党,近亦稍弭。"覃曰:"近有小朋党生。"帝曰:"此辈凋丧向尽。"覃曰:"杨汉公、张又新、李续之即今尚在。"珏曰:"今有边事论奏。"覃曰:"论边事安危,臣不如珏;嫉恶则珏不如臣。"嗣复曰:"臣闻左右佩剑,彼此相笑。臣今不知郑覃指谁为朋党。"因当香案前奏曰:"臣待罪宰相,不能申夔、龙之道,唯以朋党见讥,必乞陛下罢臣鼎职。"上慰勉之。文宗方以政事委嗣复,恶覃言切。

当郑覃以"朋党"作为攻击对方的重要概念时,他是充满自信的。而杨嗣复、李珏总是要设法避开朋党之论,岔开话题,甚至转到边事去,则是明显的顾左右而言他。面对郑覃那种理直气壮的指责,杨嗣复惯用的手腕就是"乞陛下罢臣鼎职"。

（4）开成四年四、五月份由杜悰领度支称职,欲加户部尚书而引发的争论

这场争论最后导致了郑、陈罢相。

开成四年（839 年）牛李在庙堂上的争论十分频繁、激烈。他们为右拾遗窦洵直论仙韶院乐官尉迟璋授王府率事而争论,为天宝政事而引发争论,为谏官宋邧的赏赐问题而展开争论。而四、五月份由杜悰加职的问题而引发的争论则最为激烈。

开成四年夏四月,文宗称判度支杜悰之才,杨嗣复、李珏趁机请除其户部尚书。郑陈二人持反对意见,但是没有直接地表达,而是一再地提到"不宜于使威福在下",其矛头所指自是言杨李二人专权。在君主和宰相之间的权力分配问题上,牛李两党是直接针锋相对的,李珏应对陈夷行时说:"太宗用宰臣,天下事皆先平章,谓之平章事。代天理物,上下无疑,所以致太平者也。若拜一官,命一职,事事皆决于君上,即焉用彼相?"并引隋文帝和文宗语来论证之（《旧唐书》卷 173《李珏传》,第4505 页）。究其实质,并不是两党之间对君权和相权之间的关系有着如何不同的认识,而是郑、陈将之当作一个攻击杨、李的话头,以达到指责对方的目的。

到了五月份郑、陈还是弹这个老调,面对郑、陈的指责,杨李二人以退为进,要求退出中书。郑覃在论开成政事的时候,提出"开成元年、二年政事殊美,三年、四年渐不如前",杨嗣复指定郑覃所讲针对自己,故叩头言"不敢更入中书",遂趋出。接下来又三上表辞位,文宗只得将郑、陈罢相,专任杨、李。

五月份的这场争论,《旧唐书》卷 176《杨嗣复传》（第 4558—4559 页）载之甚详,今擢引如下,以见当时争论之激烈程度：

> 四年五月,上问延英政事,逐日何人记录监修?李珏曰:"是臣职司。"陈夷行曰:"宰相所录,必当自伐,圣德即将掩之。臣所以频言,不欲威权在下。"珏曰:"夷行此言,是疑宰相中有卖威权、货刑赏者。不然,何自为宰相而出此言?臣累奏求退,若得王傅,臣之幸也。"郑覃曰:"陛下开成元年、二年政事至好,三年、四年渐不如前。"嗣复曰:"元年、二年是郑覃、夷行用事,三年、四年臣与李珏同之。臣蒙圣慈擢处相位,不能悉心奉职。郑覃云'三年之后,一年不如一年',臣之罪也。陛下纵不诛夷,臣合自求泯灭。"因叩头曰:"臣今日便辞玉阶,不敢更入中书。"即趋去。上令中使召还,劳之曰:"郑覃失言,卿何及此?"覃起谢曰:"臣性愚拙,言无顾虑。近日事亦渐好,未免些些不公,亦无甚处。臣亦不独斥嗣复,遽何至此。所为若是,乃嗣复不容臣耳。"嗣复曰:"陛下不以臣微才,用为中书侍郎。时政善否,其责在臣。陛下月费俸钱数十万,时新珍异,必

先赐与，盖欲辅佐圣明，臻于至理。既一年不如一年，非惟臣合得罪，亦上累圣德。伏请别命贤能，许臣休退。"上曰："郑覃之言偶然耳，奚执咎耶？"嗣复数日不入，上表请罢。帝方委用，乃罢郑覃、夷行知政事。自是，政归嗣复，进加门下侍郎。明年正月，文宗崩。

杨李二人既得专任，而牛党之势力亦复炽燃。他们设法引进其牛党人物，让他们占据要职。他们尤欲引进党魁李宗闵。《旧唐书》卷176《李宗闵传》载："（开成四年）冬，迁太子宾客，分司东都。时郑覃、陈夷行罢相，嗣复方再拔用宗闵知政事，俄而文宗崩。"武宗即位，李德裕入相，才使得牛党重新失势。

## 第三节　从会昌朝至大中朝：
## 一党独制的阶段以及党争的结束

从会昌朝至大中朝，党争模式的特点是，一党在政治上占有绝对优势，而敌对党则处于相对劣势。会昌朝为李党主政的时期，大中朝是牛党主政的时期，各自凭借手中的权力，对敌对党进行政治排挤，甚至残酷迫害。会昌朝李德裕主政的时候，借泽潞事驱逐牛党党魁，因其相权独重、排斥异己，得罪了很多人，尤其是牛党和宦官。到了大中朝，牛党对李德裕的政治迫害则是全面的、致命的，此后，李党一蹶不振，牛党获得了全面的胜利。李德裕贬斥崖州且卒于贬所，这标志着这场中晚唐最大规模的党争正式宣告了结束，而政治余波却一直延续到大中末、咸通初，此可见党争的渗透性影响。咸通乾符年间，朝臣围绕着权力和利益又开始不断地组合分化，形成新的党派势力和利益集团，相互之间展开新一轮的党争，然已非复牛李党争之牵涉广泛、阵垒分明之旧。

本文下面所述，体例略不同于是前，即于从会昌朝至大中朝政治格局、政治文化嬗变的大背景下，来把握后期牛李党争特征。故前部分之所述，看似离题于本文中心意旨，而最后却结穴于中心意旨，此不可不先明之也。

### 一、会昌大中朝相权的演变轨迹：从"常令政事出于中书"至"愿相公无权"

尽管会昌朝为李党主政时期，大中朝为牛党主政时期，皆为一党独制的阶段，然会昌朝、大中朝宰辅大臣在整个中枢决策系统中所占的轻重还是有鲜明的区别。会昌朝因君臣相得,武宗信用李德裕而不疑,故李德裕在朝廷权力运作系统中具有举足轻重的地位,会昌朝重大政治措施、政策的改易,鲜有不出自彼手。大中朝宣宗"防其臣下","貌恭而心防之"(宋范祖禹《唐鉴》卷21《宣宗》,第194页),以察为明,以术御臣下,故君权独重,相权为轻,其言必曰"宰相可畏有权"(《资治通鉴》卷249大中十二年十月),虽令狐绹之受其恩宠,"然每延英奏事,未尝不汗沾衣也!"(同上)故自会昌朝至大中朝,于相权消长之消息不可不参透也。这既关系牛李之进退与朝政的变化,也关系晚唐前后期政治格局、政治文化的演变。

会昌朝武宗唯能信任李德裕,"常令政事出于中书",专任责成,君臣相得,故能较大限度地发挥中枢决策之功能,勉成会昌中兴之气象。大中朝宣宗以察为明,用法严刻,"防其臣下","知人君之小节,而不知其大体"(宋孙甫《唐史论断》,第64页),范祖禹至于讥之为"特一县令之才耳,岂人君之德哉"(宋范祖禹《唐鉴》卷21《宣宗》),由此导致了君臣离心,相权为轻,朝臣多持禄苟安,卒于大中末军乱、民乱四起,故大中朝为唐室全面衰落之转折点,王夫之至于有"唐立国之元气已尽"(王夫之《读通鉴论》卷26《宣宗》六)之说。

下面首述会昌朝相权独重、君臣相济之格局。

武宗之擢任李德裕,主要是出于其个人主观之意愿。何则?自甘露之变以来,宦官仇士良一派居中枢之重,参决天下事。开成元年正月文宗疾甚,命知枢密刘弘逸、薛季稜引杨嗣复、李珏至禁中,欲奉太子陈王美监国。中尉仇士良、鱼弘志以太子之立,功不在己,乃迎立颍王,是为武宗。仇士良有迎立、拥戴武宗之功,权倾一时,然即使仇士良潜牛党之杨嗣复、李珏诸人于武宗,未必即欲召李德裕入相,以仇士良之流,素不喜李德裕之故也。由此观之,八月武宗召李德裕淮南入相,主要出自其个人主观之意愿,非仇士良之意愿也。

虽然,武宗深怨宦官刘弘逸、薛季稜和牛党杨嗣复、李珏,会昌元年三月必欲诛杨嗣复、李珏而后已,而由此擢用牛党对立派李德裕,此君主权力制衡、宰制臣僚之术也。然岂仅如此乎?武宗之召李德裕,必有深契合处,激赏其政治观念,肯定其地方治理之政绩和执政方针,此其召李德裕入相之主因也。史书载李德裕入相,"钦义颇有力焉"(《资治通鉴》卷246开成五年九月),胡注云:"史言李德裕亦不免由宦官以入相。"此不过流于表面之论。武宗与李德裕君臣本相得。李德裕救杨嗣复、李珏,言于两省官曰:"德裕救不得,他人固不可矣。"(《资治通鉴考异》卷21引

《献替记》)此可见李德裕居武宗心中地位之重,武宗亦终因李德裕之祈求而赦杨嗣复、李珏死罪。会昌朝,泽潞叛,当时宰相和谏官多有反对用兵者,德裕力主征伐,获得了武宗的强有力支持:"上喜曰:'吾与德裕同之,保无后悔。'遂决意讨积,群臣言者不复入矣。"(《资治通鉴》卷247 会昌三年四月)又回鹘扰边,凡百措置,均得到武宗的支持。《资治通鉴》卷247 会昌三年四月载:"夏,四月,辛未,李德裕乞退就闲局。上曰:'卿每辞位,使我旬日不得所。今大事皆未就,卿岂得求去!'"可见武宗对李德裕的倚重。由此观之,武宗之于李德裕,岂仅偶然而用之,乃因其深契其个人主观之意愿,故能任用之而不疑。

开成五年(840年)九月李德裕入相,向武宗陈述了其执政宗旨和要领。《资治通鉴》卷246 开成五年九月(第7945—7946 页)载:

> 九月,甲戌朔,至京师,丁丑,以德裕为门下侍郎、同平章事。
>
> 庚辰,德裕入谢,言于上曰:"致理之要,在于辩群臣之邪正。夫邪正二者,势不相容,正人指邪人为邪,邪人亦指正人为邪,人主辩之甚难。臣以为正人如松柏,特立不倚;邪人如藤萝,非附他物不能自起。故正人一心事君,而邪人竞为朋党。先帝深知朋党之患,然所用卒皆朋党之人,良由执心不定,故奸邪得乘间而入也。夫宰相不能人人忠良,或为欺罔,主心始疑,于是旁询小臣以察执政。如德宗末年,所听任者惟裴延龄辈,宰相署敕而已,此政事所以日乱也。陛下诚能慎择贤才以为宰相,有奸罔者立黜去,常令政事皆出中书,推心委任,坚定不移,则天下何忧不理哉!"又曰:"先帝于大臣好为形迹,小过皆含容不言,日累月积,以至祸败。兹事大误,愿陛下以为戒!臣等有罪,陛下当面诘之。事苟无实,得以辩明;若其有实,辞理自穷。小过则容其悛改,大罪则加之诛遣,如此,君臣之际无疑间矣。"上嘉纳之。

按:李德裕所陈,诚是前朝政治教训与其个人从政经验之一大总结,深合乎治理。首先要求武宗"辩群臣之邪正"。其所谓邪人自是有所指,举文宗朝事例自是指牛党与李训、郑注之党。而正人云云,正是自许。撇开李德裕的党人私见,就此论本身来看,甚合大臣体。传统社会欲求政治修明,往往靠君主的明断,任君子而退小人。迫而察之,李德裕刻刻以朋党指责政敌,然其自身宁能免朋党积习乎?范祖禹《唐鉴》卷21《宣宗》(第191 页)论云:"自今观之,牛僧孺、李宗闵之党多小人,李德裕之党多君子,然因私害公,挟势以报怨则一也。夫惟天吏可以伐燕,德裕自为朋党,而欲破朋党,此以燕伐燕也。"君子小人之论或可商榷,然言"德裕自为朋党,而欲破朋党",则甚合历史实况。李德裕欲破朋党之心可谓切矣,然自身党人私见很重,会昌朝即难免党人排挤打击行为,而导致了大中朝牛党对他的无情报复和打击。

其次,唯君主能辨群臣之邪正,方能"慎择贤才以为宰相",推心委任,专任责成,"常令政事出于中书"。君主能否择贤才任宰相以及能否信任之,实治乱之所系。范祖禹《唐鉴》卷19《穆宗》指出长庆初藩镇复乱,乃宰相无远略,朝廷措置得宜之故。"其得之以相,其失之也以相。相者,治乱之所系,(唐李德裕传:'治系于所信任。')岂不重欤。"李德裕正是有鉴于前朝,如德宗朝"主心始疑,于是旁询小臣以察执政",宰相不得专任而导致政乱的现象而得出此重要的政治经验。同时引文宗朝好为行迹而致祸败的事例,劝谏武宗推心置腹以待大臣,"臣等有罪,陛下当面诘之",以达到君臣之际无疑间。又李德裕亦尝劝武宗不可师文宗以术御下,而当推诚任人。《资治通鉴》卷247会昌三年八月(第7988页)载:

> 上从容言:"文宗好听外议,谏官言事多不著名,有如匿名书。"李德裕曰:"臣顷在中书,文宗犹不尔。此乃李训、郑注教文宗以术御下,遂成此风。人主但当推诚任人,有欺罔者,威以明刑,孰敢哉!"上善之。

凡诸建议,独武宗能嘉纳之,实行之,此会昌中兴气象之所以成也。

武宗信任李德裕,使李德裕得以放心大胆地实践他的政治观念,进行政治革新。但是由于他是处在牛李党争这样一个党争格局之中,自身又难免有党人私见,由此带来了正反两个方面的结果:一方面,中枢决策系统的有力运作,令李德裕能成功地取得平泽潞、驱回鹘、禁佛、汰除冗吏等政绩。另一方面,对牛党的政治排挤和政治迫害,以及专权独断得罪了大批朝臣,也为李德裕在大中朝受到彻底打击和迫害造下了祸根。

《资治通鉴》卷246会昌二年二月条载:"右散骑常侍柳公权素与李德裕善,崔珙奏为集贤学士、判院事。德裕以恩非己出,因事左迁公权为太子詹事。"按崔珙也属于李党。但是关系权力问题,所以李德裕左迁柳公权以警崔珙,此李德裕大权独揽之表现也,胡注云:"此德裕所以不能免朋党之祸也。"

及至会昌后期,李德裕擅权久,得罪了很多朝臣和牛党党人。《资治通鉴》卷248会昌五年十二月载:"李德裕秉政日久,好徇爱憎,人多怨之。自杜悰、崔铉罢相,宦官左右言其太专,上亦不悦。给事中韦弘质上疏,言宰相权重,不应更领三司钱谷。德裕奏称:'制置职业,人主之柄。弘质受人教导,所谓贱人图柄臣,非所宜言.'十二月,弘质坐贬官,由是众怒愈甚。"按:韦弘质事件又一次体现了李德裕欲"政出宰相"的政治观念。据《旧唐书》,韦弘质是秉承白敏中的旨意论奏李德裕的。[1]李德裕在奏言中强调"令重君尊",援引管仲、匡衡之言,汉萧望之、贞观年间陈师合之事以论证之。[2]《新唐书》卷180《李德裕传》发露其意云:"德裕大意,欲朝廷尊,臣下肃,而政出宰相,深疾朋党,故感愤切言之。"

次述大中朝相权为轻、君臣离心之格局。

史书对宣宗的评论,亦毁誉相参。《旧唐书》卷18下《宣宗本纪》赞之曰:"帝道皇猷,始终无缺,虽汉文、景不足过也。"《新唐书》卷8《宣宗本纪》赞则从另一个角度指出了宣宗之政的不足:"宣宗精于听断,而以察为明,无复仁恩之意。呜呼,自是而后,唐衰矣。"所论甚为精辟。鄙意亦从《新唐书》之论。何则?一方面,值得肯定的是,宣宗并非庸碌之主,而是一个勤于政事、关心民瘼的君主:"久历艰难,备知人间疾苦"(《旧唐书》卷18下《宣宗本纪》),"从谏如流,重惜官赏,恭谨节俭,惠爱民物"(《资治通鉴》卷249大中十三年八月)。但是,另一方面,宣宗却"以察为明","防其臣下","知人君之小节,而不知其大体"(宋孙甫《唐史论断》,第64页),违背了李德裕所提出的君主倚重宰相以治理天下的执政宗旨与要领,所以产生了不可弥补的漏洞,大中朝亦成为唐室全面衰落的转折点。

宣宗往往躬亲庶务,直接削夺宰相的部分职能,故宣宗朝相权为轻。

宣宗"每命相,左右无知者"。《资治通鉴》卷249大中十年十一月(第8061—8062页)载:

> 壬辰,以户部侍郎、判户部崔慎由为工部尚书、同平章事。上每命相,左右无知者。前此一日,令枢密宣旨于学士院,以兵部侍郎、判度支萧邺同平章事。枢密使王归长、马公儒覆奏:"邺所判度支应罢否?"上以为归长等佑之,即手书慎由名及新命付学士院,仍云"落判户部事"。邺,明之八世孙也。

宣宗授官往往不与宰辅商议,韦澳为避嫌而辞户部之任。《资治通鉴》卷249大中十一年正月(第8062页)载:

> 春,正月,丙午,以御史中丞兼尚书右丞夏侯孜为户部侍郎、判户部事。先是,判户部有缺,京兆尹韦澳奏事,上欲以澳补之。辞曰:"臣比年心力衰耗,难

---

〔1〕《旧唐书》卷18上《武宗本纪》会昌五年十二月载:"而白敏中之徒,教弘质论之,故有此奏。"
〔2〕《新唐书》卷180《李德裕传》。

以处繁剧,屡就陛下乞小镇,圣恩未许。"上不悦。及归,其甥柳玭尤之。澳曰:"主上不与宰辅金议,私欲用我,人必谓我以他歧得之,何以自明! 且尔知时事浸不佳乎? 由吾曹贪名位所致耳。"丙辰,以澳为河阳节度使。玭,仲郢之子也。

此亦宣宗架空宰相职能之显例也。

又宣宗朝宰相多由度支入。《容斋续笔》卷 14 载:

> 宪宗季年,皇甫镈由判度支,程异由卫尉卿盐铁使,并命为相,公论沸腾,不恤也。逮于宣宗,率由此涂大用,马植、裴休、夏侯孜以盐铁,卢商、崔元式、周墀、崔龟从、萧邺、刘瑑以度支,魏扶、魏謩、崔慎由、蒋伸以户部,自是计相不可胜书矣。惟裴度判度支,上言调兵食非宰相事,请以归有司,其识量宏正,不可同日语也。

此可见宣宗朝宰相多为"计相",往往以调兵食为务,大乖宰相体例。

史家亦颇喜举宣宗察访官吏治绩之事例,以见其明察,关心民瘼。实则此种行为,亦不过是"小节",不足以言君主之贤明。《资治通鉴》卷 249 大中八年十月载宣宗猎于泾阳县,闻樵夫言而擢拔李行言为海州刺史事例,卷 249 大中九年二月载宣宗见醴泉父老祈佛以留县令李君奭,乃除其为怀州刺史事例。王夫之《读通鉴论》卷 26《宣宗》(第 813 页)评曰:"举进退刑赏之大权,唯视人謦(謦)欬笑语、流目举踵之间,而好恶旋移,是非交乱。"君主耳目所接有限,而进退刑赏大权皆由其有限的感觉而定,置宰相之权衡而不用,大乖治理。

宣宗防其臣下,尤不信任执政大臣,史书中有多处记载。《资治通鉴》卷 249 大中十二年十月(第 8072—8073 页)载:

> 冬,十月,建州刺史于延陵入辞,上曰:"建州去京师几何?"对曰:"八千里。"上曰:"卿到彼为政善恶,朕皆知之,勿谓其远! 此阶前则万里也,卿知之乎?"延陵悸慑失绪,上抚而遣之。到官,竟以不职贬复州司马。

按此宣宗以术御臣下之事例也。同上(第 8073 页)又载:

> 上诏刺史毋得外徙,必令至京师,面察其能否,然后除之。令狐绹尝徙其故人为邻州刺史,便道之官。上见其谢上表,以问绹,对曰:"以其道近,省送迎耳。"上曰:"朕以刺史多非其人,为百姓害,故欲一一见之,访问其所施设,知其优劣以行黜陟。而诏命既行,直废格不用,宰相可畏有权!"时方寒,绹汗透重裘。

按宣宗重视刺史之任命,本其勤政之表现。然此本为宰相之职能,事无大小皆一一主持之,且言必曰"宰相可畏有权",此甚不合治道。此大中朝君权独重,相权为轻之显例也。胡注云:"如令狐绹之欺蔽,罢其相而罪之可也。若任之为相而畏其有权,则宰相取充位而已。"吕思勉先生批评宣宗的所谓"明察"云:"虽善参验摘发,不能推诚相与,得人之欢心,将谁与共济艰难乎?"[1]同上(第8073页)又载:

> 上临朝,接对群臣如宾客,虽左右近习,未尝见其有惰容。每宰相奏事,旁无一人立者,威严不可仰视。奏事毕,忽怡然曰:"可以闲语矣!"因问闾阎细事,或谈宫中游宴,无所不至。一刻许,复整容曰:"卿辈善为之,朕常恐卿辈负朕,后日不复得相见。"乃起入宫。令狐绹谓人曰:"吾十年秉政,最承恩遇;然每延英奏事,未尝不汗沾衣也!"

同上卷249大中十二年二月(第8068—8069页)载:

> 上欲御楼肆赦,令狐绹曰:"御楼所费甚广,事须有名,且赦不可数。"上不悦,曰:"遗朕于何得名!"慎由曰:"陛下未建储官,四海属望。若举此礼,虽郊祀亦可,况于御楼!"时上饵方士药,已觉躁渴,而外人未知,疑忌方深,闻之,俯首不复言。旬日,慎由罢相。

同上卷249大中十年正月(第8059页)载:

> 上命裴休极言时事,休请早建太子,上曰:"若建太子,则朕遂为闲人。"休不敢复言。二月,丙戌,休以疾辞位;不许。

按:宣宗虽礼待朝臣,然"貌恭而心防之"(范祖禹《唐鉴》卷21,第194页)。令狐绹最承恩遇,尚且如此待之,他人可知也。裴休请早建太子而遭拒绝,胡三省为之感慨云:"孰谓宣宗明察,吾不信也。"崔慎由以建储官谏而罢相,以其疑忌之深。故大中朝君臣关系貌合而实心离。这跟会昌朝武宗倚重李德裕,推诚任人,君臣相得的情况形成了鲜明的对比。

由于宣宗防其臣下,宰相的职能被架空。故韦澳以"愿君无权"说周墀。《资治通鉴》卷248大中二年五月载:

> 门下侍郎、同平章事崔元式罢为户部尚书;以兵部侍郎・判度支・户部周

---

[1]　吕思勉:《隋唐五代史》第八章《文武宣三朝事迹》第二节《武宣朝局》,中华书局1959年版,第410页。

墀、刑部侍郎·盐铁转运使马植并同平章事。

　　初,墀为义成节度使,辟韦澳为判官,及为相,谓澳曰:"力小任重,何以相助?"澳曰:"愿相公无权。"墀愕然,不知所谓。澳曰:"官赏刑罚,与天下共其可否,勿以己之爱憎喜怒移之,天下自理,何权之有!"墀深然之。澳,贯之之子也。

按:韦澳奉劝周墀无权之说,其中包含着极深的意蕴。其一,这表明大中朝宣宗君权独重,相权受到了抑制。所以,韦澳也是针对宣宗朝政治权力格局而言的。韦澳为当时有识之士,在宣宗即位初即看出宣宗的政治策略,故以"无权"告周墀,又于大中十一年指出:"且尔知时事浸不佳乎?由吾曹贪名位所致耳。"(《资治通鉴》卷249 大中十一年正月)可谓洞察时事,具有很强的政治敏锐性。其二,"无权""与天下共其可否"则不过是一种持禄苟安的行为,无从发挥宰相的自主权。宰相既持禄苟安,则难以实施建设性的、能开辟新格局的政治措施,所以,这跟会昌朝李德裕主政风格形成了鲜明的对比,即趋向于守成。王夫之指出:"宰相无权,则天下无网,天下无网而不乱者,未之或有。"又进一步指出宰相无权的弊害:"宰相无权,人才不繇以进,国事不适为主,奚用宰相哉?……宰相不得以治百官,百官不得以治其属,民之愁苦者无与伸,骄悖者无与禁,而天子方自以为聪明,遍察细大,咸受成焉,夫天子亦恶能及此哉?"(《读通鉴论》卷26《宣宗》四,第812页)

　　除了《旧唐书》和司马光对宣宗之政执肯定态度,后代史家对宣宗之政多有严肃、尖锐的批评,前所引王夫之、孙甫、范祖禹之文皆可见也。

## 二、会昌朝政绩的缔造

　　辩证唯物主义认为:"矛盾存在于一切客观事物和主观思维的过程中,矛盾贯串于一切过程的始终,这是矛盾的普遍性和绝对性。矛盾着的事物及其每一个侧面各有其特点,这是矛盾的特殊性和相对性。"[1]就矛盾的特殊性来看,主要的矛盾和矛盾的主要方面,由于它的存在和发展,规定或影响着次要矛盾和矛盾的次要方面的存在和发展。同时,矛盾的诸方面既具有斗争性,又具有同一性。"有条件的相对的同一性和无条件的绝对的斗争性相结合,构成了一切事物的矛盾运动。"[2]

　　从矛盾论来看唐后期社会政治运动,自元和末长庆初,河北三镇复乱,朝廷放

----

〔1〕　毛泽东:《矛盾论》,《毛泽东选集》(第一卷),人民出版社1991年版,第336页。
〔2〕　同上,第353页。

弃了统一三镇的愿望,故中央和藩镇的矛盾,不再是主要矛盾。边疆少数民族,吐蕃、回鹘等正因内乱而逐步衰落,所以唐王朝与少数民族的矛盾也不是主要矛盾。自朝廷内部来看,南衙北司之争与朝臣朋党之争开始成为主要矛盾。[1] 同时,由于统治阶级对被统治阶级的剥削进一步加剧,统治阶级与被统治阶级的矛盾也开始上升为主要矛盾,至大中朝民乱、兵乱四起,既标志着统治阶级与被统治阶级的矛盾上升为主要矛盾,也宣告了唐室的全面衰落。对于唐王朝而言,主要矛盾始终是存在的,对次要矛盾解决得如何,直接关系主要矛盾的激化或是减弱,关系唐室的强弱、存亡。会昌朝武宗和李德裕君臣相得,对这些次要矛盾解决得较好,由此也淡化了主要矛盾,使唐王朝一度呈现出中兴气象。

会昌政绩的取得,首先得力于武宗对李德裕的信任,这使他作为宰相的职能得到合理的发挥。君主任人不疑,宰相输献忠款,这种君臣的相互契合,直接承继元和朝宪宗之倚信杜黄裳、李吉甫、裴度,从而在中晚唐君臣关系史上划下一道清晰的痕迹。《新唐书》卷180《李德裕传》云:"德裕性孤峭,明辩有风采,善为文章。虽至大位,犹不去书。其谋议援古为质,衮衮可喜。常以经纶天下自为,武宗知而能任之,言从计行,是时王室几中兴。"《旧唐书》卷174《李德裕传》云:"德裕特承武宗恩顾,委以枢衡。决策论兵,举无遗悔,以身扞难,功流社稷。"史臣以亲身的见闻高度赞扬会昌君臣际会:"史臣曰:臣总角时,亟闻耆德言卫公故事。是时天子神武,明于听断;公亦以身犯难,酬特达之遇。言行计从,功成事遂,君臣之分,千载一时。"

从中晚唐时期作为一个长时段来看,会昌朝是一个略有起色的朝代。中晚唐四大疾患——宦官擅权、藩镇跋扈、朋党之争、佛道之弊,除了朋党之争继续加剧,其他几大问题都在不同程度上有所减轻。大多数论者肯定会昌政绩,也有个别论者鄙薄会昌政绩,比如,吕思勉先生认为:"适直是时,回纥衰乱,得以戡定朔方,此乃时会使然,初非德裕之力。至于削平昭义,则其事本不足称,读史者亦从而张之,则为往史之曲笔所欺矣","文宗平横海,武宗平昭义,史家以为丰功,实则殊不足道,且皆竭蹶而后得之者也"[2]。所论可参,若与宪宗朝之平复河北三镇之丰功伟烈相较,会昌政绩自是不足称,然时当晚唐积弊难返之衰世,能有如是作为,实为难得。吕思勉先生所论未免苛刻。

下面让我们看看:会昌发生了哪些重大政治事件,取得了哪些政绩?当李德裕

---

〔1〕 参见范文澜:《中国通史简编》第三编,人民出版社1965年版,上册第169页。

〔2〕 吕思勉:《隋唐五代史》,第412页。

和武宗面对那些重大政治事件的时候,他们受到了哪些阻挠,突破了哪些障碍,才得以实施他们的政治措施? 由李德裕亲自制定的策略,是怎样随着情况的变化而作出调整的? 最后,处置这一事件后所产生的积极、消极两方面的效果如何?

(一)驱回鹘

自大和六年(832 年)起,回鹘连遭自然灾害的袭击,内部动乱,势力大衰。公元840 年前后(唐文宗开成末、武宗会昌初),回鹘可汗被黠戛斯所杀,汗国崩溃,诸部离散。其中近汗牙的十三部,以特勤乌介为可汗,于开成五年(840 年)九月抵达天德塞下,对边境安全造成很大威胁。

面对这种情况,李德裕首先采取安抚政策,并不贸然出击。会昌元年(841 年)八月天德军田牟欲击回鹘以立功,时朝臣多赞同田牟奏请,李德裕独持安抚政策,要求"以恩义抚而安之",且遣使者镇抚,运粮食以赐之。即使要击打,也要征诸道大兵讨伐之:"愿且诏河东、振武严兵保境以备之,俟其攻犯城镇,然后以武力驱除。"(《资治通鉴》卷 246 会昌元年八月)当时连李党陈夷行也反对李德裕的做法,屡次言击之,且不可资盗粮。[1] 但是李德裕采取安抚、怀柔政策,是建立在对回鹘余众的分析基础上的,其实是一种内部分化策略,当时以回鹘嗢没斯为首的余众强烈要求依附唐室,与会昌元年(841 年)二月新立的乌介可汗没有君臣之分,李德裕并不认为他们是叛将,所以"仍诏田牟、仲平毋得邀功生事,常令不失大信,怀柔得宜,彼虽戎狄,必知感恩"(同上),欲分化瓦解以招抚之。会昌二年(842 年)四月,李德裕指出田牟兵法不对,即不俟朝旨,以三千兵出击,要求"诏田牟招诱降者",对嗢没斯官赏以为反间,于是嗢没斯率众来降(《资治通鉴》卷 246 会昌二年四月)。

李德裕在解决回鹘扰边事件中措置得宜,可谓有理有利有节。乌介可汗上表,欲借振武一城以居公主、可汗,谕以城不可借,余当应接处置;派遣苗缜、李拭等出使,以察敌情;作好积极防御措施,"河东节度使苻澈修杷头烽旧戍以备回鹘。李德裕奏请增兵镇守,及修东、中二受降城以壮天德形势,从之"(《资治通鉴》卷 246 会昌二年二月);会昌二年(842 年)三月,李德裕要求刘沔、仲武讨发侵扰横水的回鹘兵,

---

〔1〕《资治通鉴》卷 246 会昌元年闰九月(第 7954—7955 页)载:"李德裕请遣使慰抚回鹘,且运粮三万斛以赐之,上以为疑;闰月,己亥,开延英,召宰相议之。陈夷行候对之所,屡言资盗粮不可。德裕曰:'今征兵未集,天德孤危。傥不以此粮啖饥虏,且使安静,万一天德陷没,咎将谁归!'夷行至上前,遂不敢言。上乃许以谷二万斛赈之。"参《旧唐书》卷 174《李德裕传》会昌元年,《新唐书》卷 180《李德裕传》。

要师出有名,"如可以讨逐,事亦有名。摧此一支,可汗必自知惧"(《资治通鉴》卷246 会昌二年三月)。

会昌二年(842 年)八月,乌介可汗"帅众过杷头烽南,突入大同川,驱掠河东杂虏牛马数万,转斗至云州城门"(《资治通鉴》卷 246 会昌二年八月)。面对回鹘的侵犯,李德裕开始调整策略,由怀柔政策转变为积极抗击策略,"以河朔兵益河东兵,必令收功于两月之内"(同上)。而此时公卿大臣却多主张消极防御者,且要求俟来春驱逐。李德裕要求下公卿集议,确定应对策略和反攻时间。《旧唐书》卷 18 上《武宗本纪》载:"诏以回纥犯边,渐侵内地,或攻或守,于理何安? 令少师牛僧孺、陈夷行与公卿集议可否以闻。僧孺曰:'今百僚议状,以固守关防,伺其可击则用兵。'"此时李德裕断然提出:"出师急击,破之必矣。守险示弱,虏无由退。击之为便。"在两次公卿集议上,以牛僧孺为主的朝臣与李德裕之间展开激烈的争论。牛僧孺等提出"来则驱逐,去亦勿追"的被动策略,李德裕一一驳斥之,其九月二日的《公卿集议须便施行其中有未尽处更令分析闻奏谨具一一如后状》指出:"昨所令集议,出师驱逐,是逐出塞外,令归沙漠。今若来即驱逐,去亦勿追,如此相守,何时得了! 军粮日有所费,边境终无安宁。"[1]要求牛僧孺等将"虚论""浮词"落到实处。九月七日,李德裕上《牛僧孺等奉敕公卿集议须便施行其中有未尽处更令分析谨连如前状》又一次折牛僧孺等以陈许、淄青等兵为乌合之众的论调,阐明了唐军自"只令守备,都未尝有攻讨之意"到"须与城栅斗敌"之原因,即因回鹘由饥困到侵暴,朝廷应当作出相应的策略调整。在这种情况下,武宗又一次支持了李德裕。终在李德裕的积极策划之下,于会昌三年(843 年)正月,刘沔、石雄诸将大破回鹘乌介部,迎太和公主归唐。

驱逐回鹘后,朝廷收复失去边地的热情高涨。会昌三年(843 年)二月,武宗欲令赵蕃就颉戛斯求安西、北庭,李德裕以"乃用实费以易虚名,非计也"止之。李德裕又部署防御吐蕃、收复河湟事。会昌四年(844 年)三月,"朝廷以回鹘衰微,吐蕃内乱,议复河、湟四镇十八州",开始积极谋划一系列政治军事方面的准备(《资治通鉴》卷 247 会昌四年三月)。李德裕又于会昌三年(843 年)论奏维州事,请追赠悉怛谋官,也是趁着驱逐回鹘后朝野中高涨的情绪,请求重新论定大和二年(828 年)维州事,昭雪向化、归义的悉怛谋,表明朝廷欲收复边地的决心;且会昌五年(845 年)

---

〔1〕 此段文字今通行本李德裕《会昌一品集》均夺"是逐出塞外令归沙漠今若来即驱逐"十五字,今据陆心源皕宋楼本《李文饶集》卷十四叶六正补。陆氏皕宋楼本现藏日本静嘉堂文库。

奏请设备边库(宣宗时改名为延资库),收贮度支、盐铁等钱物,以备军用,这为宣宗收复河湟提供了物质基础。

### (二)平泽潞

会昌三年(843年)四月,泽潞镇节度使刘从谏卒,其侄刘稹谋擅袭父位,李德裕认为泽潞镇处在腹心之地,不同于河北三镇,坚决主张用兵,武宗采纳其谋,命诸道出兵征讨。次年八月,刘稹为部下所杀,泽潞平。

平泽潞之所以成功。其原因有三。

#### 1.君臣同心,立场坚定

刘从谏卒后,刘稹求任命,朝廷中就泽潞问题形成对立的两种意见。当时朝廷中反对泽潞用兵的人很多,宰相、谏官及群臣皆以回鹘余烬未灭为请,形成很大的舆论声势。[1] 独李德裕力主讨伐,当时就获得了武宗的坚决支持:"上喜曰:'吾与德裕同之,保无后悔。'遂决意讨稹,群臣言者不复入矣。"(《资治通鉴》卷247会昌三年四月)为了使朝臣心服,李德裕建议就泽潞事下百官议,以尽人情。武宗以"有罪不可苟免"支持李德裕主持伐叛事宜(同上)。在伐叛过程中,要求诸将"刘稹求降皆不得受",数次拒绝刘稹的纳降,识破其"伪输诚款,冀以缓师,稍得自完,复来侵轶"(《资治通鉴》卷247会昌三年十二月)的用心。

到了会昌三年(843年)八月,泽潞大将薛茂卿破科斗寨。朝廷中反对的声浪更大,李德裕又一次坚定了武宗伐叛的决心:"时议者鼎沸,以为刘悟有功,不可绝其嗣。又,从谏养精兵十万,粮支十年,如何可取!上亦疑之,以问李德裕,对曰:'小小进退,兵家之常。愿陛下勿听外议,则成功必矣!'上乃谓宰相曰:'为我语朝士:有上疏沮议者,我必于贼境上斩之!'议者乃止。"(《资治通鉴》卷247会昌三年八月)

坚决打击杨弁太原之乱,决不姑息。李德裕曾上奏"杨弁微贼,决不可恕。如国力不及,宁舍刘稹"(《资治通鉴》卷247会昌四年正月),复引李泌事例"言刘稹不可赦"(《资治通鉴》卷247会昌四年七月)。

#### 2.总体策略方针正确,并且随着形势的变化不断调整策略

李德裕力主讨伐,分析了"泽潞事体与河朔三镇不同",提出孤立泽潞以成擒的

---

〔1〕《旧唐书》卷174《李德裕传》载:"初议出兵,朝官上疏相继,请允从谏例,许之继袭,而宰臣四人,亦有以出师非便者。德裕奏曰:'如师出无功,臣请当罪戾,请不累李绅、让夷等。'"按:可见当时李党要人也是反对泽潞用兵的。

总体策略方针:"但得镇、魏不与之同。则积无能为也","其山东三州隶昭义者,委两镇攻之"。且厚赏将士,限日攻讨之。这种分析跟杜牧的分析十分接近,表明了他们具有同样深刻而独到的战略眼光。杜牧提出"窒天井之口"、径捣上党的策略(《资治通鉴》卷247会昌三年四月)。天井关是必争之地,故而平叛过程中河东军牢牢地把持天井关而不失,《资治通鉴》卷247会昌三年十二月载:"戊辰,王宰进攻泽州,与刘公直战,不利,公直乘胜复天井关。甲戌,宰进击公直,大破之;遂围陵川,克之。河东奏克石会关。"

李德裕善于展开宣传攻势,令河北藩镇俯首听命。其赠成德、魏博诏书云:"泽潞一镇,与卿事体不同,勿为子孙之谋,欲存辅车之势。但能显立功效,自然福及后昆。"(《资治通鉴》卷247会昌三年四月)河北三镇每遣使者至京师,李德裕常以祸福之言明告之,令三镇不敢有异志(《资治通鉴》卷248会昌四年八月)。成德、魏博军在伐叛中也发挥了他们应有的作用,会昌四年八月,镇、魏奏邢、洺、磁三州降,才引起泽潞的内乱。战事的发展,皆如李德裕所料。

在平叛过程中,其又善于随着形势的变化不断调整具体策略,以便组成优势兵力,更有效地打击泽潞叛军。比如,诏命诸将取州毋得取县,就是根据河朔用兵弊端作出的调整(《资治通鉴》卷247会昌三年七月)。

### 3.李德裕指挥有方

李德裕"大得制御将帅、用兵必胜之术"(宋孙甫《唐史论断》,第61页)。

首先,善于调兵遣将。其所任王宰、刘沔、王茂元、陈夷行、石雄等,皆能择人而任势,又善于根据形势的变化,调兵遣将,以发挥总体优势,兹不赘举。

其次,善于运用"攻心伐谋"(《资治通鉴》卷247会昌三年八月)之术,即"激将法",权力制衡之术也。比如:①会昌三年八月,王元逵击尧山,败刘积兵,"诏切责李彦佐、刘沔、王茂元,使速进兵逼贼境,且称元逵之功以激厉之,加元逵同平章事"(《资治通鉴》卷247会昌三年八月)。②以王宰进军魏博磁州,激励何弘敬进军(同上)。③令客军取太原以激励河东军平杨弁之乱。"河东兵戍榆社者闻朝廷令客军取太原,恐衆孥为所屠灭,乃拥监军吕义忠自取太原。"(《资治通鉴》卷247会昌四年正月)④会昌四年正月以王宰擅受积表,"意似欲擅招抚之功",乃"密谕石雄以王宰若纳刘积,则雄无功可纪。雄于垂成之际,须自取奇功,勿失此便",鼓动石雄去立奇功(同上)。以上皆调停得当,善于激励将领以争功。孙甫《唐史论断》卷下论云:"魏师迁延其役,使王宰领师直趋磁州,据魏之右,魏帅惧,全军以出。又以王宰必有顾望,令刘沔领兵直抵万善,示代王宰之势,宰即时进兵。太原之乱,杨弁结中使张皇其事,德裕折中使奸言,使王逢将陈许、易定兵进讨,太原兵戍于外者惧客军进城,并屠其家,径归禽弁,尽诛叛卒。此皆独任其策,不与诸将同谋,大得制御将帅用兵必胜之术。"

再次,调查研究。不脱离战事的实际情况而搞盲目指挥,而是注重调查研究,注重第一手材料。比如,吸收镇州奏事官高迪密陈意见;曾访刘稹腹心将文端破贼之策,并及时将有关信息通知给有关将领(《资治通鉴》卷247会昌四年闰月)。

最后,阻止权宦、监军插手。中晚唐以来,"初,李德裕以'韩全义以来,将帅出征屡败,其弊有三:一者,诏令下军前,日有三四,宰相多不预闻。二者,监军各以意见指挥军事,将帅不得专进退。三者,每军各有宦者为监使,悉选军中骁勇数百为牙队,其在陈战斗者,皆怯弱之士;每战,监使自有信旗,乘高立马,以牙队自卫,视军势小却,辄引旗先走,陈从而溃。'德裕乃与枢密使杨钦义、刘行深议,约敕监军不得预军政,每兵千人听监使取十人自卫,有功随例沾赏。二枢密皆以为然,白上行之。自御回鹘至泽潞罢兵,皆守此制。自非中书进诏意,更无他诏自中出者。号令既简,将帅得以施其谋略,故所向有功"(《资治通鉴》卷248会昌四年八月)。李德裕在平泽潞过程中,恢复了裴度伐淮西的故事,故能所向有功。

平泽潞一役体现了李德裕优秀的政治军事才能,且取得了积极的效果:首先,挫败了一些跋扈的藩镇欲求承袭的阴谋。其次,河北三镇之听命。"李回至河朔,何弘敬、王元逵、张仲武皆具橐鞬郊迎,立于道左,不敢令人控马,让制使先行,自兵兴以来,未之有也。回明辩有胆气,三镇无不奉诏。"(《资治通鉴》卷247会昌三年七月)成德、魏博二镇为取刑、磁、铭三州,攻占了泽潞的军事要地,促进了其内部的瓦解。再次,令权宦、监军使不得插手,间接打击宦官。范祖禹高度评论了李德裕的相业:"人主威制天下,岂有不由一相哉","李德裕以一相而制御三镇,如运之掌,使武宗享国长久,天下岂有不平者乎?"(范祖禹《唐鉴》卷20《武宗》)

驱回鹘和平泽潞这两起事件的成功,离不开中枢决策者的明断,尤其是李德裕所起的作用。《旧唐书》卷174《李德裕传》(第4527页)云:"自开成五年冬回纥至天德,至会昌四年八月平泽潞,首尾五年。其筹度机宜,选用将帅,军中书诏,奏请云合,起草指踪,皆独决于德裕,诸相无预焉。"

### (三)遏制宦官擅权

李德裕其实一直在努力遏制宦官侵权,而且一贯采取积极有效的措施来遏制宦官预政行为,在会昌年间取得相当明显的效果。武宗命相不由宰相、枢密,老宦官至于有"此由刘(行深)、杨(钦义)懦怯,堕败旧风故也"(《资治通鉴》卷 247 会昌三年五月)之言。

一方面,李德裕在官僚机构运作系统内跟监军使保持了良好的合作关系。李德裕西蜀任时与监军使王践言(王践言赞成李德裕收复维州,入朝后为李德裕论冤,对他大和七年入相直接起了作用)、在淮南任时与监军使杨钦义的关系都维护得很好(参见《资治通鉴》卷 246 开成五年八月),"史言李德裕亦不免由宦官以入相"(胡三省注),此说未必为无稽之谈。但是李德裕显然非常反感士人跟宦官交接。李德裕本欲提升李胶,却发现他受到了仇士良的推荐,马上就对他翻脸了,终生不复擢用(《唐语林》卷 7)。

另一方面,李德裕在其执政期间,尽量遏制宦官预政的行为。他否定李训、郑注之流谋剪宦官的策略[1],而是从权力制衡的角度,在君臣协力的基础上,达到有效地遏制宦官的目的。大和八年(834 年)李德裕谏用李训为翰林,对李训持全盘否定态度。时李训、郑注与王守澄紧密勾结,故李德裕间接所斥者,亦为宦官预政,故为彼等所恶,引进李宗闵以排挤之,贬为袁州刺史。会昌年间李德裕与武宗君臣相得,成功地遏制了仇士良宦官势力的恶性膨胀。会昌二年(842 年)四月,德裕先发制人,挫败了仇士良欲借机闹事的阴谋。[2] 武宗"外尊宠仇士良,内实忌恶之",仇士良只得在会昌三年(843 年)四月以老病求散秩。会昌四年(844 年)彻底打击仇士良,"宦官有发仇士良宿恶,于其家得兵仗数千。诏削其官爵,籍没家资"(《资治通鉴》卷 247 会昌四年四月)。李德裕甚至欲收由宦官长期控制的神策军权。[3]

在讨伐泽潞、抵御外侮时,李德裕均不许宦官干预军政,使这几次战役取得了成功,已见前述。再举一个李德裕打击宦官的例子。会昌四年泽潞郭谊诛杀甘露

---

[1] 李德裕否定李训为奇才说,反对"以台、府抱关游徼抗中人以搏精兵"的行为。《新唐书》卷 179《李训传》载:"训因王守澄以进,此时出入北军,若以上意说诸将,易如靡风,而返以台、府抱关游徼抗中人以搏精兵,其死宜哉! 文宗与宰相李石、李固言、郑覃称:'训禀五常性,服人伦之教,不如公等,然天下奇才,公等弗及也。'德裕曰:'训曾不得齿徒隶,尚才之云!'世以德裕言为然。"

[2] 《资治通鉴》卷 246 会昌二年四月载:"或告士良,宰相与度支议草制减禁军衣粮及马刍粟,士良扬言于众曰:'如此,至日,军士必于楼前喧哗!'德裕闻之,乙酉,乞开延英自诉。上怒,遽遣中使宣谕两军:'敕书初无此事。且敕书皆出朕意,非由宰相,尔安得此言!'士良乃惶愧称谢。"

[3] 日僧圆仁《入唐求法巡礼行记》卷 4 载:"今年(会昌五年)四月初,有敕索两军印,中尉不肯纳印,有敕再三索。敕意:索护军印付中书门下,令宰相管。两军事,一切拟令取(宰)相处分讫。左军中尉即许纳印,而右军中尉不肯纳印,遂奏云:'迎印之日出兵马避之,纳印之日亦须动兵马纳之。'中尉意,敕若许,即因此便动兵马,起异事也。便仰所司暗排比兵马。人君怕,且纵不索。"

罹难者之眷属,李德裕在同年九月中旬,诛杀郭谊等,李德裕有《诛郭谊等敕》《诛张谷等告示中外敕》,直接指斥王涯、贾餗为逆贼,为识者非之。但是也有一些学者通过发覆,挖掘出李德裕不得已的苦衷和间接抗衡宦官的本意,可参见清王懋竑《白田草堂存稿》及岑仲勉先生《通监隋唐纪比事质疑》第 295 页"宣告诛张谷等罪状"条。下面举清王懋竑《白田草堂存稿》语以见其隐曲:"卫公不应颠倒至此,此必有所甚不得已也。当郭谊杀刘稹以降,而并及王羽、贾庠等,羽、庠非有兵权为谊所忌,史亦不言其与谊素有嫌怨,谊盖以王、贾宦官所仇嫉,为此以快宦官之忿而以求节钺。度宦官必有与之通者,故谊望节钺不至,而曰'必移他镇',绝不料己之及于诛也。卫公既定计诛之,又恐宦官之沮其事,故特下此诏,见羽等之死,乃上所命,而非谊之功,谊与同党皆就就诛夷,而又以及于其余,是不欲微露其意,而亦鉴于朱克融、王庭凑之祸。其后昭义帖服,皆归功于卢钧,而未必非卫公诛锄强梗之力也。"[1]

王夫之肯定了会昌朝遏制宦官的成效,评之曰:"唐自肃宗以来,内竖之不得专政者,仅见于会昌。"(《读通鉴论》卷 26《武宗》一,第 799 页)

## (四)禁佛

据日僧圆仁《入唐求法巡礼行记》卷 3 载会昌二年朝廷重道轻佛,且已开始勒令部分僧尼还俗[2]。至会昌五年七八月开始大规模地禁佛,此即"武宗皇帝乙丑之否"(《全唐文》卷 826 黄滔《龟洋灵感禅院东塔和尚碑》)事件。

会昌禁佛的原因有两方面。

其一,客观方面。由于经济衰落,社会生产与社会消费之间不平衡,带来了一系列的社会问题,广大民众生活在贫困线以下,民生的问题日益尖锐,故被提到统治阶级的日程之上。可见,统治阶级与被统治阶级的矛盾,是推动这次禁佛运动进行的根本动力。唐帝国出于经济上的考虑,欲令僧道还俗,收没寺庙田产,减少坐待衣食者,限制僧道经济特权,增加两税户,促进经济生产的正常发展。[3]

其二,主观方面。武宗是道教的狂热信徒,加上李德裕也信奉道教,这种君臣

---

〔1〕 转引自傅璇琮:《李德裕年谱》,第 548 页。
〔2〕 参见傅璇琮:《李德裕年谱》,第 439—440 页。
〔3〕 《樊川文集》卷 10 杜牧《杭州新造南亭子记》:"文宗皇帝尝语宰相曰:'古者三人共食一农人,今加兵、佛,一农人乃为五人所食,其间吾民尤困于佛。'帝念其本牢根大,不能果去之。"《唐会要》卷 47 载会昌五年八月诏书云:"今天下僧尼,不可胜数,皆待衣而食,待桑而衣,寺宇招提,莫知纪极。"

的结合对于发动大规模的禁佛行动是有直接影响的。武宗和德裕君臣相得,性格刚猛果断,能为大事,一旦决断,往往雷厉风行,故能排斥佛教不遗余力。史载:"上好神仙,道士赵归真得幸"(《资治通鉴》卷247会昌四年),"上恶僧尼耗蠹天下,欲去之。道士赵归真等复劝之"(《资治通鉴》卷248会昌五年)。李德裕所信奉的是上清部道教[1],跟武宗好神仙求长生的宗旨倒是不同。但是李德裕在任职地方时,无论是在浙西、淮南还是西蜀,皆有过或"毁属下浮图私庐数千,以地予农",或奏请"非经祠者毁千余所,撤私邑山房千四百舍"(《新唐书》卷180本传)的行为。

禁佛有彻底性、广泛性、深入性三大特点。

其一,彻底性。摧毁寺庙,勒令僧尼还俗,收没寺院田产,自北周武帝禁佛以来所仅有,且更加猛烈。其大致情况见《新唐书》卷52《食货志》(参见《旧唐书》之《武宗本纪》八月,《资治通鉴》卷248会昌五年七月、八月)载:"武宗即位,废浮图法,天下毁寺四千六百,招提、兰若四万,籍僧尼为民二十六万五千(《旧纪》、《通鉴》作五百)人,奴婢十五万人……诸道留僧以三等,不过二十人。腴田鬻钱送户部,中下田给寺家奴婢丁壮者为两税户,人十亩。"

其二,广泛性。禁佛是在全国范围内发动的,而且受到了广大民众的支持。杜牧《杭州新造南亭子记》载:"出四御史缕行天下以督之,御史乘驿未出关,天下寺至于屋基耕而刬之。"相对而言,河北三镇由于长期自成体系,禁佛不那么激烈,以至于大中朝欲兴复佛教者,一般到黄河以北取经典。[2] 日僧圆仁《入唐求法巡礼记》[3]卷4会昌五年十一月三日记:"唯黄河已北镇、幽、魏、路(潞)等四节度,元来敬重佛法,不拆寺舍,不条流僧尼,佛法之事,一切不动。频有敕使勘罚,云'天子自来毁拆焚烧,即可然矣,臣等不能作此事也。'"虽然有圆仁作为佛教徒的夸大之词,但是可见河北三镇等并没有采取如此激烈的禁佛行动。不过河北三镇还是受到影响的。《资治通鉴》卷248会昌五年八月载五台山僧寺僧人多亡奔幽州,李德裕乃召幽州进奏官告诫张仲武,张仲武于是封二刀付居庸关曰:"有游僧入境则斩之。"

〔1〕《李文饶别集》(四部丛刊初编本)卷7《三圣记》:"有唐宝历二年,岁次丙午,八月丙申朔,十五日庚戌,玉清玄都大洞三道弟子、正议大夫、持节润州诸军事守润州刺史……李德裕,上为五庙圣主,次为七代先灵,下为一切含识,于茅山崇元观南,敬造老君殿院及造老君、孔子、尹真人像三躯。"他的妻妾皆信奉茅山道教,李德裕写有《滑州瑶台观女真徐氏墓志铭》(洛阳出土,周绍良藏拓本)、《唐茅山燕洞宫大洞炼师彭城刘氏墓志铭并序》,其诗则有《伤茅山尊师》等。

〔2〕参见《全唐文》卷788李节《饯潭州疏言禅师诣太原求藏经诗序》文。按道林寺疏言禅师能往河东求购释氏遗文,河东能如此,则河北三镇当亦复如是也。

〔3〕[日]圆仁:《入唐求法巡礼记》,顾承甫、何泉达点校,上海古籍出版社1986年版。

其三,深入性。很多佛教宗派都受到打击,仅禅宗在禁佛后得以发扬。会昌灭佛对佛教的打击是沉重的、猛烈的,自此以后,佛教再也没有恢复到隋唐盛况,拥有如隋唐僧侣这般的政治影响力和经济特权,很多教派自此一蹶不振,唯教外别传的禅宗势力得到迅猛的发展。[1] 但是由于宣宗上台,牛党执政,"务反会昌之政",大力恢复佛教,又使佛教复炽[2],但是发展了数百年的寺庙经济已被摧毁,佛教再也难以恢复元气了。

禁佛有积极、消极两方面之影响。积极方面——摧毁了寺院经济,增加了两税户,有望减轻农民负担。杜牧在《杭州新造南亭子记》歌颂武宗灭佛之业绩云:"佛炽害中国六百岁,生见圣人,一挥而几夷之",许之为"仁圣天子之神功"。消极方面——首先,在宗教文化方面而言,则是大厄。很多文物被摧毁,这是一种损失。其次是社会隐患,大批还俗的僧人散落于各地也是社会一大隐患,因为他们并没有谋生的手段。[3] 就禁佛措施而言,实际上过于激烈,而佛教的社会心理基础并没有就此消除,所以宣宗兴佛,也是一兴即起。王夫之针对会昌禁佛弊端,提出他的禁佛主张,要求取消僧侣特权,以巫待之,则无须如此大动作,而自能消弭佛教之弊端。此不禁而禁,可谓上策也。[4] 然佛教积弊已成,非如会昌朝行政干预、大动作,则不能予以之重创。然革后当温火以养之,而非如宣宗朝之务求兴复也。

## (五)调整官僚体制,改革弊政

会昌年间李德裕继续其大和任相期间的政治革新,由于武宗的倚信,他放手对官僚体制的部分弊端进行调整,并取得了相当的成绩。举其要,有二端:一为改革科举制度,二为汰除冗官。

### 1.改革科第制度

以李德裕、郑覃为主的李党确实对科第取士有着强烈的不满。郑覃甚至于要

---

〔1〕 参见汤用彤:《隋唐佛教史稿》之《会昌法难》,中华书局 1982 年版,第 40—51 页。
〔2〕 牛僧孺也不喜欢佛教,李珏《牛公神道碑铭并序》载其"不喜释老,唯宗儒教",然即或如此,也不至于进行禁佛。尤其应该注意的是,大中朝兴佛也是宣宗针对会昌朝的政治策略之一。
〔3〕 参见汤用彤:《隋唐佛教史稿》之《会昌法难》,第 49—50 页。王夫之《读通鉴论》卷 26《武宗》七指出还俗僧尼由于衣食无着,"一旦压之使无所往而得措其身,则合数十万伏莽之戎,黠者很者阴聚于宵旦,愤懑图惟,谋歧途以旁出,若河之决也,得蚁穴以通,而奔流千里,安可复遏哉?"
〔4〕 参见王夫之《读通鉴论》卷 26《武宗》七认为浮屠"亦巫之幻出者而已"。"浮屠而既巫矣,人之信之也犹巫,则万室之邑,其为巫者凡几? 而人无爱戴巫如父母者,则犹然编户征徭之民也。 如此,则浮屠熸矣。"

116

求文宗取消进士科。大和八年(834 年),"是时,文宗好学嗜古,郑覃以经术位宰相,深嫉进士浮薄,屡请罢之"(《新唐书》卷 44《选举志上》)。而李德裕呢,"尤恶进士"(同上)。这种观念其实是李、郑二人以山东士族经术、礼法观念作为安身立命之本的表现。而要求改革科举制度,也是中唐以来部分士人的呼声,其中尤激烈者,有杨绾、赵匡等。杨绾《条奏贡举疏》(《全唐文》卷 331)攻击科举积弊:"幼能就学,皆诵当代之诗,长而博文,不越诸家之集,递相党与,用致虚声。六经则未尝开卷,三史则皆同挂壁,况复征以孔孟之道,责其君子之儒者哉。祖习既深,奔竞为务……"以此要求恢复县令察孝廉的古制。李德裕在大和年间执政时期,也曾要求进士科停止诗赋,增考经义、对策(《唐大诏令集》卷 29《大和七年册皇太子德音》),其目的亦欲压抑进士浮华风气,然实施还不到数月即告流产,因为诗赋取士已经成为行之有效的选举制度,正如文宗所指出的:"敦厚浮薄,色色有之,进士科取人二百年矣,不可遽废。"(《新唐书》卷 44《选举志上》)杜牧在《上宣州高大夫书》(《樊川文集》卷 12)驳斥所谓科举之徒浮华轻薄之说:"若以科第之徒浮华轻薄,不可任以为治,则国朝自房梁公已降,有大功,立大节,率多科第人也。"

会昌年间,李德裕主政,不再进行停试诗赋,增考经义、对策的改革,盖有见于诗赋取士旧例之不可骤革也。在承认诗赋取士的前提下,李德裕继续在两个方面对科举制度进行整饬,其目的是破除以科举为朋党胶固之势力场,压抑进士浮华的风习,使科举制更有效地为国家提拔贤能之士。首先,罢宰相阅榜之习。大和八年(834 年)李德裕即论奏"宰相先知取舍,事非至公,今年以后,请便令放榜,不用先呈人名"(《唐会要》卷 76《贡举中》大和八年正月,第 1381 页)。至会昌年间再次重申,据《册府元龟》卷 641《贡举部·条制三》[1]载:"(会昌三年)正月,是日,宰臣李德裕等奏,……今年便任有司放榜,更不得先呈臣等,仍向后便为定例,如有固违,御史纠举奏者。"其次,对于那些导致座主门生、同年结党的仪式和聚会活动予以取缔。《新唐书》卷 44《选举志》上载:"武宗即位,宰相李德裕尤恶进士。初,举人既及第,缀行通名,诣主司第谢。其制,序立西阶下,北上东向;主人席东阶下,西向;诸生拜,主司答拜;乃叙齿,谢恩,遂升阶,与公卿观者皆坐;酒数行,乃赴期集。又有曲江会、题名席。至是,德裕奏:'国家设科取士,而附党背公,自为门生。自今一见有司而止,其期集、参谒、曲江题名皆罢。'"在《停进士宴会题名疏》(《会昌一品集·补

〔1〕　中华书局 1960 年影印本,第 7685 页。

遗》)中更具体地表达：

> 奉宣旨，"不欲令及第进士呼有司为座主，趋附其门，兼题名、局席等条疏进来"者。伏以国家设文学之科，求贞正之士，所宜行敦风俗，义本君亲，然后升于朝廷，必为国器。岂可怀赏拔之私惠，忘教化之根源，自谓门生，遂成胶固？所以时风浸薄，臣节何施，树党背公，靡不由此。臣等商量，今日已后，进士及第，任一度参见有司，向后不得聚集参谒，及于有司宅置宴。其曲江大会朝官，及题名局席，并望勒停。缘初获美名，实皆少隽，既遇春节，难阻良游，三五人自为宴乐，并无所禁，唯不得聚集同年进士，广为宴会。仍委御史台察访闻奏。谨具如前。

按：自唐玄宗以礼部知贡举以来，座主与门生、同年之间关系密切，往往成为朋党关系，此亦牛党集团之显著特征。牛党三大党魁即以同年而形成亲密的朋党关系："（杨）嗣复与牛僧孺、李宗闵皆权德舆贡举门生，情义相得，进退取舍，多与之同。"（《旧唐书》卷176《杨嗣复》）且往往干预科举和铨选，把持科举录取权，左右科举进退，其典型者为杨虞卿。《新唐书》卷175《杨虞卿传》载："李宗闵、牛僧孺辅政，引为右司郎中、弘文馆学士。再迁给事中。虞卿佞柔，善谐丽权幸，倚为奸利。岁举选者，皆走门下，署第注员，无不得所欲，升沉在牙颊间。"而诸多口号、流行语更见牛党以科第同年、座主门生关系形成朋党胶固的特征。《全唐诗》卷876《京师人号牛杨语》载"牛僧孺和杨虞卿兄弟驱驾轻薄，有不附己者，潜被疮痏，京师为之语云：'太牢笔，少牢口，东西南北何处走'"，《又号牛李》云："门生故吏，不牛则李（李谓宗闵也）。"故李德裕欲倡革此等科场陋习，实际上是其会昌入相后言于武宗"致理之要，在于辩群臣之邪正"（《资治通鉴》卷246开成五年九月）执政主张的贯彻，也是其一贯反对朋党观念的贯彻[1]。而朝中以科举人事关系形成朋党者非牛党莫属，故李德裕之措施无非是针对牛党。原其初心，本欲革科第之弊端，然以牛李党争对峙之格局，凡百措施，无不增加牛党之怨恨，而其措置过程中，亦难免挟党人意气而行，此所以会昌末白敏中唆使韦弘质上疏言宰相权重，亦所以牛党于大中朝反噬之

---

[1] 李德裕一贯标榜反对朋党。大和年间入相亦言文宗去朋党之要义。《新唐书》卷174《李宗闵》："久之，德裕为相，与宗闵共当国。德裕入谢，文宗曰：'而知朝廷有朋党乎？'德裕曰：'今中朝半为党人，虽后来者，趋利而靡，往往陷之。陛下与杨虞卿、张元夫、萧澣为党魁。能用中立无私者，党与破矣。'"会昌年间又与武宗论朋党，驳斥"孔子其徒三千亦为党"观点，参《新唐书》卷180《李德裕传》，即其文《论侍讲奏孔子门徒事状》。

凶猛,亦所以大中朝迅速解除二禁[1]之故也。

李德裕素重公卿子弟,然亦有奖拔孤寒之美誉。这应该如何理解呢?欲明乎此,其关键是辨别有关史料。

李德裕之素重公卿子弟,载《旧唐书》卷18上《武宗本纪》会昌四年十二月条(第602—603页,又见《新唐书》卷44《选举志上》):

> 时左仆射王起频年知贡举,每贡院考试讫,上榜后,更呈宰相取可否。后人数不多,宰相延英论言:"主司试艺,不合取宰相与夺。比来贡举艰难,放人绝少,恐非弘访之道。"帝曰:"贡院不会我意。不放子弟,即太过,无论子弟、寒门,但取实艺耳。"李德裕对曰:"郑肃、封敖有好子弟,不敢应举。"帝曰:"我比闻杨虞卿兄弟朋比贵势,妨平人道路。昨杨知至、郑朴之徒,并令落下,抑其太甚耳。"德裕曰:"臣无名第,不合言进士之非。然臣祖天宝末以仕进无他伎,勉强随计,一举登第。自后不于私家置《文选》,盖恶其祖尚浮华,不根艺实。然朝廷显官,须是公卿子弟。何者?自小便习举业,自熟朝廷间事,台阁仪范,班行准则,不教而自成。寒士纵有出人之才,登第之后,始得一班一级,固不能熟习也。则子弟成名,不可轻矣。"

按:李德裕此番话,实其山东士族政治文化观念之表露,其鄙薄《文选》、厌恶进士浮华风习,可谓溢于言表。其推崇公卿子弟"自小便习举业,自熟朝廷间事",实则即间接崇尚山东礼法门风、熟悉朝廷礼仪。故李德裕所言,其实是为士族子弟在科第中受到抑制而申冤。一些论者为了维护李德裕的光辉形象,费力对此番话进行新的阐释,如指出"公卿子弟"指的是当代高级官僚子弟,而士族门第指家族社会身份,两者含义是不同的。而从唐武宗同李德裕的整段谈话看,谈论的主题是如何看待公卿子弟参加科举考试问题,虽然李德裕为当朝显官子弟辩解,但丝毫未涉及士族门第。[2]然若作如此解,李德裕何为而举其祖勉强随计,登第后不于私家置《文选》事例,又何为言公卿子弟熟悉朝廷礼仪之事,且杨虞卿兄弟之流亦尝为显官也,然德裕此论,宁包括之?又所举言及郑肃、封敖、杨知至、郑朴等人,非士族或士族子弟而何?如果持那种观点,很多地方解释起来将龃龉不通。

且李德裕此论,亦是针对当时"不放子弟",而士族子弟几乎不敢应举的现象而

---

[1]《旧唐书》卷18下《宣宗本纪》大中元年三月载:"又敕:'自今进士放榜后,杏园任依旧宴集,有司不得禁制。'"

[2] 李光霁:《简论唐代山东旧士族》,载《唐史学会论文集》,陕西人民出版社1986年版。

发的。朝廷中公卿达官对寒士奖拔一时曾成为风气。李固言"既领选,按籍自拟,先收寒素"(《新唐书》182《李固言传》),还有李逢吉(参《唐摭言》卷7)、李景让、王凝、郑熏等人也是多为寒素开路。即使到了唐末,昭宗皇帝也是颇为寒进开路(《唐摭言》)。王起就是一个为寒素开路的典型。他长庆年间知贡举即以"春闱主贡,采摭孤进"著称(《唐摭言》卷3"慈恩寺题名游赏赋咏杂记"条)。会昌三年(843年),王起典贡部,选士三十人,杨严、杨知至、窦缄、源重、郑朴五人试文合格,"物议以子弟非之"(《旧唐书》177《杨严传》)。故文宗以之为太过。到了大中初,还是这种风气。《旧唐书》卷18下《宣宗本纪》大中元年二月载:"二月丁酉,礼部侍郎魏扶奏:'臣今年所放进士三十三人,其封彦卿、崔琢、郑延休等三人,实有词艺,为时所称,皆以父兄见居重位,不令中选。'"这种风气造成了公卿子弟一度感到艰于科举:"五六年来,选取进士,施设网罟,如防盗贼,言子弟者喑哑抑郁,思一解布衣与下士齿,厥路无由。"(杜牧《上宣州高元裕书》)然实则无论公卿子弟还是寒士,皆有有才与不才者,此点杜牧《上宣州高大夫书》辨之明矣:"科第之设,圣祖神宗所以选贤才也,岂计子弟与寒士也。"故武宗云"无论子弟、寒门,但取实艺耳",可谓甚得大体。而李德裕也是对这种抑制公卿子弟应第风气大为不满,故为武宗论自家祖父历履及公卿子弟之长处,欲矫正时风也。

然而,尽管李德裕对公卿子弟情有独钟,但是并不是说,他在执政期间就刻意地压制寒士。相反,李德裕也给予了寒士大量的机会。相对于公卿权贵(即"势族")而言,寒士分为两类,一类是士族寒士,另一类是非士族寒士,前者即所谓"孤寒"。李德裕在任相期间,还亲自奖拔一些"孤寒",即士族之破落户者[1],且留下了"八百孤寒齐下泪,一时回望李崖州"[2]的美谈。可见,李德裕对于科举的弊病是相当不满的,对士族子弟带有既赞赏又惋惜的态度,对于真正有才能的孤寒则予以推荐

---

〔1〕 "孤寒"指哪类士人? 李晓路辨析后认为:"孤寒""寒素""寒进"可以互称。唐代的所谓"孤寒",应主要指祖上有过显赫门第或历任清要官职而家道中衰的士族子弟。唐代家道中衰的士族有两类:一类是魏晋南北朝以来的世家大族,一类是唐朝建立以后一些新兴公卿显宦家族。安史之乱以后,由于新兴官僚阶层巩固了自己的地位,为了保证子孙累世为官,他们不仅从各个方面把持仕途,排挤中小地主参政,而且还力图将过去那些家道中衰的士族也重新扶植起来,于是,"拔孤寒""奖拔寒素"成为一种风气,此种风气集中反映在李德裕身上,就出现了一方面重视提拔公卿子弟,另一方面为寒进开路的做法,初看似乎有些矛盾,实际上却是统一的。参见李晓路:《唐代"孤寒"释》,《中国史研究》1989年第1期。李德裕提及的"郑肃、封敖子弟",即指家道中衰的士族子弟。

〔2〕 此言最早出自《唐摭言》卷7"好放孤寒"条,然未明为谁所作,仅言"或有诗"。又《唐语林》卷7《补遗》则指出此为"广文诸生为诗"。

和擢用的机会。故唐无名氏《玉泉子》载:"李德裕抑退浮薄,奖拔孤寒。于时朝贵朋党,德裕破之,由是结怨。而绝于附会,门无宾客。"当为实况也。

除了奖拔"孤寒",李德裕同时也依照任贤使能的标准,提拔过非士族出身的寒士,其典型者有卢肇、刘三复。《太平广记》卷182引《玉泉子》云:"唯进士卢肇,宜春人,有奇才,德裕尝左宦宜阳,肇投以文卷,由此见知。后随计京师,每谒见,待以优礼。旧例:礼部放榜,先呈宰相。会昌三年,王起知举,问德裕所欲,答曰:'安用问所欲为,如卢肇、丁稜、姚鹄,岂可不与及第邪?'起于是依其次而放。"〔1〕《北梦琐言》卷1载:"唐大和中,李德裕镇浙西。有刘三复者,少贫,苦学有才思。"可见刘三复也不是士族寒士,后为李德裕所荐,"因遣诣阙求试,果登第,历任台阁"。

### 2.汰除冗官

李德裕在会昌年间还有一项值得肯定的政绩,即以汰除冗吏为切入点,对官僚体制进行调整,他口号鲜明地提出"省事不如省官,省官不如省吏,能减冗官,诚治本也"(《新唐书》卷180《李德裕传》),这是他对父亲李吉甫元和年间省官减俸的政治措施〔2〕的承继,也是他欲复开元故事的表现。

而其委任者,乃亲善牛党之柳仲郢,此其大过人处。而柳仲郢其人,素以礼法门风著称,且富于才能,故李德裕能委任之,可谓择人善任。仲郢亦能感李德裕之恩遇,而言曰:"仰报厚德,敢不如奇章公门馆。"(《资治通鉴》卷248)在任吏部郎中、谏议大夫及京兆尹过程中,柳仲郢均能按公正原则行事,不为权势所屈。《旧唐书》卷165《柳仲郢传》载:"会昌中,三迁吏部郎中,李德裕颇知之。武宗有诏减冗官,吏部条疏,欲牒天下州府取额外官员,仲郢曰:'诸州每冬申阙,何烦牒耶?'幸门顿塞。仲郢条理旬日,减一千二百人,时议为惬,迁谏议大夫。"〔3〕此次裁减官吏,实皆出于李德裕之意。最终虽成功地精简官僚机制,汰除冗吏,然德裕由此而为衣冠去者所怨也〔4〕。

总体而言,会昌朝所取得的政绩值得肯定。李德裕居中枢之重,既是会昌朝各

---

〔1〕　又见《北梦琐言》卷3,仅言王起进亲吏于相门侦问,而得卢肇,乃以其为状元及第。按此番传闻,大有可疑处,傅璇琮先生以时李德裕已革宰相阅榜之习,王起何为又破之,又以王起立朝有操行两者质疑之,所言良是,然此番传闻,于李德裕奖拔寒士之"通性之真实"则无疑也。

〔2〕　元和六年(811年)李吉甫再次为相,进行省官减俸之政治改革。《旧唐书·李吉甫传》云:"及再入相,请减省职员并诸色出身胥吏等,及量定中外官俸料,时以为当。"又见《新唐书·李吉甫传》等。

〔3〕　又见《资治通鉴》卷247会昌四年六月及《旧武宗纪》均云"减一千二百一十四员"。

〔4〕　《新唐书》卷180本传云:"乃请罢郡县吏凡二千余员,衣冠去者皆怨。"

项政策的制定者,同时也是贯彻者和实施者。"中国古人,素擅长政治及实践伦理学。与罗马人最相似。"[1]陈寅恪此言,于李德裕可验证矣。

## 三、会昌大中之际党争的白热化以及党争的结束和余波

### (一)会昌朝李德裕排挤和贬斥牛党

#### 1. 会昌初李德裕论救杨嗣复、李珏

武宗是由权宦仇士良扶立的。自甘露之变以来,以仇士良为代表的权宦形成熏天之势。而文宗郁郁寡欢,自比周赧王、汉献章。然原其初心,亦何尝欲俯首于权宦之前。大和六年(832 年),庄恪太子李永被册为皇太子,然庄恪太子为宦官所恶,且为杨贤妃诬谮,于开成三年(838 年)十月不明不白地死去[2],此后立嗣之争更加激化了。当时参与立嗣之争的,有宦官、君主、后妃、宰相等,各种势力交织在一起。大致的头绪是:杨贤妃、杨嗣复、刘弘逸欲立安王溶,文宗、李珏、薛季稜欲立颖王美,仇士良、鱼志弘则欲立颖王瀍。文宗于开成四年(839 年)十月立敬宗少子陈王美为皇太子,而不顺从宦官仇士良之意,未必非其终生以反对宦官为期之最后表现也。然权宦的意志始终左右着朝局,故又于开成五年(840 年)春"诏立颖王瀍为皇太弟,应军国事权令勾当。且言太子成美年尚冲幼,未渐师资,可复封陈王"(《资治通鉴》卷 246 开成五年正月)。所以反复者,非文宗之本意,必权宦之要挟也。

文宗于其卒前,命知枢密刘弘逸、薛季稜、杨嗣复、李珏扶立陈王美,然宦官实力派人物仇士良带领神策军发动了政变,迎立颖王瀍,是为武宗。而杨贤妃、安王溶、陈王美皆赐死。

武宗即位后,以其立非宰相意,罢去杨嗣复、李珏,开成五年八月召淮南节度使李德裕入朝,由此开始了李党主政的时代。

权宦仇士良对其政敌的迫害却没有在立嗣之后结束,到了会昌元年(841 年)三

---

[1] 徐耕葆《陈寅恪:文化的两难及其他》一文引 1919 年陈寅恪对吴宓的长篇谈话,载《释古与清华学派》,北京:清华大学出版社 1997 年版,第 73 页。

[2] 庄恪太子是开成年间宫廷权力的牺牲品。牟怀川先生认为:"太子之死,杨贤妃固不能辞其咎,宦官才是真正的元凶。但宦官并非欲助杨贤妃,而是利用后妃之争和由此牵涉的党争,达到自己专权的目的。可见,庄恪太子之死这个事件,是'甘露之变'的延续,是当时统治集团内部各种矛盾的集中反映。"参见牟怀川:《温庭筠从游庄恪太子考论》,载《唐代文学研究》第一辑,山西人民出版社 1988 年版,第 339—341 页。

月,又谮二枢密、二宰相于武宗前,武宗为之杀二枢密,又遣中使就潭州、桂州诛杀杨嗣复、李珏,而为李德裕、崔珙、崔郸、陈夷行等所救。《资治通鉴》卷246会昌元年三月(参见《新唐书》卷180《李德裕传》、《新唐书》卷174《杨嗣复传》、《旧唐书》卷176《杨嗣复传》)载:

> 初,知枢密刘弘逸、薛季陵宠于文宗,仇士良恶之。上之立,非二人及宰相意,故杨嗣复出为湖南观察使,李珏出为桂管观察使。士良屡谮弘逸等于上,劝上除之,乙未,赐弘逸、季陵死,遣中使就潭、桂州诛嗣复及珏。户部尚书杜悰奔马见李德裕曰:"天子年少,新即位,兹事不宜手滑!"丙申,德裕与崔珙、崔郸、陈夷行三上奏,又邀枢密使至中书,使入奏。以为:"德宗疑刘晏动摇东宫而杀之,中外咸以为冤,两河不臣者由兹恐惧,得以为辞。德宗后悔,录其子孙。文宗疑宋申锡交通藩邸,窜谪至死;既而追悔,为之出涕。嗣复、珏等若有罪恶,乞更加重贬;必不可容,亦当先行讯鞫,俟罪状著白,诛之未晚。今不谋于臣等,遽遣使诛之,人情莫不震骇。愿开延英赐对。"至晡时,开延英,召德裕等入。
>
> 德裕等泣涕极言:"陛下宜重慎此举,毋致后悔!"上曰:"朕不悔!"三命之坐,德裕等曰:"臣等愿陛下免二人于死,勿使既死而众以为冤。今未奉圣旨,臣等不敢坐。"久之,上乃曰:"特为卿等释之。"德裕等跃下阶舞蹈。上召升坐,叹曰:"朕嗣位之际,宰相何尝比数! 李珏、季陵志在陈王,嗣复、弘逸志在安王。陈王犹是文宗遗意,安王则专附杨妃。嗣复仍与妃书云:'姑何不效则天临朝!'向使安王得志,朕那复有今日?"德裕等曰:"兹事暧昧,虚实难知。"上曰:"杨妃尝有疾,文宗听其弟玄思入侍月余,以此得通指意。朕细询内人,情状皎然,非虚也。"遂追还二使,更贬嗣复为潮州刺史,李珏为昭州刺史,裴夷直为骧州司户。

按:李德裕与杨嗣复、李珏为政治上的死对头,然此次杨嗣复、李珏却赖其救之,延英论奏而言于丞相、两省官曰:"德裕救不得,他人固不可矣。"[1]而武宗终以李德裕之祈请而释之。李德裕不以宿怨落井下石,而能顾全大局,论救杨李二宰相得免一死,可谓甚得大臣体。在《论救杨嗣复李珏陈夷直状》(《会昌一品集》卷12)文中,李德裕明白地表示了他的立场和要论奏的原因。他认为"嗣复等所涉议论,实负圣明,臣等所以显书其罪,不为末减",并提出"止于窜逐,用戒群邪"的处理意见。李

---

[1] 《献替记》,转引自《资治通鉴》卷246会昌元年正月胡注。

德裕在会昌朝刚刚当国,他必然要收买人心。如果任由武宗诛杀之,则即使李党人物也会对其不满:"若使四方将相,或以此为词,臣等避罪不言,无以塞责。""不可令在藩镇,止于贬责,足以塞辜。如更过于此,实摇动天下之心。"而且,就此事本身来看,这是一起宦官制造的冤案。从正义的角度来看,当朝的宰臣也应该坚持为之论奏:"臣等若苟务偷安,不更冒死陈奏,必恐旬月之后,人情皆以之为冤。"

**2. 李德裕执政期间排挤牛党**

李德裕在会昌年间之所以要排挤牛党,一方面,固然是出于党人意气,由元和三年对策案、长庆元年科场案即开始的积怨,在其执政期间,有了发泄的可能性,另一方面,我认为是为了减少自己的政治阻力,更好地贯彻、实施自己的政治方针政策,故排挤牛党要人不遗余力,然亦由此而种下祸根。

(1)因汉水溢事件置牛僧孺于闲地

《资治通鉴》卷 246 会昌元年闰九月载:"以前山南东道节度使、同平章事牛僧孺为太子太师。先是汉水溢,坏襄州民居。故李德裕以为僧孺罪而废之。"所谓废之,即使之居散地,牛僧孺"坐不谨防,下迁太子少保。进少师"(《新唐书》卷 174《牛僧孺传》)。在牛党人物的眼中,牛僧孺之下迁,乃是李德裕蓄意排挤的结果,杜牧、李珏都是这样认为的。[1] 李德裕因牛僧孺"不谨防"而罢其山南节度使任,亦不过是履行宰相之职能。然在牛党人物的心中,却认为是李德裕有意排挤,杜牧和李珏所代表的就是牛党普遍的看法,这是相互对峙的党争格局已经形成后的必然结果。

(2)借泽潞事贬斥牛党魁首

泽潞镇叛后,朝臣中反对用兵的呼声是十分强烈的,在平泽潞的过程中,依旧受到很大的阻力,很多人持反对意见,即使李党如李绅、李让夷也持反对意见。若非武宗委信德裕,君臣同心,立场坚定,此次平叛行动肯定要半途夭折。而牛党,就是这些持反对意见朝臣中的主要成员。比如杜悰,就曾经"率身期济世,叩额虑兴兵。感念崤尸露,咨嗟赵卒坑"[2]。

---

[1] 杜牧《牛公墓志铭并序》:"会昌元年秋七月,汉水溢堤入郭,自汉阳王张柬之一百五十岁后,水为最大。李太尉德裕挟维州事,曰修利不至,罢为太子少保。"李珏《牛公神道碑铭并序》:"属大水坏居人庐舍,公以实上闻,仇家得以逞志,举两汉故事,坐灾异策免,降授太子少保,时议不平。"

[2] 李商隐《五言述德抒情诗一首四十韵献上杜七兄仆射相公》,何焯《读书记》"叩额虑兴兵"条注云:"时方讨泽潞,刘稹将郭谊杀稹以降。李德裕以为稹阻兵拒命,皆谊为谋主;力屈,又卖稹以求赏,不诛,何以惩恶?帝然之,诏石雄将七千人入潞州诛谊。杜悰以馈运不给,谓谊等可赦,帝熟视不应。此所谓'叩额虑兴兵'也。"

　　李德裕对于牛党无疑是戒备的。会昌三年(843年)五月,"李德裕言太子宾客分司李宗闵与刘从谏交通,不宜置之东都。戊戌,以宗闵为湖州刺史"(《资治通鉴》卷247会昌三年五月)。东都洛阳为军事要冲,李德裕调素厚刘从谏的李宗闵,而与一郡,[1]令其出守湖州"美缺"(岑仲勉语),既是出于军事战略的考虑,也是一种明白的政治表示,即不愿李宗闵介入平泽潞事。而在牛党人物看来,湖州固然是当时的"美缺",李德裕的做法却仍是一种排挤行为。

　　泽潞平后,会昌四年(844年)十月,李德裕乘机发起了一次其执政以来最大规模的贬斥牛党的行动。《资治通鉴》卷248会昌四年十月(第8012页)载:

　　　　李德裕怨太子太傅、东都留守牛僧孺、湖州刺史李宗闵,言于上曰:"刘从谏据上党十年,太和中入朝,僧孺、宗闵执政,不留之,加宰相纵去,以成今日之患,竭天下力乃能取之,皆二人之罪也。"德裕又使人于潞州求僧孺、宗闵与从谏交通书疏,无所得,乃令孔目官郑庆言从谏每得僧孺、宗闵书疏,皆自焚毁。诏追庆下御史台按问,中丞李回、知杂郑亚以为信然。河南少尹吕述与德裕书,言积破报至,僧孺出声叹恨。德裕奏述书,上大怒,以僧孺为太子少保、分司,宗闵为漳州刺史;戊子,再贬僧孺汀州刺史,宗闵漳州长史。

按:据《资治通鉴》之记载,此次李德裕之罪牛、李(宗闵),一是归因到大和年间牛李执政时纵刘从谏而去,养成今日之大患,二是一些间接证据,郑庆之告诉、御史台之证词、吕述之上书,皆空虚不实之证据罗织而成,而贬斥牛、李(宗闵)于边远之地。由此可知,李德裕之欲贬斥牛、李(宗闵),可谓蓄意久矣,今借其与泽潞叛镇交通而一发贬斥之,实难免党人意气色彩。可见愈到后期,党人意气之争愈严重。牛、李(宗闵)与李德裕之矛盾非一日也,即以会昌年间处理泽潞、回鹘事体来看,二者的政治观念皆处于严重对立状况。李德裕既握实权,乃借泽潞事而贬斥、窜逐之。故自党争动力机制观之,政见之争和意气之争的加剧,是李德裕此次贬斥牛、李(宗闵)的主要原因。

　　《资治通鉴》之史料实际上采自杜牧和李珏的牛僧孺墓志铭和神道碑。杜牧《牛公墓志铭并序》云:

_____

〔1〕　据《资治通鉴考异》卷22引《献替记》云:"四月十九日,上言:'东都李宗闵,我闻比与从谏交通。今泽潞事如何?可别与一官,不要令在东都。'德裕曰:'臣等续商量。'上又云:'不可与方镇,只与一远郡!'德裕又奏云:'须与一郡。'"

刘稹以上党叛诛死,时李太尉专柄五年。多逐贤士,天下恨怨,以公德全畏之,言于武宗曰:"上党轧左京,控山东,刘从谏父死擅之,十年后来朝,加宰相,纵去不留之,致稹叛,竭天下力,乃能取。"此皆公与李公宗闵为宰相时事。从谏以大和六年十二月十七日拜阙下,实以其月十九日节度淮南;明年正月,从谏以宰相东还。河南少尹吕述,公恶其为人,述与李太尉书,言稹破报至,公出声叹恨。上见述书,复闻前纵从谏去,叠二怒,不一参校。自十月至十二月,公凡三贬至循州员外长史,天下人为公授手咤骂。公走万里瘴海上,二年恬泰若无一事。

李珏《牛公神道碑铭并序》云:

刘从谏死,刘稹自擅,以昭义军阻命。天兵诛讨,五年方克,上喜甚,素忌公者,媒孽锻炼,诬公与从谏交,上怒下诏,旬日三贬公至循州长史。凿空指鹿,四海之士感冤之。

按:自牛党人物观之,会昌四年(844 年)牛、李(宗闵)之被贬斥,无疑来自李德裕之"媒孽锻炼",杜牧至于详述刘从谏入朝与牛僧孺出使之日期交错,以明其与泽潞叛镇无预。牛、李(宗闵)与泽潞叛镇的实际关系如何,后人无复知矣。《新唐书》卷174《牛僧孺传》《李宗闵传》皆言李德裕之贬逐牛、李(宗闵),以得二人与刘从谏交通之实据,或接近实况也。[1] 无论这一事实的真相如何,牛、李(宗闵)之被窜逐乃为实,且欲贬斥牛、李(宗闵),必当罗织极大罪名,方能贬斥其至边地。故借与泽潞叛镇交通事而窜逐牛党二大党魁,这是李德裕的机心,也是他在会昌朝发动的最大规模的打击牛党的行为。

(3)吴湘案酿就大祸

会昌年间发生的吴湘案也是一桩疑窦重重的案子。这是一桩江都令吴湘由于贪赃而被处死的案子,并不是牛李之间直接矛盾而产生的案例,但是谁也没有想到这桩案子竟然成了大中年间宣宗和牛党共同整死李德裕的借口之一。

吴湘案的大致情况如《资治通鉴》卷248 会昌五年正月载:

淮南节度使李绅按江都令吴湘盗用程粮钱,强娶所部百姓颜悦女,估其资装为赃,罪当死。湘,武陵之兄子也,李德裕素恶武陵。议者多言其冤,谏官请

---

〔1〕 傅璇琮先生即主此说,参见《李德裕年谱》第554—556 页。

覆按,诏遣监察御史崔元藻、李稠覆之。还言:"湘盗程粮钱有实;颜悦本衢州
人,尝为青州牙推,妻亦士族,与前狱异。"德裕以为无与夺,二月,贬元藻端州
司户,稠汀州司户。不复更推,亦不付法司详断,即如绅奏,处湘死。谏议大夫
柳仲郢、敬晦皆上疏争之,不纳。稠,晋江人;晦,昕之弟也。

根据当代文史专家的辨正,吴湘案的真相基本上弄清楚了。傅璇琮先生通过对《资
治通鉴》、新旧《唐书》的梳理,认为三书所载"基本事实相同,即吴湘盗程粮钱,犯赃
罪,后娶百姓颜悦女,亦为格律所不许。朝中曾派遣御史崔元藻赴扬州覆按,结果
则是'与扬州所奏多同'(《旧书》)、'元藻言湘盗用程粮钱有状'(《新书》)、'湘盗程粮
钱有实'(《通鉴》)。所不同者仅扬州奏吴湘所娶为百姓女,崔元藻则谓吴湘所娶,
现在世者其续母为百姓,而已亡之生母则出自士族。显然,吴湘之罪状,贪赃为其
主罪,所谓娶百姓女乃其次要者"。又举会昌朝对贪赃罪处理极严之法律条文,以
证成吴湘狱并非李德裕、李绅所制造的冤狱,而是吴湘犯贪赃罪,自在不赦。[1]

然李德裕在处置吴湘狱时并不是没有留下缺憾,而且个人情感倾向性也是表
现得十分明显的。崔元藻之覆推,"与扬州所奏多同"[2],然李德裕却把崔元藻贬得
很重,"不复更推,亦不付法司详断",由此可见他们执意要定吴湘的罪状,根本不愿
再接受任何不同意见。而柳仲郢等上疏为崔元藻被贬而论谏,亦不为李德裕所纳。
唐律规定一年中从立春至秋分,不得奏决死刑,然"李绅以旧宰相镇一方,恣威权。
凡戮有罪,犹待秋分,永宁吴尉弟湘,无辜盛夏被杀"(《太平广记》卷269李绅条引
《云溪友议》),于规定法律时间之外处死吴湘。求其所以如此,不能不说,李德裕的
个人情感倾向性在起作用,即史书所言李德裕素恶吴湘之叔父吴武陵,而释恨于吴
湘。而李绅此人,也是推行着酷刻的吏治,"所至务为威烈,或陷暴刻"(同上)。故李
党两大魁首互相呼应,对吴湘贪赃事件,顶住各方面的压力,以极快的速度,处置其
死刑。吴湘贪赃虽为实,然由此而得罪了很多人。

就吴湘案本身来看,本与牛李党争无涉,然之所以成为大中朝宣宗和牛党整死
李德裕的借口,是因为吴湘兄吴汝纳以与李德裕有宿怨,故而积极参与牛党,成为
大中朝倒李的急先锋。《旧唐书》卷173《吴汝纳传》(第4500—4501页)载:

汝纳亦进士擢第,以季父赃罪,久之不调。会昌中,为河南府永宁县尉。

---

[1]　参见傅璇琮:《李德裕年谱》,第635—645页。
[2]　《旧唐书》卷173《李绅传》,仅矫正颜悦之前妻为士族,故颜悦女并非百姓女,按此当合乎实况,并
　　成为大中朝覆案证成李德裕之枉法的重要凭据之一。

> 初,武陵坐赃时,李德裕作相,贬之,故汝纳以不调挟怨,而附宗闵、嗣复之党,同作谤言。会汝纳弟湘为江都尉,为部人所讼赃罪,兼娶百姓颜悦女为妻,有逾格律。李绅令观察判官魏铏鞠之,赃状明白,伏法。湘妻颜,颜继母焦,皆笞而释之,仍令江都令张弘思以船监送湘妻颜及儿女送澧州。

按:吴汝纳之所以附会牛党,个人私怨起了很大的作用。一则季父吴武陵之受斥于李德裕;二则会昌中作县尉不调而挟怨;三则其弟吴湘因犯赃罪为李绅、李德裕判定死罪。由此三者,吴汝纳积极依附牛党,伺机向李德裕之党报复,此大中初覆吴湘狱之所以兴,而李德裕亦因此而被贬死。

(4)驳斥韦弘质论奏

尽管会昌朝为李党主政的时代,但是并不是说牛党势力已经消歇。相反,拥有众多成员,且由座主、门生、同年关系而凝聚在一起的牛党依然具有相当的势力。从平泽潞、破回鹘诸般事件中,我们都可以感受到以牛党为代表的反对李德裕的势力的潜在。他们在政见方面不同于李德裕,而且在权力斗争中也是毫不相让。如果没有武宗对李德裕的委信,李德裕想实施自己的政治主张,贯彻自己的施政纲要,简直是不可能的。即使在政事堂里,武宗也并不是全用李党的人物,崔铉、杜悰等牛党要人都一度入相。杜悰由于不参与监军选扬州良家美女入献的行动,受到了武宗的赏识,于会昌四年(844 年)七月入相,武宗以魏徵期之。崔铉曾因切谏而受到武宗的嘉赏,会昌三年(843 年)拜中书侍郎同平章事。

会昌朝宰相之间的矛盾是存在的,相互之间展开的权力斗争也是剧烈的。由于权力的斗争,即使同党之间,本来相善,也难免发生龃龉。异党之间,更可能互相排挤倾轧。

李德裕与崔珙本来相善:"会昌初,李德裕用事,与珙亲厚,累迁户部侍郎,充诸道盐铁转运等使。寻以本官同中书门下平章事,累兼刑部尚书、门下侍郎,进阶银青光禄大夫,兼尚书左仆射。"(《旧唐书》卷 177《崔珙传》)但是由于柳公权升职问题,二人闹得不愉快。《旧唐书》卷 165《柳公权传》载:"武宗即位,罢内职,授右散骑常侍。宰相崔珙用为集贤学士、判院事。李德裕素待公权厚,及为珙奏荐,颇不悦,左授太子詹事,改宾客。"

崔铉则成了使崔珙受贬斥的主谋:"(崔珙)素与崔铉不叶,及李让夷引铉辅政,代珙领使务,乃掎摭珙领使日妄破宋滑院盐铁钱九十万贯文,又言珙尝保护刘从谏,坐贬澧州刺,再贬恩州司马。"(《旧唐书》卷 177《崔珙传》,参见《旧唐书》卷 18 上

《武宗本纪》会昌四年六月）崔珙成为会昌朝被贬斥五相之一。

　　崔铉、杜悰又在会昌五年（845 年）四、五月间罢相，而李回入相。这极有可能是李德裕排挤的结果。二相在政治方面均明显地与李德裕对立，且关系紧张[1]。有此一番恩怨，崔铉乃成为大中朝迫害李德裕的主要人物之一。

　　显然，越到会昌后期，李德裕所得罪的人越多。从前面的论述中，我们可以看出，李德裕无论是在推行他的政治主张，贯彻他的施政纲要，还是在处理具体的政治事件时，均是顶住很大压力进行的。而他对牛党魁首牛、李（宗闵）、崔铉、杜悰的排挤，更是导致牛党的怨恨。在中晚唐这样一个政治环境里，在当时南衙和北司形同水火，而朝臣之间分成两大党派进行你死我活的斗争的政治格局中，李德裕所做的一切，无论对错，均易招致怨恨，成为众矢之的。何况他怀着美好的"欲修开元政事"的政治理想，对官僚体制弊端进行大刀阔斧的改革，更是损害了部分地主阶级的利益。史言，李德裕招致众怒，当时最怨恨李德裕的当是牛党和北司。会昌五年（845 年）十二月，韦弘质论奏中书专权，就是牛党和北司共同炮制的、攻击李德裕的政治事件。《资治通鉴》卷 248 会昌五年十二月（第 8020—8021 页，参《旧唐书》武宗纪会昌五年十月）载：

　　　　李德裕秉政日久，好徇爱憎，人多怨之。自杜悰、崔铉罢相，宦官左右言其太专，上亦不悦。给事中韦弘质上疏，言宰相权重，不应更领三司钱谷。德裕奏称："制置职业，人主之柄。弘质受人教导，所谓贱人图柄臣，非所宜言。"十二月，弘质坐贬官，由是众怒愈甚。

可见，当时宦官曾向武宗论李德裕之专权，而牛党之流，复承此之绪，教弘质论奏，一时反对李德裕"专权"的呼声甚嚣尘上。

　　"专权"云云，不过是牛党和北司攻击李德裕的借口。会昌朝由于武宗对李德裕的委信，相权独重，南司复尊，各种重大政治措施的制定和实施，均出自李德裕手笔。且李德裕居中枢之重，受牛党与北司之忌恨，自是难免。然会昌朝政事之所以有所起色，正是因李德裕在武宗的支持下，以一宰相之才略，推进了中枢决策的有力运作，取得了不平凡的业绩；而且，李德裕在相期间，也曾采取一些措施来制约相权，比如，曾请"复中书舍人故事"，"除枢密迁授之后，其他政皆得商量"，"今后除机密公事外，诸侯表疏、百僚奏事、钱谷刑狱等事，望令中书舍人六人，依故事先参详

---

〔1〕　新旧《唐书》均言崔铉"为李德裕所忌，罢相"，"与李德裕不叶"。

可否,臣等议而奏闻",以便达到"精核庶政,在广询谋"的目的。[1] 然牛党与北司之攻讦,自是言李德裕侵犯君主权力,希望武宗遏制其相权。又言"三司钱谷不合相府兼领",则更是无端攻讦之词。岑仲勉先生在《通鉴隋唐纪比事质疑》"通鉴对李德裕不少曲笔"条指出:"按唐代中叶以还,宰相往往兼判钱谷,不自会昌始,会昌后亦然。盖方镇割据,贡赋不入,中央务聚敛,故特重其任。是时中书侍郎李回判户部,工尚薛元赏判盐铁,判度支或是卢商。"

李德裕面对这种攻讦,在《论朝廷事体状》(《会昌一品集》卷10,《新唐书》卷180《李德裕传》载此文)一文中作出有力的反击。他引用管仲的"国之重器,莫重于令"的话语,以及匡衡、《左传》的话语,分析大和以来"令出于上,非之在下"的弊端,又举汉宣帝诘萧望之、唐太宗黜陈师合之实例,指斥韦弘质"为人所教而言,是图柄臣者也""是轻宰相"。《新唐书》指出了李德裕此番论奏的大意所在:"德裕大意,欲朝廷尊,臣下肃,而政出宰相,深疾朋党,故感愤切言之。"此甚得其要。实际上,李德裕这番话语,就是他入相初即反复强调的"常令政事出于中书"治理观念的复述。

从上面几大事例来看,会昌朝尽管为李德裕主政的时期,但是牛李党人之间的矛盾却日益趋于尖锐化。牛李在党争动力机制的作用下,掀起了一次又一次的党争事件。会昌朝牛李之间政见的对立是非常明显的,由于李德裕受到武宗的全力支持,所以以李德裕为代表的政见占据了主流地位,顶住了一次又一次的反对浪潮,取得了不菲的业绩。然而,在李德裕数次贬斥牛党要人的行动中,谁又能说不是他的党人意气在起作用呢?攻击势必引起反攻击,迫害势必引起反迫害,这是由整个的政治环境和政治格局所决定的,又有谁能避开这个党争的旋涡呢?而吴湘案所种下的大祸,韦弘质论奏事件所反映出来的李德裕与牛党、北司的矛盾,李德裕由于得罪牛党和北司所招致的众怒,等到宣宗上台,由于最高君主对会昌之政的反对,对李德裕的提防和厌恶,这些积聚起来的怨恨终于有了一个总清算的机会,于是一到大中朝,也就敲响了李德裕的丧钟。

---

〔1〕 参见《唐会要》卷55《省号下·中书舍人》会昌四年十一月及《旧唐书》卷十八上《武宗本纪》会昌五年十二月。二者时间记载不同,鄙意以《旧唐书》所载为是,因李德裕在韦弘质论奏后请求恢复中书舍人故事以挫牛党与北司之指责。

## (二)大中朝"务反会昌之政"、李德裕贬死以及党争的结束和余波

### 1.宦官扶立宣宗

宣宗之立,又是一次宦官扶立君主的事件。自甘露之变后,内大臣扶立君主几成内外遵循之惯例,故咸通初夏侯孜有"但是李氏子孙,内大臣定,外大臣即北面事之"[1]之说。《资治通鉴》卷 248 会昌六年三月载:"初,宪宗纳李锜妾郑氏,生光王怡。怡幼时,宫中皆以为不慧,太和以后,益自韬匿,群居游处,未尝发言。文宗幸十六宅宴集,好诱其言以为戏笑,号曰光叔。上性豪迈,尤所不礼。及上疾笃,旬日不能言。诸宦官密于禁中定策,辛酉,下诏称:'皇子冲幼,须选贤德,光王怡可立为皇太叔,更名忱,应军国政事令权勾当。'"《新唐书·武宗纪》载:"(武宗)不豫,左神策护军中尉马元贽立光王怡为皇太叔。"

宦官为何选择宣宗? 会昌朝,武宗与李德裕密切配合,尤其是一代能臣李德裕"翼赞密勿、曲施衔勒"(王夫之《读通鉴论》卷 26《武宗》一),颇抑宦官之权,诛破仇士良集团,又欲收宦官神策军权,南司益加尊崇而北司愈加蹇促,宦官之蓄怒久矣。故当武宗厌代之时,乃以宣宗为承继者。宦官者,工于心计者也,岂仅偶然而立宣宗哉? 其原因主要有二。

其一,宣宗与穆宗及其子武宗有隙。宣宗为宪宗之子,为穆宗之同父异母兄弟,武宗之叔父。其母郑氏与穆宗母郭氏有宿怨,[2]且宣宗本不为武宗所礼,[3]为众所习知也。故宦官以武宗之对立派而进,欲一反会昌之政,以图增进北司之权力。

其二,宦官以宣宗"不慧",而欲实施其"宦官之术"。仇士良曾向他的党徒传授了一套"固权宠之术",《资治通鉴》卷 247 会昌三年六月(第 7985—7986 页)载:

> 癸酉,仇士良以左卫上将军、内侍监致仕。其党送归私第,士良教以固权宠之术曰:"天子不可令闲,常宜以奢靡娱其耳目,使日新月盛,无暇更及他事,然后吾辈可以得志。慎勿使之读书,亲近儒生,彼见前代兴亡,心知忧惧,则吾辈疏斥矣。"其党拜谢而去。

会昌朝仇士良受到了武宗和李德裕的有效抑制,此仇士良必深恨己之援立武宗为

---

[1]《唐语林》卷 7 补遗,参见陈寅恪:《唐代政治史述论稿》,第 114 页。

[2]《新唐书》卷 77《懿安郭太后传》:"宣宗立,于后,诸子也;而母郑,故侍儿,有曩怨。"

[3]《续皇王宝运录》《贞陵遗事》《中朝故事》,所记武宗害宣宗事虽然"鄙妄无稽",但自"通性之真实"观之,却反映了武宗跟宣宗仇怨之深。

131

失策,故反复思虑,以亲身经历总结出这一套经验,以传授其党徒。其党徒之援立宣宗,即此奸术之实施也。宣宗于宪宗被弑后即韬晦以保身,素有"不慧"之迹象,乃为宦官实施其奸术之绝佳试验对象,故为之援引,而果为之一反会昌之政,且导致了大中朝后宦官权益重,形成"内廷之阉寺'合为一片'(此唐宣宗语,见下文所引)全体对外之时,则内廷阉寺与外廷士大夫成为生死不两立之仇敌集团"[1]的局面。

2.大中朝务反会昌之政,且欲直接承继宪宗朝

没有谁能阻止宣宗疯狂地迫害李德裕、贬斥李党,也没有谁能阻止他务反会昌之政。宣宗既已立,他的心中积蓄二十余年[2]的怨恨也就来了个总爆发。王夫之以读史巨眼指出了宣宗迫害李德裕、务反会昌之政为必然之势:"宦官贪其(宣宗)有不慧之迹而豫与定谋,窃窃然相嗫呫于秘密之地,必将曰太尉若知,事必不成。故其立也,惴惴乎唯恐德裕之异己,如小儿之窃饵,见厨妇而不宁也。语曰:'盗憎主人。'其得志而欲诛逐之,必矣。"[3]在宦官布下的陷阱里,宣宗成了一位非常有力地反对会昌之政、迫害李德裕的君主,其所擢拔的牛党成员如白敏中、令狐绹、崔铉皆其得力助手,于是一个由宦官、宣宗、牛党成员共同组成的阴谋集团出现了,他们集矢于李德裕,以反会昌之政为当务之急。

由于宣宗得位不正,故惴惴然恐李德裕反对,甫即位,即于次日出门下侍郎、同平章事李德裕,充荆南节度使。一场迫害李德裕、务反会昌之政的政治行动即紧锣密鼓地展开了。

宣宗之务反会昌之政,其中心要旨,乃是架空宰相权力,增强君主独制权力,通过对会昌之政的否定,达到直接承继宪宗朝的目的,由是乃有李咸上诉李德裕之阴事,且覆吴湘狱以残酷迫害李德裕、贬斥李党。而务反会昌之政,不过是其欲以宪宗直接承继者自居的一个环节而已,其所欲清算者,乃自穆宗以来诸帝也,而以穆宗为元和逆党之谋主,由此乃有迫死郭太后事件。[4]

(1)首述宣宗之务反会昌之政

①人事上,任用牛党,打击李党。

"一朝天子一朝臣。"宣宗上台后,马上进行朝廷官员大换班。一方面,排挤李

---

〔1〕 陈寅恪:《唐代政治史述论稿》,第110页。

〔2〕 自元和十五年(820年)至会昌六年(846年)。

〔3〕 参见《读通鉴论》卷26《宣宗》一所论。

〔4〕 此从王炎平之说,参见《牛李党争》,西北大学出版社1996年版,第148—161页。

党成员或者会昌朝受到信用的人。会昌六年（846年）七月，李让夷罢政事。九月，郑肃罢政事。大中元年（847年）八月，李回罢政事。其着重打击李德裕为首的李党，不久而覆吴湘大狱兴矣。

另一方面，任用牛党后期党魁，白敏中、令狐绹、周墀、马植、崔铉、魏扶等牛党成员均先后入相，其中白敏中（会昌六年四月入相）、令狐绹（大中元年六月由湖州召入知制诰，二年任翰林学士，至四年十月拜相）、崔铉（大中三年入相）三人成为迫害李德裕的后期牛党的魁首。会昌朝被贬斥的牛党魁首和被李德裕所鄙薄和贬斥的人，多数受到了升迁。《资治通鉴》卷248会昌六年八月（第8026页）载：

> 以循州司马牛僧孺为衡州长史，封州流人李宗闵为郴州司马，恩州司马崔珙为安州长史，潮州刺史杨嗣复为江州刺史，昭州刺史李珏为郴州刺史。僧孺等五相皆武宗所贬逐，至是，同日北迁。宗闵未离封州而卒。

而"及白敏中秉政，凡德裕所薄者，皆不次用之"，比如马植之流。《资治通鉴》卷248大中元年二月载："植素以文学政事有名于时，李德裕不之重。及白敏中秉政，凡德裕所薄者，皆不次用之。以卢商为武昌节度使，以刑部尚书、判度支崔元式为门下侍郎，翰林学士、户部侍郎韦琮为中书侍郎，并同平章事。"

由此朝廷中形成牛党主政的局面。而白敏中、令狐绹之流秉承宣宗之旨意，开始有意识、有计划地反会昌之政，打击以李德裕为首的李党成员，终于在这场党争中大获全胜。

②会昌朝具体政策措施皆反之。

其一，兴佛。宣宗其实也信奉道教，晚节尤好神仙，饵长生药，可谓复蹈武宗之辙。[1]但是出于政治斗争的需要，又开始兴复佛教。

会昌六年（846年）四月五日，宣宗即位之初，杖杀赵归真道士。五月就开始兴复佛教了。"上京两街先听留两寺外，更各增置八寺；僧、尼依前隶功德使，不隶主客，所度僧、尼仍令祠部给牒。"（《资治通鉴》卷248会昌六年四月五月）《旧唐书》卷18下《宣宗本纪》载大中元年闰三月敕："应会昌五年四月所废寺宇，有宿旧名僧，复能修创，一任住持，所可不得禁止。"由此导致僧、尼之弊皆复其旧。按：宣宗朝"君、相务反会昌之政"（《资治通鉴》卷248大中元年闰三月），无疑是出于政治斗争的需要。会昌禁佛，有利有弊，然利大于弊，宣宗不斟酌其利害得失，而出于政治目的，

---

〔1〕《资治通鉴》卷249大中十二年二月："时上饵方士药，已觉躁渴，而外人未知。"

务求兴复,两朝宗教政策反差如此巨大,引起社会大动荡。故当时有识之士,如孙樵、杜牧氏,敢于冒天下之大不韪,对宣宗兴佛作出严厉的批评[1],而赞颂武宗禁佛为英明决断,杜牧《杭州新造南亭子记》文中李播赞颂武宗灭佛云:"佛炽害中国六百岁,生见圣人,一挥而几夷之。"对于宣宗的兴复佛教,当时的中书门下也有所不满,要求采取一定的限制措施。《资治通鉴》卷249大中五年七月载:"秋,七月,中书门下奏:'陛下崇奉释氏,群下莫不奔走,恐财力有所不逮,因之生事扰人,望委所在长吏量加撙节。所度僧亦委选择有行业者,若容凶粗之人,则更非敬道也。乡村佛舍,请罢兵日修。'从之。"要求控制造寺无节,严禁私度僧尼。同书卷249大中六年十二月载:"十二月,中书门下奏:'度僧不精,则戒法堕坏;造寺无节,则损费过多。请自今诸州准元敕许置寺外,有胜地灵迹许修复,繁会之县许置一院。严禁私度僧、尼;若官度僧、尼有阙,则择人补之,仍申祠部给牒。其欲远游寻师者,须有本州公验。'从之。"对兴佛的弊端,宣宗也不是没有察觉,所以在大中十年又一次申令严格戒坛公牒授予制度(《资治通鉴》卷249大中十年十一月)。

其二,复增会昌四年所减州县官吏。会昌年间李德裕委任柳仲郢,突破种种障碍,省冗吏一千二百一十四员(据《唐会要》《资治通鉴》),在吏治方面取得了很大的成绩。然宣宗立后,马上复旧,《资治通鉴》卷248大中元年十二月载:"吏部奏,会昌四年所减州县官内复增三百八十三员。"胡注云:"读者至此,以减者为是邪,以于既减之后复增者为是邪?"按:"官省则事省"(李吉甫语),可谓深合乎治道,故宣宗之复增其旧,可谓失政。

其三,取消李德裕对进士的禁制。《旧唐书》卷18下《宣宗本纪》载大中元年三月敕:"自今进士放榜后,杏园任依旧宴集,有司不得禁制。"大中朝后,唐末进士浮浪风习愈演愈烈。王定保在其《唐摭言》中有很多有关这方面的记载,可参。孙棨《北里志序》云:"自大中皇帝好儒术,特重科第,……故进士自此尤盛,旷古无俦……由是仆马豪华,宴游崇侈。"不仅如此,咸通乾符年间又煽起了艳情诗风,"今体

---

[1] 《资治通鉴》卷249大中五年六月载进士孙樵上言(即《复佛寺奏》,《唐孙樵集》卷6):"百姓男耕女织,不自温饱,而群僧安坐华屋,美衣精馔,率以十户不能养一僧。武宗愤然,发十七万僧,是天下一百七十万户始得苏息也。陛下即位以来,修复废寺,天下斧斤之声至今不绝,度僧几复其旧矣。陛下纵不能如武宗除积弊,奈何兴之于已废乎!"《与李谏议行方书》(《唐孙樵集》卷2)云:"樵以为大蠹生民者不过群髡,武皇帝发愤除之,冀活疲氓,今天下之民喘未及息,国家复欲兴既除之髡以重困之,将何以致民之蕃富乎?"

才调歌诗"[1]盛行一时,这跟进士浮浪风习之炽盛有莫大的关系。温庭筠、韩偓之流,皆其中之代表。温庭筠"能逐弦吹之音,为侧艳之词"(《旧唐书》卷190本传),为文人词之鼻祖。韩偓《香奁集序》云:"自庚辰(咸通元年,860年)、辛巳(咸通二年,861年)之际,迄己亥(乾符六年,879年)、庚子(广明元年,880年)之间所著歌诗,不啻千首,其间以绮丽得意亦数百篇,往往在士大夫之口,或乐工配入声律,粉墙椒壁,斜行小记,窃咏者不可胜记。"(《四部丛刊》集部《玉山樵人集》)若香奁体者,即唐末进士浮浪风习之结晶也。求此风演变之渐,则大中朝为关键也。

其四,抹杀李德裕治边功绩。会昌朝驱逐回鹘亦是一大政绩,然宣宗朝却抹杀李德裕所取得的功绩,《资治通鉴》卷249大中十年三月载:"三月,辛亥,诏以'回鹘有功于国,世为婚姻,称臣奉贡,北边无警。会昌中虏廷丧乱,可汗奔亡,属奸臣当轴,遽加殄灭。近有降者云,已庞历今为可汗,尚寓安西,俟其归复牙帐,当加册命。'"按:此诏离李德裕贬死已近七年,然宣宗无视德裕积极有效的解决回鹘之策略与功绩,痛加斥责。且宣宗亦非不知李德裕治理边境之才略,大中四年、五年即因白敏中与宣宗议边事,言及李德裕设置备边库一事,宣宗偶一感动,乃诏许李德裕归葬,大中六年(852年),李德裕灵柩归葬。[2]且于大中年间趁吐蕃内乱而收复河湟失地,可见于边地亦持积极政策者,而于大中十年(856年)一笔抹杀李德裕驱回鹘之功绩,此又纯意气用事之结果也。

(2)次述宣宗欲直接承继宪宗朝

宣宗朝还有一个明显的现象,就是对宪宗朝的直接承继,且否定自穆宗以来的诸帝。宣宗不但务反会昌之政,而且连穆宗王位继承合法性也否定了。

①以宪宗朝承继者自居。

《旧唐书》卷18下《宣宗本纪》大中三年十二月载(参见《资治通鉴》卷248大中三年闰十一月)."十二月,追谥顺宗曰至德大圣大安孝皇帝,**宪宗**曰昭文章武大圣孝皇帝。初以河、湟收复,百僚请加徽号,帝曰:'河、湟收复,继成先志,朕欲追尊祖宗,以昭功烈。'白敏中等对曰:'非臣愚昧所能及。'至是,上御宣政殿行事,及册出,俯楼目送,流涕鸣咽。"按:宣宗朝因吐蕃衰落,当地人民趁机起义,故得以收复河湟。宣宗将此业绩之取得追溯到宪宗、顺宗时代,以此表明是宪宗、顺宗的直接继

---

〔1〕 黄滔《答陈磻隐论诗书》(《全唐文》卷823):"咸通、乾符之际,斯道陵明,郑卫之声鼎沸,号之曰'今体才调歌诗'。"

〔2〕 参见陈寅恪《李德裕贬死年月及归葬传说辨证》,载《金明馆丛稿二编》,北京:三联书店2001年版。

承者。故杜牧《为中书门下请追尊号表》(《樊川文集》卷15)以"继述之孝,称于孔圣"语赞誉之,可谓深悉宣宗之意。

同时,将穆宗以来四朝君主从唐王朝君主谱系中排挤出去,而将宣宗朝上继宪宗朝。宣宗于穆宗为同父异母兄弟,于敬宗、文宗、武宗为叔,故于其神主之排列、如何称呼均不得不重新规定。[1] 其尤甚者,则视穆宗为元和逆党之魁首,否定其王位继承之合法性。[2] 郭太后事件即是宣宗为达到否定穆宗王位继承合法性的目的而制造的事件,见下述。

②任用宪宗朝朝臣后裔,旌表宪宗朝贤吏韦丹。

宣宗之梦回元和朝,以宪宗朝承继者自居,有多处之表现,而任用宪宗朝朝臣后裔即此种心态之明显表现,故"见宪宗朝公卿子孙,多擢用之"(《资治通鉴》卷248大中二年十二月),"宣宗感章武旧事,元和时大臣子若孙在者,多振拔之"(《新唐书》卷169《杜胜传》),"多追录宪宗卿相子孙"(《唐语林》卷7),杜胜、裴谂以杜黄裳、裴度子而除清职美官(《资治通鉴》大中二年十二月),令狐绹以令狐楚子、熟悉元和故事而进用(《资治通鉴》卷248大中元年六月)。又旌表元和循吏韦丹,诏史馆修撰杜牧撰《韦丹遗爱碑》以纪之,仍擢其子河阳观察判官宙为御史(《资治通鉴》卷248大中三年正月)。

③诛杀元和逆党成员,迫死郭太后。

当宪宗被弑的时候,宣宗年仅十一岁。[3] 他的父亲被谋害对他幼小的心灵刺激很大,他韬光养晦,将对元和逆党的仇恨深深地埋藏在心里。现在他终于成为君主,就开始实施他的报复计划。同时,目穆宗为元和逆党魁首,也是他政治策略的一部分,即通过对穆宗的否定,从而达到对其子武宗、李德裕及其政绩的全盘否定。可见,这既是他蓄意已久的报复计划的实施,也是出于政治斗争的需要。由此,他不断兴起大狱,兴吴湘狱以贬斥李德裕为首的李党,又迫死郭太后,以否定穆宗王

---

[1] 《资治通鉴》卷248会昌六年六月载:"六月,礼仪使奏'请复代宗神主于太庙,以敬宗、文宗、武宗同为一代,于庙东增置两室,为九代十一室。'从之。"《资治通鉴》卷248会昌六年十月载:"冬,十月,礼院奏禘祭祝文丁穆、敬、文、武四室,但称'嗣皇帝臣某昭告',从之。"

[2] 《资治通鉴》卷249大中十二年二月载:"二月,甲子朔,罢公卿朝拜光陵及忌日行香,悉移宫人于诸陵。"胡注:"以陈弘志弑逆之罪归穆宗也。"而附会宣宗心曲之臣僚,如李景让,则请直接迁四主出太庙,而为时人所薄。同上卷249大中十年十一月载:"吏部尚书李景让上言:'穆宗乃陛下兄,敬宗、文宗、武宗乃兄之子,陛下拜兄尚可,拜侄可乎!使陛下不得亲事七庙也,宜迁四主出太庙,还代宗以下入庙。'诏百僚议其事,不决而止。时人以是薄景让。"

[3] 宣宗生于元和五年(810),宪宗元和十五年(820)正月被弑。

位继承之合法性。整个大中朝在很长一段时间里,笼罩着政治迫害的恐怖色彩。

《资治通鉴》卷248大中二年六月载:"己卯,太皇太后郭氏崩于兴庆宫。"郭太后是怎样死的?是不是宣宗迫死的?此乃是一疑云四布的政治事件,史书对郭太后之死的记载也不一,大略有三种情况。

其一,宣宗善待懿安郭太后。《旧唐书·宪宗懿安皇后郭氏传》:"宣宗继统,即后之诸子也,恩礼愈异于前朝。大中年崩于兴庆宫,谥曰懿安皇太后,祔葬于景陵。"

其二,宣宗迫死懿安郭太后。《东观奏记》上卷载:"宪宗皇帝晏驾之夕,上虽幼,颇记其事,追恨光陵商臣之酷。即位后,诛除恶党无漏网者。时郭太后无恙,以上英察孝果,且怀惭惧。时居兴庆宫,一日,与二侍儿同升勤政楼,依衡而望,便欲殒于楼下,欲成上过。左右急持之,即闻于上。上大怒。其夕,太后暴崩,上志也。"《新唐书》卷77《懿安郭太后传》载:"宣宗立,于后,诸子也;而母郑,故侍儿,有曩怨。帝奉养礼稍薄,后郁郁不聊,与一二侍人登勤政楼,将自陨,左右共持之。帝闻不喜。是夕,后暴崩。"王鸣盛对比了新旧《唐书》的记载,也是赞同宣宗逼死郭太后之说:"其崩纵未必遇弑,幽逼而终,自是真情。"(王鸣盛《十七史商榷》卷86)

其三,"疑以传疑",并不直接表明郭太后的死因。此典型之记载是《资治通鉴》卷248大中二年五月载:"己卯,太皇太后郭氏崩于兴庆宫。"又六月载:"初,宪宗之崩,上疑郭太后预其谋。又,郑太后本郭太后侍儿,有宿怨,故上即位,待郭太后礼殊薄,郭太后怏怏,一日,登勤政楼,欲自陨;上闻之,大怒,是夕,崩,外人颇有异论。"《考异》进一步表明了温公的存疑态度:"按《实录》所言暴崩事,皆出于《东观奏记》。若实有此事,则既云是夕暴崩,何得前一日先下诏云:'以太后寝疾,权不听政'?若无此事,则庭裕岂敢辄诬宣宗!或者郭太后实以病终,而宣宗以平日疑忿之心,欲黜其礼,故晖争之。疑以传疑,今参取之。"

宫廷内幕,真相难明,后之论者,欲凭借有限之材料,而断是非于千古,其实往往师心自用,谬以千里,此温公之所以阙疑也。然据如上史料之记载,懿安郭太后之死,宣宗无论如何是难以摆脱干系的。且宣宗以郑太后与郭太后之宿怨,而薄待郭太后,一反历朝之礼遇郭太后,致使其郁郁寡欢,当为实况也。故郭氏之暴崩,必非自然死亡,无论是他杀还是自杀,宣宗之薄待和仇恨乃是主因。《东观奏记》所云"上志也",亦合乎宣宗之心态。故郭太后卒后,王晖为争郭后合葬宪宗景陵而贬官。《资治通鉴》卷248大中二年六月(第8034页)载:

上以郑太后故,不欲以郭后祔宪宗。有司请葬景陵外园,晖奏宜合葬景

陵,神主配宪宗室。奏入,上大怒。白敏中召皞诘之。皞曰:"太皇太后,汾阳王
之孙,宪宗在东官为正妃,逮事顺宗为妇。宪宗厌代之夕,事出暧昧。太皇太
后母天下,历五朝,岂得以暧昧之事遽废正嫡之礼乎!"敏中怒甚,皞辞气愈厉。
诸相会食,周墀立于敏中之门以俟之。敏中使谢曰:"方为一书生所苦,公弟先
行。"墀入,至敏中厅问其事,见皞争辨方急,墀举手加额,叹皞孤直。明日,皞
坐贬官。

王皞以"宪宗厌代之夕,事出暧昧"劝说宣宗不应将宪宗被弑归罪于郭太后和穆宗。
可见,宣宗实际上是目郭太后和穆宗为元和逆党之魁首,故对郭太后进行迫害的可
能性很大。王皞的争辩没有起多大作用,大中二年十一月壬午,葬懿安皇后于景陵
之侧。

　　自郭太后暴崩以来,宣宗对元和逆党的清算一直延续到大中八年正月。《资治
通鉴》卷 249 大中八年正月载:"上自即位以来,治弑宪宗之党,宦官、外戚乃至东宫
官属,诛窜甚众。虑人情不安,丙申,诏:'长庆之初,乱臣贼子,顷搜摘余党,流窜已
尽,其余族从疏远者,一切不问。'"

　　所谓"弑宪宗之党",即元和逆党。元和逆党是一个随着政治形势的变化从而
具有不同内涵的词。在文宗朝,元和逆党是指以王守澄、陈弘志为代表的阉宦集
团。《资治通鉴》卷 244 大和四年六月载:"上患宦者强盛,宪宗、敬宗弑逆之党犹有
在左右者;中尉王守澄尤专横,招权纳贿,上不能制。"文宗为此处心积虑,欲剪除
之,故先后委信宋申锡和李训、郑注发动两次谋锄宦官的行为,不幸均以失败告终。
然经李训、郑注于大和七、八年之筹划,以王守澄为代表的元和逆党可谓几尽也。
在会昌朝,则不闻诛杀元和逆党之事,武宗与李德裕颇抑仇士良之权,且仇士良终
以谋反罪最后覆灭,故会昌君臣所为者,乃在于报复甘露之变中组织宦官反扑、屠
杀南司的谋主——仇士良。大中朝之前,元和逆党的界限是非常明显的,即王守
澄、陈弘志为代表的阉宦集团。但是到了大中朝,元和逆党的范围却扩大了,宣宗
所指的元和逆党,不仅是指以王守澄为代表的宦党,也指以穆宗和郭太后为代表
的、由帝王和外戚所形成的集团。宣宗之目郭太后和穆宗为元和逆党魁首,与大中
朝相始终。故大中十二年,"二月,甲子朔,罢公卿朝拜光陵及忌日行香,悉移宫人
于诸陵"(《资治通鉴》卷 249 大中十二年二月),乃公示于天下人之行为,即"以陈弘
志弑逆之罪归穆宗"(胡注)。

　　值得我们追问的是:穆宗和郭太后到底是不是弑宪宗的主谋? 他们是不是元

和逆党的魁首？这又是一个相当棘手的问题,又是一桩历史悬案。

关于这个问题,主要有两种说法:

一种说法认为穆宗和郭太后确系弑宪宗的主谋,其主要代表是王夫之的观点(参见《读通鉴论》卷25《宪宗》十八)。王夫之从宪宗被弑前穆宗谋于郭钊的迹象,从宪宗被弑后的吐突承璀不讨陈弘志弑逆,而陈弘志复优游于长庆至大和年间的迹象,从郭太后"侈靡游侠"的迹象,推断出"宪宗之贼,非郭氏、穆宗而谁哉"。

另一种说法认为穆宗和郭太后不是弑宪宗的主谋。《新唐书》采取《东观奏记》中有关宣宗迫害郭太后的记载,却不言郭太后参与元和末弑逆事,显然是不相信此事。胡三省和当代文史专家王炎平力主之。

《资治通鉴》卷249大中八年正月胡注指出宣宗以郭太后和穆宗参与陈弘志之谋,但是胡三省并不认为他们是元和逆党的魁首。为此他对比了文宗朝和大中朝对待穆宗和郭太后的态度。文宗是穆宗的儿子,但是他一生中却欲为宪宗复仇、图谋诛杀元和逆党,从而酿就了甘露之变。胡注云:"宣宗绝郭后景陵之合葬,诛元和东宫之官属,则以为穆宗母子诚预陈弘志之谋者。然文宗于穆宗,父子也。文宗愤元和逆党,欲尽诛之而不克,以成甘露之祸。使父果为商臣,则子必为潘崇讳矣。"从而认为从情理上说,穆宗和郭太后不可能是元和逆党的魁首。胡三省进一步肯定了王皞之议,郭太后之合葬景陵乃"天理所在者公议所在"——"然王皞之议,卒伸于咸通之初,《通鉴》又书之。懿宗以子继父,而天理所在者公议所在,不可得而违也,不可得而掩也。"

当代文史专家王炎平经过对王夫之语的辨正,逐层驳斥王夫之的四个论据,从而得出:穆宗和郭太后并无预乎元和谋逆的活动,并非元和逆党的党魁。弑宪宗的,乃是以王守澄为首的宦官集团。[1]

笔者也倾向于第二种主张,即元和逆党是指以王守澄为首的宦官集团,而并不包括穆宗和郭太后。显然,文宗朝元和逆党的范围是明确的,也是合乎历史实际的。而宣宗何以要将元和逆党的范围扩大到郭太后和穆宗,且将之作为主要的攻击对象？

笔者更加倾向于认为宣宗之迫死郭太后,不承认其正嫡之位,且目郭太后和穆宗为元和逆党魁首,既是他多年仇恨积聚的结果,也是实现某种政治目的的需要。

---

[1] 参见王炎平:《牛李党争》,西北大学出版社1996年版,第176—184页。具体论证过程辞繁不引。

元和十五年宪宗被弑,由他一手缔造的元和朝政治局面的良性发展也戛然而止,元和朝缔造的政绩也受到了巨创,这不但是宣宗个人的悲哀,也是中晚唐人的悲哀。多年来宣宗一直将仇恨深深地埋藏在心里。到了他上台的时候,宦官主谋陈弘志、王守澄诸人皆已在文宗朝被诛杀,但是他的仇恨却一直没有消释,于是,他将凝聚的仇恨指向了郭太后和穆宗,也指向了武宗和李德裕。郭太后与宣宗母郑氏有宿怨,武宗则平素尝无礼于宣宗,这个被侮辱、被损害的人,近乎疯狂地迫害这些他所仇恨的人。郭太后事件其实是宣宗凝聚的仇恨爆发的结果。同时由于他为宦官所扶立,得位不正,故迫害李德裕和郭太后以巩固其君主地位也就成了他重要的政治策略。

王炎平指出:"德裕既以逆臣于元年七月遭贬逐,宣宗迫害郭太后当亦由此时开始,故次年五月即有郭太后暴崩事。郭太后既以二年五月暴崩,德裕亦于同年九月再贬崖州,而十一月宣宗以非礼葬郭太后于景陵外园。故对于郭太后之迫害,与对于李德裕之贬逐同一步调。此其故无他,盖宣宗君臣并陷郭太后及李德裕也。……故宣宗厚诬穆宗母子,乃是出于反会昌之政的政治需要。"[1]

范文澜先生指出唐宣宗目李德裕为奸臣,即因诬郭太后和穆宗为元和逆党魁首之故,其论云:"唐宣宗的施政方针是尽量否定会昌(唐武宗年号)年间的一切措施。他首先斥逐李德裕及其徒党,说李德裕是奸臣。李德裕用是否依附宦官作区别邪正的标准,对李逢吉、李宗闵这些走宦官门路的首领来说,是适合的。唐宣宗区别忠奸,也有他的标准。他要表明自己是唐宪宗的直接继承人,诬郭太后(唐宪宗正妃)、唐穆宗母子与宦官同谋杀唐宪宗。唐穆宗既被指为逆,诸子敬、文、武三宗自然也是逆,李德裕得唐武宗信任,称为奸臣也就有理了。以仇视奸逆的精神来进行朋党争斗,朋党积习更发展到最高点。"[2]所言甚当。

少年时代所刻镂的回忆和仇恨,以及政治斗争的需要,都促使宣宗去冷待郭太后,直至最后迫死郭太后。宣宗并不屑于承认他的侄子辈的皇帝(敬宗、文宗、武宗),[3]更不愿意承认穆宗王位继承的合法性,而欲直接承继宪宗朝,直接承继元和之政,故处心积虑地否定穆宗、郭太后,否定会昌之政,贬斥李德裕为首的李党。

宣宗朝务反会昌之政,且欲否定穆宗皇位继承之合法性,视之为元和逆党之魁

---

〔1〕 王炎平:《牛李党争》,第186页。

〔2〕 范文澜:《中国通史简编》第三编第一册,人民出版社1965年版,第182页。

〔3〕 大中十一年十一月,李景让秉承宣宗旨意,建请迁穆、敬、文、武四主出太庙。

首,并没有给大中朝带来什么好处,相反却产生了诸多社会的、政治的问题,消极的方面压倒积极的方面,此实关系晚唐前后期政治文化之演变,关系士人心态和士风之变化。其消极后果有三:

其一,朝局变动引起社会动荡。政治风波的加剧,打击了士人的从政积极性。以李德裕为首的李党遭受贬斥后,那种欲革除弊政、加强中央集权的士人精神受到了严重打击。对普通士人而言,或辗转于幕府,或徘徊于科第之路,求如晚唐前期奋厉当世事之精神,则稀矣。故李商隐入郑亚幕而为令狐绹终生抑制,所作无题之诗,寄托遥深,而其旨渺不可解,乃其身世遭逢与爱情失意之结晶也。许浑、赵嘏之流倾其全力于近体诗之创作,刘得仁、刘沧之流苦吟度日,而苦吟诗风盛行一时,皆无复中唐革新之精神,亦无昂扬奋发之朝气。此皆与甘露之变、会昌大中之际朝局变动有莫大之因缘。

其二,会昌政绩几乎荡然。脱离会昌朝规定的轨道之外,而欲上继宪宗朝,实际上却并不可能。元和中兴之气象,既于元和长庆初被倾覆,河北复叛,宦寺益横,社会问题更加严重,民生日益凋敝,而宣宗斩斩然欲否定会昌之政,且欲否定穆宗王位继承之合法性,而欲以己直接承继宪宗朝,却不求进行实质性的政治变革,故无补于内政之清肃,亦无济于社会之发展,徒然引起朝局大变动,已有政绩全成泡影。政治迫害酷烈,会昌勋臣李德裕被迫害至死,复以申、韩之术御其臣下,无论是于社会之稳定,还是于士人心态之延续,均造成了负面影响。

其三,君权重,相权轻。防其臣下,君臣离心,"君愈疑,臣愈诈",实为晚唐前后期政治文化演变之重要转折时期。容第五章详述之。

### 3. 大中朝三大纠集的势力共同迫害李德裕、贬斥李党

大中朝来自三方面的势力——宣宗、宦官、后期牛党魁首纠集在一起,欲置李德裕于死地。宦官为总后台,宣宗为总指挥,而牛党则为具体执行者。这次对李德裕的迫害是具有毁灭性的,因为最高的君主参与了迫害,所以再也没有一种能与之抗衡的力量来保护李德裕及其党人了。

宣宗之目李德裕为仇雠,于其即位初即可见也。"(宣宗)即位之日,德裕奉册;既罢,谓左右曰:'适近我者非太尉邪?每顾我,使我毛发洒淅。'"(《资治通鉴》卷248会昌六年三月)宣宗自会昌六年四月听政以来,即罢李德裕相,出为同章事,充荆南节度使。同时,贬工部尚书、判盐铁转运使薛元赏为忠州刺史、弟京兆少尹、权知府事元龟为崖州司户。凡会昌朝李德裕所厚之人皆黜之,而为李德裕所薄之人

皆不次而进。政事堂也很快就为牛党后期魁首所控制了。白敏中、崔铉、令狐绹等人，则成为打击以李德裕为首的李党的具体执行者。

值得注意的是，白敏中、令狐绹均在会昌朝受到李德裕的擢拔。白敏中于会昌二年九月入为翰林学士，是由李德裕推荐而进用的，且受到李德裕的器重，其官位亦稳步上升。[1]令狐绹在会昌朝也没有受到遏制，累迁至右司郎中，又于会昌五年出为湖州刺史，亦是当时"美缺"。然至大中朝，他们皆成为积极攻击李德裕的人，且卒以吴湘狱贬死李德裕，其间人情之反复，良使人感慨不已。《旧唐书》卷174《李德裕传》载：

> 德裕特承武宗恩顾，委以枢衡。决策论兵，举无遗悔，以身扞难，功流社稷。及昭肃弃天下，不逞之伍，咸害其功。白敏中、令狐绹，在会昌中德裕不以朋党疑之，置之台阁，顾待甚优。及德裕失势，抵掌戟手，同谋斥逐，而崔铉亦以会昌末罢相怨德裕。

按：李德裕执政期间，于牛党魁首牛、李（宗闵）则借泽潞事贬斥之，于崔铉、杜悰则因权力斗争而排挤之，此皆党争格局所决定，形势所逼，不得不然。然又能引进白敏中置于翰林，重用牛僧孺所善之柳仲郢，皆其以宰辅之尊、中枢之重，去除党人私见，任贤使能，惟国家所急之表现也。此李德裕之两面性也。而白敏中之流，虽尝蒙李德裕之恩遇，然其政治文化、政治观念、人际关系之自我认同，皆属于牛党，而非李党，故卒于大中朝反戈一击，以怨报德，极人情之反复。在大中朝全面迫害李党的情势下，敏中既尝蒙李德裕之恩顾，"尤亟欲以迫害李德裕来求得宣宗及宦官之谅解，此其所以丧心病狂，在用人及行政上，皆一反德裕所为也"[2]。

大中朝三大纠集的势力欲打击李德裕为首的李党，主要分为两大步骤，这两大步骤也是步步相逼的。

第一步，大中元年（847年）二月，李咸讼李德裕执政时之"阴事"，李德裕罢为东都闲职，再贬潮州司马。

李德裕会昌勋臣也，其业绩大有可称处，会昌政绩也是有目共睹，故宣宗和牛党欲反动之，不得不暗地筹划，寻其罅隙而击之。宣宗即位后，虽出李德裕为荆南节使，然于制词中（《唐大诏令集》卷53《李德裕荆南节度平章事制》）犹颂其业绩：

---

[1] 参见《新唐书》卷119《白敏中传》、《唐语林》卷3《赏誉》、《太平广记》卷170 李德裕条引《剧谈录》、康骈《剧谈录》卷上《李朱崖知白令公》，等等。
[2] 王炎平：《牛李党争》，第59页。

"邴吉罄安边之术,虏寇殄夷;张华兴伐叛之谋,壶关洞启,克荷负先朝之旨,弼成底定之功。"且追赠其兄德修为礼部尚书。李德裕于会昌六年九月改为东都留守,仅仅是降职,尚未正式定罪。至大中元年二月,李咸讼李德裕"阴事",对李德裕的打击开始升级。《资治通鉴》卷248大中元年二月(参新、旧唐书《李德裕传》)载:

> 初,李德裕执政,引白敏中为翰林学士。及武宗崩,德裕失势,敏中乘上下之怒,竭力排之,使其党李咸讼德裕罪,德裕由是自东都留守以太子少保、分司。

李咸乃一不足道之人,唐代有关典籍中除此处唯《唐会要》有一处言及李咸。[1] 其所讼为何事,史书并无记载,故内幕难明。

而郑亚也受到牵累,由给事中出为桂州刺史、御史中丞、桂管防御观察等使。

及至大中元年(847年)十二月,李德裕又被贬为潮州司马[2],其理由仍是李咸所讼之事[3]。《唐大诏令集》卷58《李德裕潮州司马制》云:

> 敕:录其自效,则付以国权;惩彼保奸,则举兹朝宪,此王者所以本人情而张法理也。特进、行太子少保、分司东都、上柱国、卫国公、食邑三千户李德裕,凭借磁基,累尘台衮,不能尽心奉国,竭节匡君。事必徇情,政多任己,爱憎颇乖于公道,升黜或在于私门。遂使冤塞之徒,日闻腾口,猜嫌之下,得以恣心。岂可尚居保傅之荣,犹列清崇之地,宜加窜谪,以戒僻违。……

根据大中元年十二月李德裕贬潮州司马的制词来看,大概李咸所揭发的是李德裕"事必徇情,政多任己"的所谓"阴事"。王炎平先生以李咸密告所谓"阴事","当是有关宪宗暴崩的问题。……李咸所讼,必是穆宗既预逆谋,则武宗为逆人之子,而李德裕为逆臣。这是一个从根本上打倒李德裕和会昌之政的恶毒阴谋"[4]。按:宣宗否定穆宗王位继承权的合法性则有之,否定会昌之政亦有之,然李咸讼李德裕执政时的"阴事"竟为有关宪宗暴崩的问题,不知从何说起? 且大中元年十二月制词均

---

〔1〕　见《唐会要》卷17《庙灾变》大中五年十二月。

〔2〕　此据《新唐书·宣宗本纪》《资治通鉴》。

〔3〕　通鉴载李德裕贬潮州的原因是覆吴湘狱事,误。实际上牛党所依据的仍是李咸讼事,因为大中元年七月份的覆吴湘狱事虽然已经兴起,然到本年底尚未结案。《旧纪》载大中二年二月敕令云:"昨以李威(当作李咸,旧纪误)所诉,已经远贬。俯全事体,特为从宽,宜准去年敕令处分(去年敕令,即大中元年十二月贬李德裕为潮州司马也)。"又《唐大诏令》卷58《李德裕潮州司马制》文末署名即"大中元年十二月"。有关辨别请参陈寅恪《李德裕贬死年月及归藏传说辨证》,傅璇琮《李德裕年谱》第629—632页。

〔4〕　参见王炎平:《牛李党争》,第154—161页。

未言及此,郑亚于二月出为桂管观察使,崔嘏制词亦极尽赞美之词(《全唐文》卷726崔嘏《授郑亚桂府观察使制》),可见,时朝廷尚未以"奸臣"定李德裕罪,故鄙意以为王炎平先生之说未免求之过深。

第二步,覆吴湘狱,且借此整李德裕,贬斥李党要人。

李咸讼李德裕"阴事"尚不足以对李德裕进行定罪。宣宗和牛党在大中元年(847年)九月,又兴起了覆吴湘狱事。

整死李德裕乃是迟早的事情。吴汝纳在崔铉等唆使之下,讼其弟湘罪实不至死,牛党遂借此以打击李德裕及其党人。《旧唐书》卷173《吴汝纳传》(第4501页)载:

> 及汝纳进状,追元藻覆问。元藻既恨德裕,阴为崔铉、白敏中、令狐绹所利诱,即言湘虽坐赃,罪不至死。又云,颜悦实非百姓,此狱是郑亚首唱,元寿协李恪锻成,李回便奏。遂下三司详鞫,故德裕再贬,李回、郑亚等皆窜逐。吴汝纳、崔元藻为崔、白、令狐所奖,数年并至显官。

《旧唐书》卷18下《宣宗本纪》大中二年二月(第619页)详细地记载了牛党对此狱的处理意见和处理结果:

> 御史台奏:据三司推勘吴湘狱,谨具逐人罪状如后:扬州都虞候卢行立、刘群,于会昌二年五月十四日,于阿颜家吃酒,与阿颜母阿焦同坐,群自拟收阿颜为妻,妄称监军使处分,要阿颜进奉,不得嫁人,兼擅令人监守。其阿焦遂与江都县尉吴湘密约,嫁阿颜与湘。刘群与押军牙官李克勋即时遮栏不得,乃令江都百姓论湘取受,节度使李绅追湘下狱,计赃处死。具狱奏闻。朝廷疑其冤,差御史崔元藻往扬州按问,据湘虽有取受,罪不至死。李德裕党附李绅,乃贬元藻岭南,取淮南元申文案,断湘处死。今据三司使追崔元藻及淮南元推判官魏铏并关连人款状,淮南都虞候刘群、元推判官魏铏、典孙贞高利钱倚黄嵩、江都县典沉颁陈宰、节度押牙白沙镇遏使傅义、左都虞候卢行立、天长县令张弘思、典张洙清陈回、右厢子巡李行璠、典臣金弘举、送吴湘妻女至澧州取受钱物人潘宰、前扬府录事参军李公佐、元推官元寿吴珙翁恭、太子少保分司李德裕、西川节度使李回、桂管观察使郑亚等,伏候敕旨。

吴湘狱本是一起犯赃案例,经过牛党技术化的处理,成为一起带有风情色彩的案例,即起源于阿颜之争——卢行立和吴湘争阿颜。不过,即使到了大中覆案,吴湘坐赃还是确定的,但是牛党在处理这一事件时,却有意地淡化了吴湘贪赃的一面,以阿颜实为士族女为借口来覆会昌朝吴湘狱，突出了李德裕和李绅徇情枉法的一面，以达到贬斥李德裕、全面打击李党的目的。

显然，这是一起非常明显的冤案，但是在牛党一手遮天的情况下，"朝廷公卿无为辨者，惟淮南府佐魏铏就逮，吏使诬引德裕，虽痛楚掠，终不从，竟贬死岭外"（《新唐书》卷180《李德裕传》）。魏铏是具体审理吴湘一案的人，而坚不为势力所屈，亦可见会昌朝吴湘狱之处理大体合乎公正原则。还有崔嘏、丁柔立亦能抗衡牛党之威焰。"中书舍人崔嘏坐草李德裕制不尽言其罪，己丑，贬端州刺史。"（《资治通鉴》卷248大中二年正月）《新唐书》卷180《丁柔立传》载："又丁柔立者，德裕当国时，或荐其直清可任谏争官，不果用。大中初，为左拾遗。既德裕被放，柔立内愍伤之，为上书直其冤，坐阿附，贬南阳尉。"

大中二年（848年）二月，吴湘狱事结案，李回由西川责授湖南观察使，郑亚由桂管贬循州刺史，李绅追夺三任告身，李党要人贬斥殆尽。时李德裕虽依去年十二月潮州司马处分，但是到了本年九月，终又对李德裕重加责处，遂贬崖州司户参军。制词以国家名义对李德裕进行定罪，《旧唐书》卷18下《宣宗本纪》大中三年九月[1]（第624—625页）载：

> 朕祗荷丕业，思平泰阶，将分邪正之源，冀使华夷胥悦。其有常登元辅，久奉武宗，深苞祸心，盗弄国柄。虽已行谴斥之典，而未塞亿兆之言，是议再举朝章，式遵彝宪。守潮州司马员外置同正员李德裕，早藉门地，叨践清华，累居将相之荣，唯以奸倾为业。当会昌之际，极公台之荣，骋诪佞而得君，遂恣横而持政，专权生事，妒贤害忠。动多诡异之谋，潜怀僭越之志。秉直者必弃，向善者尽排。诬贞良造朋党之名，肆谗构生加诸之衅。计有踰于指鹿，罪实见其欺天。属者方处钧衡，曾无嫌避，委国史于爱婿之手，宠秘文于弱子之身，洎参信书，亦引亲昵。恭惟《元和实录》乃不刊之书，擅敢改张，罔有畏忌。夺他人之懿绩，为私门之令猷。又附李绅之曲情，断成吴湘之冤狱。凡彼簪缨之士，遏其取舍之途。骄居自夸，狡蠹无对，擢尔之发，数罪未穷。载窥罔上之田，益验无君之意。使天下之人，重足一迹，皆詟惧奉面，而慢易在心。为臣若斯，士法何逭。於戏！朕务全大体，久为含容，虽黜降其官荣，尚盖藏其丑状。而睥睨未已，兢惕无闻，积恶既彰，公议难抑。是宜移投荒服，以谢万邦。中外臣僚，

---

[1]　按：当是大中二年九月，《旧唐书》误。参《唐大诏令集》卷58《李德裕崖州司户制》。

当知予意。可崖州司户参军，所在驰驿发遣，纵逢恩赦，不在量移之限。

此敕根本否定李德裕曾有过的政绩，目李德裕为奸邪，其罪李德裕主要包括三个方面：①"专权"、"无君"——"深苞祸心，盗弄国柄。"②改张《元和实录》。"夺他人之懿绩，为私门之令猷。"③断成吴湘之"冤狱"。至大中十年则直接以"奸臣"呼李德裕。[1]

首尾两项前已辨之，今更论所谓李德裕篡改《宪宗实录》之事。大中二年（848年）九月制词仅言李德裕"改张"《宪宗实录》，到了十一月，朝廷进一步下敕禁止通行会昌朝改修的《宪宗实录》："路随等所修《宪宗实录》旧本，却仰施行。其会昌新修者，仰并进纳。如有钞录得，敕到并纳史馆，不得辄留，委州府严加搜捕。"（《旧唐书》卷18下《宣宗纪》大中二年十一月）牛党人物往往咬定李德裕篡改《元和实录》，美化李吉甫，比如杜牧在《唐故东川节度检校右仆射兼御史大夫赠司徒周公墓志铭》（以下简称《周公墓志铭》）（《樊川文集》卷7）云："李太尉德裕会昌中以恩撰元和朝实录四十篇，溢美其父吉甫为相事，公上言曰：'人君唯不改史，人臣可改乎？《元和实录》皆当时名士目书事实，今不信，而信德裕后三十年自名父功，众所不知者而书之。此若垂后，谁信史？'竟废新本。"

事实的真相如何呢？

中晚唐以来，发生了数起实录案，其尤著者为《顺宗实录》案和《宪宗实录》案。话语场即是权力的争夺场，中晚唐围绕史书修纂而发生的斗争其实是皇帝与朝臣、皇帝与宦官、朝臣与宦官、朝臣与朝臣之间等各种矛盾的集中反映和表现，《宪宗实录》案即是如此。

《宪宗实录》始修于穆宗长庆二年（822年），参与者既有与李德裕亲善者，如路随、韦处厚、沈传师、陈夷行等，也有与李德裕交恶者，如李汉、蒋系、苏景胤等，历时八年，在文宗大和四年（830年）撰成。其历任监修者为杜元颖、韦处厚、路随，得到了文宗的批准，成为通行的定本。

但是到了会昌朝，李德裕却要求修改《宪宗实录》。《旧唐书》卷18上《武宗本纪》会昌元年（841年）四月辛丑载敕曰："《宪宗实录》旧本未备，宜令史官重修进内。其旧本不得注破，候新撰成同进。"至会昌三年，宰相、监修国史李绅和史馆修撰、判

---

[1] 《资治通鉴》卷249大中十年三月载："三月，辛亥，诏以'回鹘有功于国，世为婚姻，称臣奉贡，北边无警。会昌中虏廷丧乱，可汗奔亡，属奸臣当轴，遽加殄灭。近有降者云，已庞历今为可汗，尚寓安西，俟其归复牙帐，当加册命。'"

馆事郑亚"进重修《宪宗实录》四十卷,颁赐有差"(《旧唐书》卷18上《武宗本纪》会昌三年十月)。会昌朝李德裕指使李绅、郑亚等修改《宪宗实录》到底修改了什么?关于此事,古今聚讼纷纭,小子不敏,焉敢造次论断。我依据瞿东林先生的概括[1],参酌其他材料,发现到目前为止关于此问题主要有五种看法:

其一,李德裕以私意"夺他人之懿绩,为私门之令猷"。此即大中二年九月由朝廷颁布《李德裕崖州司户制》所言,这是牛党的证词。

其二,李德裕欲隐其父不善之事。《旧唐书》卷18上《武宗本纪》会昌元年四月载:"时李德裕先请不迁宪宗庙,为议者沮之,复恐或书其父不善之事,故复请改撰实录,朝野非之。"又十二月载:"李德裕奏改修《宪宗实录》所载吉甫不善之迹,郑亚希旨削之,德裕更此条奏,以掩其迹,搢绅谤议,武宗颇知之。"这是《旧唐书》作者的看法。

其三,李德裕并没有"私意","私意"云云是牛党一派人物对李德裕的诬蔑。李德裕重修《宪宗实录》的主旨"在于主张实录所载君臣论事,或臣下章奏,'皆须众所闻见,方可书于史册'"。德裕修改《宪宗实录》"决非单为其父之事而发"。[2]无论是崖州制词,还是《旧唐书·武宗本纪》皆是不足为据的。

其四,王炎平先生则将《宪宗实录》和《顺宗实录》作对比,认为文宗欲改《顺宗实录》关于永贞禁中之事,以配合他反对宦官的斗争,同样,武宗和李德裕诏改《宪宗实录》,着眼处为元和末弑逆之事,改史与会昌朝同宦官斗同时并行。[3]

其五,瞿林东先生认为:"所谓'李德裕奏改修《宪宗实录》所载吉甫不善之迹',或属于事实,但'不善之迹'恐怕包含了'禁中之语'的诬构,甚至也有'密疏'的中伤。"鄙意亦从之,复从而略陈己意。牛党之攻讦、《旧唐书》之记录,当有一定的现实依据,并非完全凭空捏造,故言李德裕未修改有关李吉甫之事未免武断。王炎平先生认为大和四年(830年)三月丁酉后诏改《顺宗实录》,乃是要求改正永贞禁中之事,以配合其反对宦官的斗争,然《旧唐书》卷159《路随传》明言文宗诏改《顺宗实录》乃是在宦官的压力之下进行的:"初,韩愈撰《顺宗实录》,说禁中事颇切直,内官恶之,往往于上前言其不实,累朝有诏改修。及随进《宪宗实录》后,文宗复令改正永贞时事。"故文宗虽有除宦之心,然在当时宦官压力之下,不得已而从之。且如王

---

〔1〕 瞿林东:《唐代史学论稿》,北京师大出版社1989年版,第36—41页。

〔2〕 参见傅璇琮:《李德裕年谱》,第661页。

〔3〕 王炎平:《牛李党争》,第106—114页。

炎平所举,《宪宗实录》并未载宪宗被弒之事,[1]故宦官当时即以此为模式,要求改正《顺宗实录》永贞时事。照此说来,方顺理成章。此大前提既不成立,则其所言武宗和李德裕诏改《宪宗实录》,其着眼处在元和弒逆之事则亦不能成立也。由此可见,李德裕确曾指使李绅、郑亚等修改有关李吉甫不善之事。而李德裕关于实录体例奏议[2]的那番话,其实是我们推论的重要凭证。《旧唐书》卷18上《武宗本纪》会昌元年十二月(第588—589页)载:

> 十二月,中书门下奏修实录体例:"旧录有载禁中之言。伏以君上与宰臣、公卿言事,皆须众所闻见,方可书于史册。且禁中之语,在外何知,或得之传闻,多涉于浮妄,便形史笔,实累鸿猷。今后实录中如有此色,并请刊削。又宰臣与公卿论事,行与不行,须有明据。或奏请允惬,必见褒称;或所论乖僻,因有惩责。在藩镇上表,必有批答,居要官启事者,自有著明,并须昭然在人耳目。或取舍存于堂案,或与夺形于诏敕,前代史书所载奏议,罔不由此。近见实录多载密疏,言不彰于朝听,事不显于当时,得自其家,未足为信。今后实录所载章奏,并须朝廷共知者,方得纪述,密疏并请不载。如此则理必可法,人皆向公,爱憎之志不行,褒贬之言必信。"从之。李德裕奏改修《宪宗实录》所载吉甫不善之迹,郑亚希旨削之,德裕更此条奏,以掩其迹。搢绅谤议,武宗颇知之。

李德裕所言,合乎修史之体例,合乎实录"实事求是"之精神,然何以强调反对载"禁中语"和"密疏"呢?联系大中朝牛党之攻讦和《旧唐书》之记载,可见《宪宗实录》旧本之"禁中语"和"密疏"中必有载李吉甫不善之事,即宦官或者李吉甫之政敌攻讦、丑化李吉甫事之记载,故李德裕指使李绅、郑亚削减之,以澄清历史真相,而奏此体例,实乃其高明的斗争策略,即《旧唐书》所言"以掩其迹",但是还是引起牛党为首的政敌的"谤议"。然李德裕坚信其作为之正当性,故"旧本不得注破,候新撰成同进",并不利用其执政的权力停止旧本之流行。

及至大中朝,牛党主政,李德裕改正《宪宗实录》遂成为其罪状之一。且以国家的名义公布其改史的罪状,所用之语,则多歪曲事实,什么"夺他人之懿绩,为私门

---

[1] 《资治通鉴考异》云:"《实录》但云'上崩于大明宫之中和殿'。《旧纪》曰:'时帝暴崩,皆言内官陈弘志弒逆,史氏讳而不书。'"王炎平按语曰:"故路随撰《宪宗实录》,未直书宪宗被弒事。"见王炎平:《牛李党争》,第113页。

[2] 即《论时政记等状》之三《修史体例》,载《会昌一品集》卷11;参《唐会要》卷64《史馆下·史馆杂录下》、《册府元龟》卷559《国史部·议论二》。

之令猷",什么"委国史于爱婿之手,宠秘文于弱子之身"[1],添油加醋,极尽诋毁之能事,而无视李德裕禁载"禁中语"和"密疏"之合理性,以及澄清李吉甫事迹真相之必要性。此党争中话语权争夺之必然现象也。而会昌朝新修之本也在朝廷严厉的措施下完全停止通行了。

### 4. 牛李党争的结束和余波及唐末党争走向

大中三年李德裕贬死崖州的确是一大标志性的事件,即标志着牛李党争的结束。但是,这并不是说党争的余波也随之戛然而止,而是一直延续到大中末咸通初。

除了李党成员如郑亚、李回等直接受到牛党的打击报复,凡是支持李德裕的人或者仅仅是出面为之说话的人,均受到牛党的压制,前所言魏铏、崔嘏、丁柔立等就是这种情况。

我们再来看一下李德裕贬斥之后,牛党对一些与李德裕亲善者或者身为李党成员后人的人物之疏远和压制。

柳仲郢　即使作为外围层中立派无预乎党争的柳仲郢,亦未尝负牛僧孺知遇之恩,竟然也受到牵累。宣宗即位,其坐与李德裕厚善,出为郑州刺史。周墀为相,召柳仲郢为户部侍郎,周墀罢,仲郢左授秘书监,不久出任外职。其受排挤之迹象甚明也。

石雄　石雄在会昌朝受到了李德裕的器重,在平泽潞和驱回鹘中立下汗马功劳,但是在大中朝受到了牛党的冷落。《资治通鉴》卷248大中二年九月载:"前凤翔节度使石雄诣政府自陈黑山、乌岭之功,求一镇以终老。执政以雄李德裕所荐,曰:'向日之功,朝廷以薄、孟、岐三镇酬之,足矣。'除左龙武统军。雄怏怏而薨。"

郑畋　作为郑业的儿子,郑畋虽然在十八岁就登料,但是却遭到牛党的长期压制,仕途坎坷。《旧唐书》卷178本传载:"大中朝,白敏中、令狐绹相继秉政十余年,素与德裕相恶。凡德裕亲旧多废斥之,畋久不偕于士仇。"(参见《新唐书》卷185本传)其直至"咸通五年,方始登朝"(《全唐文》卷767郑畋《擢官自陈表》)。

由于对立派李党的被取消,牛党内部的矛盾也随之凸显,内部的分化也开始了。同时,南衙与北司的矛盾也进一步突出。经过大中朝政事日非、社会阶级矛盾的加剧,唐王室走上了一条不可挽回的衰亡之路。

令狐绹和白敏中的声誉俱不佳。大中朝令狐绹专权,结怨颇多,如卢均、魏暮、

---

[1]　辨见傅璇琮:《李德裕年谱》,第660、661、650页。

毕诚虽非李党,然俱为其所排斥,而文士若李商隐、温庭筠、罗隐之流,更是为其所忌恨,故史籍屡言其"怙权","尤忌胜己者"。及至咸通朝,攻击令狐绹者甚众,《旧唐书》卷 172《令狐绹附子滈传》云:懿宗立,讼者众,故绹罢出。"滈为众所非,宦名不达。"而白敏中呢,在大中朝既没有什么建树,到了咸通朝,右补阙王谱上疏责其尸素,懿宗怒贬之,及其卒后,博士曹邺"责其病不坚退,且逐谏臣,举怙威肆行,谥曰丑"(参见《新唐书》卷 119 本传、《旧唐书》卷 166 本传、《资治通鉴》卷 250 咸通元年四月)。就是这样两个充满了权势欲的人物,左右着大中至咸通初的十多年的政坛。而在这两个权相之间,白敏中尽管对令狐绹有提携之恩,却在大中五年(851年)三月为令狐绹所排摈,出为招讨党项行营都统、制置等使。及至咸通,令狐绹罢相,白敏中复入相,二人进退恰相反。王炎平论云:"白敏中与令狐绹分携,为牛党内部关系之一大变化。令狐绹排斥一切胜己之人,为牛党外部关系之又一大变化。"[1]此牛党内部分化之表现也。

及至咸通朝,朝臣围绕着权力和利益又开始不断地组合分化,形成新的党派势力和利益集团,相互之间展开新一轮的党争,然已非复牛李党争之牵涉广泛、阵垒分明之旧。咸通年间,韦保衡、路岩和萧遘、刘瞻等朝臣之间的斗争十分剧烈,他们的斗争往往围绕着权力和利益而展开。而韦保衡、路岩皆是贪黩和贪图利禄之人,权力和地位成为他们满足个人私欲的工具,而不是用来革新政治,促进王朝稳定发展,即求如牛僧孺之清正自守、后期令狐楚之明哲保身,亦不可多得也。

最后,值得指出的是,大中朝由于牛李党争的结束,南衙与北司的矛盾也趋于尖锐化。宣宗未始没有抑制宦官预政的愿望,然而,实际上的情况却是宦官的权力几乎不可动摇,而且内大臣"合为一片"(宣宗语),导致朝政日非,而令狐绹和韦澳的两种不成熟的除宦建议很快就失效了。[2]唐末权宦对朝政的干预是全面的,而且不断地升级。

不过在广明之乱后,南衙北司水火不相容的矛盾,到了唐末又进一步演变成地方军事势力控制朝政的模式。"内廷阉寺与外廷士大夫成为生死不两立之仇敌集团,终于事势既穷,乞援外力,遂同受别一武装社会阶级之宰割矣。"[3]

---

[1] 王炎平:《牛李党争》,第 166 页。关于白敏中与令狐绹之关系参见该书第 162—67 页。
[2] 参见《北梦琐言》卷 5"令狐公密状"条、《唐语林》卷 2《政事类下》、《新唐书》卷 169《韦贯之传附澳传》,又参见陈寅恪:《唐代政治史述论稿》,第 118—121 页。
[3] 陈寅恪:《唐代政治史述论稿》,第 109 页。

从权力角度来看,黄巢起义的爆发,才最终打破了各种地方势力之间的相互制衡关系,进入了严酷的武力争夺时代。崛起的地方性势力既恃其武装力量,遂成唐室命运之最后决定者。故当时处在风雨飘摇中面临覆灭的王朝,朝廷中无论是朝臣,还是宦官,皆与地方性势力发生错综复杂的关系,并为其所掣制,官僚高级阶层之间的斗争遂成为地方军事势力之间政治、军事斗争的投射:"时王室多故,南北司争权,咸树朋党,外结藩帅。"(《旧唐书》卷177《崔胤传》)此又不可不知也。

唐末朝廷内部的权力斗争可谓炽热。各种势力之间展开争夺。既有朝臣与朝臣之间的斗争、朝臣与宦官之间的斗争,还有宦官与宦官之间的斗争、朝臣与皇帝之间的斗争,也有宦官与皇帝之间的斗争,加之互相勾结利用、互相牵制,关系错综复杂,矛盾重重。然总体而言,则由朝廷内部之间的斗争,逐步演变为社会上各种地方军事势力之间政治、军事斗争的投射。

唐末朝臣往往"内结中人,外连藩阃"(《旧唐书》卷179《崔昭纬传》),直接依托地方军事势力,以对付仇敌,获取个人利益,很多朝臣都是这样。比如,薛昭纬——他依靠李茂祯势力,最后借李茂祯之手扳倒了自己的政敌,乾宁二年(895年)三镇兵入关杀了韦昭度、李谿。又如崔胤——他最后成了朱全忠在朝廷中的代理人,并亲自导演了加速唐王朝灭亡的悲剧。

第三章

党争的产物：一种具有攻击倾向的文学作品

本章所言"攻击型"的文学作品，是笔者自拟的一词，指的是在党争的特殊情境之中产生的以政敌为目标、具有攻击倾向的文学作品，这些作品往往以攻讦、诽谤、污蔑政敌为著文宗旨，以各种文体，尤以传奇小说、笔记小说为主要载体，其用意或曲或显，须着意以寻绎之，方可侦破真相。此诚党争之特殊产物也。

夫以小说为造谣影射之工具，虚构情事，毁谤政敌，其来久矣。自唐代党争历程观之，中唐期间柳珵之《上清传》即为典型的"攻击型"传奇作品之一。这是贞元年间窦参与陆贽之争的产物，柳珵欲借此以攻击陆贽及其门生。及牛李党争兴，以攻击政敌为目的的文学作品也开始多起来。这种"攻击型"文学作品，主要有两种文体形态：一种形态是传奇作品，这类作品往往具有复杂性、层深性，且往往以爱情小说的面目出现，非深入探析不能明其本旨，其尤著者有《霍小玉传》《李娃传》等。然亦有攻讦、诽谤政敌，略无避嫌者，如署名为牛僧孺实则为李党成员韦瓘所著的《周秦行纪》，即直接攻击牛僧孺也，其他还有《大水辨》《真珠叙录》等。另一种形态是其他体裁的作品——如笔记体，则有《牛羊日历》《续牛羊日历》等；议论体，则有《周秦行纪论》等。[1]

从党争动力机制角度来看，权力和利益的争夺是这种攻击型作品产生的最根本原因。牛李两党在当时激烈的党争情况下，都将权力的占有作为保存自我的重要手段，故都千方百计地设法攫取权力，尤其是据有宰相之位。李德裕把"操政柄以御怨诽者"，比作"如荷戟以当狡兽，闭关以待暴客"。一旦去权，"若舍戟开关，则寇难立至"，因此，认为权不可去就如同"奔马者不可以委辔，乘流者不可以去楫"

---

〔1〕　可参见李剑国《唐五代志怪传奇叙录》（南开大学出版社 1998 年版）有关篇章。

（《会昌一品集·外集》卷1《退身论》）。处在当时白热化的党争格局之下，最好的生存术确实只有攫取权力这条道路，甚至这是唯一的道路。故从这种心态出发，来看他们之间互相诽谤污蔑的话语，他们构拟的用来诽谤对方的传奇志怪小说，他们的其他一切可能的互相攻击的文字材料，也就不足为奇了。

本章之着眼点，一者考察这种"攻击型"文学的基本内容和文体形态，二者考察早期党争之"攻击型"传奇作品，三者考察牛李党争过程中产生的"攻击型"文学作品。

# 第一节　早期党争中产生的"攻击型"传奇作品

## 一、作为爱情悲剧和"攻击型"传奇作品的《霍小玉传》

《霍小玉传》并非仅仅是一篇凄美的爱情悲剧小说。经当代文史专家，如卞孝萱、王梦鸥、傅锡壬诸先生发覆[1]，此文为早期党争产物可谓无疑矣。诸文史专家考证思路不外二种：一者，自其本传的结构、布局而致诸疑，由文本之破绽入手探究作者之本意。二者，对作者蒋防与被攻击者李益各自的人际关系进行考察，得出蒋防与李绅、元稹善，属于李党，李益与令狐楚善，属于牛党。在这些文史专家考辨的基础上，我的着眼点和兴趣，是从文本入手，进一步阐发其作为爱情悲剧经典和"攻击型"传奇作品的重要特征。

### （一）本传的写作时间、创作意图和创作思路

1.《霍小玉传》当作于长庆四年（824年）二月前

卞孝萱先生认为此文作于长庆初年，傅锡壬先生则认为作于大和六年、七年李德裕入相之时。笔者比较认同卞孝萱先生本传作于长庆初的看法，又小有修正，今简论之。

---

〔1〕　卞孝萱：《〈霍小玉传〉是早期"牛李党争"的产物》，《社会科学战线》1986年2期；王梦鸥之《霍小玉传之作者及其写作动机》（载《政治大学学报》第19期）、《霍小玉传之作者及故事背景》（载《唐人小说研究》二集），按此转引自傅锡壬：《牛李党争与唐代文学》，第217页，原文笔者未见；傅锡壬：《蒋防霍小玉传的创作动机》，《牛李党争与唐代文学》，东大图书公司1984年版，第217—233页。

其一,元和末长庆初为李逢吉之党和令狐楚与裴度、李绅等李党成员展开激烈斗争的时候。从长庆年间权力动态分布的角度看,虽然李逢吉之党和令狐楚等人在这段时间内得势,然李党党魁亦非束手就缚者。长庆初元稹一度入相,而裴度亦元勋大臣,李绅作为翰林学士亦为穆宗所宠幸。在长庆四年(824 年)二月李绅被贬端州,蒋防亦随之被贬为汀州刺史之前的这一段时间里,蒋防完全有可能写作这样一篇传奇以攻击政敌。故不必论定在长庆初,亦不必论定在李德裕入相之时。

其二,卞孝萱先生以为:元和末长庆初,元稹、李绅趁令狐楚贬谪在外,李益孤立无援的时候,排挤李益,于是蒋防更为文以攻击之。而且,还有一个理由是,长庆初元稹、李绅、蒋防三人同在朝,长庆二年(822 年)六月,元稹罢相出为同州刺史,故当三人在一起的时候蒋防作此传的可能性最大。按:此说未免过于落实。党争为公开的、激烈的,蒋防既欲攻击牛党,何必待令狐楚贬谪之后方为之,亦何必待与李绅、元稹同在一起方为之?处于上风时固可攻击政敌,而处于下风时尤可借小说以泄恨,甚或挽回情面。

其三,傅锡壬先生认为,本传当作于李益死后[1]。按:既为攻击政敌之作,何必待李益死后方为之?《周秦行纪》《牛羊日历》等“攻击型”作品,皆当牛僧孺、杨虞卿在世,且权重之时为之。李益元和十五年(820 年)任右散骑常侍,大和元年(827 年)以礼部尚书致仕,并非重臣大僚。蒋防仗李党魁首之势力,欲攻击李益而间接攻击牛党,有何不可?且蒋防若于李益死后大和七、八年(833、834 年)方为之,乃以晚年老境而为此等风月之作,有之乎?

## 2. 蒋防的创作意图

蒋防跟李绅有着亲密的关系,[2]属于李党成员。这篇作于长庆四年(824 年)之前的传奇,跟当时的党争动态应该是有很大关系的。在早期党争史中,即元和末至长庆、宝历年间,以李逢吉之党与令狐楚、牛僧孺、李宗闵为首的党派组合一个普泛的同盟,与以裴度、李德裕为首的党派之间展开斗争。这时候政争的焦点往往围绕着淮西用兵之争和相位之争。这段时间也是变故屡兴、闹剧纷纭的时期。穆宗

---

〔1〕　李益和蒋防为同时代人。李益,生于天宝七年(748 年),卒于大和元年(827 年)。蒋防,生年不详,卒于大和五年(831 年)至开成元年(836 年)间。

〔2〕　在蒋防青年时期,李绅曾即席命赋《鞲上鹰》。“荐之,后历翰林学士、中书舍人”(《咸淳毗陵志》卷16《人物·宜兴·唐》)。长庆年间李绅受到李逢吉集团的排挤,蒋防也受到了牵累。《旧唐书》卷17 上《敬宗本纪》云:“(长庆四年二月)癸未,贬户部侍郎李绅为端州司马。丙戌,贬……翰林学士、司封员外郎、知制诰蒋防为汀州刺史,皆绅之引用者。”

即位,时李绅、李德裕、元稹同在翰林,号为"三俊"。三人才力相当,政治观点比较接近,又同在翰林,故为李逢吉之党所忌;元稹为令狐楚草衡州制,极尽诋毁之词;而李逢吉之党费尽心机倾轧裴度、李绅等,发生了于方案、谋立深王案等;长庆元年发生了牛李党争史上具有标划党派界限意义的科场案,长庆二年(822年)发生了牛李两大党魁的相位之争。以传奇作品为攻讦之工具,以牛党非核心人物李益为靶子,间接打击牛党,同时美化李党,是很有可能的。这是蒋防创作本传的一大意图,也是我们理解本传的一个切入口。

蒋防为什么会选择写李益,这是一个比较有意思的问题。从目前的材料来看,还没有史料说明蒋防与李益直接有个人恩怨,或有直接的利益冲突。一般的说法也是以李益属于牛党,蒋防属于李党,故蒋防在元稹、李绅的授意之下,以李益为靶子写出这部作品。[1]

尽管不排除这种李党魁首授意蒋防写作的可能性,但是像《霍小玉传》这种优秀的文艺作品,仅仅认为是秉承某种意旨而作未免是简单化的。这种优秀的文艺作品之所以形成,其过程是复杂的:既来自某种灵感的激发,又是一定的生活经验积累的结果;同时作者在行文中精心地安排自己的主观意图,由于高超的文学技巧,又产生了一种特别的意蕴,取得了相应的文学成就。也许这样阐释更加合乎文艺作品创作的实际。

笔者认为,李益的猜忌事迹可能是激发蒋防创作《霍小玉传》的重要因素,而唐代士人与娼妓经常发生的悲剧爱情故事,又为蒋防的创作提供了丰富的生活经验。李益的猜忌事迹,在蒋防写这篇传奇之前,当为众所周知。《新唐书》卷203(《旧唐书》卷137)载:"少痴而忌克,防闲妻妾甚严,世谓妒为李益疾。"

在本传结尾作者用了一大段的文字来描写李益受到霍小玉冤魂的报复,成了一个"心怀疑恶,猜忌万端"的人。这段作为文章结尾的内容,在实际创作中却可能是创作的激发因素和出发点。也就是说,作者其实是拿李益的猜忌作文章,为其猜忌安排了一个原因,即李益的负情负心,这个原因的铺陈,则成了一段凄婉感伤的爱情悲剧故事。这就是本传的基本创作思路。

单从艺术角度和现代人眼光来看,最后那一段,纯粹是画蛇添足,或可称之为败笔。这段写悲剧爱情故事之"果"的文字,在作者的意识中,却是不可或缺的。如

---

〔1〕 卞孝萱先生即持此种意见。参见其《〈霍小玉传〉是早期"牛李党争"的产物》一文。

前所述,甚至可能是作者创作的起点和激发因素。同时,这也规定了前面一大段悲剧爱情故事的基调,也使前面一大段之为"因"的文字,在文字的运行过程中,将种种意思和头绪汇集在一起,犹如条条河流一样,归向这个最后的"果"。

### (二)本传作为爱情悲剧经典

以霍小玉的挚情与李益的薄情作对比,这种对比奠定了本传之为爱情悲剧经典的基础。霍小玉之心许李益,以早知李益名字,平时就爱念其"开帘风动竹,疑是故人来"之句。而李益初次见霍小玉,回复其"见面不如闻名,才子岂能无貌"之语,则曰:"小娘子爱才,鄙夫重色。两好相映,才貌相兼。"这正是他的情爱观的直白。霍小玉爱慕李益之才,而李益不过贪图霍小玉之色,从而酿就了这起爱情悲剧。

李益与霍小玉初次欢会之时,李益便轻许誓约:"中宵之夜,玉忽流涕观生曰:'妾本倡家,自知非匹,今以色爱,托其仁贤。但虑一旦色衰,恩移情替,使女萝无托,秋扇见捐。极欢之际,不觉悲至。'生闻之,不胜感叹,乃引臂替枕,徐谓玉曰:'平生志愿,今日获从。粉骨碎身,誓不相舍。夫人何发此言? 请以素缣,著之盟约。'玉因收泪,命侍儿樱桃褰幄执烛,授生笔研。玉管弦之暇,雅好诗书,筐箱笔研,皆王家之旧物。遂取绣囊,出越姬乌丝栏素缣三尺以授生。生素多才思,援笔成章,引谕山河,指诚日月,句句恳切,闻之动人。染毕,命藏于宝箧之内。"霍小玉既知己为娼妓身份,非"门族清华"、进士出身的李益之匹,亦知李益对自己是一种"色爱",故虽初夜缠绵,而发此等乐极生悲之语。而李益本为重色者,他轻许誓约,不过为骗取霍小玉的芳心而已。

霍李相守二年后的春季,"玉谓生曰:'以君才地名声,人多景慕,愿结婚媾,固亦众矣。况堂有严亲,室无冢妇,君之此去,必就佳姻,盟约之言,徒虚语耳。然妾有短愿,欲辄指陈,永委君心,复能听否?'生惊怪曰:'有何罪过,忽发此辞? 试说所言,必当敬奉。'玉曰:'妾年始十八,君才二十有二。迨君壮室之秋,犹有八岁。一生欢爱,愿毕此期,然后妙选高门,以谐秦晋,亦未为晚。妾便舍弃人事,剪发披缁,夙昔之愿,于此足矣。'生且愧且感,不觉涕流,因谓玉曰:'皎日之誓,死生以之。与卿偕老,犹恐未惬素志,岂敢辄有二三? 固请不疑,但端居相待。至八月,必当却到华州,寻使奉迎,相见非远。'更数日,生遂诀别东去。"霍小玉之"短愿"可谓极凄惨之语。她所求的,不过希望能在短期内(八年)获得李益的爱情,以其一生为押注。按照当时社会风俗,士子以门第观念所限,本无可能与娼妓结成姻亲,故元稹之于崔莺莺始乱终弃,乃为时人所认可,然霍小玉之短愿,要求并非太过,若是真情男子,要做到也不是不可能。李益又一次脱口而出,轻许誓约,并许以"八月之约",而终弃之蔑如,以其仅为一种"色爱",本不存爱怜备至、与之偕老之念也。

李益别霍小玉后,马上负约了。其原因是要与表妹卢氏结婚。为求筹备聘财,"便托假故,远投亲知,涉历江淮,自秋及夏"。而八月之约早已成空,且有意避开霍小玉,不通消息:"生自以孤负盟约,大愆回期,寂不知闻,欲断其望,遥托亲故,不遣漏言。"

而霍小玉却一往情深,欲求一见李益,以至于身染沉疾:"玉自生逾期,数访音信。虚词诡说,日日不同。博求师巫,遍询卜筮。怀忧抱恨,周岁有余,羸卧空闺,遂成沉疾。虽生之书题竟绝,而玉之想望不移。赂遗亲知,使通消息。寻求既切,资用屡空,往往私令侍婢潜卖箧中服玩之物,多托于西市寄附铺侯景先家货卖。"

李益入长安欲就婚卢氏,也是刻意躲开霍小玉,即或在知晓霍小玉"疾候沉绵"后,依旧如此,益显其人之薄情寡恩。"生自以愆期负约,又知玉疾候沉绵,惭耻忍割,终不肯往。晨出暮归,欲以回避。"可见他当时已下决心攀结高门,蔑弃小玉。

霍小玉之短愿既不就,最后连见李益一面都几不可能。后在黄衫丈夫的帮助之下,终于见到了李益一面,饮恨而终。而此时的霍小玉,满腔爱意,已为怨愤所填满。故最后一番话,即是她的极伤心、极怨愤之言。文云:

> 玉乃侧身转面,斜视生良久,遂举杯酒酬地曰:"我为女子,薄命如斯;君是丈夫,负心若此。韶颜稚齿,饮恨而终。慈母在堂,不能供养。绮罗弦管,从此永休。征痛黄泉,皆君所致。李君李君,今当永诀! 我死之后,必为厉鬼,使君妻妾,终日不安!"乃引左手握生臂,掷杯于地,长恸号哭数声而绝。

观李益在霍小玉死后之表现,可谓亦有"余情"(霍小玉冤魂评李益语)者,作者安排这一段,是要令李益知愧、感哀,以彰显霍小玉的真情皎然不可夺,同时更显出李益的可悲,终其一生,不懂得珍惜霍小玉的挚情。

李益经此一番遭遇之后,转成一猜忌成性之人,对妻妾、侍婢媵妾、名姬,皆横加猜忌,刻意提防。此其恶果报也。故霍小玉与李益互为因果。始者,李益令霍小玉备尝爱情之悲哀,终者,霍小玉之冤魂令李益常现猜忌之丑态。

何以言这种对比奠定了本传之为爱情悲剧经典? 首先,由于这种强烈的、鲜明的对比贯穿全文始终,本传获得了一种内在的深度,情感的冷热轻重、情节的变化曲折、期冀与冷淡、希望与失望,均杂糅在这种富于张力的对比之中。且故事情节由前部分的轻缓向后部分的急促过渡，不但使原本简单的故事情节产生一种摇曳多姿、变化多端之美，而且也形成了一种情感的梯度，即由前部分的清丽婉转转入后部分的凄厉悲楚，从而产生强烈的悲剧效果。其次，这种对比同时也是情节发展、内在情感变化的驱动力。当霍小玉的钟情与李益的薄情之色差愈加明显的时候，故事也被推向高潮，即霍小玉痛斥李益并气绝身亡。最后，这种对比是丰腴的对比，而不是干瘪的对比。每一次的对比，都是在一种"氛围"中进行的，那些明丽清新的刻画，那些哀婉伤心的对话，那些沉重而悲凄的场面，往往营造出凄婉、凝重、深沉的氛围，产生丰富的情韵，从而颇具艺术感染力。整篇传奇的行文运笔体现了作者高超而独到的艺术才华，从而使本传辐射出幽幽而弥满的光亮。明胡应麟云："唐人小说纪闺阁事，绰有情致，此篇尤为唐人最精采动人之传奇，故传诵弗衰。"[1]

### （三）本传作为"攻击型"传奇作品

以李益作为进士的浮浪、薄幸与山东士族的礼法、恩义、豪侠作对比，这种对比奠定了本传之为"攻击型"文学的基础。

牛李两派分野大致不出陈寅恪先生党派分野理论[2]之范围。唐代士族出身、以礼法自持者，自是鄙薄进士浮浪之风习，此屡见于李党魁首之言论，前已述之。[3] 本传李益进士浮浪风习与山东士族风标之对比亦可据陈先生所论阐发之。

蒋防既与李绅亲善，属于李党，则李党的这种政治观念和政治文化自是接受的。且本文之主观意图既为攻击牛党所作，故在本传中，处处透露出其贬斥李益的进士浮浪风习，赞赏山东士族或亲近李党者的礼法、恩义、豪侠的消息。这种对比奠定了本传之为"攻击型"文学的基础。

好色可谓是进士浮浪风习的一大重要表现。本传对李益的"好色"重加渲染，这也是党争中"攻击型"文学作品惯技。李益"每自矜风调，思得佳偶，博求名妓，久而未谐"。其托媒于鲍十一娘。"常受生诚托厚贿，意颇德之。"初闻鲍十一娘介绍霍小玉，"生闻之惊跃，神飞体轻，引鲍手且拜且谢曰：'一生作奴，死亦不惮。'"又其

〔1〕　汪辟疆《唐人小说·霍小玉叙录》引，上海古籍出版社 1978 年版。
〔2〕　参见陈寅恪：《唐代政治史述论稿》，第 71 页；见本书第一章第二节党派分野有关章节。
〔3〕　参见《新唐书》卷 44《选举志上》郑覃"深嫉进士浮薄"事，《旧唐书》卷 18 上《武宗本纪》会昌四年十二月载李德裕与文宗对答。

情爱宣言云:"小娘子爱才,鄙夫重色。"其人为色所役,可知矣。正是因为为色所役,所以能"诚托厚赂"鲍十一娘以求美人,所以能轻许誓约,以骗取霍小玉之芳心,所以又能弃绝霍小玉,略无惭愧。

攀附高门,以求腾达,亦是进士浮浪风习的一大表现。李益本与霍小玉为八月之约,其母为其婚约表妹卢氏,可谓门当户对。"卢亦甲族也,嫁女于他门,聘财必以百万为约,不满此数,义在不行。"李益对此婚事可谓是非常积极。"生家素贫,事须求贷,便托假故,远投亲知,涉历江淮,自秋及夏",为筹足聘财而费尽心机。像李益这种情况,正合乎陈寅恪先生所讲:"其间山东旧族亦有由进士出身,而放浪才华之人或为公卿高门之子弟者,则因旧日之士族既已沦替,乃与新兴阶级渐染混同。"李益出身于陇西李氏,"家素贫",为衰落的士族,而攀附山东甲族卢氏,无疑会给自己的仕途带来说不尽的好处,此又为众所知也。

同时,在本传中,蒋防安排了好几个山东士族出身,或者亲善李党的人物,以他们的礼法、恩义、豪侠,来衬托李益这个进士浮浪子弟的丑陋的形象。

如崔允明。"有明经崔允明者,生之中表弟也,性甚长厚。昔岁常与生同欢于郑氏之室,杯盘笑语,曾不相间,每得生信,必诚告于玉。"按:崔氏要么是博陵崔氏,要么是清河崔氏,属于山东士族。李党讲求经术、孤立,故明经崔允明者,合乎李党之标准,无疑是作为进士浮浪子弟李益的对照而出现的。

又如韦夏卿。"有京兆韦夏卿者,生之密友,时亦同行,谓生曰:'风光甚丽,草木荣华。伤哉郑卿,衔冤空室!足下终能弃置,实是忍人。丈夫之心,不宜如此,足下宜为思之!'"韦夏卿同情霍小玉的遭遇,谴责李益为"忍人"。

韦夏卿实有其人,与李益同时,甚著时誉。《旧唐书》卷165《韦夏卿传》云:"韦夏卿,字云客。杜陵人。……夏卿苦学,大历中与弟正卿俱应制举。……夏卿深于儒术。所至招礼通经之士,时处士窦群寓于郡界,夏卿以其所著史论,荐之于朝,遂为门人。……夏卿有风韵,善谈谑,与人同处终年,喜愠不形于色。抚孤侄,恩逾己子,早有时称。其所与游辟之宾佐,皆一时名士。"按:自韦夏卿人际关系来看,他是元稹的岳父,李绅的知己,与李党的关系十分密切。又此处所言"抚孤侄"者,此孤侄极有可能是其弟韦正卿之子韦瓘。据两唐书《韦正卿传》,韦瓘与李德裕善,且与之同进退。韦瓘也是《周秦行纪》的作者[1],故由这一层人际关系来透析,韦夏卿的

---

〔1〕 此据李剑国先生之说,见《唐五代志怪传奇叙录》,南开大学出版社1998年版,第529—537页。

政治倾向性是可以断定的。韦夏卿深通儒术，又合乎李党的政治文化。综合如上诸点，韦夏卿可归之于李党。由这位属于李党的韦夏卿来发表对李益进士浮浪轻薄风习的谴责，作者用意所在甚明。

还有黄衫丈夫。从本传来看，作者是非常赞赏豪侠之士的，传文云："自是长安中稍有知者，风流之士，共感玉之多情；豪侠之伦，皆怒生之薄行。"黄衫丈夫是帮助霍小玉终见李益一面的豪侠。据其自述，乃山东豪士。其自言云："某族本山东，姻连外戚。虽乏文藻，心尝乐贤。"然以黄衫丈夫之郡望为山东，则也是作者的特意安排，并非泛泛而云，因为山东士族多豪杰之士。《唐国史补》卷中云："李载者，燕代豪杰，常臂鹰携妓以猎，旁若无人。方伯为之前席，终不肯任。载生栖筠，为御史大夫，磊落可观，然其器不及父。栖筠生吉甫，任相国八年，柔而多智。公惭卿，卿惭长，近之矣。吉甫生德裕，为相十年，正拜太尉，清真无党。"自李德裕四代观之，其高祖李载为燕代豪杰，保持了士族的最初风貌。故蒋防将黄衫丈夫的郡望说成是山东，以山东士族为豪杰之士的代表，大概既是一种承袭已久的社会意识，也是其欲美化山东士族的创作意图在起作用。

总之，《霍小玉传》并不仅仅是爱情悲剧经典，也不只是党争过程中产生的"攻击型"传奇作品，而是具有丰富内涵的、将这两方面交融在一起的传奇小说。当我们透析作者的创作思路的时候，我们感受到他的"机心"，他的创作意图，即间接打击牛党、美化李党。一方面，典型人物的塑造和典型环境的刻画，巩固了他的创作意图，使他更加有效地攻击政敌，达到了应有的效果。[1] 但是另一方面，文学作品的自律原则，霍小玉爱情悲剧的深刻性，以及对比手法的成功运用，使之远远超越了党人攻击之作的浅薄、苍白，也超越了一般水平的士人与娼妓的悲剧爱情故事，从而产生经久不衰的艺术魅力。

## 二、《李娃传》主副调互补的叙述策略及其间接攻击策略

白行简所作的《李娃传》[2]是一篇精妙绝伦的唐人传奇。在这部爱情悲喜剧小

---

〔1〕 卞孝萱先生认为："长庆时，李益罢右散骑常侍，为太子宾客。李益仕途上的这一挫折，或与《霍小玉传》对他的攻击有关。"见《〈霍小玉传〉是早期"牛李党争"的产物》（《社会科学战线》1986 年第 2 期）一文，所论可参。

〔2〕 按：此作者为白行简，可从之。一说此传乃白敏中怨恨李德裕、郑亚泄愤而作（刘克庄《后村诗话》、《后村先生大集》卷 173），牵强附会，求之过深，违背本传创作宗旨，即赞赏李娃，同情荥阳公子之宗旨，故可置而不论。

说中,荥阳公子与李娃的爱情故事一波三折,跌宕起伏,动人心弦。同时作者以如椽的巨笔描绘了当时长安大都市的生活风貌、唐代士人的狎妓风习、北里的娼妓生活、天门街哀挽比赛,种种人情世态,皆刻画入微,毕肖其真。故本传最大的艺术特色,即极世态人情之面相,以极传奇之炫目离奇。从一幅幅常见的世态人情画面,讲述了一个情节离奇曲折的爱情悲喜剧。所以,这是一部大容量的传奇,也是一部具有丰富意蕴的小说。读本传,读者每每欲探究:此竟为何而作耶? 为当时士人与娼妓爱情故事之实录耶? 为欲赞美李娃之"操烈之品格"乎? 抑欲借小说以攻击荥阳公为代表之高门世族乎?

为了更好地把握这部传奇小说,首先必须把握其主调和副调,以及两者之间的关系。如此方能把握住本传的创作意图、创作思路和艺术特色。

### (一)主调之确立:于李娃表一种赞赏,于荥阳公子表一种同情

历来论《李娃传》者,亦有以为此为白行简的挟怨诬陷之作,即用以诬陷荥阳郑氏者。[1] 然统观本传,以此说为主调则未免失之过偏。观作者之本意,本欲彰显"妇人操烈之品格,因遂述汧国(李娃)之事"。本传之基调,亦当以此为主,即于李娃表一种赞赏,于荥阳公子表一种同情。

本传是白行简根据当时民间流传的说话《一枝花》加工整理而成的。[2] 此说话《一枝花》,今已佚,料来说话之伎俩无非炫耀此故事之奇异,尤渲染于李娃能以娼妓之身,而助落魄公子荣登甲科,获取功名,终为世族所娶,封汧国夫人之事。此可推测之也。故白行简此传之主题亦可能承袭之。

下面按照情节发展的四个阶段:院遇、计逐、鞭弃、护读来看这个主调之确立。

#### 1. 其于李娃表一种赞赏与理解者

其开首云:"汧国夫人李娃,长安之倡女也。节行瑰奇,有足称者,故监察御史白行简为传述。"可谓开篇立义也。

荥阳公子之遇李娃,两相爱慕,公子为之情迷,往访李娃,得遂其愿,为之倾荡

---

〔1〕 根据傅锡壬先生的归纳,关于荥阳郑氏是谁主要有如下两种说法:①以郑畋为荥阳公,郑元和为荥阳公子,此说以庄季裕《鸡肋编》及《燕居诗话》为代表。②以郑亚为荥阳公子,以郑畋为娼妓所生,此说以刘克庄诗为代表。见《牛李党争与唐代文学》第199—216页。

〔2〕 元稹《酬翰林白学士书一百韵》诗"光阴听话移"句下自注云:"又尝于新昌宅,说《一枝花》话,自寅至巳,犹未毕词也。"曾慥《类说》所辑唐陈翰《异闻集》中《汧国夫人传》篇末注云:"旧名一枝花。"故说话《一枝花》者,所述即李娃故事。

资财仆马。作者从公子的视角来描写李娃，辞藻艳丽，多所夸张，几视同天人："妖姿要妙，绝代未有。""明眸皓腕，举步艳冶。生遽惊起，莫敢仰视。"此亦可见作者对李娃美艳绝伦的赞赏之情。

及至于老姥与李娃定计，欲逐郑生之时，作者亦刻意袒护李娃，归罪于老姥。其文云：

> 自是生屏迹戢身，不复与亲知相闻，日会倡优侪类，狎戏游宴。囊中尽空，乃鬻骏乘及其家童。岁余，资财仆马荡然。迩来姥意渐怠，娃情弥笃。

按：此时之李娃，未必不将郑生当作可以诈财的公子哥儿，若论"娃情弥笃"，又何来计逐郑生之事？故作者偏袒之意甚明。

倘若说前一部分对李娃与老姥设计逐公子，作者不无遣责之意蕴含文中，尤于计逐一段，写李娃之骗公子，几无半点同情之神态言行，与所谓姨者串通，玩弄公子于股掌之上，文中屡次写到李娃的笑："娃下车，姬逆访之曰：'何久疏绝？'相视而笑。""生谓娃曰：'此姨之私第耶？'笑而不答，以他语对。"而以公子被骗后之"恚怒""惶惑发狂，罔知所措"反衬之，亦见此时之李娃真薄情者也。然后一部分一旦李娃罪责己身，发心救护公子之时，作者笔下，无有半点污蔑李娃之词，皆用笔极重，色调浓润，赞赏李娃不已者也。

当大雪之日李娃闻公子冻饥之声，连步而出，"见生枯瘠疥疠，殆非人状。娃意感焉，乃谓曰：'岂非某郎也？'生愤懑绝倒，口不能言，颔颐而已。娃前抱其颈，以绣襦拥而归于西厢，失声长恸曰：'令子一朝及此，我之罪也！'绝而复苏"。此时之李娃天良发现，真情感动，正色敛容，答复老姥驱逐之言，作者言下之意，自是赞赏李娃之有情有义，知大节，"其志不可夺"。

而护读于公子之畔，令其三年之内而登甲科，则极写李娃之见识超人，作为过人，其言曰"复子本躯，某不相负"，恩怨分明者也；公子授成都府参军，将之官，李娃执意欲辞去，不贪荣华富贵；荥阳公复认公子，"命媒氏通二姓之好，备六礼以迎"李娃，而李娃既为世族眷属，则礼法门风绝不逊色于名族，"妇道甚修，治家严整，极为亲所眷尚"；以一娼妓之身而卒封汧国夫人，所生之子皆大贵，为大官，则作者之赞赏之情可谓极矣，故不由自主而赞曰："嗟乎，倡荡之姬，节行如是，虽古先烈女，不能逾也。焉得不为之叹息哉！"文末点明宗旨是"妇人操烈之品格，因遂述汧国之事"，呼应开首所言。

2.其于荥阳公子表一种同情者

荥阳公子在本传中表现出很多个人的弱点,比如,他的轻信、软弱、依赖性。但是作者对他同情的一面占了上风。

如赞赏其才华出众。"始弱冠矣,隽朗有词藻,迥然不群,深为时辈推伏。其父爱而器之,曰:'此吾家千里驹也。'"当沦落时公子为挽歌郎,亦能超逸群伦:"累月,渐复壮,每听其哀歌,自叹不及逝者,辄呜咽流涕,不能自止。归则效之。生,聪敏者也,无何,曲尽其妙,虽长安无有伦比。"长安街哀挽比赛亦能压倒西肆。又因其沦落,心情悲伤,故挽歌之音能令闻者唏嘘。作者渲染他的挽歌才能,即表示同情其遭遇之心理。最后在李娃的护读之下,他三年之内上登甲科,声振礼闱。

又如哀怜其用情之专、用心之苦及身世之沦落。作者对公子的用情之专、用心之苦,也没有什么贬斥之语,而是深表同情。公子纯情人也。初入长安,于鸣珂曲睹李娃之美姿而一见钟情,陷入情网。其言曰:"苟患其不谐,虽百万何惜!"乃一爱情至上者也。其所携之钱财皆为李娃而花尽。一旦钱财耗尽,转为老姥和李娃所弃,以计逐之,公子怨懑伤心欲绝:"生怼怒方甚,自昏达旦,目不交睫。""生惶惑发狂,罔知所措。""生怨懑,绝食三日,遘疾甚笃,旬余愈甚。"盖公子初涉社会之少年,又以一片真情而为李娃所骗,故其心中之绝望亦达极点。而以少年华俊沦落为挽歌郎,亦足引人伤感。而老竖欲认公子,此段情节,亦作者之妙笔,可见公子之屈辱感:"(竖)徐往,迫而察之。生见竖,色动回翔,将匿于众中。竖遂持其袂曰:'岂非某郎乎?'相持而泣,遂载以归。"荥阳公责其"污辱吾门",鞭之几近于死,复弃之,为东肆师傅所救,复为同辈所弃,公子于是沦为乞丐也:"被布裘,裘有百结,褴褛如悬鹑。持一破瓯巡于闾里,以乞食为事。自秋徂冬,夜入于粪壤窟室,昼则周游廛肆。"大雪之日乞食,而于安邑东门为李娃所闻,李娃出而救护之:"见生枯瘠疥疠,殆非人状。娃意感焉,乃谓曰:'岂非某郎也?'生愤懑绝倒,口不能言,颔颐而已。"此时之公子,愤懑依旧,可见其此数年来,宁有一日稍忘于李娃耶?真日日以泪洗脸者。当公子在李娃的护读下,"登甲科,声振礼闱",复应直言极谏科,授成都府参军,而李娃欲辞别时,公子泣曰:"子若弃我,当自刭以就死。"可见,公子之情系李娃,不可或离。

(二)副调之确立:贬斥荥阳公,间接攻击士族礼法门风

然若是仅仅以为这不过是一部爱情悲喜剧,则显然有将本传简单化的嫌疑。

在主调强劲运行于文字表面之际,副调亦暗行于字里行间。唯合此二者通观之,方能得本传之厥旨。

此副调为何?曰:贬斥荥阳公,间接攻击士族礼法门风。本传是作者根据说话《一枝花》有感于李娃与荥阳公子的爱情悲欢离合故事而作,然经作者翻新,乃别有用意在其中。何则?

一者自本传之绝无可能之结局观之,当为别有用心之作。

本传的结局是:出身娼妓的李娃竟为高门世族的荥阳公所纳,得以与荥阳公子结为夫妇,且被封为汧国夫人。然揆之当时社会背景,绝无可能。唐代士人与娼妓之关系虽然密切,可以公然狎妓、宿娼,而不以为耻,[1]士子亦可能与娼妓发生爱情关系,然多是始乱终弃,不得相好以终,更遑论迎娶入门,[2]世族子弟更是严于礼法门风,以娶五姓女为荣。[3]又自当时法律观之,士族尚不允许娶部曲女(平民妇女)为妻[4],遑论娼妓?

二者自行文中闪烁其词、晦涩本意处,见作者之用意。文云:"天宝中,有常州刺史荥阳公者,略其姓名,不书,时望甚崇,家徒甚殷。"此等表达法,正所谓欲盖弥彰。既曰略其姓名,不书,可见此为当时人所习知者,然作者恐别人将此疏忽了,所以不惜用笔陈之。又可推知此荥阳公家族为有势力者,故作者不便直接说出。连"姓"也一发隐去,仅称荥阳公,讲到荥阳公子的时候则称作"生"。然既名荥阳公,又言其"时望甚崇"、以"吾门"自许,则读者心知肚明,此荥阳郑氏,五姓[5]之一也。此皆见作者之用心处,颇费一番安排,以便既能传布此文,而又能令有心人知其用意所在。

本传对李娃、荥阳公子俱无甚贬词,然独于荥阳公则用力刻画其薄情、势力、反复之丑态,可见作者是存心要贬斥荥阳公的。

荥阳公特重科第功名,以科第功名为取舍,竟有甚于父子天伦者。以公子"隽朗有词藻",科第如掌中物,故"爱而器之,曰:'此吾家千里驹也。'",厚给资装,期待

---

〔1〕《北里志序》载:"诸妓皆居平康里,举子、新及第进士、三司幕府但未通朝籍、未直馆殿者,咸可就诣。如不吝所费,则下车水陆备矣。"

〔2〕观《崔莺莺传》《霍小玉传》,张生与李益皆始乱终弃者,可知此为当时普遍之情事。

〔3〕《隋唐嘉话》卷中:"薛中书元超谓所亲曰:'吾不才,富贵过分,然平生有三恨:始不以进士擢第,不得娶五姓女,不得修国史。'"

〔4〕《唐律疏议》卷13户婚中载:"以妾及客女为妻,以婢为妾者,徒一年半,各还正之。"疏议曰:"客女谓部曲之女。"

〔5〕唐人重门第观念,以李、王、郑、卢、崔五姓为贵。

公子一举及第。然公子既沦落为挽歌郎,为老竖载以归家,荥阳公绝不顾父子情义,厚责之:"志行若此,污辱吾门。何施面目,复相见也?"几鞭杀之,弃之而去。然此时之荥阳公果为公子沉迷娼妓而弃绝之耶?非也。此时荥阳公尚且不知公子沦落为何因,因为据本传,荥阳公到了最后才知道李娃之事[1]。然此时之荥阳公何以弃绝公子如此?以其沦落为挽歌郎,有辱其礼法门风,故能忍情而弃绝之,宁鞭杀之。然最后荥阳公又为何与公子"父子如初"?何前后之反复如是也?无他,以公子能得科第功名,"声价弥甚"也,故竟至于能容纳娼妓出身的李娃,大变往日之态:"翌日,命驾与生先之成都,留娃于剑门,筑别馆以处之。明日,命媒氏通二姓之好,备六礼以迎之,遂如秦晋之偶。"此作者刻意描画,以显荥阳公为极势力、善反复之人。同一公子,而前后态度变化如此之大,无他,以公子已得科第功名,故虽娼妓亦能容之。

故本传贬斥荥阳公,间接攻击士族礼法门风有二:

其一,讽刺荥阳公以科举功名为取舍,竟有甚于父子天伦者。始鞭杀荥阳公子,以其不得科第功名,沦落为挽歌郎,不得容于高门世族,故宁鞭杀之。后之父子如初,以公子已得功名,可以光耀门楣,不但如此,连娼妓亦可纳入门中。此作者攻击荥阳公之着力点也。白行简为庶族出身,政治立场接近于新兴阶级牛党,故以之嘲讽士族,尤其是以李德裕为代表的山东士族。[2]特别注重出身,鄙薄进士浮浪风习,注重经术。李党仅李德裕、郑覃数人为门荫入仕,其他成员亦多进士出身者,[3]其注重科第功名,亦不亚于牛党,此荥阳公即此中之典型者,作者经过一番笔调渲染,将高门世族亦以科第为仕进重要途径,以致扭曲人性的丑陋面目给凸现出来。

其二,嘲弄其礼法门风。荥阳公口口声声标榜什么"吾门",然其行同市侩,薄情、势力、反复。所谓礼法门风者,本传可谓颠覆无余也。此颠覆之手段,既是直接以荥阳公为贬斥攻击对象,又从贬斥荥阳公这一副调来看,主调的本意也在副调的影响下,产生了另一层含义。从荥阳公子迷恋于娼妓,沦落后又受救护于娼妓这一层面来看,名家士族之浮浪风习未必不甚于牛党进士浮华者。从李娃之计逐公子,

---

[1] 文云:"因诘其由,具陈其本末。大奇之,诘娃安在。"可见最后才知道李娃之事。

[2] 按:此传未必直接攻击李党,然若此等标榜出身的士族当在白行简攻击之列,故不排除李党之在本传攻击之列的可能性。

[3] 李党成员若郑裔绰、皇甫松、韦瓘、李让夷、崔从、郑肃、杜元颖、薛元赏、薛元龟、卢弘止、崔琪等人,基本上为所进士出身或者制科举者,以门荫入仕者寥寥无几。

玩弄其于股掌之上，又怜其沦落，着意护读，令其重获功名富贵，终为荥阳公纳入门第这一层面来看，作者实是借此绝无可能之结局，来嘲弄其所谓礼法门风之招牌，极尽讽刺之能事。而李娃之修养作为竟然绝不亚于世族名门闺秀："既备礼，岁时伏腊，妇道甚修，治家严整，极为亲所眷尚。……娃封汧国夫人，有四子，皆为大官，其卑者犹为太原尹。弟兄姻媾皆甲门，内外隆盛，莫之与京。"此所谓娼妓给家门带来隆盛者。稍有普通伦理道德意识者，皆知此为极刻薄之语。老子所谓"正言若反"，此等表面上为赞誉之语，宁非刻薄至极之风凉话？然此番意思又当由副调作为对照方能明之，又当结合当时的社会背景，方能明其真正所指。同时此番意思又与主调并行不悖，参照系的不同导致了解读的不同，从而使本传婉转多讽。

　　然白行简何为而作此"近情而耸听，故缠绵可观"[1]的小说？以笔者揣度之：一者，由听说话《一枝花》而受感触于荥阳公子与李娃悲欢离合的爱情故事，心有所触，故发而为文，故主题亦基本上承袭之，此主调之所以确立也。

　　二者，由其特殊之境遇而欲攻击政敌荥阳公[2]，尤其是颠覆其以科第功名为取舍、以礼法门风为矫饰之虚伪。此副调之所以确立也。而此副调确立后，又不能不影响到主调之含义，令其另生别解，竟成刻薄攻击之文。此所以为内涵丰富、意味深长之小说也。

　　又此特殊境遇为何？我以为傅锡壬先生的解释颇有道理。傅锡壬先生认为本传作于长庆初年[3]，并且是针对元和十年（815年）其兄白居易上书被辱以"浮华无行""甚伤名教"，为洗脱此番对其家族的罪名、侮辱而作。其略云："白居易在元和十年，被政敌以'浮华无行。其母因看花堕井而死，而居易作赏花及新井诗，甚伤名教'的罪名，贬斥江州。这种不孝且有悖常伦的罪名，对寒门出身的白氏家族来说，必是一种极为严重的打击或侮辱（实际上白居易是孝子，他的除京兆府户曹参军一职，就是为了侍奉母亲）。所以凡是身为白家的　分子就有义务、责任把此种罪名、

〔1〕　鲁迅：《中国小说史略》第八篇《唐之传奇文（上）》，《鲁迅全集》第9册，人民文学出版社1981年版。

〔2〕　此荥阳公可能正是其政敌，也可能是以此名代替其所属的世族。

〔3〕　卜孝萱先生认为本传为元和十四年（819年）白行简职衔为监察御史时所作，其考辨思路是从确定白行简何时职衔为监察御史而推断出来的。白行简于元和九年（814年）春夏间入东川节度使卢坦幕为掌书记，直至长庆元年秋初方入朝为左拾遗，故从事这段时间内可获得监察御史的职衔（见卜孝萱《李娃传的原标题及写作年代》，《唐代文史论丛》）。然卜孝萱先生可能忽视了"故监察御史白行简为传述"句中的"故"字，既名为故，自是在监察御史后。故傅锡壬先生经排勘白行简的经历与写作可能性后而得到的长庆二年（822年）说更合乎实际，参傅锡壬：《牛李党争与唐代文学》，第208—217页。

侮辱洗脱。于是白行简适时写成《李娃传》以传诵人口（或说改编《李娃传》以扩大它的影响力）。虽然在小说中对李娃赞不绝口，以为节烈妇女。但实际上，在唐代社会中，高门第的荥阳公子竟然和娼妓结合，它毕竟仍是一件不容于当时的丑闻。即如《李娃传》中，作者有意借荥阳公之口点题说，'志行若此，污辱吾门'。它的'浮华无行'、'甚伤名教'当更有甚于白居易者。所以这篇传奇小说问世，不但可以洗净居易罪名，而且对荥阳郑氏（代表以高门第自诩的集团）更是莫大的讽刺。"[1]

# 第二节  李党攻击牛党的系列作品探析

李党攻击牛党的系列作品有:《牛羊日历》《周秦行纪》《续牛羊日历》《周秦行纪论》《大水辨》《真珠叙录》等等。这一系列政治攻讦作品主要作于大和年间至于大中初，其中很大一部分内容即是攻击牛僧孺"名应图谶，心非王臣"[2]，欲以大逆不道罪置之于死地。至于女色荒淫、"痛诋其家世"、治理地方不力等方面倒是其次的。《周秦行纪论》至于发欲族诛牛僧孺之言。可见，党争是相当残酷的，越到后来意气之争的成分越重，也越残酷，这一系列作品就是例证，说明了传统社会党争的残酷性。同时，当时的党争格局和权力分布的特点，决定了这些作品往往采用匿名、易名的攻击策略，而夸张局部、扭曲现实、无中生有，则更是其常用的伎俩。这是一种典型的"影射文学"。下之所论以李党攻击牛党的系列作品为主，然亦兼顾牛党攻击李党的作品，以见此等作品之全貌。

## 一、绯衣小儿和两角犊子——对图谶的利用

无论是李党还是牛党，都善于利用图谶之说来攻讦对方，以便整死对方。

图谶之说在传统社会具有特别的功能。古代帝王在崛起之初，或者是即位期间，往往利用图谶之说，来说明自己王朝的正统性和合法性；居心叵测、别有用心的谋逆者也会利用图谶之说发动对君主的挑战和攻击；一些别有用心的人则对图谶之说附会曲解，达到攻击政敌的目的。牛李党争相互之间利用图谶攻击就属于最

---

〔1〕　傅锡壬:《牛李党争与唐代文学》,第215页。
〔2〕　鲁迅:《唐宋传奇集》,稗边小缀第四分,《鲁迅全集》第十册,第110页。

后一种情况。

两角犊子的图谶之说起源很早,在武周朝就开始盛行了。[1] 开元年间周子谅攻击牛仙客就利用两角犊子之说。[2]

绯衣小儿的谶言则起源于宝历初李逢吉之党张权舆的杜撰。《旧唐书》卷167《李逢吉传》(第4366—4367页)载:"宝历初,(裴)度连上章请入觐。逢吉之党坐不安席,如矢攒身,乃相与为谋,欲沮其来。张权舆撰'非衣小儿'之谣,传于闾巷。言度相有天分,应谣谶。而韦处厚于上前解析,言权舆所撰之言。"

牛李皆对这两个谶言附会利用,恶毒攻击对方。到了乾符年间,术士边冈认为"木星入南斗"的星象、"绯衣之谶"实际上落实到朱全忠身上,而不是裴度或者牛僧孺。《旧五代史》卷3《梁书三·太祖纪第三》开平元年二月(参见《北梦琐言》卷16)载:

> 唐乾符中,木星入南斗,数夕不退,诸道都统晋国公王铎观之,问诸知星者吉凶安在,咸曰:"金火土犯斗即为灾,唯木当为福耳。"或亦然之。时有术士边冈者,洞晓天文,博通阴阳历数之妙,穷天下之奇秘,有先见之明,虽京房、管辂不能过也。铎召而质之,冈曰:"惟木为福神,当以帝王占之。然则非福于今,必当有验于后,未敢言之,请他日证其所验。"一日,又密召冈,因坚请语其详,至于三四,冈辞不获。铎乃屏去左右,冈曰:"木星入斗,帝王之兆也。木在斗中,'朱'字也。以此观之,将来当有朱氏为君者也,天戒之矣。且木之数三,其祯也应在三纪之内乎。"铎闻之,不复有言。天后朝有谶辞云:"首尾三鳞六十年,两角犊子自狂颠,龙蛇相斗血成川。"当时好事者解云:"两角犊子,牛也,必有牛姓干唐祚。"故周子谅弹牛仙客,李德裕谤牛僧孺,皆以应图谶为辞。然"朱"字"牛"下安"八",八即角之象也,故朱滔、朱泚构丧乱之祸,冀无妄之福,岂知应之帝也。

下面我们来具体看看牛李两党是如何利用谶语相互攻击的。

---

[1] 参见《旧五代史》卷3《梁书三·太祖本纪三》开平元年二月。

[2] 《资治通鉴》卷214开元二十五年(737年)夏四月载:"夏,四月,辛酉,监察御史周子谅弹牛仙客非才,引谶书为证。上怒,命左右捽于殿庭,绝而复苏;仍杖之朝堂,流瀼州,至蓝田而死。李林甫言:'子谅,张九龄所荐也。'甲子,贬九龄荆州长史。"

### (一)直接在作品中指斥对方"名应图谶,心非王臣"者

最有代表性的作品是署名为李德裕的《周秦行纪论》[1],下面全文录之。

　　言发于中,情见乎辞。则言辞者,志气之来也。故察其言而知其内,玩其辞而见其意矣。余尝闻太牢氏(原注:凉国李公常呼牛僧孺曰太牢。凉公名不便,故尔不书)好奇怪其身,险易其行,以其姓应国家受命之谶曰:"首尾三鳞六十年,两角犊子恣狂颠,龙蛇相斗血成川。"乃见著《元怪录》,多造隐语,人不可解,其或能晓一二者,必附会焉。纵司马取魏之渐,用田常有齐之由,故自卑秩至于宰相,而朋党若山,不可动摇,欲有意摆撼者,皆遭诬坐,莫不侧目结舌。事具史官刘轲《日历》。余得太牢《周秦行纪》,反复睹其太牢以身与帝王后妃冥遇,欲证其身非人臣相也,将有意于狂颠。及至戏德宗为沈婆儿,以代宗皇后为沈婆,令人骨战,可谓无礼于其君甚矣,怀异志于图谶明矣。余少服臧文仲之言曰:"见无礼于其君者,如鹰鹯之逐鸟雀也。"故贮(一作贬)太牢已久。前知政事,欲正刑书,力未胜而罢。余读国史,见开元中,御史汝南生(一作周)子谅弹奏牛仙客,以其姓符图谶,虽似是而未合"三鳞六十"之数耳。自裴晋国与余凉国(名不便)、彭原程、赵郡绅诸从兄,嫉太牢如仇,颇类余志,非怀私忿,盖恶其应谶也。太牢作镇襄州日,判复州刺史乐坤贺武宗监国状曰:"闲事不足为贺。"则特性敢如此耶? 会余复知政事,将欲发觉,未有由,值会平昭义,得与刘从谏交结书,因窜逐之。嗟乎! 为人臣阴怀逆节,不独人得诛之,鬼得诛之矣。凡与太牢胶固,未尝不是流薄无赖辈,以相表里,意太牢有非望,而就佐命焉,斯亦信符命之致。或以中外罪余于太牢爱憎,故明此论,庶乎知余志。吁! 所恨未暇族之,而余又罢,岂非王者不死乎? 遗祸胎于国,亦余大罪也。倘同余志继而为政,宜为君除患。历既有数,意非偶然,若不在当代,其必在于子孙,须以太牢少长咸置于法,则刑罚中而社稷安,无患于二百四十年后。嘻! 余致君之道,分隔于明时,嫉恶之心,敢辜于早岁,因援笔而摅宿愤,亦书《行纪》之迹于后。

**按**:这篇文章紧紧围绕着牛僧孺名应图谶的说法,引用《牛羊日历》《周秦行纪》的记载,对其进行恶毒攻击,欲"族之","须以太牢少长咸置于法"。

---

〔1〕 据《李卫公外集》卷 4 校录,《全唐文》卷 710,第 7289—7290 页。

傅璇琮先生认为此文是晚唐五代人所撰,跟《周秦行纪》是配套的。晚唐五代人"为了诬蔑李德裕,托名牛僧孺所撰",故"又伪撰《周秦行纪论》,作为《穷愁志》中的一篇,以坐实此事"。[1] 按:傅璇琮先生的看法也是一家之见,笔者觉得这个问题值得商榷。因为本文的作者是谁以及作于何时的问题,直接关系我们对此文的理解。笔者认为,此文不是晚唐五代人所作,[2]也不是李德裕所作,而可能是咸通初的作品,其作者很可能为李德裕余党,因憎恶牛僧孺子孙而托名李德裕恶毒攻击之。何则?其一,通读李德裕文集,李德裕的文风是"骈偶之中,雄奇骏伟"[3],言论甚得大臣体,此文诟骂无忌,甚不合于李德裕之一贯文风。其二,如果根据本文意思,李德裕在会昌年间窜逐牛僧孺后,会昌六年(846年)四月罢相,开始为宣宗和牛党新兴党人打击,这或许就是"又罢"("所恨未暇族之,而余又罢,岂非王者不死乎?")吧,则此文作于会昌六年(846年)四月至大中二年(848年)十月之间。因为牛僧孺卒于大中二年(848年)十月二十七日,李德裕此文,当于牛僧孺未卒之时发布,方才能够获得一定的攻击效果。然会昌四年(844年)十月牛僧孺因泽潞事而累贬为循州刺史以来,几无预乎中央朝政。宣宗即位以来李德裕受到了新兴牛党要人白敏中、崔铉、令狐绹等人的打击,他又怎能于此时抛出《周秦行纪论》,必欲族牛僧孺方快心,焉有此等不合情理之事?且大中二年(848年)九月李德裕由潮州司马贬

---

〔1〕 参见傅璇琮:《李德裕年谱》,第696—699页。

〔2〕 傅璇琮先生的考辨思路是先确定《周秦行纪》的作者和写作时代,然后确定《周秦行纪论》的作者和写作年代。而确定《周秦行纪》的作者和写作时间的考辨思路是:首先确定韦瓘作为李德裕门人是不是可靠,或者说韦瓘是什么时候的人。傅璇琮先生在引述《新唐书》和《桂林风俗记》的资料证明贾黄中之说,又以《唐会要》卷55韦瓘的一条资料来否定前面的陈述,认为他跟李德裕同时,仕宦还比德裕为早,不可能是李德裕的门生。于是由这个论断出发,开始否定韦瓘为《周秦行纪》作者之论。接着引宋人陈善《扪虱新话》"且以两角犊子自癫狂为牛氏之谶,不知两角犊子自全忠姓也"这条材料,认为所谓两角犊子本是晚唐五代人讥刺朱全忠的言辞被用进了《周秦行纪论》中去,从而断定这是晚唐五代人"为了诬蔑李德裕,托名牛僧孺所撰"。以上参傅璇琮《李德裕年谱》,第696—699页。按:欲辨正傅璇琮先生之说,也当从这两个方面下手:其一,实际上有两个韦瓘。傅璇琮所引的《唐会要》里的韦瓘不是《新唐书》里的韦瓘,即生于贞元五年(789年)的韦瓘。所以他的否定此韦瓘不是李德裕门人从而否定韦瓘为《周秦行纪》作者的说法也就失去了根据。其二,宋陈善的这番话不过是以两角犊子归之于朱全忠。然两角犊子的图谶却是很早就有了,在开元年间就有了,并不是"本是晚唐五代人讥讽朱全忠的言辞",不是到了晚唐五代的时候才有的。《周秦行纪论》云"余读国史,见开元中御史汝南生(一作周)子谅弹秦牛客,以其姓符图谶,虽似是而未合'三鳞六十'之数耳。"又《旧五代史·梁书三·太祖本纪三》开平元年载:"天后朝有谶辞云:'首尾三鳞六十年,两角犊子自狂颠,龙蛇斗斗血成川。'当时好事者解云:'两角犊子,牛也,必有牛姓干唐祚。'故周子谅弹劾牛仙客,李德裕谤牛僧孺,皆以应图谶为辞。"可见周子谅弹劾牛仙客就用了两角犊子的谶言。由于这两层主要的论据都是不可靠的,所以傅璇琮先生的推断也就值得商榷了。

〔3〕 (清)王士禛:《池北偶谈》卷17《谈艺·会昌一品集》。

为崖州司户参军,路过汝州,尝蒙牛僧孺之款待,[1]倘此论出自李德裕之手,口口声声欲"族之",牛僧孺又焉能"厚供待"之。其三,其实本文的一段话还是透露了作者和写作时间:"历既有数,意非偶然,若不在当代,其必在于子孙,须以太牢少长咸置于法,则刑罚中而社稷安,无患于二百四十年后。"其曰"族之",其曰"其必在于子孙",可见,本文其实是拿牛僧孺作幌子,而真正要攻击的目标乃是牛僧孺子孙。牛僧孺家族在唐末的发展相当不错,可谓"赫赫逼人"。自武德元年(618年)至于大中十一年(857年),正所谓二百四十年。而大中朝为牛党执政时期,发布此文的可能性不大,大中十三年(859年),宣宗卒,懿宗即位,部分李党被压制的人员如郑畋等也得到擢拔[2],故此文有可能为咸通初发布。牛僧孺二子是牛蔚和牛丛,此二人大中年间皆尝为言事官,得罪权贵,[3]所以很有可能为人妒恨,乃利用其父牛僧孺图谶之说,托名为李德裕,作文恶毒攻击,发泄心中的不满和怨恨。此聊备一说而已。

在李党攻击牛党的系列作品中随处可见指斥牛僧孺名应图谶、大逆不道之言:

署名刘轲的《牛羊日历》云:"穆宗不愈,宰臣议立敬宗为皇太子,时牛僧孺独怀异图,欲立诸子。僧孺乃昌言于朝曰:'梁守谦、王守澄将不利于上。'又使杨虞卿、汉公辈宣言于外曰:'王守澄欲谋废立。'又令其徒于街衢门墙上施榜,每于穆宗行幸处路旁或苑内草间削白而书之,冀谋大乱,其凶险如此。"司马光云:"此出于朋党之言,不足信也。"(《资治通鉴考异》卷20引)

皇甫松《续牛羊日历》指斥他作《周秦行纪》为"无君甚矣":"作《周秦行纪》,呼德宗为沈婆儿,谓睿真皇太后为沈婆,此乃无君甚矣。"(《资治通鉴考异》卷20引)

---

[1] 参见杜牧《牛公墓志铭并序》:"李太尉志必杀公,后南谪过汝州,公厚供具,哀其穷,为解说海上与中州少异,以勉安之,不出一言及于前事。"李珏《牛公神道碑铭并序》:"李崖州于公仇也,恤窜谪之穷途,厚供待于逆旅。"

[2] 郑畋大中朝受到了牛党的压制,直到咸通五年方始入朝。参见《旧唐书》卷178、《新唐书》卷185本传。

[3] 《旧唐书》卷172《牛蔚传》载:"蔚,字大章,十五应两经举。大和九年,复登进士第。三府辟署为从事,入朝为监察御史。大中初,为右补阙,屡陈章疏,指斥时病。宣宗嘉之,曰:'牛氏子有父风,差慰人意。'寻改司门员外郎,出为金州刺史,人拜礼,吏二郎中。以祀事准礼,天官司所掌班列,有恃权越职者,蔚奏正之,为时权所忌,左授国子博士,分司东都。逾月,权臣罢免,复征为吏部郎中,兼史馆修撰,迁左谏议大夫。咸通中,为给事中,延英召日,面赐金紫。蔚封驳无避,帝嘉之。"《新唐书》卷174《牛僧孺附牛蔚牛徽牛丛传》载:"丛,字表龄,第进士,由藩帅幕府任补阙,数言事。会宰相请广谏员,宣宗曰:'谏臣惟能举职为可,奚用众耶?今张符、赵璘、牛丛使朕闻所未闻,三人足矣。'以司勋员外郎为睦州刺史,帝劳曰:'卿非得怨宰相乎?'对曰:'陛下比诏,不由刺史县令,不任近臣,宰相以是擢臣,非嫌也。'即赐金紫,谢曰:'臣今衣刺史所假绯,即赐紫,为越等。'乃赐银绯。"

## (二)以富于文采的传奇作品来影射攻讦对方"无君"、大逆不道的行为

如《曹马传》。《续谈助》卷三《牛羊日历》云："牛僧孺……又恶裴度之功,曾进《曹马传》以谋陷害。"按:《曹马传》,唐阙名撰,今已佚。所谓曹马,即曹操、司马懿,本传是以曹氏篡汉、司马氏篡唐来影射裴度的非臣之心,正与张权舆所撰的"非衣小儿"之谣呼应,大概是续此谶言之后所炮制的一篇"攻击型"传奇作品。而张权舆撰谣在宝历初,故此文亦大略作于此时。又《牛羊日历》言此文为牛僧孺所进,乃朋党攻击之言,因牛、李(宗闵)与裴度公开交恶在大和三年(《旧唐书》卷174《李德裕传》,第4518页),故疑此作是李逢吉"八关十六子"所为[1]。

又如《周秦行纪》。《周秦行纪》是李德裕门人韦瓘[2]所作的一篇很有分量的攻击型传奇作品。本传托名牛僧孺作,以第一人称叙述的方式,叙述了一个关于牛僧孺入汉文帝母薄太后庙,冥遇古代帝妃,与之宴会赋诗言志,且最后由王嫱陪宿的故事。观此文之本意,就是要用以证实牛僧孺确实有非臣之心、非臣之行,合乎图谶,"有意于狂颠",此番意思其姊妹篇《周秦行纪论》掘发无余:"余得太牢《周秦行纪》,反复睹其太牢以身与帝王后妃冥遇,欲证其身非人臣相也,将有意于狂颠。及至戏德宗为沈婆儿,以代宗皇后为沈婆,令人骨战,可谓无礼于其君甚矣,怀异志于图谶明矣。"又本传攻击牛僧孺"身非王臣相",有显著处,有隐蔽处,两者共为呼应,极政治攻讦、人身攻击之能事。其最显著处,即借杨太真口,称代宗睿真皇后为"沈婆",德宗为"沈婆儿",大不敬。其隐蔽处,如以王嫱伴牛僧孺宿,即是以两次嫁给胡人的王嫱[3]影射曾经两度失身于胡人的沈后(参见《旧唐书》卷52《代宗睿真皇后沈氏传》),用心之歹毒可知也。又本传颇富有文学色彩,叙事优美,曲折有致,乃传奇中有特色的作品。又以其用心之叵测如斯,故亦为"攻击型"文学作品中的经典之作。

---

[1]　参见李剑国:《唐五代志怪传奇叙录》,南开大学出版社1998年版,第441页。

[2]　此处以《周秦行纪》为韦瓘撰写,亦从李剑国先生之说(参见李剑国《唐五代志怪传奇叙录》,第529—537页)。其说乃从宋初贾黄中之说。《贾氏谈录》云:"牛奇章初与李卫公相善,尝因饮食,僧孺戏曰:'绮纨子何预斯坐?'卫公衔之。后卫公再居相位,僧孺卒遭谴逐。世传《周秦行纪》,非僧孺所作,是德裕门人韦瓘所撰。开成中曾为宪司所核,文宗览之笑曰:'此必假名,僧孺是贞元中进士,岂敢呼德宗为沈婆儿也。'事遂寝。"又前面既已辨正《周秦行纪》《周秦行纪论》非晚唐五代人所撰,故大略可确定此为大和八、九年作。虽前人亦有不坐实《周秦行纪》为韦瓘所作者,仅言为"李赞皇门徒"所作(冯时可《雨航杂录》卷上),而韦瓘亦李赞皇门徒之一,不妨系韦瓘为《周秦行纪》的作者。

[3]　"(薄太后)乃顾谓王嫱曰:'昭君始嫁呼韩单于,复为株累若单于妇,固自用,且苦寒地胡鬼何能为?昭君幸无辞。'"

## 二、政治形势的变化与匿名、易名的攻击策略

匿名、易名的攻击策略,就是某作品的原作者,在发布其作品的时候,对作者的署名,或者采用匿名书写的方式,或者采用易名书写的方式,以达到混淆视听、颠倒黑白的目的,同时又能隐蔽自身,减少不必要的麻烦。在政治攻讦类的文学作品中,这是常用的方式。李党攻击牛党的系列作品,就出现这种现象。比如,《周秦行纪》本为李德裕门人韦瓘所作,而直接署名为牛僧孺;《周秦行纪论》本是咸通初一名痛恨牛僧孺及其子的李德裕余党所作,而署名为李德裕,构拟李德裕会昌末大中初被贬斥情境,利用图谶对牛僧孺及其子展开恶毒攻击,言欲"族之";《牛羊日历》本是"赞皇之党,且恶轲者"[1]为之,而署名为刘轲,"这是李德裕党对付政敌一箭双雕的手法:既攻击了牛僧孺,又污辱了刘轲"[2]。在作者署名上动手脚,本身就是一种有效的攻击手段,可以达到隐蔽自身而于暗中实施攻击的目的,所以叫"匿名、易名的攻击策略"。

那么,为什么会出现这种匿名、易名的现象呢?

我认为,这是由党争格局和权力动态分布所决定的,同时也是原作者别有用心的策略安排决定的。前者决定了后者,而后者也以自己的方式回应形势的要求,以便找到缝隙和漏洞,对党争格局和权力分布产生影响。

在传统社会,王权高高在上,烛照着一切,使一切无可逃匿。当一种话语产生的时候,首先必须经过权力的检验。只有通过权力的检验,其才会成为合法的话语,否则,将给话语的制造者带来灾祸。历代文字狱即是话语和权力交锋的结果。话语场即是权力的争夺场。每一种话语都在争夺着权力,而权力也作用于所有的话语。当现实的权力所有者给某一种话语罩上神圣的光环的时候,这种话语也就成了权力者的话语。当权力所有者给某一种话语罩上了非法的帽子的时候,不但话语自身将遭到抑制,连话语的制造者也在劫难逃。

对于牛李党争中这种攻击型的文学话语而言,它们往往是牛李两党相互拼杀的权力格局中的产物,也是权力斗争动态分布中的产物。陈寅恪先生的一段话很

---

[1] 据胡应麟《少室山房笔丛》卷 32《丁部·四部正讹下》,上海书店出版社 2001 年版。
[2] 卞孝萱:《牛李党争时的四篇作品考察》,《文史知识》2001 年第 6 期。《牛羊日历》作者并非刘轲,卞孝萱先生分别从政治上、交游上、学术上、宗教信仰上考辨了此为李德裕党人伪作,而非刘轲作。其考论甚详,可从。

好地概括了牛李党争的权力斗争动态过程："两党虽俱有悠久之历史社会背景,但其表面形式化则在宪宗之世。此后纷乱斗争,愈久愈烈。至文宗朝为两党参错并进、竞逐最剧之时。武宗朝为李党全盛时期,宣宗朝为牛党全盛时期,宣宗以后士大夫朋党似已渐次消泯,无复前此两党对立、生死搏斗之迹象,此读史者所习知者也。"[1]随着形势的变化,"攻击型"作品也在作者精心的策略安排之下,对形势作出不同的反应。

文宗朝为"两党参错并进、竞逐最剧之时",尤以大和末为最剧烈。此时朝廷中除了牛李两党的斗争外,还产生了以李训、郑注为代表的朝廷新贵,一时势焰熏天,即牛李两党亦受到了他们的排挤,大和八年、九年形成了朝廷中独自霸持朝政的现象。李训、郑注之党始则引进牛党党魁李宗闵以排挤李德裕,续则贬斥牛党无余。大和九年四月贬李德裕为袁州长史。李德裕之党既已失势,牛党与李训、郑注的矛盾也开始激化了。牛党成员如李宗闵、杨虞卿、李珏皆相继被贬斥。牛李两党的矛盾始终存在,并不因此而减少相互之间的攻击。然因在朝政中已经失势,故产生了一些匿名、易名之作。如《牛羊日历》《周秦行纪》等。

武宗朝为李党全盛时期。皇甫松的《大水辨》、卢肇的《汉堤诗》《戏题》皆直接署名,略无避讳,当然也有一些匿名作品,如《真珠叙录》,疑李德裕党所为[2]。

宣宗朝为牛党全盛的时期。以国家的名义颁布了李德裕的罪状,斥之为奸臣,"唯以奸倾为业"(《旧唐书》卷18下《宣宗本纪》大中三年九月)。当时既出现了很多诋毁李德裕的作品,也出现了一些回护李德裕的作品,比如李商隐的部分诗作,《旧将军》《李卫公》与《漫成五章》其四、五,但是用意十分隐晦,措辞十分委婉,这些作品产生也跟政治形势有相当的关系。

同时也出现了一些匿名攻击李德裕的作品。《太平广记》卷256李德裕条引《卢氏杂说》云：

　　　　唐卫公李德裕,武宗朝为相,势倾朝野。及罪谴,为人作诗曰："蒿棘(棘原

〔1〕　陈寅恪：《唐代政治史述论稿》,第109页。
〔2〕　《真珠叙录》,佚。唐阙名撰。传奇文。本文当与皇甫松的《大水辨》为配套作品,因为《大水辨》中也攻击牛僧孺沉迷真珠之事。《唐摭言》卷10《韦庄请追赠不及第人近代者》载："因襄阳大水,遂为《大水辨》,极言诽谤。有'夜入真珠室,朝游玳瑁宫'之句。"牛僧孺开成四年出为襄州刺史,会昌元年大水,皇甫松、卢肇嘲之。卢肇会昌二年至襄阳,作有《汉堤诗》。关于牛僧孺何时得真珠,当在长庆四年。一是《牛羊日历》,二是李绅《追昔游诗》,可证明大和七年他已经获得此姬。具体辨析参李剑国《唐五代志怪传奇叙录》,南开大学出版社1998年版,第544—545页。

作赖,据明抄本改)。深春卫国门,九年于此盗乾坤。两行密疏倾天下,一夜阴谋达至尊。目视具僚亡匕箸,气吞同列削寒温。当时谁是承恩者,背有余波达鬼村。"又云:"势欲凌云威触天,朝轻诸夏力排山。三年骥尾有人附,一日龙髯无路攀。画阁不开梁燕去,朱门罢扫乳鸦还。千岩万壑应惆怅,流水斜倾出武关。"

按:《卢氏杂说》的作者卢言乃牛党中倾轧李德裕的主要人物之一。[1] 他所收录的这些诗歌乃是快李德裕之贬斥,然具体作者却难以知之。这是一种匿名书写。

又托名为白居易的《李德裕相公贬崖州三首》[2]云:

> 乐天尝任苏州日,要勒须教用礼仪。从此结成千万恨,今朝果白家诗。
>
> 昨夜新生黄雀儿,飞来直上紫藤枝。摆头撼脑花园里,将为春光总属伊。
>
> 闲园不解栽桃李,满地唯闻种蒺藜。万里崖州君自去,临行惆怅欲怨谁?

按:白居易卒于会昌六年八月,离李德裕贬崖州已去世两年多,故此诗为伪作无疑。[3]

又《南部新书》丁卷载:

> 大中中,李太尉三贬至朱崖。时在两制者皆为拟制,用者乃令狐绹之词。《李虞仲集》中此制尤高,未知孰是。往往有俗传之制,云:"蛇用两头,狐摇九尾。鼻不正而身岂正,眼既斜而心亦斜。"此仇家谤也。

按:以蛇、狐等诽谤李德裕,妖魔化之,且未署作者,自是一种匿名书写。

牛党用诗歌来表达他们幸灾乐祸的心情,而且往往将诗作者挂在李德裕名下,钱易《南部新书》已指出:"今传太尉崖州之诗,皆仇家所作,只此一首(指《登崖州城作》"独上江亭望帝京")亲作也。"《云溪友议》卷中载有《离平泉马上作》《登崖州郡楼》二诗,而《离平泉马上作》实为伪作,出自牛党之手可谓甚明,其诗云:"十年紫殿掌洪钧,出入三朝一品身。文帝宠深陪雉尾,武皇恩厚宴龙津。黑山永破和亲虏,乌领全坑跋扈臣。自是功高临尽处,祸来名灭不由人。"

---

[1] 《新唐书》卷180《李德裕传》:"白敏中、令狐绹、崔铉皆素仇,大中元年,使党人李咸斥德裕阴事。故以太子少保分司东都,再贬潮州司马。明年,又导吴汝纳讼李绅杀吴湘事,而大理卿卢言、刑部侍郎马植、御史中丞魏扶白:'绅杀无罪,德裕徇成其冤,至为黜御史,罔上不道。'乃贬为崖州司户参军事。"

[2] 《白居易集》卷20,四部丛刊影印那波道圆翻宋本。

[3] 北宋苏辙已辨此诗为伪作,见《栾城后集》卷21《书白乐天集后二首》。

在大中初李德裕被贬斥、李党失势的情况下出现这种匿名书写说明什么？也许他们并不忌惮直接署名，但是还是采用匿名的方式，其实是一种意识形态的书写方式，由于匿名，给人感觉这种话语具有客观性，代表着统治性的意识形态的声音。"匿名"容易给人造成一种假象，它易使人联想到集体书写，让人觉得一旦时机成熟、条件具备就会出现署名现象。这是以匿名的方式表明了这是一种集体话语，是对权力的一种炎诈运作。在李党失势的情况下出现这种匿名书写，表明了仇恨李党的人物普遍性地幸灾乐祸，而话语以统治性意识形态的面目出现，也表明牛党已经控制了朝政，乃至话语场。

咸通初，李德裕余党开始受到擢拔，进入庙堂。对牛僧孺儿子心怀嫉恨的李德裕余党抛出《周秦行纪》，且署名为李德裕，极度贬斥牛僧孺"无君"之言行，欲"族之"。辨参前。

匿名、易名的攻击策略之所以为他们所采用，原因有二。其一，在原作者已消匿的情况下，讲话可以大胆无忌，不承担道德责任。唐人本来忌讳就少一些，[1]我认为，这也是这些攻击型作品大量出现的原因之一。其二，为了达到特殊的攻击效果，必须采用匿名或者易名的方式。欲攻击牛僧孺之"无君"，乃直接署名为牛僧孺，采用第一人称叙述，既增加了现实感，又使攻击意图更好地隐藏在作品之中。又如，恶刘轲与牛党，作《牛羊日历》且直接署名刘轲，可谓一石二鸟，手段高明。

就李党文士对牛僧孺为首的牛党所作的匿名、易名的"攻击型"作品来看，这些作品所涉及的面是很广的，或政治攻讦，或人身攻击，可谓无所不用其极。明冯时可《雨航杂录》卷上："大都小人之谤君子，不能以财利污之，必以声色污之。"下面略陈之（由于这些易名之作与非易名之作，具有普遍性的攻击意识和相同的内容，又因材料有限，所以将之放在一起讲述）：

（1）名应图谶，心非土臣

这是贯穿李党对牛党进行政治攻讦的系列作品的重要主题，《周秦行纪》《牛羊日历》《续牛羊日历》《周秦行纪论》皆可见此主题的出现，也是李党最大的撒手铜，是将牛党往死里整的重要策略安排。前已论之，兹不赘述。

（2）痛诋家世，母冶荡无检

《续牛羊日历》攻击牛僧孺母改嫁事，痛诋其家世。《资治通鉴考异》卷20敬宗

---

〔１〕　参见《容斋续笔》卷2"唐诗无讳避"条。

宝历元年正月条引文云："太牢早孤，母周氏，冶荡无检，乡里云云，兄弟羞报，乃令改醮，既与前夫义绝矣。及贵，请以出母追赠。礼云：'庶氏之母死，何为哭于孔氏之庙乎？'又曰：'不为伋也妻者，是不为白也母。'而李清心妻配牛幼简，是夏侯铭所谓'魂而有知，前夫不纳于幽壤；殁而可作，后夫必诉于玄穹'。使其母为失行无适从之鬼，上罔圣朝，下欺先父，得曰忠孝智识者乎！"

（3）沉溺女色，以至治理襄阳不力

《牛羊日历》。《牛羊日历》言杨虞卿为宰相牛僧孺牙郎，杨汉公以口舌之能令李愿归真珠于牛僧孺。其事发生在宝历中。"愿乃甚悦，乃以真珠归于僧孺。汉公遂为狎客，以真珠为赏心之具，虽公卿侯谒四方有急切要，一见而终不可得。故京师号虞卿为宰相牙郎，盖由此也。"（《真珠叙录》）此盖攻击牛党三巨头为求一美色而费尽心机。

《大水辨》。牛僧孺在会昌元年（841年）秋七月因襄阳水灾问题自山南东道贬为太子少师。"史言李德裕以私怨而废牛僧孺。"（《资治通鉴》卷246《唐纪》62 胡三省注）皇甫松曾在《大水辨》中诋毁其在任期间沉溺女色。《唐摭言》卷10载："皇甫松，著《醉乡日月》三卷，自叙之矣，或曰，松，丞相奇章公表甥，然公不荐。因襄阳大水，遂为《大水辨》，极言诽谤。有'夜入真珠室，朝游玳瑁宫'之句。公有爱姬名真珠。"

《真珠叙录》。本文今佚，唐阙名撰，传奇文。疑李德裕党所为。当跟《大水辨》为配套的诋毁牛僧孺沉溺女色的作品。[1]

（4）诋毁牛僧孺勾结杨承和，欲激怒宦官王守澄打击他

《牛羊日历》攻击牛僧孺与宦官杨承和勾结，与王守澄对敌。言杨承和曾经推荐他中第，且相互勾结。按：大和九年王守澄、郑注得势，其对敌是杨承和，故言牛僧孺与之勾结，欲激怒王守澄打击牛僧孺。

《续牛羊日历》攻击牛僧孺与杨承和交接，专制朝政。"承和公私之事，必启太牢而后行。世传太牢父事承和，诸犊又父事叔康。"[2]

（5）朋党丑态

《牛羊日历》诋其朋党勾结："二十年来，上挠宰政，下干有司，若党附者，朝为布衣，暮拾青紫。""辇下谓三杨为通天狐。""虞卿又结李宗闵，宗闵之门人，尽驱之牛

---

〔1〕 参见李剑国：《唐五代志怪传奇叙录》，南开大学出版社1998年版。
〔2〕 《续谈助》卷3载晁载之《牛羊日历跋》补充了《资治通鉴考异》卷20皇甫松《续牛羊日历》一则材料。

门。此外有不依附者，皆潜被创痛，遭之者谓之阴毒伤寒。故京师语曰：'太牢笔，少牢口，南北东西何处走。'"

《周秦行纪论》云："纵司马取魏之渐，用田常有齐之由，故自卑秩至于宰相，而朋党若山，不可动摇，欲有意摆撼者，皆遭诬坐，莫不侧目结舌。事具史官刘轲《日历》。"

## 三、李党攻击牛僧孺的力作——《周秦行纪》

尽管韦瓘作《周秦行纪》后直接署名为牛僧孺，明眼人还是很快就可以发现这是伪托之作。开成年间文宗皇帝就曾经亲自否定牛著的说法。[1] 北宋欧阳修《归田诗话》序言更从文体的角度辨别《周秦行纪》非牛僧孺所作："然《周秦行纪》与僧孺所著《幽怪录》，文体绝不相类，或谓乃李德裕门下士所作，以暴僧孺之犯上无礼，有僭逆意，盖嫁祸云尔。理或然也。"此文自传布以来，并没有达到构陷牛僧孺的目的，从政治攻讦的角度来说，是失败的，但是，作为传奇作品，还算是颇有些特色的作品。那跌宕起伏的故事情节，精心安排的暗示语词，叙事的虚构性与现实感的相互交织，均表明作者具有相当不错的文学才能。下面，将从三个方面来探讨这部攻击型传奇作品。

### （一）第一人称的叙事策略

《周秦行纪》本为李德裕门人韦瓘所作，而直接署名为牛僧孺，这是一种典型的匿名、易名的攻击策略。本文就是以"余"——"牛僧孺"的视角，叙述了一个"余"与古代后妃佳媛冥遇的故事。开首云："余真元中，举进士落第，归宛叶间。至伊阙南道鸣皋山下，将宿大安民舍。"交代了时间地点，以及"余"举进上落第失道而入薄太后庙。

本文的内容大略可以分割成六部分：一误入薄太后庙；二会见四大古妃子；三薄太后与杨贵妃、潘妃问答，以及问牛僧孺今上是谁的问题；四宴会赋诗言志；五商量确定让王嫱陪宿；六辞别。整个故事均是在第一人称"余"的视角中展开的。

本文的第一人称"余"承担着特定的文学功能。

首先，"余"作为亲历者推动着整个故事的进展。"余"从冥遇后妃，到回复薄太后询问，到与诸后妃宴会赋诗，到王嫱陪宿，成为一条贯穿始终的线索，维护了全文

---

的整体性。其次,"余"作为目击者,也传达着这一事件的可信度。不同时代的妃子聚集在一起,时空互相交错,这本身是绝不可能的事,但是由于"余"的亲历性、目击性,令这一不可信的事件开始具有客观真实性,除了不同时代的后妃聚会,除了冥遇这一事实本身荒诞无稽,但是"余"所亲历、所目击的所有事实皆是合乎生活场景的,包括拜谒薄太后、遇诸后妃、宴乐、陪宿,皆是生活常见情景,描写的也是日常生活中的物事和人情。比如,"余"在薄太后的引荐之下,拜谒四大妃子,"余"举动合乎礼仪。戚夫人——"余下拜,夫人亦拜。"王嫱——"余拜如戚夫人,王嫱复拜。"杨太真——"予即伏谒,拜如臣礼。……(太真)却答拜。"潘妃——"余拜之如妃子。"宴乐赋诗言志,亦唐人生活中常历之事,各人所作亦合乎其身份、地位、经历。最后,因为"余"的亲历性、目击性,所以"余"也相应成了道德承担主体。"余"必须为本文中所潜在的道德评价负起全部责任。包括"余"回复薄太后的询问"今天子为谁",太真笑道"沈婆儿",虽然"余"对曰"小臣不足以知君德",但是太真的"沈婆儿"之说,全部的道德责任却必须是"余"来负,因为是通过"余"之口直接传达这一事件的。而宴乐时,"已,更具酒,其器用尽如王者"。薄太后以"王者"来招待"余","余"虽然不过是一个落第秀才,但是"余"接受不辞,所以,其中的"非大臣礼"的道德责任也是"余"来承担。最终,薄太后跟诸妃子经过一番商讨,决定由两度失身于胡人的王嫱来陪"余"宿,而"余"此番行为只有"余"才能负责。

## (二)潜在攻击主题——牛僧孺大逆不道

既名为"余",而"余"即"牛僧孺",而"余"在本文中有多处无人臣礼之言行,所以,本文的潜在攻击主题,即"余"——"牛僧孺"——牛僧孺大逆不道。

由蔑视"沈婆儿"到对蔑视原因的揭露,整个叙事过程就是刻意攻击牛僧孺"无礼于君""名应图谶",这就是攻击策略的精心安排。

"沈婆儿"是由杨太真之口说出的,用的是一种十分轻蔑的口气。文云:"太后问余:'今天子为谁?'余对曰:'今皇帝先帝长子。'太真笑曰:'沈婆儿作天子也,大奇。'太后曰:'何如主?'余对曰:'小臣不足以知君德。'太后曰:'然无嫌,但言之。'余曰:'民间传圣武。'太后首肯三四。"按:尽管"余"并没有用"沈婆儿"这种轻蔑的口气,来指涉睿真皇后和德宗,并且"余"以"圣武"许德宗,但是正是杨太真的一笑,以及以极度轻蔑的口气云:"沈婆儿作天子也,大奇。"将"余"的恭谨、赞誉整个儿给颠覆了。因为"余"是作为亲历者,以及这一事件的表述者,太真的话语跟"余"根本脱离不了关系。

　　表面上看，由太真口中说出"沈婆儿"，似乎是因为太真是被肃宗排挤出后妃传的人[1]，对肃宗及其后代[2]心怀妒恨。所以称睿真皇后子德宗为"沈婆儿"，表示的是太真对沈婆的一种忌妒和轻蔑，同时也就是借助太真口吻表示对今上的轻蔑。但是实际情况是这样的吗？值得注意的是，行文到这里，并没有直接揭露这个原因，而是预先设下一个包袱，等我们去探究。

　　这个谜底是到了王嫱陪"余"夜宿的时候才由薄太后最后揭露，当然用的是影射的方式。文云："（薄太后）乃顾谓王嫱曰：'昭君始嫁呼韩单于，复为株累若单于妇，固自用，且苦寒地胡鬼何能为？昭君幸无辞。'昭君不对，低眉羞恨。"王嫱之所以"低眉羞恨"，无法拒绝薄太后的安排，是因为她曾经两度失身于胡人。而沈婆——睿真皇后也有过两度陷身于胡人的经历，所以，此王嫱实际上是影射睿真皇后。到了这里，才真正揭露了蔑视"沈婆"的原因所在。

　　王昭君和蕃，先作呼韩邪单于的阏氏，后又嫁呼韩邪之子株累若单于，这本是胡地的风俗，然汉人视为失节无伦。沈后在安史之乱时，也曾两度陷身于胡人。《旧唐书》卷52本传："代宗睿真皇后沈氏，吴兴人，世为冠族。父易直，秘书监。开元末，以良家子选入东宫，赐太子男广平王。天宝元年，生德宗皇帝。禄山之乱，玄宗幸蜀，诸王、妃、主从幸不及者，多陷于贼，后被拘于东都掖庭。及代宗破贼，收东都，见之，留于宫中，方经略北征，未暇迎归长安。俄而史思明再陷河洛。及朝义败，复收东都，失后所在，莫测存亡。代宗遣使求访，十余年寂无所闻。"

　　行文至此，我们才明白，杨太真之蔑视沈后的真正原因乃是其两次陷入胡人，属于失节的后妃。

　　作者作如是的影射，用心歹毒可想而知。即或不能因此文而坐成牛僧孺"无君"之罪[3]，然此等影射亦能使牛僧孺蒙受羞辱。而以妇人失节作为攻击入手处，也跟《续牛羊日历》诋毁牛僧孺母周氏"冶荡无检"[4]的话语暗中呼应。

---

〔1〕　文中云："太真曰：'妾得罪先帝（先帝谓肃宗也），皇朝不置妾在后妃数中，设此礼，岂不虚乎？不敢受。'却答拜。"

〔2〕　"沈婆"即睿真皇后，是代宗的后妃，德宗的生母。

〔3〕　《唐律疏议》卷一名例下有十恶之罪，其六曰"大不敬"。其中言及"无人臣之礼"，即犯此罪。若果为牛僧孺作，以文责自负论，僧孺能免族诛乎？

〔4〕　《资治通鉴考异》卷20引皇甫松《续牛羊日历》，已见前引。皇甫文不但诋其母，更诋其"无君"——"作周秦行纪，呼德宗为沈婆儿，谓睿真皇太后为沈婆，此乃无君甚矣。"

正如以上所分析的那样,本传实际上是作者根基于"两角犊子"的谶言而大做文章,着意刻画牛僧孺"非人臣礼""无君",以达到倾轧的目的。又如,在本传中,宴会中薄太后招待"余","已,更具酒,其器用尽如王者"。这也是具有强烈暗示的话语,具有指明"余"包蕴"非臣之心"的能指功能。关于这点《周秦行纪论》掘发得最为到位:"余得太牢《周秦行纪》,反复睹其太牢以身与帝王后妃冥遇,欲证其身非人臣相也,将有意于狂颠。及至戏德宗为沈婆儿,以代宗皇后为沈婆,令人骨战,可谓无礼于其君甚矣,怀异志于图谶明矣。"

### (三)叙述的真实性和虚构性交织在一起

首先这是一篇虚构性的传奇作品:作者的虚构性,原作者的隐匿而代之以绝无可能作自我诽谤之文的"余"——牛僧孺;时空的虚构性,不同时代的后妃、薄太后、戚夫人、王嫱、杨太真、潘妃、绿珠跟贞元落第士子——"余"相遇在一起,且相互交谈、宴乐赋诗、共寝。

然而,本文又着力营造叙述的真实性。比如,宴乐赋诗这个典型的真实性的生活场景出现在本传中。七首宴会上作的诗歌,实际上是各咏本事的咏史怀古诗。这是一些或者遭遇过不幸的女人,或者曾以女色迷惑君主的妃子,用咏史怀古诗来表达人生的悲哀和惆怅。独有牛僧孺的一首诗,并非咏史怀古之作,而是直道其当下遭遇,其诗云:"香风引到大罗天,月地云阶拜洞仙。共道人间惆怅事,不知今夕是何年。"他作为唯一的一个"今人"跟"古人"遭逢,益显他的这番经历的特殊性。"不知今夕是何年",表明他当时沉迷于这番冥遇,几乎以之为仙遇。如果仔细推究起来,作者或亦有讽刺之意,即讽刺其得意忘形,不分古今,却不过是"两角犊子恣狂颠"之举。最后又是空中传神之笔:"……旋使人失所在,时始明矣。余就大安里,问其里人。里人云:'去此十余里,有薄后庙。'余却回,望庙宇,荒毁不可入,非向者所见矣。余衣上香经十余日不歇,竟不知其何如。"

围绕着创作的主线——由蔑视沈后到对蔑视原因的揭露,本文在叙事的真实性和虚构性之间作出和谐的安排,令其融合成一体,造成亦真亦幻的艺术效果,形成了一种跌宕有致的艺术风格。无论如何,真实的意图是包蕴在字里行间的,而不是直露表白,是在一个艺术的空间中运行的。这使其具有传奇作品的可读性,也使影射的真正用意在一个艺术的空间中逐渐鲜明,给人留下深刻的印象。

第四章

牛李党争与文士

本章主要从两个角度来考察牛李党争与文士的关系:一是考察李德裕的贬死对晚唐政治文化和士人心态的影响,二是从党派分野动态结构角度来考察党争与文士的关系。前者着重于考察政治形势的变化对政治文化和士人心态结构的影响,后者着重于考察党争对文士政治命运的影响从而考察对文学创作的影响,区分具有不同的政治身份、处在不同权力位置的士人的政治立场、政治命运和心态并考察之。[1]

## 第一节　李德裕贬死崖州与文士心态

自宣宗即位以来,就开始了李德裕晚年黯淡萧然的时光。还是在大中元年(847年)八、九月,李德裕东都任闲职之时,他就将自己会昌时所撰文,寄给其忠诚的追随者——桂管观察使郑亚,请其作序,这是在当时浓重的政治乌云笼罩之下,他唯一能做的事情:保存会昌朝他所撰写的"册命典诰,军机羽檄"(《会昌一品集》别集卷6《与桂州郑中丞书》),保存这些珍贵的历史材料,为自己预备后事。大中二年(848年)九月,他被贬为崖州(今三亚市崖州区)司户参军,大中三年(849年)正月至贬所,于十二月郁郁而卒。其《登崖州城作》诗云:"独上高楼望帝京,鸟飞犹是半年程。青山似欲留人住,百匝千遭绕郡城。"表达了沉郁哀婉、缠绵徘徊的心情。在崖州的生活无疑是困难的:"及德裕为令狐绹等潜逐,摘索支党,无敢通劳问;既居

---

〔1〕　本章有关文士生平事迹,基本上依据如下三书:《唐才子传校笺》《唐代文学编年史》《中国文学家大辞典·唐五代卷》。

海上,家无资,病无汤剂,(姚)勖数馈饷候问,不傅时为厚薄。"(《新唐书》卷124《姚勖传》)一代勋臣而身世寥落如此,良可致慨。

李德裕被贬崖州是一大标志性的政治事件,既标志着牛李党争的结束,也标志着那种欲革除弊政、加强中央集权的士人精神的严重削弱。

大中朝务反会昌之政,打击李德裕为首的李党,并不仅仅是政治上的小小的变动,而在当时造成了朝局的动荡,影响到士人心态的变化,实关乎晚唐政治文化之演变。

大中朝政治空气十分沉闷,先后兴起吴湘大狱以迫害李德裕,迫死郭太后而否定穆宗皇位继承之合法性,皆自党争以来,所未曾有过的空前猛烈的打击。再加上宣宗以察为明,防其臣下,君臣离心现象更加明显。故对士人而言,自甘露之变后所激化的避祸全身、营营自谋的心态进一步加强,一种伤感、消极、沉郁的情绪笼罩着晚唐的政坛和社会。

下面我们来看看李德裕贬死和士人心态,即一个人的死和几代人的感受。在亲者痛、仇者快的两种不同的心态中,席卷而来的消沉和感伤是如此有力地穿透了晚唐人,并伸延至唐末乃至唐亡。

## 一、诋毁者的喧嚣

李德裕被贬,最快意的莫过于牛党人物。他们制造了大量的文字来攻击诋毁这位李党魁首,并表达自己幸灾乐祸的心情。比如钱易《南部新书》丁卷所载俗传之词,同书己卷所载仇家托名李德裕所作的崖州之诗,《云溪友议》卷中载出自牛党之手的《离平泉马上作》,《太平广记》卷256李德裕条引《卢氏杂说》(参见《南部新书》癸卷)载李德裕逐后为人所作二诗,托名为白居易的《李德裕相公贬崖州三首》[1],皆攻讦、诋毁李德裕的作品[2]。

杜牧,当时著名文士,一度与李德裕有过交情,但是到了大中朝,也从党争的边缘层突入到紧密层,攻讦、诋毁李德裕不遗余力,参见本章第三节《杜牧与牛李党争》。

而在唐宋笔记小说里,丑化、诋毁李德裕的材料更是到处可见:

---

〔1〕《白居易集》卷20,四部丛刊影印那波道圆翻宋本。

〔2〕这方面的具体论述请参本书第三章第二节中"政治形势的变化与匿名、易名的攻击策略"有关部分。

《纪异记》载李德裕"好饵雄朱",好色——"乃求姝异凡数百人"。《独异志》卷下载其"奢侈极,每食一杯羹,费钱约三万,杂宝贝珠玉雄黄朱砂煎汁为之,至三煎,即弃其滓于沟中"。按:《新唐书》卷180本传载其"不喜饮酒,后房无声色娱"。《唐语林》卷7载:"李卫公性简俭,不好声妓,往往经旬不饮酒,但好奇功名。"当更加接近于李德裕之实况。[1]

《云溪友议》上载:"故太尉李德裕镇渚宫,尝谓宾侣曰:'余偶欲遥赋《巫山神女》一诗,下句云'自从一梦高唐后,可是无人胜楚王。'昼梦宵征巫山,似欲降者,如何?'段记室成式曰:'屈平流放湘沅,椒兰友而不争,卒葬江鱼之腹,为旷代之悲。宋玉则招屈之魂,明君之失,恐祸及身,遂假高唐之梦以惑襄王,非真梦也。我公作神女之诗,思神女之会,唯虑成梦,亦恐非真。'李公退惭,其文不编集于卷也。"按:此等无稽之言,自是为了将李德裕丑化成一个好色成癖的人。

《唐语林》卷7载:"又郡有一古寺,公因步游之,至一老禅院。坐久,见其内壁挂十余葫芦,指曰:'中有药物乎?弟子颇足疲,愿得以救。'僧叹曰:'此非药也,皆人髂灰耳!此太尉当朝时,为私憾黜于此者。贫道悯之,因收其骸焚之,以贮其灰,俟其子孙来访耳!'公怅然如失,返步心痛。是夜卒。"按:李德裕当朝时所贬斥者、所窜逐者,皆于史有征,此自是牛党造谣言以丑化李德裕,不足信。

## 二、亲善者的悲痛和悼念

在李德裕生前,曾经蒙受李德裕恩惠,受到他眷顾的人还是比较多的。比如柳仲郢、刘三复、卢肇、封敖、段成式,甚至白敏中等士人。在国家政治高压之下,他们中间大部分士人,吞声不言,噤若寒蝉,自顾不暇,小部分士人则在其著述中表达对李德裕的同情、悼念和赞赏,还有少数几个,则或者不惜顶住巨大的压力,挺身而出,论奏李德裕之冤,或者眷顾其家属,以报答其厚恩于万一。

李德裕与一些文士的关系尤可瞩目。李德裕自身也是文学造诣很高的人,其《文章论》云"譬诸日月,虽终古常见而光景常新",又云"文章当如千兵万马,风恬雨霁,寂无人声"[2],洵为心得之言,而其所作文,亦"骈偶之中,雄奇骏伟,与陆宣公上下"[3]。《新唐书》卷201《艺文志上·序》其赫然名列唐代"制册"名家。李德裕又

---

[1] 辨见傅璇琮:《李德裕年谱》,第650—651页。
[2] 转引自(宋)周密:《齐东野语》卷10。
[3] (清)王士禛:《池北偶谈》卷17,《谈艺·会昌一品集》。

好著书立说,《旧唐书》卷 174 本传云:"德裕以器业自负,特达不群。好著书为文,奖善嫉恶,虽位极台辅,而读书不辍。"尽管其平时一贯以经术礼法门风标榜,但是对善于制词、用语精妙、文风朴实的文士还是常加擢拔,留下了不少佳话。李德裕所亲善的文士之中,有好几个曾是其幕府从事,比如段成式、韦绚等,还有一些是求科第的寒士,如卢肇、刘三复等。下面就让先让我们看一下李德裕所亲善的文士,以见其喜欢哪一类文士,而这些文士又是怎样对待他的,不求所举务尽,但求举一二以见其余。

**刘三复** 润州人刘三复在长庆二年(822 年)为浙西节度使李德裕掌书记,此后从李德裕,入其幕,并在李德裕荐举下登第(参见《北梦琐言》卷 1)。会昌朝在德裕的提拔下,官至谏议大夫,迁给事中。他工诗文,长于表状,颇为德裕器重,以其"长于章奏,尤奇待之"(《旧唐书》卷 174《李德裕传》)。他的儿子刘邺在咸通初挺身而出,为李德裕追雪,可见刘三复父子对李德裕是一生感恩的。

**封敖** 会昌朝封敖以其善属辞而受到了武宗、李德裕的礼重。尝草《赐阵伤边将诏》,其警句云:"伤居尔体,痛在朕躬。"武宗览而善之,赐之宫锦。李德裕以定策破回鹘、诛刘稹功进太尉,其制词云:"遏横议于风波,定奇谋于掌握。""意皆我同,言不它惑。"李德裕赏之曰:"陆生有言,所恨文不逮意。如卿此语,秉笔者不易措言。"解所赐玉带遗之(参《旧唐书》卷 168《封敖传》)。封敖"语近而理胜,不务奇涩"之文风,实不同于牛党进士浮浪风习和浮华文风,故为李德裕所激赏。大中朝李德裕罢相,封敖亦罢内职。

**卢肇等** 卢肇是宜春人,有奇才,文宗朝李德裕贬袁州刺史时,卢肇以文投献,由此见知。会昌三年(843 年),李德裕为宰相,荐之于主司王起,遂以状元登进士第。《太平广记》卷 182 卢肇条引《玉泉子》(参《北梦琐言》卷 3)载:"旧例:礼部放榜,先呈宰相。会昌三年,王起知举,问德裕所欲,答曰:'安用问所欲为,如卢肇、丁稜、姚鹄,岂不可与及第邪?'起于是依其次而放。"按:此条记载可疑处在会昌三年正月李德裕论奏罢宰相阅榜之习,及王起知举,竟先询问李德裕,宁非出尔反尔,故傅璇琮先生于其著述《李德裕年谱》中质疑之,然求其"通性的真实"(陈寅恪语),李德裕奖拔寒士,则无疑也。像卢肇这样受到李德裕奖拔的寒士还有丁稜、黄颇、姚鹄等,兹不赘言。

下面我们来看看李德裕之追随者或亲善者是如何在著述或者行动中接受李德裕的政治价值观念,表达对李德裕的景仰,报答他的恩德的。

### (一)在著述中表达自己的倾向性

李德裕之追随者或者亲善者,亦多撰述名家。其书或成于李德裕生前,往往于文中时露倾服、誉美李德裕之意;或成于李德裕被贬乃至卒后,则往往怀悼念之意,每述及牛李之事,则抑牛扬李。李德裕贬死后,李党成员直接表达自己心情之文字资料保存下来的不多,然以其生前之交厚,已有之撰述,亦可推原其本心,当为悲痛与悼念之情所填满。沉默亦言说方式之一也。

郑亚　《会昌一品集序》。郑亚与李德裕有着非同寻常的关系,"李德裕在翰林,亚以文干谒,深知之。出镇浙西,辟为从事"(《旧唐书》卷178《郑畋传》)。李德裕于郑亚有恩遇之情,而郑亚于李德裕怀蒙恩报答之心,乃李德裕忠诚的追随者之一。大中元年(847年)八、九月间,李德裕寄书郑亚,要他为自己的文集作序,郑亚先请其从事李商隐为之作序,然后改定。其文变骈为散,行文减少了李商隐文人式的夸张,而多了那种久历世事的高级官僚的沉着,令人感受到一种叙述的权威性。其赞李德裕亦至矣:"惟公蕴开物致君之才,居元弼上公之位,建靖难平戎之业,垂经天纬地之文,萃于厥躬,庆是全德。"郑亚贬斥循州刺史后,不久即卒于任。其子郑畋大中朝为牛党所抑,"咸通五年,方始登朝"(《全唐文》卷767郑畋《擢官自陈表》),"仰窥霄汉,空叹云泥。虽云赋命屯奇,实以遭人排忌"(《全唐文》卷767郑畋《加知制诰自陈表》)。以郑亚为代表的是受牛党迫害最直接的李党成员。

段成式　《酉阳杂俎》。段成式是一个相当博学的士人,其《酉阳杂俎》就是他博学的见证。这是一部大容量的笔记:"或录秘书,或叙异事,仙佛人鬼以至动植,弥不毕载,以类相从,有如类书。""自唐以来,推为小说之翘楚,莫或废也。"[1]段成式曾为李德裕浙西、荆南幕府从事,与李德裕有恩主与从事之谊,且皆喜奇好异,与李德裕"喜见未闻言、新书策"(《北梦琐言》卷4)之癖好当为同类。其《酉阳杂俎》有多处记载有关李德裕言谈或者李德裕事迹者,此等记载当多是段成式从事李德裕幕府时,亲闻李德裕谈说,或者亲往李德裕平泉庄而见之。大中二年(848年)李德裕贬斥崖州后,曾遗段成式书。[2]"按德裕自贬崖州及卒,仅十四个月,给段成式书

---

〔1〕　鲁迅:《中国小说史略》第10篇,《唐之传奇集及杂俎》,人民文学出版社1981年版。
〔2〕　《北梦琐言》卷8载:"唐李太尉德裕,左降至朱崖,著四十九论,叙平生所志。尝遗段少常成式书曰:'自到崖州,幸且顽健,居人多养鸡,往往飞入官舍,今且作祝鸡翁尔,谨状。'"

当在此期中。可见德裕与成式世交颇厚,段氏一家之升降,似与德裕之陟罚往往有关。"[1]自段成式一生行迹而言,他虽然为李德裕之从事,但是并没有进入党争的紧密层,没有针对牛党的敌对行为,但是从他跟李德裕亲密的人际关系来看,他是倾向于李德裕的,是属于李党范围内的士人。

韦绚 《戎幕闲谈》。韦绚是元稹的女婿,而元稹与李德裕是知交。大和年间李德裕任西川节度使时曾命其巡官韦绚笔录其言谈而成《戎幕闲谈》,其序云:"赞皇公博物好奇;尤善语古今异事。当镇蜀时,宾佐宣吐,亹亹不知倦焉。乃谓绚曰:'能题而记之,亦足以资于闻见。'绚遂操觚录之,号为《戎幕闲谈》。大和五年十一月二十三日巡官韦绚引。"可见,此书是李德裕口述、韦绚笔录而成的。《戎幕闲谈》主要记录李德裕日常谈论的内容,韦绚在记录中同情窦参(《太平广记》卷305引)、嘲笑武元衡(《说郛》卷7引),这是贞元年间的窦参和陆贽之争,元和年间李吉甫父子与武元衡、武儒衡矛盾的反映,无疑打上了党争的烙印,表达的是李德裕的政治倾向性。[2]韦绚后来于咸通朝官至义成节度使,易定观察处置使、北平军等使,于大中朝李德裕被贬虽无直接表态之言行,然亦可由两者之交谊而推断其大致心态也。

柳珵 《常侍言旨》。柳珵是柳冕之子、柳登之侄。《常侍言旨》是"柳珵记其世父(柳)登所著"。李德裕家族与柳珵家族世交很深,可参见李德裕《明皇十七事》自序所载。此书分为六章,即六篇自具首尾的小说,再加上两篇传奇,编成一卷文字。此书之成当在李德裕贬斥崖州之后,故李辅国条末称李德裕为"朱崖太尉",然仅由此一用语,可见柳珵同情李德裕的倾向性,周勋初先生指出:"一些以其(李德裕)谪死为快的人,或以'朱崖'代称,隐含贬义;而时人称之为'朱崖太尉'者,则大都是抱同情态度的人,'太尉'之上冠以'朱崖',正是顾念其前时功业而对贬死崖州隐含不平之意。"[3]在《常侍言旨》中最具有党争色彩的小说就是《上清传》。此传是贞元年间窦参和陆贽之争的投影,作者站在窦参的立场,攻击陆贽及其门人。卞孝萱先生在《唐代小说与政治》[4]一文中认为由于李吉甫为窦参集团成员,又与柳珵父冕善,故很有可能是柳珵在李吉甫父子的授意下,写作此传以污蔑陆贽,可备一说。

---

〔1〕 《西阳杂俎》附方南生编《段成式年谱》,中华书局1981年版,第336页。
〔2〕 参见卞孝萱:《〈戎幕闲谈〉新探》,《西北师大学报(社会科学版)》2000年第4期。
〔3〕 周勋初:《唐人笔记小说考索》,江苏古籍出版社1996年版,第202—203页。
〔4〕 载《中华文史论丛》1985年第一辑。

卢肇　《逸史》。卢肇在大和九年(835年)至开成元年(836年)期间曾受知于袁州长史李德裕,会昌年间又在李德裕的奖掖之下及第,这种人际关系对卢肇的人生必然是产生了一定影响的。卢肇也曾跟牛僧孺有所来往,但是,对牛僧孺他是有所不满的。牛僧孺镇襄阳是在开成四年(839年)八月至会昌元年(841年)七月,卢肇大概在开成末计偕至襄阳[1],为其爱妾真珠吟诗。《唐诗纪事》卷55卢肇条载:"肇初计偕至襄阳,奇章公方有真珠之惑,肇赋诗曰:'神女初离碧玉阶,彤云犹拥牡丹鞋。知道相公怜玉腕,强将纤手整金钗。'"《天中记》卷19《妾侍》引《吟窗叙录》云:"奇章公纳妓曰真珠,有殊色。卢肇至,奇章重其文,延于中寝。会真珠沐发,方以手捧其髻,插钗于两鬓间。丞相曰:'何妨一咏?'肇曰:'知道相公怜玉腕,故将纤手整金钗。'"到了会昌二年(842年)冬,又一次计偕入京,经过襄州,拜谒节度使卢均,作《汉堤诗》(卢肇《文标集》卷下)。在这首诗的序言中,他对卢均的治绩赞不绝口,而其隐约批评的对象,是前任节度使牛僧孺,故此诗迎合了当时李党借襄阳水溢事,归罪牛僧孺,置牛僧孺于闲地的政治斗争的需要。但是总的来说,卢肇并没有积极参与党争,他的《逸史》一书也十之八九为神仙道化之事[2],是当时的一种社会风习的表现[3]。该书有关牛、李的记录不多,并没有攻击牛党之言论,亦无偏袒李德裕之言论。[4]此可见卢肇有意识地避开党争风波。卢肇后来从事于卢商、裴休、卢简求等幕府,官至歙州、池州、吉州刺史等。然非李德裕之知遇,卢肇未必能入仕途。

### (二)用实际行动来报答李德裕的恩遇

人生在世,恩义为重。然时当大中朝,宣宗、牛党、宦官三大势力纠集在一起,一起迫害以李德裕为首的李党,节义之士,亦可能为势所屈,此所以大中朝论谏李德裕冤情之十人绝少也(仅丁柔立之论谏吴湘覆案为非,魏铏之不忍厚诬而已)。故如柳仲郢之关照李德裕眷属,刘邺之追雪李德裕之冤,为难能可贵。

柳仲郢　《旧唐书》卷165本传载:"仲郢严礼法,重气义,尝感李德裕之知,大中

---

〔1〕　从周勋初先生的说法,见《唐人笔记小说考索》第132—133页。

〔2〕　其自序云:"其间神化交化、幽冥感通、前定升沉、先见祸福,皆摭其实,补其缺而已。"

〔3〕　周勋初先生指出:"牛、李党争势若水火,但牛、李党魁都喜欢神仙道化的小说,可见这是时代风气的反映。"(《唐人笔记小说考索》,第139页)邵博《邵氏闻见后录》卷27云:"牛僧孺、李德裕相仇,不同国也,其所好则每同。"

〔4〕　《太平广记》卷48李吉甫条引、卷307裴令公条引,皆有关李党人物事迹,然与党争无涉。

朝,李氏无禄仕者。仲郢领盐铁时,取德裕兄子从质为推官,知苏州院事,令以禄利赡南宅。令狐绹为宰相,颇不悦。仲郢与绹书自明,其要云:'任安不去,常自愧于昔人;吴咏自裁,亦何施于今日?李太尉受责既久,其家已空,遂绝蒸尝,诚增痛恻。'绹深感叹,寻与从质正官员。"又大中六年(852年),李德裕子烨护李德裕之灵柩自崖州返葬洛阳,柳仲郢遣从事李商隐赴荆南致祭李德裕之归梓,以表其哀思。[1]

刘邺 "卫公门人,惟塞士能报其德。"(《唐语林》卷7)刘邺在咸通初追雪李德裕之冤,复官爵。《新唐书》卷183本传载:"邺六七岁能属辞,德裕怜之,使与其子共师学。德裕既斥,邺无所依,去客江湖间。陕虢高元裕表署推官,高少逸又辟镇国幕府。咸通初,擢左拾遗,召为翰林学士,赐进士第。历中书舍人,迁承旨。邺伤德裕以朋党抱诬死海上,令狐绹久当国,更数赦,不为还官爵,至懿宗立,绹去位,邺乃申直其冤,复官爵,世高其义。"(参见《旧唐书》卷177本传)其奏词《乞赠恤李德裕疏》(《全唐文》卷802)备言李德裕之冤及结局之惨状:"今骨肉将尽,生涯已空,皆伤荣载之门,遽作荆榛之地,骨肉未归于茔兆,一男又殁于湘江。"咸通朝放松对李党的遏制,所以刘邺追雪李德裕的奏请得以批准。

## 三、赞赏者的同情

### (一)八百孤寒的悼念

《唐摭言》卷7载:"李太尉德裕颇为寒畯开路,及谪官南去,或有诗曰:'八百孤寒齐下泪,一时南望李崖州。'"[2]至咸通乾符之岁,"龙门有万丈之险",科第权为势家所据,求如大中朝之前孤寒亦得以擢拔,才俊之士不次而用,则不复再矣。故此八百孤寒之泪实是对李德裕最高之赞誉。《云溪友议》卷中云:"或问赞皇公之秉钧衡也,毁誉如之何?削祸乱之阶,辟孤寒之路;好奇而不奢,好学而不倦;勋业素高,瑕疵乃顾。是以结怨豪门,取尤群彦。(光福王起侍郎,自长庆三年知举,后二十一岁,复为仆射。武皇朝,犹主国。凡有亲戚在朝者,不得应举,远人得路,皆相贺庆而已。)后之文场困辱者,若周人之思乡焉,皆曰:'八百孤寒齐下泪,一时回首望崖州。'"

---

〔1〕 见陈寅恪:《李德裕贬死年月及归葬传说辨证》。
〔2〕 《唐语林》卷7《补遗》指出此是"广文诸生为诗"。

### (二)李商隐的挽歌

李商隐其实是一个很大胆的诗人。他在大和九年(835年)甘露之变后,写有系列吟咏甘露之变的诗歌,以《有感二首》为代表作,同情甘露罹难者,斥责宦官乱政,呼祷正义,力求维护士人之尊严,是当时最有勇气的诗人。

李商隐对李德裕的态度,在大中朝之前,还不太鲜明,在平泽潞战役中李商隐成为一名坚决拥护平叛行动、讴歌胜利的士人。但是到了大中朝,其对李德裕的倾服之情却十分显著。他跟令狐绹的关系,也是在大中朝急剧恶化的。

李商隐大中元年(847年)入郑亚桂管幕,是一种偶然性中的必然性。李商隐在《会昌一品集序》称誉李德裕"成万古之良相,为一代之高士;繫尔来者,景山仰之",对李德裕备极赞誉之词,这是其政治倾向性的彻底表露,并非官样文章客套话。

李德裕贬斥崖州后,李商隐写有系列诗歌同情之、怀念之、哀悼之,写有《旧将军》《李卫公》《泪》《漫成五章》之四之五、无题"万里风波一叶舟"等。从这些诗歌中我们捕捉到诗人一颗跳跃的关心国家政治命运的诗心,以及对李德裕悲剧下场的哀婉、感伤之情。[1]

### (三)唐末文士绵绵不绝的悼念

李德裕在唐末成为一些士人仰慕的对象,其功业亦为人推许。《旧唐书》卷179《萧遘传》:"(萧遘)与韦保衡同年(咸通五年)登进士第。保衡以幸进无艺,同年门生皆薄之。遘形神秀伟,志操不群,自比李德裕,同年戏呼'太尉'。保衡心衔之。"可见咸通朝李德裕成为萧遘等士人的楷模。

很多文士在其诗歌里,或表达对李德裕贬死之悼念,或赞誉其业绩。

**罗邺**　其《叹平泉(一作伤平泉庄)》云:"生前几到此亭台,寻叹投荒去不回。若遣春风会人意,花枝尽向南开。"花枝向南,犹八百孤寒之南望李崖州,此罗邺因其遭遇不偶而致慨也。罗邺咸通中屡举进士不第,羁旅四方。咸通末,崔安潜为江西观察使,颇赏其才,欲荐举之,然为幕吏所阻。后为督邮,甚不得志,遂赴单于都督府幕,抑郁而终。诗多怨愤之作,故胡震亨谓其诗"无一题不以寄怨"。

**汪遵**　其《题李太尉平泉庄》(《全唐诗》卷602)云:"水泉花木好高眠,嵩少纵横

---

满目前。惆怅人间不平事,今朝身在海南边。"[1]此诗以平泉庄之优美与崖州之荒凉作对比,于李德裕贬死深致慨也。

**罗隐** 其《甘露寺火后》云:"六朝胜事已尘埃,犹有闲人怅望来。只道鬼神能护物,不知龙象自成灰。犀惭水府浑非怪,燕说吴宫未是灾。还识平泉故侯否,一生踪迹比楼台。"甘露寺跟李德裕是有深的关系,宋郭若虚《图画见闻志》卷5:"唐李德裕镇浙西日,于润州建功德佛宇,曰甘露寺。当会昌废毁之际,奏请独存。因尽取管内废寺中名贤画壁,置之甘露,乃晋顾恺之、戴安道、宋谢灵运、陆探微、梁张僧繇、隋展子虔、唐韩幹、吴道子画。"本诗末句表明了罗隐对李德裕的怀念之情。

其《薛阳陶觱篥歌》一诗从薛阳陶受李德裕知遇——"艺小似君犹不弃"为切入点,对李德裕在武宗去世后即遭宣宗和牛党之迫害深表同情,高度赞扬了武宗朝君臣相得所取得的非凡业绩。这跟《旧唐书·武宗本纪》的赞对会昌政绩的赞誉是一致的,表明了在唐末李德裕声誉甚隆,为士人普遍景仰。

唐末一些笔记小说中表现出明显的扬李抑牛的倾向,下面略举一二:

**孙光宪《北梦琐言》** 卷6许李德裕为"英才"——"愚曾览太尉《三朝献替录》,真可谓英才。竟罢朋党,亦独秀之所致也。"卷3赞李德裕"抑退浮薄,奖拔孤寒。于时朝贵朋党,掌武破之,由是结怨,而绝于附会,门无宾客"。卷4赞其趣味高:"喜闻未闻言、新书策。"卷1以令狐绹与李德裕作对比,高度赞扬了李德裕的终始之德:"唐大中末,相国令狐绹罢相。其子滈应进士举在父未罢相前,预拔文解及第。谏议大夫崔瑄上疏,述滈弄父权,势倾天下,以'举人文卷须十月前送纳,岂可父身尚居于枢务,男私拔其解名,干挠主司,侮弄文法,恐奸欺得路,孤直杜门'云云,请下御史台推勘。疏留中不出。葆光子曰:'令狐公在大中之初,倾陷李太尉,唯以附会李绅而杀吴湘。又擅改元和史,又言赂遗阉宦,殊不似德裕立功于国,自俭立身,掎其小瑕,忘其大美。泊身居岩庙,别无所长,谏官上章,可见之矣。与朱崖之终始,殆难比焉。'"

**不著名氏《玉泉子》** 据卞孝萱先生研究,《玉泉子》中攻击牛僧孺者至少有三条。吹捧李德裕者亦有三条。一云李德裕"抑退浮薄,奖拔孤寒";二云李德裕喜饮惠山泉,入相后,改饮京昊天观水,"停水递,人不告劳";三云李德裕"广识",知天柱

---

〔1〕《全唐诗补编》之《外编第三编·全唐诗续补遗卷九》作《过平泉庄》:"平泉风景好高眠,水色风光满目前。刚欲平他不平事,至今惆怅满南迁。"

峰茶"可以消酒食毒",故此著者倾向于李党甚明。[1]

## 第二节　从党派分野动态结构的角度来
## 考察党争和文士的关系

牛、李党人,多文翰超拔之士,如李德裕之制诰,牛僧孺之志怪,令狐楚之章奏,李绅之乐府,元稹之诗歌,皆负盛名。由于他们的身份和地位不同,以及跟党争中心距离的远近不同,他们跟党争之间的关系呈现出不同的面貌,由此而给他们的心态和创作带来不同的影响。从党派分野动态结构的理论来确立这些文士在党争中所处的位置、卷入党争的程度,然后再来考察他们的心态和创作,才能避免笼统而言之。

按照党派分野动态结构的理论,党人分布具有从中心向边缘扩散的特征,依次分为内核层、紧密层、松散层、边缘层、外围层五个层次,党人分布并不是静止的,而是呈现为一个动态结构。下面就从这个角度来考察党争与文士的关系。当然我们只能在现存的资料基础上加以论述,那些作品严重缺失的文士我们只能从略了。

### 一、中心层(内核层、紧密层、松散层)文士

内核层　内核层以牛李党魁为首,有李党之李德裕、裴度、元稹、李绅等,牛党之令狐楚、牛僧孺、白敏中、令狐绹等。

由于身处党争旋涡的中心,他们经历着这场唐代最酷烈的政治斗争,他们的宦海升浮、穷通顺逆,均跟当下的政治形势的变化、党争格局、双方的力量对比息息相关,党争成了他们重要的政治经历和体验,这种经历和体验必然在他们的作品中打下深刻的烙印。那么,党争是怎样影响着他们的心态及其创作的呢?

### (一)强烈的忧危意识无时无刻不萦绕着他们

以李德裕为例。李德裕作为李党的魁首,由于他坚定不移的政治原则和政治观念,始终跟牛党魁首对立。险恶的政治风波、剧烈的政治斗争,使李德裕形成了

---

〔1〕　卞孝萱:《唐小说集〈玉泉子〉的政治倾向》,《南通师范学院学报(哲学社会科学版)》2000年第3期。

一种强烈的忧危意识,他表达自己之所以难以退身,是因"一旦去权,祸机不测"(《退身论》)。他争取权力不仅仅是为了满足权力欲、实现政治目的,也是为了保全身家性命。下面就让我们简略地回顾一下李德裕忧危一生中的一个片段吧。大和九年(835年)受构陷被贬斥后,他的心态和作品如何?

大和九年三月,王璠、李汉等诬李德裕前在浙西时厚贿漳王傅母杜仲阳,阴结漳王。李德裕由镇海军节度使改授太子宾客分司。未行,即于四月因所谓对文宗大不敬而贬为袁州刺史。这是大和年间牛党和李训、郑注之党联合构陷李德裕的重大事件。这起酷烈的政治打击对他的心灵有很大的震撼,在诗文中留下明显的烙印,即使一些赋的题目也表现出一种消极、伤感的气息,如《伤年赋》《畏途赋》《知止赋》《怀鸮赋》《欹器赋(并序)》等。

其《智囊赋(并序)》(《会昌一品集·别集》卷1)即是有感于自己受构陷而作,并非泛泛空论。其文云:

> 余尝感汉晁错、魏桓范,皆号为智囊,不能全身,竟罹大患。扬子称:"或问多以智杀身,雄对曰:皋陶以其智为帝谟,箕子以其智为武王陈《洪范》,杀身者远矣。"余久欲赋之,比属逾纪总戎,愿言不暇。今俟罪江徼,彷徨岁深,筐箧之中,典籍皆阙,聊以所记古今兴败,粗成此赋。
>
> 夫天之清气为人,而人之清气为智。苟虚心而冲用,必穷神而索至。况恬养以保身,岂忧患之能累。何兴败之相诡,乃躁静而殊致。或明远而无疵,或驰骛而役思。故由于彼而入圣门,出于此而争利器。若乃淡然元默,应变无方。韬随和而不耀,匣干越而宝藏。虽不止如炙輠,犹渊然如括囊。君子所以有斯号者,盖欲保无咎于末光。夫智可以养生,乃能周物。道无夷险,用有工拙。得于身也,祭以免而苟以全;失于邦也,臧不容而汤不没。彼前轨之昭然,曾未戒于危辙。嗟乎! 水济舟以致远,亦覆舟于畏途。智排患以解纷,亦有患于不虞。将不殆于无涯,信莫尚于冥枢。或有好学务敏,择仁乃庐。斯先哲之所履,亦庶几于不渝。然则天智闲闲,不婴世故。举始终而后入,先奔沉而预虑。或卫足之无术,故离形而尽去。吕易宗于奇货,疾知来于武库。虽乘势与亿中,非淑人之所务。鸱夷子喟然叹曰:"昔我经世,徒闻智忧。索遗珠而不得,复明烛其焉求。与万物而道夭,又何谟于大猷。今我所谓智者,乘五湖之浩荡,永终老于扁舟。"

作者认真地思考历史上"智者"的成败,思考如何才能"保无咎于末光"的策略,最后,肯定了像鸱夷子那样"乘五湖之浩荡,永终老于扁舟",才是真正的智者。在行文中,作者那些显得十分自信的话语,即强调人可以通过"静""明远"的自我修炼达到"以智远杀身"的目的,其实掩饰着他的不自信,其言"智排患以解纷,亦有患于不虞",以及最后的鸱夷子之叹,均表露了这种不自信。由反思历史,从而确定自己的位置、确定自己的出处进退的作品,还有一些。在《伤年赋(并序)》(同上卷2)中他又一次用历史经验来提醒自己:"亢必有悔,盈难久持。李耽宠而忘返,岂黄犬之可思;种婴患而且(一作乃)瘳,渺沧波而莫追。"所以希望能"见险而高举"。在《知止赋》(同上卷2)中作者表达了自己对出处进退的看法,强调知足之旨。作者肯定了柳下惠、甯俞、张良等出入自得者,否定了李斯、惠子等不知足而自遗忧殆者,以浓笔描绘了其平泉故居之殊胜,表达了其摆脱宦途羁束、追求自由的愿望。

其《积薪赋(并序)》(同上卷1)借樵客之口,表达"贵则近祸,富多不仁"的观念。处积薪之上的薪先焚,所以李德裕感慨云:"使薪为能言之物,岂容入爨而扬芬。未若生幽崖之侧,纠芳桂之轮。不近野田之燎,免罹匠者之斤。冒霰雪以终岁,齐天年于大椿。"可见作者一直在探索所谓的"防患之术"。

其《欹器赋(并序)》(同上卷1)作者通过欹器表达了他对中庸之道的领悟,"知任重之必及,悟物盈之难久","得其道者,居则念于丰蔀,动乃思于谦受","克己复礼"。路随给他的这个礼物是颇有深意的,因为路随是当时少有的在党争中保持中立的宰相,史载其"藏器韬光,隆污一致,可谓得君子中庸而常居之也"(《旧唐书》卷174本传)。但是事实上党争格局已成,李德裕焉能以中庸之道自持?但是对中庸之道的思考正表明了忧危意识的炽盛。

其《问泉侯赋》(同上卷2)是悼念其亡友沈传师的,主要是表达"人世险限,多言可畏"的政治体验。宦途中险象丛生,故"虽爵服之已贵,何忧思之未忘"。即使身死,逸言依旧难以消失,仕途之危殆可知也。正如《畏途赋(并序)》所述:"不为轩冕之累,焉得风波之虞。"(同上卷2)

其《白猿赋》(同上卷2),其着眼处也是描述白猿的"善处",从白猿的"性驯而仁爱"来对比人世——"乃知人世之可厌,不足控抟而自珍。"这篇赋反映出作者对宦途倾轧的厌倦感。

在《山凤凰赋》(同上卷1)中作者用托物起讽的手法,以山凤凰爱其毛羽致使"虽遭矰缴,终不奋飞"而罹难,以比贪恋禄位而陷罗网者,"何异夫怀禄耽宠,乐而忘归。玩轩冕而不去,惜印绶而无时",这无疑也是作者的自我解嘲和对宦途生涯的反思。

我们从这一系列的作品中,所看到的正是李德裕由于受到构陷和排挤,从而产生了强烈的焦虑和忧危意识,而这种意识贯穿了他的很多作品。所以李德裕的一生,即是忧危的一生。

### (二)政治打击和贬谪成为生命中不可磨灭的伤痕

以李绅为例。作为李党的魁首之一,李绅曾是那样深深地卷入党争,几罹灭顶之灾,党争在其诗文中留下了深刻的烙印。

李绅与党争的关系,可以分为两个阶段来认识。第一个阶段,前期党争时期。主要是受到李逢吉之党的排挤,长庆四年(824年)二月,李逢吉之党炮制了李绅谋立深王案,贬其为端州刺史,此乃政治生涯中最大的打击。长庆年间,李绅亦尝为穆宗所宠幸,为翰林学士"三俊"之一,既曾猛烈抨击李逢吉之党,与之展开斗争,亦曾在长庆元年科场覆试案中向以李宗闵为代表的牛党发动进攻,这是牛李两党各自凭借政治势力展开初步斗争的第一次。

第二个阶段,牛李党争阶段。李绅成为李德裕的亲密战友,与之共进退。李德裕进,他也进;李德裕退,他也退。这期间,两次分司东都闲职均是牛党排挤的结果。第一次是大和六年十二月罢寿州刺史,七年(833年)正月,授太子宾客,分司东都。据其《转寿春守,太和庚戌岁二月……》(《全唐诗》卷480)诗题云"三载复遭邪佞所恶,授宾客分司东都",此"邪佞"当指牛党党人。时李宗闵为相,[1]李绅与之有宿怨,故为李宗闵所挤。第二次,大和九年(835年)五月李绅由浙东观察使除太子宾客分司东都,秋初才离越州任。按:大和八年、九年正是李训、郑注之党执政,他们引进了李宗闵以排挤李德裕和李绅。大和九年三月,他们构陷李德裕阴结漳王,四月李德裕被贬为宾客分司,而李绅亦同贬。

党争情绪在那时看来是随时随地均可触发的。比如开成元年(836年)七月,李绅自河南尹改任宣武军节度使,时洛阳相送者数百万人,"少尹严元容鞭胥吏市人,怒其恋慕,留台御史杜牧使台吏遮殴百姓,令其废祖帐"(《全唐诗》卷482《拜宣武军节度使》诗引)。李绅对亲近牛党的杜牧的做法,其实很是在意的,诗末云:"伊洛镜

---

[1] 此事牛僧孺当无与。牛僧孺于其年冬出为淮南节度使,且李绅与牛僧孺有交往之迹,大和七年(833年)七月李绅赴越州刺史、浙东观察使任,途中路过扬州,牛僧孺宴请之,见《忆被牛相留醉州中,时无他宾,牛公夜出真珠辈数人》(《全唐诗》卷481)一诗。

清回首处,是非纷杂任尘埃。"看起来洒脱的话跟长长的诗引一对照,就可以看出李绅其实有多在意。李绅在会昌朝任淮南节度使时所做的一桩大事,就是以贪赃罪处死吴湘,这件案子在大中朝被覆案,成为宣宗和牛党彻底打击以李德裕为首的李党的重要借口之一,而李绅也被"追削三任官告"(《旧唐书》卷 173 本传),"子孙不得仕"(《新唐书》卷 181 本传)。

党争给李绅的心灵带来了巨大的伤害,同时也给他带来了游历各地的机会。那种惨痛的经历和体验深入他的骨髓,并成为使他最终结成《追昔游集》的动力之一。《全唐文》卷 694《追昔游集自序》云:

> 追昔游,盖叹逝感时,发于凄恨而作也。或长句,或五言,或杂言,或歌或乐府,齐梁不一其词,乃由牵思所属耳。起梁溪,归谏署,升翰苑,承恩遇,歌帝京风物,遭谗邪,播历荆楚,涉湘沅,逾岭峤荒陬,止高安,移九江,泛五湖,过钟陵,溯荆江,守滁阳,转寿春,改宾客,留洛阳,廉会稽,过梅里,遭谗者再,为宾客分务,归东周,擢川守,镇大梁,词有所怀,兴生于怨。故或隐显不常其言,冀知者于异时而已。开成戊午岁秋八月。

此集编成于开成三年(838 年)。追忆往昔的游历,而往昔却充满了痛苦,几不堪回首,叹息、"凄恨"、怨愤占据了诗人的心灵,"遭谗"这个词两次出现,正好表明了这些消极情绪形成的现实原因。第一次"遭谗"即长庆四年(824 年)被贬端州刺史,第二次"遭谗"即大和九年(835 年)四月李德裕遭构陷,李绅随之同贬。"词有所怀,兴生于怨",表明这些追忆之作,是在一种"怨"的心态之下产生,并不是无端的,而是"有所怀"的,作者希望将这种经历记录下来,以俟知音。

下面让我们看他的一首党争的长篇纪实诗《趋翰苑遭谗构四十六韵》(《全唐诗》卷 480):

> 九五当乾德,三千应瑞符。纂尧昌圣历,宗禹盛丕图。(穆宗正月登位。)画象垂新令,消兵易旧谟。选贤方去智,招谏忽升愚。(穆宗听政五日,蒙恩除右拾遗,与淮南李公,召入翰林也。)大乐调元气,神功运化炉。脱鳞超沆瀣,翻翼集蓬壶。捧日恩光别,抽毫顾问殊。凤形怜采笔,龙颔借骊珠。掷地声名寡,摩天羽翮孤。洁身酬雨露,利口扇谗谀。碧海同宸眷,鸿毛比贱躯。辨疑分黑白,举直抵朋徒。(思政面论逢吉、崔植奸邪,刘栖楚、柏耆凶险,张又新、苏景修朋党也。)庭兽方呈角,阶蓂始效荂。日倾乌掩魄,星落斗摧枢。(穆宗升遐。)坠剑悲乔岳,号弓泣鼎湖。乱群逢害马,择肉纵狂狙。(逢吉、守澄、柏

耆、又新等，连为博噬之徒。）胆为瞻肝竭，心因沥血枯。满帆摧骇浪，征棹折危途。（余以户部侍郎贬端州司马。）燕客书方诈，尧门信未孚。（敬宗即位之初，遭逢吉等诬构，宸襟未察，衔冤遂深。）谤兴金就铄，毁极玉生瑕。砺吻矜先搏，张罗骋疾驱。（余遭逢吉构成遂，敬宗听政之前一日，宣命于月华门外窜逐。）地嫌稀魍魉，海恨止番禺。（栖楚等见逢吉，怒所贬太近。）瘴岭冲蛇入，蒸池蹴虺趋。望天收雪涕，看镜揽霜须。草毒人惊剪，茅荒室未诛。火风晴处扇，山鬼雨中呼。穷老乡关远，羁愁骨肉无。鹊灵窥牖户，龟瑞出泥途。（余到端州，有红龟一，州人李再荣来献，称尝有里人言吉征也。余放之于江中，回头者三四，游泳前后，不去久之。又南中小鹊名曰蛮鹊，形小如燕雀，里中言此鸟不常见，至而鸣舞，必有喜应。是日与龟同至于馆也。）烟岛深千瘴，沧波森四隅。海标传信使，江棹认妻孥。到接三冬暮，来经六月徂。暗滩朝不怒，惊濑夜无虞。（从吉州至南，历封康，并足湍濑，危险至极。其名有灭门、捣鲊、霸州等滩，惟江水泛涨，则无此患，康州悦城县有媪龙祠，或能致云雨。余以书祝之，家累以十月溯流，龙为之三涨江水以达也。）俯首安羸业，齐眉慰病夫。涸鱼思雨润，僵燕望雷苏。诏下因颁朔，恩移讵省辜！（余以宝历元年五月量移江州长史。）诳天犹指鹿，依社尚凭狐。（逢吉尚为相。）度岭瞻牛斗，浮江淬辘轳。未平人睚眦，谁惧鬼揶揄。盆浦潮通楚，匡山地接吴。庾楼清桂满，远寺素莲敷。仿佛皆停马，悲欢尽隙驹。旧交封宿草，（沈八侍郎、武十五侍郎、元九相公、庞严京兆、蒋防舍人皆为尘世。）衰鬓重生刍。万载分梁苑，双旌寄鲁儒。骎骎移岁月，冉冉近桑榆。疲马愁千里，孤鸿念五湖。终当赋归去，那更学杨朱！

这首诗从"旧交封宿草"句自注来看，当作于大和九年（835年）后[1]，大概也是开成元年（836年）任宣武节度使编《追昔游集》时所作。

所有过去的景象均如在眼前。他的诗歌可以跟史料记载相互对照，相互补充，不但是纪实，而且也记录下他心灵的挣扎和痛苦，从而也是他的心灵史。第一段写长庆元年初召入翰苑，颇蒙穆宗之恩顾，然李逢吉之党"利口扇谗谀"，既利用裴度与元稹的矛盾排挤二人出相，复利用李绅与韩愈之间的矛盾两贬之，时党争酷烈之情况可见也。李绅和韦处厚亦于穆宗前力言裴度之受陷害，抨击李逢吉朋党行为

---

〔1〕 据岑仲勉先生，"沈八侍郎、武十五侍郎、元九相公"即沈传师、武儒衡、元稹（《唐人行第录》，上海古籍出版社1978年版）。诸人中，沈传师卒于大和九年，蒋防卒于"大和五年至开成元年间"（据周祖撰《中国文学家大辞典·唐五代卷》，中华书局1992年版）。

（《旧唐书》卷 167《李逢吉传》），是那样的公而忘私、奋不顾身（"辨疑分黑白，举直抵朋徒。庭兽方呈角，阶蓂始效萼"）。

及至穆宗卒，李逢吉之党犹如"害马""狂狙"一样对李绅进行反扑，必欲置之于死地而后快，制造"谋立深王案"而贬出为端州司马。时敬宗以误为真，致使其衔冤莫白。李逢吉之党夸耀这次诋毁的成功，[1]迫不及待地窜逐他（"砺吻矜先搏，张罗骋疾驱"）。

当李绅从户部侍郎贬出为端州司马，他的心灵震撼是十分强烈的。抵达端州已经过了六月份（"来经六月徂"），端州这个陌生的地方在他的笔下一副穷山恶水的样子，端州的动植物、气候、山川风物，染上狰狞、凄厉的色彩。

值得注意的是，李绅被李逢吉之党窜逐时，连家眷也没有带去（"穷老乡关远，羁愁骨肉无"），到了"三冬暮"（十月份）才接到他的妻孥，其诗云："海标传信使，江棹认妻孥。到接三冬暮，来经六月徂。"又《全唐诗补编》之《续拾卷二十八》补《在端州知家累以九月九日发衡州因寄（题拟）》，可见其家眷在九月份才从衡州出发赴端州。

从"俯首安赢业"这里开始记录其宝历元年（825 年）五月量移江州刺史任后之事，即"移九江，泛五湖，过钟陵，溯荆江"的经历。最后作者以哀婉的口气，感慨着岁月流逝，朋友亡故，表达了希望脱离党争、获得安宁的愿望。

党争中的排挤和迫害对李绅诗歌创作的影响，一是主题和题材的变化：不但突出了冤屈和怨愤的主题，而且题材也以贬谪所见景物为主。其贬谪系列作品《过荆门》（《全唐诗》卷 480）、《涉沉湘》（同上卷 480）、《逾岭峤止荒陬抵高要》（同上卷 480）、《至潭州闻猿》（同上卷 483）、《江亭》（同上卷 483）、《红蕉花》（同上卷 483）等作品均真实地记录了他贬谪途中的所见所闻，而且这些作品无一不贯穿了怨愤不平之气，尤其是那些历史上冤屈的人物和生活中充满悲凄色彩的事物迅速地杂糅在他的作品之中，犹如盐融入水中。比如：

> 屈原尔为怀王没，水府通天化灵物。何不驱雷击电除奸邪，可怜空作沉泉骨。（屈原沉水，《涉沉湘》，《全唐诗》卷 480）

> 贾生谪去因前席，痛哭书成竟何益。（贾谊，《逾岭峤止荒陬抵高要》，同上卷 480）

> 肠断思归不可闻，人言恨魄来巴蜀。我听此鸟祝我魂，魂死莫学声衔冤。

---

〔1〕《资治通鉴》卷 243："（长庆四年）二月……逢吉仍帅百官表贺，既退，百官复诣中书贺。"

203

（杜鹃，《过荆门》，同上卷 480）

> 千崖傍耸猿啸悲。（猿啼，《逾岭峤止荒陬抵高要》，同上卷 480）

> 湘浦更闻猿夜啸，断肠无泪可沾巾。（猿啼，《至潭州闻猿》，同上卷 483）

> 端州江口连云处，始信哀猿伤客心。（猿啼，《闻猿》，同上卷 483）

> 惆怅忠贞徒自持，谁祭山头望夫石？（望夫石，《过荆门》，同上卷 480）

李绅甚至将矛头指向最高的君主，因为他简直无法掩饰他被贬谪的怨愤。其《长门怨》（同上卷 483）："宫殿沉沉晓欲分，昭阳更漏不堪闻。珊瑚枕上千行泪，不是思君是恨君。"此诗以宫女自喻，腹诽之意甚明。

二是作品风格层面上的改变。贬谪端州后的诗歌，往往运用那些具有攻击色彩的意象，那些狠重的句子，那些具有锐利感的词，那些奇特的比喻。很多意象是具有攻击色彩的，主要是将政敌"物化""妖魔化"，或喻之为"乱群逢害马，择肉纵狂豺"，或喻之为"诳天犹指鹿，依社尚凭狐"，或喻之为"鬼"（"未平人睚眦，谁惧鬼揶揄"）。尤其值得注意的是，痛苦使李绅的心灵扭曲，使其在贬谪途中看到的景物无不蒙上一层狰狞、凄厉的色彩。如其《逾岭峤止荒陬抵高要》（同上卷 480）云："万壑奔伤溢作泷，湍飞浪激如绳直。（自注略。）千崖傍耸猿啸悲，丹蛇玄虺潜蟒蛇。泷夫拟楫劈高浪，瞥忽浮沉如电随。岭头刺竹蒙笼密，火拆红蕉焰烧日。岭上泉分南北流，行人照水愁肠骨。阴森石路盘萦纡，雨寒日暖常斯须。瘴云暂卷火山外，苍茫海气穷番禺。"颇具韩孟那种奇崛险怪、"百怪入我肠"（韩愈《调张籍》，《全唐诗》卷 340）的风格。其《红蕉花》（同上卷 483）诗云："红蕉花样炎方识，瘴水溪边色最深。叶满丛深殷似火，不唯烧眼更烧心。"喻红蕉花如火烧眼，倒也是平常比喻，然此火亦能烧心，何也？联系他当时的处境，可谓触处成愁，心火炽燃，不能平静。

纪昀《四库全书总目提要》评《追昔游集》云："今观此集，音节啴缓，似不能与同时人角争强弱。然春容恬雅，无雕琢细碎之习，其格究在晚唐诸人刻划纤巧之上也。"中唐大家辈出，李绅比之韩、白、柳、刘等，自是居其下。以"音节啴缓""春容恬雅"况之他的其他大部分诗歌或当，然若以之形容其贬谪端州后的系列作品，似欠妥当。如上所述，贬斥端州后系列作品不啻为李绅凄厉的惨叫之声，充满了冤屈不平之气，哪里有什么"春容恬雅"可言。

### （三）独善意识的加强以及乌托邦幻想曲

即使对核心层的党魁来说，他们也并不是始终处在党争前沿的。他们在不同的时期,随着与权力中心距离的变动,往往呈现出不同的政治风格。一般说来,入朝担任要职,往往突入党争的前沿,而出朝为官,往往退居党争的二线,或者仅仅是幕后操纵。一些党魁在前后期卷入党争的程度也有很大的区别。比如,令狐楚在元和朝积极参与党争,处在核心层,但是长庆朝后却基本上供职于节镇,跟李党的对抗性行为也大为减弱。又如裴度,大和三年(829 年),李宗闵勾结宦官竭力排斥裴度、李德裕等人,四年(830 年),裴度终于被排挤出朝,充山南东道节度使。此后裴度的从政观趋向于消极,八年(834 年),徙东都留守,俄加中书令,时宦官擅权,乃于洛阳绿野堂,与白居易、刘禹锡等诗酒琴书自乐,成为东都闲职官僚、唱和诗人群体的重要成员之一。甘露之变后,"中官用事,衣冠道丧。度以年及悬舆,王纲版荡,不复以出处为意"(《旧唐书》卷 170 本传)。

即使李德裕、牛僧孺这些核心党魁,他们由于仕途险恶,也常常产生引退的意识,虽然由于水火不相容的政治斗争政局,他们始终未能真正引退,但是这种愿望确实是真诚的、发自内心的,并且有过具体的行动。从总体上来说,牛、李党魁的政治文化观念,也是合乎从中唐向晚唐嬗变的总体趋向的,即从以"兼济"为主导精神向以"独善"为主导精神的嬗变。

先述李德裕。忧危的意识既驱使李德裕在酷烈的党争格局中,对政敌进行针锋相对的斗争和更加有力的打击,也使他对宦途厌倦,滋生出退隐的想法,尽管他并没有真正实现退隐,但是至少在内心深处,隐逸、平和的生活乃是其真诚的向往和重要的精神寄寓。

长庆二年(822 年)九月,李德裕由于受到李逢吉的排挤,由御史中丞出为浙西观察使。其出镇浙西不久,即于洛阳伊川建平泉山庄以示归去之志。宝历元年(825 年)李德裕作《近于伊川卜山居将命者画图而至欣然有感聊赋此诗兼寄上浙东元相公人夫使求青田胎化鹤》(《会昌一品集·别集》卷 9)诗云:"西圯阴难驻,东皋意尚存。惭逾六百石,愧负五千言",表达了倦宦归去之意。此后平泉山庄不断地为李德裕所吟咏,所怀想。《旧唐书》卷 174 本传云:"东都于伊阙南置平泉别墅,清流翠篠,树石幽奇。初未仕时,讲学其中。及从官藩服,出将入相,三十年不复重游,而题寄歌诗,皆铭之于石。"平泉山庄几乎成为李德裕梦中的仙境,是其重要的精神寄托。李德裕对平泉山庄的珍爱异乎寻常,他告诫自己的子孙说:"鬻吾平泉者,非吾子孙也;以平泉一树一石与人者,非佳子弟也。"(《会昌一品集·别集》卷 9《平泉山居诫子孙记》)

大和三年(829年)八月,李德裕由浙西观察使召入为兵部侍郎,裴度欲荐以为相,而李宗闵因得宦官之助,由吏部侍郎拜相。次年李宗闵又引入牛僧孺为相,正月,牛僧孺因李宗闵荐引,由武昌军节度使入相。李、牛相结,共同排挤裴度、元稹及与李德裕相知者,同时又引进杨虞卿等党人。李德裕先后被出为滑州、西川节度使。从他的一些作品来看,他的心情无疑是沉郁的,当他登上郡楼眺望赞皇山的时候,他觉得自己犹如飘蓬一样漂泊不定。(《会昌一品集·别集》卷3《秋日登郡楼望赞皇山感而成咏》云:"顾我飘蓬者,长随泛梗移。")在《雨后净望河西连山怆然成咏》(同上卷3)一诗中,他进一步表达了自己功名未立、年华老大的感慨:"只恨无功书史籍,岂悲临老事戎轩。唯怀药饵蠲衰病,为惜余年报主恩。"联系当时牛李相位之争中李德裕处于下风的局面,我们可以体会到他的那种既感慨不平而又心犹不甘的心态。

李德裕不断地有厌倦宦途、向往归隐的咏怀诗。在任西川节度使的时候,其《忆金门旧游奉寄江西沈大夫》(同上卷4)诗即表达其"人事升沉才十载,宦游漂泊过千峰"之慨,以及欲"岁暮相期向赤松"之愿。大和七年(833年)文宗擢拔李德裕为相,李德裕开始对朝政进行改革,但是由于反对势力炽盛,阻碍重重,举步维艰。其《忆平泉山居赠沈吏部一首》(同上卷9)一诗表达了自己仕隐两难的心理:"嗟予寡时用,夙志在林间。虽抱山水癖,敢希仁智居。"

开成元年(836年)七月,李德裕由滁州刺史迁为太子宾客分司东都。九月,抵达洛阳,居住于平泉别墅。在得以回乡时,他感到轻松和安宁,其《初归平泉过龙门南岭遥望山居即事》(同上卷10)云"初归故乡陌,极望且徐轮",表达了回归故居的热切心情。其《潭上喜见新月》(同上卷10)云:"簪组十年梦,园庐今夕情。谁怜故乡月,复映碧潭生。皓彩松上见,寒光波际轻。还将孤赏意,暂寄玉琴声。"十年宦途生涯在新月的照耀之下,更加显示出其如"梦"的特征,而新月成为他此时欣喜、明亮的心情的象征。

政治上的受排斥也使他的作品加强了隐逸主题,所以屡有怀想平泉故居的作品,如《早春至言禅公法堂忆平泉别业》(同上卷10)、《峡山亭月夜独宿对樱桃花有怀伊川别墅》(同上卷10)、《春暮思平泉杂咏二十首》(同上卷10)、《初夏有怀山居》(同上卷10)、《思山居十首》(同上卷10)等。对李德裕来说,平泉景物无一不亲切,李德裕花了很多时间细致地描述平泉山庄及其周围的花草、树木、建筑物、动物、山水、人物等。其《早春至言禅公法堂忆平泉别业》云:

> 昔我伊原上,孤游竹树间。人依红桂静,鸟傍碧潭闲。松盖低春雪,藤轮
> 倚暮山。永怀桑梓邑,衰老若为还。

其《春暮思平泉杂咏二十首·自叙》云:

> 五岳径虽深,遍游心已荡。苟能知止足,所遇皆清旷。七十难可期,一丘
> 乃微尚。遥怀少室山,常恐非吾望。

这些诗歌都是从一个回忆者的角度切入。前首回忆过去"孤游"所见之景物,后首总结自己游历的经验,"知足"是获得清旷之景的保证,所以他希望能早点回到故乡去。这些诗歌都在对故乡的追忆中透露出作者那难以排遣的焦虑,"衰老若为还""常恐非吾望"这些句子表明他牵于世情、进退维谷。焦虑增强了对故乡的追忆,而追忆本身又加强了焦虑。

会昌三年(843年)四月,正当李德裕政绩显著,已取得驱回鹘的决定性胜利的时候,他却上表求退[1],其理由是身患"痀疾","患风毒脚气十五余年,服药过虚,又得渴疾"(《会昌一品集》卷18《让官表》),傅璇琮先生认为可能是患糖尿病兼高血压[2]。到了五年,又一次上让官表状,武宗还是不允(同上卷19《会昌五年十二月三日宰相对后就宅宣示谢恩不许让官表状》)。在另一封《让官表》(同上卷18)中他回顾了文宗朝"获戾于时",贬谪袁州的痛苦经历,并且说自己已形成了"伤弓是惧,常蹈春冰""征倚伏之数,惟恐罹灾,思存亡之机,所宜知止"的"惧祸"意识,所以祈求"归老田园",这是李德裕平时强烈怀想平泉故居的意愿的延续。疾病,再加上强烈的"惧祸"意识,使李德裕确实一度想引退。

次述牛僧孺。牛僧孺在其仕途生活中,有好几次有意识地自我引退的行为。一次是在宝历元年(825年)正月,牛僧孺主动求出,史载:"宝历中,朝廷政事出于邪幸,大臣朋比。僧孺不奈群小,拜章求罢者数四。"(《旧唐书》卷172本传)　次是在甘露之变后,《旧唐书》本传载:"开成初,搢绅道丧,阉寺弄权,僧孺嫌处重藩,求归散地,累拜章不允。"跟李宗闵不择手段、务求相权不同,牛僧孺还是有他的政治原则和人格操守的。

牛僧孺在其志怪集《玄怪录》卷3《古元之》一文中,塑造了一个叫"和神国"的美

---

[1]　《资治通鉴》会昌三年四月载:"夏四月辛未,李德裕乞退就闲局,上曰:'卿每辞位,使我旬日不得所。今大事皆未就,卿岂得求去!'"
[2]　参见傅璇琮:《李德裕年谱》,第466页。

丽世界，表达了他对理想社会的追求。其文云：

后魏尚书令古弼族子元之，少养于弼，因饮酒而卒。弼怜之特甚，三日殓毕，追思，欲与再别。因命斫棺，开已却生矣。元之云：

当昏醉时，忽然如梦。有人沃冷水于体，仰视，乃见一神人衣冠绛裳霓帔，仪貌甚伟。顾元之曰："吾乃古说也，是汝远祖。适欲至和神国中，无人担囊侍从，因来取汝。"即令负一大囊，可重一钧。又与一竹杖，长丈二余。令元之乘骑随后，飞举甚速，常在半天。西南行，不知里数，山河逾远，欻然下地，已至和神国。其国无大山，高者不过数十丈，皆积碧珉。石际生青彩簵篆，异花珍果。软草香媚，好禽嘲哳。山顶皆平正如砥，清泉迸下者三二百道。原野无凡树，悉生百果及相思、石榴之辈。每果树花卉俱发，实色鲜红，映翠叶于香丛之下，纷错满树，四时不敢，唯一岁一度，暗换花实，更生新嫩，人不知觉。田畴尽长大瓠，瓠中实以五谷，甘香珍美，非中国稻粱可比，人得足食，不假耕种。原隰滋茂，荛莠不生，一年一度，树木枝干间悉生五色丝纩。人得随色收取，任意纤织。异锦纤罗，不假蚕杼。四时之气，常熙熙和淑，如中国二三月。无蚊、虻、蠓、蚋、虱、蜂、蝎、蛇、虺、守宫、蜈蚣、蛛蠓之虫，又无枭、鸱、鸦、鹞、鸲鸽、蝙蝠之属，及无虎、狼、豺、豹、狐狸、麞骇之兽，又无猫、鼠、猪、犬扰害之类。其人长短妍蚩皆等，无有嗜欲爱憎之者。人生二男二女，为邻则世世为婚姻。笄年而嫁，二十而娶，人寿一百二十。中无夭折、疾病、喑聋、跛躄之患。百岁已下，皆自记忆；百岁已外，不知其寿几何。寿尽则欻然失其所在，虽亲族子孙，皆忘其人，故常无忧戚。每日午时一食，中间唯食酒浆果实耳。餐亦不知所化，不置溷所。人无私积囷仓，余粮栖亩，要者取之。无灌园鬻蔬，野菜皆足人食。十亩有一酒泉，味甘而香。国人日相携游览歌咏，陶陶然，暮夜而散，未尝昏醉。人人有婢仆，皆自然谨慎，知人所要，不烦促使。随意屋室，靡不壮丽。其国六畜唯有马，驯极而骏，不用刍秣，自食野草，不近积聚。人要乘则乘，乘讫而却放。亦无主守。其国千官皆足，而仕官不自知其身之在仕，杂于下人，以无职事操断也。虽有君主，而君不自知为君，杂于千官，以无职事升贬故也。又无迅雷风雨，其风常微轻如煦，袭万物不至于摇落；其雨十日一降，降必以夜，津润条畅，不至地有淹流。一国之人，皆自相亲，有如戚属，人各相惠多与。无市易商贩之事，以不求利故也。古说既至其国，顾谓元之曰："此和神国也。虽非神仙，风俗不恶。汝回，当为世人说之。吾既至此，回既别求人负囊，不用汝

矣。"因以酒令元之饮,饮满数巡,不觉沉醉。既而复醒,身已活矣。自是元之
疏逸人事,都忘宦情,游行山水,自号知和子,后竟不知其所终也。

牛僧孺所构拟的这个理想世界,既是一个土地气候条件良好、物质生活丰富、衣食
无忧的社会,更是一个政治上没有纷扰的社会,君主和官僚相安无事,"无职事"可
操心的社会。牛僧孺用饱蘸着感情的文辞来描述这个理想社会,用笔详尽,辞藻华
瞻,联系当时酷烈的党争,不妨将此文视作牛僧孺希望摆脱政治斗争而获得和平的
愿望的表达。或者说,向往和平、避开纷争的愿望至少是驱使他作这篇文章的动力
之一。

**紧密层**　紧密层的文士是"攻击型"文学作品的主要制造者,这在本书第三章
中已略述之,兹从略。

**松散层**　牛李两党各自有很多松散层的成员,他们构成党派的"基层"和大多
数。但是由于他们保留的作品不多,所以也无从进行论述,兹从略。

## 二、在边缘层和中心层摆动的文士

值得注意的是由边缘层进入中心层的现象。李商隐、杜牧都是边缘层的人物,
但是由于党争的惯性作用,他们也承受到党争的巨大压力。两者均被卷入党争的
旋涡,所不同的是,李商隐是"被抛入",而杜牧是"突入"。李商隐"被抛入"是指李商
隐本无预乎党争,但是他跟牛、李党人的那种纠缠不清的关系,使他处在党争夹缝
之中,备受折磨。杜牧"突入"是指他在大中朝一反其赞誉会昌之政和李德裕政绩
的面目,转而攻讦和诋毁李德裕,表现出一种强烈的主观意愿和自我选择。本章第
三、四节即主要以这两位晚唐代表诗人来考察党争和文士的关系。

## 三、外围层中立派文士

外围层的文士数量很大,那些未曾科第入仕或者与牛李党人无涉的文士,均可
谓外围层,但是他们在更广泛的意义上也受到党争的影响,主要是党争对中晚唐政
治文化的塑造也影响到他们的诗风走向,关于这个问题,将在第五章阐述。

那些虽与牛李党人保持关系,但是最终能明哲保身,不为党争伤害的朝士是不
多的,白居易和刘禹锡是典型。他们往往具有如下特征:其一,年龄偏大,主要活动
时期是中唐、晚唐初期;其二,在牛李党争未形成、未公开化的时期,即跟牛李党魁
保持了一种友善的关系,这成为他们后期仍能跟两党党魁保持交往的人际基础;其

三,往往形成一种避祸、独善的人生观,持儒家独善观、老学知足之旨或禅宗自了之义,不为利益所诱,自觉避开党争风波。

然中立层文士也受到了党争的强力辐射,有时他们也身不由己地被抛入党争之中,尽管所涉甚浅,亦影响他们的身心甚巨。而他们的独善、避祸意识之所以形成,本身就是因为受到党争所参与形成的政治格局、政治文化的影响。

### (一)白居易

宋陈振孙撰《旧本白文公年谱》(《四库全书》本)云:"案唐朋党之祸,始于元和初,而极于太和、开成、会昌之际。三十年间,士大夫无贤不肖,未有能自脱者。权位逼轧,福祸伏倚。大则身死家灭,小亦不免万里投荒。独公超然利害之外,虽不登大位,而能以名节始终,惟其在朋党之时,不累于朋党故也。"

就出自出身来看,白居易出身于单寒之族,没有可炫耀的门第,德宗贞元十四年(798 年)进士及第。从其政治文化的自我认同来看,或许更加接近于牛党。他娶牛党要人杨虞卿、杨汝士兄弟的从父妹为妻,[1]这本身也是政治文化自我认同的表现。元和十年(815 年),白居易上疏为武元衡急请捕盗,与白居易有嫌隙的权要即以"浮华无行""甚伤名教"为由将其贬出为江州司马。(《旧唐书》卷 166《白居易传》)此亦可为佐证。

就其政治观念、政治立场来看,他是一个耿介正直、忠心体国的士大夫,所以,他在政治方面的诸般见解,在藩镇用兵、科第选士、制裁宦官预政等问题上,与刘禹锡、元稹、李德裕接近。

然而,就人际关系的亲善和敌对两方面、时人眼光来看,白居易尽管与牛李两党人物均保持着交情,但是却基本上保持了中立的立场,没有介入党争。

在客观上他与杨氏为姻亲关系,同牛党魁首牛僧孺、李宗闵谊兼师友,所以跟牛党的联系要密切一些,与此同时他跟李党党魁李绅、元稹、裴度均保持亲密的关系,跟李德裕也有交情,但是在自我归属、自我认同方面,他并没有将自己归属于某党,而是保持了中立的立场,超然于党争之外。正是由于在人际交往上保持了独立的人格,所以即使在出自、出身、政治文化与牛党接近,在政见上与李党接近,牛李两党成员两党也没有认同白居易为其党派成员,白居易从而处在党争的外围

---

[1] 白居易《与杨虞卿书》云:"且与师皋(虞卿字)始于宣城相识,迨于今十七八年,可谓故矣。又仆之妻,即足下从父妹,可谓亲矣。"

层之中立派。

　　像白居易这样能避开党争以名节终的士人是不多的。那么白居易是如何避开党争的呢？傅锡壬先生认为白居易的自处之道有四：自求散地以避祸；假借病体以远害；肆情山水以消忧；修养佛老以逃世。[1]

　　除了这些方面，我觉得还可以提一下白居易人际交往的艺术。在党争初兴之时，白居易跟牛李两党的党魁保持着交往，但是在大和年间党争炽盛、党派分野界限清晰之后，白居易不得不随之调整他人际交往的尺寸和策略。

　　先说白居易和李德裕的交往。旧说李吉甫父子因元和、长庆科试讼案恶白居易的说法[2]，其实是附会不实之论。长庆宝历之际，白居易先后出为杭州、苏州刺史，李德裕为浙西观察使，时元稹、刘禹锡与李德裕唱酬，白居易亦参与唱和，形成一个两浙诗人唱和群体，从白居易所留下的《奉和李大夫题新诗二首各六韵》、李德裕首唱的《霜夜对月听小童薛阳陶吹觱篥歌》及白居易、刘禹锡、元稹的和诗（惟元稹和诗已佚）来看，白居易跟李德裕保持着友好的情谊，在诗中推许李德裕的政治才能和高情雅意。但是，大和朝开始党事炽盛后，白居易跟李德裕在大和、开成、会昌二十年间没有直接的交往，很显然这是双方有意避开。

　　次论白居易跟牛僧孺的交往。长庆宝历年间，白居易跟牛僧孺、李德裕均保持友善关系，但是到了大和朝与李德裕几乎没有交往，跟牛僧孺也少有应酬。直至牛僧孺开成二年（837年）五月至开成三年（838年）九月任东都留守，与白居易、刘禹锡诸人同在洛阳，唱和转趋频繁。短短数年间，白氏致牛氏诗什达二十多篇。然这些诗歌的内容，无非是饮酒、歌妓，抒写个人的人生感受，而与政治无涉。牛僧孺在甘露之变后，其从政观亦趋向消极，持明哲保身之道，而白居易呢，则更加消极，这种心态、观念合乎中晚唐政治文化嬗变之总趋向。白、牛的交往，是东都闲职官僚群体之间正常的唱和关系。[3]

　　由上可见，白居易跟牛、李党人交往是很有分寸的，而且讲究策略。但是在大是大非问题上，比如，对待泽潞叛镇问题、宦官预政问题上，他都有自己坚定的原则，绝对不会被党人的私谊影响立场和判断，当然，在形诸语言的时候，他的表达往往是委婉的、温和的，一般不会采取激烈的、针锋相对的方式。

---

〔1〕　傅锡壬：《牛李党争与唐代文学》，第322—332页。
〔2〕　(宋)邵博《邵氏闻见后录》卷9、陈振孙《白文公年谱》均持这种观点。
〔3〕　参见周建国：《白居易与中晚唐的党争》，《文献》1994年第4期。

党争在白居易的一生中充当了什么角色？党争所参与形成的政治格局、政治文化最终将白居易推向独善之路，使白居易的从政观完成从积极向消极，从兼济向独善的转变，形成了能代表一代士风的"中隐"观念，在中晚唐影响深远。而其诗歌观念也完成从讽喻现实向自我写意的转变，其诗歌的内容也从道德伦理世界退回到个人生活世界。要想深入理解白居易的一生及其创作，离开党争这个维度简直是不可能的。

元和三年五月至元和六年四月白居易任左拾遗的时候，他是如此积极、奋不顾身地向君主提出谏诤，其奏疏云："授官已来，仅将十日，食不知味，寝不遑安，惟思粉身，以答殊宠，但未获粉身之所耳。"（《初授拾遗献书》）其新乐府诗歌创作本身就是谏议的一种表达方式，"为君、为臣、为民、为物、为事而作，不为文而作也"（《新乐府序》），其目的是"救济人病，裨补时阙"（《与元九书》），这段时间是其一生中讽喻诗歌创作的高峰期。

然而，政治的黑暗是出乎诗人的想象的，即使在当时，其即为"权豪贵要""握军权者"切齿仇恨（《与元九书》）。

元和十年（815年）因越职谏武元衡被刺事被贬谪为江州司马后，白居易从政观从以前的意气风发变为此后的消极自适。这个转变不仅仅是白居易的转变，实际上也是整个中晚唐政治文化转型的象征。其《自诲》一诗即反映了当时他痛定思痛、一改旧日观念的心态，诗云：

> 乐天乐天，来与汝言。汝宜拳拳，终身行焉。物有万类，锢人如锁。事有万感，热人如火。万类递来，锁汝形骸。使汝未老，形枯如柴。万感递至，火汝心怀。使汝未死，心化为灰。乐天乐天，可不大哀！汝胡不惩往而念来？人生百岁七十稀，设使与汝七十期。汝今年已四十四，却后二十六年能几时？汝不思二十五六年来事，疾速倏忽如一寐？往日来日皆瞥然，胡为自苦于其间？乐天乐天，可不大哀！而今而后，汝宜饥而食，渴而饮，昼而兴，夜而寝。无浪喜，无妄忧。病则卧，死则休。此中是汝家，此中是汝乡，汝何舍此而去，自取其遑遑？遑遑兮欲安往哉？乐天乐天归去来！

此后他果然实践了超然物外、以自我为指向的生活方式。

长庆年间他还是屡次上书论时事，然"时天子荒诞不法，执政非其人"（《旧唐书》卷116本传），于是求出为杭州刺史。到了大和三年（829年），牛李党事兴起，白居易终于心灰意懒，于是求为洛阳太子宾客分司，在洛阳过起亦隐亦仕的生活来，此后除了任河南尹四年,基本上没有离开过洛阳。

《旧唐书》本传比较清晰地展示了白居易从政观和心态蜕变的总过程:

> 居易初对策高第,擢入翰林,蒙英主特达顾遇,颇欲奋厉效报。苟致身于许
> 谟之地,则兼济生灵。蓄意未果,望风为当路者所挤,流徙江湖。四五年间,几
> 沦蛮瘴。自是宦情衰落,无意于出处,唯以逍遥自得,吟咏性情为事。大和已
> 后,李宗闵、李德裕朋党事起,是非排陷,朝升暮黜,天子亦无如之何。杨颖士、
> 杨虞卿与宗闵善,居易妻,颖士[1]从父妹也。居易愈不自安,惧以党人见斥,乃
> 求致身散地,冀于远害,凡所居官,未尝终秩,率以病免,固求分务,识者多之。

党争所参与形成的中晚唐的政治格局、政治文化,使白居易初期那种指陈时弊的、
浅切有力、犹如投枪一样的讽喻诗几乎绝迹。取而代之的,是李商隐那种隐约其旨
的讽喻诗,那些寄慨深沉的咏史诗。虽然美刺的精神还是保持着,但是艺术表达上
的显与隐、切入问题的角度已经有了一个大幅度的变化。"白居易的讽喻诗仅满足
于各方面政治问题和社会生活现象的罗列批评,而李商隐的政治诗则着重表现自
己个人在时代政治风波中的遭遇感触,以及重大政治事件对自己的震撼。"[2]从白
居易到李商隐,是合乎中晚唐政治文化嬗变和诗风走向的总体发展趋势的。

## (二)刘禹锡

刘禹锡之所以能避开牛李党争的牵连,或许要感谢他的贬谪生涯。永贞革新
失败后,先贬连州刺史,再贬朗州司马,元和十年(815 年)二月,招回京师,因赋玄都
观看花诗得罪执政,复迁出,历任连州、夔州、和州刺史,被弃置在凄凉的巴山蜀水
间二十余年,直至宝历二年(826 年)才罢归洛阳,这段时间正是前期党争充分展开
和牛李党争初步定型的时期,刘禹锡因任外官,故避开了朝廷中党争的风暴。大和
初入朝后,其虽受到了党争一定的波及,但是很快就又出为苏州刺史,转汝、同二州
刺史。开成元年(836 年)秋后,始改任太子宾客、分司东都,成为东都闲职官僚、酬
唱诗人群体中的重要成员之一。当然,更主要的原因是他退守自保的人生策略选
择。身历几遭灭顶之灾的顺宗内禅事件,长期贬谪、窜逐的痛苦经历,既磨炼了刘

---

〔1〕　据周建国先生辨,牛党中实无"杨颖士"这么一个重要人物,范文澜先生《中国通史简编》中以杨颖
　　　士为牛党重要人物的说法误。其人在两唐书和通鉴的记载中仅偶见于上引《旧唐书》卷 166《白居
　　　易传》一处。见周建国《白居易与中晚唐的党争》(《文献》1994 年第 4 期)一文。
〔2〕　参见谢思炜:《白居易集综论》下编《白居易与李商隐》,中国社会出版社 1997 年版,第 435—439 页。

禹锡的意志,增长了他的政治体验,也使他在后期有意识地避开党争。尽管他与牛李党人均有诗歌酬唱因缘,但是他并没有党附于哪一党派,而是有原则性地跟两党党魁交往,并且始终以永贞革新集团成员的身份自居,故能成为当时少有的避开党争牵连的士人之一。

就出自出身来看,尽管他或者托己为西汉景帝之子中山靖王刘胜的后代(《刘禹锡集笺证》卷9《子刘子自传》),或者以刘向为"吾祖"(同上卷20《口兵诫》,刘向为楚元王刘交之后),其实他是匈奴族的后裔[1],所以并非出自望族或者是功臣之后。贞元末、永贞年间,由寒畯(俊)王叔文所领导的永贞革新成员与反对势力的政争,本质上是南方新兴阶级与北方衣冠旧族的利益矛盾之争,[2]刘禹锡之参与,以其认同于南方新兴士族之政治文化故也。[3]

就政治观念来看,他是接近于白居易、元稹、李德裕、裴度的,表现出强烈的反对弊政、革新政治、维护中央权威的意识。尤其值得注意的是,啖赵春秋新学和中唐经世学说和对他的影响。永贞革新与啖赵春秋新学有着密切的联系,因为陆质即是参与永贞革新的成员之一,柳宗元、刘禹锡、凌准、吕温、韩泰等人均曾投师于陆质门下。春秋新学"缘词生训"的解经方式和尊王攘夷的政治观念直接成为他们进行革新的理论武器和思想基础。[4]

杜佑《通典》一书是中唐经世学说的重要经典,影响刘禹锡甚巨。贞元十六年(800年),刘禹锡应杜佑的政辟,充任徐泗濠节度使掌书记,杜佑对其甚为器重。杜佑《通典》撰述的目的,据自序云"征诸人事,将施有政",是用来为现实的政治服务的。刘禹锡颇蒙杜佑之教诲,成为此书最早的读者之一,《通典》的经世学说为其一生所服膺,并体现在文章中,落实到具体的从政举措中去。

跟白居易一样,刘禹锡跟牛李两党党魁都保持着交往,跟李党之李德裕、裴度、元稹、李绅,牛党之令狐楚、牛僧孺都有酬唱。当然,他在跟牛李两党人物的交往中,也是有亲疏之分的,而且也有时段性。大体上而言,他跟李党之李德裕、裴度、

---

〔1〕 详见卞孝萱:《刘禹锡年谱》,上海古籍出版社1989年版。卞孝萱:《关于刘禹锡的氏族籍贯问题》,《南开大学学报》1977年第3期。

〔2〕 参见胡可先:《中唐政治与文学——以永贞革新为研究中心》,第19—71页。

〔3〕 从刘禹锡家世来看,入唐后,到了曾祖刘凯才跻身仕途,武后朝入仕,官至博州刺史。到了其父刘绪,安史之乱后"举族东迁",寓居于苏州的嘉兴府,故其为南方新兴阶级甚明。

〔4〕 参见查屏球:《唐学与唐诗——中晚唐诗风的一种文化考察》,商务印书馆2000年版,第27—47页;吴汝煜:《刘禹锡传论》,第54—57页;寇养厚:《中唐新〈春秋〉学对柳宗元与永贞革新集团的影响》,《东岳论丛》2000年第1期。

元稹关系很好，交情保持始终，我认为其主要原因是他们的政治观念比较接近，而且他们也同情刘禹锡的不幸遭遇，赞赏他的杰出才华。

其跟牛党之令狐楚的关系相当密切，"投分素深"[1]，故卒前令狐楚托其子请刘禹锡为其文集作序。

跟牛僧孺交往是前疏后密，可以大和八年（834 年）刘禹锡和牛僧孺扬州释憾[2]为界，之前两人之间曾经颇有芥蒂，刘禹锡对牛僧孺颇有微词，之后刘、牛唱酬颇频繁，均成为东都闲职官僚、酬唱诗人群体的重要成员。

对李宗闵刘禹锡则是很反感的，且未见交往之迹。[3]

无论是生疏还是亲密，刘禹锡都没有认同于某党而党附之，而两党也各自没有认同他为党人。他始终没有忘记自己永贞革新集团成员的身份，他对王叔文的敬仰也是始终的，如果说他有党派，他始终属于永贞革新集团。[4]

刘禹锡虽然以贬谪在外避开了朝廷中日趋激烈的党争，但是并不是说党争就没有波及他。大和二年（828 年）春，由于宰相裴度、窦易直的荐拔，刘禹锡被调回朝廷任主客郎中。此时正值牛李党争相权之争最剧烈之时，李宗闵在宦官的奥助之下，使李德裕失去了入相的机会，复为其逐，出为郑滑节度使、西川节度使，而裴度亦上表要求让官，出为兴元节度使。面对这种朋党勾结、排斥异己，造成政局逆转的局面，刘禹锡无疑是十分焦虑和失望的，[5]他同情李德裕的被排斥出朝，作《酬滑州李尚书秋日见寄》（《刘禹锡集笺证·外集》卷 7）诗慰藉之，而对李宗闵、牛僧孺等

---

〔1〕《刘禹锡集笺证·外集》卷 3："令狐仆射与予投分素深，纵山川阻修然音问相继，今年十一月仆射疾不起，闻予上承讣书，寝门长杓。后日有使者两辈持书并诗，计其日时已是卧疾，手笔盈幅翰墨尚新，新词一篇音韵弥切，收泪握管以成报章。虽广陵之弦于今绝矣，而盖泉之感犹庶闻焉。焚之穗帐之前，附于旧编之末。"

〔2〕大和八年七月，刘禹锡奉命调任汝州，途经扬州，时淮南节度使牛僧孺接待了他，牛僧孺在《席上赠梦得》（《全唐诗》卷 466）中提及其因贞元中刘禹锡"飞笔窜改其文"而抱有的宿憾，刘禹锡乃以《酬淮南牛相公述旧见贻》（《刘禹锡集笺证·外集》卷 6）一诗酬之，二人释憾，此后酬唱始频。关于刘禹锡跟牛僧孺的关系，范摅《云溪友议》中有详细的记载（也见《太平广记》卷 497 引），可参。

〔3〕当然李宗闵本身也不以诗名著，而是典型的官僚，今仅存诗一首，见《全唐诗》卷 473《赠毛仙翁》。

〔4〕其会昌二年临卒前所作《了刘了传》公正地评价了永贞革新的历史进步意义，充分肯定了王叔文的政治才干和人品，"其所施为，人不以为当非"，可见其立场。其《听旧宫中乐人穆氏唱歌》（《刘禹锡集笺证》卷 25）云："曾随织女渡天河，记得云间第一歌。休唱贞元供奉曲，当时朝士已无多。"其《洛中送韩七中丞之吴兴口号五首》（同上卷 28）之一云："昔年意气结群英，几度朝回一字行。海北江南零落尽，两人相见洛阳城。"从这些诗歌来看，对永贞革新的怀念也萦绕着刘禹锡的一生。

〔5〕其《和乐天春词》（《刘禹锡集笺证·外集》卷 1）云："新妆宜面下朱楼，深锁春光一院愁。行到中庭数花朵，蜻蜓飞上玉搔头。"借宫女的失望和苦闷表达内心的焦虑和惆怅。

不顾旧情、排斥有恩于他的贤相裴度和自己的做法极为反感,乃作诗冷讽之:

> 唱得凉州意外声,旧人唯数米嘉荣。近来时世轻先辈,好染髭须事后生。[1]

此诗乃托讽寓意之作,"语在此而义归于彼",借时世对"先辈"的轻视和对"后生"的纵容,来反讽李宗闵、牛僧孺排挤年龄和资历均在他们之上的裴度及自己的背恩行为。因为李宗闵受过裴度的擢拔才"名位日进"(《旧唐书》卷174《李德裕传》)的,而牛僧孺在贞元中曾投谒刘禹锡,在刘、柳等的奖掖之下获得登科。

裴度既已被排斥出朝,刘禹锡欲重新入朝为国用的希望也成为泡影,于大和五年(831年)十月,复出为苏州刺史。由此一例,可见党争辐射力之强,虽欲置身于局外亦难免也。尽管如此,刘禹锡还是与两党党魁保持着交情,而时人也没有将他归于某党之中。但是他的交往显然是有选择的;对于李宗闵则始终未见交往之迹,盖不屑与之交往之故;而对后期淡出党争的令狐楚和甘露之变后"求归散地"、颇有人格操守的牛僧孺,均保持了交往,当然这种交往也是往往停留在友情层面上,或者仅仅是一种诗歌酬唱关系,而与党争无与。

跟白居易一样,刘禹锡也是一大坐标,标志着中晚唐政治文化的转向,标划着诗风的走向。作为永贞革新集团的成员之一,刘禹锡终其一生未改变他的初衷。他的那种倔强、乐观、战斗的精神,在唐代文士中是少有的。他的身上一直保存着中唐士人高扬的、入世的精神。故他的"前度刘郎"等诗歌,是如此的不与统治阶级妥协,保持了其原初的政治理想;[2]他的赞美秋天的诗歌,又是如此的情韵悠扬,充满了对生活的热爱和生命的喜悦;[3]他学习民歌而发展出的新诗体"竹枝词""杨柳枝词"等又是如此的"含思宛转"、风神独具;他的朴素的辩证法思想,使他总是善于从自然现象"芳林新叶催陈叶,流水前波让后波"(《刘禹锡集笺证·外集》卷2《乐天见示伤微之敦诗晦叔三君子皆有深分,因成是诗以寄》)、"沉舟侧畔千帆过,病树前头万木春"(同上卷1《酬乐天扬州初逢席上见赠》)中获得发展的、向前看的观念;他

---

[1] 《刘禹锡集笺证》卷25《与歌者米嘉荣》。此诗一作《米嘉荣》,词亦稍异:"一别嘉荣三十载,忽闻旧曲尚依然。如今世俗轻前辈,好染髭须事少年。"

[2] 元和九年白居易自贬所招回京师,次年赋《元和十年自朗州承召至京,戏赠看花诸君子》(《刘禹锡集笺证》卷24):"紫陌红尘拂面来,无人不道看花回。玄都观里桃千树,尽是刘郎去后栽!"语涉讥讽,为飞语所构,复出为连州刺史。是谓玄都观诗案。到了大和二年,人为主客郎中,复作《再游玄都观》(同上卷24):"百亩庭中半是苔,桃花净尽菜花开。种桃道士归何处,前度刘郎今又来。"

[3] 《秋词二首》(同上卷26):"自古逢秋悲寂寥,我言秋日胜春朝。晴空一鹤排云上,便引诗情到碧霄。"

的"天人交相胜，还相用"的观念，使他对天道和人事的看法总是那样的高瞻远瞩，目光如炬。[1]

然而，就是这样的一个战士、一个诗人、一个思想者，在险恶的政治格局之下，在党争日趋激烈的情况下，在经过如此之长的贬谪生涯逐渐消磨志气之后，也不得不接受现实的安排，在政治文化方面也有了蜕变，即从以兼济为主导的观念转向以独善为主导的观念，前后期诗风也随之变化。

如果我们要找到刘禹锡从政心态和诗风转变的一个明显的界标，或许可以宝历二年（826 年）冬自和州贬所返回洛阳任职，经过扬州时作《酬乐天扬州初逢席上见赠》一诗。这首诗情感极其复杂，在回顾中交织着感伤、怀旧、颓唐、自勉的情绪，可以说，这是一首作者痛定思痛，对其二十三年的往事进行回顾和反思，以便重新确定人生航向的诗歌。此后，随着他跟最高统治阶级的矛盾的缓和，他的战斗精神，对民间生活的关注，大为消解，而跟达官贵人的交往酬唱之作大为增多，更多地转向个人生活世界。[2]

在后期，他在洛阳，跟东都闲职官僚为主的诗人交往唱和，有裴度、崔群、张籍、白居易、牛僧孺等人。跟他们一样，刘禹锡也表现出对政治的逃避，关注个人生活世界。他跟白居易成了不可多得的精神之友和唱和之友，他们无论是诗歌观念还是人生观念都开始趋同了。我们从刘、白的诗歌，以及其他与之唱和的诗歌，很容易捕捉到他们的日趋消极的心态和注重个人生活世界的意识导向，他们努力营造诗意化的生活，并且力求使诗歌创作本身成为生活的组成部分。

然而，刘禹锡毕竟是刘禹锡，即使后期诗作也并非全然颓废、消沉，而是与前期诗歌创作一样具有自己的独特风貌。萧瑞峰师指出：尽管跟前期的诗作相比较，他后期的诗歌不免要黯然失色，然而依旧保持着其独特的风貌。"随着主客观环境的逆向变化，刘禹锡的抗争意识渐趋淡薄，自觉或不自觉地藏掖起早年的犀利锋芒。他以阅尽沧桑的目光，对朝廷中白云苍狗的变化冷眼旁观，因而他后期的诗作较多地表现出的是一个深谙世故者的阅历与识见，其意义在于能如明镜地反映出那个黑暗时代的侧影。"[3]由于受制于生存环境，不得已收敛早期诗歌的锋芒，然而他始

---

[1]　刘禹锡著有《天论》，柳宗元著有《天说》《答刘禹锡天论书》，其皆是我国哲学史上著名的唯物主义文献。

[2]　参见吴汝煜：《刘禹锡传论》，陕西人民出版社 1988 年版，第 104—107 页。

[3]　瞿蜕园点校：《刘禹锡全集》，上海古籍出版社 1999 年版，萧瑞峰所撰《前言》第 5 页。

终心犹不甘、力图振作,这就造成了一种矛盾交织的心态:

> 在既有的理想受挫、壮志成空、年华虚掷的悲伤失意中,又糅合着人格分裂、精神异化的无奈与感怆。由《罢郡归洛阳寄友人》《题集贤阁》等诗可以看出,诗人这一时期是不甘老暮、力图振作的。然而,社会环境和时代氛围却使他非但不可能老有所为,相反如不随俗俯仰,便将自蹈祸殃。于是他只好借吟咏风情、寄意诗酒来排遣痛苦。这就构成了其思想与创作上的不可解脱的矛盾。[1]

跟白居易相比,刘禹锡身上保持了更多的中唐士人的精神,即使到了晚期,其精锐之气益加消磨之时,而寄兴托讽、感慨时世之作转为深沉,其作品亦臻于气象老成的艺术境界,胡震亨云:"刘禹锡播迁一生,晚年洛下闲废,与绿野(裴度)、香山(白居易)诸老,优游诗酒间,而精华不衰,一时以诗豪见推。公亦自有句云:'莫道桑榆晚,为霞尚满天。'盖道其实也。"(《唐音癸签》卷25)而晚期白居易则几乎完全取消了讽喻诗的创作,成为一个沉迷于个人世界的、典型的"中人",从而体现出浓厚的晚唐人的气息,在创作的题材、主题、风格诸方面完成了比较鲜明的嬗变。从刘、白的酬唱之作来看,我们所看到的是:"白居易远出世情,对政治采取超然的态度,明哲保身,怡然自乐。刘禹锡则不能忘怀世情,通常是酒入愁肠,难消孤愤。"[2]

# 第三节　杜牧与牛李党争

## 一、杜牧之为牛党辨

杜牧之为牛党,可谓明矣。然其党派归属之时间断限,亦有前后期之分。大中朝之前,其党派归属尚未明显,贸然归之于牛党,略嫌证据不足。大中朝之后,其所著文,如《周公墓志铭》《祭周相公文》《牛公墓志铭并序》等,皆自暴其党人爱憎习气,颂赞牛党要人而痛斥李德裕,倘不归之于牛党,又能归之于何党? 故自杜牧一生行迹观之,始则徘徊于党争之边缘层,终则突入党争之紧密层,乃是一条自边缘层向紧密层摆动的轨迹。

---

〔1〕 瞿蜕园点校:《刘禹锡全集》,上海古籍出版社1999年版,萧瑞峰所撰《前言》第6页。
〔2〕 吴汝煜:《刘禹锡传论》,第140页。

自党派分野三大依据观之:尽管在政治观念方面杜牧与李德裕惊人的接近,但是以出自出身、在人际关系的亲善方面和敌对方面观之,杜牧具有典型的牛党成员的特征。今兹论之。

## (一)出自出身

杜牧出自高门世族,为杜佑孙。然以其父从郁早卒,杜牧、杜颢兄弟年幼,不善持家,致使家道衰落。[1] 大和二年(828 年),二十六岁进士及第,同年又举贤良方正能言极谏科。杜牧颇染进士浮浪风习。《太平广记》卷 273 杜牧条引《唐阙史》载杜牧"少隽,性疏野放荡,虽为检刻,而不能自禁"。并列三件风流之事:其一,扬州宴游无度,为牛僧孺所密护;其二,洛阳赴会咏诗;其三,湖州"寻春"、"绿叶成荫"、契合无缘之情事。新兴阶级,或者没落世家熏染进士浮浪风习,素为李党所厌恶,在这点上杜牧是站在李党的对立面的。

## (二)人际关系的亲善方面与敌对方面

杜牧亲善牛党而敌视李党,尤以大中年间表现最为明显。

### 1.人际关系亲善方面

人际关系亲善方面分两个层面:首先,杜牧的自我归属、自我认同,即将自身归入哪一党派? 其次,牛党对杜牧有没有一种认同感? 从有关资料来看,杜牧既将自身归属于牛党,而牛党亦认同他为党人。

杜牧跟牛党魁首和要人交情深厚。

牛僧孺　牛僧孺与杜牧有同乡之谊。[2] 现有资料表明杜牧跟牛僧孺交往最早是大和四年(830 年),牛僧孺入相,杜牧作诗寄之,其《寄牛相公》(《樊川文集》卷 4)云:"汉水横冲蜀浪分,危楼点的拂孤云。六年仁政讴歌去,柳远春堤处处闻。"大和七年(833 年)至九年(835 年),杜牧入牛僧孺淮南幕,颇蒙牛僧孺眷顾,且为之一生感恩。《太平广记》卷 273 杜牧条引《唐阙史》载:

> 会丞相牛僧孺出镇扬州,辟节度掌书记。牧供职之外,唯以宴游为事。扬州胜地也,每重城向夕,倡楼之上,常有绛纱灯万数,辉罗耀烈空中。九里三十

---

〔1〕　参见《上宰相求湖州第二启》(《樊川文集》卷 26)中自述十余岁时生活情况。
〔2〕　《牛公墓志铭并序》载牛僧孺长安南下杜樊乡东有隋氏赐田。

步街中,珠翠填咽,邈若仙境。牧常出没驰逐其间,无虚夕。复有卒三十人,易服随后,潜护之,僧孺之密教也。而牧自谓得计,人不知之。所至成欢,无不会意。如是且数年,及征拜侍御史,僧孺于中堂饯,因戒之曰:"以侍御史气概达驭,固当自极夷涂。然常虑风情不节,或至尊体乖和。"牧因谬曰:"某幸常自检守,不至贻尊忧耳。"僧孺笑而不答。即命侍儿,取一小书簏,对牧发之,乃街卒之密报也。凡数十百,悉曰:某夕,杜书记过某家,无恙。某夕,宴某家,亦如之。牧对之大惭,因泣拜致谢,而终身感焉。故僧孺之薨,牧为之志,而极言其美,报所知也。

按:杜牧先为节度推官,再为监察御史里行,转掌书记。节度推官的职责是掌理刑狱,必须晨入夜归,非有疾病是不许外出的[1]。然杜牧却常夜探娼楼,而牛僧孺能密护之,极幕主之恩眷,可谓"固不以常礼"[2]也。

杜牧不但于平昔赞颂牛僧孺[3],于其卒后,大中三年(849年)为作《牛公墓志铭并序》,"极言其美",诋毁李德裕。正是因为杜牧自觉认同于牛党,感恩牛僧孺之眷顾,故颂赞之情、回护之心充分表露于文之中。

周墀　杜牧与周墀的友情也很深厚。其《祭周相公文》(《樊川文集》卷14)云:"至如牧者,受恩最深。爰自稚齿,即蒙顾许,及在宦途,援契益至。"杜牧会昌二年(842年)至于大中二年(848年),被斥外任达七年,也是周墀将他"拔自污泥,升于霄汉,却收斥锢,令厕班行,仍授名曹,帖以重职"(《上周相公启》,《樊川文集》卷16)。在《周公墓志铭》(同上卷7)一文中,杜牧也是屡以周墀抗衡李德裕之事迹彰显其德,以见其正色立朝,"提起王道,以公为倚"。此杜牧与周墀站在同一立场上,目李德裕为仇雠之显例也。

白敏中　白敏中会昌六年(846年)四月拜相。时杜牧在池州,祈求援引,其所作《上白相公启》(同上卷16)实则一片谄谀之词,称颂其"盛德大功""清节细行",又以历史著名人物许之,"求于古人之贤,皆集相公之德"。杜牧所作诗文中,虽然誉美之作比比皆是,但像这样的谄谀之作却不多。实则白敏中此人,未必能当此等颂词。尝受恩于李德裕而反复不念旧情,卒置李德裕于死地[4]。在位期间持禄苟安,

---

〔1〕　周必大《二老堂诗话》:"韩退之为武宁节度使推官,上张仆射书云:'使院故事,晨入夜归,非有疾病,辄不许出。抑而行之,必发狂疾。'"
〔2〕　周必大《二老堂诗话》:"如牛僧孺待杜牧之,固不以常礼也。"
〔3〕　开成四年(839年)八月牛僧孺出使襄州,杜牧作《送牛相出镇襄州》,言其"德业悬秦镜,威声隐楚郊"。
〔4〕　参见《新唐书》卷119《白敏中传》,康骈《剧谈录》卷上《李朱崖知白令公》。

无所建树,"博士曹邺责其病不坚退,且逐谏臣,举怙威肆行,谥曰丑"(《新唐书》卷119《白敏中传》),逊李德裕之谋略、勋绩远矣。而杜牧池州任期间视其为可依托者,不惜谄词以啖之,亦是其认同于牛党的心理在起作用。

与杜牧亲善者,多为牛党人物,或为亲近牛党而为李德裕所排挤者,有高元裕、李中敏、李甘、韦楚老、李方玄、邢群、吴武陵、郑处诲等。

下面再举几个例子以见杜牧之认同于牛党,而牛党亦眷顾杜牧。

**吴武陵** 吴武陵于杜牧有荐举之恩,《唐摭言》卷6《公荐》载大和初吴武陵荐举杜牧于崔郾而及第之事。然吴武陵与李吉甫交恶(《唐语林》卷6载),为李德裕所憎:"初,武陵坐赃时,李德裕作相,贬之。"(《旧唐书》卷173《吴汝纳传》)其侄吴湘亦以赃罪被李绅处死:"物议以德裕素憎吴氏,疑李绅织成其罪"(同上)。吴武陵于杜牧有恩,而为李德裕父子抑制,此亦可能成为杜牧反感李德裕的原因之一。

**高元裕** 《旧唐书》卷171《高元裕传》载:"(大和)九年,宗闵得罪南迁,元裕出城钱送,为李训所怒,出为阆州刺史。"其仕途随牛党而进退,可见其为牛党。据《上吏部高尚书状》(《樊川文集》卷16),可知其大中初自宣歙观察使调任吏部尚书时想提拔杜牧,而杜牧亦怀"刳肠奉首之报"的感恩之情。

**李中敏** 李中敏在大和年间请斩郑注,为宋申锡伸冤。在开成末为给事中而能言折仇士良,乃谠直忠正之臣,然与杨嗣复亲善,故李德裕入相后排挤之。[1] 杜牧非常赞许李中敏这种谠直忠正之臣,与之亲善。[2] 杜牧为作《李给事中敏二首》(《樊川文集》卷2)、《昔事文皇帝三十二韵》(同上卷2)、《哭李给事中敏》(同上卷3),从这些作品来看,杜牧对李中敏有很强烈的认同感,仰慕其直言谏主的风姿,赞同其仇雠宦官的凛然正气。[3]

---

〔1〕《资治通鉴》卷246开成五年十一月载:"开府仪同三司、左卫上将军兼内谒者监仇士良,请以开府荫其子为千牛,给事中李中敏判云:'开府阶诚宜荫子,谒者监何由有儿?'士良惭恚。李德裕亦以中敏为杨嗣复之党,恶之,出为婺州刺史。"

〔2〕《旧唐书》卷171《李中敏传》:"性刚编敢言,与进士杜牧、李甘相善,文章趣向,大率相类。"

〔3〕大和开成年间一些谏诤之臣皆与杜牧善,除了李中敏,还有李甘、宋邧等。《新唐书》卷166杜牧本传:"少与李甘、李中敏、宋邧善,其通古今、善处成败,甘等不及也。"李甘是强烈反对郑注的。宋邧开成年间曾任右拾遗,论列郭薳为坊州刺史事,为杨嗣复所庇护(《旧唐书》卷173《陈夷行传》)按,此三子皆不畏权势、耿直忠正之士。然李中敏未免党附杨嗣复。故杜牧以三子为友,情状颇类于李中敏——虽谠直而难免党派倾向性。

然而,与杜牧亲善的,也有李党成员或者是与李德裕亲近者。比如,崔郸、崔郾,[1]崔珙[2]、卢弘止[3]、李回[4],也有属于中立派的朝士,如沈传师、韦温等。

但是在杜牧的自我归属中,他对牛党而不是李党是有一种认同感的,而且在后期这种认同感和归属感彻底地暴露了出来。在早期,他跟李党的一些人物交往,正如曾经跟李德裕有所交往一样,只是说明他前期处在党争的边缘层,所以跟牛李两党成员都有交往之迹。到了大中年间,他称誉牛党党魁,攻击李德裕,他的自我归属和自我认同在其作品中就表露无遗了,他之处在牛党的紧密层也是十分明白的。当然,从边缘层向紧密层的摆动,是一个过程,前后期的不同特征需要我们善加区分。

2. 人际关系敌对方面

人际关系敌对方面也分两个层面:首先,李党是不是以杜牧为敌对者而有排挤、贬斥行为;其次,杜牧自身对待李党有没有敌对性言论和行为。今兹论之。

李德裕虽然在会昌年间颇采纳杜牧的政治军事策略,然终会昌朝,无奖掖提拔杜牧之行为。杜牧大和二年(828年)及第,时年二十六岁,会昌二年(842年),任左补阙、史馆修撰,为郎官清选,时年四十岁,前后不过十四年,总体而言,仕途正处于上升阶段,顺此升迁,入翰林,登廊庙亦有可能,[5]却被排挤出朝列,出守远郡,历任黄、池、睦州刺史,心中抑郁不平,并最后促其突入党争紧密层,发起对李德裕的攻击。李德裕其实是一个朋党积习相当厚的人,又受制于当时牛李对峙的党争格局,故不得不次擢拔杜牧以为大用。清全望祖论云:"牧之,世家公相,少负高名,其于进取本易。不幸以牛僧孺之知,遂为李卫公所不喜。……(杜牧)虽受知于牛,而不

---

〔1〕《旧唐书》卷155《崔郸传》仅载:"会昌初,李德裕用事,与郸弟兄素善。"崔郾为杜牧大和二年(828年)进士及第座主。崔郸曾为杜牧府主,杜牧于开成二年(837年)入其宣歙幕。

〔2〕杜牧有《上门下崔相公书》赞崔珙治彭城功绩。

〔3〕杜牧大和年间在沈传师宣州幕府受到团练副使卢弘止的栽培。在《与浙西卢大夫书》中回顾了卢弘止对他"一一诱教,丁宁织悉"的恩情,题中"卢大夫"即卢简辞,为卢弘止之兄。

〔4〕杜牧会昌二年有《上李中丞书》,自陈家风、韬略,祈求援引。

〔5〕《唐语林》卷8补遗载:"制科。仕宦自进士而历清贯,有八俊者。一曰进士出身,制策不入。二曰校书、正字不入。三曰畿尉不入。四曰监察御史、殿中丞不入。五曰拾遗补阙不入。六曰员外郎、郎中不入。七曰中书舍人、给事中不入。八曰中书侍郎、中书令不入。言此八者尤加俊捷。直登宰相,不要历绾余官也。"可见补阙正八俊之一。又史馆修撰亦当时清官,薛元超至于以不任史官为平生三恨之一,《唐语林》卷4企羡类载:"薛元超谓所亲曰:'吾不才,富贵过人,平生有三恨:始不以进士擢第,不得娶五姓女,不得修国史。'"

可谓之牛之党。[1] 卫公不能别白用之,概使沉埋。此其褊心,无所逃于识者之责备。……卫公讨泽潞,牧之上方略,卫公颇用其言,功成而赏弗之及,卫公诚过矣。"[2]

而杜牧在大中之前,几无攻击诋毁李德裕之言行,且与李德裕有交往,然大中牛党执政,却自党争边缘层突入紧密层,成为一个积极攻击、诋毁李德裕的牛党成员。这本身是一个值得注意的现象。关于这个问题下面将具体论述。

下面先条列杜牧攻击、诋毁李德裕的部分材料。

①《祭周相公文》(《樊川文集》卷14,大中五年作):"会昌之政,柄者为谁?忿忍阴污,多逐良善。牧实忝幸,亦在遣中。黄冈大泽,葭苇之场,继来池阳,栖在孤岛。僻左五岁,遭逢圣明。收拾冤沉,诛破罪恶。"按:此言"柄者",自是指执政,从语气上看,当指李德裕。在大中朝之前,此等文字,绝无见于杜牧作品中,又此前杜牧多发赞美会昌之政的话语,而今全盘否定,前后之变化如此,实可骇怪。若非一贯认同于牛党,又以会昌朝受压制故,归怨于李德裕,怎会贸然发此等话语?吴在庆先生将"柄者"落实到李绅身上,亦可聊备一说。[3] 观杜牧之文,岂仅攻击李德裕一人?实则全盘否定会昌之政。史载大中朝务反会昌之政,故此等口气,实际上是当时典型的投合新朝的牛党党人口气。

②《牛公墓志铭并序》(《樊川文集》卷7,大中三年作)一文攻击李德裕有三:其一,攻击李德裕大和六年(832年)在维州事件中失策,肯定牛僧孺的诚信说。其二,攻击李德裕在会昌年间排挤牛僧孺。一是言会昌元年(841年)秋李德裕挟维州事罢牛僧孺为太子少师。二是言李德裕诬牛僧孺、李宗闵与泽潞刘稹勾通三贬牛僧孺至循州员外长史。其三,以牛僧孺之厚德、释前嫌显李德裕之褊狭。"李太尉志必杀公,后南谪过汝州,公厚供具,哀其穷,为解说海上与中州少异,以勉安之,不出一言及认前事。"

③《周公墓志铭》(《樊川文集》卷7,大中六年作)一文攻击李德裕有二:其一,会昌朝李德裕排挤周墀。"李太尉德裕伺公纤失,四年不得,知愈治不可盖抑,迁公江西观察使兼御史大夫。"其二,李德裕篡改《元和实录》以美其父吉甫为相事,周墀上言反对之。"李太尉德裕会昌中以恩撰元和朝实录四十篇,溢美其父吉甫为相事,

---

[1]　按:这个观念笔者并不赞成。

[2]　全祖望:《鲒埼亭集外编》卷37《杜牧之论》。

[3]　吴在庆:《试论杜牧的党派分野》,《人文杂志》1987年第2期。

公上言曰:'人君惟不改史,人臣可改乎?《元和实录》皆当时名士目书事实,今不信,而信德裕后三十年自名父功,众所不知者而书之。此若垂后,谁信史?'竟废新本。"

④《上宰相求湖州第一启》(同上卷16,大中四年作):"某弟颤,世胄子孙,二十一举进士及第,尝为《上裴相公书》,遒壮温润,词理杰逸,贾生、司马迁能为之,非班固、刘向辈亹亹之词,流于后辈,人皆藏之。朱崖李太尉迫以世旧,取为浙西团练使巡官,李太尉贵骄多过,凡有毫发,颤必疏而言之。后谪袁州,于仓惶中言于亲吏曹官居实曰:'如杜巡官爱我之言,若门下人尽能出之,吾无今日。'"按:杜牧此文遣词用句皆充满党人攻击色彩,曰"迫以世旧",见其极不情愿之态也。曰"贵骄多过",亦朋党诋毁、人身攻击之言。李德裕固然缺点很多,然而却是会昌中兴的勋臣,其辉煌的政绩是任何诋毁之词都无从抹杀的。[1]

⑤《唐故歙州刺史邢君墓志铭(并序)》(同上卷8,大中三年作):"会昌五年,(邢)涣思由户部员外郎出为处州。时牧守黄州,岁满转池州,与京师人事离阔四五年矣,闻涣思出,大喜曰:'涣思果不容于会昌中,不辱吾御史举矣。'"杜牧为邢群不容于会昌朝而鸣不平,可见他对李德裕的强烈不满。

综合如上两方面之考虑,我们有理由说:杜牧非牛党,孰为牛党?一些论者往往将攻击李德裕未必如杜牧之激烈者归于牛党,而费尽心思将杜牧划出党人之界限,名之为"非牛非党"。回护先贤之心可以理解,然求之事实之真相,则可能谬以千里。

论者往往以杜牧之政治观念与李德裕接近为理由,否定其属于牛党之说。[2]然而,政治观念、政治文化固然是划分党派归属的重要界标,但是从杜牧的例子来看,我们发现,人际关系方面的规定性有时更能决定一个人的党派归属。尽管在政治观念方面杜牧如此惊人地接近于李德裕,但是由于人际关系方面的规定性,人际关系的亲善方面和人际关系的敌对方面,都将杜牧不容置疑地推向牛党,并使其在大中年间成为一个积极攻击、诋毁李德裕的牛党成员。

---

[1] 宋李之仪《姑溪居士文集·书牛李事》:"武宗立,专任德裕,而为一时名相,唐祚几至中兴,力去朋党,卒为白敏中、令狐绹中伤。"叶梦得《避暑录话》卷2:"李德裕是唐中世第一等人物,……使武宗之材如明皇之初,则开元不难致。"
[2] 王西平先生即持此说,其《杜牧与牛李党争》(《陕西师大学报(哲学社会科学版)》1985年4期)一文云:"私交深厚,并不能说明杜牧就属于牛党。而着重要从政治见解和政治倾向,是否实际上参与牛李党争两个方面来判定。"

论者亦有以杜牧忠心体国、刚介耿直为理由，无视其有党人倾轧行为，甚或许之为"非牛非李"[1]，然揆之事实，杜牧攻击李德裕的作品摆在那里，是一个客观事实，如果持"非牛非李说"，那么很多现象会解释不通，尤其是无法对杜牧大中朝的言行和心迹给出合理的解释。牛党亦多刚介耿直之士，如李中敏、高元裕等，与杜牧为同类。论者视彼等为牛党而略无思索，而于攻击李德裕有甚于彼等之杜牧，宁不归之于牛党？

## 二、从边缘层向紧密层的摆动

说杜牧是牛党，这是从其一生行迹来看，但是落实到具体的人生阶段，这样说就太笼统了，其实在不同的人生阶段，杜牧与牛李党争的关系也表现出其阶段性的特点。可以大中朝为一个界限，划分为前期和后期两个阶段。前期，大中朝之前，杜牧尚处在党争的边缘层，大致是一个倾向于牛党的士人。后期，大中朝，杜牧突入到党争的紧密层，成为一个积极攻击李德裕、美化牛党党魁的牛党成员。所以杜牧的一生，就是从党争的边缘层向党争的紧密层摆动的轨迹。

### (一)大中朝之前杜牧尚处在党争的边缘层

#### 1.并没有多少材料证明大中朝之前杜牧有攻击李德裕的行为

大中朝之前，杜牧并没有直接攻击李德裕的行为，相反，两人还保持着一定程度上的交往。

也许比较富有党人攻击色彩的一条材料是关于李绅出使宣武军，监察御史杜牧使台吏遮殴百姓的事件。《旧唐书》卷173李绅本传载："（大和九年）绅与德裕俱以太子宾客分司。开成元年，郑覃辅政，起德裕为浙西观察使，绅为河南尹。六月，检校户部尚书、汴州刺史、宣武节度。"李绅赴宣武任时，监察御史杜牧出面驱逐因恋慕不舍而挡车的百姓。《全唐诗》卷482李绅《拜宣武军节度使》诗序对此事记载

---

[1]　朱碧莲的《论杜牧与牛李党争》（《文学遗产》1980年第2期）　文认为杜牧 般在感情上倾向于牛党，在理智上支持李党。杜牧"由于个人之不得升迁便产生了隔阂"，所以凡是涉及牛李论争，杜牧"差不多都以感情代替理智"，无条件地袒护牛，但杜牧"在当时既非牛党，亦非李党"。按：此论值得商榷。既曰无条件地袒护牛，又曰"非牛非李"，试问，党派归属当以何为准则？若于实际行为中袒护牛党、攻击李党，而不归之于牛党，则牛党诸多成员中亦有赞同李德裕之政治观念者，难道也要划出牛党之外吗？所以确定杜牧党派归属的关键是确定划分标准，我们应该依据历史事实，定夺其大致归属。

甚详:"开成元年六月二十六日,制授宣武军节度使。七月三日,中使刘泰送旌节止洛阳。五日赴镇,出都门,城内少长士女相送者数万人。至白马寺,涕泣当车者不可止。少尹严元容鞭脊吏市人,怒其恋慕,留台御史杜牧使台吏遮殴百姓,令其废祖帐。"李绅为李党魁首之一,与牛僧孺交恶,杜牧出面遮殴恋慕他的百姓,亦难免党人心理在起作用。

这一事例说明杜牧是倾向于牛党的,但是仅有此例尚不足以说明他已进入党争的紧密层且有意识、有目的地攻击李党,何况他大中朝之前跟李德裕的私人交情还一直保持着。可见,大中朝之前的杜牧,尚处在党争的边缘层。

李杜两家原是"世旧"[1],杜牧之至于有"忝迹门墙"(《上淮南李相公状》)之言。杜牧之弟杜颢两入李德裕幕,极蒙知遇。大和八年(834年)受李德裕镇海幕辟,杜牧赋诗以勉励之:"直道事人男子业,异乡加饭弟兄心。还须整理韦弦佩,莫独矜夸玳瑁簪。"(《送杜颢赴润州幕》)李德裕贬袁州至于有"我闻杜巡官言晚十年,故有此行"之言(《唐故淮南支使试大理评事兼监察御史杜君墓志铭》)。开成二年(837年)春,李德裕为淮南节度使,复请为试评事兼监察御史支使。而杜颢亦感德裕之恩遇,拒绝牛僧孺之辟。杜颢是杜牧的爱弟,与李德裕有此一层关系,故杜牧也与他保持着交往。

开成三年(838年),杜牧在宣州崔郸幕,作《上淮南李相公状》(《樊川文集》卷16),这篇文章很是赞美李德裕的治绩,然后祝愿李德裕早日入相:"窃以圣上倚注既深,相公勋业愈重,况兹异政,即达宸聪。伏料穷边绝塞,将议息兵,宣室明庭,必思旧德,重秉钧轴,固在旬时。某忝迹门墙,不胜抃跃,攀望荣戴,下情无任恋结之至,谨状。"会昌元年(841年),崔郸出使西蜀,李德裕写诗送之,杜牧奉和,有《奉和门下相公送西川相公兼领相印出镇全蜀诗十八韵》(《樊川文集》卷2)之作。

会昌年间杜牧接连上书,亦每多赞词,其《上李司徒相公论用兵书》(同上卷11)云:"伏闻圣主全以兵事付于相公,某受恩最深,窃敢干冒威严,远陈愚见,无任战汗。"其《上李太尉论北边事启》(同上卷16)云:"伏惟太尉相公文德素昭,武功复著,画地而兵形尽见,按琐而边事无遗,唯一指踪,即可扫迹。"

会昌五年(845年)为池州刺史时作《上李太尉论江贼书》(同上卷11)云:"伏以太尉持柄在上,当轴处中,未及五年,一齐四海,德振法束,贪廉愞立,有司各敬其

---

〔1〕 据杜牧《唐故岐阳公主墓志铭》一文,元和朝,李德裕父李吉甫曾推荐杜佑孙杜悰娶岐阳公主为妻,故两家有世旧。

事,在位莫匪其任。虽九官事舜,十人佐周,校于太尉,未可为比。"这一系列充斥着赞词的上书,虽难免官样文章讲套话,然未必无出于衷心者,同时至少说明他们当时的交情还是保持着的。

2.有充分的材料说明杜牧在政治观念方面与李德裕惊人地接近,而与牛僧孺不同

对于唐朝廷的各种社会矛盾和政治问题,李德裕一贯持积极进取之策略,故于会昌朝能力排众议,平泽潞,驱回鹘,勉成"会昌中兴"之局。而牛僧孺一贯持"姑息偷安之术"(《资治通鉴》卷244),大和六年(832年)牛僧孺在延英会议上回答文宗的责望之语,至于有"太平无象"说(参《资治通鉴》卷244),连偏袒牛党的司马光也忍不住斥责他"进则偷安取容以窃位,退则欺君诬世以盗名"(《资治通鉴》卷244)。

杜牧承其祖父杜佑经世之家学,"于治乱兴亡之迹,财赋兵甲之事,地形之险易远近,古人之长短得失"(《上李中丞书》,《樊川文集》卷12),颇多研求。其政治理想是:"平生五色线,愿补舜衣裳。弦歌教燕赵,兰芷浴河湟。腥膻一扫洒,凶狠皆披攘。生人但眠食,寿域富农桑。"(《郡斋独酌》)尤切切关注于削平藩镇以加强中央集权,收复河湟以巩固边防。且持积极进取观念,其《守论》一文即专门反对"反条大历、贞元故事,而行姑息之政",亦极力反对"销兵"之议(参见《上李司徒相公论用兵书》),故每合于李德裕政治军事之举措。

(1)边防问题

自中唐以来,西南之吐蕃,西北之回鹘,常常侵扰边境。大和五年(831年),吐蕃维州守将以城降,李德裕力主收复,牛僧孺时任宰相,独持信义说,沮李德裕之谋,导致了牛李矛盾激化。实则自当时客观情势观之,收复维州合乎唐室利益与民心向背,故牛僧孺沮李德裕之议,颇有意气成分在起作用。杜牧于《牛公墓志铭(并序)》中直牛曲李,实不合乎其一贯的政治理想和政治观念,不过是党人意气在作怪而已。

杜牧平日渴求收复河湟,故有《河湟》一作:"元载相公曾借箸,宪宗皇帝亦留神。……唯有《凉州》歌舞曲,流传天下乐闲人。"讽刺朝廷举措失当。武昌年间李德裕又多次部署防御吐蕃、收复河湟事,会昌四年(844年)春,朝廷以吐蕃内乱,议复河湟。杜牧闻讯,作《皇风》诗以赞誉之。及大中三年(849年)八月河陇收复,在长安庆贺仪式上,杜牧作《今皇帝陛下一诏征兵,不日功集,河湟诸郡次第归降,臣获觐圣功,辄献歌咏》诗,云"听取满城歌舞曲,《凉州》声韵喜参差",表达了自己喜悦的心情。

会昌二年(842年),回鹘乌介可汗向南侵扰。时朝廷公卿大臣分为两种处理意见,展开激烈论争。以牛僧孺为首的部分朝臣,在会昌二年(842年)八月召集的公卿会议上,提出"来即驱逐,去亦勿进"的消极应付方针,为李德裕所一一驳斥和否定。李德裕采取积极有效的措施,有理、有利、有节地处理回鹘问题,终于会昌三年(843年)正月,石雄等大破回鹘乌介部,迎太和公主归唐。[1]

回鹘扰边,导致一些北部边境人民颠沛流离,杜牧为作《早雁》诗以寄慨。《雪中书怀》表达了自己的焦虑和自信:"北虏坏亭障,闻屯千里师。牵连久不解,他盗恐旁窥。臣实有长策,彼可徐鞭笞。如蒙一召议,食肉寝其皮。"(《樊川文集》卷1)又有《上李太尉论北边事启》,条陈用兵回鹘的策略和时机问题。文中例举两汉伐匈奴以秋冬而败,后魏崔浩伐蠕蠕夏入而胜,认为反攻回鹘的季节时间当在五六月份。此论颇为李德裕赞赏,《旧唐书》卷147杜牧本传云:"牧上宰相书,论兵事。言'胡戎入寇,在秋冬之间,盛夏无备,宜五六月中击胡为便'。李德裕称之。"

(2)削藩问题

还是在早期党争阶段,牛党和李党就围绕着淮西用兵问题相持不下,在对付藩镇问题上形成两种不同的政治观念和政治策略。牛党往往持姑息保守的策略,而李党往往持积极用兵的策略。

大和五年(831年)卢龙军乱,杨志诚驱李载义,牛僧孺提出:"但因而抚之,俾扞奚、契丹不令入寇,朝廷所赖也。假以节旄,必自陈力,不足以逆顺治之。"(《旧唐书》卷172《牛僧孺传》)的策略,被司马光斥为"姑息偷安之术"。而李德裕处理藩镇叛乱,则态度强硬,而又能措施得当。会昌元年(841年),卢龙军乱,杀其帅史元忠,推牙将陈行泰为留后,并强求朝廷正式任命。李德裕针对河北三镇的特点,要求朝廷"置之数月不问,必自生变"。既而军中果杀陈行泰,复立张绛,朝廷仍不授节旄。闰九月,雄武节度使张仲武起兵击张绛,李德裕以张仲武能效忠朝廷,乃全力支持之,平定卢龙军之乱,正式授予张仲武节旄。

会昌年间平泽潞则是由李德裕一手导演的、唐朝廷最后一次成功的削藩行动。

当时朝廷中反对泽潞用兵的人很多,宰相、谏官及群臣皆以回鹘余烬未灭为请,形成很大的舆论声势,不但牛党之杜悰等"叩额虑兴兵",而且李党之李让夷、李绅等都持反对意见。唯李德裕力排众议,坚主讨伐。在李德裕的制置下,终平定了

---

[1] 参见第二章《牛李党争的演进历程》第三节之二"会昌朝政绩的缔造"部分。

刘稹之乱。而河北三镇跋扈的现象在会昌朝受到了一定的抑制。[1]

削平藩镇,加强中央集权,是杜牧一系列政治军事论文中的主题之一。其《罪言》《原十六卫》《战论》《守论》其实都是围绕这个问题而展开的。

《战论》 分析了河北与天下的关系:"河北视天下,犹珠玑也;天下视河北,犹四支也。"指出当时的唐廷由于受困于河北藩镇,处在"天下四支尽解,头腹兀然而已"的境地。回顾了从元和至长庆"五败"[2]益盛的过程,提出治其"五败",以图兴复的策略。

《守论》 反对"反条大历、贞元故事,而行姑息之政"。首先指责执事大人苟安,不谋削平河北。接着驳斥大历、贞元故事,指出"大历、贞元之间,适以此为祸也"。最后从人性的角度来驳斥"姑息之策",要求"征伐于天下"来达到"裁其欲而塞其争"的目的。

《罪言》 首先指出了山东的战略地位:"由此言之,山东,王者不得,不可为王;霸者不得,不可为霸;猾贼得之,是以致天下不安。"提供了对付河北三镇跋扈的上中下三策:上策莫如自治;中策莫如取魏;"故河南、山东之轻重,常悬在魏,明白可知也";最下策为浪战。

《原十六卫》 针对当前兵制之弊,希望恢复太宗十六卫兵制,以图有效地遏制跋扈的藩镇,"虽有蚩尤为师帅,雅亦无能为叛也"。

会昌三年(843年)杜牧有《上司徒李相公论兵书》,陈述用兵方略。指出上党与淮西在民心向背方面不同,泽潞"值宝历多故,因以授之,今才二十余岁,风俗未改,故老尚存,虽欲劫之,必不用命"。这跟李德裕的大判断,即泽潞事体与河北三镇不同,所以坚决要求征讨,是非常契合的,这种契合正见二者都具有深刻而独到的战略眼光。在当时宰相和谏官都反对泽潞用兵的情况下,李德裕分析了用兵泽潞的可能性和必要性,独主征伐,获得了武宗的坚决支持(参见《资治通鉴》卷247会昌三年四月)。

杜牧在上书中还提出具体的策略安排:其一,以河阳军守住天井关口。"盖河阳军士,素非精勇,战则不足,守则有余。"其二,分析河北三镇。成德军必然效命。魏博虽然效命,但是"亦止于围一城攻一堡,刊木埋井,系累稚老而已"。其三,"其用武之地,必取之策,在于西面。"要求由绛州路直东径入。其四,要求快速攻破泽

---

〔1〕 参见第二章《牛李党争的演进历程》第三节之二"会昌朝政绩的缔造"部分。
〔2〕 五败:①不搜练之过;②不责实科食之过;③赏厚之过;④轻罚之过;⑤不专任责成之过。

潞。"贵欲速擒,免生他患。"这种统观全局而纵横捭阖的战略规划,无疑给李德裕提供了很好的参考。史载:"俄而泽潞平,略如牧策。"(《新唐书》卷166杜牧本传),当非虚言。泽潞平后杜牧又上《贺中书门下平泽潞启》,盛赞李德裕之英明决断。这些材料让我们感到杜牧与李德裕政治观念的接近。

杜牧知兵者也,还是在二十岁(长庆二年)就确定了"为国家者兵最为大"的观念(据《注孙子序》),每批评那种"缙绅之士不敢言兵"的谬论。而之所以确立了这种观念,其实是因受晚唐边事侵扰和藩镇之乱的刺激而对兵法加倍关注。

不仅如此,杜牧还在诗歌中表达他对藩镇问题的关注和焦虑。《感怀诗一首(时沧州用兵)》一诗回顾了河北藩镇跋扈的历史,赞美了元和勋业——"勃云走轰霆,河南一平荡",同时愧惜长庆初又失河北,最后表达了自己的忠心和忧虑:"叱起文武业,可以豁洪溟。"会昌年间出守远郡,《郡斋独酌》《自遣》《雪中书怀》诸作,表达其"愤悱欲谁语,忧悒不能持"(《雪中书怀》)之情,难道仅仅是因为受到李党的排挤吗?非也,还有很大部分是因为满怀经济韬略,而不得施展。

(3)宦官问题

中晚唐宦官专权,宦官已经成为官僚系统中的有机组成部分,既同时,又同仕,难免发生这样那样的关系。牛李两党士人,皆与宦官发生这样那样的关系,并且因各自政治立场的不同,对待宦官的态度也是不同的。一些论者往往认为李党反对宦官,牛党勾结宦官。我个人认为作这样的一刀切是不合乎历史实际的,应该因人而异,作比较具体的分析。

牛党李宗闵确有勾结宦官的行为。大和三年(829年)入相即是"因驸马都尉沈𫶇结托女学士宋若宪及知枢密杨承和"(《旧唐书》卷176《李宗闵传》)而获征用,大和八年(834年)九月,"王守澄、李仲言、郑注皆恶李德裕,以山南西道节度使李宗闵与德裕不相悦,引宗闵以敌之"(《通鉴纪事本末》卷35),由此而再次入相。但是牛僧孺跟李宗闵显然有所不同。他并没有留下什么与宦官勾结的确定材料。[1] 元和三年对策案中他将矛头指向宦官,导致"中贵人大怒"(《全唐文》卷639李翱《杨於陵墓志铭》)。大和五年(831年)宋申锡冤案事件中他也敢于为其论冤:"公入侍密启,上意乃宽。止于郡佐,公实有力。"(李珏《牛公神道碑铭并序》)

牛党还有部分是谠直耿介之士,高元裕、李中敏等人,在大和开成年间都有直

---

[1] 《牛羊日历》《续牛羊日历》攻击牛僧孺勾结杨承和,然此出于李党攻讦之言,非确据。

接弹劾阉宦党系权贵郑注,甚至直接顶撞仇士良[1]的行为。

李德裕跟宦官的关系是:一方面,在官僚机构运作系统内跟监军使保持了良好的合作关系;另一方面,李德裕在其执政期间,采取积极有效的措施尽量遏制宦官预政的行为,并取得了积极的成效[2]。

杜牧对宦官预政其实也是强烈反感的。其对抗衡李训、郑注的朋友李甘、李中敏等人皆表示深切的同情和热烈的赞赏。大和九年(835年)宦官操持的恐怖性大屠杀,给士民心理笼罩上一层很深的阴影。杜牧在触及宦官的时候,也多用曲笔。但是其意图还是比较好把握的。其《昔事文皇帝三十二韵》中云:"狐威假白额,枭啸得黄昏。"白额云云,自是指王守澄,郑注、李训正是依王守澄而进方得以肆其淫威。其《李给事中敏二首》中云"纷纭白昼惊千古,铁锁朱殷几一空",自是指责仇士良大批株连杀戮朝官的罪恶行为。其实当时正直的朝士,在暗地里都是痛恨宦官的,比如李商隐。

(4)佛教问题

李德裕无疑是会昌禁佛行动的具体策划者和主持者。在反佛方面,杜牧又跟李德裕站在同一立场上。杜牧是儒家经世学说的坚定的信奉者,杜佑的家风熏陶了他,使他不可能沉溺于佛道虚妄之说。他颇私契于荀子,肯定其性恶论,[3]宗奉韩愈的思想,[4]所以也是一个反佛勇士。其《杭州新造南亭子记》歌颂武宗灭佛之业绩,而对宣宗之兴佛则不无微词。其赞武宗则曰"佛炽害中国六百岁,生见圣人,一挥而几夷之",许之为"仁圣天子之神功"。该文同时揭露了统治阶级信奉佛教是为了"卖罪买福"的真实面目,富有批判精神。

3.会昌政绩是由武宗和李德裕一手缔造的,而从目前遗留的材料来看,杜牧是肯定会昌之政的,对武宗和李德裕也是赞誉备至的

杜牧既在政治观念接近于李德裕,而不同于牛僧孺,那么,肯定武宗和李德裕所主持的会昌之政,也是在情理中的。以其诗文证之,也是如此。尽管其在上书时难免写官样文章、说客套话,但是由于其忠心体国的一面总是能压倒私情,所以一

---

[1]　《资治通鉴》卷 246 开成五年十一月条载李中敏言折仇士良之事。

[2]　参见第二章《牛李党争的演进历程》第三节之二"会昌朝政绩的缔造"部分。

[3]　《三子言性辨》云:"爱、怒者,恶之端也。荀言人之性恶,比于二子(孟子言人性善、扬雄言人性善恶混),荀得多矣。"

[4]　《书处州韩吏部孔子庙碑阴》云:"自古称夫子者多矣,称夫子之德,莫如孟子,称夫子之尊,莫如韩吏部。"

个与其政治观念投契的朝代,会激发他的政治热情,使他排除党人之见,向李德裕慷慨陈述军政大略,其所述者,亦确为其心中所思所想,所以可信度是很高的。但是终会昌朝,李德裕虽然也吸纳了他的一些政治军事见解,却局限于党人习见和党争格局,没有令其进入中央朝政一展才能,杜牧由之积怨愈深,于大中朝私情炽盛,而目李德裕为仇雠也。

《黄州刺史谢上表》(会昌二年)云:"今自陛下即位以来,重罪不杀,小过不问,普天之下,蛮貊之邦,有罹艰凶,一皆存恤。圣明睿哲,广大慈恕,远僻隐陋,无不欢戴。受十四圣之生育,张二百四十年之基宇。"如果说这还不过是官样文章,至武宗与李德裕君臣相得,先后平泽潞、驱回鹘、禁佛,且欲收复河湟,杜牧的赞颂则更发自衷心。《上李太尉论北边事启》(会昌四年)云:"伏以圣主垂衣,太尉当轴,威德上显,和泽下流。诸侯无异心,百姓无怨气,星辰顺静,日月光明,天业益昌,圣统无极。既功成而理定,实道尊而名垂。"会昌四年(844年)朝廷谋欲收复河湟,杜牧作《皇风》诗极度赞美武宗:"仁圣天子神且武,内兴文教外披攘。以德化人汉文帝,侧身修道周宣王。远蹊巢穴尽窒塞,礼乐刑政皆弛张。何当提笔侍巡狩,前驱白旆吊河湟。"

杜牧在赞美武宗和李德裕的时候,并非仅仅是讲客套话,亦常出自衷心,因为武宗和李德裕能实现他的部分政治理想。会昌三年(843年)作《东兵长句十韵》以雄强的口气赞美朝廷用兵泽潞,肯定君臣措置得宜,"屈指庙堂无失策,垂衣尧舜待升平",故平泽潞必获成功,末言预期之:"凯歌应是新年唱,便逐春风浩浩声。"若云此等话非杜牧肺腑之言,吾所不信也。在《贺中书门下平泽潞启》他赞美李德裕,也将自己的政治理想凸现出来:"自此鞭笞反侧,洒扫河湟,大开明堂,再振儒校。穷天尽地,皆为寿域之人;赤子秀眉,共老止戈之代。"《郡斋独酌》所云"平生五色线,愿补舜衣裳。弦歌教燕赵,兰芷浴河湟。腥膻一扫洒,凶狠皆披攘。生人但眠食,寿域富农桑"是其政治理想的复述,平泽潞的成功激发了他的政治热情,他在当时很有可能一度将这种政治理想寄托到李德裕身上。

### (二)大中朝杜牧突入党争的紧密层

到了大中朝,一系列攻击李德裕的作品自杜牧手中出笼,由此杜牧自边缘层突入紧密层,其党派归属也开始明朗化,即为牛党。任何人面对杜牧会昌朝称颂李德裕而大中朝诋毁之现象都禁不住感到困惑,禁不住问:杜牧这是怎么了?

杜牧攻讦、诋毁李德裕的作品是不留情面的。其攻击策略有如下几个特点：

其一，直接诋毁，略无避嫌。其《祭周相公文》斥责会昌之政和李德裕："会昌之政，柄者为谁？忿忍阴污，多逐良善。"又斥责他"贵骄多过"（《上宰相求湖州第一启》）。大中朝之前，何曾见这种文字，若非李德裕已经倒台，谅杜牧也不至于敢讲这种话。

其二，材料取舍见偏心。杜牧在为牛僧孺和周墀作墓志的时候，总是着意维护他们的正面形象，且处处以李德裕的"阴险""乖谬""卑鄙"作衬托，甚至不惜扭曲历史事实。即以《牛公墓志铭并序》而言，在四处言及牛李冲突的地方，很清楚地看到杜牧偏袒牛僧孺。[1] 如：①大和六年（832 年）维州事件。杜牧直牛曲李，肯定了牛僧孺的"诚信说"，违背了其一贯所坚持的政治观念。②会昌元年（841 年）襄州大水，牛僧孺因之被罢为太子少师。文云"李太尉挟维州事"而罢之，实则"纯系渎职所致，与德裕毫无关系"。③李党因泽潞事而贬牛僧孺。文云李德裕诬牛僧孺任宰相时"加宰相，纵去不留之，致积叛"。又云因吕述"言积破报至，公出声叹恨"，而被三贬至循州员外长史。实则此为伪造。④李德裕"志必杀公"，"后南谪过汝州"，牛僧孺厚待之，"不出一言及于前事"。寇养厚引傅璇琮之说，认为"汝州云云，纯属子虚乌有"[2]。又认为"志必杀公"，也是毫无根据。

其三，处处可见其丑诋李德裕、偏袒牛党的口气。其《牛公墓志铭并序》云："刘稹以上党叛诛死，时李太尉专柄五年。多逐贤士，天下恨怨，以公德全畏之。"其《周公墓志铭》云："李太尉德裕伺公纤失，四年不得，知愈治不可盖抑，迁公江西观察使兼御史大夫。"其《上宰相求湖州第一启》云："朱崖李太尉迫以世旧，取为浙西团练使巡官，李太尉贵骄多过，凡有毫发，颏必疏而言之。"

杜牧前后期对待李德裕如此不同的态度乍看起来实可骇怪，而攻击李德裕处亦甚恶毒、刻薄、令人难解，李德裕之政绩"虽怨仇之口不能灭，牧之所为诗，其于卫公，深文诋之，是何言欤"[3]。然考察其自会昌至大中的心路历程，默思其精神蜕变之所以然，亦在情理之中。我认为主要有三个方面的原因。

1. 会昌大中之际的自我角色期待落空而导致的心态蜕变

社会是个大舞台，每个人都在扮演着不同的角色。根据角色的行为表现，可分

〔1〕　以下所论具体请参寇养厚《杜牧与牛李党争》一文，载《文史哲》1988 年 4 期。
〔2〕　按：笔者认为牛僧孺汝州招待李德裕当为实情。李珏也在《故承相太子少师赠太尉牛公神道碑铭并序》中言之："李崖州于公仇也，恤軍谪之穷途，厚供待于逆旅。"二人何必同时虚构此事？当有现实依据。
〔3〕　全祖望《鲒埼亭集·杜牧之论》。

233

理想角色、领悟角色、实践角色。

所谓理想角色,又称期待角色,是指社会对某一特定地位的人所期望或理想化了的权利义务和行为模式。它决定了一个人在实际扮演该角色行为时的方向。有时距离社会生活的现实较远,属于社会观念的形态。

所谓领悟角色,是角色扮演者根据对自己地位的理解和领悟所采取的角色行为模式。"一般来讲,个人对角色的领悟往往基于对理想角色的了解程度,并且是倾向于遵从理想角色的。由于领悟角色的差异,造成了实际扮演过程中角色行为的千差万别。故领悟角色属于个人观念的形态。"

实践角色,是指个人在特定的社会活动中实际表现出来的行为。实践角色是在领悟角色的基础上产生的。而实际表现出来的角色行为有时又与领悟角色有差距,它属于客观现实的形态。[1]

在现实生活中我们发现,理想角色、领悟角色和实践角色三者之间不可能完全一致,必然存在着或多或少的差炬。这种差距被称为"角色差距"。造成这种差距有主、客观两方面的原因。主观上个人的理解造成了领悟角色和理想角色之间的差距,而个人的实际能力又造成实践角色与领悟角色的差距;客观上社会环境和实践过程中的客观条件,导致个人不能完全按照自己所领悟的角色和社会期望角色去实践。

对于会昌年间的杜牧而言,他的实践角色就是做好他的州郡刺史,扮演好地方官的角色。实际上在任职期间,杜牧的扮演也是成功的。他关心民生疾苦,师李方玄造簿籍以均徭役之法(见《唐故处州刺史李君墓志铭(并序)》),在力所能及的范围内,减除弊政(见《祭城隍神祈雨第二文》),颇有治绩。但是传统社会儒家知识分子的理想,往往很高远,很宏伟,以济世安民、求大同为其终极理想指向,杜牧尽管在当时不过是一个小小的地方官,但是他所领悟的角色却绝不局限于此。

杜牧的自我角色期待向来是很高的,几以朝廷宰辅大臣自许。其《郡斋独酌》云:"平生五色线,愿补舜衣裳。"其《感怀诗一首(时沧州用兵)》云:"叱起文武业,可以豁洪溟。"《雪中书怀》云:"臣实有长策,彼可徐鞭笞。如蒙一召议,食肉寝其皮。"又《上李中丞书》更见其自负:"某世业儒学,自高、曾至某身,家风不坠,少小孜孜,至今不怠。性颛固,不能通经,于治乱兴亡之迹,财赋兵甲之事,地形之险易远

---

[1] 以上参见杨丽新:《社会心理学》,科学普及出版社 1989 年版,第 181—182 页。

近,古人之长短得失,中丞即归廊庙,宰制在手,或因时事召置堂下,坐之与语,此时回顾诸生,必期不辱恩奖。"

杜牧的自我角色期待如此之高,难道仅仅是一种书生的疏狂之言吗?非也。其实是有其合理性的:其一,会昌朝之前,其仕途正处在上升阶段,前已言之。其二,其经世的家学和平时对政治、军事、经济诸问题的研求又使他具备了参政的能力和素质。虽然杜牧的性格中确有一种文人的疏狂,但是具备杜牧这样的政治、军事才能,岂但文人中少见,即便官员中也不多。其三,以大和二年(828年)同举制科的同年作对比——他的同年后来多入相者[1],倘非受党争排挤,杜牧的仕途应该是比较顺利的,也有入翰林甚至入相的可能性。《唐音癸签》卷25云:"杜牧之门第既高,神颖复隽,感慨时事,条画率中机宜,居然具宰相作略。"

正是因为他的角色自我期待很高,所以他在会昌年间会屡次越分向李德裕上书,条陈政治、军事策略。而李德裕虽颇用其说而卒不引入朝列,令其不免心生怨恨。大中年间目李德裕为仇雠,而攻讦、诋毁之以泄恨,乃由来有自。

从会昌朝至大中朝,杜牧的心态,就是一条从抑郁不平到怅恨不已的心理轨迹。

(1)会昌二年(842年)杜牧出守黄州时,其人格面具伪饰之下的心理真相

仅从一些材料的表面上看来,杜牧出守黄州的时候,心情似乎是欣然的。其《上李中丞(李回)书》云:"虽三千里僻守小郡,上道之日,气色济济,不知沉困之在己,不知升腾之在人,都门带酒,笑别亲戚。"又其《黄州刺史谢上表》以能出使黄州为荣幸:"臣某自出身已来,任职使府,虽有官业,不亲治人。及登朝二任,皆参台阁,优游无事,止奉朝谒。今者蒙恩擢授刺史,专断刑罚,施行诏条,政之善恶,唯臣所系。素不更练,兼之昧愚,一自到任,忧惕不胜,动作举止,唯恐罪悔。"

其实,此等话语不过是官样文章客套话,哪能当真?这些不过是杜牧戴着人格面具[2]所讲的客套话而已。

《黄州刺史谢上表》作为一种传统臣僚人格面具的表现是可以理解的,然而即

---

〔1〕 马植,大中二年(848年)入相;裴休,大中六年(852年)入相;崔慎由,大中十一年(857年)入相。

〔2〕 时蓉华主编《社会心理学词典》(四川人民出版社1988年版)第44页人格面具条:"人格面具(persona)是人格的最外层表现。人格面具概念是由卡尔·荣格提出的。他认为,集体潜意识的内容主要是原型(先天倾向)。人格面具是原型的一种,是人格的最外层,隐藏着的自我,是个人在环境的影响下造成的与他人交往时所戴的面具。当个人要在社会上露面时,用人格面具代表着自己,因而人格面具可以同真正的人格不符。其行为在于投合他人对自己的期望。具体表现为仪态、风度各方面。人格面具表面上同社会学范畴所说的角色扮演的概念相类似,意指一个人按照他认为别人希望他那样去做的方式行事。"

使《上李中丞书》所言的"气色济济"其实也是一种愤激之言,这只要多读几次全文就会明白。其言"不知沉困之在己,不知升腾之在人",宁非有所指?又前段言自己受到李中丞的奖掖——"一自拜谒门馆,似蒙奖饰",由此而续言己出守黄州才得以"气色济济",言外之意,本为不满也。若果以出守黄州为满足,又何为自道经济之才,希望有机会"中丞即归廊庙,宰制在手,或因时事召置堂下,坐之与语"。

而且,如果真的以出守为荣,何以黄州所作系列作品如此抑郁不平、牢骚愤激。其《雪中书怀》言:"愤悱欲谁语,忧悒不能持。"岂非受大冤屈者口气?《郡斋独酌》《雪中书怀》等作品透露了他的全部心理秘密,哪里是什么"气色济济"。

会昌二年所作的《与池州李使君(方玄)书》(《樊南文集》卷13)更是透露了出守黄州杜牧的真实心态:

> ……仆之所禀,阔略疏易,轻微而忽小。然其天与其心,知邪柔利己,偷苟谀诐,可以进取,知之而不能行之。非不能行之,抑复见恶之,不能忍一同坐与之交语。故有知之者,有怒之者,怒不附己者,怒不恬言柔舌道其盛美者,怒守直道而违己者。知之者,皆齿少气锐,读书以贤自许,但见古人行事真当如此,未得官职,不睹形势,絮絮少辈之徒也。怒仆者足以裂仆之肠,折仆之胫。知仆者不能持一饭与仆,仆之不死已幸,况为刺史,聚骨肉妻子,衣食有余,乃大幸也,敢望其他?……去岁乞假,自江、汉间归京,乃知足下出官之由,勇于为义,向者仆之期足下之心,果为不缪,私自喜贺……

按:所云"怒之者,怒不附己者",当指朝列中排挤杜牧之人,宁非李党?又以李方玄会昌朝出官为"勇于为义",故其不满李党排挤牛党之行为,可谓甚明。

而大中年间又何至于言李德裕"会昌之政,柄者为谁?忿忍阴污,多逐良善。牧实忝幸,亦在遣中。黄冈大泽,葭苇之场,继来池阳,栖在孤岛"(《祭周相公文》)?如此出尔反尔,岂是杜牧之品德操守?必是怨愤积聚,卒发泄于大中朝也。

(2)从抑郁不平到怅恨不已的心理轨迹

总体而言,杜牧出使黄州后的一段时间内,是抑郁不平、牢骚愤激。过了一两年后,他的心态有所平复,却转变成一种怅恨不平、颓废忧伤的情绪。

会昌年间发生了很多政治问题,尤其是泽潞问题和回鹘问题,吸引了杜牧的全部注意力。但是自己身在远郡,不得一展抱负,所以抑郁不平、牢骚愤激,这在其诗作中有充分的表现。其《雪中书怀》云:

> 腊雪一尺厚,云冻寒顽痴。孤城大泽畔,人疏烟火微。愤悱欲谁语,忧悒

不能持。天子号仁圣,任贤如事师。凡称曰治具,小大无不施。明庭开广敞,才隽受羁维。如日月缬升,若鸾凤葳蕤。人才自朽下,弃去亦其宜。北房坏亭障,闻屯千里师。牵连久不解,他盗恐旁窥。臣实有长策,彼可徐鞭笞。如蒙一召议,食肉寝其皮。斯乃庙堂事,尔微非尔知。向来躐等语,长作陷身机。行当腊欲破,酒齐不可迟。且想春候暖,瓮间倾一卮。

首四句,点出季节气候、地点。接下去直言"愤悱""忧愠"。笔调一转,转而赞美天子仁圣去了,令人甚感突兀。然后又自言人才朽下。在言及回鹘问题时,他又发出那套自负之言,自诩"有长策",又以"尔微非尔知"自嘲。整篇作品极见其牢落不偶之态。《郡斋独酌》更是激荡起伏。杜牧对削藩的看法,平生志业、理想,都包蕴在此诗中,末又吐其辛酸之言:"孤吟志在此,自亦笑荒唐。江郡雨初霁,刀好截秋光。池边成独酌,拥鼻菊枝香。醺酣更唱太平曲,仁圣天子寿无疆。"

由于身在远郡而不得参与国事,虽论列军政策略而不得李德裕提拔,杜牧的诗歌中开始充满了一种怅恨感,一种颓唐,一种忧伤。

其《自遣》云:"四十已云老,况逢忧窘余。且抽持板手,却展小年书。嗜酒狂嫌阮,知非晚笑蘧。闻流宁叹吒,待俗不亲疏。遇事知裁剪,操心识卷舒。还称二千石,于我意何如?"《雨中作》云:"贱子本幽慵,多为隽贤侮。……一世一万朝,朝朝醉中去。"一种愤激、颓废、消沉的气息扑面而来。《九日齐山登高》云:"尘世难逢开口笑,菊花须插满头归。但将酩酊酬佳节,不用登临叹落晖。"貌似豁达语,实则感慨系之。《池州送孟迟先辈》云:"跳丸相趁走不住,尧舜禹汤文武周孔皆为灰。"人生的虚无感、幻灭感逐步加强。

杜牧在黄州所作的一些写景绝句颇有风调、感慨深沉。

两竿落日溪桥上,半缕轻烟柳影中。多少绿荷相倚恨,一时回首背西风。
(《齐安郡中偶题二首》其一)

秋声无不搅离心,梦泽蒹葭楚雨深。自滴阶前大梧叶,干君何事动哀吟?
(《齐安郡中偶题二首》其二)

菱透浮萍绿锦池,夏莺千啭弄蔷薇。尽日无人看微雨,鸳鸯相对浴红衣。
(《齐安郡后池绝句》)

《唐贤清雅集》评语(评《齐安郡中偶题二首》其一)颇切于此三首:"极失意时极有趣

景,极无理话极入情诗,胸中别有天地,俊健有婉致。"〔1〕风吹绿荷、雨滴阶前梧桐叶子、鸳鸯相对浴雨,皆生活中常见之景状,然自别有怀抱者观之,又自生别一种意味,乃寓无限惆怅、落寞之感,必心有郁结者所为也。《唐才子传》卷9载郑谷少年时受知司空图之事:"司空侍郎图与(郑)史(郑谷父)同院,见而奇之,问曰:'予诗有病否?'曰:'大夫《曲江晚望》云:"村南斜日闲回首,一对鸳鸯落渡头。"此意深矣。'图拊谷背曰:'当为一代风骚主也。'"司空图此诗亦于闲常景物中寓深远之意,颇同于杜牧以上诸诗。

会昌至大中年间杜牧还有一种异常心理值得注意,即自我贬损、妄自菲薄。

《上李中丞书》(会昌二年):"某入仕十五年间,凡四年在京,其间卧疾乞假,复居其半。嗜酒好睡,其癖已痼,往往闭户便经旬日,吊庆参请多亦废阙。至于俯仰进趋,随意所在,希时徇势,不能逐人。是以官途之间,比之辈流,亦多困踬。"

《与池州李使君书》(会昌二年):"仆之所禀,阔略疏易,轻微而忽小。然其天与其心,知邪柔利己,偷苟谀谄可以进取,知之而不能行之。非不能行之,抑复见恶之,不能忍一同坐与之交语。"

《上吏部高尚书状》(大中二年):"某启。人惟朴樕,材实朽下,三守僻左,七换星霜,拘挛莫伸,抑郁谁诉。"

《上刑部崔尚书状》(大中二年):"某比于流辈,疏阔慵怠,不知趋向,唯好读书,多忘,为文格卑。十年为幕府吏,每促束于簿书宴游间。刺史七年,病弟孀妹,百口之家,经营衣食,复有一州赋讼,私以贫苦焦虑,公以愚恐败悔。仍有嗜酒多睡,厕于其间,是数者,相遭于多忘格卑之中,书不得日读,文不得专心,百不逮人。所尚业,复不能尺寸铢两自强自进,乃庸人辈也,复何言哉!"

《上安州崔相公启》:"某启。某比于流辈,一不及人。至于读书为文,日夜不倦,凡诸所为,亦未有以过人。"

分析这些材料,我们可以肯定,杜牧只有在受过很大的挫折之后,才会如此自我贬损。但是在这么貌似恭谨谦卑、自我贬损的话语中,我们很快就听到了另一种声调,即傲气、倔强、自负。比如《与池州李使君书》中讲自己"阔略疏易"后,马上说自己"知邪柔利己,偷苟谀谄可以进取,知之而不能行之",表明的正是一种清高、孤傲。再如《李中丞》在贬损自己"嗜酒好睡,其癖已痼""俯仰进趋……不能逐人"后,

---

〔1〕 转引自陈伯海编:《唐诗汇评》下册,浙江教育出版社1995年版,第2360页。

在最末则高唱自己的大才略,且自诩"必期不辱恩奖"。所以,自我贬损其实不过是他在遭受挫折后的一种心理防御机制。[1] 杜牧满腹韬略,不得一用于世,这种挫折感令其牢骚愤激,多次自我贬损,这在客观上也可以引起别人的注意,注意到他的才能的这一面,这其实也是一种心理补偿作用。

2. 自我归因——将自身的不遇归因到李德裕的排挤和压制

所谓"归因"是指人们将其成功或失败归咎于什么因素的心理过程。社会心理学的研究表明,人们认为导致其成功或失败的原因,有四类典型因素:能力、努力、运气和任务简单与否。前二者属于成败的内在根源,是个人本身的条件;后二者属于外在根源,是个人以外的因素。归因是一种普遍的心理倾向,是人们被强烈驱使的对周围事物所作的因果解释。

海德依照产生个人行为的主客观条件,把归因区分为:①情境归因。指把行为的来源归结为客观外界环境的力量,如运气、机会、任务难度等因素。②个人倾向性归因。指个人行为是个人自身的特点,即个人的兴趣、态度、能力、努力程度、性格等特点造成的。这两种归因又分别称为外归因和内归因。[2]

大中朝杜牧之所以攻讦、诋毁李德裕,其实也是一种归因的结果,即:将自身的不遇归因到李德裕的排挤和压制。杜牧的归因是一种情境归因,即外归因。

值得探求的是,杜牧为什么要将自身的牢落不偶归因为李德裕的排挤和压制?关于这个问题,我在前面基本上已经论述清楚了,即出自出身、人际关系的亲善方面和敌对方面奠定了杜牧认同于牛党的基础,最后,会昌、大中年间的自我角色期待落空而导致的心态蜕变,推动了杜牧自党争的边缘层向紧密层突进。下面也引一些他人的类似的看法相互印证。

清全望祖云:"不幸以牛僧孺之知,遂为李卫公所不喜。"(《鲒埼亭集·杜牧之论》)——这是从人际关系的亲善和敌对方面来看。

---

〔1〕 关于自卑——奥地利心理学家阿德勒认为,自卑感与优越感同时存在于个体的主观意识之中,成为一对矛盾。不管是否被自己意识到,这对矛盾都是推动人其心理发展的动力,个人通过补偿作用而使其自卑感过渡到优越感,其心理品质也就随之而得到发展。关于心理防御机制——当一个人遇到困难或挫折的时候,常常会使用一些心理上的措施或机制,把个体与现实的关系稍作修正,使个体较易接受心理挫折或应激,从而不至于引起情绪上的过分痛苦与不安,这种自我保护方法,称为心理防御机制。

〔2〕 参见沙莲香:《社会心理学》,中国人民大学出版社 1997 年版,第 126—150 页;时蓉华:《社会心理学辞典》,第 111—113 页。

缪钺先生在《杜牧传》中除了从杜牧亲牛疏李的角度来论述,还加了两条。一条是"杜牧虽然出身于高门世族,但是为人倜傥,不拘绳检,与李德裕所标榜的山东士族谨守礼法的标准不合。"——这是从出自出身和政治文化的自我选择角度来论述。另一条是:"杜牧性情刚直,抱负非凡,不肯逢迎敷衍有权势之人,也许使李德裕觉得他难以接近。"按:杜牧并非不会逢迎敷衍有权势的人,观会昌年间杜牧上书李德裕,极尽赞颂之词。会昌末为求得白敏中眷顾、提拔,所上《上白相公启》极尽诏谀之词。——或许我所拈出的"会昌大中年间杜牧自我角色期待落空而导致心态蜕变"的观点更切近实际。

此三方面的原因,决定了杜牧大中年间将自身的不遇归因为李德裕的排挤和压制,也决定了他自边缘层突入紧密层,发起对李德裕的攻讦和诋毁。

值得注意的是,大中朝牛党并没有如何眷顾杜牧。宣宗上台,牛党执政后,务反会昌之政,但是杜牧并没有及时得到升迁。会昌六年(846年)三月宣宗即位,四月,李德裕罢为荆南节度使,时杜牧尚在池州任。九月,杜牧迁往睦州。直到大中二年(848年)八月,方才内擢为司勋员外郎、史馆修撰,靠的还是周墀的帮助。

这也在他心理上投下了阴影,其大中二年(848年)所作《除官归京睦州雨霁》云:"浅深须揭厉,休更学张纲。"《新定途中》云:"无端偶效张文纪,下杜乡园别五秋。"皆其消极心态之直接表露。入朝后,杜牧也不得意,故屡次请求外任。

大中年间杜牧在京师也是心怀不满的。其《长安杂题长句六首》皆牢骚愤激之言,或叹英雄无用武之地——"四海一家无一事,将军携镜泣霜毛。"或叹文才无补于世用——"自笑苦无楼护智,可怜铅椠竟何功。"或以权贵之奢侈对比己之清贫——"江碧柳深人尽醉,一瓢颜巷日空高。"又其《将赴吴兴登乐游原一绝》云:"清时有味是无能,闲爱孤云静爱僧。欲把一麾江海去,乐游原上望昭陵。"《唐音戊签》云:"'望昭陵'者,不得志于时而思明君之世。盖怨也。首云'清时',反辞也。"[1]

但是,在杜牧的自我归因中,他并没有将自己的出守远郡、落拓不遇归之于牛党,而是归之于李德裕,而且攻讦、诋毁李德裕略无避嫌,却无攻击、诋毁牛党人物的诗文作品。这种归因也是出自其一贯认同于牛党所形成的心理定势。

3. 自我认同于牛党,共享牛党当时通用的强势话语

一个集团往往有一定的集团规范,成员之间也往往共享着一定的通用话语,这

---

[1] 转引自陈伯海编:《唐诗汇评》下册,第2352页。

是群体认同和成员之间互相确认的标志之一。

　　牛党在大中朝全面夺权,在宣宗扶持下得以控制朝局,贬斥李党,形成诋毁李德裕的强势话语。杜牧由于认同于牛党,与他们共享这些通用话语,所以在其一些作品中略无避讳。

　　当时通用的贬斥李德裕的强势话语可以大中二年(848年)九月李德裕崖州制[1]为代表。这是以国家的名义颁布一份诏书,对李德裕进行定性:"深苞祸心,盗弄国柄。""累居将相之荣,唯以奸倾为业。""专权生事,妒贤害忠。"这番话语规定了李党是奸邪之徒的聚合体,要求严厉打击以李德裕为首的李党。权力就是话语,这是带有鲜明的国家权力色彩的话语,以国家意识形态的面目出现,要求所有的人接受。杜牧《祭周相公文》(《樊川文集》卷14)云:"会昌之政,柄者为谁?忿忍阴污,多逐良善。牧实忝幸,亦在遣中。黄冈大泽,葭苇之场,继来池阳,栖在孤岛。"又如对李德裕修改元和朝实录的看法,也跟这番话类同:"公自举进士第,非其人不交言,旁睨后进,镌心镂志。及为将相,近取远挽,悉置于位。李太尉德裕会昌中以恩撰元和朝实录四十篇,溢美其父吉甫为相事,公上言曰:'人君惟不改史,人臣可改乎?《元和实录》皆当时名士目书事实,今不信,而信德裕后三十年自名父功,众所不知者而书之。此若垂后,谁信史?'竟废新本。"(《周公墓志铭》)这些话跟当时牛党的通用话语是如此接近,故其以李德裕为仇雠可谓明矣。杜牧而非牛党,孰为牛党?

　　由于以上三方面的原因,大中朝杜牧开始攻讦、诋毁李德裕,自党争的边缘层突入紧密层。

# 第四节　李商隐与牛李党争

　　如果要真切地理解李商隐的诗文,势必要知人论世,联系当时的历史实际,这并不是一件容易的事情:"注之者倘非贯穿新、旧《唐书》,博观唐、宋人纪载,参伍其党局之本末,反覆于当时将相大臣除拜之先后,节镇叛服之情形,年经月纬,了然于胸,则恶能得其要领哉?"[2]而党局牵连是我们了解其诗文创作成因的重要切入口,

---

[1]　该文本书第二章第三节之三已引。

[2]　王鸣盛:《李义山诗文集笺注序》,转引自冯浩:《玉溪生诗集笺注》附录二,上海古籍出版社1998年版,第818页。

是我们真切了解其诗文精髓必须具备的社会政治背景。尽管就李商隐自身来说，他不过是一个小小的臣工、文士，对这起党争的进程根本产生不了什么影响，但是党争还是要作用到他身上来，无论是在他的政治生涯，还是在他的诗文创作中，都留下了深刻的烙印。

所以，欲知李商隐（812—858 年）[1]诗文之真谛，非先对李商隐与牛李党争之关系作一番探究不可，否则很难理解其复杂心态，其诗文中的特别意蕴，以及其诗歌艺术特质的成因。那么，李商隐与牛李党争的关系究竟是怎样的呢？

传统的说法，一般是主张李商隐开成三年（838 年）入王茂元幕为其卷入党争之始。然通观有关史料，此等陈说实际上证据并不足，只有两《唐书》的一则陈说。如果我们可以证明王茂元非牛非李，王茂元与两党党魁都有过往之迹，于李宗闵甚为亲密，则自可对李商隐入王茂元幕为卷入党争之始的陈说提出质疑。若此等陈说可以暂时搁置，则我们当换一种眼光来看李商隐与党争的关系。

而且，在大中朝以前，令狐绹虽与李商隐交疏，但还是帮助他、推荐他的，这是一个客观事实。这跟大中朝以后两人交恶的情况存在着本质区别。

但是会昌年间李商隐与令狐绹又确实存在交疏现象，那么我们当找出其真正原因。

在笔者的论述中，将强调指出，牛李党争对李商隐的影响主要分为两个阶段：

第一个阶段是开成初至会昌末。这段时间，党争对李商隐的直接影响不是很明显，跟其他晚唐文士一样，国家政局的变动和社会生活的震荡，作为整体上的社会政治环境，以及他的仕途生涯，作为个人化的政治生活，是更直接影响着他的因素。在这段时间，没有必要强调党争对李商隐的具体影响，党争不过是促进形成整体的社会政治环境中的一环而已。甚至更进一步，可以证成牛李党争与李商隐无涉说。

第二个阶段为大中初至李商隐卒。这段时间，党争直接影响了李商隐的政治命运和诗文创作。也就是说，他身不由己地陷入政治旋涡成了党争的受害者和牺牲品。由于他在大中初入郑亚幕，跟李党过从甚密，而令狐绹却在大中朝得势，李商隐所受到的政治压抑更加明显，他丧失了一切政治前途。一种伤感、绝望的情绪控制了他。令狐绹也许没有直接对他进行人身迫害，跟他还是有一定的私交，甚至在他的屡次陈情下推荐他做太学博士，但是却由于严于党派之防，不可能在牛党主

---

[1] 据刘学锴的《李商隐传论》（安徽大学出版社 2002 年版），以公元 812 年为李商隐生年，以公元 858 年为李商隐卒年。

政的时代提升他。李商隐在大中前还是屡次做着向上爬的梦的,但是在大中朝之后,只怕连向上爬的梦也不必做了,因为他已经在一个定局中。但是显然他还是不甘心的,所以他屡次向令狐绹、杜悰陈情告哀。

分成这么两个阶段来看李商隐,对李商隐的人生轨迹和政治命运将会看得更加清楚一些。

在此基础上,我们才可以进一步探讨党争是如何影响了其诗歌创作的,党局牵连是如何促进和加强了其无题诗的艺术特质的。

## 一、李商隐在党争风波之中

### (一)前期阶段:从大和年间至会昌末

终李商隐之一生,虽与令狐绹之交情先厚后疏,然此交情始终存在。其一生之所以仕途不达,沉沦下僚,为人菲薄,乃党争格局所决定,非仅因令狐绹一人之故,今之论者往往全部归因于令狐绹之排挤,宁不失之偏颇?然"成也萧何,败也萧何",李商隐一生沉沦下僚,困顿以终,令狐绹难辞其咎,以此人本挟持党见、严于党人畛域者。

会昌末、大中初之前,李商隐与令狐绹的关系,总体而言,是前厚后疏,并没有严重交恶。义山既蒙令狐绹之恩惠,心存感激;令狐绹亦时时眷顾,予以援引。直至会昌年间,两人之间才相对疏远,产生隔阂。今兹论之。

#### 1.令狐氏父子对李商隐的深恩厚德

李商隐与令狐氏父子之关系可谓非同一般。无论是在仕途还是在文学修养上,皆曾蒙令狐氏父子之恩惠。

《旧唐书》卷190本传称:"商隐幼能为文,令狐楚镇河阳(按:此言误),以所业文干之,年才及弱冠。楚以其少俊,深礼之,令与诸子游。楚镇天平、汴州,从为巡官,岁给资装,令随计上都。"《新唐书》卷203本传载:"令狐楚帅河阳,奇其(商隐)文,使与诸子游。楚徙天平、宣武,皆表署巡官,岁具资装使随计。"[1]令狐楚镇天平在大和三年(829年)至六年(832年),于大和三年聘请李商隐入幕为巡官。时年李商隐十八岁。

---

[1]　此两段记载,除年代有误外,基本上是正确的。辨见《唐才子传校笺》卷7《李商隐传》,第三册,第266—267页。

李商隐原来学的是古文,十六岁的时候就"以古文出诸公间"(《樊南文集》卷7《樊南甲集叙》)。令狐楚为了使他更好地步入仕途,特意传授他今体文,即四六骈文。令狐楚为当时写作章奏的名家,故倾囊传授,"自蒙半夜传衣后,不羡王祥得佩刀"(《玉溪生诗集》卷1《谢书》),对李商隐今后的文学创作造成了很大影响。这种骈四俪六的文风未始没有影响到李商隐那种好用典故、对偶精切、寄托深而措辞婉的诗歌风格。[1] 如果没有令狐楚,恐怕李商隐所走的文学道路也未必会如此。

无论是在仕宦、生活,还是在文学方面,早期令狐楚对李商隐都关怀备至。"天平之年,大刀长戟。将军樽旁,一人衣白。……人誉公怜,人谮公骂。公高如天,愚卑如地。"(《樊南文集》卷6《奠相国令狐公文》)在科第方面,李商隐大和二年(828年)十七岁的时候就开始应举了,却屡次不第,受到一些权贵的黜落,[2]在令狐氏父子的推荐之下,李商隐才最终登上了龙门。

令狐绹在李商隐的登第中起了重要作用。《新唐书》李商隐本传载:"开成二年,高锴知贡举,令狐绹雅善锴,奖誉甚力,故擢进士第。"《樊南文集》卷8《与陶进士书》云:"时独令狐补阙最相厚,岁岁为写出旧文纳贡院。既得引试,会故人夏口主举人,时素重令狐贤明。一日,见之于朝,揖曰:'八郎之友,谁最善?'绹直进曰'李商隐'者,三道而退,亦不为荐托之辞,故夏口与及第。"

开成二年(837年)令狐楚卒,临死前还特意召李商隐"作奏谢天子"[3]。令狐楚的过世使李商隐失去了一位强有力的庇护者。

李商隐跟令狐绹一度交好,李商隐甚至许之为知音。

大和元年(827年)李商隐十六岁,以文投谒宣武军节度使令狐楚,受到他的赏识,此后即被召入幕,可谓备受器重。李商隐在令狐楚的关照之下,得以"从诸子游",与令狐绹保持了很好的关系。如上所述,开成二年(837年)李商隐之所以能及第,也是得力于令狐绹的力荐。

从李商隐所流传下来的诗文来看,他跟令狐绹过从甚密,语言亲昵。李商隐往往向令狐绹倾诉心曲,表达自己对世道不公的一些看法。今所存酬唱交游之作,有

---

〔1〕 参见董乃斌:《论樊南文》,《文学遗产》1983年第1期;周振甫:《李商隐选集·前言(第一部分)》,上海古籍出版社1986年版。

〔2〕 李商隐于大和二年(828年)即十七岁那年开始应举,直到开成二年(837年)登进士第,中间恰巧经过了十年的时间。《上崔华州书》云:"凡为进士者五年。始为故贾相国所憎;明年,病不试;又明年,复为今崔宣州所不取。居五年间,未曾衣袖文章,谒人求知。"这封信上于开成二年正月间。

〔3〕《樊南文集》卷一《代彭阳公遗表》、《为令狐博士绹补阙谢宣慰表》、《撰彭阳公志文》(此文已佚)。

《令狐八拾遗绹见招送裴十四归华州》《赠子直花下》[1]等。

从开成元年(836 年)所作的《别令狐拾遗书》来看,李商隐跟令狐绹简直什么话都说,以知心朋友的口气跟他讲掏心话:"足下去后,怅然不怡。今早垂致葛衣,书辞委曲,恻恻无已。自昔非有故旧援拔,卒然于稠人中相望,见其表,得所以类君子者,一日相从,百年见肺肝。"他表达对"交道"的看法,以自己和令狐绹的深情来对比世人的凉薄:"足下与仆,于天独何禀,当此世生而不同此世,每一会面,一分散,至于慨然相执手,嗒然相戚、决然相泣者,岂于此世有他事哉?"[2]

这种亲密的关系,奠定了二人一生的交谊,也使李商隐在后来的"新知遭薄俗,旧好隔良缘"(《玉溪生诗集》卷 3《风雨》)的党争格局中分外感到世道凉薄、身世凄凉。

2.开成、会昌年间,李商隐和令狐绹的交往,大体上还是正常的,所谓李商隐入王茂元幕为其卷入党争之始的陈说需要辨正

传统的说法一般认为李商隐入王茂元幕之后他们两人之间开始交恶。一些学人还主张此后令狐绹开始打击李商隐,造成其仕途上阻梗。其实际情况是怎样的呢?傅璇琮、周建国等先生经过对原始材料的辨析,提出:"王茂元既不是李党,也不是牛党,他与党争无关。当时无论哪一派,都不把王茂元看成党人。因此,李商隐入王茂元幕,也根本不存在卷入党争的问题。"[3]这种观点可谓一新耳目,承此之绪,有助于我们辨别很多历史的真相。

李商隐入王茂元幕,既不是他遭受党争迫害之始,那么,也可以解释在会昌年间,李商隐与令狐绹还是有交往的,令狐绹曾经推荐他、帮助他的现象,也有助于我们理解他的一些诗文。

可以说,开成、会昌年间,李商隐和令狐绹的交往,大体上还是正常的。

李商隐在开成四年(839 年)至会昌年间的仕途,可以说,充满了压抑,某种势力似乎专门与他作对。其开成三年(838 年)应博学宏词科,为一"中书长者"抹去,到

---

[1] 杨柳先生言此诗系于大和五年令狐绹初释褐授弘文馆校书郎时作。其辨有理,可从。

[2] 从这篇文章来看,李商隐已经遭受了很多的人生凉薄之事。

[3] 参见傅璇琮:《李商隐研究中的一些问题》,《文学评论》1982 年第 3 期;周建国:《试论李商隐与牛李党争》。《李德裕年谱》第 408 页云:"本年王茂元为忠武军节度、陈许观察使,李商隐有代王茂元致李宗闵书,以表钦慰之意。时李宗闵为太子宾客、分司东都。李商隐并有代王茂元致书与华州刺史周墀,墀亦被认为牛党。由此可见王茂元当时既非牛党,亦非李党。"

了开成四年(839年)释褐为秘书省校书郎的时候,不久又外调为弘农尉。[1] 会昌二年(842年)以书判拔萃,入为秘书省正字,以母丧以居家,否则可能又要被排挤出去。在这些时间,令狐绹对他的态度到底是怎样呢?难道当时令狐绹真的代表压制他的某种势力吗?以李商隐之敏感,岂不知"中书长者"与令狐绹之关系?冯浩《玉溪生年谱》认为李商隐开成五年(840年)所作的《与陶进士书》一文中的"中书长者","必令狐绹辈相厚之人",这是承李商隐入王茂元幕为党争迫害之始旧说的不假思索的推论。揆之实际,未必如此。

如果令狐绹真的要压制李商隐,则当无推荐他、帮助他之事。而在开成年间和会昌年间,均有李商隐自己的文章证明令狐绹还是一直在推荐和帮助他的。[2]

可见正如钱振伦所言,自从开成二年(837年)中举以来,李商隐一直受到令狐绹的照顾,所以令狐绹是不可能排挤他的。其至开成四年(839年)的释褐也可能是受到了令狐绹的推荐。但是到了开成四年五月就调弘农尉,这肯定是受人排挤的结果,然而排挤他的人也未必是令狐绹。后人在不假思索地将令狐绹当作李商隐的主要假想敌的时候,不要忘记令狐绹当时官职卑微这个事实——开成初为左拾遗,历左补阙、史馆修撰,累迁库部、户部员外郎、右司郎中,会昌五年(845年),出为湖州刺史。虽然,令狐绹以世家之旧,在朝中有其势力圈子,但个人断无左右李商隐仕途进退之能力,亦无既排挤他,又推荐他入幕之理。[3]

会昌二年(842年)李商隐为王茂元陈许幕掌记,又以书判拔萃,入为秘书省正字(正九品下阶)。其《无题》二首云:"嗟余听鼓应官去,走马兰台类转蓬。""兰台"即指秘书省,可见这两首无题诗作于此时。人生情感的体验和艺术经验的积累,使

〔1〕 开成三年春以后,牛党的要人也开始入相,朝廷中形成以李党要人郑覃、陈夷行与牛党要人杨嗣复、李珏及倾向于牛党的李固言共同执政的局面,这是李训、郑注之党溃败后,两党人物随之来弥补权力真空的结果。开成四年夏四月戊辰的那场宰辅之间的争议之后,郑覃、陈夷行同时罢相,七月引进崔郸为相。崔郸无预乎党局。故开成四年夏四月后牛党开始执政。牛党执政近乎一年。

〔2〕《樊南文集·补编》卷8有《献舍人彭城公启》《献舍人河东公启》,这些文章内容是令狐绹介绍他跟河东公柳璟和彭城公认识的。河东公柳璟,于开成三年迁为中书舍人,开成五年十月改礼部侍郎出院,可见此文作于这段时间内。《献舍人河东公启》文云:"前月十日,辄以旧文一轴上献,即日补阙令狐子直奏,伏知猥赐披阅,今日重于令狐君处接奉二十三日荣示,特迁尊严,曲加褒饰,捧缄伸纸,终惭且惊。"《献舍人彭城公启》一文则作于会昌初武宗即位之初。文云:"即日补阙令狐子直顾及,伏话恩怜,猥加庸陋,惶惕所至,感结仍深。"又《补编》卷6《上令舍人状》云:"某淹滞洛下,贫病相仍,去冬专使家僮起居,今春亦凭令狐郎中附状。"岑仲勉先生认为写于会昌六年(846年)宣宗即位后不久。

〔3〕 周建国先生以为令狐绹"暗中一击",然并无显著证据。故此"暗中一击"说与"暗中无击"说可以两存之。当然"暗中无击"说也不过是一种推测而已。

他写出了相当成功的无题诗。这段时间他跟令狐绹的关系很不错。其《赠子直花下》云："并马更吟去,寻思有底忙?"从这些诗,这些例子来看,李商隐与令狐绹的关系总体上不错。甚至可以这样认为,李商隐入王茂元幕,并没有直接卷入党争,牛党也并没有以他为"弃家恩"。否则的话,到了会昌二年他们的关系也不会如此密切。而周墀也不会辟他入幕。[1] 自会昌二年(842 年)冬至会昌五年(845 年)冬,凡三年间,李商隐"居母丧去官"。在这段时间,李商隐蛰居于关中,到了会昌四年(844年)又移家永乐。这段时间既母丧去官,则也谈不上牛党对他打击与否。会昌五年秋,令狐绹为户部郎中,对他也很关心,并写信慰问。李商隐《寄令狐郎中》诗云："嵩云秦树久离居,双鲤迢迢一纸书。休问梁园旧宾客,茂陵秋雨病相如。""休问"云云,其实反映了其一番苦楚,唯有令狐绹能知之意,可见他视令狐绹为知己朋友,向他诉苦,故能用此种语气,率意而言之。

会昌五年作《独居有怀》云："柔情终不远,遥妒已先深。"如果剔除了李商隐入王茂元幕为卷入党争之始的谰说,则此中所言之"遥妒"者,指对其进行压制打击的某一势力,比如朝中的权贵,如"中书长者"也。令狐绹既在开成末、会昌初曾推荐介绍他跟河东公柳璟和彭城公认识,且会昌二年两人有联马酬唱之雅事,会昌二年冬他服母丧期间令狐绹曾寄信慰问,则以令狐绹为"遥忌"者自为后人之想当然,故以"遥忌"为曾忌恨压抑他的权贵,更合乎客观事实。

3. 自应举以来,有哪些人曾打击、压制李商隐?

打击压制李商隐的当是某些权贵,即或此人为牛党一系人物,也未必即是承令狐绹之旨意?[2] 其自踏上应举之路以来,即为一些权贵所斥黜。今兹列举之,以见李商隐会昌末之前,造成其仕途阻梗,升迁无路者,皆是哪种人物,以见令狐绹氏与他的交情虽前厚后疏,然并非直接压制打击者。

贾𫠊、崔邠　开成二年(837 年)正月间李商隐作《上崔华州书》,回忆了大和六年(832 年)的应举生涯："凡为进士者五年。始为故贾相国所憎;明年,病不试;又明年,复为今崔宣州所不取。居五年间,未曾衣袖文章,谒人求知。"当时官场黑暗,科

---

[1] 从总体上而言,李商隐在会昌末年之前,他跟牛党人物交往要密切一些。又由于他向来是受了令狐氏的恩典,所以大致上时人将他看作牛党势力范围的人。

[2] 李商隐大和七年(833 年)应举为知贡举贾𫠊所黜,难道也可以不假思索地说贾𫠊承令狐绹之旨意?要之,李商隐以其耿直狷介之性格,或者进士浮薄之行为,自为某些权贵所不喜,他们或者为牛、李党人,或者为非牛、李党人,不必划一为牛党人物。

247

场风气不正，"薄俗谁其激？斯民已甚恌。鸾凤期一举，燕雀不相饶"（《送从翁从东川弘农尚书幕》）这几句诗是对浇薄的社会风气和互相倾轧的官场黑幕的斥责。应举受抑不第使他产生愤世嫉俗的感情，并在诗文中反映出来。

"中书长者"　开成三年（838 年），李商隐应博学宏词科为一"中书长者"所抑落。他在开成五年（840 年）所作的《与陶进士书》中云："前年乃为吏部上之中书，归自惊笑，又复懊恨，周（墀）、李（回）二学士[1]以大法加我。夫所谓博学宏词者，岂容易哉！……后幸有中书长者曰：'此人不堪。'抹去之。乃大快乐，曰：'此后不知东西左右，亦不畏矣。'"《安定城楼》一诗即反映了其当时心情，也说明当时确实有人在谗毁他："不知腐鼠成滋味，猜意鹓雏竟未休。"

当时，开成三年（838 年）春杨嗣复、李珏并同平章事。二人与郑覃、陈夷行不协，每议政，是非蜂起，文宗不能决。此"中书长者"为谁？如果按照冯浩的注，必认为是牛党人物无疑，而其所以要抑落之，亦是因其入王茂元幕故。那么事实的真相是怎样的呢？当时李商隐多有跟牛党交厚之迹。比如，杨虞卿、萧澣、周墀等。开成二年（837 年）写有《哭虔州杨侍郎虞卿》《哭遂州萧侍郎二十四韵》。会昌元年（841 年）周墀任华州刺史，李商隐曾暂倚其幕。若李商隐以开成三年入王茂元幕而为牛党所排挤，会昌元年周墀又何至于辟其入幕呢？且前面已辨李商隐入王茂元幕并非党争迫害之始。故唯一可以解释的，就是此"中书长者"乃是一忌恨李商隐的权贵，此番作为，亦不过如大和七年（833 年）贾𫗧之斥黜李商隐之行为，又何足多怪，何必一定要牵扯到他入王茂元幕而为牛党所排挤的旧说呢？我个人进一步认为，此"中书长者"宁非郑覃、陈夷行之流？郑覃向来鄙薄进士浮薄之风气，"是时，文宗好学嗜古，郑覃以经术位宰相，深嫉进士浮薄，屡请罢之。文宗曰：'敦厚浮薄，色色有之，进士科取人二百年矣，不可遽废。'因得不罢。"（《新唐书》卷44《选举志上》）若李商隐者，多作艳词，如《燕台诗四首》《柳枝五首》，皆在大和九年（835年）已写就，当流布甚广，此等人正是郑覃所深忌的浮薄之文士，故进行黜落亦有可能。

---

〔1〕　辨杨柳《李商隐评传》（当代中国出版社 1995 年版）以周墀为李党的说法之误。该书第 119 页云："其中提到的周、李二学士，指周墀、李回，都是李德裕一党人。"按：此说误，周墀者，向来认为是牛党。武宗朝李德裕即位由翰林学士出为华州刺史，杜牧认为这是李德裕排挤的结果。宣宗时，周墀又加入了诋毁李德裕的行列，攻击李德裕在当国时修改《宪宗实录》之行为。而李回倒确是李党，在大中初，"以与德裕善，决吴湘狱，时回为中丞，坐不纠摘，贬湖南观察使"（《新唐书》卷 131《李回传》）。

　　**孙简**　开成四年(839 年)五月,李商隐由秘书省校书郎(正九品上阶)调为弘农尉。是谁排挤李商隐外调的?《樊南文集》卷 8《与陶进士书》云:

> 去年入南场作判,比于江淮选人,正得不忧长名放耳。寻复启曹支,求尉于虢,实以太夫人年高,乐近地有山水者;而又其家穷,弟妹细累,喜得贱薪、菜处相养活耳。

　　此文看起来好像是李商隐主动要求出为弘农尉,以便照顾其母亲,便于养家,实际上,事情可不这么简单,这不过是一段饰词而已。其在《别薛岩宾》一诗中表达了真实心境,其言"桂树乖真隐,芸香是小惩",正反映出这是受人排挤的结果。其《有感》诗云"中路因循我所长,古来才命两相妨",尽显其落拓不平之意。抑或仍是"中书长者"或者是其势力圈范围的人物排挤李商隐之结果?这两次连续的排挤和打击,正可见当时朝廷中嫌恶李商隐的颇有人在。

　　李商隐任尉时复以活狱事得罪陕虢观察使孙简。他并没有屈服于权威,而是坚持原则,并采取挂冠弃官方式进行反抗。其诗云:

> 黄昏封印点刑徒,愧负荆山入座隅。却羡卞和双刖足,一生无复没阶趋。
>
> (《玉溪生诗集》卷 1《任弘农尉献州刺史乞假归京》)
>
> 陶令弃官后,仰眠书屋中。谁将五斗米,拟换北窗风!(同上卷 1《自贶》)
>
> 素琴弦断酒瓶空,倚坐欹眠日已中。谁向刘伶天幕内,更当陶令北窗风!
>
> (同上卷 2《假日》)

　　此一桩事,这些诗歌,亦在一定程度上反映了李商隐的某种性格特征,即耿直狷介之性格。尽管,从其一生之依傍府主,干谒求人之行迹,以及那些缠绵悱恻、多愁善感的诗歌来看,李商隐的性格中有一种软弱甚至脆弱的因素,相当敏感、多情,但是另一方面,也不要忽视他性格中这种耿直狷介、孤傲不群的成分,这两种看似矛盾的性格特征实际上是和谐而又不无冲突地交织在同一个诗人身上的。此耿直狷介之性格,则可以解释他为何为一些权贵所抑落,以及他为什么会与令狐绹的交情始厚终疏。所谓性格即命运者,在一定程度上还是有道理的。

　　故曰:义山开成三年(838 年)入王茂元幕,娶王茂元女,并非招致牛党忌恨之始。义山以其耿直之性格,多为权贵所忌恨,非仅为牛党也。其踏上应举之路以来,多为一些权贵所斥黜。当时责其为背家恩者当无有,而恶其耿直者则未必少。而此等人,亦足以造成李商隐仕途之阻梗,何待牛党之打击乎?论者往往不察前后期对李商隐仕途造成阻碍的不同实施者,而一律归之于牛党之排挤,未免失之草率。

**4.哪些原因导致了李商隐与令狐绹的疏远?**

李商隐与令狐绹虽然在会昌年间保持着交往,但并不是说,他们两人之间就没有隔阂。产生这种隔阂的原因是什么呢?

李商隐与令狐绹之疏远,乃是必然的事情。何则?他们之间的疏远,一则因性格、志趣之不同;二则因政治价值取向之不同;三则因对待泽潞叛镇的态度不同。故此种疏远非因李商隐入王茂元幕,而且,开成、会昌年间的疏远跟大中年间的交恶有着本质的区别,此时的疏远更多的是以上三个方面的原因,而大中年间的交恶则是由整个党争格局所决定的,即使令狐绹不想跟李商隐交恶,也是不可能的了。

(1)性格、志趣之不同

令狐绹是一官场中人,李商隐是一性情中人。他的耿直狷介的性格决定了其不会为令狐绹所欣赏。

李商隐从大和二年(828年)开始应举,至开成二年(837年)登第,历时十年,在此过程中,他品尝了人生的酸甜苦辣,看尽了世态炎凉。而其狷介之性格,亦使他尝尽了苦头。他并没有轻易地向那种凉薄的世风妥协,对"处贵有隔品之严,于道绝忘形之契"的社会风气表示出强烈的不满。他坚持自己的原则,不媚俗,不屈从权贵。《樊南文集·补编》卷5《上李尚书状》文云:

> 某始在弱龄,志惟绝俗;每北窗风至,东皋暮归,彭泽无弦,不从繁手;汉阴抱瓮,宁取机心!岩桂长寒,岭云镇在,誓将适此,实欲终焉。……行与时违,言将俗背。……然窃观古昔之事,退听上下之交,有合自一言,奖因片善,不以齿序,不以位骄。想见其人,可与为友。近古以降,斯风顿微,处贵有隔品之严,于道绝忘形之契。……时之不可,人以为悲。愚虽甚微,颇向斯义。自顷升名贡笈,厕足人流,未尝辄慕权家,切求绍介。用胁肩谄笑,以竞媚取容。

此文自道其志趣、交友原则、情操,原义山之初心,自是恪守不违者,非仅吹嘘、修饰之文也。

在《别令狐拾遗书》中,他将令狐绹当作自己的知己,十分大胆而深刻地指责"近世交道,几丧欲尽","而与此世者蹄尾纷然。蛆吾之白,摈置讥诽,袭出不意。使后日有希吾者,且惩吾困,而不能坚其守,乃舍吾而之他耳"。此文作于开成元年(836年),他必然遭受过多次的"摈置讥诽,袭出不意",方才有如此深切的体会。

而其"行与时违,言将俗背"之行为自是招致了一些权贵的忌恨而由之屡次应举不第。实际上应当还有其他的一些打击。

而令狐绹以一世家之子,大和四年(830年)登进士第,释褐弘文馆校书郎,此后仕途一直比较顺利。其人亦可谓一巧宦也,熟悉官场风习,具有典型的官僚性格,故能圆滑处世,左右逢源。而其文才未著,后虽官至翰林学士,然焉能与李商隐匹,可见其主要为一官场中人物。

大略来说,初期令狐绹跟李商隐尚且交好,后来随着他浸染世故愈深,更加官僚化,他跟一介狷介文士李商隐的隔膜也自是愈深了。

(2)政治价值取向之不同

李商隐所奉行的是儒家的政治理想和治国理念,希望能济世救民,有用于当世。在《行次西郊作一百韵》中他通过对有唐历史的反思,提出了"伊昔称乐土,所赖牧伯仁""又闻理与乱,系人不系天"的政治观念。他向往儒家的治世,即大一统之世,故无限地赞美贞观之治,怀念贞观年间唐太宗和大臣共同创立并垂范后世的治国模式,即圣君贤相模式。

而其一生虽沉沦下僚,却从来没有放弃对政治的关心,他怀着一种深深的忧虑情怀,时刻关注着时局的发展,并积极地提出一些建设性的意见,及时总结政治经验。其《安定城楼》一诗中所云"永忆江湖归白发,欲回天地入扁舟",难道仅仅是一种自炫之词吗? 这种功成身退的政治境界于他可谓一生无与,但是比较可贵也比较悲剧性的是他竟然很认真地追求这种政治理想。

葛兆光从一个当代人的眼光来看李商隐这种政治情怀,其《晚唐风韵》[1]第90—91页云:

> 李商隐一生都在关注现实政治:天子把公主嫁给藩镇以求平息战争,他要插上一嘴:"事等和强虏,恩殊睦本枝。四郊多垒在,此礼恐无时。"(《寿安公主出降》)。皇家不重视文化,他要喋喋不休:"建国宜师古,兴邦属上庠。从来以儒戏,安得振朝纲。"(《赠送前刘五经映三十四韵》)朝廷整治几个鲠直的大臣,他要多嘴多舌:"有美扶皇运,无谁荐直言。已为秦逐客,复作楚冤魂。"(《哭刘司户二首》之二)他一会儿说"又闻理与乱,系人不系天。我愿为此事,君前剖心肝。叩头出鲜血,滂沱污紫宸。九重黯已隔,涕泗空沾唇"(《行次西郊作一

〔1〕 中华书局2004年版。

百韵》),想象自己为了国家冒死上谏,好像朝廷不相信他的忠言就要垮台似的;一会儿又说"几时拓土成王道,从古穷兵是祸胎"(《汉南书事》),他也管得太宽了些,好像皇上真能听两句诗就好生恶杀了的似的。不仅如此,他还要借古讽今,写了一篇又一篇的咏史诗说这说那,大发议论,说些什么"历览前贤国与家,成由勤俭破由奢"之类的大道理(《咏史》),可是又有谁理他的碴儿,把一个诗人的话当真呢?

从一个当代人的角度来看,李商隐之所作为未免迂腐,然自其济世情怀观之,实一片丹心赤诚,认真透顶,体现了一个儒家知识分子的良心。

而令狐绹则善于个人打算,是一个典型的巧宦,善于攀爬,善于明哲保身。会昌中他曾像白敏中一样受到李德裕的擢拔,到了大中初则积极构陷吴湘案,成了打击李德裕党的主要人物之一。他具有很深的党人之见,其所排挤之人亦多正直之士,如魏謩、郑畋等,对于李党人物更是不遗余力地排挤。在大中年间执政时期则多招权纳贿之行为,苟安禄位,鲜少建树。咸通九年(868年)纵庞勋乱军过长淮,且言曰"从他过去,余非吾事也"(《旧唐书》卷172《令狐绹传》),造成不可收拾的不良后果。正可见其所图谋者为私利,而不以国家大事为重。

《北梦琐言》卷2载:"宣宗时,相国令狐绹最受恩遇而怙权,尤忌胜己。"晚唐三大诗人李商隐、温庭筠、罗隐都曾受到他的排挤,同上卷1载:

> 唐大中末,相国令狐绹罢相。其子滈应进士举在父未罢相前,预拔文解及第。谏议大夫崔瑄上疏,述滈弄父权,势倾天下,以"举人文卷须十月前送纳,岂可父身尚居于枢务,男私拔其解名,干挠主司,侮弄文法,恐奸欺得路,孤直杜门"云云,请下御史台推勘。疏留中不出。葆光子曰:"令狐公在大中之初,倾陷李太尉,唯以附会李绅而杀吴湘。又擅改元和史,又言略遗阉寺,殊不似德裕立功于国,自俭立身,摭其小瑕,忘其大美。洎身居岩庙,别无所长,谏官上章,可见之矣。与朱崖之终,始殆难比焉。"

两个人具有对立的政治价值观念,即使在初期可以保持良好的交情,但是最终他们之间的矛盾性、对立性会显现爆发,李商隐和令狐绹之间其实就是如此。

(3)对待泽潞叛镇的态度不同

据周建国先生的推测,会昌三年(843年)牛、李二党对待泽潞叛镇的对立态度,是使李商隐和令狐绹交疏的重大事件。"虽然没有确凿材料证明义山与令狐绹因泽潞事件而发生矛盾,但令狐对义山的不满仍是不难想见的。""支持泽潞之役客观上成了其涉足党争的开始。"[1]

李商隐支持讨伐泽潞叛镇的政治军事行动,热情赞美这次讨伐活动。今存《为濮阳公与刘稹书》《为贻孙上李相公(德裕)启》《行次昭应县道上送户部李郎中充昭义攻讨》《登霍山驿楼》等诗文可见李商隐支持伐叛战争的态度。

牛党多是持反对意见的。杜悰还因强谏而外调。而令狐绹,显然站在多数牛党的政治立场上,反对进行讨伐。

### 5. 李商隐和令狐绹之间开始交疏

现存二人互相交疏的第一首诗歌,当是开成五年(840年)《酬别令狐补阙》一诗:

> 惜别夏仍半,回途秋已期。那修直谏草,更赋赠行诗。锦段知无报,青萍肯见疑。人生有通塞,公等系安危。警露鹤辞侣,吸风蝉抱枝。弹冠如不问,又到扫门时。

历来解诗者多系此诗于开成五年(840年),如冯浩和张采田。更有以为是南游江乡前别令狐绹之作。[2]刘学锴、余恕诚辨冯、张江乡之游说之误:"然谓此行系南游江乡,则于诗无征。"

开成五年(840年),时令狐绹父丧服阕,仍起为原官——左补阙,并兼史馆修撰。[3]李商隐时年二十九岁。此诗作于夏秋之季。时李商隐得河阳节度使李执方资助,由弘农任告假返回东都(洛阳),携眷到关中的长安居住。此当李商隐赴回弘农时("回途"云云,返回弘农也),令狐绹赋诗送别,李商隐作诗酬和。五、六句"锦段知无报,青萍肯见疑",正见此时李商隐与令狐绹已经产生隔阂,"缠绵之中,半含剖白,与令狐绹交谊之乖大可见矣。"(冯浩评,《李商隐诗歌集解》,第395页)九、十句,"盖谓己置身于党局嫌猜之地而知自处"(同上书,第394页)。末二句,则以哀戚语

---

[1]　参见周建国《试论李商隐与牛李党争》。

[2]　按:刘学锴、余恕诚《李商隐开成末南游江乡说再辨正》,刘学锴《〈李商隐开成末南游江乡说再辨正〉补正》两文,已辨此说为非。"根据商隐赠、哭刘蕡诸诗提供的内证,特别是《赠刘司户蕡》诗'更惊骚客后归魂'之句,结合其他方面的分析辨正与解释论证,推断刘蕡于会昌元年被远贬柳州司户参军后,并非在翌年秋即卒于江乡(冯说),或卒于柳州贬所(张说),而是迟至宣宗即位后,方随牛党旧相的内迁而自柳州放远北归,并于大中二年正初与奉使归途中的商隐晤别于洞庭湖畔的湘阴黄陵,商隐的《赠刘司户蕡》即作于其时,而不是如冯、张所说作于会昌元年春刘蕡贬柳途中,从而否定了李商隐开成末会昌初曾有江乡之游的说法。"

[3]　令狐绹于会昌二年(842年)任户部员外郎,故此诗之作,亦当不迟于会昌二年。

气,表达了对令狐绹的期望,希望他能帮助自己早日摆脱弘农尉的生活。然而,语气已经用得很重:"如果你令狐绹不来理我,还有谁来理我?"如果不是交疏,是不会这样口气的。而若剔除了以入王茂元幕为李商隐卷入党争之始的陈说,当以李商隐与令狐绹两种不同性格和政治观念之对立导致了二者之交疏为合理。如果不假思索地以入王茂元幕而导致令狐绹猜忌之说为背景,虽然解释起来也合情合理,却未必合乎历史原貌。李商隐以一敏感、多愁善感之诗人,既与令狐绹于政治观念、价值取向多有不同,而于其疏远、猜忌之行为自是心知肚明,又于弘农尉不得意,有一种强烈的人生挫折感,故于诗中表白自己"警露鹤辞侣,吸风蝉抱枝"之清直,本非为了私情而与令狐绹观点屡屡相左,且巴不得令狐绹能助他一臂之力,脱离苦海,故此诗"诗意感激之中半含剖白"(张采田评,同上书,第 395 页)之基调亦由此而奠定也。

但是李商隐即使在这种情况下,还是将令狐绹当作倾诉烦恼的主要对象。评论者往往从这首诗中看出了二人交恶,李商隐向令狐绹陈情告哀,祈求援引的消息,但是却没有从这种比较直率的语言中看出他们之间的交契。李商隐将自己的烦恼说给令狐绹听,以比较直肆的方式倾诉着他内心的压抑感。这种表述方式其实只有在比较要好的朋友之间才可以展开的。会昌五年(845 年)秋李商隐在永乐闲居的时候,令狐绹还是有问讯他的,李商隐为作《寄令狐郎中》"嵩云秦树久离居,双鲤迢迢一纸书。休问梁园旧宾客,茂陵秋雨病相如"一诗回复之。"休问"云云,亦是赌气语,实则希望他多问。那种诉苦的色彩是很浓厚的,同时也有一种亲昵的意味。且此时令狐绹与其交往也不密切,书信来往很少,当是因为二人于泽潞事持对立态度,政治观念的不同加深了相互的隔阂。会昌六年(846 年)作的《上韦舍人状》云:"某淹滞洛下,贫病相仍,去冬专使家僮起居,今春亦凭令狐郎中附状。"可见,其在会昌六年(846 年)服阕重官秘书省正字后,还是得到了令狐绹的帮助的。

如果他们在开成、会昌年间真的形同陌路,如同大中年间那样,李商隐也就不会采用这种陈述方式了。大中年间的陈述方式是怎样的?大中年间的陈述方式充满了一种"忧危"意识。"万里悬离抱,危于讼阁铃。"(《酬令狐郎中见寄》)而其表达方式,亦多隐晦其词,寄托遥深,显然是党局压制之结果。而他与令狐绹亦是真交恶,若此等"休问梁园旧宾客,茂陵秋雨病相如"之直率语、赌气语则几无也。大中年间的陈述方式跟会昌年间的陈述方式的比较,正好证明会昌年间他们之间还是有着一种交契。会昌年间李党得势,令狐绹又不过是一个小官,他即使想推荐李商隐,又能有几许效果?但是李商隐显然不管这个现实,还是向令狐绹陈情告哀,以倾泻自己内心的压抑感,大体上这还是一种朋友之间互相承担烦恼的方式,虽然说隔膜也已经产生了。

### (二)后期阶段:从大中初至大中十二年

#### 1.党局牵连决定了李商隐与令狐绹的最终交恶(似连实断,似断实连)

李商隐跟令狐绹在大中后最终交恶,这是不可避免的,是由牛李党争的格局所决定的。也就是说,由牛党党争格局决定,而非仅令狐绹一人决定了后期李商隐只能沉沦下僚、郁郁不得志。

会昌、大中之际的党争格局是怎样的?

会昌年间,李德裕主政的时候,将他的打击的矛头主要集中在牛党党魁身上。从会昌四年(844 年)开始,借泽潞事,连逐牛党三相:牛僧孺、李宗闵、崔铉。这是党争激烈化的表现。到了会昌六年(846 年)宣宗即位,宣宗、宦官和牛党三大势力一起联合报复以李德裕为首的李党,一反会昌之政,可谓党争白热化之阶段也。

在此势不两立的党争格局之中,凡是与之有所牵连的人,自是难免受到影响。党人之见很深的牛党要人自是要排挤曾从事郑亚幕府的李商隐,而此时,李商隐与令狐绹曾有过的那份个人私情也只得在这种党争格局中搁置起来。即使令狐绹自身想拔济李商隐,然碍于此党争格局,亦要疏远之。由此,可以解释大中年间李商隐与令狐绹的交往为何似断实续,似续实断。而李商隐尚得以向令狐绹告哀陈情,亦可见令狐绹仍有念旧之情。而李商隐则不惜拉下脸皮,时时向他祈求,因为其除了令狐绹外,再无他人可作依托。而大中五年(851 年)七月,李商隐以文章干令狐绹,得以补太学博士,亦令狐绹破例擢用也。论者往往责怪令狐绹之排挤李商隐,而不知此党争格局使之不得不然。能作如是观,则于令狐绹与李商隐之最终交恶,李商隐之屡番陈情告哀之情状,庶几得其实也。

大中朝令狐绹与李商隐确实交恶。比之于开成、会昌朝,二人的交谊可谓严重恶化。史称王茂元卒,李商隐“来游京师,久之不调”,“令狐绹作相,商隐屡启陈情,绹不之省”(《旧唐书》卷 190 本传),又称李商隐桂管府罢返京,令狐绹“谢不通”,“绹当国,商隐归穷自解,绹憾不置”(《新唐书》、《旧唐书》本传),均可为明证。

但是史书的论述未免过于笼统,揆之有关诗文,我们还可以发现,这种恶化也不是一刀两断,他们还是保持着一种似断似续、似续实断的微妙关系。可以说,这也是由当时的党争格局所决定的,而令狐绹还是与之保持着交情。大中五年(851年)助其补太学博士,这种行为也可以说明令狐绹自身也要受制于当时的党争格局,既要疏远之,又因旧情私谊,故有荐举之行为。由于这种党争格局,以及令狐绹与李商隐的这种微妙的关系,李商隐产生了一种陈情告哀的意识,不断地向令狐绹表白自己的心迹,诉说自己的困境,写了很多寄托遥深、委婉曲折的诗作,其中有大量的无题诗作。可见,此种陈情哀告的意识自与其无题诗诗歌语言表达机制有着微妙的对应性(无题诗作潜在的倾诉对象,往往是女子,或者是权贵)。

李商隐在大中年间写了很多跟令狐绹有关的诗作(其中的小部分直接表明是写给令狐绹的,大部分则是以寄托、寓意的形式)。令狐绹成了他倾诉的主要对象之一。这种规定性对于他在大中年间的总体创作产生了很大的影响。而倾诉的方式又往往委婉曲折,所以最适合用无题诗。大中年间也是他写作无题诗最多的时候。

大中年间,李商隐一直没有放弃打动令狐绹的努力,但是却没有什么效果。他不断地陈情告哀,写了很多词卑意苦之作,希望获得令狐绹的携助,但最终还是落拓不偶,这最后还是由党争格局所决定的。

2.大中年间李商隐所从府主或为李党,或曾受李德裕器重者,个中消息,大可玩味

大中年间的李商隐,除了大中二年(848年)冬部选取后担任盩厔尉,大中三年(849年)担任京兆尹留假参军,专属奏章,大中五年(851年)补太学博士,大中九年(855年)十一月罢东川幕后回京任盐铁推官至卒,大部分时间主要过着入幕生涯,先后从事于桂管郑亚幕(大中元年三月至大中二年三、四月),卢弘止徐州幕府(大中三年十月至大中五年春季),梓州柳仲郢幕(大中五年七月至大中九年十一月)。值得注意的是,李商隐在大中年间所从的府主,主要是李党人员,或者曾蒙李德裕重用的人。这个现象是偶然的呢,还是必然的呢?透过这个现象能看到什么?

郑亚　荥阳人,李党的重要成员之一,长庆年间李德裕在翰林的时候,他曾以文章谒之,蒙其赏识,出镇浙西,辟为浙西幕府的从事。会昌年间的一些重要事件都有他的份,他是李德裕的忠诚支持者。[1]会昌年间,他秉承李德裕意旨重修《宪

---

[1] 岑仲勉先生李德裕无党之说,是值得商榷的。彼所谓无党者,以无"朋党"之行为。然李德裕虽标榜自己无党,自己为君子,然揆之实际,实则亦是一结党者,只不过其表现方式、集团形态与牛党有异。若谓无党,郑亚岂非其党羽耶?辨参第五章有关部分。

宗实录》,同时他也是证成牛僧孺、李宗闵与泽潞刘从谏交通的人物之一。

李商隐在大中入幕之前已与郑亚交往。会昌年间,郑亚为给事中,李商隐为秘书省正字,颇有交情。诗云"前席惊虚辱,华樽许细斟""既载从戎笔,仍披选胜襟"(均引自《自桂林奉使江陵途中感怀寄献尚书》),显然,郑亚是比较欣赏李商隐的文学才华的。

卢弘止　卢弘止并非李党。但是在会昌中却受到了李德裕的器重。在平泽潞过程中,李德裕无疑将卢弘止当作一位重要的人才。《资治通鉴》卷248会昌四年八月载:会昌四年八月,邢、洺、磁三州降,李德裕请以卢弘止为三州留后。丙申,以刘稹已被诛,不复置三州留后,但遣弘止宣慰三州及成德、魏博两道。而卢弘止也确实有一套本领,在任武宁节度使的时候将这些骄兵悍将治理得服服帖帖的。尽管李德裕对卢弘止一度委以重任,但是在时人的眼光中,卢弘止却并非李党。"大中初贬谪李党,弘止即未受牵累,可见牛党亦不以卢为李党主要成员。"(《李商隐诗歌集解》,第640页)

李商隐和卢弘止的交情很早就开始了。大和八年(834年)卢弘止由兵部郎中出宰昭应县,李商隐怀文投谒之,卢弘止十分欣赏他。在会昌年间,时任御史中丞的卢弘止还经常请时任秘书省正字的李商隐帮助解决疑难问题,此即其诗《偶成转韵七十二句赠四同舍》所云:"忆昔公为会昌宰,我时入谒虚怀待。众中赏我赋《高唐》,回看屈宋由年辈。公事武皇为铁冠,历厅请我相所难。我时憔悴在书阁,卧枕芸香春夜阑。"

柳仲郢　京兆华原(今陕西省铜川市耀州区)人。尝为牛僧孺辟为江夏从事。会昌初,为李德裕所知,会昌五年,拜京兆尹,拜谢之日,对李德裕说:"不意太尉恩奖及此,仰报厚德,敢不如奇章公门馆!"(《资治通鉴》卷248会昌五年二月)德裕却也不以为嫌。柳仲郢在会昌年间,很为李德裕做了一些事,裁减冗官,在会昌灭佛中充当京畿铸钱使。柳仲郢是一个坚持原则的人,所以,在吴湘狱中,御史崔元藻覆按得罪,仲郢上疏理之,武宗筑望仙台,仲郢累疏切谏。

柳仲郢虽与牛僧孺交厚,然非属于牛党。李德裕虽于他有知遇之恩,他也知恩图报,但却不属于李党。自政治文化视之,其以礼法门风自持,具有旧族风范,虽与李德裕有相近之处,但以其以"无私"之心处世、从政,故虽与牛李两党党魁交往,而无涉于党局,亦不为两党所排斥,此亦为唐时社会道德风尚的一种表现。

就是因为柳仲郢在会昌中受到李德裕的重用,所以,宣宗即位,他也坐所厚善,出为郑州刺史。在大中朝,李德裕被贬死朱崖之后,几乎无人敢于为之说话。柳仲郢却敢于取德裕兄子从质为推官,亦可见此人确实是一个重节义的人(《旧唐书》卷165《柳仲郢传》)。

柳仲郢欣赏李商隐的才华,所以在大中五年(851年)东川幕辟署李商隐为从事,而且给予他无微不至的关怀,甚至要送妓张懿仙给他,以慰其失妻之痛。

观李商隐大中年间的府主以及他们跟李商隐的关系,往往有一些共同特点:其一,他们往往或者身为李党重要成员,或者一度受过李德裕的器重,被委以重任。其二,他们往往与李商隐在大中朝之前就有一定的交往。卢弘止和郑亚在大中朝以前就跟李商隐有相当不错的交情。他们自身也是才华出众之士,特别赏识李商隐的才华。在政治观念上,李商隐也跟他们比较合拍,尤其是在对待泽潞叛镇的态度上,李商隐跟郑亚、卢弘止站在同一个立场上,要求坚决讨伐。而李商隐会昌年间所作的鼓吹讨伐泽潞叛镇的诗文在社会上流布过程中,他们也应该是有所了解的。其三,他们往往是主动辟署李商隐入幕,而不是李商隐自己投谒求托的结果。要之,义山之政治观念、个性气质自与李党人物或受过李德裕重用的人物投契,同时,他们又赏识其文学才华,当其辟署之时,义山亦往往乐从之,且生知遇之感。此其所以于大中年间多入李党人物或受过李德裕重用的人物之幕也。

3.李商隐为什么要入郑亚幕?

李商隐大中元年(847年)从事桂管幕,乃是其为时人目为"背家恩"之始。而牛党当势,自不可能提升此等"凉薄"之子。故义山一生之悲剧,由此而成定局也。

必须要解答的问题是:李商隐为什么要入郑亚幕?难道这仅仅是一次偶然的政治行为,没有必然性吗?难道他不知道这是牛党得势的大中朝吗?以他的聪颖和政治见识何至于投郑亚幕,逆风而行,招致后期一生的压抑?到底该如何解释他入郑亚幕的动机呢?这是由哪些主客观原因所决定的呢?

在我看来,大略有这么几个原因:

其一,李商隐与郑亚在大中初已有一定的交情,郑亚既欣赏其才华,又与其在政治观念上相契,故辟署其入幕,也是在情理之中。而且李商隐是一个有着相当浓厚的感恩意识的人。李商隐对于郑亚的辟署是充满了感激之情的。入幕后,郑亚对他也相当器重,擢其为支使,曾委派他为专使去江陵。其《自桂林奉使江陵途中感怀寄献尚书》云:"投刺虽伤晚,酬恩岂在今。……固惭非贾谊,惟恐后陈琳。前席惊虚辱,华樽许细斟。尚怜秦痔苦,不遣楚醪沉。既载从戎笔,仍披选胜襟。"其

《送郑大台文南觐》云："君怀一匹胡威绢，争拭酬恩泪得干！"均可见李商隐感恩之情。

其二，令狐绹此时既已与其交疏，而服阕重官秘书省正字后亦久不得升迁，且朝局翻覆，凡百措施，务反会昌之政，诗人甚觉迷惘郁闷，既得郑亚之辟署，故不惜出为外朝官，以待转机。[1]

其三，李商隐对政治形势的发展估量不足，犯有一定程度的"政治幼稚病"，这也是他作为一介文士的眼界所决定的。大中元年（847 年）三月，李商隐应郑亚之辟，赴桂管。不要忽视，这年李党虽然失势，但还没有给彻底打垮。李德裕由东都留守为太子少保，郑亚出为桂州刺史。李商隐未必看得清时势，也许他认为这跟以前的那种两党之间相互升降的局势一样，他当然想不到后来大中二年（848 年）二月宣宗和牛党联合借吴湘案彻底打垮李党的残酷性。所以这也是他要入郑亚幕的原因之一。李商隐又不是什么政治战略家，更不是什么政客，只不过是一介文人而已。这也是传统社会文人的局限性。或者他根本没有想这么多，郑亚既辟署他，他就去了，未必有我们后人这样自作聪明地为他想了这么多个理由。

其四，性格中那种决然的因素，也是促使李商隐投入郑亚幕的原因。我们后人看了李商隐那些伤感、怨慕、缠绵的诗歌作品，以为他是一个不可救药的多情公子，性格必然相当软弱。不错，李商隐性格中确实有软弱、伤感的成分，但是这只是一个方面，同时，他的性格中也有决然、断然、耿直狷介的元素，看不到这个方面，我们就有可能犯了将一个人简单化、模式化的毛病。前面提到的李商隐以活狱事得罪孙简是一个很好的证明。同时，即使从他的无题诗作品中，也可以看到他的性格两重性。比如《无题》"昨夜星辰昨夜风"，一方面为那种隔绝和遥远而感到伤感，所谓"身无彩凤双飞翼"，但另一方面"却又执著，又相信感情的穿透的力量，乃至获得了一种亲切感、相诵感"，相信"心有灵犀一点通"[2]。其实很多的无题诗都有这种心理的二重机制在起作用，故他的很多无题诗都表达了一种既柔肠百转而又百折不挠的情感。大中元年（847 年）他赴郑亚幕所作《海客》一诗云："海客乘槎上紫氛，星娥罢织一相闻。只应不惮牵牛妒，聊用支机石赠君。"正见其此时不顾令狐绹之嫉恨、断然决然的决心，要义无反顾地迈上人生新的旅程。

---

〔1〕　参见杨柳：《李商隐评传》，当代中国出版社 1995 年版，第 183—184 页。

〔2〕　参见王蒙：《通境与通情——也谈李商隐的〈无题〉七律》，载王蒙、刘学锴主编：《李商隐研究论集 1949—1997》，广西师范大学出版社 1998 年版。

4.李商隐对李德裕的倾服和同情

除了这几个原因,我们还有必要深入了解,在李商隐的主观价值评价中,他如何看待牛李两党的党魁和他们的政治行为,其主观倾向性是怎样的? 如果我们知道他的这种主观倾向性,那么对他大中元年之所以入郑亚幕将有更深切的了解。

历来论者多指出李商隐对李德裕具有崇仰、同情之情,今之傅璇琮、周建国等先生更是指出这一层意思。笔者翻阅他的有关诗文,也是发现如其所说。

在李商隐有关李德裕的诗文中,可以先剔除掉李商隐在大中六年(852 年)受柳仲郢派遣赴西川幕断狱时向杜悰所投的两篇投谒诗——《五言述德抒情诗一首四十韵献上杜七兄仆射相公》《今月二日不自量度辄以诗一首四十韵干渎尊严,伏蒙仁恩俯赐,披览奖逾,其实情溢于辞,顾惟疏芜,曷用酬戴,辄复五言四十韵诗一章献上,亦诗人咏叹不足之义也》,其中对杜悰备极谀媚,肯定他会昌年间"叩额虑兴兵",反对李德裕伐叛泽潞的行为,而诬李德裕为"恶草"[1],此诗大背李商隐会昌年间所写的赞颂支持讨伐泽潞的诗文,故可视之例外,乃李商隐在党争中个体心理扭曲的表现。"以投赠之故,冀耸尊听,不惜违心而弄舌耳。"(冯浩评,《李商隐诗歌集解》,第 1257 页)李商隐其他的有关李德裕的诗文都是持积极肯定态度,这是其一贯性之认识,而非一时性之见解。

李商隐对李德裕的评价认识集中在《太尉卫公会昌一品集序》(《樊南文集》卷7)中,还有其他的较多的诗文可以参证。

大中元年(847 年)二月,李德裕写信托郑亚为其文集作序(《会昌一品集·别集》卷 6《与桂州郑中丞书》),郑亚请李商隐起草,自己又重加改定。李商隐在序言中高度地赞美李德裕的文才武略、文治武功。其文先从武宗和李德裕的君臣际会说起,结合历史事件,历数李德裕的著作,尤其对其驱回鹘、平泽潞两大功绩加以细致的描述、铺陈,塑造了一个文武全才、关心民瘼、睿智独断的贤相的形象,"其功伐也既如彼,其制作也又如此"。篇末则极尽赞词,至有"成万古之良相,为一代之高士"之辞。而郑亚则在他所作的改正稿中,改骈为散,删除了这些热情的歌颂之语。这些被删除的话语正代表着李商隐个人化的评价,乃发自其内心。

大中元年(847 年)九月初宣宗和牛党一起联合兴起了吴湘案覆狱事件,此次打

---

〔1〕 钱龙惕:恶草指(白)敏中诸人也。何焯:恶草似谓赞皇门下诸人。冯浩:恶草指李卫公。按,冯注是。参见《李商隐诗歌集解》,中华书局 2004 年版,第 1256—1257 页。

击的力度和规模都超过牛李党争里的任何一次排挤和打击,十二月贬李德裕为潮州司户,其他李党要人也受到牵累。李商隐对此覆狱案持的是什么态度?今存李商隐为郑亚向朝廷大臣所上的辩白之词基本上可以看出李商隐的态度。《樊南文集·补编》卷7有《为荥阳公上马侍郎启》《为荥阳公与三司使大理卢卿启》《为荥阳公与前浙东杨大夫启》,此等启虽代郑亚所作,然原其心迹,自是与郑亚站在同一立场之上,文章不但逻辑严密,爱憎分明,且笔端每带感情,披沥心肝。在文中为郑亚辨别在对吴湘狱决断上他并没有受到李德裕的指使:"故府李相公知旧之分,与道为徒。戎幕宾筵,虽则深蒙奖拔;事踪笔迹,实非曲有指挥。逝者难诬,言之罔愧。"并呼吁:"照奸吏之推过,略崔子之枝辞,特念远藩,获用宽典。"论奏吴湘讼案可谓是逆风而行,其为牛党要人所嫌恶,亦在情理之中。义山于此党局中亦愈陷愈深矣。

从现存的诗文来看,李商隐对于会昌大中之际党局反复、朝局变动是相当关注的,对于失势的李德裕也寄寓深厚的同情。他写了一系列的诗歌来抒写自己对李德裕被贬谪的感伤之情,于其朱崖卒后还写了一些悼念之作。尽管碍于时势,他的诗歌也写得比较隐晦,多作比体诗,除了部分可以明确是为李德裕所作,还有部分是难以确定的,但在其中我们不难找到他的政治倾向性的蛛丝马迹。

会昌六年(846年),李商隐有感于李唐王朝立嗣问题的重要性,作《四皓庙》"本为留侯慕赤松"。会昌朝并没有落实好立嗣问题,导致宦官扶立宣宗,造成了朝局反复和政策变动。而李德裕亦难辞其咎也。言虽微讽,实则是惋惜之意,惜李德裕之失势也。又《四皓庙》"羽翼殊勋弃若遗"一诗,则此番意思更是显露无遗。

大中二年(848年)九月李德裕被贬朱崖后,李商隐为之作系列的咏叹之词。其《旧将军》云:

> 云台高议正纷纷,谁定当时荡寇勋。日暮灞陵原上猎,李将军是旧将军。

冯浩《玉溪生诗集笺注》对此有很好的阐释:"曰'纷纷',曰'谁定',与西平久经图像者不符……《新书纪》文:'大中二年七月,续图功臣于凌烟阁。'事详《忠义·李憕传》。后时必纷纷论功。而李卫国之攘回纥、定泽潞,竟无一人讼之,且将置之于死地,诗所为深慨也。《旧书传》赞曰:'呜呼烟阁,谁上丹青!'愤叹之怀,不谋而相合矣。义门谓为石雄发,亦通;然卫国之庙算,乃功人也。"

其《李卫公》云:

> 绛纱弟子音尘绝,鸾镜佳人旧会稀。今日致身歌舞地,木棉花暖鹧鸪飞。

"歌舞地"指歌舞冈,南越王赵佗曾在此歌舞,此以代指岭南地区。[1] 前联指其"平日培植之人才"与"当时识拔之贤士"[2],皆消息隔断,风流云散。后联以岭南之亮丽风物,反衬其贬谪之凄凉。冯浩指出:"下二句不言身赴南荒,而反折其词,与'旧时王谢堂前燕,飞入寻常百姓家'同一笔法,伤之,非幸之也。"(《李商隐诗歌集解》,第973页)

其《泪》云:

> 永巷长年怨绮罗,离情终日思风波。湘江竹上痕无限,岘首碑前洒几多。
> 人去紫台秋入塞,兵残楚帐夜闻歌。朝来灞水桥边问,未抵青袍送玉珂。

此诗有一大特点,就是用了六个泪的典故,最后才归到当前之事——"青袍送玉珂"。前六个泪的典故与后之实境形成对比,章法很有特色,"六句实赋,似是正面,结句一笔翻落,化实为虚,局法奇甚"[3],"此篇全用兴体,至结处一点正义便住。不知者以为咏物,则通章赋体,失作者之苦心矣"[4]。可见,作者运用六个泪的典故是有他的用心的,就是着重渲染其"青袍送玉珂"之悲凉。故俞陛云云:"玉溪所送者何人? 乃悲深若是耶!"[5]冯浩认为"此必李卫国叠贬时作也",他根据李德裕的生平,对此诗进行阐释:"《唐摭言》有'八百孤寒齐下泪,一时南望李崖州'之句,与此同情。上六句兴而比也,首句失宠,次句离恨。三四以湘泪指武宗之崩,岘碑指节使之职,卫公固以出镇荆南而叠贬也。五谓一去禁庭终无归路,六谓一时朝列尽属仇家。用事中自有线索。结句总纳上六事在内,故倍觉悲痛。"(《李商隐诗歌集解》,第1825页)所论甚当。

《漫成五章》写于大中二年(848年)九月李德裕贬崖州后。历代诗评家皆言此为"一生吃紧之篇章","千载读史者之公论"(张采田评,《李商隐诗歌集解》,第1016页),实融其身世感慨与时世观感于一体。其诗抒情与议论完美地融合在一起,"幽忆怨断,恍惚迷离,其词有文焉,其声有哀焉"(张采田《玉溪生年谱会笺》),具有很高的艺术成就。其四、五云:

> 代北偏师衔使节,关中神将建行台。不妨常日饶轻薄,且喜临戎用草莱。

---

[1] 此据刘学锴:《汇评本李商隐诗》,上海社会科学院出版社2002年版,第159页。
[2] 据姜炳璋《选玉溪生诗补说》之说,转引自刘学锴:《汇评本李商隐诗》,第159页。
[3] 《唐体余编》评,转引自陈伯海编:《唐诗汇评》下册,第2467页。
[4] 《重订李义山诗集笺注》程梦星评,同上。
[5] 俞陛云:《诗境浅说》,上海书店出版社1984年版,第72页。

> 郭令素心非黩武，韩公本意在和戎。两都耆旧偏垂泪，临老中原见朔风。

第四首冯浩认为，"'代北'二句，专为石雄而发，以见李卫公之善任人也。……（前）二句盖指破回纥、平昭义之事。……雄本系寒，又召自流所，党人既排摈于德裕罢相之后，必早轻薄于德裕委任之时，故曰'不妨常日饶轻薄，且喜临戎用草莱'也。……雄为党人排摈，义山受党人之累，故特为之鸣不平，而致慨于卫国也。"（同上书，第1012—1013页）由此观之，李商隐盛赞李德裕不次擢拔石雄于草莱，肯定了李德裕用人之当，也表达了自己受到排摈的感伤。

末首以郭令韩公许李德裕，肯定他用兵泽潞、驱逐回鹘的政策、措施之正确，又将大中朝河湟收复的原因直接上溯到会昌朝李德裕的努力[1]，进一步肯定了他的功绩，其言外之意是表达自己对李德裕受贬斥的愤慨。

大中六年（852年）夏李商隐奉柳仲郢之命去荆南路祭李德裕归枢，作《无题》"万里风波一叶舟"一诗赠德裕子李烨[2]：

> 万里风波一叶舟，忆归初罢更夷犹。碧江地没元相引，黄鹤沙边亦少留。
> 益德冤魂终报主，阿童高义镇横秋。人生岂得长无谓，怀古思乡共白头。

陈寅恪先生解此诗甚为精到，可参，兹不赘言。

又其《过伊仆射旧宅》《丹丘》《汉南书事》《杜工部蜀中离席》诸诗皆暗寓伤悼之意。这些诗组成一个系列，其中的一个基调就是表达自己对李德裕的仰慕、伤悼之情。若是将此等诗与李商隐献给杜悰的那两首干谒称颂之作放在一起观赏，我们会发现什么？那就是：前者是真情流露，感人肺腑，语意诚恳，所可贵者，真也；后者则虚作美颂，空泛无所指，且故作谀词，以谀媚之，所可嫌者，伪也。这样作比较，有助于我们发皇李商隐的心曲。

李商隐是一个很有正义感的人。他也曾为牛党的人员受到迫害发出叹惋之音。开成二年（837年）他为受李训、郑注之党迫害的牛党萧澣和杨虞卿作《哭遂州萧侍郎二十四韵》《哭虔州杨侍郎》，在诗中斥责郑注、李训迫害异己，搅乱朝政。其出发点是站在一个公正的立场上去看，而不是为了党附牛党。

他为李德裕叹惋，也是因为他认为大中朝牛党对李德裕的打击有相当不公正

---

[1]　冯浩指出："及大中三年收复河湟，未始非叨会昌之余威，而卫公则叠贬将死也。"（《李商隐诗歌集解》，第1013页）
[2]　据陈寅恪《李德裕贬死年月及归葬传说辨证》。

的成分。更何况,他对会昌朝李德裕的政治建树颇有仰慕之意,因为符合其振衰起弊的政治愿望。

李商隐具有这种看法,其实代表的是知识人的良心,但是就是因为他敢于坚持一些原则性的看法,所以为牛党所忌恨,受制于此党局,且终身受挫。

傅璇琮先生正是从李商隐在大中初的表现,充分肯定了他的政治选择,这也是从他一贯的"是李非牛"的学术观念出发的。"李商隐在会昌前本不与于牛李党争,大中初在郑亚幕,为郑亚作书致德裕……又代郑亚致书于马植等辨吴湘之狱,及所撰伤德裕远贬等诗,如此等等,即受到白敏中、令狐绹等人的忌恨和打击,以致仕途坎坷,终身流离。但以上诗文,正表现了李商隐高尚的情操,坚定的是非观念,与政治上的正义感。"[1]

## 二、大中朝李商隐之行迹与心迹[2]

李商隐入郑亚幕后,大中元年(847年)夏令狐绹有诗寄给他。李商隐为作《酬令狐郎中见寄》,诗云"土宜悲坎井,天怒识雷霆",当是令狐绹作了谴责之词。可见,自大中入郑亚幕后,令狐绹对李商隐确是大为不满。故李商隐有身世忧危之感,"万里悬离抱,危于讼阁铃"。此前,令狐绹或已与他交疏,但是此次却是开始对他进行谴责。故令狐绹与李商隐之真正交恶,当是李商隐从事桂管幕之时。其在桂管所作的一些咏物、写景之作,无不浸染了自己的忧危之感,如《木兰》一诗。

大中二年(848年)令狐绹召拜考功郎中,寻知制诰,充翰林学士。李商隐为作《寄令狐学士》。在描写了令狐绹的得宠之后,云"钧天虽许人间听,阊阖门多梦自迷",也是祈求援引之意。

五月,他自桂州返京,在这段日子里,李商隐写了很多以令狐绹为倾诉对象自陈心事的诗歌。一路上他念念不忘给令狐绹写诗,无论是直接方式还是间接方式,他都希望自己回到京师后能得到令狐绹的援引。令狐绹作为他的故人,得势了,而他却依旧落拓,所以他的这些诗歌交织着艳羡、怅惘、失意的复杂感情(参见《梦令狐学士》《钧天》等)。

但是回到京师后,令狐绹并没有援引他。本年冬他参加了部选,录取后担任了

---

〔1〕 傅璇琮:《李德裕年谱》,第655页。
〔2〕 下面的行迹的梳理主要依据傅璇琮主编的《唐五代文学编年史》(辽海出版社1998年版),并参佐刘学锴、余恕诚所著《李商隐诗歌集解》系年。

弘农尉。大中三年(849 年)春其调任京兆尹留假参军,做着一些琐碎而繁忙的史事。

而此时的令狐绹,仕途却正处在上升阶段。大中三年(849 年)二月,令狐绹拜中书舍人,李商隐作《令狐舍人说昨夜西掖玩月因戏赠》一诗。从这首诗歌来看,他们消息还是相通的。他最末还说"几时《绵竹颂》,拟荐《子虚》名",对令狐绹寄寓厚望,也将他当作唯一的倚靠。但是令狐绹并没有援引他,于是九月重阳节在失望之余作《九日》一诗。[1]

十月份李商隐乃入卢弘至幕。"时亨命屯,道泰身否。成名逾于一纪,旅宦过于十年。"(《樊南文集》卷 4《上尚书范阳公启》)显然,令狐绹并没有推荐他,所以他只有投靠故人卢弘止。令狐绹得意而他失意,他写下了《读任彦升碑》一诗,发泄他的嫉恨。

大中五年(851 年)是李商隐最悲哀的一年。这一年,待他甚厚的卢弘止死了,四月罢了徐州幕,王氏在春夏之交也死了。这一年他跟令狐绹的关系是怎样的?回京后,令狐绹曾叫他"书元和中太清宫寄张相公旧诗上石者"(同上卷 4《上兵部相公启》)。虽然这是一般性的差使,但也说明一个问题,史书所言的令狐绹"谢不通""绹憾不置"云云,给人感觉似乎令狐绹根本不理会李商隐,其实,他们的交情在表面上还是维持着的。冯浩在笺评李商隐的《九日》一诗时,认为李商隐与令狐绹的关系是:"及三年入京,内实睽离,外犹联络,屡曾留宿,备见诗篇。"理解这一点很要紧,即,也可能在当时令狐绹未必没有帮助李商隐的意思,但是令狐绹自身也是受制于这个党争格局的,不可能援引位卑却名声很大的李商隐,以免招人闲话。李商隐在《上兵部相公启》中云:"况惟菲陋,早预生徒,仰夫子之文章,曾无具体;辱郎君之谦下,尚遗濡翰。"赞颂之中,自是祈求援引之意,令狐绹让他补了太学博士。这可能是令狐绹最后一次帮他了,尽管这不过是一个止六品上的小官。令狐绹的确是一个党见很深的人,但是对于李商隐似乎也没有完全绝情,这一点也是要看到的。

到了大中五年(851 年)七月,李商隐离开了太学博士任,接受了柳仲郢的辟署,赴东川,开始了其一生中最后一次入幕生涯。他在东川一待就是五六年。在这段时间里,他沉浸在悼亡和感伤之中,被思乡的情绪紧紧地萦绕着,并比以前更加耽

---

[1]　详辨见《李商隐诗歌集解》,第 942 页。

于禅悦。此阶段他跟令狐绹之间似无书信来往,也没有直接寄赠的诗篇。这可能是李商隐对于令狐绹几乎已经绝望了。但是令狐绹永远是他潜在的倾诉对象,他的一些诗篇当有意无意以令狐绹为接受对象——这一点必须看到,而且也确实如此。在他晚期的一些无法直接系年的作品中,这类诗歌当不在少数。甚至他最后的无题诗《锦瑟》,也是以令狐绹为其潜在的接受对象之一。

值得注意的是大中六年(852年)春他奉使西川,写了两首长诗投谒西川府主杜悰,两诗一片谀媚之意,甚至不惜贬损李德裕以颂扬之。杜悰此人,实际上是一个比较腐败的官僚,并没有如他所讲的这么好——李商隐何至于此?这尽管也是一般的公式文章,然而却也反映了这段时间的李商隐比较躁动,令狐绹既已无可求,故寄希望于"外兄"杜悰:"弱植叨华族,衰门倚外兄。欲陈劳者曲,未唱泪先横。"(《玉溪生诗集》卷2《五言述德抒情诗一首四十韵献上杜七兄仆射相公》)"容华虽少健,思绪即悲翁。感激淮山馆,优游碣石宫。待公三入相,丕祚始无穷。"(同上卷2《今月二日不自量度辄以诗一首四十韵干渎尊严,伏蒙仁恩俯赐,披览奖逾,其实情溢于辞,顾惟疏芜,曷用酬戴,辄复五言四十韵诗献上,亦诗人咏叹不足之义也》)故此等诗可对照其悼伤李德裕之诗,正见其时心中怫郁、躁狂之迹象。李商隐心中之沉郁盘旋既久,故每接近于杜甫之心地,《杜工部蜀中离席》一诗可证之。而其"意理完足,神韵悠长",与杜甫诗风骨相近,"胎息在神骨之间,不在形貌"(管世铭评,《李商隐诗歌集解》),若无此一番身世之忧,胸中有不可释之块垒,焉得造诣如此。

大中十年(856年)初李商隐返回长安,十二月柳仲郢奏充盐铁推官,过了两年,即病卒于郑州。自大中五年(851年)后至李商隐卒,李商隐和令狐绹二人并无显著的交往之迹。盖令狐绹官位既高,又不存援引之念,而李商隐亦只得沉沦下僚,困顿以终。此党争格局之使然,然亦令狐绹之嫌恶、疏远之使然,所谓划清界限,"不徇私情"也。

从大中朝李商隐与令狐绹关系的角度,来看这段时间李商隐的心迹,我们会看到什么?有哪些拂之不去的情感和意识占据了他的心灵,成为他这段时间内进行诗歌创作的主要动力,并在其诗歌中刻下了不可磨灭的烙印?最后,我们还要看到,在这种心灵困境中,类无题诗和无题诗是怎样成为主要的表达方式之一的?

1.忧危和陈情告哀的意识

身处下位的士子为了获得中第或升迁的机会,往往免不了向达官贵人乞怜求援。李商隐亦概莫能外。

甚至在开成年间他就曾向令狐绹乞援,其《酬别令狐补阙》云:"弹冠如不问,又到扫门时。"到了大中年间,李商隐因从了郑亚幕府,陷入了党局猜疑之中,故身危情苦,屡番向令狐绹陈情告哀,祈求谅解、擢拔,而其表述方式亦往往闪烁其词,委婉曲折,倘非明其当时处境,则于此一番心曲终难明了。其《酬令狐郎中见寄》云:

> 望郎临古郡,佳句洒丹青。应自丘迟宅,仍过柳恽汀。封来江渺渺,信去雨冥冥。句曲闻仙诀,临川得佛经。朝吟支客枕,夜读漱僧瓶。不见衔芦雁,空流腐草萤。土宜悲坎井,天怒识雷霆。象卉分疆近,蛟涎浸岸腥。补嬴贪紫桂,负气托青萍。万里悬离抱,危于讼阁铃。

本诗作于大中元年(847年)夏,时令狐绹有诗见寄,李商隐为诗酬和。在表达他对湖州刺史令狐绹的优雅生活的赞美的时候,他着力地描写了自己所处的桂管环境之恶劣,这自是为了引起令狐绹的同情。其中,他运用了"衔芦雁""坎井""雷霆""讼阁铃"的语象,来表达自己的那种忧危的意识。"衔芦雁",《淮南子》云:"雁衔芦而翔,以备矰弋。"正如刘学锴所解,"'不见衔芦雁',固有暗示桂林地处衡阳以南之意,亦以寓己之未能如衔芦雁之全身避害。"(《李商隐诗歌集解》,第693页)这确切地传达了他当时的心境。同时,我们也可以推断大中初李商隐由于入郑亚幕,故为令狐绹所责,李商隐为求其能释憾,故自陈苦况,冀其怜悯,而"补嬴贪紫桂,负气托青萍"一语更是透露出他的两难处境,如吴乔所解,出句是"言以穷故受辟于亚",对句是"欲终依绹以自振"(同上书,第694—695页)。他小心翼翼地遮蔽着他的心曲,将郑亚对自己的那段恩遇之情从诗歌中剔去,希望令狐绹能体谅他的苦衷,这也算是留了一手。若将此语与《自桂林奉使江陵途中感怀寄献尚书》一诗对照起来看,其感郑亚之恩遇,岂仅仅是为了"补嬴贪紫桂",为谋衣食乎?该诗表明自己一心要跟定郑亚。而写给令狐绹的诗歌,他又有说自己不得已之意。这样对照起来看,在接受令狐绹之寄诗时其两难困惑之心境亦明白无遗也。

干谒、乞怜实际上也是一门艺术,光是摇尾乞怜未必会引起一些权贵的赏识、同情,反而会引起他们的反感、嫌恶,丧失自己的身份,辱没自己的名声。李商隐所面对的是令狐绹,这个曾予他很人恩惠的人,而他自身又不是一味谀媚、乞怜的人,这就决定他的一些寄赠诗往往采用委婉达情、不卑不亢的方式。其《寄令狐学士》云:

> 秘殿崔嵬拂彩霓,曹司今在殿东西。赓歌太液翻黄鹄,从猎陈仓获碧鸡。晓饮岂知金掌迥,夜吟应讶玉绳低。钧天虽许人间听,阊阖门多梦自迷。

大中二年(848年),令狐绹召拜考功郎中,寻知制诰,充翰林学士。时李商隐从桂管还京(从张采田说),闻讯而作此诗。前三联极写令狐绹作为学士之尊崇显贵、优雅从容、富于才情之态。而末联,则自陈无人援引、徘徊无路之状,其中消息,自是祈求令狐绹援引之意。然出语委婉,点到为止,若令狐绹见之,自能明白其一番心思。

从末联也可以看出这是李商隐所特有的语言表达方式。最后两联,姚培谦云:"仍不放倒自家身份。"(同上书,第818页)陆云:"篇中极力写出得意失意两种人来,仍无一毫乞怜之态,可谓善于立言。"(同上书,第817页)方东树《昭昧詹言》云:"句法雄杰。是时欲解怨于绹,不然,不全作赞美之辞。然吐属大雅名贵。……末以汲引望之,仍自留身分。"(同上书,第818页)也就是说,李商隐既要向他祈求援引,又不能丢了面子,丧失人格,故而用这种多用微词和比兴的方式是最好的。这种表达方式实际上也是一种不卑不亢的方式,他要讲的意味全部包蕴在这些句子之中,同时,又避免了降低自己的身份,一味乞怜,反增鄙夷。且其中饱含感情,具有相当的打动人心的艺术效果。若非令狐绹执着党见,宁不加以援引乎? 李商隐这类诗句的表达方式实际上接近于无题诗的表达方式。

将这首诗跟《钧天》对照,李商隐的两重心理机制可以说揭露无余。他一方面失落、怨恨,另一方面又艳羡、祈求。在保持人格独立的同时,又不得不卑身屈躬,婉辞乞求,这就在他的心里产生冲击波,使他感到痛苦,而这种纠结的心灵旋涡,自是使他不吐不快,而在吐露的时候,又不能太露骨。由此,他最终选择了无题诗方式,这正好可以对应于他矛盾的心理机制。

根据目前资料,至少,在大中三年(849年)十月,李商隐入卢弘止幕府之前,他没有放弃希望令狐绹荐举的行动。

大中三年令狐绹拜中书舍人,而"时义山方选盩厔尉,为京兆尹留参军事,屡辟幕官,殊为失意,故有意于绹之荐引"(程梦星解,同上书,第991页),《令狐舍人说昨夜西掖玩月因戏赠》即为此而作:

> 昨夜玉轮明,传闻近太清。凉波冲碧瓦,晓晕落金茎。露索秦宫井,风弦汉殿筝。几时《绵竹颂》,拟荐《子虚》名。

我认为这首诗比之李商隐的其他望荐诗,可以说已经算比较直率的。因为他的末联"几时《绵竹颂》,拟荐《子虚》名",很明白地希望令狐绹出手援引他。此诗委婉的地方在于他为了引出最后一联,先要摹写一番令狐绹赏月的优雅之态,以及月夜的美好情景,这也是他卑微的身份和祈求援引的动机所决定的。

大中年间的李商隐过得怎么样？大中年间的李商隐其实备受心灵的煎熬。《肠》一诗集中地体现了他的那种矛盾交织的心情：

> 有怀非惜恨，不奈寸肠何。即席回弥久，前时断固多。热应翻急烧，冷欲彻空波。隔树澌澌雨，通池点点荷。倦程山向背，望国阙嵯峨。故念飞书及，新欢借梦过。染筠休伴泪，绕雪莫追歌。拟问阳台事，年深楚语讹。

此诗作于李商隐大中二年（848 年）自桂管北归，行近京师时。"可作商隐入京前考虑与令狐关系之心理独白看。"（据按语，同上书，第 902 页）朱彝尊看出这是其"全力赴之者"（同上书，第 900 页），大概也是用来投谒令狐绹用的。这首诗写出了他心中忽冷忽热、饱受煎熬之状。而消息隔绝，情款难通，"故念飞书及，新欢借梦过""拟问阳台事，年深楚语讹"，心中徘徊，久未得安，可谓一日九回肠之愁也。

从这种为打动令狐绹所使用的表达方式来看，我们不难发现其与李商隐的无题诗之间的联系。二者有一种共同的经验模式。为了打动令狐绹，他施展着他的诗才，含吐不露，委婉曲折，多用暗示的手法，而很少直白地表达。因为当时人一看就明白李商隐要讲什么。这种暗示的表达法比直露的表达法更能打动人。令狐绹有没有被打动过？或许其为李商隐补太学博士即是被打动之一例。

### 2.隔绝感和漂泊感

然而，大中年间的令狐绹无复以前的那个令狐绹了，随着他逐渐地尊崇显贵，他与李商隐之间的隔阂也越来越深了，他们之间无形中已经有了一条深深的鸿沟。那种隔阂感，与李商隐的爱情生活的隔阂感交融在一起，多次出现在李商隐的诗歌之中。

由于令狐绹并没有对李商隐认真援手，而李商隐也没有放弃那种打动的努力，由此产生了一种望而不见、求而不得的心情，这种心情可以说保持了很长的时间。而李商隐可能做的也仅是写这些委婉而深情的诗作，"无由见颜色，还自托微波"（《离思》），冀望引起令狐绹的同情和眷顾。但是，显然他的那种委婉的、真挚的诗歌也没有产生多少效果。其咏物诗《木兰》云：

> 二月二十二，木兰开坼初。初当新病酒，复自久离居。愁绝更倾国，惊新闻远书。紫丝何日障，油壁几时车。弄粉知伤重，调红或有余。波痕空映袜，烟态不胜裾。桂岭含芳远，莲塘属意疏。瑶姬与神女，长短定何如？

这首诗被张采田认为所作的时间是"初闻子直拜中书舍人也"（《李商隐诗歌集解》，

第809页），乃李商隐在闻说其升迁的消息后，自伤不遇之作。我们看到，木兰的形象实际是一个被遗弃的抒情主体的形象。"紫丝何日障，油壁几时车"一句，"喻内禁，彼此分隔云泥，我所期望，不知何日能达矣"（张采田评，同上书，第809页），表明其愿望实现遥遥无期。"桂岭含芳远，莲塘属意疏。""远""疏"，表明了一种空间的隔绝感。而九至十二句则刻画了这株受伤的"木兰"，尽管不乏姣好的容颜，却无人欣赏。

在类无题诗中，那种隔绝感也是十分强烈的。《楚宫二首》[1]云：

> 十二峰前落照微，高唐宫暗坐迷归。朝云暮雨长相接，犹自君王恨见稀。

> 月姊曾逢下彩蟾，倾城消息隔重帘。已闻佩响知腰细，更辨弦声觉指纤。

> 暮雨自归山悄悄，秋河不动夜厌厌。王昌且在墙东住，未必金堂得免嫌。

前首若是为令狐绹而发的话，自是云其得君王之恩宠。后一首，无论是写艳情还是别有寄托，都给人一种沉重的隔绝感，所谓"倾城消息隔重帘""王昌且在墙东住，未必金堂得免嫌"。无疑，处在党局猜疑之中，即使曾经亲密的人，也会疏远、隔绝，后期的令狐绹跟他不过是外示联络，内实隔绝。而无论如何表白，也难以免除嫌疑。晚期的李商隐在这方面的感受是很深的，这跟恋爱受隔绝也是相通的。这两种隔绝感交织迸射，已经足以促使他写出这些哀怨感人、迷离忧凄的诗作。

与隔绝感一样，强烈的漂泊感也加强了李商隐抒情诗的内在魅力。其《蝉》云：

> 本以高难饱，徒劳恨费声。五更疏欲断，一树碧无情。薄宦梗犹泛，故园芜已平。烦君最相警，我亦举家清。

此诗将抒情主体和蝉融为一体，而将那种漂泊无依、怨思不断的感觉写出来。诗中所塑造的抒情主体，形象是一个高洁、清贫、流离的士人。这是一个一贫如洗的士人，过着漂泊不定的仕途生活，而每每思及荒芜的故园。本诗"五更疏欲断，一树碧无情"句屡为诗评家所赞赏，"追魂之笔，对句更可思而不可言"（李因培《唐诗观澜集》评，《李商隐诗歌集解》，第1138页）。而其整体的艺术效果也受到了人们的高度肯定。由于审美主体的投射、同化，此诗所选用的意象和所形成的气象均不同于虞世南、骆宾王之同题之作（参施补华《岘佣说诗》，同上书，第1139页）。

根据冯浩和张采田的看法，这是为令狐绹所发，"所谓屡启陈情而不之省也"

---

〔1〕 纪昀云第二首"直是无题之属，误列于《楚宫》下耳"（《李商隐诗歌集解》，第867页）。《楚宫二首》之第二首"月姊曾逢"原题当为《水天闲话旧事》，失去原题后遂与前题《楚宫》"十二峰前"误合为《楚宫二首》。以上据刘学锴：《李商隐诗歌研究》，安徽大学出版社1998年版，第33页。

（冯浩语，同上书，第 1136 页），并编之于大中五年（851 年）。其实，李商隐的很多诗歌，未必有十分明确的写作对象。他只是因在某种特定的环境下，触发了一番心事，不由得将他的身世之感、人生体验熔铸在他的诗歌中，而在写作的时候，未必有具体的写作对象。但是，反过来说，此诗跟令狐绹一点关系也没有，那也未免绝对化了。由于向令狐绹屡次陈情而得不到关照，他产生了一种强烈的挫折感和失落感，并加深了他的宦游漂泊之感，在听闻到蝉鸣时不禁有感而发，自然将自己的各种人生体验全都熔铸在诗作之中。这些诗歌正合乎况周颐《惠风词话》卷 5 所云："身世之感，通于性灵。即性灵，即寄托，非二物相比附也。"

还有一首《流莺》诗更是具体地刻画了他的身世飘零、漂泊无依之感，诗云：

> 流莺漂荡复参差，渡陌临流不自持。巧啭岂能无本意，良辰未必有佳期。
> 风朝露夜阴晴里，万户千门开闭时。曾苦伤春不忍听，凤城何处有花枝。

这是一只不能决定自我命运的流莺。它的"巧啭"并不是白白地啭叫，而是有一番"本意"在里面，可惜的是，并没有谁去关注它。而良辰并无佳期，可谓失望极矣。末联"曾苦"句，那种漂泊无依的凄凉感不禁扑面而来。张采田劝告我们不要将之指实，才能更好地欣赏此诗："此等诗当领其神味，不得呆看；若泥定为何人何事而发，反失诗中妙趣矣。"（张采田评，同上书，第 981 页）甚为有理。然李商隐之所以会产生此等漂泊无依之感，其实还是要求之于外在压力和内在诉求。由于党局猜疑，令狐绹不再援引他，使他失去了政治上的依靠；由于大半时期流连于幕府，长期漂泊于路上，再加上他十分敏感，产生漂泊无依之感也是必然的。从《蝉》《流莺》诸诗来看，他的这种漂泊感越到后期越为加重。

### 3. 艳美和嫉恨的意识

晚期李商隐还有一种心态应该引起我们的重视，那就是他对令狐绹不无嫉恨，甚至怀有怨恨之情。这种心态的存在是一个客观事实。该如何来看待这个现象呢？

其实，这也是"人之常情"。李商隐既负绝代才华，且擅长今体章奏，其个人抱负又高远，政治热情也很高，若仕途上得人擢拔，本也不无显宦的可能。但是他因个性耿直狷介，且受了党局牵连，故仕途阻滞，困顿终生。此所谓"古来才命两相妨"（《有感》）也。而对比之下，令狐绹却比他幸运得多，仕途上几乎是步步高升。到了大中初，宣宗眷顾元和旧臣，因其为令狐楚之子，对其特别恩眷，大中二年（848年）自湖州召入，寻充翰林学士。令狐绹在为翰林承旨学士时，甚至于有"帝以乘舆、金莲华炬送还"之宠（《新唐书》卷 166《令狐绹传》）。大中四年（850 年），即为兵部侍郎、同中书门下平章事。令狐绹在大中朝执政十年之久。在才学上，令狐绹焉能望李商隐之项背？当初会昌二年（842年）他们"并马更吟去，寻思有底忙"（《赠子直花下》）的时候，李商隐亦何曾想到令狐绹日后之荣宠如此，而己之落拓、受抑如此。按照社会心理学的观念，人类自我意识的形成，就是常以别人为参照来对照自己，在审视别人的同时也审视自己，以别人为参照来确定自己的位置，达到自我认识的目的。故李商隐以令狐绹为参照，两相对比之下，未免有意无意间在其诗歌中露出艳羡、嫉恨、怨恨之意。此番心曲，不可不知也。

《寄令狐学士》前三联极力描写令狐绹之尊崇贵显，以及优雅从容的生活，末联则以自己无门得入作结，艳羡、失落、悲酸杂糅其中。又其《深宫》云：

> 金殿销香闭绮枕，玉壶传点咽铜龙。狂飙不惜萝阴薄，清露偏知桂叶浓。
> 斑竹岭边无限泪，景阳宫里及时钟。岂知为雨为云处，只有高唐十二峰。

这是一首"虽写宫怨，而托意又在遇合间"（徐德泓评，《李商隐诗歌集解》，第843页）的诗作。全篇无疑以对比的方式对两种不同的境遇进行了比较。姚培谦解云："此叹恩遇之不均也。萝阴本薄，偏值狂飙；桂叶本浓，特加清露，不均甚矣。顾天下之怀贞悫、抱诚悃者何限！'斑竹'句，喻远臣；'景阳'句，喻近臣。"（同上书，第844页）值得注意的是颔联、颈联，"每联以一腴一枯相形"（王鸣盛评，同上书，第844页），将自己的失意处境与令狐绹的得意处境（时令狐绹召拜考功郎中、寻知制诰，充翰林学士）加以对比。最末二句，陆昆曾解云："岂知云雨承恩者只在巫峰十二而不我下逮，其能免于怨思乎哉？"（同上书，第843页）其中既有艳羡，又有怨思。

大中二年（848年）秋，李商隐于入京道中作《梦令狐学士》：

> 山驿荒凉白竹扉，残灯向晓梦清晖。右银台路雪三尺，凤诏裁成当直归。

他对令狐绹依旧寄寓希望，所以做梦也梦到。前后两联将自己的处境与令狐绹的生活作对比，无疑是一种不可抑制的嫉妒心理和自卑心理在驱使，而无限的身世落寞之悲、陈情告哀之意亦包蕴其中。姚培谦云："失意人梦得意人。山驿银台，映发得妙。"（同上书，第898页）还有一首《柳》"为有桥边拂面香"则写"得意之人不知失意之悲"（屈复评，同上书，第982页），中有"后庭玉树承恩泽，不信年华有断肠"句，也是通过对比来表达心曲的。

《钧天》云：

> 上帝钧天会众灵，昔人因梦到青冥。伶伦吹裂孤生竹，却为知音不得听。

这首诗的意思实际上是比较明显的,就是通过"昔人"和"伶伦"之间的对比,表达了自己怨恨不平之心态。"昔人"因做了梦就到了上帝钧天会众灵之所,可谓是偶逢机缘,十分侥幸。而伶伦呢,却是遭到了遗弃,被排挤出钧天会众灵之所。其原因呢?"却为知音"之故,因他知音赏曲,这可谓是十分荒谬的事情。杨云:"贤者不必遇,遇者不必贤,人世浮荣,恍同一梦。"(同上书,第 904 页冯笺引)这自是因屡次陈情而令狐绹并无眷顾之意,由失意而产生怨恨,不免发之于诗。

《读任彦升碑》云:

> 任昉当年有美名,可怜才调最纵横。梁台初建应惆怅,不得萧公作骑兵。

程梦星云:"此诗明为大中四年十月令狐绹入相而发。"(同上书,第 1125 页)任昉无疑是作者自拟,而萧公无疑拟令狐绹。自其才学观之,任昉自是胜于萧公,然而在仕途上,萧公却胜于任昉。当梁台初建之时,任昉宁不为之惆怅。李商隐心中一股不平之气,总是难以压下,这从末句"不得萧公作骑兵"可以感受得到。

大中三年(849 年)九月,李商隐眼见令狐绹并无援引之意,失望之余乃作《九日》一诗,到了十月他只得就卢弘止辟入徐州幕去了。诗云:

> 曾共山翁把酒时,霜天白菊绕阶墀。十年泉下无人问,九日樽前有所思。
> 不学汉臣栽苜蓿,空教楚客咏江蓠。郎君官贵施行马,东阁无因再得窥。

这首诗向来被传为李商隐重阳日拜访令狐绹不遇,留诗令狐绹厅壁上之作,并导致了令狐绹在惭怅之余,关闭此厅,终身不处(孙光宪《北梦琐言》卷 7,计有功《唐诗纪事》卷 53)。冯浩辨此说之非,认为李商隐不可能直接题诗在其厅壁上,因为"义山于子直,既怨之,犹不能无望之,敢于其宅发狂犯讳哉?"(《李商隐诗歌集解》,第1033 页)按之李商隐与令狐绹之关系,确如冯浩所言是"内实暌离,外犹联络,屡曾留宿,备见诗篇"(同上书,第 1034 页)。故此说可从,《北梦琐言》和《唐诗纪事》所载不免有附会、渲染成分。

不管如何,我们从这首诗歌中所得到的最深的印象,就是那种深深的怅惘和怨恨。在比较漫长的时间段(十年)里,恩怨纠缠是如何发展并最后蜕变为怨恨的呢?令狐楚曾擢拔、眷顾李商隐,几乎将他当作自家人一样看待,而诗人也曾视之为靠山,但是到了令狐楚卒后,十年来,他跟令狐绹的关系却日渐疏远、隔膜,值此九月重阳樽前,他自是"有所思",心中千端万绪,一时不禁涌上心头。颈联自是指责令狐绹,"不学汉臣栽苜蓿,空教楚客咏江蓠"。"江蓠"这个意象出自《离骚》:"览椒兰其若兹兮,况揭车与江蓠。惟兹佩之可贵兮,委厥美而历兹。"屈原以椒兰、揭车、江蓠的变质与"佩"之坚贞的对比,表达了自己的高操。故本句引此意象,亦是言令狐绹与其旧有之友情变质。故末联"郎君"两句含有无限的酸楚、怨恨、惆怅、绝望之意。

可见,大中年间的李商隐不断地对比自己和令狐绹的不同际遇。他对令狐绹是嫉妒的,甚至是怨恨的。这种心态的产生也是不可避免的。晚唐士人普遍有一种怨恨心理,这是社会机制不公正的必然产物。李商隐的怨恨就是这样产生的。令狐绹不过充当了引发其怨恨情绪的中介,其实晚唐不公正的社会机制、日益加强的黑暗势力均易使李商隐形成怨恨心态,令狐绹不擢拔他不过是其中的一个因素而已。

### 4. 自伤身世的意识

晚期的李商隐大半光阴流离于幕府,而令狐绹之疏远、排挤,党局之压抑,无可避免地加强了其身世飘零之感。那种伤感、挫折感、忧伤、迷惘,几乎在每一首诗歌中都留下了它的刻痕。如果将《锦瑟》一诗权当作他的最后的诗作的话,这首幽忆怨断、感怀无端的诗歌告诉人们,后期的李商隐,也就是最后的寻梦者,他不断地回顾往昔,备感惘然,故其诗云"此情可待成追忆,只是当时已惘然"。

他的那一番心事是随时都会触动的。对着什么景色,看到什么现象,想起什么往事,都会触动心事。心事既已触动,万千头绪,"今古无端"。他可能并不着意地去寄托"什么",但是"什么"已经巧妙地融合在他的诗歌中,而后人复原他那一番心迹,看起来头头是道,可能他当初还没有想到呢。但是这样去复原他的一番心迹,也不是不可以,因他心事触动的时候这些体验都已经熔铸在诗句中了。其《潭州》云:

> 潭州官舍暮楼空,今古无端入望中。湘泪浅深滋竹色,楚歌重叠怨兰丛。
> 陶公战舰空滩雨,贾傅承尘破庙风。目断故园人不至,松醪一醉与谁同。

据张采田,这是大中二年(848年)五月"桂管归途,暂寓湖南,迟望李回之作"(《李商隐诗歌集解》,第827页)。

关于这首诗的内涵有两种解说:一种是持有寄托说,何焯、程梦星、张采田主张为李德裕作,徐(冯笺引)、冯浩主张为杨嗣复作;一种是仅视之为即景、吊古诗,主张者有胡以梅、陆昆曾、王鸣盛、方东树等。

在我看来,这首诗首先不过是一首即景、吊古之诗作。不过是触动一番心事,所以将他现有的现实生活的感受全都熔铸进去,何必一定要将之归之于什么悼武宗、怨令狐绹、伤李德裕?[1] 如果一定要说是指陈时事的,最多只是说这番情感、这番感受不自觉地熔铸在这些句子中。所以还是胡以梅讲得好:"此义山平铺直叙之作。中间四句皆用望中本地风光,是承古;结句是承今也。"(《唐诗贯珠串释》)王鸣盛也是持这种观点:"其实不过是在潭州官舍,薄暮登楼,怀古凭吊。"陆昆曾云:"从来览古凭吊之什,无不与时会相感发。义山此诗,作于大中之初。因身在潭州,遂借潭往事,以发抒胸臆耳。""言之所及在古,心之所伤在今,故曰今古无端。"无论此诗是为谁而作,有一点是可以肯定的,那就是这首诗具有强烈的身世之感,而且这种身世之感,不但融入了怀古伤今之意,而且很有可能指陈时事,而整首诗的写作,则是在自伤身世的心态下完成的。[2]

至于《锦瑟》一诗论者甚众,鄙意亦从自伤身世兼悼亡说,别无新意,故略之。

## 三、从经验模式角度看党局牵连与李商隐无题诗之关系

日内瓦学派认为:"作者的经验模式,不管是在其个人的世界观中,还是在其想象完成的作品(文学作品)中,基本上是没有差别的。经验模式不同于单纯的'经验',它潜在于作者经验世界的内部,实际上字义已很清楚,它是'经验的模式'。经验模式是独特的,是作家一切活动之本,其中当然也包括想象活动。经验模式构成作者整体生活风格的统一特征。"[3]

李商隐与党争有关的诗作主要为陈情告哀之作或政治题材类作品,而无题诗主要为爱情题材类作品。两者从题材角度来看,可谓风马牛不相及,但是从经验模式的角度,我们可以看到两者的共通性。

为了深入地分析这个问题,我们一步一步地需要追问和落实:第　,李商隐的经验模式是什么时候形成和定型的? 第二,从无题诗中发现了怎样的经验模式?

---

[1] 何、陆认为是怨令狐绹;而程更是归之于伤李德裕被贬;而徐、冯则以为作于杨嗣复出为潭州时,并以之衍成江乡之游说。其实,开成初义山并没有跟杨嗣复交往之迹。最后冯自己也怀疑自己的说法:"又曰:校定《年谱》,嗣复贬潮之时,义山渐已还京,故此段踪迹往来,终难得其细确。"刘学锴的按语也是以为杨嗣复出于潭州时作。可见这也是习惯成自然,一定要往这个方面去想。

[2] 本诗注解所引各条参见《李商隐诗歌集解》,第822—828页。

[3] [美]马格廖拉(Magliola,R.R.):《现象学与文学》,周宁译,春风文艺出版社1988年版,第50页。有关经验模式理论可参此书及[比]乔治·布莱所著《批评意识》(郭宏安译,广西师范大学出版社2002年版)。

为了深入考察无题诗中的经验模式,首先我们要考察李商隐无题诗中的爱情模式是怎样的。第三,在此基础上,将之与受党争影响的诗作相比较,才能最后得出我们的结论,即由两者经验模式的一致性和共通性,进一步肯定了"党局牵连促进和加强了李商隐无题诗的艺术特质"的观点。

### (一)李商隐的经验模式和诗歌艺术特质之形成和定型

义山的经验模式和诗歌艺术特质,亦很早就形成,其时间甚至可以推原到大和年间。以其求仕以来,即品尝人生种种甘苦,而此受压抑之心灵,自不能不于其早期诗歌创作熔铸此番人生体验和感受,产生"这样"而非"那样"的文学作品。此后党争排挤,更是加深了其身世苍凉之感,从而产生大量幽忆怨断之作,加强了其诗歌艺术特质。所以,即使没有党争排挤,如果他依旧不遇于世,谅来此种艺术特质还是会保持其一致性的。

如果要找到一个标志的话,我认为大和九年(835 年)甘露之变,无论是政治心理,还是诗歌创作都对李商隐造成巨大的影响,其开成元年(836 年)所作的《有感二首》可以作为他的经验模式的完成和诗歌艺术特质的成熟的标志。

在此之前,李商隐还没有写过如此沉痛、如此怨愤、如此委婉的诗作。在此之前,他受到令狐楚和崔戎这两大府主的关爱和眷顾,在幕府中过着比较从容的生活,他所烦恼的事情,最主要是应举屡次不第,这使他愤愤不平;浪漫的爱情生活的挫折,使他写有《燕台四首》《柳枝五首》等;他也关心国家政治,故尝试着写一些咏史诗,如《陈后宫》《随师东》等作(此系年从《李商隐诗歌集解》)。但是甘露之变使他遭遇了晚唐政治最黑暗的一幕,在他的心灵中投下了浓重的阴影,而他的政治良心又在强烈地召唤着他,要他写出正义的声音。在此情况下,他执笔写下了《有感二首》。

只有经历过大屠杀大恐怖的甘露之变,有着一种强烈的儒家道义精神,并且已经有着独特的创作经验和较高的创作成就的李商隐才能够写出这类诗歌。并且也只有在迫于现实政治压力时才会转而写这种"隐蔽地说,曲折地说"的作品。这种隐晦其词的作品,经过李商隐的一番匠心独运,竟然能够鞭辟入里、委婉深沉地表达他内心要说的话,并且给别有会心的人以极为深刻的印象。我认为这首诗歌代表着他的创作模式的一大跃进。

而李商隐在人生和情感方面的挫折感也是相当强烈的,这种挫折感与政治生活中的挫折感有着相通之处。于是这种成功的创作模式自然而然地移植到无题诗的创作中来。

根据《李商隐诗歌集解》所作的作品编年,在《有感二首》之前的无题诗只有一首,即《无题》(八岁初照镜)。但是这一首诗歌作年不易确考,更重要的是,它并不代表李商隐那些无题诗的典型风格,所以,可置而不论。直至会昌二年(842年)李商隐作《无题二首》("昨夜星辰"与"闻道阊门")才出现了成熟的无题诗作品。从开成元年(836年)至会昌二年(842年),李商隐又经历了很多事情。就个人而言,包括中第、入泾原幕、娶王氏为妻、任弘农尉等。就国家来说,又经历了开成年间宦官擅权、文宗郁郁寡欢、庄恪太子事件、文宗立裔之争、宦官扶立武宗、会昌朝李德裕主政等,诸般身世遭遇、家国忧患,一一积郁心头。于是,但觉一般的诗歌写作不能尽兴,故不觉将其《有感二首》(当然也包括其他诗歌)已经获得的创作经验模式移植过来,别创无题诗以写意,以抒发其幽婉深沉的内心情感和身世苍凉之感。

从《有感二首》到无题诗,实际上有着一种奇妙的对应性。只要我们明白了这一点,就可以更好地理解,李商隐诗歌的那种深情绵邈、寄托遥深的风格的形成,并不仅仅是创作技巧的结果,也不仅仅是创作心理的产物,也不仅仅是恋爱生活不顺利、感情受压抑的结果,同时,那种时代的风波、政治的险恶、人生的挫折,都是有效地作用于他的诗歌创作的。

由此可见,不待大中年间的党局牵连,李商隐由于己身经验模式的早熟,已经形成了独特的诗歌艺术特质。而李商隐所特有的经验模式,又在一定程度上促进和形成了无题诗的艺术特色。

大中年间的党局牵连,将李商隐更深地卷入政治风波,也使他写出更多的无题诗和类无题诗作。所以,比较无题诗和这一部分受到党争影响的诗作,有助于我们更好地发现在心理层面上和诗歌语言表达层面上两者有何种共通的经验模式,从而使我们对李商隐诗歌的艺术特质有更深入的了解,也使我们对"党局牵连促进和加强了李商隐无题诗的艺术特质"这个观点有了更深切的体会。

(二)从无题诗中发现了怎样的经验模式?

为了深入考察无题诗中的经验模式,首先我们要考察李商隐无题诗中的爱情模式是怎样的。

为了解答这个问题,我们首先要确定哪些是无题诗,然后将附会于这些无题诗之上的各种说法暂时"搁置"起来,将之看作如其表层含意所昭示的那样,即将之看作爱情诗,然后进行通盘考察,以达到对其爱情模式的把握。

关于无题诗的标准可谓是众说纷纭。

有些学者取类甚广,有些学者则严于分类。杨柳的所取范围极广,共有九十九首之多。这显然是太宽泛了。但是杨柳在这样选择的时候,抓住了爱情类无题诗和其他诗歌的相通性。而刘学锴在选择的时候,则严格按照"标明无题"加"爱情"两个标准来确定无题诗,有助于我们确定本来意义上的无题诗概念。我认为这两者并没有根本的冲突。

刘学锴为了严格确定无题诗,在《李商隐诗歌研究》中将"以开始二字(或三四字)为题者","取诗篇中间或结尾数字为题者",如《锦瑟》《玉山》《碧城三首》《鸾凤》等诗排挤出无题诗的家族,仅仅因其是有题的,似嫌过于苛求,其实无论是内容还是表现手法,两者都有着共通性。即使如"取诗中数字为题,但题目与诗的内容毫无关涉,或题目本身毫无意义者,如《一片》(一片琼英)、《一片》(一片非烟)、《为有》、《如有》、《日射》、《银河吹笙》、《人欲》、《池边》、《相思》(一作相思树上)"等,也并不一定"其内容与写法与《无题》诸诗并不相类",从经验模式的角度,还是可以找到相通性的。

刘学锴所确定的无题诗如下:

①有寄托的五首:五古"八岁偷照镜",《无题四首》其四"何处哀筝随急管"[1],《无题》之"照梁初有情",《无题二首》其二"重帏深下莫愁堂",七绝"白道萦回"。

②明显的别无寄寓之作:《无题二首》之"昨夜星辰"与"闻道阊门",纪昀认为是"戏作艳体"。《无题》(近知名阿侯),刘学锴认为"全篇亦意似申言'闻道阊门萼绿华,昔年相望抵天涯'之情"(《李商隐诗歌集解》,第1605页)。

③寄托痕迹似有若无,处于疑似之间的无题:《无题四首》的前三首,《无题二首》其一"凤尾香罗",《无题》(相见时难),《无题》(紫府仙人),共六首。

即使这十四首无题诗,正如刘学锴所分类的,其中还有有寄托、无寄托以及寄托痕迹似有若无,处于疑似之间的三类。且自此等诗歌传世以来,即为各种各样的阐释所叠加附会,其意义之复杂、难明,几成一专门之学问。读者每欲一窥义山之心曲,首先要面对的是这些叠床架屋的阐释材料,什么君臣遇合说、朋友遇合说、自

---

[1] 这一首,我认为还是要将之跟无题前三首放在一起为佳,因为作者的出发点主要还是寄托其爱情遇合无缘之苦。

伤身世说,造成理解义山诗歌真谛的某种"所知障"。现将各种寄托说、附会说暂时"悬隔"起来,按其表象作为爱情诗而观察之——至少这些诗歌从表层观之,几乎都是道其爱情遭逢、爱情心曲者,至于其别有比兴寄托,则在此番考察之后再理会之。

我的思路是以刘学锴所确定的十四首无题诗为基础,逐步扩大到类无题诗,然后扩大到与党争有关的诗作,找出其中是不是有一种共通的经验模式在起作用。按照以下顺序还逐层比较:①十四首无题诗;②其他类无题诗,广义无题诗,如《锦瑟》《流莺》等;③与党争有关、以令狐绹为倾诉对象的诗作。

下面将尽量描述出李商隐无题诗中抒情主人公形象以及整个爱情动态过程,以便获得对其无题诗中包含的爱情模式的整体性认识。

1. 抒情主人公定位

(1)"我"与"她"系列

主要指那些男女主人公之间有着比较完整的爱情历程的诗作。它们是:《无题二首》之"昨夜星辰"与"闻道阊门",《无题四首》,《无题二首》之"凤尾香罗"与"重帏深下"[1],《无题》(相见时难),《无题》(紫府仙人)。

"我"的形象。

——少俊,才华。

> 贾氏窥帘韩掾少,宓妃留枕魏王才。(《无题四首》其二"飒飒东风",《玉溪生诗集》卷2)

——为仕途所牵制。

> 嗟余听鼓应官去,走马兰台类转蓬。(《无题二首》其一"昨夜星辰",同上卷1)

> 书被催成墨未浓。(《无题四首》其一"来是空言",同上卷2)

——百折不挠的求爱者。

> 金蟾啮锁烧香入,玉虎牵丝汲井回。(《无题四首》其二"飒飒东风",同上卷2)

——一往情深,不能自已。

---

[1] 这两首诗的抒情主人公是女性,可视为作者悬想女方的情况。

含情春晼晚,暂见夜阑干。楼响将登怯,帘烘欲过难。多羞钗上燕,真愧镜中鸾。归去横塘晓,华星送宝鞍。(《无题四首》其三,同上卷2)

"她"的形象。

——声名早著,令"我"爱慕。

闻道阊门萼绿华,昔年相望抵天涯。岂知一夜秦楼客,偷看吴王苑内花。(《无题二首》其二,同上卷2)

近知名阿侯,住处小江流。腰细不胜舞,眉长惟是愁。黄金堪作屋,何不作重楼。(《无题》,同上卷3)

——多愁善感、志趣不俗。

晓镜但愁云鬓改,夜吟应觉月光寒。[《无题》(相见时难),同上卷2]

——羞涩的情人。

扇裁月魄羞难掩,车走雷声语未通。(《无题二首》其一"凤尾香罗",同上卷2)

(2)"她"之为"我"系列

这类诗歌,其抒情主人公往往为女性,实际上是作者自喻。主要有无题诗"八岁偷照镜""何处哀筝随急管""照梁初有情""凤尾香罗""重帏深下""白道萦回"。

这类诗歌往往寄托痕迹明显。除了"凤尾香罗薄几重"一诗显为赋体,并有可能是作者悬想其情人的相思苦况,故也可归之于"我"与"她"系列,其他皆是比体。

"她"之为"我"的形象。

——往往容颜娟好,才情出众,志趣不俗,名声早著。

八岁偷照镜,长眉已能画。十岁去踏青,芙蓉作裙衩。十二学弹筝,银甲不曾卸。(《无题》,同上卷1)

照梁初有情,出水旧知名。裙衩芙蓉小,钗茸翡翠轻。(《无题》,同上卷1)

月露谁教桂叶香。(《无题二首》其二"重帏深下",同上卷2)

——羞涩的、忠贞的、苦苦等待的女子。

扇裁月魄羞难掩,车走雷声语未通。(《无题二首》其一"凤尾香罗",同上卷2)

直道相思了无益,未妨惆怅是清狂。(《无题二首》其二"重帷深下",同上卷2)

——深巷中难以出嫁的"东家老女"。

何处哀筝随急管,樱花永巷垂杨岸。东家老女嫁不售,白日当天三月半。溧阳公主年十四,清明暖后同墙看。归来展转到五更,梁间燕子闻长叹。(《无题四首》其四,同上卷2)

——无人赏识的美人。

白道萦回入暮霞,斑骓嘶断七香车。春风自共何人笑,枉破阳城十万家。(《无题》,同上卷3)

"她"之"他"的形象。

第一种情况是"她不喜欢他",如"八岁偷照镜""照梁初有情"。

第二种情况是"她为他守贞、苦苦等待",如"重帷深下莫愁堂""凤尾香罗薄几重"。

第三种情况是"无他",如"何处哀筝随急管""白道萦回入暮霞"。

**2. 爱情三部曲**

无题诗中具有相对完整的爱情历程的诗作,主要是指"我"与"她"系列的诗作,以及"她"之为"我"系列中的两首诗,即"凤尾香罗""重帷深下"。其他诗作尽管明显是寄托之作,然因至少其表层含义还是写爱情遭遇,故亦可择而用之。

仓央嘉措情诗云:"最好不相见,免我常相恋。最好不相知,免我常相思。"古往今来的爱情历程往往如此。无题诗中爱情三部曲为:相识;相恋;相思。

(1)相识

相互爱慕而发生爱情,且往往一见钟情。

"我"很早就闻说她的美名。及待相见,"我"与她一见钟情。

闻道阊门萼绿华,昔年相望抵天涯。岂知一夜秦楼客,偷看吴王苑内花。(《无题二首》其二,同上卷2)

近知名阿侯,住处小江流。腰细不胜舞,眉长惟是愁。黄金堪作屋,何不作重楼。(《无题》,同上卷3)

"她"也企慕他的少俊、才华。

　　贾氏窥帘韩掾少，宓妃留枕魏王才。(《无题四首》其二"飒飒东风"，同上卷2)

　　扇裁月魄羞难掩，车走雷声语未通。(《无题二首》其一"凤尾香罗"，同上卷2)

并且，往往是在相当隐蔽的情况下，在一种巨大压力下开展这段恋情。

　　贾氏窥帘韩掾少，宓妃留枕魏王才。(《无题四首》其二"飒飒东风"，同上卷2)

　　隔座送钩春酒暖，分曹射覆蜡灯红。(《无题二首》其一"昨夜星辰"，同上卷2)

(2)相恋

恋情炽热，不可自抑。

　　含情春晼晚，暂见夜阑干。楼响将登怯，帘烘欲过难。多羞钗上燕，真愧镜中鸾。归去横塘晓，华星送宝鞍。(《无题四首》其三，同上卷2)

遇合无缘，心中悲伤。

　　何处哀筝随急管，樱花永巷垂杨岸。东家老女嫁不售，白日当天三月半。溧阳公主年十四，清明暖后同墙看。归来展转到五更，梁间燕子闻长叹。(《无题四首》其四，同上卷2)

离别的感伤。

　　相见时难别亦难，东风无力百花残。[《无题》(相见时难)，同上卷2]

　　梦为远别啼难唤，书被催成墨未浓。(《无题四首》其一"来是空言"，同上卷2)

虽然受到了隔绝，但仍是心心相印。

　　身无彩凤双飞翼，心有灵犀一点通。(《无题二首》其一"昨夜星辰"，同上卷2)

"我"在巨大的压力下，仍旧坚持追求，突破障碍，终于与"她"欢好。

　　金蟾啮锁烧香入，玉虎牵丝汲井回。(《无题四首》其二"飒飒东风"，同上卷2)

（3）相思

一种巨大的压力终于使他们不得不分开。

　　刘郎已恨蓬山远,更隔蓬山一万重。(《无题四首》其一"来是空言",同上卷2)

幽怨失意,遭遇不平。

　　(她)风波不信菱枝弱,月露谁教桂叶香。(《无题二首》其二"重帷深下",同上卷2)

追忆往事,犹如梦幻。

　　来是空言去绝踪。(《无题四首》其一,同上卷2)

　　(她)神女生涯原是梦,小姑居处本无郎。(《无题二首》其二"重帷深下",同上卷2)

可求而不可得,可望而不可即。

　　紫府仙人号宝灯,云浆未饮结成冰。如何雪月交光夜,更在瑶台十二层。(《无题》,同上卷2)

追忆那最动人的恋情场景。

　　蜡照半笼金翡翠,麝熏微度绣芙蓉。(《无题四首》其一,同上卷2)

　　(她)扇裁月魄羞难掩,车走雷声语未通。(《无题二首》其一"凤尾香罗",同上卷2)

　　相见时难别亦难,东风无力百花残。[《无题》(相见时难),同上卷2]

寂寞中的等待,热情的祈求,以及心灵的挣扎。

　　(她)凤尾香罗薄几重,碧文圆顶夜深缝。(《无题二首》其一"凤尾香罗",同上卷2)

　　曾是寂寥金烬暗,断无消息石榴红。斑骓只系垂杨岸,何处西南任好风。(《无题二首》其一"凤尾香罗",同上卷2)

　　(她)重帷深下莫愁堂,卧后清宵细细长。(《无题二首》其二"重帷深下",同上卷2)

尽管隔绝,但并不改变初衷,相思无穷。

283

春蚕到死丝方尽,蜡炬成灰泪始干。[《无题》(相见时难),同上卷2]

蓬山此去无多路,青鸟殷勤为探看。[《无题》(相见时难),同上卷2]

直道相思了无益,未妨惆怅是清狂。(《无题二首》其二"重帷深下",同上卷2)

春心莫共花争发,一寸相思一寸灰。(《无题四首》其二"飒飒东风",同上卷2)

如果说以上的分析未免有割裂诗作、寻章摘句之弊,接下去让我们分析他的几首诗作来近距离地考察他的爱情模式。

其《无题》云:

相见时难别亦难,东风无力百花残。春蚕到死丝方尽,蜡炬成灰泪始干。晓镜但愁云鬓改,夜吟应觉月光寒。蓬山此去无多路,青鸟殷勤为探看。

首句云聚散两难,表达了普泛化的人类情感经验。次句接以"东风无力百花残",既为当时离别的情景,也是一种象征化的表达,既象征其爱情遭受摧残之状,亦象征心中萧瑟之感受。冯舒云"第二句毕世接不出"(《李商隐诗歌集解》,第1627页)。颔联名句也,以春蚕、蜡炬为象喻,表明其爱情坚贞、人不能夺,"有一息尚存,此志不容少懈者"(陆昆曾评,同上书,第1628页)。颈联从对方写起,言其晓起照镜而伤年华消逝,夜晚吟诗而觉月光寒冷,此女子自是一多愁善感、志趣不俗者。末联言其所居之处既然不远,"青鸟"信使或可一为我探候致意,以表我此番心曲,令其释怀。然既只能遣"青鸟"信使,而亦可见其所居之处("蓬山")甚为华贵,并非我所能径入者。

其《无题二首》云:

昨夜星辰昨夜风,画楼西畔桂堂东。身无彩凤双飞翼,心有灵犀一点通。隔座送钩春酒暖,分曹射覆蜡灯红。嗟余听鼓应官去,走马兰台类转蓬。

闻道阊门萼绿华,昔年相望抵天涯。岂知一夜秦楼客,偷看吴王苑内花。

关于此二诗,历来主要有两种说法。

一种是以为寄托说。主要有三种不同主张:第一种以为是为君臣遇合发的,如杨载义、冯班;第二种以为是为个人感遇而发的,如陆鸣皋、陆昆曾;第三种以为是为朋友遇合发的,如吴乔、程梦星。

还有一种是主张艳情说,如胡以梅、钱良择、冯浩、王鸣盛、纪昀、张采田等。当然，他们关于具体为谁而作艳情诗又是各自说法不同。有些以为是"席上有遇追忆之作"（胡以梅），有些以为"义山在王茂元家窃睹其闺人而为之"（赵臣瑗），或以为"在王茂元家观其家妓而作"（张采田），然无论怎样，他们都肯定了"此两篇定属艳情"（冯浩）。

通过对这两种主张的比较，并通过深入的阅读，我们认为，主张"艳情说（爱情说）"当更切合实际。

前一首，首联交代了事件发生的时间、地点、环境。"昨夜"，并不一定实指，而是指过去的某夜，当然，这一段本事的发生也是近期的事情。颔联直接表明其与自己所钟爱的女子之间的感情状况：他们心心相印，但是显然受到了巨大的阻隔，无法结合，可望而不可即，但仍旧没有放弃希望，故曰"身无彩凤双飞翼，心有灵犀一点通"。颈联回忆了当初他们聚会的美好情景。显然，这是在一次宴会上，宾主之间进行着快乐的游戏，他和她尽管没有直接交流，但因为心灵相通而感到格外温馨、美好。末联则一下子堕入了现实的境遇。他因为要忙于公事，其命运像转蓬一样不由自主。诗歌在现实和回忆、隔绝和默契之间，显示出他们之间恋情的悲剧色彩。

后一首则进一步点明他所爱恋的对象。显然，他很早就听闻她的美名，企慕已久。最值得庆幸的是，他竟然在"昨夜"的宴会上"偷看"到这名"吴王苑内花"，这位贵家姬妾（此据刘学锴说）。而且，更想不到的是，那竟然是一见钟情之夜，他和她心心相印。无疑，这是一次刻骨铭心的恋爱事件，也是一次没有结果的恋爱。但这已经足够作者去梦寐怀想、不能自已了。[1]

其《无题四首》云：

> 来是空言去绝踪，月斜楼上五更钟。梦为远别啼难唤，书被催成墨未浓。蜡照半笼金翡翠，麝熏微度绣芙蓉。刘郎已恨蓬山远，更隔蓬山一万重。

> 飒飒东风细雨来，芙蓉塘外有轻雷。金蟾啮锁烧香入，玉虎牵丝汲井回。贾氏窥帘韩掾少，宓妃留枕魏王才。春心莫共花争发，一寸相思一寸灰。

> 含情春晼晚，暂见夜阑干。楼响将登怯，帘烘欲过难。多羞钗上燕，真愧镜中鸾。归去横塘晓，华星送宝鞍。

> 何处哀筝随急管，樱花永巷垂杨岸。东家老女嫁不售，白日当天三月半。溧阳公主年十四，清明暖后同墙看。归来展转到五更，梁间燕子闻长叹。

---

[1]　本诗所引各条评注参《李商隐诗歌集解》，第429—440页。

第一首。从此诗来看,一种梦幻感、绝望感紧紧地萦绕着他。他所怀想的人儿曾经跟他欢好过,一起度过甜蜜的时光,颈联"金翡翠""绣芙蓉"这些男女欢好的意象不断地出现在他的梦幻中。然而,他们却受到了某种致命的压力,两人隔绝不相通了,相互之间的距离隔得比蓬山还远。这个痛苦地相思的人儿而今只有在梦中追寻那些甜蜜的时刻。但是梦幻却如此虚无缥缈,遇合是如此无缘,他用"来是空言去绝踪"七字来表达,"写尽幽期虽在、良会难成种种情事,真有不觉其望之切而怨之深者"(赵臣瑗评,《李商隐诗歌集解》,第1640页)。而且梦中远别的情景也令人断肠。一夜的梦幻流连,最后只见那月斜楼上,听到了五更的钟声。

第二首。首联,飒飒东风、细雨和隐隐的雷声,交代了具体的背景,奠定了全诗感伤的基调。中间两联追忆他们的爱情历程。从颈联来看,他的情人是企慕他的少俊、才华而爱上他的,而且,这是一段相当隐蔽的恋爱,所以用了"贾氏窥帘""宓妃留枕"的典故。而他有着强烈的追求的决心,所以,在当时重重隔绝的情况下,他还是突破障碍,与之欢好,能"入",能"回",正说明一度成功。此颔联象喻之意义也,"锁虽固,香能透之;井虽深,丝能及之"(朱彝尊评,同上书,第1635页)。但是,巨大的压力还是将他们隔开了,可见最后他陷入了近乎绝望的相思之中。朱鹤龄评云:"香销梦断,丝尽泪干,情焰炽然,终归灰灭。"(同上书,第1638页)所云"莫共"者,正见其不可抑制的相思之苦也。

第三首诗则是李商隐追忆了在他们最初的恋爱阶段的心路历程。作者心中已经燃起了情火,在夜晚降临的时候,他不由自主地去寻找他,到了对方的居所。楼上响语,帘内热闹,大概是在贵家的内宅吧,但是他却怯于登楼入室。颈联则以钗上燕、镜中鸾的意象表露他的内心里燃烧着的爱情的火焰,自愧不如头上钗、镜中鸾得伴随其身。末联言其深夜在明星的照耀之下怅然归去。

最后这一首,如果跟前三首合在一起看的话,其实也是自表心迹,就是对遇合无缘的叹息而已。"归来展转到五更",可以认为是续第三首归去后的一夜无眠之状。他觉得自己就像是一个住在深巷里的、嫁不出去的"东家老女"一样,哪比得上年轻美貌、为众人艳羡的"溧阳公主"呢?当然其实这首诗整个就是一首比体诗,用来比喻自己的遭遇不偶。李商隐对于遇合无缘的感受是十分深刻的。第三、四首就是着重描写了遇合无缘的心理感受。

无论是暂时"悬隔"各种比附、寄托之说进行整体性分析,还是作近距离的个案分析,我们都发现了主导着这些无题诗构成的经验模式。

我们发现其中心理层面上起主导的经验模式，就是一个男人（或女人）苦苦地追求自己所爱的人儿，并经历着各种感情的折磨。同时我们也发现其诗歌语言表达层面上的经验模式，就是委婉曲折、寄托遥深的语言表达方式，这是压力之下表达策略的选择。

其"类无题诗"、广义无题诗亦可作如是观，如《锦瑟》《流莺》诸诗，所表达的都是一个人苦苦地追求他的"理想"，并经历着各种感情的波折，感到惘然、无望。至于两者的诗歌语言表达，则更是相近。故历来学者往往将这类诗歌直接当作无题诗看待，也无不可。

然后，我们再来看李商隐写给令狐绹的相关诗作，我们也发现了类似的经验模式。在其心理层面上起主导作用的经验模式就是一个下级官吏不断地祈望打动上级官僚（一度是朋友）的心，并经历着各种感情的折磨，比如忧危感、隔绝感、嫉恨等。其诗歌语言表达层面上的经验模式，也是采取委婉达意、旁敲侧击的方式，且也是在压力之下表达策略的选择。

所以可以确定，主导这三类诗作的经验模式有着相似、相通的地方，甚至往往是共享的。

那么，现在如果不再人为地取消各种比附之说以便于考察，而尽量合乎原貌地来考察这些诗作，我们会看到什么？其实，我们还是会看到这种经验模式在起着主导作用。

可以分为两类作品来考察。

一类是明显有寄托的作品。

这一类诗作，我们很容易就看出其中寄寓着政治遭遇、身世遭遇。这一类诗歌对我们的课题，即党局牵连（政治遭遇）促进和加强了无题诗的艺术特质本身是很好的例证。比如《无题四首》之四"何处哀筝随急管"一诗，通过一个住在深巷里的、嫁不出去的"东家老女"跟年轻美貌、为众人艳羡的"溧阳公主"作对比，深刻表达了自己遇合无缘之感，这就不见得仅是为爱情而发，而可能是因受到党局牵连、屡启陈情而为令狐绹而作的。还有如"重帷深下"一首，描写了一个陷入沉重的相思的女子，她像脆弱的菱枝一样遭受着风波的打击和摧残，但是依旧贞洁自守，尽管也知道相思是无益的，但是她并没有改变她的初衷，放弃对所爱的人儿的怀念，虽感到无比的惆怅，还是要当那痴绝的"清狂"者。何焯言其"直露本意"，所谓本意云云，亦自难免是为向令狐绹陈情之作。但是这种托寓也是如雪入水，不着痕迹，还是因为两种人生感受在经验模式上是相通的,所以尽管明写爱情,实写身世,两者之间却并无龃龉之处。

还有一类是寄托行迹若有若无之作。

对于"相见时难"一诗,我们将之当作纯粹的爱情诗来看待,分析已如上。其实,并没有所谓的纯粹的爱情诗,一些学者早就指出这些诗中所打入的身世之感。胡以梅说:"若竟作艳情解,近于露张,非法之善也。细测其旨,盖有求于当路,而不得耶?"姚培谦更是进一步指出:"此等诗,似寄情男女,而世间君臣朋友之间,若无此意,便泛泛与陌路相似,此非粗心人所知。"(以上参《李商隐诗歌集解》,第 1627 页与 1629 页)

再来看"凤尾香罗"一诗:

> 凤尾香罗薄几重,碧文圆顶夜深缝。扇裁月魄羞难掩,车走雷声语未通。
> 曾是寂寥金烬暗,断无消息石榴红。斑骓只系垂杨岸,何处西南任好风。

从爱情的角度,我们可以作如下的描述:本诗首先从一个女子夜深缝制罗帐写起,见其思念之深,与亟盼好合之情。颔联则回想起他们相识的动人情景。那是一次匆匆忙忙的邂逅,她以团扇遮面,羞答答地窥探对方,来不及互通语言,只闻得车声远去。此后,她陷入了相思之中,时光流逝,但见得石榴红了,而他却没有什么消息,在寂寥中,但见金烬黯淡,而会合无缘,何其苦哉。最后,她悬想她的情人系马垂杨岸旁的情景,她痴痴地祈愿西南好风吹送他来,与之相会。此女子一番痴绝之态,以及会合无缘之伤感可见也。

从寄托的角度,我们可以援引胡以梅的笺注来看:"此诗是遇合不谐……首句赞罗有织凤,其质甚薄。……夜深缝是言辛苦。第三方说明团扇,妙在用一'魄'字,则明是碧罗裁就,所以如月之魄,若白纨裁者方言明月耳。……羞难掩,止言夜作制成,弃置不用,白白辛苦,其羞难掩。……第四……空闻车声,不获宠临也。五言寂寞之境,六言消息已无,……。结用陆郎乌骓,徒系树外不归,那得西南风吹入君怀乎?详前三句,必有文章干谒,世事周旋,而当涂莫应。四与六竟弃之如遗。八虽此心未歇而亦怨之意,意者其谓令狐耶?"(《李商隐诗歌集解》,第 1619 页)

主张为令狐绹作者尚有多家,如陆昆曾、冯浩、张采田、汪辟疆等。

尽管他们的说法不无牵强附会,但是联系李商隐跟令狐绹那种微妙而复杂的关系,这种可能性是存在的。而且,无论是以爱情说,还是以寄托说来解,忽略其表面内容的不同,我们仍可以看到一种共通的经验模式在起作用,即:一个人在会合无缘的情况下,还是苦苦地等待着另一个人,希望他来会合(或援引)。无论是爱情遇合还是朋友遇合,这种经验模式是常见的,所以,这两种解释都有其充分的理由。而这种经验模式之形成,自是李商隐政治遭遇、爱情遭遇和其他遭遇共同作用的结果。

其他类似诗作亦可作如是观。

其实,当代学者的一些研究已指出了无题诗中熔铸诗人身世之感的现象,只不过我是从经验模式的角度指出了这种现象存在的客观依据。

刘学锴从创作过程的角度探讨了寄托似有若无的《无题》诗的产生,指出这类无题诗"首先来源于他对现实中青年男女爱情生活(特别是受到环境束缚、阻碍的爱情)的深刻体验……而这种失意的爱情又和他自己失意的政治遭遇、不幸的身世有着某种类似之处,因而很容易受到触动……从而在创作中将这两方面的内容自然地融汇在一起,通过诗中男女主人公的形象综合地表达出来……甚至不一定有明确的寄托意图,仅仅在表现爱情生活时自然地渗透了被触发的身世之感"[1]。

王蒙认为李商隐"无益无效的政治关注与政治进取愿望,拓宽了、加深了、熔铸了他的诗的精神,甚至连他的爱情诗里似乎也充满了与政治相通的体验"[2]。

刘学锴在《李商隐诗歌研究》中指出:"那种寂寞中的无望期待,间隔中的沉重叹息,幻灭后的强烈悲愤和虽幻灭仍执著追求的精神,都不仅属于诗人的爱情生活领域,而是贯串渗透在他生活的各个方面。"(第209页)又说:"在这类无题诗的写作过程中,尽管诗人主观上未必有意识地要另有寓托,但郁积于胸的涵容深广的普泛性人生体验,却使他在抒写爱情体验时也不由自主地触类旁通,将广泛的人生体验渗透在上述诗句中。况周颐《蕙风词话》关于'身世之感,通于性灵,即性灵,即寄托,非二物相比附也'的一段论述,最能揭示商隐此类无题诗'流露于不自知'的特点。"(第41页)

(三)从"隔绝感"角度,可以加深理解"党局牵连促进和加强了李商隐无题诗的艺术特质"的观点

李商隐无题诗与其他诗作,尤其是类无题诗,以及与令狐绹有关的诗作共享着一些经验模式。比如属于心理层面的有:失望和希望交织、隔绝和通达、迷离忧悷和一灵不泯等。属于诗歌语言表达层面的有:压力之下表达策略的选择、典故的引

---

〔1〕　刘学锴:《李商隐的无题诗》,《安徽师范大学学报(人文社会科学版)》1979年4期,第45—46页。
〔2〕　王蒙:《对李商隐及其诗作的一些理解》,《文学遗产》1991年第1期,第32页。

入,诗歌语言的表层层面与潜在层面之间形成了一种层深结构,不同的语象之间形成一种复杂的交通网络,主观意图和客观效果之间的层叠和错位以及时空的迷失等等,在这些方面,我们都可以看到它们之间相通的一面,由此我们才得以理解李商隐诗歌艺术风格特征的一致性,即以表达内心情感、内部宇宙为主,形成一种深情绵邈、要眇宜修、委婉顿挫的艺术风格,并具有阐释无尽的艺术效果。

"隔绝感"是李商隐很多诗作都一再表达的一种经验,我们可以从这个角度,深入透析其经验模式的相通性,以及共享性,这可以加深理解"党局牵连促进和加强了李商隐无题诗的艺术特质"的观点。

我所感兴趣的是,无题诗中的隔绝感是如何与政治生活、身世遭逢中的隔绝感相通的,并最终引入了政治遭遇、党局牵连的视界,并逗露出这样的消息,即以无题诗为纯粹的爱情诗之说其实是靠不住的。

无题诗中的"隔绝感":

刘郎已恨蓬山远,更隔蓬山一万重。(《无题四首》其一,《玉溪生诗集》卷2)

楼响将登怯,帘烘欲过难。(《无题四首》其四,同上卷2)

扇裁月魄羞难掩,车走雷声语未通。(《无题二首》其一"凤尾香罗",同上卷2)

直道相思了无益,未妨惆怅是清狂。(《无题二首》其二"重帷深下",同上卷2)

闻道阊门萼绿华,昔年相望抵天涯。(《无题二首》其二,同上卷2)

身无彩凤双飞翼。(《无题二首》其一"昨夜星辰",同上卷2)

来是空言去绝踪。(《无题四首》其一,同上卷2)

曾是寂寥金烬暗,断无消息石榴红。(《无题二首》其一"凤尾香罗",同上卷2)

春心莫共花争发,一寸相思一寸灰。(《无题四首》其二"飒飒东风",同上卷2)

相见时难别亦难,东风无力百花残。(《无题》,同上卷2)

与令狐绹有关的诗作中的"隔绝感":

钧天虽许人间听,阊阖门多梦自迷。(《寄令狐学士》,同上卷2)

倦程山向背,望国阙嵯峨。(《肠》,同上卷2)

拟问阳台事,年深楚语讹。(《肠》,同上卷2)

无由见颜色，还自托微波。(《离思》，同上卷1)

桂岭含芳远，莲塘属意疏。(《木兰》，同上卷2)

朝云暮雨长相接，犹自君王恨见稀。(《楚宫》"十二峰前"，同上卷3)

倾城消息隔重帘。(《水天闲话旧事》，同上卷3)

王昌且在墙东住，未必金堂得免嫌。(《水天闲话旧事》，同上卷3)

郎君官贵施行马，东阁无因再得窥。(《九日》，同上卷2)

其他诗作中的"隔绝感"：

新知遭薄俗，旧好隔良缘。(《风雨》，同上卷3)

凤巢西隔九重门。(《赠刘司户蕡》，同上卷1)

相思迢递隔重城。(《宿骆氏亭寄怀崔雍崔衮》，同上卷1)

来时西馆阻佳期，去后漳河隔梦思。(《代魏宫私赠》，同上卷3)

临水当山又隔城。(《城外》，同上卷3)

红楼隔雨相望冷。(《春雨》，同上卷3)

分隔休灯灭烛时。(《曲池》，同上卷1)

人间路有潼江险，天外山惟玉垒深。(《写意》，同上卷2)

这些诗作尽管题材各不相同，但是就"隔绝感"本身来说，可以说是没有什么不一致的地方，这种经验在不同类型的诗作中是共享的。当"隔绝感"在无题诗中一再地表露出来的时候，我们产生了"警惕"，将之与其他诗作中的"隔绝感"相互对照，并追问：这种隔绝感是何时产生和形成的呢？难道仅仅是爱情受挫的结果吗？马上，我们就迷失了。我们发现，认为隔绝感仅由爱情的挫折所形成的说法靠不住，同样，以无题诗为纯粹的爱情诗之说其实也是靠不住的。说到底，"隔绝感"是李商隐所有的人生遭遇，包括政治遭遇和爱情遭遇共同作用的结果，是其经验模式的一大组成要素。

从这三类作品所共通的"隔绝感"这种经验模式来看，这一些作品之所以存在着"经验共享"的可能性，是因为出自同一个创作主体。我们以此重新审视传统说法，即对"党局牵连影响到李商隐无题诗的创作"有了一番新的理解。尽管大家皆知党局牵连确实影响了李商隐无题诗的创作，并在某种程度上影响了其艺术特质的形成，其中部分诗作甚至即是为了打动令狐绹所作，但是，我们往往比较粗糙地将两者附会在一起，而无从解答其原因究竟是什么，以及这种说法究竟是在哪个层面上起作用的。

现在,通过发现这些诗作之间共享着一种经验模式,我们可以得出这样的结论:政治遭遇、党局牵连确实促进和加强了李商隐无题诗艺术特质,而其之所以如此,是通过其经验模式起作用的。政治遭遇、党局牵连以及爱情遭遇等各种压力一起铸就了李商隐所特有的经验模式,并使其找到了最适合于表达其心灵体验的诗歌形式,即无题诗。由此,反过来说,在无题诗中必然留下了其政治遭遇、爱情遭遇、身世遭逢的烙印,至于部分诗作甚至是出于打动令狐绹的目的而作,并寄寓着他的身世之感,也是不难理解的,因为其已经形成的经验模式并不仅仅是爱情遭遇的结果,而是其全部经历和体验的产物,所谓"将身世之感打入艳情"的说法也应该从这个角度来理解。而这种经验模式一旦形成之后,就有了其一贯性和持久性,在类无题诗,甚至非无题诗中也会表现出来,这也是李商隐诗歌艺术风格一致性的原因。

在这样理解的基础上,我们对朱鹤龄和钱谦益两人有关政治影响了李商隐的诗歌艺术特质的话有了一番新的理解。朱鹤龄《笺注李义山诗集序》曰:

> 唐至太和以后,阉人暴横,党祸蔓延。义山厄塞当涂,沉沦记室。其身危,则显言不可而曲言之;其思苦,则庄语不可而谩语之。计莫若瑶台璚宇、歌筵舞榭之间,言之可无罪,而闻之足以动。其《梓州吟》曰"楚雨含情俱有托",早已自下笺解矣。吾故曰:义山之诗,乃风人之绪音,屈、宋之遗响,盖得子美之深而变出者也。岂徒以征事奥博、撷采妍华,与飞卿、柯古争霸一时哉。

钱谦益《注李义山诗集序》:

> 义山当南北水火,中外箝结,若喑而欲言也,若魇而求寤也,不得不纡曲其指,诞谩其辞,婉娈托寄,酆谜连比,此亦《风》人之遐思,《小雅》之寄位也。

这两番话都在某种程度上指出了李商隐经验模式的一大重要特点。即:当时险恶的政治环境,使得李商隐的心理机制发生了扭曲、变形,即从其政治良心出发,本当直接诉说的话语现在只能"显言不可而曲言之""庄语不可而谩语之",由此决定了其诗歌语言表达机制的特点,即"纡曲其指,诞谩其辞,婉娈托寄,酆谜连比"。可见,政治环境、政治风波是在主体的心理层面上发生作用的,由此主体的政治诉求、政治愿望(对无题诗而言,还有主体的爱情理想和爱情追求),既承受着客观的政治压力(对无题诗而言,还有社会环境对爱情追求所形成的压力),又相应地产生了一种对抗性,这种压力与对抗性之间的张力对他的系列诗歌创作产生直接的影响,无论是政治诗、与党争有关的诗作,还是无题诗。当然,其中趋于极端的诗歌类别就是无题诗。但并不是说,非无题诗的有关诗作跟这些无题诗就没有一种共通性。毕竟它们共享这一种经验模式,出自李商隐这个共同的创作主体之手。

　　在这个世界上,李商隐并没有得到多少。尤其在仕途上,他是彻底的失败者。严重的匮乏造成了他的诗歌的丰富性,也形成了他创作的经验模式和独特的艺术风格。作为心灵的补偿,其能指链构成了一个丰富的、不断生成的世界,也为我们后人留下了一笔丰富的诗歌遗产。

第五章

牛李党争
与中晚唐政治文化及晚唐诗风

# 第一节　作为中晚唐政治腐败之表征的牛李党争

所谓"牛李党争"，是指中晚唐朝臣在党争动力机制的作用下，由于政治文化的差异、政见的对立、权力和利益的争夺而分成两大派别进行斗争。自其表面观之，牛李党争主要发生在庙堂之上和朝臣之间，但是透过牛李党争这一事件本身，却能让我们发现中晚唐各种纠结不清的社会政治问题。

自肃、代以来，朝臣之间的派系斗争日益加剧，元载、杨炎和刘晏、卢杞之间循环报复，开牛李党争之先河。至元和长庆初，由李逢吉与牛、李（宗闵）组成的政治联盟与裴度、李绅、李德裕之间所展开的斗争，形成了牛李党争的早期模式。到了文武宣三朝，牛李之间形成了相当规模的党派分野和党派对峙，党争趋于剧烈化。

与朝臣之间的斗争相伴随的，是宦官势力的崛起及其对朝政的干预，由此，至少有三大政治势力形成相互之间的权力制衡关系，即皇帝、宦官、朝臣。而宦官势力的崛起对加剧朝臣之间的党争是起了直接作用的，即随着宦官对朝政的干预，朝臣之间原有的部分权力受到了侵夺，在有限的权力空间里，朝臣之间由于政治文化背景、政见、人事上的矛盾、对权力和利益的追求不同，而形成了日益鲜明的两大政治派系，展开斗争。

当然，进一步深究下去，就关系经济基础和社会阶层分化问题，这已非我力所能及，暂且不论。

统治阶级之间的内讧对唐帝国的政治体系，造成了极坏的影响。

1. 朝局变动和政策的屡番变更影响到国家政治生活的稳定性和社会的安定

朝局变动与牛李党争相互倚伏。

在早期党争史上，围绕着藩镇用兵问题，牛李两派的政治分野日益明显。李逢吉之党与牛、李（宗闵）政治联盟跟裴度、李德裕之党的斗争，日趋剧烈。元和末年宪宗被弑是一大政治变局，随之继位的穆宗本该巩固宪宗已经取得的不凡的业绩，但是由于政治方针、军事策略的错误，更由于朝臣之间的党争——富有政治军事才能的裴度被排斥出中枢决策系统，而不谙藩镇情状的朝臣控制着朝局，故引起三镇复叛，元和中兴气象全成泡影。可见，朝臣之间的党争影响着朝局的变动，而朝局的变动也直接影响着党争的进程。

文武宣三朝朝局变动与牛党党争相互影响的关系也是十分明显的。文宗有着强烈的除宦的欲望，然当时"朝臣半为朋党"，故于牛李党人皆不予以信任，擢拔孤寒士人宋申锡，欲委之重任，然宋为郑注、王守澄所谮，贬为开州司马。文宗并没有吸收这次失败的教训，再次委任宦党人物李训、郑注，进行更加具有冒险性的军事行动，致使发生甘露之变。文宗朝，牛李之间呈互为胶着、互为进退的状态，牛党进，则李党退，李党进，则牛党退，于诸朝政措施，多有意识地逆而行之，更兼大和八年、九年李训、郑注之党崛起，而两贬斥之，故当时朝局甚为纷繁复杂。开成年间，牛李两党要人同时为相，于庙堂之上针锋相对，政事之裁决，多杂以私情。而李德裕为相时，欲反拨牛党施政纲要，改革官僚弊政之举措，自是草草收场，收效甚微。及至会昌、大中朝，自其表面观之，皆为一党独制之阶段。然此间亦有区别者。会昌朝君臣相得，武宗于李德裕专任责成，故李德裕得以实践其政治方略和施政纲要，取得了不凡的业绩。然李德裕难免党人排挤行为，而根祸于其执政期间。及至大中朝，来自三方面的政治势力纠集在一起，共同完成对以李德裕为首的李党的排挤，此党争格局所决定，势所不得不然也。不但如此，与此党人排挤行为相始终的，是朝局的剧烈震荡，大中朝务反会昌之政，已经取得的一些政绩皆遭彻底否定，更兼宣宗防其臣下，君臣离心现象尤为明显，故士人欲加强中央集权、济世有为的精神受到了严重的挫折。由此观之，会昌大中之际党争之炽热化，势必影响到朝局之变动，会昌大中朝的政治打上了明显的党争色彩。党争导致了国家政治生活的巨大的震荡，影响到大部分朝士的进退和士人的心态，并且最终塑造了唐末政治格局和政治文化之特征，可谓并非虚谈也。

**2.党人私情的炽盛势必影响官僚机构的良性运作,加剧官僚阶层的腐败**

一般说来,党人既具有士大夫那种受儒家学说长久熏陶而成的用世之精神,也具有相当强烈的朋党观念和私情,随着党争的展开和深入,这种朋党观念和私情也更为强烈。比如,牛党成员李中敏、杜牧之流,皆是典型的宗奉儒家经世学说的士人,所以,李中敏敢于弹劾和抗衡权贵郑注、王守澄,而杜牧屡次越级上书,论列政治军事方略。但是,同时他们又是具有相当强烈的党人之见的士人,故李中敏交好于李宗闵,时人亦目之为牛党,而杜牧更是前后反复,由会昌朝之赞誉会昌之政、李德裕政绩转入大中朝之攻讦、诋毁李德裕不遗余力。从总体上而言,牛党成员结党营私的现象比李党更为明显,大和年间杨虞卿之流朋党聚议,至于有"行中书"之称。[1] 对于权势的追求驱使着李宗闵采取各种非常手段,史载:"宗闵性机警,始有当世令名,既寝贵,喜权势。"(《新唐书》卷 174 本传),连走宦官门路以取得相位的手段也是好几次采用。

党人私情炽盛,势必造成官僚阶层的腐败。

官僚阶层腐败的表征之一,是不能凭公心采用合乎现实的政策,往往因为意气之争,而刻意与政敌对立,从而严重干扰了中枢决策,降低了其敏感度、灵活性和有效性。在宦官侵权日益严重、君权日益削弱的时代,朝臣本该团结起来,共同遏制宦官势力的扩张,维护君主的尊严,争取自身的权益。可惜的是,中晚唐的朝臣却分裂成两大对立的党派,争个你死我活。党人之间往往形成相当紧密的关系,心中装的是朋党利益,往往忽视国家整体利益,所以往往出于朋党利益和个人意气,而刻意与政敌作对,使君主未能采用合理的政策,导致政策的失误。列举如下:

①大和五年处理维州归降事件,既是牛僧孺对李德裕政治方略的反驳,也是党人意气之争的表现。如果按照现实的考虑,李德裕所采取的方针是正确的,但是牛僧孺却极有可能出于私心,出面反对李德裕的主张,卒失维州,而归义者悉怛谋被吐蕃诛于境上,事后文宗亦悔之。

②大和八年、九年李训、郑注之党强势崛起,先后贬斥牛李党魁,控制朝政,最终酿就甘露之变,实为中晚唐政治格局转变之关键也。李训、郑注之党虽然高唱什么太平之策——"以为当先除宦官,次复河湟,次清河北"(《资治通鉴》卷 245 大和九

---

〔1〕 《南部新书》己卷载:"大和中,人指杨虞卿宅南亭为'行中书',盖朋党聚议于此尔。"《全唐诗》卷 876《京师人号牛杨语》云:"牛僧孺与杨虞卿兄弟驱驾轻薄,有不附己者,潜被疮痏,京师为之语云:'太牢笔,少牢口,东西南北何处走。'"同上卷 876《又号牛李》云:"门生故吏,不牛则李(李谓宗闵也)。"

年七月），实际上他们的私心是很重的,李训、郑注之党代表着在朝臣的争权夺利的过程中攀附宦官、权臣、皇帝等权势者而最终崛起的那么一股势力,这些人往往是因利益的重新分配和为实现个人野心而纠集在一起的。其成员自身往往贪黠成性、险躁诡激,缺少远大的政治抱负和坚贞的道德操守,故当仓促举事之际,贪生畏死,顾忌重重,以至于坐失良机,一败涂地。

③开成年间牛李两党要人同时为相,而朝争廷议不断,宰相围绕着李宗闵迁官、任官人选诸问题内讧,这降低了中枢决策的灵敏度,而实质性的政治建设则很少完成,《南部新书》丁卷载:"每延英议政,率先矛盾,无成政,但寄之颊舌而已。"最后牛党暂时取得政治优势。

④会昌朝李德裕执政,极力防范牛党之与政,始移东都太子宾客李宗闵为湖州刺史,续则借泽潞事,以一些非充分证据、间接证据贬斥牛党魁首牛僧孺、李宗闵,而根祸于会昌朝。其持李德裕无党说者,宁能合理解释李德裕党人排挤行为乎?

⑤大中朝,党人排挤行为亦达巅峰。后期牛党魁首白敏中、令狐绹、崔铉等欲置李德裕于死地,更假宣宗之威权、宦官之支持,形成一个强大的势力圈,对李德裕为首的李党残酷打击,故始则李咸讼李德裕会昌朝执政时之阴事,续则覆吴湘案,对李党作一网打尽计,而李德裕崖州之贬成矣。

由此可见中晚唐官僚阶层甚是腐败,党争意气成分逐步加重,而两大对立的党派纷争于庙堂之上,排挤政敌于权重之时。如此朝政,如此臣僚,能挽回唐王朝衰落的命运吗?

官僚阶层腐败的表征之二,是以权谋私,假公济私,聚敛财富,生活奢侈。

以权谋私、假公济私最为明显的表现就体现在科第录用权和铨选权的争夺方面。牛李两党均追求对科第录用权和铨选权的控制。

牛党党人多出身于科举,并以同年关系、座主门生关系互为党援,形成"朋党",故对于科第录用权表现出有意识的控制,杨虞卿之流干预科第之现象尤为显著。如大和年间,很多举子纷纷向牛党要人杨虞卿等人干谒请托,以获得中第的机会。《新唐书》卷175《杨虞卿传》:"李宗闵、牛僧孺辅政,引为右司郎中、弘文馆学士。再迁给事中。虞卿佞柔,善谐丽权幸,倚为奸利。岁举选者,皆走门下,署第注员,无不得所欲,升沉在牙颊间。当时有苏景胤、张元夫,而虞卿兄弟汝士、汉公为人所奔向,故语曰:'欲趋举场,问苏、张;苏、张犹可,三杨杀我。'宗闵待之尤厚,就党中为最能唱和者,以口语轩轾事机,故时号党魁。"(参见《旧唐书》卷176《杨虞卿传》、《太平广记》卷 181 引《唐摭言》）不过我们也不能全盘否定牛党在科第录用上的作为，比如杨嗣复就曾经录用刘蕡，而刘蕡是唐代抨击宦官的著名人物。当宦官责其为"风汉"且加以贬斥后（《太平广记》卷 181 引《玉泉子》），又是牛僧孺和令狐楚伸出援助之手，辟为从事，待如师友。

李德裕则对现行的那一套科举制度表示强烈的不满，对进士浮薄的风气大加鞭挞，在其执政期间采取了一系列的改革科举的措施，以经术议论水平作为衡量应举与否的重要标准。然李党亦注重控制科第录用权和铨选权。长庆元年，李绅、段文昌与李宗闵、杨汝士各自请托于钱徽，因李绅、段文昌所托被拒，由此发生了一场牛李两党分朋立党的科场案。此李党成员积极干预科第之显例也。会昌年间，李德裕论"朝廷显官，须是公卿子弟"，这是李德裕针对当时抑制公卿子弟应第的风气而发的。所以，李德裕在职期间，对士族寒士进行扶植，故崖州贬后，乃有"八百孤寒齐下泪，一时南望李崖州"之说，此种政策倾斜性亦可谓私情也。同时其依照任贤使能的原则，奖掖庶族寒士卢肇、刘三复等（参见《太平广记》卷 182 引《玉泉子》），所以从总体上看，李德裕对科第的弊端是洞彻的，并且努力革除科第弊端，体现科第录用的公正性。但是若说李德裕在科第录取上没有杂有私心，那倒不见得。

在经济生活方面，牛李两党均追求聚敛财富，扩大田庄，过着奢侈的官僚地主生活。古代社会官、权、利的一体化是一个普遍的现象，政治上权力支配着土地的流向，"政治上的权力地位是按照地产来排列的"[1]。所以对权力的争夺是必然的，营私舞弊、巧取豪夺司空见惯。牛僧孺未入仕时家境并不怎样富裕，仅是个中小地主，中第入仕后，位至公卿，成了牛党的魁首之一，在经济上，他也成了暴发户，兼并大批土地，在洛阳城外营建别墅，"馆宇清华，竹木幽邃"（《旧唐书》卷 172 牛僧孺本传），刘禹锡誉之为"人间第一处"（《牛相公林亭雨后偶成》），可见其建筑之佳妙、环境之优美。裴度在长庆年间受排挤后从政态度转向消极，在甘露之变后，更是"不复以出处为意"，在洛阳营造"绿野堂"，成为洛阳闲职官僚群体的重要成员之一。《旧唐书》卷 170《裴度传》云："自是，中官用事，衣冠道丧。度以年及悬舆，王纲板荡，不复以出处为意。东都立第于集贤里，筑山穿池，竹木丛萃，有风亭水榭，梯桥架阁，岛屿回环，极都城之胜概。又于午桥创别墅，花木万株；中起凉台暑馆，名曰'绿野堂'。引甘水贯其中，酾引脉分，映带左右。度视事之隙，与诗人白居易、刘禹

---

〔1〕《马克思恩格斯选集》第 4 卷，人民出版社 2012 年版，第 189 页。

锡酺宴终日,高歌放言,以诗酒琴书自乐,当时名士,皆从之游。"(参见《新唐书》卷173本传)李德裕的平泉庄也是当时一大佳胜之处。"东都平泉庄,去洛城三十里,卉木台榭,若造仙府。"(《太平广记》卷405李德裕条引《剧谈录》)周围数十里,台榭千余所,为当时之冠。

官僚阶层的腐化堕落是一个普遍性的现象,并不仅仅是牛李党人。郑注就是一个典型。《新唐书》卷179《郑注传》载:"注资贪沓,既借权宠,专鬻官射利,资积巨万,不知止。"《旧唐书》卷169《郑注传》载:"注起第善和里,通于永巷,长廊复壁,日聚京师轻薄子弟、方镇将吏,以招权利。"[1]咸通朝宰相贪污腐化成风,《南部新书》甲卷载:"曹确、杨收、徐商、路岩同秉政,外有嘲之曰:'确确无余事,钱财总被收。商人都不管,货赂几时休?'"其他不烦赘举。

3.党人往往优先考虑朋党利益和个人利益,忽视国家整体利益,势必造成政治输入和政治输出之间的巨大裂缝,直接影响到民生

社会是一个大系统,政治、经济、文化各方面均是互相影响的。理解政治不能脱离当时的社会环境。伊斯顿提出政治系统模型的理论,认为一个国家的政治就像生物系统一样运作。他认为,公民的要求,即"输入(input)",被政策制定者所接受,他们将其变为政府的决定和行动,即"输出(output)"。这些输出对社会、经济和政治环境产生影响,这些影响公民可能喜欢也可能不喜欢。公民们重新表达他们的要求,这就是与系统相连的重要的"反馈(feedback)",它可能改变先前的决定。这是一个转换的过程,也是一个反馈的过程。[2]

一个合理的政府,应该是上下同心,有效地接受政治输入,聆听民众的呼声和需求,然后才能进行正确决策,才能作出合理的政治输出,作出适当的决定和行动,妥善处理各种社会政治经济问题,获得合法性支持,维持君主的权威。但是中晚唐的政坛却不是这样:第一,宦官干预朝政,君主的自主权受到了削弱;第二,朝臣党争和南衙北司之争,使朝廷成了党人混战的拉锯场,这就严重降低了执行者和决策者的敏感度和明断能力,哪里能合理地、适时地处理各种政治输入,聆听民众的呼声呢?故中晚唐各种社会弊政更加重了,而政治合法性、君主权威也受到了严重削弱。

---

〔1〕 郑注的贪黩和其他劣迹,史书和笔记有翔实的记载,当为实情,并不一定出自史家曲笔。王鸣盛为之回护的话"传中讥其诡谲贪沓,皆空诋无指实",是站不住脚的。有关证据文繁不引。

〔2〕 参见[美]戴维·伊斯顿:《政治生活的系统分析》,王浦劬译,华夏出版社1999年版。

李商隐在《行次西郊作一百韵》一诗中强调统治阶级强有力的管理对国家治理所起的决定作用——"伊昔称乐土,所赖牧伯仁","又闻理与乱,系人不系天"。诗以盛唐时期的太平盛世与安史之乱后的乱离之世作对比,对有唐一代历史作出反思,总结了国家治理的经验,深刻地批判了"牧令"失人所带来的消极后果。[1] 对当时才器不过胥吏的官僚执政和宦官掌握兵权的现象极陈愤慨("使典作尚书,斯养为将军,慎勿道此言,此言未忍闻。")。官僚管理阶层本身存在着很大的问题,贤能者退,而奸邪者进,势必造成政治输入和政治输出的严重裂缝。李商隐此诗揭露统治阶级治理失当是很深刻的,除了指斥李训、郑注之党外,还指责开成年间牛李要人同时执政争议于庙堂之上而乏实质性的政治进展("巍巍政事堂,宰相厌八珍。敢问下执事,今谁掌其权?")。值得注意的是,开成年间京师附近已经出现民乱现象:"凤翔三百里,兵马如黄巾。""盗贼亭午起,问谁多穷民。"而统治阶级不知抚恤之道,官军恶于民乱者:"官健腰佩弓,自言为官巡。常恐值荒迥,此辈还射人。"此皆政治输入与政治输出出现裂缝之表现也。

至宣宗朝务反会昌之政,会昌朝已经取得的政绩皆全盘落空,亦无复君臣相得之气象,宣宗以察为明,防其臣下,遂使君臣离心,政治输入与政治输出裂缝更大,至宣宗朝后期社会经济政治矛盾终于爆发出来,发生了一系列的军乱、民变。

刘允章著名的《直谏书》(《全唐文》卷804)揭露了唐末社会诸矛盾,指出君主耳目闭塞的弊端:"自古帝王,以御史为耳目,以宰相为股肱。股肱废则不能用,耳目蔽则不能视。今陛下废股肱,蔽耳目,塞谏诤,罪忠良,欲令四海不言,万方钳口,可不畏也?"指陈国有"八人""九破",民有"五去""八苦",其文云:

> 今天下食禄之家,凡有八入,臣请为陛下数之。节度使奏改,一入也。用钱买官,二入也。诸色功优,三入也。从武入文,四入也。虚衔入仕,五入也。改伪为真,六入也。媚道求进,七入也。无功受赏,八入也。国有九破,陛下知之乎?终年聚兵,一破也。蛮夷炽兴,二破也。权豪奢僭,三破也。大将不朝,四破也。广造佛寺,五破也。赂贿公行,六破也。长吏残暴,七破也。赋役不等,八破也。食禄人多,输税人少,九破也。……今天下苍生,凡有八苦,陛下知之乎?官吏苛刻,一苦也。私债征夺,二苦也。赋税繁多,三苦也。所由乞

---

[1]　"降及开元中,奸邪挠经纶。晋公忌此事,多录边将勋。因令猛毅辈,杂牧升平民。中原遂多故,除授非至尊。或出幸臣辈,或由帝戚恩。"冯浩《玉溪生诗集笺注》云:"自古有叛臣,必由于权奸,而牧令失人,民生日蹙,元气日削,尤为治乱之本。"参见《李商隐诗歌集解》,第278页。

敛,四苦也。替逃人差科,五苦也。冤不得理,屈不得伸,六苦也。冻无衣,饥无食,七苦也。病不得医,死不得葬,八苦也。仍有五去,势力侵夺,一去也。奸吏隐欺,二去也。破丁作兵,三去也。降人为客,四去也。避役出家,五去也。人有五去而无一归,有八苦而无一乐,国有九破而无一成,官有八入而无一出,凡有三十余条,上古以来,未之有也。天下百姓,哀号于道路,逃窜于山泽。夫妻不相活,父子不相救。百姓有冤,诉于州县。州县不理,诉于宰相。宰相不理,诉于陛下。陛下不理,何以归哉?

这些矛盾其实是政治输入和政治输出严重脱节之后的结果,而朝廷党人私情炽盛,漠视国家整体利益,莫辞其咎焉。

# 第二节　牛李党争与中晚唐政治格局、政治文化的嬗变

## 一、牛李党争与中晚唐政治格局的嬗变

中晚唐皇权经历了自我维护、削弱和丧失的过程。

宪宗苦心缔造的元和政绩随着他的被弑而开始瓦解。如果说,强大的宪宗朝一度达到自安史之乱后国力极盛之时期,其表征是中央集权的巩固和加强、宰辅之臣的忠诚和能干、藩镇的俯首称臣、宦官尚被有力地控制着、士人用世精神的高涨等,那么,随之相继的穆宗朝、敬宗朝君主的无能和放纵对比之下就显得十分突出,他们沉溺于奢侈游乐的生活,缺少经国的才略和热情,从而使宪宗朝所取得的政绩几乎付之流水。

文武宣三朝的帝王相对来说比较有作为,就是力图维护皇权,重新树立帝王的权威,维护政治合法性,居位期间,均采取了一些积极有效的措施来改善朝政、加强中央集权。然而,由于各种矛盾盘根错节,往往举步维艰、事与愿违。懿、僖两朝的帝王以荒嬉为务,一些荒唐的举动严重损害了士人的尊严,加速了政治离心力。昭宗朝虽有心力挽狂澜,但已是时运不济,国已不国。

而唐后期政治中枢演变的结果,是形成了由宰相、枢密使、翰林学士共同构成的新的政治中枢(即所谓的"新三头"),并以之取代了唐初三省长官共掌相职的格局。而神策中尉则以其强大的军事实力,充当宦官的武力后盾,并从外部干预政

事,很大程度上控制着朝政。唐后期政治中枢的演变,是强化皇权的需要,它有利于皇权与相权达到一种平衡。但是用以制约相权的翰林学士、枢密使权力不断扩大,相权受到严重的分割和侵夺,致使其在政府活动中的作用大为削弱。特别是在政治不正常情况下宦官势力恶性膨胀,从而形成了另一种不平衡,即宦官势力凌驾于相权之上,支配了相权。于是统治阶级内部的权力之争愈演愈烈,政治斗争错综复杂,官僚政治更加腐败,中央政府统治秩序陷入混乱,唐朝的国力日渐衰落。[1]从政治中枢的嬗变来看,宦官侵权日益严重,导致了相权的削弱,也导致朝臣在有限的权力空间内的斗争日益剧烈,而牛李斗争就是中晚唐政治中枢演变过程中出现的重大政治事件,党争构成了政治中枢演变的一部分。中晚唐的政治中枢本身既是晚唐政治、经济、文化诸方面的综合产物,又反过来对晚唐政治、经济、文化诸方面产生了相应的影响,比如士人的政治命运和心态,而晚唐文学就是在这样的大环境中展开的。

总的来说,牛李党争结束之后,朝臣之间的矛盾已经不是主要矛盾,虽然唐末朝臣之间的斗争依旧剧烈,但是统治阶级与被统治阶级的矛盾开始上升到主要地位。

唐末政治走向分为两个阶段:第一个阶段,懿宗、僖宗朝,这段时期全国各地军变和民乱不断,最后黄巢大起义推翻了唐王朝的统治;第二个阶段,黄巢起义打破了各种地方势力之间的相互制约和平衡,在全国性的大混乱中,各种地方政治军事势力按照强权的原则开始了吞并斗争,一些强有力的地方军阀开始崛起,占据一方。广明之乱是唐王朝衰亡的一个标志,在此之后,勉力扶持的昭宗朝实际上早已经成为军阀藩镇之间相互争衡的一张牌。以朱全忠为代表的强大军阀最终篡唐,而王建、李克用、杨行密、王审知等军阀各自建立了地方政权,初步奠定了唐末五代的权力结构和政治格局。

## 二、牛李党争与中晚唐政治文化的变迁

由于大中朝相权为轻,宣宗防其臣下,造成君臣离心,无论是在政治格局还是在政治文化方面,都与前朝有明显的区别,可以说,大中朝是晚唐前后期政治格局与政治文化嬗变的重要转折时期。

---

[1]　戴显群:《唐后期政治中枢的演变与唐王朝的灭亡》,《福建师范大学学报(哲学社会科学版)》1999年第3期。

晚唐时期,自朝廷与藩镇关系而言,河北三镇安于现状,维持原来的格局,没有与中央产生冲突,故朝廷与藩镇之矛盾不是主要矛盾。自唐室与少数民族关系而言,吐蕃、回鹘皆已衰落,河湟已经收复,故唐室与少数民族的矛盾也不是主要矛盾。而统治阶级与被统治阶级的矛盾开始激化,成为主要矛盾,君主治理的不合理促进了这种矛盾的激化。

宣宗即位后,重用牛党党魁,贬斥李德裕不遗余力,且务反会昌之政。且所反者,首在于架空宰相之权。故大中朝,自朝廷而言之,牛李党争既已经消歇,牛党独进。然宣宗虽重用牛党党人,却没有推心以委任之,故相权为轻。由于其周密防护臣下,用法严刻,致使君臣离心。自内廷与外朝关系观之,宦官与朝臣的矛盾也再次升级,形同水火。可见,统治阶级内部的矛盾,统治阶级官僚运作机制的失灵,政治输出与政治输入之间的裂缝,激化了统治阶级与被统治阶级的矛盾。此政治格局演变之大略也。

自大中五年(851年)三川之乱始,大中朝民乱连绵不绝。至大中朝后期复又地方军乱不止,故唐室的全面衰落即体现在大中朝。求之所以如此,大中朝君臣离心是一个重要原因。王夫之指出:"君愈疑,臣愈诈,治象愈饰,奸蔽愈滋,小节愈严,大贪愈纵,天子以综核御大臣,大臣以综核御有司,有司以综核御百姓,而弄法饰非者骄以玩,朴愿自保者罢于凶,民安得不饥寒而攘臂以起哉。"(《读通鉴论》卷26《宣宗》六,第814页)统治阶级的内外离心,造成了统治阶级官僚运作系统失灵,各种贪赃枉法、欺诈巧饰之事层出不穷,而被统治阶级所受的剥削更加严重,由此乱象成矣。胡三省注云:"卫嗣君之聪察,不足以延卫;唐宣宗之聪察,不足以延唐。"可谓一言中的。

武宗、宣宗皆重刑名。求其所以如此,以劳动人民迫于饥寒,各种违法犯罪之事屡出不穷之故。而严刑峻法,并不能阻止迫于饥寒的民众铤而走险。《新唐书》卷56《刑法志》载:"武宗用李德裕诛刘稹等,大刑举矣,而性严刻。故时,窃盗无死,所以原民情迫于饥寒也,至是赃满千钱者死,至宣宗乃罢之。而宣宗亦自喜刑名,常曰:'犯我法,虽子弟不宥也。'然少仁恩,唐德自是衰矣。"

由于宣宗防其臣下,相权为轻,才智贤能之士不得进用,宰臣多持禄苟安。其所用令狐绹、白敏中之流,政绩无闻,才略见识俱非李德裕之匹。[1]韦澳者,当时之

---

〔1〕《北梦琐言》卷1,孙光宪比较了李德裕与令狐绹,可参。

有识之士也,而戒周墀曰"无权",复辞户部判,言于其甥柳玭曰:"尔知时事浸不佳乎? 由吾曹贪名位所致耳。"(《资治通鉴》卷 249 大中十一年正月)大中朝朝臣多"戒心于谋国""全身远害"(王夫之《读通鉴论》卷 26《宣宗》八,第 817 页),故大中朝实政治文化演变之重要转折点也。

大中朝臣往往有明显的避祸意识。《资治通鉴》卷 249 大中九年十二月载:"江西观察使郑祗德以其子颢尚主通显,固求散地,甲午,以祗德为宾客、分司。"大中十年九月载:"户部侍郎、判户部、驸马都尉郑颢营求作相甚切。其父祗德闻之,与书曰:'闻汝已判户部,是吾必死之年;又闻欲求宰相,是吾必死之日也。'颢惧,累表辞剧务。"按:郑祗德切戒其子为相,而以必死为由,必深有见于宣宗之疑忌也。

宣宗虽重惜章服,"以为不可以官爵私近臣"(《资治通鉴》卷 249 大中八年二月牛丛赐绯),严于官品[1],然不能防官吏之滥。蒋伸指出:"近日官颇易得,人思侥幸。"[2]侥幸心理,实亦持禄苟安心理之表现也。

一些正直的朝士甚至不欲居朝廷。《资治通鉴》卷 249 大中四年十二月载:"吏部侍郎孔温业白执政求外官,白敏中谓同列曰:'我辈须自点检,孔吏部不肯居朝廷矣。'温业,戣之弟子也。"

一批官僚不恤民瘼,唯思享乐,而吏治腐败,贿赂公行。《资治通鉴》卷 249 大中九年七月载:"淮南饥,民多流亡,节度使杜悰荒于游宴,政事不治。上闻之,甲午,以门下侍郎、同平章事崔铉同平章事,充淮南节度使。丁酉,以悰为太子太傅、分司。"如杜悰之流为数当不少。至懿宗时宰相愈加腐败堕落。无名氏《嘲四相[宣宗时(按当是懿宗时)曹确、杨收、徐商、路岩同秉政]》(《全唐诗》卷 872)云:"确确无余事,钱财总被收。商人都不管,货赂几时休。"

大中朝及大中朝之后隐逸之风甚为流行,出现了一批以隐逸著称的名士,如顾非熊、方干、陈陶、陆龟蒙等。王夫之指出:"盖于时贤智之士,周览而俯计焉,择术以自处焉,视朝廷如燎原之火,不可向迩","而自好者智止于自全,贤止于不怠"。而此风之形成,其实是朝廷官僚机制运作失效的直接后果。科第不公正和官场的腐败,君主对臣下的防护,君臣离心,造成了"国无人,惟贤智之士不为国用,恬然退

---

[1] 《资治通鉴》卷 249 大中九年十一月载宣宗反对医工刘集交通禁中补盐铁场官事,大中十一年七月载宣宗不欲教坊乐工预朝政事,皆是强调君主权威性之表现。

[2] 《资治通鉴》卷 249 大中十一年十一月载:"兵部侍郎、判户部蒋伸从容言于上曰:'近日官颇易得,人思侥幸。'上惊曰:'如此,则乱矣!'对曰:'乱则未乱,但侥幸者多,乱亦非难。'上称叹再三。"

处以为高,以倡天下"(王夫之《读通鉴论》卷 26《宣宗》八,第 817 页)的现象。

晚唐前后期政治文化之演变,实以大中朝为重要转折时期。可以大中朝为重要分水岭,区分前后期政治文化之不同。晚唐后期政治文化,即由大中朝所形成朝士普遍持禄苟安、全身避害的观念。

当然政治文化属于长时段,其演变也是有一个过程的。这种持禄苟安、全身避害的观念之形成,也是由来有自。大略言之,其演变轨迹为:肇始于元和末长庆初,激化于大和九年(835 年)甘露之变事件,成于大中朝。

所谓肇始于元和末长庆初者。元和中兴的局面激发了士人济世的热情,以韩愈为代表的士人不遗余力地呼吁儒学复兴,重振中央集权的权威。但是元和末长庆初,随着政治形势的恶化,包括河北藩镇之乱的复炽、宦官擅权的加剧、朋党之争的强化,部分朝臣对朝政失去了信心,一种以白居易为代表的"中隐"的人生观念和以贾岛为代表的内敛的心态[1]出现,这其实标志着晚唐"独善"的政治文化的加强。元和后期是唐代社会的一个重要转折点。就诗歌而言,由社会批判为主开始转向自我关注为主。由这条线索下来,那就是以温李为代表的个人化的、自我抒情的诗歌。但是总的来说,晚唐前期尚是中唐的继续,晚唐前期的诗歌也是中唐诗艺的继续。以李商隐、杜牧为代表的诗人尽管开始大量写作内敛型的诗歌作品,但是同时他们淑世的情怀、对民生的关注,却是分外的执着和强烈。

所谓激化于大和九年甘露之变事件者。大和九年由宦官所操持的恐怖性大屠杀,对士人心态的影响是非常剧烈的,直接促进了中唐以来兼济的政治文化向独善的政治文化逆转。然从文士的文学作品来看,反映如此重大的政治事件的作品竟然寥寥无几,而且即使与之有关的诗作也以避祸全身、明哲保身观念为主。即或李商隐、杜牧在作品中直接指斥宦官,但是诗歌语言表达方式却如此的隐晦难明,这间接说明了这起大屠杀予士人高扬的主体精神当头一棒,予其心灵以重创。当然,原有的政治文化具有其延续性。并不是说这起政治事件发生后,政治文化的转型亦随之完成了。但是特别重大的政治事件对政治文化的转型还是起了相当重要的作用的。甘露之变后,郑覃、李石诸大臣亦能抗衡宦官之跋扈,在一定程度上维持了中央朝政的正常运作。会昌朝政事君臣相得,政事大有可述处。故如杜牧,身为刺史,而屡次上书李德裕,条陈平泽潞、驱回鹘之大略。李商隐开成年间作《行次西

---

[1] 景凯旋云:"可以说,孟郊的辞世和贾岛的崛起标志着唐代诗歌史上一个旧时期的结束和一个新时期的开始。"见《孟贾异同论——兼论中晚唐诗歌的分期》,《文学遗产》1995 年第 1 期。

郊作一百韵》，反思历史，关切时事，具有强烈的忧患意识。会昌年间其亦积极支持朝廷平泽潞行动，家居永乐，而以不睹中兴盛事为憾。《正月十五夜闻京有灯，恨不得观》："月色灯光满帝都，香车宝辇隘通衢。身闲不睹中兴盛，羞逐乡人赛紫姑。"（《玉溪生诗集》卷2）此皆中唐济世的政治文化之延续也。

所谓成于大中朝者。剧烈的牛李党争对晚唐政治文化嬗变的影响是不容忽视的，它的作用绝不亚于甘露之变。朝臣之间划分为两大对立的派别，无数的人与之发生瓜葛，无数的人被卷入党争旋涡。如果要避开党争的旋涡，唯一能做的就是明哲保身，师老学知足不辱之旨，或者以礼法门风自持，树立中正不倚的人格形象，或可免此灾厄。故如白居易之流皆自觉避开党争旋涡，洵成一时风气。然文坛新秀杜牧、李商隐之流，皆能自觉承继元和精神，发扬积极用世之旨，故皆卷入党争旋涡，深受党争影响，前者于大中朝由党争边缘层突入紧密层，后者则终身在党争夹缝之中度日。故明哲保身、避祸全身之意识成为士人普遍遵循的人生原则，则主要体现在大中朝。

至大中朝，在政治格局和政治文化上又是一次逆转。宣宗以察为明，而不得择贤能以任宰辅，故相权为轻。复防其臣下，猜忌横生，故君臣貌合神离，上下离心。故由长庆所肇始、由甘露之变所激化的"独善"的政治文化亦由此政治体制运作机制的不合理而加剧了，并且有大量的表现。故曰成于大中朝。自兹以后，民乱四起，朝臣之持禄苟安者，亦不得不自谋窠巢，以保身家性命。而热衷功名之士，为谋私利，何所不为，出现了大批人格蜕变的士人，求之"节士"，则寥寥无几，此皆自大中朝以来政治文化形成后的必然结果。

总而言之，晚唐前期，即从元和末长庆初到大中朝，形成了以"独善""避祸"为主导精神的政治文化，并相沿直至唐末五代。

# 第三节　牛李党争与晚唐诗风

牛李党争发生在晚唐前期，所以对晚唐前期诗歌的影响是直接的，而对晚唐后期诗歌的影响是间接的。影响晚唐诗歌的有来自各个方面如政治、经济、文化等的因素，牛李党争不过是其中的一大因素而已，它与其他因素共同参与塑造了晚唐政治文化、晚唐诗歌乃至所有的文学种类的特征。由于本书所论的是牛李党争，所以着重突出了牛李党争对晚唐政治文化和诗风的影响,这是一种陈述策略的选择。在论述牛李党争与晚唐诗风的关系时,又选择了政治文化作为中介来切入。所以下面的论述直接以由牛李党争等各个因素所共同塑造的晚唐政治文化作为切入口,来考察晚唐诗风走向,这是必须首先申明的。

## 一、按照中晚唐政治文化的嬗变轨迹对晚唐文学发展作分期与阶段划分

阶段划分是为了更加细致地观察不同阶段的政治格局的变化、政治文化的演变、文人的政治命运和生存境遇的特点、文人的人格和心态的变化等。因为不同阶段有不同的代表诗人,这样的划分能更好地把握这些诗人的时代文化背景。本文将晚唐整个划分为前后两期,提出"唐末"这个概念,即以晚唐后期——从咸通朝开始到唐亡为"唐末"[1],这是因为:第一,从咸通朝开始,动乱加剧,续以大规模农民暴动,对于士人心态影响有别于文武宣期间相对稳定的时期;第二,从唐末开始,诗歌格卑思浅的现象更加显著,传奇志怪的创作也进入衰退时期,小品文得以盛行,骈文也有复归现象,同时,词、话本等新兴文体也进一步地发展,整个文坛呈现出有别于前期的特征,所以统称之为唐末。本文又将唐末划分为两个阶段。这是因为:第一,从权力结构的角度来看,黄巢起义的爆发才最终打破了各种地方势力之间的相互制衡关系,进入了严酷的武力争夺时代,故而有必要将之划分为两个阶段,以便更加具体地来考察每个阶段的特征。第二,尽管唐末的文学有它的连续性,但是仔细分析起来,两个阶段的文学还是有着不同的特征的,尤其是唐亡前后,文人首先面临的就是去取出处的问题,但本文在阐述的时候,将之合在一起论述,这是为了突出其连续性和一贯性。

1. 前期:从文宗朝到宣宗朝

从总体上看,晚唐前期的政治文化是"兼济"与"独善"的观念互相交织,如前所述,元和末长庆初是元和年间儒家济世观念反拨的肇始,"独善"的意识开始加强了,甘露之变发生后,大批的士人开始有意识地避祸全身、明哲保身,然其长期熏陶的儒家经世观念还是使他们保持着参政的热情,会昌之政也有中兴之气象,以李德

---

[1] 这个观点也不是笔者首创,已有一些博士论文专以唐末诗歌为研究对象,请参陶庆梅:《新时期晚唐诗歌研究述评》,《南京师大学报(社会科学版)》1999 年第 4 期。

裕为首的实权派人物则高举加强中央集权的大旗,经世热情高涨,故士人们并非全然持禄苟安、消极从政。但是到了大中朝,"独善"的观念全面地压倒"兼济"的观念,遂完成了晚唐政治文化自前期向后期的嬗变。

这一阶段的国家政局相对来说还是稳定的,朝廷内部尽管有各种的斗争,民生问题越来越严重,但是君主和他的臣僚还是多多少少地有一些措施和努力,来维护政治合法性。如文宗朝的除宦行动、武宗朝的平泽潞、宣宗朝的收复河湟和注重州县治理等。甘露之变虽然促使多数文人以避祸全身为务,但也出现了"小李杜"这样杰出的诗人,他们的诗歌与这个时代的命脉还是息息相关的,并以独特的诗歌风貌奠定了在中国文学史上的重要地位。

值得一提的是甘露之变在中晚唐诗歌界限划分上的意义。鄙意以为,中晚唐诗歌的时间界限划分应该充分注意大和九年的甘露之变事件,这是重要界标之一。原因是:

其一,重大的政治事件在某种程度上可以作为一种划分的界标。

其二,甘露之变是一次因朝廷除宦未成而由宦官制造的大规模恐怖流血事件,造成了自中唐以来以"兼济"为主导倾向的政治文化向晚唐以"独善"为主导倾向的政治文化的急剧变化,对当时士人的处世观和心态均造成了很大的影响,从而影响到他们的诗歌创作和文学风貌。

其三,中唐以前"唐人首先看重的是继承风雅传统,发扬汉魏风骨,要求艺术形式、诗歌体裁为表现内容服务,甚至要求为现实政治服务",而在晚唐,却形成了转向个人情感和内心生活的文学观念和创作风习,无疑,像甘露之变这种恐怖性的政治事件是促进这种转变的重要原因。

第四,作家队伍的年龄构成也是诗歌分期的一个重要考虑因素。大和九年,杜牧三十三岁,李商隐二十四岁,许浑四十一岁,皆正当青壮年,处在诗歌创作旺季,成为诗坛主将,而其独特的晚唐诗歌风格也已经形成。然如白居易等皆已垂垂老矣,其最有特色的创作是在中唐时期完成的,他们更多的是中唐的遗响。

2.后期第一阶段:从懿宗朝到僖宗朝

这一阶段的政治局势是大动乱的酝酿直至全面爆发。君主的荒嬉,权力斗争的加剧,宦官对君主的操纵,使得朝政日非。全国各地日益加剧的民众起义和兵乱,使国家处在风雨飘摇之中,像庞勋之乱对当时很多文士的命运都有直接的影响。但是直到黄巢起义之前,全国大部分地区至少在名义上还是属于唐帝国的,多数的文人还在忙于觅举投谒或从幕谋禄,皮、陆的酬唱,咸通十哲的应举活动,赵光逢、孙启等进士的狎妓活动,长安城里的奢侈性消费时尚,都是在这个崩溃的帝国的前夜做其最后的表演。

唐末官僚阶层的腐败和政治录用的不公正,加重了政治合法性危机,并严重地损伤了士人之心,从而在政治文化中增强了"怨恨""对抗"的因素。一方面是诗歌中的怨尤之气随处可见,另一方面则是那些散发着淫靡气息的艳情诗("今体才调歌诗")和向往隐逸的诗歌大行其道。

到了黄巢起义爆发,占据长安,帝室播迁西蜀,打破了各种地方势力之间的权力制衡关系,进入了各种地方势力相互争逐、以武力一决胜负的阶段。

3.后期第二阶段:从昭宗朝到五代

显然,这时唐帝国已经名存实亡了,但是帝制传统和军阀相互禁忌的缘故,使它还存了一段时间,直至朱温篡唐。到了昭宗朝,每一个士人都面临着去取出处的选择,他们比此前更加尖锐地面对各种人生矛盾,处在人生抉择的两难境遇之中,是成为孤臣遗民呢,还是成为新朝的臣僚,还是投奔某个地方性政权?而政治文化也在新形势下出现了分化现象。唐末文士依其人格嬗变、道德自我抉择的情况,大致可分为三种类型:其一,是具有节义忠心的文士。改朝换代没有改变他们对唐室的忠诚,如韩偓、司空图、郑谷等。其二,是虽改仕新朝但仍保持着对唐室忠诚的士人。他们由于政治遭遇,不得已进入地方政权,改仕新主,但对唐室依旧保持着忠诚——尽管如此,但是在政治生活形态上,已经成为新朝之人了,如韦庄、罗隐等。其三,人格蜕变的士人。他们往往人格比较明显地蜕变,积极从仕新朝,并且有可能采取危害唐室的政治活动,与传统儒家士人形象有着很大的区别,如柳璨、李巨川、杜荀鹤等。

唐末白马之祸就是标志着政治文化蜕变的重大政治事件。主谋这次行动的是投靠朱全忠的士族阶级之沦替者,如李振、柳璨。李振科举不第,对唐室心怀怨恨,柳璨因不恪守礼法门风,为中朝"清流"所不齿,他们借白马事件报复"清流"者,也算是给自己的身份和地位之确定举行一种仪式。白马之祸,代表着朱全忠地方势力完成了对唐室的侵凌和对朝士的人身控制,也标志着部分士人人格嬗变、政治文化蜕变的完成。这一事件也标志着日益衰败的唐代士族最终退出历史舞台。

## 二、牛李党争参与塑造了晚唐政治文化从而参与塑造了晚唐诗风

中晚唐政治文化嬗变的总体轨迹是从以济世为主导精神转向以独善为主导精神。牛李党争自是参与塑造了这种政治文化。牛李两党对峙的政治格局成为一大精神熔炉,使各种不同类型的士人在其中逐渐趋向于共同化,即明显地具有一种避祸全身、明哲保身的意识,没有谁不在这个巨大的精神熔炉里尝到党争带来的或直接或间接、或大或小的精神冲击,在仕途上更是受到影响。一方面,牛李党争本身的发展历程跟晚唐前期诗歌的发展相始终,所以,在论述晚唐前期诗歌时,是不能离开牛李党争这个政治背景的。首先,牛李党争是与晚唐政治文化、士风以及诗风转向相始终的,在论述中晚唐士风和诗风转向问题上,是不能忽视牛李党争所起的作用的。其次,大中朝是晚唐政治文化转变的重要时期,也是晚唐前后期诗风演变的重要转折时期。求其所以如此,跟宣宗朝务反会昌之政,且从政风格一变为相权为轻、君臣离心有着莫大的关系。另一方面,很多文士本身就卷入了党争,有的处在权力中心,身兼政治家和文士的两大身份,如李德裕、牛僧孺、令狐楚等,有的处在权力边缘,但是也受到了党争的波及,党争在其一生中打下了烙印,如李商隐、杜牧等。

我们要考察晚唐诗人跟牛李党争的关系,直接相关的材料是不多的,即像杜牧、李商隐那样一度处在牛李党争旋涡之中的,是不多的。那么,是不是这些跟党争没有发生直接关系的诗人就跟党争脱离关系了呢?并不是这样的。处在那个时代的人谁能免得了党争的辐射?那么,他们又是怎样跟党争发生某种关系的呢?那就是通过一个中介,即由党争所共同参与形成的政治文化,它直接影响到大多数文士的心态,从而影响了他们的诗风。

如果具备这样的考察思路,那么,在梳理清楚牛李党争参与形成晚唐政治文化的基础上,我们就可以进一步考察晚唐诗人和晚唐诗风。

从初盛唐诗风向中晚唐诗风演变的总体趋势就是从主"气"向主"意"的转变。"唐诗由初盛而中晚并非仅是有唐一代诗风之变,实乃整个中国诗史之一大转捩点,而诗史这一大转变又映照着中华民族生存史一重大而显著之历史性走向……""而由初盛之主'气'而中晚之主'意'之所以是整个中国诗史的一大转捩点,又正因为此变不仅是艺术风格之大变,内在地更是艺术价值观、艺术作为人的生命创造力发挥方式之重大转变,由此我们可以烛照到中华民族生存状态、文化性格由外向而

内向之历史转折。"[1]

在这个诗风演变的过程中,牛李党争也扮演了一个重要的角色,即以政治文化为中介促进和加强这种变化。党争使独善为导向的政治文化愈加沉淀而加深,士人的风气也从激昂奋发转向消沉内敛,从而促进和加强诗风从主"气"向主"意"的转变。

当时主要有三种诗歌派别,即温李的朦胧绮密诗风、杜牧的爽健朗丽诗风、许浑的律切精工诗风。[2] 这三大诗风的代表人物都或多或少地跟牛李党争发生过关系。他们的部分诗作,甚至与牛李党争有着直接的关系,比如李商隐的以令狐绹为倾诉对象的诗作,杜牧会昌朝的部分怨愤不平的诗作,所以,党争在他们的诗作中打下了鲜明的烙印。那些与党争并没有直接关系的诗作,由于出自同一个深受党争影响的作者,所以也间接受到了党争的影响。在普泛的意义上,牛李党争与其他各项因素共同塑造了他们诗歌的主题取向和风格特征。对于那些未曾受到党争直接影响的诗人,我们则可以牛李党争所共同参与形成的中晚唐政治文化为中介,来探析他们诗歌的主题取向和风格特征的形成。

如果说,由牛李党争共同参与形成的政治文化对士风和诗风形成一种广泛意义上的影响,从而使当时一切诗歌都体现出时代的共同特征,即"意卑格浅"的晚唐风范,那么,具体到不同的诗派,不同的诗人,则由于人生遭际、创作个性、语言风格的不同,从而体现出各自不同的风貌。"杜牧之之豪纵,温飞卿之绮靡,李义山之隐僻,许用晦之偶对。"(高棅《唐诗品汇总序》)"俊爽若牧之,藻绮若庭筠,精深若义山,整密若丁卯,皆晚唐铮铮者。"(胡应麟《诗薮·外编》卷4)三大诗歌派别既具有时代的共通性,又具有各自的独特性,是共性和个性、普遍性和特殊性的结合。

牛李党争对中晚唐诗歌的显性层面的影响是:部分诗歌是随着党争的发展、政治形势的变化而直接产生的。这种诗歌一般因诗人与党人的某种关系而产生,或者仅仅是一种应酬,或者在诗歌中寄寓着自己对政治、社会问题或者党人的看法。李商隐、温庭筠、杜牧、许浑等人均有这样的作品。当我们看到这样的作品的时候,我们觉得这些诗人跟党争的距离确实很近,党争给予他们的影响确实是深刻的。

李商隐　李商隐跟牛李党人的特殊的关系,使他卷入了党争旋涡,成为党争夹缝中的一位牺牲者。根据我前面的研究,如果说大中朝之前,李商隐与令狐绹之间

---

〔1〕　参见孙映逵等:《唐诗流派品汇导论》,《徐州师范大学学报(哲学社会科学版)》1997年第2期。
〔2〕　三大诗派的分类取法自孙映逵主编:《全唐诗流派品汇》,北岳文艺出版社1998年版。

还是维持着相当的交情的话，到了大中朝，随着李党的彻底失势，令狐绹的入主枢衡、位至宰相，李商隐与令狐绹之间的矛盾开始升级，而李商隐卒为之弃置、郁郁以终。开成会昌年间，李商隐与令狐绹在性格、政治价值观念、对待泽潞叛镇的不同态度，导致了双方的必然性的生疏，但是双方还是保持着表面上的交情，故李商隐在会昌五年（845年）秋永乐闲居的时候，尚能作赌气语曰："休问梁园旧宾客，茂陵风雨病相如。"（《寄令狐郎中》）到了大中朝，李商隐所从府主或为李党，或为受李德裕器重者，在当时的党争格局和政治形势之下，与党人意气相当严重的令狐绹的矛盾也就积重难返了。李商隐怀着孤危的意识和无限的伤感，度过了他的后半生。

　　大中朝李商隐所作的与党争直接有关的作品主要包括三种：其一，向令狐绹祈请告哀或者抒发被遗弃的郁愤。有《酬令狐郎中见寄》《梦令狐学士》《钧天》《读任彦升碑》《九日》《令狐舍人说昨夜西掖玩月因戏赠》《寄令狐学士》等。其二，对李德裕的失势被贬斥崖州充满同情。有《旧将军》《李卫公》《漫成五章》等。其三，与其他党人的交往。感恩郑亚之知遇，有《自桂林奉使江陵途中感怀寄献尚书》；谀美杜惊，有《五言述德抒情诗一首四十韵献上杜七兄仆射相公》；等等。

　　身处党争夹缝中的李商隐，一方面，其原有的政治价值观念，使他在政治形势翻覆变化之际，基本上保持了其本真的立场。会昌朝，李商隐支持平泽潞，跟牛党就站在对立面，大中朝李德裕被贬，李商隐在《会昌一品集序》中赞誉之，后又作诗伤之，皆可见此君独立不倚、见识卓越。然李商隐同时也具有传统社会士人的软弱性、依赖性，故大中朝屡次祈哀陈请于令狐绹。党争格局使李商隐一生不偶，憔悴零落，郁郁以终，从而几乎所有的诗作都浸透了他刻骨的伤感。

　　**杜牧**　杜牧的诗作与党争的联系相对来说要弱一些。会昌朝，杜牧积极上书条陈政治军事策略，然而，李德裕虽然"素重其才"，也颇采纳他的意见，但是却没有奖掖、升调杜牧之举。杜牧长期在外任，自我期待甚高，而不得一入朝廷一展才略，故杜牧会昌朝的心态是抑郁不平、怅恨不已——"愤悱欲谁语，忧悒不能持"（《雪中书怀》），这在他的诗作中有充分的表现，其《雪中书怀》《自遣》《雨中作》《齐安郡中偶题二首》《齐安郡后绝句》等都反映了当时的心态，即夹杂着伤感、落拓、倨傲、惆怅的复杂心态。党争给他的仕途造成了直接的影响，处在当时的党争格局中，虽有满腹才华，亦难以效用于国家，心中的失落可想而知了，从而这些诗作也投下了党争的阴影。即使在大中朝，杜牧虽攻讦、诋毁李德裕不已，却没有因此而受到牛党的重用，而是受到了牛党的冷落，心情也是压抑的，故其诗云："清时有味是无能，闲爱孤云静爱僧,欲把一麾江海去,乐游原上望昭陵。"(《将赴吴兴登乐游原一绝》)从杜牧这些诗歌,我们可以看到一条相对明显的、受到党争格局影响的轨迹。

温庭筠　温庭筠诗集中有两篇有关李德裕。[1]其《题李相公敕赐屏风》云:"丰沛曾为社稷臣,赐书名画墨犹新。几人同保山河誓,独自栖栖九陌尘。"其《赠郑征君家匡山首春与丞相赞皇公游止》云:"一抛兰棹逐燕鸿,曾向江湖识谢公。每到朱门还怅望,故山多在画屏中。"从这些诗歌来看,温庭筠与李德裕的交谊是很深的,对李德裕是推重的。

尽管如此,笔者认为,温庭筠的一生基本上处在党争的边缘层,令其沦落不偶的,更多是其狷直的性格对令狐绹尊严的冒犯,这跟李商隐有所不同。李商隐在大中年间明显地表现出身处党争夹缝中的特征,即由于他既与令狐氏有深厚的交情,又跟李党要人有所交往,对李德裕倾服备至,依违于两党之间,导致了令狐绹的排挤和冷落。对温庭筠来说,会昌大中之际剧烈的党争和政治形势的变化,并没有直接作用到他身上来,整个党争形势的变化对他造成的影响是不大的。直到大中初,温庭筠与令狐氏交情还是不错的,《旧唐书》卷190本传载:"温庭筠者,太原人⋯⋯大中初,应进士。苦心砚席,尤长于诗赋。初至京师,人士翕然推重,然士行尘杂,不修边幅,能逐弦吹之音,为侧艳之词,公卿家无赖子弟裴诚、令狐缟之徒,相与蒲饮,醉醉终日,由是累年不第。"可见,此时温庭筠与令狐绹儿子令狐滈打得火热。且令狐绹一度倚重之,曾假手温庭筠撰《菩萨蛮》进献宣宗,并曾向温庭筠访求事典而为他所讥,还曾求温作诗对(均见《唐诗纪事》卷54)。如果温庭筠善于溜须拍马、趋炎附势,谅来未必不会受到令狐绹的眷顾、提携。但是温庭筠最后却受到了牛党权相令狐绹的排挤,终其一生未遇。之所以如此,我个人认为,乃他自身的个性所致。他恃才傲物,生活放荡不羁,好讥刺权贵,尤其是得罪了令狐绹[2],这是温庭筠累举不第的主要原因。从过去留下的史料和笔记来看,也没有材料认为温庭筠像李商隐一样依违于两党之间,以致其终身沦落,不过我们还是要注意到温庭筠与李德裕的交情以及对李德裕的推重之情,这在当时势不两立的党争格局中,还是会影

---

〔1〕据陈尚君先生的考辨,《感旧陈情五十韵献淮南李仆射》一诗乃是呈给李绅的,而不是给李德裕的。又温飞卿外集中所录《题李卫公诗》二首根据曾益所辨,"定非飞卿所作"。参见《温庭筠早年事迹考辨》,载《唐代文学丛考》,中国社会科学出版社1997年版,第344—368页。

〔2〕参见孙光宪《北梦琐言》卷4载令狐绹以旧事访温庭筠为其所讥,"绹怒,奏庭筠有才无行,卒不登第"。钱易《南部新书》庚卷载温庭筠讥有姓胡冒姓令狐者曰:"自从元老登庸后,天下诸胡悉带令。"计有功《唐诗纪事》卷54载温庭筠讥令狐绹无学云:"中书堂内坐将军。"

响到令狐绹对他的看法的。[1] 因此,温庭筠的沦落不偶,还是可以看作是整个党争格局影响到广大士人遭际的一部分。

政治影响到诗人的遭际,从而影响到他的诗歌创作,有时是十分明显的。开成年间庄恪太子事件,是一起宦官集团的阴谋陷害事件。由于温庭筠曾从游于庄恪太子,这直接影响到他参与科第考试,其于开成四年(839 年)秋获京兆荐举,却于冬"等第罢举",放弃了参加省试中第的大好机会。[2] 同样,由于他狷直的性格冒犯了令狐绹的尊严,又与李德裕有通家之谊,交情不错,故为权相令狐绹所忌,导致其一生不偶。

牛李党争对中晚唐诗歌的隐性层面的影响是:由牛李党争所参与形成的晚唐政治文化直接影响着晚唐诗风,而牛李党争自身又是在当时的政治经济文化总体环境中产生的,所以,晚唐诗歌不妨看作整个社会生活的产物。从大多数诗歌的表面上来看,我们也许看不到牛李党争本身,但是牛李党争却参与形成当时的政治文化,从而影响到诗人的人生经历和生命体验,从而在诗歌的主题、风格、语言诸层面上表现出来,这种影响无疑是隐性层面上的。也就是说,晚唐诗歌是晚唐政治、经济、文化(牛李党争在其中扮演了重要角色)同谋的结果,也是一定的社会心理和审美情趣的产物。在这种政治、经济、文化环境中产生的诗歌,也就有了与这种政治、经济、文化、环境的微妙的对应性。这是符合全息文化定律的。晚唐诗歌其实也是一种表征,即是当时的政治经济环境以及意识形态、政治文化等因素(当然包括牛李党争)综合形成的"晚唐语境"的一种表征。当我们拿起"这样"的作品的时候,我们也就知道了这是"晚唐"的作品。当我们将牛李党争视为构成晚唐语境的重要组成部分的时候,我们就可以开始谈论牛李党争对晚唐诗歌隐性层面的影响了。下面所述侧重于晚唐前期诗歌,然亦延伸至唐末诗歌。

## (一)晚唐语境的表征之一是律绝的盛行

从形式层面来看,晚唐诗歌的一大特征就是律绝盛行,而古体衰微。施子愉先生就《全唐诗》中存诗 ·卷以上的诗人的作品加以统计,制成表 5-1[3]。

---

〔1〕　本处所述多参酌陈尚君先生《温庭筠早年事迹考辨》一文,又保留了个人的浅见。

〔2〕　参见陈尚君:《温庭筠早年事迹考辨》,载《唐代文学丛考》,中国社会科学出版社 1997 年版;牟怀川:《温庭筠从游庄恪太子考论》,载《唐代文学研究》第一辑,山西人民出版社 1988 年版。

〔3〕　施子愉:《唐代科举制度与五言诗的关系》,载《东方杂志》第 40 卷第 8 号,转引自沈祖棻:《唐人七绝诗浅释·序》,上海古籍出版社 1997 年版。

表 5-1  《全唐诗》中存诗一卷以上的诗人作品数量及占总量的百分比

| 体裁 | 总量/首 | 初唐 | 盛唐 | 中唐 | 晚唐 |
|---|---|---|---|---|---|
| 五言古诗 | 5466 | 663(12.13％) | 1795(32.84％) | 2447(44.77％) | 561(10.26％) |
| 七言古诗 | 1778 | 58(3.26％) | 521(29.30％) | 1006(56.58％) | 193(10.85％) |
| 五言律诗 | 9571 | 823(8.60％) | 1651(17.25％) | 3233(33.78％) | 3864(40.37％) |
| 七言律诗 | 5903 | 72(1.22％) | 300(5.08％) | 1848(31.31％) | 3683(62.40％) |
| 五言排律 | 1934 | 188(9.72％) | 329(17.01％) | 807(41.73％) | 610(31.54％) |
| 七言排律 | 70 | | 8(11.43％) | 36(51.43％) | 26(37.14％) |
| 五言绝句 | 2140 | 172(8.04％) | 279(13.04％) | 1015(47.43％) | 674(31.50％) |
| 七言绝句 | 7070 | 77(1.09％) | 472(6.68％) | 2930(41.44％) | 3591(50.79％) |

从表 5-1 可以看出,中唐时期,律绝体裁开始大量增加,而古体诗也保持不衰,这跟当时以韩愈和白居易为代表的士人发扬积极用世的精神是保持一致的。中唐时期律绝的增加更多是因律诗和绝句作为唐代新成熟的诗体,在中唐时期全面走向繁荣,而古体及乐府这种体现才气和精神高蹈的诗体,由韩愈和白居易等人大为发扬。元和时期可谓古体诗创作的高潮时期。元白二人、张籍、王建、李绅等创造了因事名篇、针砭时事的新乐府,欲"救济人病、裨补时阙"。韩愈、孟郊则以文入诗,诗风趋于奇崛险怪,所作多古体而少近体,开辟了唐诗新格局。李贺所作乐府歌行亦能鸣响于当时。柳宗元和刘禹锡在贬谪地皆多作古体诗以抒愤。

到了晚唐,则律绝盛行,而古体衰微,晚唐前期李商隐、杜牧、温庭筠、许浑等人的诗歌创作总体情况也是合乎这个中晚唐诗歌演变的大方向的。除了温李、皮陆、曹邺、聂夷中等部分文士曾从事于古体诗及乐府诗的创作,大多数文士所作多为律绝,且崇尚苦吟,形成浅切的诗风。这个蜕变的过程合乎中晚唐政治文化嬗变的过程,即从外倾的、济世的政治文化转向内倾的、自救的政治文化,即从元和中兴时代进入陈寅恪先生所谓的"老学社会"的演变过程。可见,某种文学体裁在社会上的流行,往往跟当时的社会环境有着微妙的对应性。

(二)晚唐语境的表征之二是苦吟的风尚和律切精严的诗风

律绝的盛行势必带来是苦吟的风尚,要写好律绝,必要千锤百炼,而崇尚苦吟的贾姚二人则成为晚唐诗人的楷模。晚唐诗人多在律绝内讨生活,诗歌写作和日常生活合为一体,诗歌写作日常生活化,日常生活诗意化。

与元和末长庆初政治文化的演变相适应的,是出现了白居易中隐诗风和贾姚诗风,诗歌创作由古体转为近体,由社会批判转为自我关注,由外倾转向内倾。这种诗风的出现标志着元和以来以济世为主导的政治文化开始逆转,由此奠定了晚唐诗歌的基本格调。

贾岛原先也曾从事于古体诗的创作,这是元和诗风影响的结果。但是在元和后期,却开始专攻五律,且崇尚苦吟,日以吟诗为课。贾岛,还有姚合,这两个诗风接近的诗人成为晚唐诗人纷纷效法的对象,闻一多称晚唐为贾岛时代[1]。

贾姚对晚唐诗歌的影响,其实也是一个复杂流变的过程。刘宁博士在《唐末五代诗歌研究》一文中矫正了闻一多先生"贾岛时代"说和宋元明清广泛流行的"晚唐两诗派"说的局限性,指出:其一,"贾岛注重苦吟的语言特色,比张籍不重苦吟、偏于自然的语言方式,在唐末五律中产生了更深的影响。闻一多先生突出贾岛的作用有一定道理"(第 44 页)。其二,"姚合以'求味'为特色的五律奠定了唐末五代五律的基本创作格局,而贾岛刻意求奇的表现方式则明显受到回避。具体来讲,唐末五代的五律在内容上侧重对普通人生的沉潜与体味,怨刺不平的情感内容受到排斥;语言表现也不求奇僻新异的效果,追求通过刻画锻炼传达含蓄的意趣。这些都体现出姚合的深刻影响"(第 49 页)。"唐末五律围绕姚合平淡有味的艺术旨趣,继承贾姚的苦吟态度,形成新的语言风格,体现出融合张、贾的趋势,'两派说'严格的流派区分,与当时的实际情况不无枘凿之处。"(第 51 页)其三,"姚合的影响在唐末五代仍然发生了相当明显的流变。由于精神世界的萎缩,唐末诗人逐渐丧失了姚合相对开阔的表现视角和较高的精神标格。生活内容的萎缩,情感的单薄,使唐末五律日益局促于字句之间雕琢用巧,形成了内容贫乏但雕琢细碎的浅切诗风"(第 51—52 页)。

受贾姚诗风的影响,唐末五代出现了普遍苦吟的风尚,他们用心于字句之间的推敲,像李洞、孙贾更将贾岛奉若神明,清吴乔《围炉诗话》指出:"晚唐多苦吟,其诗多是第三层心思所成。"晚唐诗人作诗不再是自然而兴、随手而成,缺少天籁之美,每每是巧思营构的结果。并且出现了一大批专门探讨诗歌技巧的专著,出现了很

---

[1]　闻一多:《贾岛》,载《神话与诗》,华东师范大学出版社 1997 年版。

多诗格、诗式,唐末的这些理论家们不厌其烦且极端烦琐地总结出一套又一套诗歌创作的程序,如王睿《炙毂子诗格》、李洪宣《缘情手鉴诗格》、齐己《风骚旨格》、虚中《流类手鉴》、徐衍《风骚要式》、徐寅《雅道机要》、王玄《诗中旨格》、王梦简《诗要格律》、桂林淳大师《诗评》、文彧《诗格》、保暹《处囊诀》以及题作魏文帝的《诗格》、题作贾岛的《二南密旨》、题作白居易的《金针诗格》《文苑诗格》以及题作梅尧臣的《续金针诗格》《梅氏诗评》等。[1] 这些专著当然不乏对诗歌艺术的真知灼见,但是多数注重探讨近体诗的语言及表现技巧,多有牵强附会处,分析流于琐碎。

晚唐苦吟诗人多如牛毛,苦吟的故事也很多,苦吟的风尚对于形成气体衰飒的晚唐诗风,有着直接的作用。下面略述一二,以见其余。

周朴(?—879) 周朴是唐末著名的苦吟诗人,"工为诗,抒思尤艰。每有所得,必极雕琢,时诗家称为月锻年炼"(《唐才子传》卷9)。他留下好几则有关苦吟的、有意思的故事。《唐诗纪事》卷71《周朴》载:"性喜吟诗,尤尚苦涩,每遇景物,搜奇抉思,日旰忘返,苟得一联一句,则忻然自快。尝野遇一负薪者,忽持之,且厉声曰:'我得之矣,我得之矣。'樵夫矍然惊骇,掣臂弃薪而走。遇游徼卒,疑樵者为偷儿,执而讯之,朴徐往告卒曰:'适见负薪,因得句耳。'卒乃释之。其句云:'子孙何处闲为客,松柏被人伐作薪。'彼有一士人,以朴僻于诗句,欲戏之。一日,跨驴于路,遇朴在傍。士人乃欹帽掩头吟朴诗云:'禹力不到处,河声流向东。'朴闻之忿,遽随其后。且行,士但促驴而去,略不回首。行数里,追及,朴告之曰:'仆诗"河声流向西"何得言"流向东"?'士人额之而已。闽中传以为笑。"

刘得仁(生卒年不详) 刘得仁作为唐室公主的儿子,却没有因此而贵,出入举场二十余年,未能得志。他的创作态度十分认真,曾自言云:"刻骨搜新句,无人悯白衣。"(《全唐诗》卷544《陈情上知己》)"永夜无他虑,长吟毕二更。"(同上卷544《秋夜寄友人二首》之一)"只应芸阁吏,知我僻兼愚。吟兴忘饥冻,生涯任有无。"(同上卷544《夜携酒访崔正字》)"到晓改诗句,四邻嫌苦吟。"(同上卷544《夏日即事》)"吟苦晓灯暗,露寒秋草疏。"(同上卷545《云门寺》)刘得仁卒后,很多诗人写诗悼之,以供奉僧栖白最为擅名,其诗云:"忍苦为诗身到此,冰魂雪魄已难招。直教桂子落坟上,生得一枝冤始销。"(《唐摭言》卷10)刘得仁身份特殊,而仍未能及第,苦吟一生,引起了唐末广大诗人的共鸣,故杜荀鹤、韦庄、贯休等皆有诗悼念之。

---

[1] 参见北宋蔡传编、南宋陈应行补编的《吟窗杂录》。今人张伯伟专辑有《全唐五代诗格汇考》,江苏古籍出版社2002年版。

**杜荀鹤**(846—904)　苦吟是杜荀鹤生活的重要内容。其《山中寄友人》云："不是营生拙,都缘觅句忙。"其《秋日寄吟友》云："闲坐细思量,唯吟不可忘。"其《湘中秋日呈所知》云："四海无寸土,一生惟苦吟。"其《泗上客思》云："此心闲未得,到处被诗磨。"其《秋夜苦吟》云："吟尽三更未着题,竹风松雨共凄凄。此时若有人来听,始觉巴猿不解啼。"其《苦吟》云："世间何事好,最好莫过诗。一句我自得,四方人已知。生应无辍日,死是不吟时。始拟归山去,林泉道在兹。"其《秋日闲居寄先达》云："乍可百年无称意,难教一日不吟诗。"即使是在动乱时代,想到的也是苦吟。其《酬张员外见寄》云："分应天与吟诗老,如此兵戈不废诗。"其《乱后再逢汪处士》云："笑我于身苦,吟髭白数茎。"对苦吟诗人刘得仁有深切的认同,其悼诗云："贾岛还如此,生前不见春。岂能诗苦者,便是命羁人。家事因吟失,时情碍国亲。多应衔恨骨,千古不为尘。"(《哭刘德仁》)

**曹松**(830？—902？)**和裴说**(生卒年不详)　曹松是唐昭宗朝天复元年著名的"五老榜"之一人,中第的时候已经七十岁了。因他平素最钦服贾岛诗歌,所以也是一生苦吟。其《言怀》云："冥心坐似痴,寝食亦如遗。为觅出人句,只求当路知。岂能穷到老,未信达无时。此道须天付,三光幸不私。"其《林下书怀寄建州李频员外》云："一从诸事懒,海上迹宜沉。吾道不当路,鄙人甘入林。云垂方觅鹤,月湿始收琴。水石南州好,谁陪刻骨吟。"裴说对曹松的苦吟有深切的体会,故其《寄曹松(一作洛中作)》云："莫怪苦吟迟,诗成鬓亦丝。鬓丝犹可染,诗病却难医。山暝云横处,星沉月侧时。冥搜不可得,一句至公知。"裴说是桂州人,屡行旧卷而不第,直至天祐三年(906 年)方才状元及第。他的诗风近贾岛、李洞,辛长房谓其"为诗足奇思,非意表琢炼不举笔。"(《唐才子传》卷 10)可见其意趣。他遗留下来的断句亦多自道其苦吟生涯者:"读书贫里乐,搜句静中忙。"(《苕溪渔隐》)"苦吟僧入定,得句将成功。"(以下《诗话》)"是事精皆易,唯诗会却难。"(《赠贯休》)"因携一家住,赢得半年吟。"(《石首县》)"吟余潮入浦,坐久烧移山。"(《湘江》)(见《全唐诗》卷 720)裴说的行卷即是其苦吟的结晶,《南部新书》庚卷载:"裴说应举,只行五言诗一卷。至来年秋复行旧卷,人有讥者。裴曰:'只此十九首苦吟,尚未有人见知,何暇别行卷哉？'咸谓知言。"由此例可见其苦吟程度之深,诗作产量之少。

**卢延让**(生卒年不详)　以苦吟著名,多以浅近俗语入诗,时人目之为"容易体"。其《苦吟》云："莫话诗中事,诗中难更无。吟安一个字,捻断数茎须。险觅天应闷,狂搜海亦枯。不同文赋易,为著者之乎。"按:值得注意的是卢延让虽然刻意苦吟,但是并不能改变其诗风的浅俗化。这是因为在唐末浅俗、通俗化诗风已经侵染到诗歌的每一个角落。为了投合当时的武人政权——"为觅出人句,只求当路知"(曹松《言怀》),以及投合大众的口味,很多诗人的苦吟往往是出于某种功利的考虑,比如卢延让久不第,最后就是凭借着他的那些"容易体"诗歌获得公卿的荐举,方才中第的。《北梦琐言》卷7《卢诗三遇》云:"唐卢延让业诗,二十五举,方登一第。卷中有句云:'狐冲官道过,狗触店门开。'租庸张濬亲见此事,每称赏之。又有'饿猫临鼠穴,馋犬舐鱼砧'之句,为成中令汭见赏。又有'栗爆烧毡破,猫跳触鼎翻'句,为王先主建所赏。尝谓人曰:'平生投谒公卿,不意得力于猫儿狗子也。'人闻而笑之。"再如杜荀鹤作《时世行》十首以劝谕朱全忠,而"不洽上意",乃作《颂德诗》三十章以悦之(五代后蜀何光远《鉴诫录》卷9《削古风》载);又赋《无云雨诗》以谄媚朱全忠,方才获得朱全忠的推荐,终于中第[1],此更关系唐末文士人格嬗变的问题,非仅诗风嬗变也。故杜荀鹤虽为苦吟之士,诗风却甚为浅切,此皆透露唐末社会文化、政治风气转变之消息也。

苦吟表明了诗人对诗歌创作的态度以及对生活的一种态度,如果从文本角度来考察的话,我们还可以看到晚唐诗人对格律的注重,对句法和对偶的讲究。在晚唐前期即出现了以许浑、赵嘏为代表的律切精严、工整精切的诗风。这种诗风和苦吟的风尚是并行不悖的,也是暗通消息的。为求律切精严必然形成崇尚苦吟的风气,而苦吟之目的自是创作律切精严的诗歌作品。晚唐政治文化从外倾的、济世的政治文化转向内倾的、独善的政治文化,诗歌中也出现了以许浑、赵嘏为代表的路数,出现了工整精切的诗风,那种修整有序的律诗或绝句,工整而略显板滞的句法和对偶,很显然是诗人自我心理调适的结果。

许浑  字用晦,润州丹阳(今江苏丹阳)人。唐文宗大和六年(832年)进士。历当涂、太平县令,监察御史,睦、郢二州刺史等官。

许浑处在当时剧烈党争的格局中,却基本上处在边缘层或者外围层,属于当时的中立阶层。他虽然跟牛党要人杨嗣复、李珏等来往,但并没有介入党争。大中初李德裕被贬斥后为作《出永通门经李氏庄》一诗云:"中散狱成琴自怨,步兵厨废酒

---

〔1〕《洞微志》云:"杜荀鹤谒梁高祖,与之坐,忽无云而雨。祖曰:'无云而雨,谓之天泣,不知何祥?请作诗。'荀鹤曰:'同是乾坤事不同,雨丝飞洒日轮中。若教阴显都相似,争表梁王造化工。'高祖喜之。"宋阮阅《诗话总龟》卷3《志气门》引,又宋张齐贤《洛阳搢绅旧闻记》卷1"梁太祖优待文士"条记载此事更为详尽。

犹香。……力保山河家又庆，只应中令敌汾阳。"明显地同情李德裕在大中初受白敏中之党诬构被贬的遭际，且以郭汾阳比之，肯定其会昌勋绩。由此可见，许浑并没有自觉地认同于某党，基本上保持了中间立场。

与晚唐前期政治文化的嬗变轨迹相始终的是，许浑的身上也体现出"兼济"和"独善"的矛盾性，而独善的一面总归占了上风。

尽管晚唐已经是大不可为的时代，但是许浑还是像一般的士人一样怀着他的济世之愿，这在他的作品里时有流露。《早发寿安次永济渡》中云："会待功名就，扁舟寄此身。"在《寄契盈上人》中云："婚嫁乖前志，功名异夙心。"这些句子至少说明他曾是怀着强烈的功名之念的。所以他执着地为求一第而奔波近二十年。许浑诗歌粗粗读之，容易给人以"不干教化"（宋蔡居厚《诗史》）的印象，但是，如果我们注意到他的时事之作，就可以体会到他的赤忱的、火热的用世情怀。其集中如《懿安皇太后挽歌词》《闻两河用兵因贻友人》《太和初靖恭里感事》《出永通门经李氏庄》《汉水伤稼》《破北虏太和公主归宫阙》《闻边将刘皋无辜受戮》《甘露寺感事贻同志》《闻开江宋相公申锡下世二首》等作品皆非泛泛之作。宋申锡之冤枉，乃有"乾坤三事贵，华夏一夫冤"（《全唐诗》卷531《太和初靖恭里感事》）、"位极乾坤三事贵，谤兴华夏一夫冤"（同上卷526《闻开江宋相公申锡下世二首》）之言；甘露之变之惨烈，乃有"雪愤有期心自壮，报恩无处发先华"（《全唐诗》卷536《甘露寺感事贻同志》）之言；盐州刺史刘皋被宦官杨玄价诬杀，乃有"外监多假帝王尊，威胁偏裨势不存"（同上卷536《闻边将刘皋无辜受戮》）之言。其皆矛头直斥宦官，心伤国事，激愤难平。此与许浑会昌朝任监察御史，身居察院，刚方苛严，婴鳞人主，忤逆权臣，皆出自同一心地。

然而，身逢政治腐败、每况愈下的晚唐时代，许浑又能奈何，故仕与隐的矛盾贯穿了许浑的一生，在他的心里引起不小的波动，其《早秋二首》云"蹉跎青汉望，迢递白云期"，可见其仕隐两难的心态。而隐逸之念终于占据上风，这与晚唐政治文化的总体嬗变趋势是合拍的。就主体而言，许浑生性恬淡，心乐渔樵，每生林泉之思。就社会环境而言，其又深受当时风靡晚唐的佛道两教隐逸观念的影响，故消极避世，可谓势所不得不然也。许浑的一生，长期在江湖和魏阙之间痛苦地徘徊着。"在晚唐诗人中，似乎没有谁像许浑那样频繁地西上干禄，东归暂隐，屡进屡退。""赋闲时他期待着河桥题志，驷马驾回，赴阙时又'帝乡明日到，犹自梦渔樵'（《秋日赴阙题潼关驿楼》)。"〔1〕像《不寝》这类作品正好反映出许浑那种仕途奔波中厌倦的心态:"到晓不成梦,思量堪白头。多无百年命,长有万般愁。世事应难尽,营生卒未休。莫言名与利,名利是身仇。"而浪迹天涯、终得归家的愉悦(《夜归丁卯桥村舍》),对江南景物不绝如缕的思念(《忆长洲》),以及对隐逸生活的描绘和赞美〔2〕,均反映了许浑身心倦怠、向往隐逸的心态。

从许浑遗留的作品来看,跟僧、道和处士、隐士的交往成了他生活的重要内容。禅宗勃兴于中晚唐,道教亦受到唐王朝的扶植,故很多士人都跟僧道交往、酬唱,而僧道自身亦习尚诗艺,许浑的很多作品就是受到此等风气习染的结果。在这些作品中,僧道世界成为清凉、清静的象征,虚悬在许浑心灵的天空,他常常仰望之,且发出祈求——"上象壶中阔,平生梦里忙。幸承仙籍后,乞取大还方。"(《茅山赠梁尊师》)表达其向往之情——"春寻采药翁,归路宿禅宫。云起客眠处,月残僧定中。藤花深洞水,槲叶满山风。清境不能住,朝朝惭远公。"(《将归涂口,宿郁林寺道玄上人院二首》之二)当告别这些世外高人,离开清静的庙宇的时候,他会感到十分惆怅——"吴僧诵经罢,败衲倚蒲团。钟韵花犹敛,楼阴月向残。晴山开殿响,秋水卷帘寒。独恨孤舟去,千滩复万滩。"(《晨别翛然上人》)"楼台横复重,犹有半岩空。萝洞浅深水,竹廊高下风。晴山疏雨后,秋树断云中。未尽平生意,孤帆又向东。"(《恩德寺》)

同时,很多士人因为求仕无路,不得不优游林泉,于是隐逸之风大盛,许浑未仕前也有很长时间近乎处士的生活,入仕后又多次东归暂隐,故结交了很多同道者,如宣州元处士、倪处士、高处士、终南山隐者、王处士、杨攀处士、灞西骆隐居、李隐君、王山人、郑处士、崔处士、何处士等。处士们生活的环境总是这样的优美,而情趣又是这样的高雅。于是当许浑在仕途中奔波的时候,就分外感到失落。其《贻终南山隐者》云:"中岩多少隐,提榼抱琴游。潭冷薜萝晚,山香松桂秋。瓢闲高树挂,杯急曲池流。独有迷津客,东西南北愁。"有时又生发出一种强烈的对自由的向往:"道傍年少莫矜夸,心在重霄鬓未华。杨子可曾过北里,鲁人何必敬东家。寒云晓散千峰雪,暖雨晴开一径花。且卖湖田酿春酒,与君书剑是生涯。"(《赠郑处士》)

---

〔1〕 罗时进:《许浑诗在晚唐的典型意义》,载《唐诗演进论》,江苏古籍出版社 2001 年版,第 141—142页。

〔2〕 《秋日》:"闲眠得真性,惆怅旧时心。"《严陵钓台贻行侣》:"更待新安月,凭君暂驻舟。"《春日题韦曲野老村舍二首》描写了乡村优美的景色,抒发自己"自怜非楚客,春望亦心伤"的情怀。

　　但是透过那些充满矫饰的话语——"寄世何殊客,修身未到僧"(《盈上人》),"怜师不得随师去,已戴儒冠事素王"(《和浙西从事刘三复送僧南归》),还是可以看出许浑其实有着真切的人间关怀和功名之念,这在对比他的下第诗的时候,尤为明显。下第使他伤心——"年来不自得,一望几伤心"(《下第送宋秀才游岐下、杨秀才还江东》),连回家也是充满了苦涩——"失意归三径,伤春别九门。薄烟杨柳路,微雨杏花村。牧竖还呼犊,邻翁亦抱孙。不知余正苦,迎马问寒温。"(《下第归蒲城墅居》)及至及第,又是这样的得意——"世间得意是春风,散诞经过触处通。"(《及第后春情》)对一第的执着,使许浑无论写怎样的隐逸冲淡之作,均无从掩饰他的功名之望和内心的骚动。

　　由于仕途不如意,许浑几乎将他的全部精力投入诗歌创作,发展出一种清丽工细、属对律切、圆稳工整的诗体,特别注重声律和句法。晚唐近体诗勃兴,诗人们多追求形式的精切和律对的工整,许浑就是这样一种诗风流向的重要代表。这种诗体显然有助于调适其仕隐两难的心态。

　　后代很多论者都指出许浑声律诗法方面的成就:"声律之熟,无如浑者"(田雯《古欢堂集·杂著》卷3),"七言律诗极不易,唐人以诗名家者,集中十仅一二,且未见其可传。盖语长气短者易流于卑,而事实意虚者又几乎塞。用物而不为物所赘,写情而不为情所牵,李杜之后,当学者许浑而已"(范晞文《对床夜语》卷2)。罗时进在《许浑诗在晚唐的典型意义》一文中从两个方面分析了许浑诗的诗格和声律。其一,词面排偶。"晚唐诗人普遍重视诗歌形式,而许浑在创作中则更为专注地推研词面,当骈俪处几乎无不偶对工整,其中不少都堪称精致工丽,情辞俱佳。""在内容表达上,或各种意象相互补充,扩大表现范围,增加感情容量;或形成对比,使浅近的描述成为突出的刻画,加强表现的力度。"其二,声调平仄。罗时进肯定了许浑拗体的成就。"许浑诗更谙丁韵律,粘对得法,平仄合辙,并时作拗体,以击撞波折克服用韵过于圆熟顺滑的弊病,形成别具一格的'丁卯句法'。"许浑的拗体比之杜甫,进一步向规则化、通俗化方向发展,"除少数变易二、四、六字外,一般拗于三、五字上,且出句拗第几字,对句亦以第几字救,不使落调"。[1] 李重华在《贞一斋诗论》里指出了许浑诗歌"每首有一定章法,每句有一定字法,乃拗体中另自成律,不许凌乱下笔"[2]。尽管许浑的律诗对杜甫有所继承和发展,但是大量诗作难免有圆熟顺

---

〔1〕　以上参见《唐诗演进论》,第142—146页。
〔2〕　王夫之等撰,丁福保辑:《清诗话》,上海古籍出版社2015年版,第963页。

滑、失之于板滞之弊端,且立意平庸,容易令人厌倦,纪昀评云:"用晦五律胜七律,然终是意境浅狭,如老于世故人,言动衣冠毫无圭角,而有一种说不出可厌处……用晦之病在格意凡近,不尽在句法也。"〔1〕律诗创作的格式化和程序化,表明许浑在当时的整个社会政治经济环境之下,在政治文化由兼济向独善演变的过程中,选择合乎其个体创作心理的体裁,即律诗,并形成具有个性化的诗体和"丁卯句法"。

　　并不仅仅是许浑,还有很多其他的诗人,也喜欢写工整精切的诗歌。许浑、杜牧、赵嘏、张祜、邢群等人在当时交往密切,互相推许,形成了一个创作群体,诗风也互相影响。比如杜牧,作为许浑的好友,其审美情趣和创作风格也互相影响。杜牧的部分诗歌也追求偶对之精切,如"朱绂久惭官借与,白头还叹老将来"(《书怀寄中朝往还》)、"孤高堪弄桓伊笛,缥缈宜闻子晋笙"(《寄题甘露寺北轩》);部分作品还直接模仿许浑诗,如《寄远》("前山极远碧云合,清夜一声《白雪》微。欲寄相思千里月,溪边残照雨霏霏。")一诗即脱胎自许浑名句"碧云千里暮愁合,白雪一声春思长"。由于两者诗风有相近的地方,所以诗作混淆,难以辨别,《全唐诗·杜牧集》中有53首与许浑诗重出互见。〔2〕

　　又如赵嘏,他的诗歌"五字即窘,而七字能拓"(明胡震亨《唐音癸签》卷8),也是以七律见长,清圆熟练,多有警句,其对偶精切、格律严整之句,如"杨柳风多潮未落,蒹葭霜冷雁初飞"(《长安月夜与友人话故山》)、"江连故国无穷恨,日带残云一片秋"(《自遣》),与许浑可谓同一机杼。而"残星几点雁横塞,长笛一声人倚楼"(《长安秋望》)之句,则以其清雅之致而博得了杜牧的赞赏,杜牧目之为"赵倚楼"。与许浑一样,赵嘏也是多次未第,直至会昌四年(844年)才登进士第,仕终渭南尉。其《十无诗寄桂府杨中丞》以哀婉动人的语调表达了其内心的焦虑和恐慌。仕途不顺,而又颇有"烟霞性",《唐诗归折衷》云:"嘏虽举进士,尉渭南,而烟霞性成,故其诗曰:'早晚粗酬身世了,水边归去一闲人。'"〔3〕同样,赵嘏也是多与僧道交往,且多次抒发其"到头生长烟霞者,须向烟霞老始休"(《自遣》)的情致,宜乎专心于七律、七绝以自持,然其诗虽"清丽挺拔"〔4〕,却不能掩其衰飒之情调。

---

〔1〕　《瀛奎律髓汇评》,转引自陈伯海编:《唐诗汇评》下册,第2382—2383页。

〔2〕　参见《丁卯与樊川诗风异同》,载《唐诗演进论》,第157—172页。

〔3〕　转引自陈伯海编:《唐诗汇评》下册,第2517页。

〔4〕　《唐贤小三昧集续集》,转引自陈伯海编:《唐诗汇评》下册,第2517页。

### (三)晚唐语境的表征之三是无题诗的首创

无题诗的出现本身是诗歌史上的一个重大现象。李商隐之前的现存唐诗中,仅有卢纶一首七律以"无题"为名。而李德裕一首题目为"无题"的五绝因无从辨别其与李商隐无题时间前后从而失去了参照价值。也就是说,无题诗完全可以说是成于李商隐,亦光大于李商隐之手,李商隐具有当之无愧的首创之功。这种诗体首创的意义在于:无题诗以爱情题材为主,这是"诗缘情而绮靡"的诗歌观念的深入化,也是传统诗歌对爱情领域的进一步开拓;无题诗反映了人类复杂深层的情感世界,这是对人类心灵世界,尤其是情感世界的一大开拓;无题诗或有寄托,或无寄托,使中国式象征手法得到登峰造极的发挥,取得了很高的艺术成就,给后人留下一笔丰富的艺术财富。

无题诗是晚唐诗人将主体意识由外倾转向内倾的重要标志。当晚唐诗人们在政治舞台上越来越边缘化的时候,他们的关注点也不得不从社会转向自我,从公心转向私心,从兼济转向独善。艳情、隐逸的题材在当时大为盛行,即是这种观念的产物。而李商隐的无题诗,则将这种观念依凭其创作个性而推向极致。

无题诗的特征有三。

(1)爱情题材中蕴含着悲剧性情感体验

典型的无题诗一般是以爱情为题材的,而且往往蕴含着悲剧性情感体验。义山在长期政治风波和爱情挫折的经历中,以其敏感的诗人之心形成一种悲剧性情感体验,并熔铸而成诗歌。

(2)"包蕴密致""微婉顿挫"[1]的诗歌语言表达方式

无题诗一般具有一种内在的情感旋涡——集结性的情感由于饱满的心灵体验必须有一个倾诉的机会,但是诗人并没有让这种充满热度的情感一泻而出,他的诗歌技艺显然已经比较成熟,所以他在表达的时候尽量做到委曲吞吐,将这种情感扩散于每一个诗句之中,每一个词语之中,从而形成"包蕴密致、演绎平畅"的诗歌语言风格,当然其他诗歌也具有这种特征,而于无题诗尤为显著。

他在一种愤懑、惆怅、怀旧的悲剧性情感的驱动下,很想说出什么来,但是又不能痛快地说出,所以他在说的时候,往往贯穿了一种清醒的意图,采取了一些微妙

---

〔1〕　(清)翁方纲:《石洲诗话》卷 2,《清诗话续编》本。

的表达策略。他小心翼翼地安排每一个词语,采用每一个典故,使弥漫于心灵的悲剧性情感进一步从诗句中弥漫出来。而读者每每须费一番心思,才能把握住他的几层心思。

(3)普泛性的象征色彩

中国古代诗歌自楚骚以来,即形成借香草美人以抒情言志的传统,即"为芳草以怨王孙,借美人以喻君子"(《谢河东公和诗启》)。义山无题诗就是这种传统的更高层次的发扬。

义山的无题诗,自其表层意思观之,大略是言男女情事者。然而,仅仅这样是不够的。历代评论家或持君臣遇合说(以杨基为代表),或持朋友遇合说(以吴乔为代表),近当代多数论者亦持寄托说,不过阐释角度和方式有所不同[1]。一些论者提出区别对待李商隐无题诗的看法,如:"《无题》诸作,有确有寄托者,'来是空言去绝踪'之类是也;有戏为艳体者,'近知名阿侯'之类是也;有实有本事者,如'昨夜星辰昨夜风'之类是也……宜分别观之,不必概为深解。"(《四库全书总目提要·李义山诗集》)冯浩也提出:"余细读全集,乃知实有寄托者多,直作艳情者少,夹杂不分,令人迷乱耳。"

让我们看看他的一首七律,看看他典型的无题诗体是如何获得一种普泛性的象征色彩的。《无题》云:

> 相见时难别亦难,东风无力百花残。春蚕到死丝方尽,蜡炬成灰泪始干。
> 晓镜但愁云鬓改,夜吟应觉月光寒。蓬山此去无多路,青鸟殷勤为探看。

这首诗歌自其表面意义观之,自是言男女之间刻骨铭心的情事,然而,由于在诗歌中出现了提炼甚为纯粹的句子"春蚕到死丝方尽,蜡炬成灰泪始干",从而使整首诗具有了普泛性象征色彩,并成为后人用来比喻爱情、理想、工作态度等等的形象化的名句。下面我们来统观此诗。首句以精练的句子概括了一种人生体验,即见难别难,此句既是赋,又是比兴,表达了作者由于离别而感到的萧飒悲凉的心理感受。光是这两句已经使我们感受到作者依依不舍的深情和对离别的深刻体验。颔联用了精辟的象喻,以蚕吐丝、蜡成泪来隐喻他坚贞不渝的爱情。颈联描写了自身的形

---

[1] 比如王蒙在《对李商隐及其诗作的一些理解》(《文学遗产》1991年第1期)一文中就提出义山无题诗"充满了与政治相通的体验"的观点。

象,一个感伤于年华易逝、孤独地吟咏的男子。[1]尾联表达了作者的难以甘心的期待。由于诗歌结构的景深性,诗歌语言表达的委婉顿挫,使本诗获得了一种复杂性和立体感,从而也使象征色彩更加浓厚,更加具有抽象性、概括性,更加易于表达一种情绪化的生命体验。它可以象征一个人对理想、爱情、事业的百折不挠、坚忍不拔的追求,尤其是颔联,有力地支撑起这座象征的建筑。

又如《锦瑟》这首准无题诗,当代有一种新解就是从象征角度对之作出阐释:"此诗中间两联不是要追忆的具体事实,而是构造象征性结构。四句诗按其抽象意义可以概括为幻梦、寄托、失意、无为四个象征性符号,很多人生现象均可纳入此结构来解释。如可以是四种精神素质:幻想、意志、情感、无欲;可以是四种行为方式:梦想、追求、哀思、无为;可以是人生各个阶段:少年、青年、中年、老年;可以是艺术的四种境界:奇幻、热情、凄清、中和。如果将这一系列解释与中间四句一一对照,显然可以看出它们之间很难在形象及所透露的情感上吻合,如将'望帝'句解释为四种精神素质中的'意志',四种艺术境界中的'热情',等等。但把中间四句视为四个象征性符号,认为由于符号的抽象性,产生了读者联想的丰富性,接受过程中体验的多面性,从而产生了诗的多义性这一总的论断却是非常切合实际而启人心智的。"[2]

义山的无题诗是晚唐社会的特殊产物。一旦产生后,在诗歌史上具有自足生成的生命力,成为后人无从企及的诗歌范本,后代爱诗者不断从各个方面进行新的阐释。当我们过多地关注他的诗歌的语言表达技巧的时候,必须认识到:李商隐诗歌的那种深情绵邈、寄托遥深的风格的形成,并不仅仅是单纯的创作技巧的结果,也不仅仅是某种创作心理的产物,或恋爱生活不顺利、感情受压抑的结果,同时,那种时代的风波,政治的险恶,人生的挫折,都是有效地作用于他的诗歌创作的。义山的诗歌中无疑有着广泛的人生体验,是不能将之简单化的,况周颐《蕙风词话》中提出:"身世之感,通于性灵,即性灵,即寄托,非二物相比附也。"说的就是这个意思。[3]

### (四)晚唐语境的表征之四是咏史怀古诗风的盛行

#### 1.晚唐咏史诗创作繁荣的概况

晚唐咏史诗形成繁荣局面。从作品来看,不但数量多,而且质量高。据粗略统

---

〔1〕 有说是悬想女方情况,笔者认为此联还是写作者本身,承前,抒发的是作者在时间的流逝中承受他的爱情的缺失,启后,抒发的是作者心犹未死,尚且期待着再次聚首。
〔2〕 转引自刘学锴:《李商隐诗歌研究》,安徽大学出版社1998年版,第223—224页。
〔3〕 具体可参见本书第四章第四节"李商隐与牛李党争"。

计,唐代咏史诗共有 1442 首,其中晚唐竟达到 1014 首,约占全唐咏史诗的 70%。

从作者角度来看,几乎多数诗人都有过或多或少的咏史诗创作。唐代有咏史诗传于今日的诗人共 213 人,晚唐则有 95 人,占作者总数的 45%。

通过表 5-2 更可以看出晚唐咏史诗在晚唐诗人中所占的比重。

表 5-2　咏史诗在唐朝不同阶段的创作情况

| 时期 | 作品 | | | 作者 | | |
|------|------|------|------|------|------|------|
| | 总数/首 | 咏史诗数/首 | 咏史诗比重/% | 总数/人 | 咏史作者数/人 | 咏史作者比重/% |
| 初唐 | 2757 | 52 | 1.9 | 270 | 20 | 7.4 |
| 盛唐 | 6341 | 147 | 2.3 | 274 | 30 | 10.9 |
| 中唐 | 19020 | 229 | 1.2 | 578 | 68 | 11.8 |
| 晚唐 | 14744 | 1014 | 6.9 | 441 | 95 | 21.5 |

晚唐前期的重要诗人,如杜牧、李商隐、温庭筠、许浑,都是咏史诗名家。晚唐后期的诗人,如皮陆二人、罗隐、韩偓、司空图,也写出了很多别具特色的咏史诗,同时还出现了一大批致力于咏史诗专题创作的诗人,如周昙、汪遵、胡曾等。无论是"小李杜"的文人型咏史诗,还是胡曾、周昙等由文人创作的话本式咏史诗,都蕴含着相当丰厚复杂的社会文化内涵,具有深广的历史视野,取得了相当高的艺术成就。

咏史专集也最先出现于晚唐。今存有胡曾咏史诗 150 首[1],周昙咏史诗 193首[2],《通志·艺文略》还著录有褚载咏史诗 3 卷,但褚载诗散佚殆尽,今存咏史之作唯《定鼎门》与《陈仓驿》两首(《长城》一诗与汪遵重见,暂不录入)。此外,见于前人著录而今日已佚的晚唐咏史专集尚有:冀访《咏史》10 卷;阎承琬《咏史》3 卷、《六朝咏史》6 卷;童汝为《咏史》1 卷;崔道融《中唐诗》3 卷(以四言体"述唐中世以前事实")。[3] 有计划地创作并编次结集,显示出咏史诗的空前盛况。

晚唐咏史诗风格和艺术形式的多样化是当时咏史诗繁荣的外在特征。每一个

---

〔1〕《四部丛刊》三编影印宋抄本《新雕注胡曾咏史诗》3 卷,《全唐诗》未分卷。

〔2〕《通志·文艺略》《宋史艺文志》等著录有 8 卷本,已佚,《全唐诗》据后见的 3 卷本改编为 2 卷。

〔3〕见《宋史·艺文志》,中华书局 1977 年版;陈振孙《直斋书录解题》卷 19,中华书局 1985 年版;《丛书集成初编》。关于咏史诗的结集情况,张政烺先生在《讲史与咏史诗》(载《中央研究院历史语言研究所集刊》第 10 辑)一文中有详审考察,以上从张说。

有成就的、有个性的诗人,在咏史诗作品中也相应地体现出他们的风格特征。杜牧和李商隐的艺术风格,一则"俊爽"(胡应麟《诗薮》)、"独持拗峭"(徐献忠《唐诗品》),一则"寄托深而措词婉",刘熙载概言之曰:"杜樊川诗雄姿英发,李樊南诗深情绵邈"(刘熙载《艺概》)。杜牧"语多直达"(冯集梧《樊川诗注·自序》),而李商隐语多曲折。杜牧往往直标史识、风骨毕露,而李商隐往往咏叹多情、寓意深远。许浑的咏史诗豪宕流丽,"尤善用古事以发新意"[1]。胡曾、周昙等人的咏史诗虽然艺术成就不是很高,但是由于通俗易懂,语言浅近,在当时就具有与讲话相互配套的功能[2],所以后来更是为通俗小说多加引用。

《甚原诗说》卷之二评述了晚唐三大咏史专家之特点:"元和律体屡变,其间卓然成家者,皆自鸣其所长,若李商隐之长于咏史,许浑、刘沧之长于怀古,此其著也。今观义山之《隋宫》《马嵬》《筹笔驿》诸篇,其造意幽深,律法精密,有出常情之外者。用晦之《凌歊台》《洛阳城》《骊山》《金陵》诸篇,与乎蕴灵之《长洲》《咸阳》《邺都》等作,至今古废兴,山河陈迹,感慨之意,读之可为一唱而三叹矣。三子者,虽不足鸣乎大雅之音,亦变风之后,其正者矣。"

晚唐咏史诗繁盛的另一个表现就是艺术形式的多样化,对某些体裁的成熟应用。在体裁上,晚唐咏史诗人运用最成功、最普遍的是七绝,其次是七律、五古等诗歌形式。

据施子愉统计,唐诗中最多的是五言律诗、七言绝句、七言律诗三种。唐诗中律诗、绝句占多数,而七言绝句则占第二位。[3] 而七绝、七律作品的很大部分作品即是咏史怀古诗。那么,七绝为什么会在中晚唐[4]特别发达?沈祖棻先生从两个方面来加以说明:七言绝句在唐代是最流行的乐府歌行;由汉魏六朝到唐代,文学的整个趋势是向骈偶、声律发展的。七绝"既有古体的自由,也有律体的和谐之美,同时,比起五绝来,又有回旋动荡,多所变化的优点。这就不仅构成了它入乐时盛行的条件,也构成了它脱离音乐以后依然盛行的条件"[5]。

---

〔1〕 《后村诗话》,转引自陈伯海编:《唐诗汇评》下册,第2381页。
〔2〕 据张政烺《讲史与咏史诗》。
〔3〕 转引自沈祖棻:《唐人七绝诗浅释》引言,上海古籍出版社1997年版。
〔4〕 按照施子愉先生统计,七言绝句:初唐77首,盛唐472首,中唐2930首,晚唐3591首。中晚唐为其昌盛期。而沈祖棻先生的解释,其实也是针对中晚唐七绝的。
〔5〕 沈祖棻:《唐人七绝诗浅释》引言。

### 2.中晚唐咏史诗呈现出与初盛唐咏史诗的不同风貌

一代有一代之文学。刘勰云:"时运交移,质文代变。""文变染乎世情,兴废系乎时序。"(《文心雕龙》卷45《时序》)"文律运周,日新其业。"(同上书,卷6《通变》)。咏史诗的发展也是随着世运而嬗变。晚唐咏史诗体现出与初盛唐咏史诗完全不同的整体风貌。今略论之。

我们要注意到初盛唐咏史诗中所蕴含的那种积极向上的精神,跟晚唐消极悲观的精神形成了对照。之所以如此,最根本的原因就是士人心态的一种变迁。所以,咏史诗犹如化石标本一样,为我们提供了观察这种精神变迁的材料。

初盛唐的咏史诗一般具有一种积极进取的精神。

初盛唐时代的诗人们,努力从挖掘历史资源,以古鉴今,摆正自己的位置,寻求进入历史秩序的切入点,表达自己对现实的看法。他们尽管往往怀才不遇,但并不消沉迷失,而是由现实的挫折激发出一种勇于承担、敢于挑战命运的情怀。

陈子昂《登幽州台歌》云:"前不见古人,后不见来者。念天地之悠悠,独怆然而涕下。"寥寥几句话,却包含着无比深厚的内涵。穿透我们心灵的,是那种历史的苍茫之感。浮现在我们面前的,是一个具有相当的主体抱负的诗人,在巨大的宇宙之间,在时空的场域之中,深思,且怆然有感。诗人的目光穿透了整个历史,乃至宇宙。其《蓟丘览古赠卢居士藏用》组诗缅怀昔日燕昭王、乐生、燕太子丹等人,往往是因为"慨世无礼贤之主而怀古人焉"[1],或者是对古代英雄豪杰雄图夭折、功败垂成的叹息。其《感遇》系列诗歌也是他的现实遭遇和现实体验的产物。这些诗作将自然意象和历史陈迹并置,将述史和咏怀密切地结合在一起,将个人命运的哀叹与历史的忧思结合起来,从而使咏史诗具有丰厚的意蕴,折射出社会现实、个人遭遇和历史风云的多面棱镜的光彩。

伟大的浪漫主义诗人李白写了很多咏史诗佳作。生逢盛唐的李白一生具有辅助君王"济苍生""解世纷""安社稷"的政治理想,所以,所有进入他的咏史诗中的历史人物、历史事件,无不是为了针对现实、抒发自我情怀。李白具有强烈的主体精神,所以,他在对自己所效法的偶像进行歌咏的时候,往往涂上一层鲜明的自我色彩。他最崇拜的是鲁仲连、诸葛亮、谢安三人,对这些历史人物述志抒怀,是其咏史诗的重要内容。而其理想的政治模式和人生模式就是"功成身退",显然,这几乎成

---

〔1〕《唐诗训解》,转引自陈伯海编:《唐诗汇评》上册,第184页。

为李白一种特有的情结了。[1] 同时李白具有相当强烈的现实关怀精神。其不少的咏史诗是借咏史来揭露和针砭现实弊病的,并且希望贯彻自己的政治理想,革除时弊。李白也写过金陵怀古的诗作。其《月夜金陵怀古》云:"苍苍金陵月,空悬帝王州。"其《金陵三首》其一云:"空余后湖月,波上对江州。"虽然也包含着迷茫和感叹,但是在全诗中,我们感受得更多的是一种挥斥方遒的理想主义信念,一种积极努力开拓、建功立业的乐观主义精神。

在杜甫诗集中,称得上是咏史怀古之作的,大概只有40多首,其中有一半以上的作品,是杜甫晚年寓居夔州(今重庆市奉节县)一年零九个月内写成的。夔州咏史诗大多是关于诸葛亮和刘备事迹的,这也跟诗人的主观心态有关系。当时诗人正弃去华州司功之职,政治上失意苦闷,满腔怀才不遇的悲愤。《蜀相》《武侯祠》《古柏行》《咏怀古迹五首》《登楼》等诗,"对开基济业,才德俱高的诸葛亮倾注了更诚挚的敬意,对明君刘备依重贤良,振复汉室的恢宏大度充满了更深厚、更低徊密意的赞叹"[2]。这跟杜甫的宏愿"致君尧舜上,再使风俗淳"的政治理想是一致的。

到了中唐时期,咏史诗的创作空前繁荣起来。贞元、元和、长庆年间,尽管当时依旧充满着内忧外患,但是随着宪宗削藩的成功和全国名义上的统一,国家政治生活出现了新的格局,"元和中兴"给知识分子带来了希冀和振奋,使得元和、长庆年间的诗歌创作整个呈现出全新的气象。贞元至长庆年间出现了大批的咏史诗,而且取材广泛,风格多样。仅就取材而言,上起春秋时代的吴、越,下至荒淫误国的隋炀帝,无不采以入诗,以六朝君主荒淫亡国为题材的咏史诗也开始大量出现,并开始出现直接以玄宗、玉环为对象的咏史诗。这些咏史诗表明了中唐诗人可贵的反思和批判精神,甚至敢于将亡国的根源归结到古代帝王身上。

这一时期咏史诗的代表人物,有刘禹锡、白居易、李坤、李涉、鲍溶、殷尧藩、张祜等人。其中刘禹锡可谓是佼佼者。由于永贞革新这番政治遭遇给他的心灵留下了难以磨灭的深刻伤痕,而其个性中又有一种倔强的、不服输的气质[3],坚持"天与人交相胜,还相用"的思想,强调人的主观能动性,虽沦谪于连州、朗州等边地,然依旧关心朝政,不变初心,每登临古迹,怆然有怀,借咏史以针砭现实,借助历史教训

---

[1]　从"待吾尽节报明主,然后相携卧白云"(《驾去温泉宫后赠杨山人》),"功成拂衣去,归入武陵源"(《登金陵冶城西北谢安墩》),"若待功成拂衣去,武陵桃花笑杀人"(《当涂赵炎少府粉图山水歌》)等诗句可见。

[2]　陈子建:《试论杜甫夔州咏史怀古诗》,《成都大学学报》1986年第2期。

[3]　其"前度刘郎今又来"之诗,其"病树前头万木春"等诗句,皆可见其人个性之一斑。

的探求以警醒当今统治者,具有强烈的现实指向精神,故其咏史诗成就不菲,兼有诗人、政治家、思想家的敏感与胆识。其《西塞山怀古》《金陵五题》《金陵怀古》《蜀先主庙》等诗,无不诗情、史识兼备,是历来被人们传诵的咏史佳作。相比之下,白居易则由于后期以"中隐"观念为其处世之哲学,故缺少刘禹锡的刚健挺拔之气和进取精神。中唐其他的诗人也各自写出了具有不同特色的咏史诗。

晚唐咏史诗一般具有一种消极悲观的精神。

晚唐诗人不断地吟咏六朝,六朝成为其咏史诗的重要题材。

> 六朝文物草连空,天淡云闲今古同。(杜牧《题宣州开元寺水阁阁下宛溪夹溪居人》)
>
> 六代兴衰曾此地,西风露泣白蘋花。(刘沧《经过建业》)
>
> 野花黄叶旧吴宫,六代豪华烛散风。……霸业鼎图人去尽,独来惆怅水云中。(李群玉《秣陵怀古》)
>
> 江雨霏霏江草齐,六朝如梦鸟空啼。无情最是台城柳,依旧烟笼十里堤。(韦庄《台城》)
>
> 北湖南埭水漫漫,一片降旗百尺竿。三百年间同晓梦,钟山何处有龙盘?(李商隐《咏史二首·其一》)

而当他们总结历史发展总规律时,无非是历史宿命论,无非是变化无常、消极虚无的论调。李商隐多次表达了他的那种王朝幻灭感,可以《览古》一诗为代表:

> 莫恃金汤忽太平,草间霜露古今情。空糊赪壤真何益,欲举黄旗竟未成。长乐瓦飞随水逝,景阳钟堕失天明。回头一吊箕山客,始信逃尧不为名。

韦庄《上元县》云:

> 南朝三十六英雄,角逐兴亡尽此中。有国有家皆是梦,为龙为虎亦成空。残花旧宅悲江令,落日青山吊谢公。止竟霸图何物在,石麟无主卧秋风。

徐夤《古往今来》云:

> 古往今来恨莫穷,不如沉醉卧春风。雀儿无角长穿屋,鹦鹉能言却入笼。柳惠岂嫌居下位,朱云直去指三公。闲思郭令长安宅,草没匡墙旧事空。

晚唐咏史诗表现出跟初盛唐完全不同的品格:"晚唐咏史诗无一例外地表现出哀婉幽怨、反躬自悼的忧伤情绪,这一方面是优美理想重抒情写意的表现,另一方面乃是社会与时代走向没落的必然哀响。初盛唐诗歌所具有的乐观向上、气势开张的情怀,已被低沉颓废、纤柔脆弱的心绪所代替。如果说,中唐文人虽身处逆境,仍有一线光明给他们以温暖和鼓励的话,晚唐诗人则是连这最后的微光也看不到了。"[1]

### 3.从李商隐到胡曾:晚唐咏史诗演历二阶段

中晚唐咏史诗的发展,我认为经历了前后两期,跟晚唐诗歌的总体发展趋势基本上是保持同步的。

前期,以小李杜为代表,他们是元和诗艺的继承者。这是文人咏史诗的阶段。从文宗朝至宣宗朝,这是处在衰败而尚存希望的阶段,所以,他们的咏史诗一方面会表现出关注现实、拯救时弊的救世热情,另一方面,又因现实的衰落而表现出一种伤感意识,因自身的不遇而表现出一种愤激的情绪。他们都具有相当强烈的传统儒家济世意识,所以,他们从现实的各种社会政治问题出发,严肃认真地反思历史,并希望从中找出有益的历史借鉴。而其体制以七绝、七律为主。这也是咏史诗体式发展的结果。尤其是七绝这种文体最能风姿绰约地表达晚唐人的历史体验和历史感受,也最能传达晚唐诗歌所特有的那种韵味。

后期,一方面是文人咏史诗的持续,如皮陆二人、罗隐、韩偓、司空图等,都写出了很多别具特色的咏史诗,这些文士所作的咏史诗,无一不为伤感和愤激的情绪所萦绕,并且融入更多的身世苍凉之感。另一方面是咏史诗专题创作的高峰,以胡曾、汪遵、周昙为代表。根据张政烺先生的研究,到了胡曾、周昙时期,咏史诗出现了讲话现象,就是说,出现了咏史诗配以话本的方式,依照时代顺序,或者是地点系列,对历史事件和历史人物进行系统的吟咏。这既是为了全面地回顾历史,也是当时流行的话本、变文、俗讲盛行的结果。咏史诗正向具有实际效用的诗体发展。它既是晚唐文士的一种得心应手的咏史抒情的诗体,也是历史知识普及化的具体表现。这表明了生逢乱世的晚唐人希望通过对历史知识的梳理,来达到观念的整合和心态的自我调整。

### 4.晚唐诗人的政治命运和空间场域的转换对其咏史诗创作的影响

影响到晚唐诗人咏史诗创作的主要有两大要素:一是政治命运影响到其心态从而影响到咏史诗创作;二是具体的空间场域对其创作起了情境规定的作用,不同的空间场域将有不同的创作题材和主题。而政治命运对咏史诗创作的影响往往在

---

[1]　陈炎:《中国审美文化史·唐宋卷》,山东画报出版社 2000 年版,第 293—294 页。

具体的空间场域中表现出来,由朝廷被贬至地方,由觅举到中第,还有游宦、入幕等政治活动,均要经过不同的地方,如有咏史诗创作,也是在一定的空间场域之中完成的,而这些咏史诗将不同程度地打上其政治遭遇和心态的烙印。所以我们可以晚唐诗人空间场域的转换为经纬,结合其不同时期、不同地方的政治命运和心态来考察他们的咏史诗创作。

从晚唐咏史诗的创作情况来看,晚唐诗人所创作的咏史诗虽有以人物名、朝代名,或者读史、咏史为题的,但大多是因身处古迹引发感触而形之于吟咏的。这从杜牧、李商隐、温庭筠、罗隐的咏史诗题目也可以看出。〔1〕

张政烺先生在《讲史与咏史诗》一文中认为,胡曾的咏史诗系列,也是首先由于具体地点的触发,即以题壁开始,而逐渐完成的:

> 唐人最好题壁,山川形胜往往留咏。七绝易作易写,可以播之乐府,吟咏于艺妓走卒之口,腾扬于达官贵人之间,故题壁之作尤以此为夥。唐人小说中记此类事,其例不可胜举。此种"题报文学"在当时既已风行一时,疑即有辑录成册者,今日如就《万首唐人绝句》摘录,亦可见其制作之盛也。胡曾咏史以地为题,不按史事先后编次,与题壁诗最为相似,宜承此种风气而来,然其中不尽登临题咏之作,亦至明显。……或其咏怀古迹积稿颇多,最后按史籍加以补充,而为求体例精纯,不得不语气画一,遂杂拟作之篇。

唐人的生活和诗歌创作关系十分密切。我们可以看到,唐人的生活不会局限于自己的乡土,很多人在其有生之年,由于各种原因,到过全国的很多地方,有些人甚至要一生漂泊。"他们的生活,也与唐代文学的发展有关。其中最重要的是漫游、读书山林之风、入幕和贬谪生活对于文学的影响。"〔2〕这使他们有机会接触各种历史遗迹,听闻各种历史传说,并有机会将其所学的历史知识直接拿到生活中去印证。

下面将以李商隐为个案,来考察晚唐诗人的政治命运和空间场域的转换是如何对其咏史诗创作产生影响的。

李商隐于开成二年(837年)中第。从李商隐未第之前的行履来看,由于受到了令狐楚、崔戎的关照,他在未第之时,就从事幕府工作,并随着幕主,在郓州、华州、

---

〔1〕 参见金昌绪:《晚唐咏史诗研究》,北京大学1996年博士论文,第53—54页。
〔2〕 袁行霈:《中国文学史》第2卷,高等教育出版社1999年版,第203—205页。

兖州等地,待过一段时间。那么,这段时间,他有没有进行咏史诗创作呢?

根据目前的研究,他们认为:宝历二年(826年),李商隐作《富平少侯》《陈后宫二首》;大和元年(827年),作《无愁果有愁曲北齐歌》;大和三年(829年),作《随师东》。[1]从这些诗歌中,我们看不到觅举、从幕生活对他的咏史诗到底有多少直接的影响。这些咏史诗的创作,并不需要具体的地点作为激发,而是一个知识分子出于对国家社稷的忧虑所写下的托古以讽、借古讽今之作。他们认为,前四首是为敬宗而作,讥讽敬宗的宴游荒嬉,《随师东》则是为沧景事件而发,从这些诗歌来看,未第时的李商隐已经树立了忧心国是、讽时刺世的意识。这种怨刺时政的精神与其一生相始终。我们并不能从这些诗歌中发现觅举、从第这些行动对他的具体诗歌创作的影响。当然,从个别诗作的老练笔法来看,未必为这段时间所作,也不能排除其他个别作品,乃由具体的地点所激发而作于此时的可能性。

义山终生沉沦下僚,故后期所过的是从幕和游宦的生涯。要研究他的咏史诗,对于他在这些不同地方的生活情况,以及不同地方的历史文化遗迹对其咏史诗创作所起的激发作用,是不能不深入探讨的。

义山大中元年(847年)之后主要有三次入幕经历,以及一次较长时间的游宦经历,即江乡之游。下面就几次经历来看,政治命运和空间场域的转换是怎样促进咏史诗的创作的?对于李商隐而言,影响其后期政治命运的主要是他处在牛李党争的夹缝之中、依违两难的境地。由于进入失势的郑亚幕府,从而与李党有一种纠缠不清的关系,而与得势的、正处于上升阶段的令狐绹关系严重恶化,在政治上失去援引,这使满怀着政治热情的诗人感到孤危、郁闷、伤感,增强了身世之感。他在进入桂州、徐州、蜀地等地方后,在其咏史怀古诗中也浸透了这种情绪和心态。

(1)郑亚桂管幕

李商隐从事郑亚幕是在大中元年(847年)三月离京赴幕,至大中二年(848年)三、四月份离桂北归。在其行程中与居桂管幕所作的咏史诗主要有:《五松驿》、《四皓庙》(羽翼殊勋)、《梦泽》、《海山谣》、《洞庭鱼》、《宋玉》、《楚宫》(复壁交青琐)、《潭州》、《楚宫》(湘波如泪)、《过楚宫》、《楚宫二首》之"十二峰前"与"月姊曾逢"、《楚吟》、《楚泽》等诗。他行踪所到之处,江山景物,历史遗迹,引发了他吟咏的兴致,融入了他当下的心情。

---

[1]　据《李商隐诗歌集解》。

义山这段时间涉足的主要是两个历史文化地区:商山地区和荆楚地区。

商山地区,主要有四皓庙遗迹。四皓庙在今陕西省商洛市商山中。秦末汉初,四皓隐居于此,后之好事者,立庙于山中。其《四皓庙》云:

> 羽翼殊勋弃若遗,皇天有运我无时。庙前便接山门路,不长青松长紫芝。

此诗首联从四皓的角度切入,言其为朝廷所弃。后联则以青松与紫芝作隐喻化的对比,以见其不得已而隐居。"紫芝,隐居之物;青松,栋梁之器,故云。"(冯浩注)联系到大中初的朝局,此当为李德裕所作。[1] 盖义山对李德裕的功勋深表仰慕,而对其贬斥深表同情。故见四皓庙,不自觉而以四皓比李德裕,略抒其心中之同情与愤懑。

李商隐在赴桂管幕的路途中,经过荆楚地带。三月初离京,经江陵,四月至长沙,六月抵桂。冬自桂林奉使江陵[2]途中,又一次经过荆楚地区。故此地诸景物和历史遗迹屡见之歌咏。

荆楚是一个具有深厚的历史文化传统的地区。"筚路蓝缕,以处草莽"的楚国先民,形成了奋发自尊、多情善感、崇拜巫鬼的民族特点,也造就了瑰丽多彩、声情并茂的楚文化。奇妙的神话传说和神秘的招魂巫术高深莫测,老庄、屈原清高玄妙的哲理思想和优美飘逸的诗文,堪称千古绝唱。

唐代有无数的诗人因为生长在荆楚地区(比如李群玉、胡曾),或者寓居于荆楚地区,或者来到荆楚地区,吸收了这片地方的灵气,触发了诗兴,远绍屈子之心,写出了一些很有特色的作品,各种自然景物与人文景观的意象很自然地交汇在他们的作品之中。《唐才子传》卷7《李群玉传》云:"夫澧浦,古骚人之国。屈平仕遭谮毁,不知所诉,心烦意乱,赋为《离骚》。骚,愁也。已矣哉,国无人知我兮,又何怀乎故都?委身鱼腹,魂招兮不来。芳草萎蕳,萧艾参天,奚独一时而然也。……(群玉)望岑阳之亡极,挹杜兰之绪馨,款君门以披怀,沾一命而潜退,风景满目,宁无愧于古人。"这一段话指出了楚地的自然景物和人文环境对于诗人创作的现实意义。李群玉身为楚人,受到的影响最为明显,而寓居于此,或者一时到来者,亦各因其际遇,而潜发而为诗。

---

〔1〕 此据《李商隐诗歌集解》,第651页。
〔2〕 江陵府,据《中国历史大辞典·历史地理》(上海辞书出版社1996年版)第352页:"唐上元元年(760)南都,以荆州为江陵府。治江陵县(今县)。辖境相当今湖北枝江县以东,潜江市以西,荆门市、当阳市以南地区。"

义山于荆楚之地的吟咏内容,主要是三个方面。

其一,慨己身之遇合无缘。

①以宋玉、庾信、祢衡自喻,叹己身之未遇。《楚吟》云:"楚天长短黄昏雨,宋玉无愁亦自愁。"《听鼓》云:"城头叠鼓声,城下暮江清。欲问渔阳掺,时无祢正平。"抒发其内心愤郁。《宋玉》其诗云:"何事荆台百万家,唯教宋玉擅才华? ……可怜庾信寻荒径,犹得三朝托后车。"此诗更是深入一层,以宋玉、庾信为反衬,以见己之怀才不遇。

②以令狐绹为倾诉对象,表露心曲。其《潭州》一诗吊古伤今,感慨无端,中间两联云:"湘泪浅深滋竹色,楚歌重叠怨兰丛。陶公战舰空滩雨,贾傅承尘破庙风。"朝局变动给义山所造成的心理冲击亦反映在诗句中,尤其是"楚歌"一句实指白敏中、令狐绹辈,怨其排斥异己、贬逐会昌有功旧臣也。其《深宫》云:

> 金殿销香闭绮栊,玉壶传点咽铜龙。狂飚不惜萝阴薄,清露偏知桂叶浓。
> 斑竹岭边无限泪,景阳宫里及时钟。岂知为雨为云处,只有高唐十二峰。

此诗并非如冯浩所讲的经过巫峡所作。从末二句来看,是以想象而为之。徐德泓曰:"虽写宫怨,而托意又在遇合间也。"(《李商隐诗歌集解》,第843页)得其旨也。大中二年(848年)二月令狐绹拜考功郎中,知制诰,充翰林学士,而义山则罢幕北归。中间二联以对照映衬的艺术修辞手法,萝阴和桂叶,泪和钟,这两组意象对比,即"一彼一此,腴新顿别"(辑评朱批,同上书,第842页),表达了自己的失落和悲哀。而末句以冷冷之语作结,言得君主之眷顾者,唯令狐绹耳,如高唐神女之得楚王之恩眷。

其二,悼念屈原。《楚宫》末云:"但使故乡三户在,采丝谁惜惧长蛟!"表达了作者悼念屈原之情。

其三,巫山神女和楚王系列。巫山意象屡次进入义山这段时间的作品之中,如前引之《深宫》。《岳阳楼》亦是咏楚怀王之失政亡国。"如何一梦高唐雨,自此无心入武关。"此所谓借巫山、高唐之意象,指责君主之淫佚也。《过楚宫》一诗云:"微生尽恋人间乐,只有襄王忆梦中。"此诗尤须深解,如今人之解作为人生感慨者[1],实则义山此诗的立足点乃是以"微生"之恋人间乐,来讽刺襄王之荒淫无稽。《楚宫二

---

[1]　郝世峰《李商隐七绝臆会》,《李商隐诗歌集解》第860—861页。

首》其一亦不过是讽刺君王之荒淫[1]。

(2)卢弘止徐州幕

李商隐入卢弘止幕是在大中三年(849年)年底,至大中五年(851年)夏季(王氏卒于春夏间),前后不过一年多。

唐代徐州的治所在彭城,徐州具有丰厚的历史文化遗产。沛地乃汉高祖龙兴之地,在徐州的属县沛县城东,有著名的泗水亭。这是当初刘邦曾任亭长的地方。在唐朝的时候,泗水亭已改为汉高祖庙。

徐州是中原防遏型的藩镇[2],置武宁军。"中原(防遏)型藩镇居腹心之地,具有控扼河朔,屏障关中,沟通江淮的重要战略地位和军事地位"[3],"今之徐方,控临东极,淮海闽越,千里遥赖"[4]。

大中三年五月,徐州武宁军发生兵变。这次兵变就把节度使李廓驱逐了。朝廷调义成节度使(驻滑州,今河南滑县东)卢弘止前往平乱并接管军务。卢弘止辟李商隐为节度判官,并循例授侍御史衔(从六品下阶)。义山此次入幕,颇受卢弘止之礼遇,并发"且吟王粲从军乐,不赋渊明归去来"(《偶成转韵七十二句赠同舍》)之言,为其从幕生涯中略显亮色的时期。

义山于此"银刀都"作乱之徐州,承蒙卢弘止之恩眷,盘桓于历史遗迹场所,思接千古,冥会历史之风云,一旦触动心事,又不禁落拓自伤。在徐州所作的咏史诗主要有两篇,其《题汉祖庙》云:

乘运应须宅八荒,男儿安在恋池隍。君王自起新丰后,项羽何曾在故乡。

此篇作者回顾楚汉相争的历史,比较了刘邦与项羽成败的主要原因。首二句立意,言乘运而起,当志向高远,吐纳八荒,不以故土为留恋之所。刘邦之所以兴者,即此也。而项羽"妇人之仁",所思者不过"富贵而不还乡,如衣锦夜行"之事,故终为刘邦所败。

其《读任彦升碑》云:

任昉当年有美名,可怜才调最纵横。梁台初建应惆怅,不得萧公作骑兵。

---

[1] 其二"直是无题之属,误列于楚宫下耳。"(据纪昀,《李商隐诗歌集解》第 867 页)故本处可置而不论。

[2] 参见张国刚:《唐代藩镇研究》,湖南教育出版社 1987 年版,第 80 页。

[3] 张国刚:《唐代藩镇研究》,第 89 页。

[4] (清)王昶:《金石萃编》,陕西人民美术出版社 1990 年版,卷 107《使院石幢记》。

《南史》载:"始梁武(帝)与(任)昉遇竟陵王西邸,从容谓昉曰:'我登三府,当以卿为记室。'昉亦戏帝曰:'我若登三事,当以卿为骑兵。'以帝善骑也。"此篇纯以任昉自喻也。大中四年(850年)十月令狐绹入相,而义山犹为一区区记室。故此事可谓最易触发其心绪者,乃借任昉事寄寓心曲,亦"古来才命两相妨"之意也。

(3)柳仲郢东川幕

大中五年(851年)七月,柳仲郢任东川节度使,辟义山为掌书记。十月得见,改判上军。冬,以幕府判官带宪衔身份赴西川推狱。大中六年(852年)春初,由西川返梓。杜悰迁淮南,李商隐奉柳仲郢命往渝州界首迎送。大中九年(855年)十一月随柳仲郢返京。

西蜀,谚言"扬一益二",为当时大都会之一。无论是风物还是历史遗迹均是无比丰盛的。杜鹃啼血之典故、刘备诸葛亮之事迹、五丁开山之神话,能激发我们思古之幽情的历史人文遗迹是不胜枚举的。

李商隐在这段时间内的咏史诗,主要是受到蜀川历史遗迹、三国蜀汉历史事迹的激发而作的。其主要内容包括两个方面。

其一,咏沿途之历史遗迹者。

从长安至梓州路途中,主要有两首。其《利州江潭作》咏则天女皇也,此诗亦是义山借武后以抒心中落寞之思,宁专为武后而发乎。其《张恶子庙》表达的是对中晚唐藩镇割据,私相授予,朝廷难以控制的愤慨。[1]

大中五年冬自东川赴蜀,途中作有《梓潼望长卿山至巴西复怀谯秀》[2],此诗乃自东川赴蜀之作也。无论是相如、谯秀,他都在该见的地方(梓潼、巴西)见不到,故兴怀古之思,而叹知音难求。

大中九年(855年)返回长安路途中,于筹笔驿[3]作一首,其《筹笔驿》云:

　　　猿鸟犹疑畏简书,风云长为护储胥。徒令上将挥神笔,终见降王走传车。
管乐有才真不忝,关张无命欲何如? 他年锦里经祠庙,梁甫吟成恨有余。

处蜀中之地,不可不一咏诸葛亮也。此诗中之所咏者,既叹服诸葛亮之才德,又为

---

〔1〕　据王达津:《李商隐诗杂考》之二和姚笺,《李商隐诗歌集解》,第1237页。
〔2〕　巴西县在梓潼县之西南,而成都又在巴西县之西南。
〔3〕　《方舆胜览》:"筹笔驿在绵州绵谷县北九十九里,蜀诸葛亮武侯出师,尝驻军筹画于此。"刘学锴按:"今四川广元县北有朝天岭,路径绝险,岭上有朝天驿,即古筹笔驿。见《读史方舆纪要》六八保宁府。"(参见《李商隐诗歌集解》第1472页)

其不得时运而悲,故曰:"管乐有才真不忝,关张无命欲何如?"为之叹惋、徘徊良久,诗中不无为晚唐世运日下而感怆之意。此篇议论与抒情达到高度的结合,以议论为主,而以抒情贯穿始终,此陆昆曾所谓"直是一篇史论"也。

其二,咏西川风物、历史且寄寓心迹者。

大中五年(851年)冬自东川赴蜀。大中六年(852年)春初返回。《武侯庙古柏》一诗,此又义山表达其对诸葛亮之无限仰慕也。《井络》一诗之意旨,前人挥发略尽。盖义山有感于藩镇之祸者,故作此诗警戒之,可见义山心地,宁有一刻不关注国家之命运乎?

自大中五年七月辟署东川幕,至于大中九年(855)十一月,李商隐方随柳仲郢返京,前后四年多。

今传作于梓州的咏史诗不多。《李夫人三首》盖其悼念王氏之作,咏史之佳制也。王氏之卒,乃义山后半生之大创痛,故屡发于诗。首先当明,此不过借李夫人之事迹,而发其悼亡之伤痛。实则所咏之内容与李夫人之事迹无关。冯浩曰:"三首为悼亡,盖借古以寓哀。"具体可参冯浩之发挥(《李商隐诗歌集解》,第1367页)。

(4)江乡之游

清代注家冯浩和近人张采田都主张李商隐在文宗开成五年(840年)秋到会昌元年(841年)春,有过一段历时数月的"江乡之游"。当代一些学者,如岑仲勉[1]、杨柳[2]等,经过辨析,纠正了这种错误的说法。而以刘学锴、余恕诚先生的辨正最为精审,故一从之。根据刘学锴、余恕诚《李商隐开成末南游江乡说再辨正》[3]与《〈李商隐开成末南游江乡说再辨正〉补正》[4]。《再辨正》主要是经过史料的辨正,对冯浩据以立说的材料进行驳斥,同时结合当时的社会政治变动情况,以及李商隐写给刘蕡的有关诗歌,进一步确定了刘蕡与李商隐的晤面是在大中二年(848年),由此否定了旧说的依据,也驳斥了旧说本身。

但是,李商隐的诗集中确实存在着很多有关江乡的诗作。那么,他到底在什么时候可能进行江乡之游呢?根据刘学锴的研究,李商隐在大中十一年(857年),时间四十六岁,任盐铁推官,在任推官期间,曾游历扬州和江东。

---

[1] 岑仲勉:《唐史余沈》,上海古籍出版社1960年版,卷3《李商隐南游江乡辨正》。
[2] 《关于李商隐的江湘之游——李商隐生平行踪考证之一》,《文史哲》1979年第4期。
[3] 《文学遗产》1980年第3期。
[4] 《文史》1992年第40辑。

　　江东，"地区名。长江在芜湖、南京间作西南南、东北北流向，秦、汉以后，是南北往来主要渡口所在，习惯上称自此而下的长江南岸地区为江东"〔1〕。

　　江东是六朝兴亡之地。中晚唐人喜欢吟咏六朝历史，很显然，这种兴趣的产生并不是无缘无故的。他们并不光是为吟咏而吟咏，而是试图从这种反思和回顾中得到什么，揭露什么，以这种抒情方式敞开某种盘桓在心中的情感波动，或者以古鉴今，或者借古喻今。六朝很自然地成为中晚唐人尤其是晚唐人与这个衰落的王朝对照的王朝。在这种相互的呼应中，一种普遍的心态形成了，一种类似"情结"的东西产生了。相对于初盛唐人很少吟咏六朝以及很少以悲观失落的语调言及六朝，中晚唐人的这种"六朝情结"，其实就是一种心态的变迁。

　　李商隐就是一个具有相当浓厚的"六朝情结"的诗人，他在大中十一年所作的以六朝为吟咏对象的咏史诗，成为我们考察晚唐人这种"变迁了的心态"的重要窗口。

　　大中十一年，李商隐所作有：《江东》、《南朝》（地险悠悠）、《南朝》（玄武湖中玉漏催）、《齐宫词》、《景阳井》、《咏史》（北湖南埭水漫漫）、《览古》、《吴宫》、《隋宫》（乘兴南游不戒严）、《隋宫》（紫泉宫殿锁烟霞）等等。下面我们可以来讨论两个问题。

　　第一，这些咏史诗主要反映了什么？

　　其一，地险不足凭。《南朝》云：

　　　　地险悠悠天险长，金陵王气应瑶光。休夸此地分天下，只得徐妃半面妆。

"钟阜龙盘，石城虎踞"，金陵之地可谓险要也。然不足以为凭。最后二句讽刺语妙，借徐妃半面妆之典故，显露其以江山险胜为凭借之荒谬，反讽手法也。

　　其《咏史》云：

　　　　北湖南埭水漫漫，一片降旗百尺竿。三百年间同晓梦，钟山何处有龙盘？

屈曰："国之存亡，在人杰，不在地灵，足破堪舆之惑。"（《李商隐诗歌集解》，第1540页）推而言之，此等诗可能为河朔藩镇和其他跋扈藩镇而发也（参程梦星评，同上）。

　　其二，淫佚可亡国。君主之淫佚放纵是亡国的重要原因。故于诗中屡形诸笔锋，《隋宫》二首云：

　　　　乘兴南游不戒严，九重谁省谏书函？春风举国裁宫锦，半作障泥半作帆。

〔1〕《中国历史大辞典·历史地理》，第348页。

紫泉宫殿锁烟霞,欲取芜城作帝家。玉玺不缘归日角,锦帆应是到天涯。

于今腐草无萤火,终古垂杨有暮鸦。地下若逢陈后主,岂宜重问后庭花?

这是二首有名的咏隋朝史事的作品。首先,我们要注意到二首诗中李商隐对"锦帆"这个意象作了富有想象力的发挥。前首以夸张的手法,书写了举国裁宫锦作障泥和帆,可见当时不惜费尽全国人民之力,以供隋炀帝一人之淫佚嬉游。后首作了一个假设,如果没有改朝换代之事,则隋炀帝之荒淫行为当无止尽也,虽天涯亦游幸之。此等反讽修辞手法,可谓独到而深刻。后首五、六句也很有特色,以"真情实景",而将隋炀帝"生前侈纵,死后荒凉,一一托出,又复光彩动人",从而也具有"惊人语"的特点(参《方南堂先生辍锻录》,同上书,第1558页)。后首末二句用典也很有特色。此典故来自《隋遗录》,本为一传说,"小说语"(顾璘评,同上书,第1553页),今义山用之,增强了文学修辞效果,扩展了读者的想象空间,虽不下断语,而言外之意自明也。此张采田所谓"结以冷刺作收"者(张采田辨正,同上书,第1559页)。

其三,王朝幻灭感。可以《览古》一诗为代表,其诗云:"莫恃金汤忽太平,草间霜露古今情。空糊赪壤真何益,欲举黄旗竟未成。长乐瓦飞随水逝,景阳钟堕失天明。回头一吊箕山客,始信逃尧不为名。"王朝幻梦感也是晚唐人普遍具有的一种意识,有很多作品不自觉地表露出这种意识。衰落的时代促使他们去反思历史,而历史认识的局限性往往使他们徒然发出一些消极的叹息之声。

第二,这些咏史诗具有什么样的艺术特色?

其一,杂错各种史实,非仅言一朝之兴衰,实则为前朝兴亡求一总规律也。

如《齐宫词》云:"永寿兵来夜不扃,金莲无复印中庭。梁台歌管三更罢,独自风摇九子铃。"题兼咏齐、梁二代。《南朝》(玄武湖中玉漏催)一诗以陈朝事为主,实宋、齐、梁皆贯通之。南朝历代皇帝荒淫放佚失政亡国的情况大致相同,义山咏史诗显然想从中求出一个总规律,岂仅为一朝史事而作乎?

其二,剪裁经典画面,渲染具体细节,以增强艺术感染力。

剪裁经典画面者如《南朝》云:"谁言琼树朝朝见,不及金莲步步来?敌国军营漂木杮,前朝神庙锁烟煤。"此皆如蒙太奇之剪贴方法,一个又一个镜头,从我们的眼前闪过,使我们产生一种总体的印象。每一个景象其实都是一种转喻,比如"敌国军营漂木杮"一句,其实不过是剪取隋朝征伐陈朝过程中的一个镜头。用这种片断来达到全部的意指,这本身也是诗歌常用的惯技。当两相对比的时候,隋朝之兴起气象,以及陈朝之荒淫放佚之内幕,皆昭然若揭,给人很强烈的视觉震撼。

渲染细节者如《齐宫词》云:"永寿兵来夜不扃,金莲无复印中庭。梁台歌管三更罢,独自风摇九子铃。"冯班曰:"咏史俱妙在不议论。"姚培谦曰:"荆棘铜驼,妙在从热闹中写出。"屈复曰:"不见金莲之迹,犹闻玉铃之音;不闻于梁台歌管之时,而在既罢之后。荒淫亡国,安能一一写尽,只就微物点出,令人思而得之。"(《李商隐诗歌集解》,第 1533 页)

李商隐咏史诗的创作,很多是借助于具体的历史遗迹和历史传闻,触发心事而创作的。

一方面,具体的空间场域对他的咏史诗创作具有先在的规定性,即咏史诗的创作往往不是无因的,而是有所凭借的。无论是在荆楚、商山、徐州,还是在西川、江东,他每一时段的咏史诗创作都必然跟这些地方的风物、景色、历史遗迹发生密切的关系,后者往往成为其咏史诗本身的有机构成成分,为这些咏史诗的基调打下基础。比如,义山身在西川,则对诸葛亮之丰功伟绩不由得景仰备至,对其出师未捷不由得悽怆有感,一入江东,则不由得致慨于南朝诸帝之荒淫失政,卒致亡国,而王朝兴衰、江山形胜、历史演变诸问题亦萦绕脑际,发为吟咏。此不但李商隐为然,很多诗人亦如是,不过是切入角度、具体心态、艺术表现方式有所不同而已。故此先在的规定性,可以说是如同陶铸之容器,使各种不同形态的咏史诗呈现出一定的相同的风貌。

另一方面,具有一定的人生际遇、政治命运的诗人往往将自己的人生体验、现实遭遇,甚至政治环境投射到他们的咏史诗创作中去,从而使咏史诗呈现出相当丰富的、复杂的形态。也就是说,当我们来阐释这些咏史诗的时候,必须结合他的身世遭逢、现实环境,甚至高层政治斗争,才能最终解释此咏史诗之如是和之所以如是的原因。比如,从义山的咏史诗作品来看,有三个维度为我们所不得不注重:一是义山虽终生沉沦下僚却心怀家国,故一方面,常有一种抑郁不平、蒙受屈辱之感,发泄于其诗作中;另一方面,则常以朝政积极参与者自许,故所作咏史诗,亦多有规讽君主,痛陈现实弊病,为历史兴亡觅一个总体规律者。其在荆楚之地所著的《宋玉》《楚吟》《听鼓》《读任彦升碑》,借咏史以鸣自身之不遇也。其《井络》《南朝》《吴宫》《览古》等作品皆身在朝野,而心忧庙堂之作也。二是牛李党争对其政治生涯之影响甚巨。会昌、大中之季政局变动剧烈,其所钦敬仰慕之李卫公失势被贬,则不得不有《四皓庙》之作。大中后李商隐既失诸依祜，不得不屡次祈请于令狐绹，乃有《潭州》《深宫》等之作，以令狐绹为倾诉对象者。三是每一不同阶段，他都有一种具体的心态。比如，郑亚桂管幕时期，乃李党失势、牛党炽盛之时，既多次感慨于李德裕之失势，又屡次祈请于令狐绹，处此两难境地，中心徘徊，每多自伤不遇之作。卢弘止徐州幕时期，颇蒙卢弘止之恩眷，稍感振作，乃冥会楚汉之风云，较量刘项之长短。及感令狐绹之升迁，伤己身之寥落，乃有《读任彦升碑》之作。柳仲郢东川幕时期，此时之义山，可谓备尝人生之艰辛，入仕升迁之路径几绝，而爱妻王氏已丧，佛教禅宗虚无之旨占据其身心。既入西川，受蜀汉诸葛亮之感召，乃有《筹笔驿》《武侯庙古柏》之作。心伤王氏，不能忘怀，乃有《李夫人三首》。江乡之游时期，此时颇入老成之境，于历史之反思亦更加深入，江乡之游所作的咏史诗系列，实即六朝反思录。故每洞诸历史真相，而艺术表达方式亦是驾轻就熟，每于一二细节或经典场景，寄寓深旨，寄托遥深，令诸读者读之不厌。而归之于王朝幻灭之论（《览古》），此传统士人认识之局限性也。

余 论

从牛李党争到白马之祸：
怨恨积聚的晚唐社会和充满怨恨的文士

　　舍勒对怨恨的界定为:"怨恨是一种有明确的前因后果的心灵自我毒害。这种自我毒害有一种持久的心态,它是因强抑某种感情波动和情绪波动,使其不得发泄而产生的情态;这种'强抑'的隐忍力通过系统训练而养成。……这种自我毒害的后果是产生出某些持久的情态,形成确定样式的价值错觉和与此错觉相应的价值判断。"[1]怨恨心态的现象学描述为:"比较者在生存性价值比较时感到自惭形秽,又无能力采取任何积极行动去获得被比较者的价值,被比较者的存在对他形成一种生存性压抑。从现象学生存论上讲,怨恨心态即是:我本来应该像你那样风光,却没有能够如你得意,于是形成一种存在性的紧张情态。"为了消除这种生存性价值比较的紧张情态(怨恨),怨恨者可能产生两种价值评价:贬低被比较者的价值(吃不到的葡萄是酸的),或者提出一种不同于被比较者的价值的价值观,以取代自身无力获得的价值实质。[2]

　　按照舍勒的分析,怨恨心态在木质上是一种生存性伦理的情绪。怨恨是怎样形成的呢? 在受到一次他人的伤害的时候,"因无能反应而隐忍受伤害以伺机报复的情感经报复感、恼恨感、嫉恨感、厌恶感上升为怨恨"。与报复和嫉恨相比,"怨恨心态则并不产生于某一种特定具体的诱因,也不随特定诱因的消失而消失"。而报复和嫉恨"大多还存在针对这些心怀敌意的否定方式的特定对象。它们要有特定的诱因才能表现出来,它们的针对性是与确定对象联系在一起的"。怨恨涉及生存性的伤害、生存性的隐忍和生存性无能感,因此,怨恨心态在本质上是一种生存性

〔1〕　刘小枫:《现代性社会理论绪论》,上海三联书店 1998 年版,第 360—361 页。
〔2〕　刘小枫:《现代性社会理论绪论》,第 363—364 页。

伦理的情绪。[1]

舍勒的怨恨说是通过对现代社会的考察而形成。由于怨恨是人类社会的一种普遍的社会心理现象,本文拟借鉴他的学说来考察中晚唐士人的怨恨,作初步的尝试。

# 第一节  牛李党争时代文士的怨恨

牛李党争时期,即中唐和晚唐前期,主要表现为文士的怨恨心态的初步产生和形成,到了大中朝咸通初,怨恨的程度逐步加剧,其现象亦随处可见,从而正式步入唐末那种旷日持久、几趋变态的"怨恨场"之中。

## 一、永贞元和之际尚不足以形成"怨恨"心态

中唐时期士人高涨的政治参与意识和振兴中央集权的愿望,经过急剧逆转的政治形势的变化和他们亲身的政治遭遇,正经历着从积极转向消极、从外倾向内倾的变化。然而,毕竟他们经历过一个火热的时代,燃烧过炽热的激情,对唐王朝一直忠心耿耿,并期待着最终的复兴,所以在各种消极的情绪中尚不足以形成怨恨的心态。

从士人生存形态来看,其从政观和人生观正经历着严肃的政治拷问和生活考验,出现了分流现象:

永贞革新成员刘柳等由于贬谪生涯,从政治舞台上消失,然均能承其原先政治理想之绪,倾其全力于诗文创作,关心民生疾苦,反映社会生活的阴暗面,讽刺当时腐败的社会和政治。故如柳宗元之寓言体讽刺小品文,刘禹锡之托物寓意的讽刺诗歌,保持了政治家的清醒和文学家的敏锐,这跟当时士人高涨的从政热情、元和中兴的政治气象其实是息息相通的。当然,贬谪也使柳宗元满腔悲愤,抑郁寡欢,且终命丧柳州(元和十四年卒),故《惩咎赋》《闵生赋》诸赋皆发舒其不平之气,且"深得骚学"(严羽《沧浪诗话·诗评》),然其政治理想终不稍屈,欲"蹈前烈而不颇"

---

[1] 本段引文均转引自刘小枫:《现代性社会理论绪论》,第 362 页。关于怨恨,除刘小枫一书外,还可参马克斯·舍勒《价值的颠覆》(三联书店 1997 年版)。

（《柳宗元集》卷1《惩咎赋》），表达了自己奋斗到底的决心，求如唐末士人之怨恨、颓废情绪，则几稀矣。刘禹锡也是如此，尽管他一度对自己不幸的遭遇牢骚满腹、怨愤不平，并且敢于讥刺权贵，抨击现实，然其后期诗歌也更多地转向个人世界，心态趋于平和。更加可贵的是，他的一生都保持了中唐士人之精神，到老还是心犹不甘、力图振作，"莫道桑榆晚，为霞尚满天"（《刘禹锡集笺证·外集》卷4《酬乐天咏老见示》），此前已述之矣。

以白居易为代表的"中隐"观念的实践者，他们从道德世界转入感情世界，从政治事功的追求转入个人生活的自适，消解了不公平的政治遭遇所带给他们的心理上的压抑和痛苦，从而成为晚唐士人独善、"私人化"之精神大规模扩散的前奏。[1]

以韩愈为代表的士人由于其强烈的复兴儒学、加强中央集权的政治理想受到了现实的打击和压制，倍感政治生活的残酷和不幸。然而，对韩愈来说，科名和仕途上的挫折并没有使他颓废，甚至后退，他在文学创作中找到了自己精神的制衡点，将痛苦和不幸转化为诗文创作的动力，他提出了"大凡物不得其平则鸣""有不得已者而后言"（均见《送孟东野序》）的观念，他的奇崛险怪、"横空盘硬语，妥帖力排奡"（《荐士》）的诗风和雄深雅健的文章犹如时代的"建筑"一样凝铸着中唐积极进取的精神，成为中唐时代精神的象征。他无论是如何的牢骚愤激、郁郁不得志，仍跟唐末文士的怨恨有着本质的区别。前者是主要出于对唐王朝政治建设急切的期望落空而产生的愤激，其落脚点乃是国家、社会，无论如何"鸣"，仍旧不放弃对最高君主的希冀；后者往往是出于一己的落拓不偶而产生的怨恨，在跟那些比较幸运的人物进行价值比较时所产生的不可抑制的怨恨，其落脚点是个人，而对于那些更加激进、猛烈的文士来说，他们甚至会走上与唐王朝现实对抗的道路。

## 二、牛李党争时期怨恨心态之特征及其初步形成

对于牛李党争时期的文士来说，他们所承受的现实压制是多方面的。党争加剧了国家政治生活的腐败，这在社会生活中有多方面的表现，前已述之[2]。更加要命的是，势家把持科第和铨选权的现象开始呈剧增之势，这就使大批的士人不能通过公正的竞争获得科第和升迁，从而被排挤在权力阶层之外（下面将综述之）。社

---

〔1〕　有关白居易参见本书第四章《牛李党争与文士》有关部分。
〔2〕　参见本书第五章第一节"作为中晚唐政治腐败之表征的牛李党争"。

会体制的不公正使得怨恨的心态初步形成且弥漫于社会之中。即以牛李党争而言，当某党得势、主政的时候，必然伴随着敌对党的失势和受压制，且牵涉大量本无预乎党争的士人，这种政治态势的发展是非常容易导致怨恨心态的产生的。

由于在科第和仕途上受到压制（包括牛李党争格局对士人的压制）而产生的怨恨，可谓比比皆是。比如张祜，张祜一生中屡受挫折，未尝一第，亦未尝入仕，这使他逐步形成一种怨恨的心态。

元和末，由于令狐楚和元稹的矛盾，令狐楚推荐诗人张祜时受到了元稹的排挤。[1]

白居易典杭州时，长庆三年（823年）秋，张祜与徐凝争首荐，白居易荐凝而屈祜，张祜遂"终身偃仰，不随乡试矣"（参见《唐摭言》卷2《争解元》、《云溪友议·钱塘论》）。

其实张祜在大和年间仍有求第之举，却再次表荐受屈。大和年间，张祜所作的那首《寓怀寄苏州刘郎中》（《全唐诗》卷511）诗是寄给时任苏州刺史[2]的刘禹锡的[3]，其诗云：

> 一闻周召佐明时，西望都门强策羸。天子好文才自薄，诸侯力荐命犹奇。
> 贺知章口徒劳说，孟浩然身更不疑。唯是胜游行未遍，欲离京国尚迟迟。

首联写自己满怀希冀，颔联写希望落空，颈联表达自己的失望、怨尤，末联言其离开京城时怅怅然的复杂心情。从时间上来看，这首诗距令狐楚表荐他已有十多年了，但是依旧是"诸侯力荐命犹奇"，这首诗歌正反映了他由于屡次不第而产生一种难以消弭的怨恨心态。

晚唐著名诗人李商隐、杜牧、温庭筠都亲自尝到了牛李党争带来的痛苦。由于抑郁不得志，他们普遍产生一种嫉恨心态，即以某人为价值评价的对象，在下意识中将之当作嫉恨的对象，以消弭其生存性价值比较的紧张情态。

李商隐生活在党争夹缝中，备尝心灵的磨难。他的很多诗歌以令狐绹为倾诉对象，祈请告哀或者抒发被遗弃的郁愤，其中有一些诗歌，如《寄令狐学士》《深宫》

---

〔1〕 参见《唐摭言》卷11、《唐诗纪事》卷52。据《唐才子传校笺》卷6《张祜传》第169—173页，认为："祜之为楚所荐，而为稹所谗当有之。"令狐楚荐举张祜不是在镇天平日，而是在其任宣歙节度使之元和十五年（820年）秋。
〔2〕 大和五年（831年）十月至大和八年（834年）七月。
〔3〕 据《唐才子传校笺》卷6《张祜传》第三册，第169—173页。

《梦令狐学士》《钧天》《读任彦升碑》《九日》等,直接表达了对令狐绹的艳羡和嫉恨。[1]

杜牧在党争格局中也是很不得意的。从会昌朝至大中朝,杜牧的心态,就是一条从抑郁不平到怅恨不已的心理轨迹。这种心态,很有可能是针对李德裕的,所以到了大中朝他会突入党争的紧密层,攻讦、诋毁李德裕,无所不至。由于他一向十分自负,所以在会昌大中之际由于自我角色期待落空而导致心态的蜕变,很有可能将自身的不遇归因到李德裕的排挤和冷落。[2]

对于温庭筠,也要看到他怨愤不平的心态的一面。尽管他沉溺于艳情活动,"能逐弦吹之音,为侧艳之词"(《旧唐书》卷190本传),但并不能消释他心中的郁结。"自欲放怀犹未得,不知经世竟如何"(《春日偶作》),"词客有灵应识我,霸才无主始怜君"(《过陈琳墓》),这些诗句皆自道其心事。史载其恃才傲物,放荡不羁,又好讥讽权贵,多犯忌讳,故屡举进士不第。咸通七年(866年)官国子助教,竟流落以终。温庭筠以其狷直的性格冒犯了高级官僚令狐绹,导致了令狐绹对他的排挤和冷落。温庭筠对令狐绹其实是充满了嫉恨和鄙夷之情的,其"中书堂内坐将军"诗句,是对令狐绹浅薄无学的嘲讽,其"自从元老登庸后,天下诸胡悉带令"诗句,调侃的口气中表露的是对令狐绹的鄙夷。[3]

李商隐、杜牧、温庭筠这些文士的嫉恨心理是一种比较有意思的现象,这表明怨恨心态的最初形态往往表现为嫉恨。嫉恨的进一步就是怨恨,这种演变本身就是大中、咸通之际政治文化之嬗变的一部分,即在咸通朝至唐亡政治文化中增加了"怨恨""对抗"的因素。

# 第二节　唐末文士的怨恨

大中、咸通之际不但是晚唐前后期政治格局和政治文化嬗变的重要转折时期,而且也是晚唐前后期诗风演变的重要转折时期。由于大中朝晚唐政治文化之嬗变

---

[1]　参见本书第四章《牛李党争与文士》第四节"李商隐与牛李党争"有关部分。

[2]　参见本书第四章《牛李党争与文士》第三节"杜牧与牛李党争"有关部分。

[3]　参见本书第五章《牛李党争与中晚唐政治文化及晚唐诗风》第三节"牛李党争与晚唐诗风"论温庭筠部分。

已经完成,故至唐末,其中又增添了"怨恨""对抗"等因素,同时又加重了隐逸和避世的因素。欲明晚唐诗风走向,于这些方面不得不注意。

大中朝之后,即晚唐后期的士人比此前更加尖锐地面对各种人生矛盾,处在人生抉择的两难境遇之中。

首先是道与势的矛盾。是坚持儒家的道义精神,还是屈服于权势之下,违背自己原有的政治原则和政治理想。在从政的过程中,是坚持帝王师的身份呢,还是在政治运作系统中充当一名忠实的奴仆,在帝王的权威之下丧失士人应有的尊严?

其次是仕与隐的矛盾。生当乱世,是入仕呢,还是隐居? 在入仕和隐居时又各自抱着什么样的心态? 是为了道义的发扬而入仕呢,还是为了禄位、稻粱谋而入仕? 是为了保持自己独立的人格而隐居呢,还是为了沽名钓誉,捞取虚名,以便更好地入仕?

最后是忠诚与背叛的矛盾。是始终如一地侍奉自己原有的主子,还是看风使舵,择主而仕,还是不断地趋炎附势,选择最强大的诸侯作为倚靠?

这种两难的人生境遇,不但造成了唐末政治文化分流现象[1],也直接促进了怨恨的积聚和加强。

对士人阶级而言,由于政治录用不公正,唐末势家把持科举之门,造成了大批的寒士不得正常入仕。官僚内部的腐败,也导致了正常的擢迁制度的破坏、朝廷纲纪的混乱和任官制度的腐败,导致了广大朝士的不满和怨恨。晚唐有大批的文士,尤其是寒士,他们往往是一些自视甚高的人,但是他们却连科举的门槛也无从迈入,这就使他们的心理极不平衡,所以他们对那些已经获得科举者或者权豪,或者当局产生了一种怨恨心态——"我有资格成为你那样的人,但实际却没有成为你那样的人。"

唐末势家把持科第是一个相当严重的问题。

欲探究此现象形成之原因,不能不考察唐末士人地位之升降。所谓势家云云,既包括士族出身的权贵,也包括非士族出身的显宦。要言之,晚唐时期,进士出身为仕进的重要之途,无论是出身于士族还是非士族,都十分重视以进士为仕进之途,及其入仕,成为权要,转而干预科场,以擢拔其势力集团之人物。此晚唐科举场不得不成为政治权力争斗之场所也,而寒素出身之士人不得不为之排挤、压制,尝

---

[1] 参见本章第三节。

尽应举之艰辛。

关于晚唐重进士，且科场成为权力争斗场之情况略述如下。

一方面，旧族出身的人，也纷纷以科举为仕进的重要阶梯；另一方面，寒族出身而致显宦者，转而讲究"地胄""阀阅"。二者区分已经不再明显，在很多方面趋向于一致。只要是当势者，不管是士族出身的权贵，还是非士族出身的权贵，往往成为把持科场的势家。

隋唐实行科举制度，有打击山东士族之作用，然世易时移，士族亦开始凭借其文化优势而参与科举入仕。自武则天大力发展科举制，崔、卢、李、郑、王诸姓通过科举制置身通显者越来越多。及至唐末，山东士族出身而显贵者比比皆是。士族子弟为求一第，纷纷聚会京师，蔚然成为时代潮流。士族地域意识逐渐淡化，郡姓界限趋于模糊。[1]

在大中年间，已经出现了"中第者皆衣冠子弟"的现象。到了唐末咸通乾符之岁，则更是越演越烈。《册府元龟》卷651之《谬滥》载："时举子尤盛，进士过千人。然中第者皆衣冠士子。……惟陈河一人，孤平负艺，第于榜末。"

有的史学工作者因此感到旧士族有复兴的势头，胡如雷辨之云："殊不知这种现象，与其说是旧势力作为门阀士族再次抬头，不如说是科举制日益盛行的结果。"[2]所言良是。不像魏晋南北朝时期，门第与官职有着必然的关系，唐代的旧族不得不迫于形势，跟庶族出身的士子竞争于科举场。故李揆云："若道门户，有所自，承余裕也；官职，遭遇尔。"门第乃承自先祖，而官职则不得不历经科举这一门槛而获得。

由科场出身而致身通显的寒素士子，转而成为新权贵、新贵族。冯宿三子陶、韬、图三人，"连年进士及第，连年登宏词科"，"太和初，冯氏进士十人，宿家兄弟叔侄亦八人焉"（《元河南志》卷1），可谓一门鼎盛。王徽是京兆杜陵人，不属太原、琅琊二王氏，该族自徽曾祖择从之兄易从以降，至大中朝，"登进士科者一十八人，登台省、历牧守、宾佐者三十余人"（《旧唐书》178《王徽传》）。此等崛起之贵族，"其成员入仕的途径及一门贵盛、数世通显的事例同前崔、卢、李、郑、王等旧姓的情况完

---

〔1〕　参见毛汉光：《从士族籍贯迁移看唐代士族之中央化》，载《中国中古社会史论》，上海书店出版社
　　　2002年版。

〔2〕　胡如雷：《门阀士族兴衰的根本原因及士族在隋唐的地位和作用》，载《隋唐五代社会经济史论稿》，
　　　中国社会科学出版社1996年版，第309页。

全相同。因此,尽管有一些士族在唐朝,尤其在后期,又有仕途得势的趋势,但他们与张嘉贞、王徽、高钺、路岩等族相比,并没有享受什么特殊的等级特权"[1]。牛党多为庶族出身,然特重地胄词采。"同秉政者陈夷行、郑覃请经术孤单者进用,(李)珏与(杨)嗣复论地胄词采者居先。"[2]新兴贵族当其手握重权,朱紫加身,富贵显荣之时,往往开始讲究地胄、阀阅,此古代官僚阶层之通习也。

可见,唐代后期,士族地位已不能仅借传统门第来维持了。在唐世科举制下,门资对于仕宦的意义大不如前,而出身进士者往往仕宦通显。进士科取代九品中正制,改变了士、庶隔若天壤的绝对对立状态。进士科下,士、庶都同趋一途。[3] 在这种情况下,科场遂成为各个阶层权力争斗场,而在政治上占优势的官宦世家则把持科第,极力在科举过程中排挤新兴士人,使自己的子弟通过科举进入仕途。[4] 在这些官宦世家中,有相当部分为北方士族[5],这也是客观事实。"官职,遭遇也"(李揆语),旧族既不依靠门第来维持地位,自是利用科第为其最后之屏障,此势家把持科第现象出现之原因也。

唐末,参加科举的人士也大量增加,"大中、咸通之后,每岁试礼部者千余人"[6],但是科第却为势家把持,导致了一第难于上青天的现象。而以"咸通、乾符之际,龙门有万仞之险,莺谷无孤飞之羽。"(《全唐文》卷826 黄滔《司直陈公墓志》)唐末诗人大多有刻骨铭心的觅举生涯,为一第而艰难奔波,数次不第,晚年方及第,乃是司空见惯之事。而即使及第后,也未必能仕途顺利,成为高级官僚。据统计,在咸通元年(860年)至天祐四年(907年),及第诗人有54人,其中官至五品以上的仅有司空图、李昌符、高蟾、钱珝、秦韬玉、郑谷、韩偓、吴融8人。

除了韩偓曾与昭宗同患难而突入最高权力中心,很少有诗人能深入国家政权中心,与中央政权同呼吸、共命运。"在唐末进士中,像于濆、翁绶、汪遵、许棠、聂夷中、周繇、崔橹、崔涂、温宪、唐备、张鼎、王贞白、褚载、曹松、王希羽、刘象、林宽等,在及第之后,只能做到县尉、校书郎等低级官吏,或者在幕府中终老一生;牛峤、翁承赞、杜荀鹤、王毂、韦庄、卢延让、张蠙、殷文圭、卢汝弼等,最终是依附藩镇,谋得高

〔1〕 胡如雷:《隋唐五代社会经济史论稿》,第312页。
〔2〕 参见《东观奏记》上、《南部新书》丁卷、《唐语林》三。
〔3〕 王炎平:《辨牛李之争与士庶斗争之关系》,《四川大学学报(哲学社会科学版)》1987年第2期。
〔4〕 参见傅璇琮:《唐代科举与文学》,陕西人民出版社1986年版,第357页。
〔5〕 参见傅璇琮、吴宗国、毛汉光、陈寅恪的有关著作。
〔6〕 (宋)王谠:《唐语林校证》卷2,周勋初校证,中华书局1987年版。

官——只是高官更多是因着辞藻的华丽,与他们的政治情怀与儒学水准关系并不大;翁洮、王驾等虽然在朝中都能晋升到员外郎,但最终都放弃了官职,隐居去了;另外,皮日休、吴仁璧、郑准在动乱中死于非命,徐夤等则在入幕与隐居之间游走。考中进士命运尚如此不堪,那些没有及第的诗人的命运,则显得更为坎坷。在大量应举不第的诗人中,除了秦韬玉、陆希声、唐彦谦、罗隐、殷文圭等有限的几个人,在唐末中央政权或地方政权中谋得较高官职外,其他的诗人更多是在幕府中消耗生命,或无奈归隐林泉。"[1]

由于科第难以如意,又遭逢乱世,故唐末诗人的很多诗歌作品都与科第有关,且多叹老嗟卑之词。"晚唐人集,多是未第前诗,其中非自叙无援之苦,即訾他人成名之由。名场中钻营恶态,恔懥俗情,一一无不写尽。"[2]同时,一些情感激越的诗人,又常常发出怨愤之辞。这种悲苦和怨愤混杂的调子,当我们翻开唐末诗人集子的时候,是很容易感受得到的。

唐末文士的怨恨主要有两种指向:一种是指向自身,以自身的牢落不偶为要旨,从而有大量的怀才不遇、怨愤不平之作;一种是指向统治阶级和不公平的社会,从而有大量的讽喻兴寄之作。前者表现出一种私人化立场,后者表现出社会化立场。

下面我们先来看怨恨的第一种指向。

唐末很多诗人均作有自伤不遇、怨愤不平之作,如罗邺、罗隐、李山甫、来鹄、邵谒等。古代诗评家都注意到了这个现象。胡震亨《唐音癸签》卷8云"罗邺名场无成,无一题不以寄怨。……那知从恔求本怀中发出来",又云:"李山甫求名不遂,满腔怨毒,语不忌偁,如'麻衣尽举一双手,桂树只生三十枝。'"

由于词多怨刺,怨愤之气溢于言表,甚至直接导致自身仕途的不利。罗隐就是这样一个典型,所谓"《谗书》虽盛一名休"(《全唐诗》卷734罗衮《赠罗隐》)。《太平广记》卷199引《北梦琐言》记载了高蟾因落第诗能掩饰其怨愤之情,得到公卿的擢引,而罗隐"多怨刺"而为当路子弟排摈之事:"唐高蟾诗思虽清,务为奇险,意疏理寡,实风雅之罪人。薛能谓人曰:'倘见此公,欲赠其掌。'然而落第诗曰:'天上碧桃和露种,日边红杏倚云栽。芙蓉生在秋江上,不向东风怨未开。'盖守寒素之分,无躁竞之心,公卿间许之。先是胡曾有诗云:'翰苑何曾休嫁女,文昌早晚罢生儿。上

[1] 陶庆梅:《唐末诗歌专题研究》,北京师范大学 2000 年博士学位论文,第 15—16 页。
[2] (明)胡震亨:《唐音癸签》卷 26 谈丛二。

林新桂年年发,不许平人折一枝。'罗隐亦多怨刺,当路子弟忌之,由是蟾独策名也。"其实这个高蟾也未必能守"寒素之分",其"芙蓉"句实际上隐藏的是一颗怅恨、怨诽的心,而如"阳春发处无根蒂,凭仗东风分外吹"与"人生莫遣头如雪,纵得春风亦不消"(《全唐诗》卷668《春》),以及"曾和秋雨驱愁入,却向春风领恨回。深谢灞陵堤畔柳,与人头上拂尘埃"(《全唐诗》卷668《下第出春明门》),诸诗句皆其未第前"躁竞"、怨愤心态的表露。

下面列举几位唐末充满了怨恨的代表人物。

罗隐(833—909年) 本名横,字昭谏。新城(今浙江桐庐)人。举进士,十上不第,遂改名为隐。后从事诸镇,皆不得志。光启三年(887年),投杭州刺史钱镠,颇蒙殊遇。至后梁开平三年(909年)卒。工诗善文,尤精小品。其《谗书》"乃愤闷不平之言,不遇于当世而无所以泄其怒之所作"(《谗书跋》)。鲁迅谓此书"几乎全部是抗争和愤激之谈"。其诗亦多怀才不遇之作。今略举一二。其《途中寄怀》(《全唐诗》卷657)云:"不知何处是前程,合眼腾腾信马行。两鬓已衰时未遇,数峰虽在病相撄。尘埃巩洛虚光景,诗酒江湖漫姓名。试哭军门看谁问,旧来还似称先生。"其《曲江春感》(同上卷655)云:"圣代也知无弃物,侯门未必用非才。一船明月一竿竹,家住五湖归去来。"其《投所思》(同上卷655)云:"憔悴长安何所为,旅魂穷命自相疑。……浮生七十今三十,从此凄惶未可知。"从这些诗来看,一个因落第而愤激、颓唐的抒情主体的形象顿然显现在我们的面前。其《登高咏菊尽(一作李山甫诗)》(同上卷657)中"陶公没后无知己,露滴幽丛见泪痕"句,则借菊花凋零而慨叹其知己难遇。

邵谒(生卒年不详) 韶州翁源(今广东翁源)人。少为县小吏,因客至仓促,不及迎侍,为县令所逐,乃发愤读书。咸通七年(866年)为国子监生,为国子助教温庭筠称赏,不久遂登进士第。后赴官,不知所终。邵谒在很多诗作中表达他怀才不遇的愤懑。其《放歌行》(《全唐诗》卷605)云:"龟为秉灵亡,鱼为弄珠死。心中自有贼,莫怨任公子。屈原若不贤,焉得沉湘水。"贤能之士反而遭受埋没,这是庄子"有材者反而受到戕伐"[1]之意。其《赠郑殷处士》(同上卷605)云:"善琴不得听,嘉玉不得名。知音既已死,良匠亦未生。……长材靡入用,大厦失巨楹。颜子不得禄,谁谓天道平。"其《送从弟长安下第南归觐亲》(同上卷605)云:"白日不得照,戴天如

---

〔1〕 意出自《庄子外篇·山木第二十》,"此木以不材得终其天年",可见有材之木反而受到戕伐。

戴盆。青云未见路，丹车劳出门。采薇秦山镇，养亲湘水源。心中岂不切，其如行路难。"二诗愤天道不平，行路之难，发出了其作为底层寒士的痛苦的呼喊。

**罗邺**（生卒年不详）　吴人，一作余杭（今属浙江）人。盐铁吏罗则子。屡举进士不第，羁旅四方。咸通末尝入崔安潜江西幕。后为督邮，甚不得志，乃赴单于都督府幕，抑郁而终。与罗隐、罗虬俱以声格称，号"三罗"。罗邺在咏物诗中寄寓他的愤慨。其《鹦鹉咏》（《全唐诗》卷654）云："乘时得路何须贵，燕雀鸾凰各有机。"这无疑是因自身无人援引乃借鹦鹉而发慨。其《赏春（一作芳草，一作春游郁然有怀赋）》（同上卷654）云："芳草和烟暖更青，闲门要路一时生。年年点检人间事，唯有春风不世情。"芳草在春风的吹拂之下，无论"闲门要路"均同时生长，所以春风是无私的，而世间却充满了势利和俗情，此诗讽刺了不公平的世道，也表达了自身的牢落不偶之感。

**来鹏**（生卒年不详）　豫章（今江西南昌）人。"工诗，蓄锐既久，自伤年长，家贫不达，颇亦忿忿，故多寓意讥讪。当路虽赏清丽，不免忤情，每为所忌。"（《唐才子传》卷8）由此造成十上不得第。韦岫尚书独赏其才，延待幕中，携以游蜀，又欲纳为婿，不果，是年力荐，又失志，是岁不随秋赋而卒于通议郎。[1] 其《偶题二首》（《全唐诗》卷642）云："近来灵鹊语何疏，独凭栏干恨有殊。一夜绿荷霜剪破，赚他秋雨不成珠。"（其一）"水边箕踞静书空，欲解愁肠酒不浓。可惜青天好雷霆，只能驱趁懒蛟龙。"（其二）前首被时人视为诗谶——美好的事情越来越少，心中却有很多"恨"，此时眼中所见无非愁怨，绿荷为霜所剪破，宁非嫉恨之故？后首嘲讽青天之无眼，亦愤激世道之意也。

**李山甫**（生卒年、里籍不详）　咸通中，累举进士不第。僖宗时，流寓河朔间。光启中，依魏博节度使乐彦祯为判官。以仕途不得意，且怨中朝大臣，遂怂恿彦祯于从训伏兵劫杀宰相土铎。后落拓不知所终。其诗多扰讽，抒发其抑郁不平之气。李山甫的下第诗总是掺杂着悲伤和怨愤，其《下第献所知三首》（《全唐诗》卷643）其一云："偶向江头别钓矶，等闲经岁与心违。虚教六尺受辛苦，枉把一身忧是非。青桂本来无欠负，碧霄何处有因依。春风不用相催促，回避花时也解归。"在《贫女》（同上卷643）中他以一个贫穷而未嫁的女子自喻其咸通中数举进士而被黜的悲凉感："平生不识绣衣裳，闲把荆钗亦自伤。镜里只应谙素貌，人间多自信红妆。当年

---

〔1〕　来鹏以诗鸣，而来鹄以文著。二者材料往往混淆，辨见《唐才子传校笺》卷8，第428—432页。

未嫁还忧老,终日求媒即道狂。两意定知无说处,暗垂珠泪湿蚕筐。"巢寇之乱,见翰林待诏王遘,赋诗云:"情知此事少知音,自是先生枉用心。[1] 世上几时曾好古,人前何必更[2]沾襟。致身不似笙竽巧,悦耳宁如郑卫淫。三尺焦桐七条线,子期师旷两沉沉。"[3]借琴曲知音之难遇抒发其牢落不偶之感慨。

唐末文士对于这些终生功名未就、牢落未偶的前辈充满了深切的同情和认同感。因为自身在恶劣的政治环境中郁郁不得志,所以他们与前辈声息相通。韦庄在昭宗朝要求为许多未第的诗人追赠科名。[4] 其词云:"前件人俱无显遇,皆有奇才。丽句清辞,遍在时人之口;衔冤抱恨,竟为冥路之尘。但恐愤气未销,上冲穹昊……"前辈落魄诗人明显给韦庄以"愤气"未销的感觉。

皮日休和司空图都曾对会昌中进士卢献卿(字著明)的不公平遭遇表示愤愤不平之意。皮日休在《伤卢献秀才(献有〈愍征赋〉一卷,人为作注)》高许其《愍征赋》且同情之:"愍征新价欲凌空,一首堪欺左太冲。……手弄桂枝嫌不折,直教身殁负春风。"(《全唐诗》卷 613)司空图所关注的是卢献卿的才情和不可遏制的愤怨之气——"以挽捼致愤于累千百言,亦犹虎之饵毒,蛟之饮镞。其作也,虽震邱林鼓溟涨,不能决其咆怒之气。"并且,司空图之所以屡次赞颂卢献卿,其出发点是为了"以雪词人之愤"(《全唐文》卷 809《注愍征赋后述》)。

再来看怨恨的第二种指向。

唐末士人对于那些占据着高位、有优势的人往往心怀怨恨,故诗文中常以他们为讽刺对象进行揭露,以发泄自己的不满。罗邺《牡丹》(《全唐诗》卷 654)云:"落尽春红始著花,花时比屋事豪奢。买栽池馆恐无地,看到子孙能几家。门倚长衢攒绣毂,幄笼轻日护香霞。歌钟满座争欢赏,肯信流年鬓有华。"李山甫,咸通中不第。后流落河朔,为乐彦祯从事,多怨朝廷之执政。尝有诗云:"劝君不用夸头角,梦里输赢总未真。"(《全唐诗》卷 643《寓怀》)《遣怀》(同上卷 643)云:"长松埋涧底,郁郁未出原。孤云飞陇首,高洁不可攀。古道贵拙直,时事不足言。莫饮盗泉水,无为天下先。智者与愚者,尽归北邙山。唯有东流水,年光不暂闲。"以涧底松自许,见其自期甚高,又平论智者与愚者,以"时事不足言"有以激之也。通过这种方式是为

---

〔1〕 按首联《唐诗纪事》本作"幽兰绿水耿情音,惜叹先生枉用心。"
〔2〕 《唐诗纪事》本"更"作"独"字。
〔3〕 《全唐诗》卷 643《赠弹琴李处士》,参《唐诗纪事》卷 70 载。
〔4〕 参见《唐摭言》卷 10《海叙不遇》《韦庄奏请追赠不及第人近代者》。

了说明那些人也不过如此,那些人的结局也未必佳。在这种价值比较、身份比较中,诗人通过贬低被比较者的价值,以达到自己的心理平衡。

此外,士人们提供一套新的价值观,一套不同于被比较者的价值观,以取代自己无力取得的价值实质,这也往往成为具有现实指向性的怨恨的起因。在晚唐出现了皮日休、罗隐等以揭露现实黑暗为务的文士。他们写出了很多的小品文和乐府诗,提出了很多不同于前人的、深刻的观念,对于整个的社会政治制度进行了一定程度上的反思,对于那些权贵进行讽刺,对于社会的黑暗面进行揭露,并且还出现了无君论的道家政治思潮,其动力机制实际上是怨恨。

咸通乾符年间出现了一股反思现实、针砭时弊的社会思潮。皮日休自编《文薮》,其出发点是"上剥远非,下补近失",于《文薮》序、《桃花赋》序、《悼贾》序中屡言之。其要旨亦不过宣扬行儒家仁政之观念,试图挽回日渐衰微的王朝气脉。他们猛烈地抨击社会的黑暗,显示了对社会深刻的洞察力与思想的锋芒。而且,从他们的思想脉络中,我们可以察觉到怨恨的心态乃发动机制。他们或者提出一套全新的价值观以代替别人,或者直接贬低其所嘲讽的对象。并且,在他们的论述中,是将"古"作为一种重要的价值参考标准来衡量现实的,他们依托于"古"来提出自己的一套价值标准,以抗衡现实的价值标准。

因其自身怀才不遇,故对于那些占据着位置却为国家蠹虫的人满怀怨恨之情,故于其文中猛烈抨击之。《皮子文薮·皮日休文集》卷5《祝疟疠文》云:"疠乎疠乎!有事君不尽节,事亲不尽孝,出为叛臣,入为逆子,天未降刑,尚或窃生,尔宜疠之!有专禄恃威,僭物行机,上弄国权,下戏民命,天未降刑,尚或窃生,尔宜疠之!……"可谓恶毒诅咒腐败官僚和叛臣。陆龟蒙以官吏为害鼠,其《记盗鼠》(《甫里先生文集》卷19)云:"物有时而暴欤?政有贪而废欤?……况乎上捃其财而下啖其食,率一民而当二鼠,不流浪转徙,聚而为盗何哉?"他的短义,如《禽暴》《蟹断》《蠹化》,均是讽刺官僚阶层的腐败和统治阶级盘剥之重的。

罗隐则反抗的精神更强。其《梅先生碑》云:"宠禄所以劝功,而位大者不语朝廷事。是知天下有道,则正人在上;天下无道,则正人在下。"这是一个颠倒的社会制度,正人本该在上,却被压制在下。因应有的位置没有得到,对为己所鄙视却占据高位者的怨恨积聚在罗隐的心中。他自视甚高,故抨击起那种黑暗的社会现实也是十分尖刻。

吴乔《围炉诗话》言罗隐"善作积愤之言"。其《英雄之言》(《罗昭谏集》卷7)云:

> 视玉帛而取者,则曰牵于寒饥;视家国而取者,则曰救彼涂炭。牵于寒饥者,无得而言矣;救彼涂炭者,则宜以百姓心为心。……为英雄者犹若是,况常人乎?是以峻宇逸游,不为人之所取者,鲜矣。

此文对于君主的行为动机简直是深度透视——君主打着救民水火的旗号,却是为了夺取至尊富贵。罗隐之所以会发此等与传统儒家道德观念简直是背道而驰的言论,仍是由于那种怨恨心态。他的怨恨是一种扩散性的心态,也就是说,这种心态一旦形成,随时随地都会表现出来,其矛头指向可能是某个人、官吏、君主,或者某种象征物,或者某种制度。《唐才子传》卷9指出他"恃才忽睨,众颇憎忌。自以当得大用,而一第落落,传食诸侯,因人成事,深怨唐室。诗文凡以讥刺为主,虽荒祠木偶,莫能免者"。

这些掺杂着感伤和怨恨的诗文,最明显的特征就是多作反语,正语若反。多做反语,往往是一种愤激不平的心态的表露。本来可以按照正面的方式来说话,却偏要绕过一层,从反面的角度来表达自己的意思。而解读者也只有从反面的角度切入,经过一定的分析,才能把握作者本来要说的意思。

陆龟蒙的《蚕赋》就是这样一篇寄寓愤慨的翻案文章,其序云:

> 荀卿子有《蚕赋》,杨泉亦为之,皆言蚕有功于世,不斥其祸于民也。余激而赋之,极言其不可,能无意乎?诗人硕鼠之刺,于是乎在。

赋曰:

> 古民之衣,或羽或皮。无得无丧,其游熙熙。艺麻缉纑,官初喜窥。十夺四五,民心乃离。逮蚕之生,茧厚丝美。机杼经纬,龙鸾葩卉。官涎益馋,尽取后已。呜呼!既豢而烹,蚕实病此。伐桑灭蚕,民不冻死。

对于蚕这种本有益于人类的生物进行否定,是针对统治阶级的奢侈消费导致了对民众的严酷剥削,所以表面上归罪于蚕,实际上是矛头直指统治阶级。

前面已经说过,怨恨心态在本质上是一种生存性伦理的情绪,而报复和嫉恨,它们要有特定的诱因才能表现出来,它们的针对性是与确定对象联系在一起的。然而,这二者也是互相关联的。怨恨的起因,可能也是确定的对象,在当下的心态也是报复和嫉恨,经过多次的受侮辱、受伤害,经过情感上的沉淀,就成为一种怨恨。而怨恨积聚到一定程度,又可能采取直接性的报复性行为。

李山甫不仅仅有怨恨,他的报复欲也很强。因为怨恨久久地积聚,他也时刻在寻找一种发泄口，寻找具体的报复对象，以发泄他的怨愤和痛苦。最后他以王铎为报复对象来发泄积怨。这是一种替代性的报复方式。他个人跟王铎可能本身就有恩怨，即举进士为王铎所黜。这种替代性的报复，可以发泄他科举不第的怨恨，不被唐室录用的悲愤，王铎成了他发泄政治怨恨的象征物。史载山甫以仕途不得意，且怨朝中大臣，遂怂恿彦祯子从训伏兵劫杀宰相王铎。[1]

因未第而对唐王朝采取报复性行为的不仅仅是李山甫，唐末出现很多这样的文士，可谓一个值得重视的现象。

又如李巨川。本身还是出身姑臧李氏，为"士族之鼎甲"。后为大军阀韩建效命，瓦解唐庭。"时建奏勒诸王放散殿；后都雪岐，下宋文通，皆巨川之谋也。"（《唐摭言》卷10）最后为韩建所卖，为朱全忠所弑。

又如谢瞳。《旧五代史》卷20《谢瞳传》载："唐咸通末举进士，因留长安，三岁不中第。广明初，黄巢陷长安，遂投迹于太祖。"

又如苏楷。《全唐文》卷839苏楷小传云："楷，乾宁二年举进士，重试黜落。哀宗时依朱氏为起居郎，以旧憾上疏驳昭宗谥号。"

又如杜荀鹤。杜荀鹤长久科举未第，后依凭朱全忠之荐举而及第。先入田頵幕，最后加入朱全忠政权，依托朱全忠。其晚年行径亦有同于李振、张策之流者。他也曾策划过类似白马之祸一样的行动。《旧五代史》卷24有传云："时田頵在宣州，甚重之。頵将起兵，乃阴令以笺问至，太祖遇之颇厚。及頵遇祸，太祖以其才表之，寻授翰林学士、主客员外郎。既而恃太祖之势，凡搢绅间己所不悦者，日屈指怒数，将谋尽杀之，苞蓄未及泄，丁重疾，旬日而卒。"[2]

在李山甫、谢瞳、杜荀鹤等士人身上，我们看到在社会大动荡时期，社会新旧道德猛烈交锋，理想大滑坡，中心价值观念瓦解，而部分士人完成价值观念之转型，人格之蜕变，不再忠心于唐室的状况。《旧唐书》卷179史臣论云："史臣曰：呜呼！李氏之失驭也，孛沴之气纷如，仁义之徒殆尽。狐鸣鸱啸，瓦解土崩。带河砺岳之门，寂无琨、逖；奋挺揭竿之类，唯效敦、玄。手未舍于棘矜，心已萌于问鼎。加以嚣浮

〔1〕　参见《新唐书》卷185《王铎传》、《北梦琐言》卷13。关于李山甫跟王铎的恩怨，《唐音癸签》卷26载："乐帅子高鸡泊杀王铎一事，李山甫导之也。史言山甫数举进士被黜，怨中朝大臣，故有此举。考铎传咸通典试，而小说山甫罢举亦在咸通中，山甫被黜即铎也，岂泛怨哉！"又云："李山甫求名不遂，满腔怨毒。"可参。

〔2〕　岑仲勉先生认为："又才子传谓杜荀鹤侮慢搢绅，众怒，欲杀之，未得，与《旧五代史》相反，文房西域人，盖误解《旧五代史》之文耳。"见《郎官石柱题名新考订（外三种）》，上海古籍出版社1984年版。

士子,阘茸鲰儒,昧管、葛济时之才,无王、谢扶颠之业,邀功射利,陷族丧邦。潜、纬养虎于前,胤、璨剥庐于后。逐徐、薛于瘴海,置綮、朴于岩廊。殿廷有哭制之夫,辅弼走破舆之党。九畴既紊,百怪斯呈。木将朽而蠹蝎生,厉既笃而夒魑见。妖徒若此,亡国宜然。何必长星,更临衰运?"乃当时之实况也。

即使白马之祸,也是一种怨恨心理的结果。那些应举不第的士人或出自旧族却受到旧族鄙视的人,如李振[1]、张策[2]、柳璨[3]等人,由于心怀因受到唐王室排挤而产生的怨恨,尤其是恨这些一度在唐王朝占据重要权力的世家大族,于是发动了白马之祸,而未必是朱温的一种主动要求。[4] 所以,白马之祸主要是李振等旧族沦替的士人向唐王室旧族出身的高级官僚发动的一次报复性行动。

白马之祸的经过,《资治通鉴》卷 265 所载较详(第 8642—8643 页,参见《新五代史》卷 35,《北梦琐言》卷 15):

> 柳璨恃朱全忠之势,恣为威福。会有星变,占者曰:"君臣俱灾,宜诛杀以应之。"璨因疏其素所不快者于全忠曰:"此曹皆聚徒横议,怨望腹非,宜以之塞灾异。"李振亦言于朱全忠曰:"朝廷所以不理,良由衣冠浮薄之徒紊乱纲纪;且王欲图大事,此曹皆朝廷之难制者也,不若尽去之。"全忠以为然。癸酉,贬独孤损为棣州刺史,裴枢为登州刺史,崔远为莱州刺史。乙亥,贬吏部尚书陆扆为濮州司户,工部尚书王溥为淄州司户。庚辰,贬太子太保致仕赵崇为曹州司户,兵部侍郎王赞为潍州司户。自余或门胄高华,或科第自进,居三省台阁,以名检自处,声迹稍著者,皆指为浮薄,贬逐无虚日,搢绅为之一空。辛巳,再贬裴枢为泷州司户,独孤损为琼州司户,崔远为白州司户。……(天祐二年)六月,戊子朔,敕裴枢、独孤损、崔远、陆扆、王溥、赵崇、王赞等并所在赐自尽。

---

[1] 《资治通鉴》卷 265 载:"李振屡举进士,竟不中第,故深疾搢绅之士。"

[2] 赵崇素以清流自任,曾压制张策应举,因为他身为衣冠子弟,出家又还俗来献诗。最后张策没有法子,投奔朱全忠,并成为白马清流之祸的谋主之一。见《登科记考》卷 24、《北梦琐言》卷 3、《唐摭言》卷 11。

[3] 柳璨虽出身于世族,然以其未得本宗之贵显者之尊重,"同列裴枢、独孤损、崔远皆宿素名德,遽与璨同列,意微轻之,璨深蓄怨"。故于士族别生一番怨恨。因其自我之定位当亦以士族自期,今既不得占据要位之士族之尊重,转而对其产生怨恨,故谋害起这些士族人物来,可谓毫不留情。参见《旧唐书》卷 179 本传。

[4] 当然,朱全忠自身对士人有一种嫉恨的心理。这可能与其己身的自卑感有关,因为他出身很卑微,也跟领教过士人比如殷文圭的"负心"有关。《唐摭言》卷 9 载朱全忠在受到殷文圭的要弄后,"然是屡言措大率皆负心,常以文圭为证,白马之诛,靡不由此也"。也可备一说。

时全忠聚枢等及朝士贬官者三十余人于白马驿,一夕尽杀之,投尸于河。初,李振屡举进士,竟不中第,故深疾搢绅之士,言于全忠曰:"此辈常自谓清流,宜投之黄河,使为浊流!"全忠笑而从之。

观唐代士人怨恨之产生,一则在于士族与寒族、清流与浊流之间,士族出身、清流官品往往鄙薄庶族出身、浊流官品,而庶族出身、浊流官品难免心怀怨恨。二则在于入仕者与未第者之间,入仕者成为权力阶层,而徘徊于权力边缘的未第者自是难免怨恨。李振、张策、柳璨之流,往往辗转于科第场,备受屈辱,虽然也是出身于旧族[1],然而彼等转而谋害同为旧族出身之朝臣者,无他,以嫉恨故也[2]。此嫉恨之产生,乃是社会升降之时,两种不同的价值标准矛盾冲突的结果。时当朱全忠势力全盛时期,唐朝旧族亦多投靠朱全忠。[3]然虽然同为投靠,其行为作风和价值取向自是不同。李振、张策、柳璨等,躁急求进,不顾廉耻,早已违背老一套的士族礼法门风传统。而如陆扆、裴枢、赵崇则以老一套的士族礼法门风自持,于此等庶族寒士出身、浊流官品之阶层,或者旧族之沦替者,或者名誉不佳者,又往往存一种鄙夷心态。而柳璨、李振辈既受彼等之鄙夷,乃心生怨恨,终至于借助星变说而一举歼灭此等旧士族,沉其入黄河,并发"此辈常自谓清流,宜投之黄河,使为浊流!"之言,稍泄其平昔蓄积之怨恨耳。

## 第三节　怨恨的晚唐社会与艳情、隐逸的风习

晚唐士人由于身处衰乱之世,期待与获得、理想与现实产生巨大的反差,所以普遍产生一种怨恨的心态。然而,在诗歌观念方面,却发展了雅颂的观念,而讽喻之旨却并没有得到倡导。这种对比和落差,本身说明了晚唐士人的两难困境。

寒士阶层,或者后虽显贵而先前颇有屈辱经历的士人,更容易表现出一种怨恨

---

[1] 《五代史阙文》载:"臣又按:梁室大臣如恭翔、李振、杜晓、杨涉等,皆唐朝旧族,本当忠义立身,重侯累将,三百余年,一旦委质朱梁,其甚者赞成弑逆。"见《旧五代史》卷60《唐书》卷36《李敬义传》注所引。

[2] 《资治通鉴》卷265载柳璨所贬逐的朝臣,"或门胄高华,或科第自进,居三省台阁,以名检自处,声迹稍著者,皆指为浮薄,贬逐无虚日,搢绅为之一空"。

[3] 比如裴枢。《新唐书》卷140本传载裴枢在昭宗朝即与朱全忠相互结纳。朱全忠也曾举荐他,"言枢有经世才,不宜弃外(时裴枢出为清海节度使),复拜门下侍郎平章事,监修国史"。

的心态。从其个人立场来看,他们明显是怨恨积聚、心怀不满的。然而,他们并没有充分地表达他们的不满和怨恨,而是高呼着追复风骚的空洞口号,郑谷云:"一第由来是出身,垂名俱为国风陈。此生若不知骚雅,孤宦如何作近臣?"(《全唐诗》卷675《卷末偶题三首》其三)薛能云:"谁怜合负清朝力,独把风骚破郑声。"(同上卷559《春日使府寓怀二首》其一)"风骚委地苦无主,此事圣君终若何。"(同上卷559《投杜舍人》)杜荀鹤云:"雅篇三百首,留作后来师。"(同上卷691《维扬逢诗友张乔》)"诗旨未能忘救物。"(同上卷692《自叙》)他们普遍在诗歌中颂美王室或者追求闲适之情,这表明了他们在乱世中勉力镇定,为自己寻找精神依托的企图。

对于贵胄出身、追求享乐的士人来说,则崇尚奢侈性消费,沉迷于艳情活动,这在咸通乾符年间颇为盛行。

从总体上来看,唐末艳情诗风和隐逸诗风的盛行反映了雅颂文学观念占据主流地位的情况。一方面是广大士人怨恨积聚,形成沉闷、压抑、乖戾的时代氛围;另一方面,在这种衰落的、临近崩溃的王朝之前夜,贵胄、士人竞相追欢逐乐,沉迷于情欲的芬芳、女色的品味,形成"今体才调歌诗"的盛行,而禅宗的盛行、乱世的自我保护策略,又使隐逸亦成为当时的主旋律。

根据刘宁的研究,尽管唐末诗人追复风骚的呼声十分强烈,但是唐末风雅观还是"因缺少积极的现实内容而成为粉饰政治的儒家教条,完全排斥了富于现实精神的讽喻之旨,追求以个人的闲适自得之趣歌美王化"。"以风骚为本成为唐末各个诗人群一致的诗学追求,而且各个诗人群再提倡风骚时所批评的对象又普遍指向晚唐以来直到黄巢入关,流行一时的香艳诗风。"因此,"唐末风雅观的核心在于提倡以颂美为主的雅颂精神"。(以上参刘宁博士论文《唐末五代诗歌研究》,第93—95页)

唐末风雅观以颂美为本,反映了"唐末文官政治的要求,体现了文学之臣以雅乐颂声歌美王化、维护政教的愿望"。这与中唐文臣白居易、韩愈积极进取的政治参与意识和积极批判现实的诗歌精神是不同的,"唐宣宗大中之政后,文官政体的消极强化,以及由此带来的唐末文臣的因循保守,使雅颂之旨流于虚饰政治的教条,中唐风雅观加以肯定的讽喻内容,在唐末风雅观中受到排斥"(同上,第94页)。尽管唐末诗人在理论上并不排斥讽喻,但也仅仅停留在口头,没有深入落实到创作中去(同上,第96页);"唐末风雅观对雅颂之旨缺少积极的理论建树,它发展了白居易闲适诗以个人的闲适之趣歌美王化的创作精神,推重雅正的艺术风格和含蓄有

味的艺术旨趣,集中体现了唐末文官阶层保守内敛的精神面貌。"(同上,第97页)

尽管唐末诗人总是高唱着追复风骚,且以咸通乾符年间的香艳诗风为批评对象,但是由于讽喻精神的缺失,从而无论是艳情诗风也罢,隐逸诗风也罢,都成了这种颂美为本的风雅观同构同质的社会产物。而主要由寒士阶层因为怨恨积聚而发动的抨击、讥刺社会现实、抒发牢骚不遇之慨的诗歌精神和讽喻精神,尽管一度昌盛于唐末衰世,尤其是以皮陆二人、曹邺、于濆、聂夷中为代表的古风和乐府诗潮,但是由于世道已不可为,士人皆以一己的安危荣辱为念,中晚唐政治文化的转型已经完成,所以很快就淹没在颂美为本的风雅观之中,从而产生大量的闲适自得之作。从这个角度来看,艳情诗风和隐逸诗风具有消释怨恨的功能指向,当然这是从诗歌创作的总体情况来看的。香艳诗风往往是由出身贵胄、家境好、仕途上相对比较顺利的士人所煽动、传布的,他们未必感受到怨恨,而往往是临近动乱前,通过女性和艳情来消释他们积攒于内心的骚动和恐慌,通过狂欢和纵欲来忘却迫近眼前的动乱危机。当寒士阶层也熏染到这种艳情诗风的时候,对于他们而言,艳情世界就具有了消释怨恨的功能指向。而隐逸诗风,则无论对寒士也好,对贵胄也好,都具有消释怨恨的功能指向。

## 一、沉迷于艳情世界

自中唐以来,艳情活动即颇见流行。"贞元以来,风俗流于淫靡",以元白为代表的艳情诗风受到了广大士人和民众的喜爱和传布。这跟元和末长庆间政治文化由兼济转向独善是一致的。大批士人开始从事艳情诗写作,晚唐前期李商隐、杜牧、温庭筠等均有相当显著的艳情活动和艳情诗作[1]。

---

[1] 李商隐的恋爱事迹,五四运动后,苏雪林撰成《李义山恋爱事迹考》,然而缺乏确凿的证据,今人葛晓音、陈贻焮分别撰文,详细考证李商隐与女冠恋爱的经过。参见陈贻焮:《李商隐恋爱事迹考辨》,载《文史》第6辑;葛晓音:《李商隐江乡之游考辨》,载《文史》第17辑。杜牧一生诗酒风流,扬州宴游无度,为牛僧孺密护之事迹,尤其显著,参见《太平广记》卷273杜牧条。其诗云:"十年一觉扬州梦,赢得青楼薄幸名。"(《全唐诗》卷524《遣怀》)温庭筠,《旧唐书》卷190本传云:"温庭筠者,太原人,本名岐,字飞卿。大中初,应进士。苦心砚席,尤长于诗赋。初至京师,人士翕然推重。然士行尘杂,不修边幅,能逐弦吹之音,为侧艳之词,公卿家无赖子弟裴诚、令狐滈之徒,相与蒲饮,酣醉终日,由是累年不第。……咸通中,失意归江东,路由广陵,心怨令狐绹在位时不为成名。既至,与新进少年狂游狭邪,久不刺谒。又乞索于杨子院,醉而犯夜,为虞候所击,败面折齿,方还扬州诉之。令狐绹捕虞候治之,极言庭筠狭邪丑迹,乃两释之。自是污行闻于京师。"温庭筠一生落魄,狭邪之迹为政敌压制他的借口。三人诗集中艳情之作所在多是,兹不赘举。

　　咸通乾符年间,这是唐王朝崩溃的前夜。当时如裘甫之乱、庞勋之乱、各地的民乱和军乱已经对这个王朝造成了沉重的打击。但是王朝基本上还能控制住局势,镇压各地叛乱。而此时京城里出现了一种奢侈的消费生活风尚,这是王朝灭亡前贵族阶级最后的狂欢。唐末上层阶级奢靡的风气直接影响艳情诗风的形成。懿宗、僖宗皆游宴无度,性好奢侈,而权贵如杨收、韦保衡、路岩等人皆贪敛成性,铺张奢侈。上层阶级奢侈淫靡之风,引起了下层阶级的普遍模仿,这是上行下效的结果。咸通年间那种奢侈性消费时尚,给时人留下了深刻的印象。后来韦庄写诗说:"咸通时代物情奢,欢杀金张许史家。"(《浣花集》卷2《咸通》)。到了乾符年间,由于王仙芝、黄巢起义,对王朝造成了致命的打击,所以统治阶级忙着自救,陷入了一片恐慌,而艳情诗风也暂告歇息。

　　进士在大中朝受到了特别的扶植,成为奢侈性消费时尚的重要推动者,即使如进士及第宴会,他们也要竞相攀比,"一春所费,万余贯钱"[1]。如此浮浪风气大盛,尤其是贵胄子弟,成为鼓扇轻浮的重要人物,也是艳情诗的主要创作者。孙棨《北里志序》云:"进士自此尤盛,旷古无俦。然率多膏粱子弟,平进岁不及三数人,由是仆马豪华,宴游崇侈,以同年俊少为两街探花使,鼓扇轻浮,仍岁滋甚。……京中饮妓,籍属教坊,凡朝士宴聚,须假诸曹署行牒,然后能致于他处。惟新进士设筵,顾吏故便可行牒,追其所赠之资,则倍于常数。"(《全唐文》卷827)从大中朝开始,士人的艳情活动,无论是参与人数,还是狂热程度,都比此前更炽盛。在广明之乱前的二三十年间,京都成为未第士人、贵胄子弟和朝官们狂游狭邪、寻欢作乐之处,而北里则是他们展开这些艳情活动的重要销金窟之一。

　　长安平康里的大门向广大士人敞开着,"其中诸妓,多能谈吐,颇有知书言话者,自公卿以降,皆以表德呼之。其分别品流,衡尺人物,应对非次,良不可及。信可辍叔孙之朝,致杨秉之惑。比常闻蜀妓薛涛之才辩,必谓人过言,及睹北里二三子之徒,则薛涛远有惭德矣"(孙棨《北里志序》)。北里的名妓有天水仙哥、楚儿、郑举举、牙娘、颜令宾、杨团儿、王团儿、俞洛真、王苏苏、王莲莲、刘泰娘、张住住等。有些妓女相当有个性,比如楚儿即使受到郭锻的囚禁笞辱仍以诗赠郑光业,勇敢地反抗"凶忍且毒"的郭锻。又如牙娘遭夏侯泽的调戏敢于"批(其)颊,伤其面颊甚"。

---

〔1〕《登科记考》卷23乾符年正月敕,第869页。

这些妓女往往有着悲惨的命运，不得不成为贵族阶级的玩物。《北里志》中述及妓女的来源——"诸女自幼丐育，或佣其下里贫家，常有不调之徒潜为渔猎。亦有良家子，为其家聘之，以转求厚赂，误陷其中，则无以自脱。"比如福娘就是典型的被人从解梁骗到长安的。亦述及诸妓所受到的虐待——"初教之歌令而责之甚急。微涉退息，则鞭扑备至。"楚儿为万年捕贼官郭锻笞辱，天水仙哥生病了，在户部府吏李全的威胁下，在士人贵金的支配下，只得扶病出席。颜令宾卒前求人制哀挽以送己，而为其假母所责。她们犹如商品一样没有人身自由——"曲中诸子，多为富豪辈日输一缗于母，谓之买断。但未免官使，不复祗接于客"（王团儿条）。她们也期望过良家妇女的生活——福娘欲从良，而为孙棨所拒，其言曰："此踪迹安可迷而不返耶？又何计以返？每思之，不能不悲也。"妓女也勇敢地追求爱情——张住住和佛奴相慕，一起愚弄陈小凤的故事。

狎妓的士人，身份构成比较复杂，既有翰林学士郑棨、萧遘、补衮（补阙）郑光业、杨汝士尚书等朝臣，也有新及第进士和三司幕客，更有广大举子："诸妓皆居平康里，举子、新及第进士、三司幕府但未通朝籍、未直馆殿者，咸可就诣。如不吝所费，则下车水陆备矣。"（孙棨《北里志序》）也有两军力士（参见《北里志》附录狎游妓馆五事之"胡证尚书"条）、金吾将军（参见《北里志》附录狎游妓馆五事之"故王金吾式"条）等。

贵胄子弟是这些狎客中的重要成员。孙棨、崔珏[1]、赵光远、郑仁表、郑昌图、赵崇、崔澹、李标、刘崇鲁、卢嗣业、郑合敬等人，都是这里的常客。由孙棨所留下的《北里志》比较详尽地记载了这些高级文人狎客与北里名妓交往的事迹以及双方在艳情活动中所留下的诗篇。

进士及第宿于平康里，几乎已经成为惯例。裴思谦状头及第后，郑合敬及第后，皆留宿平康里，且留下风流得意之句："银钗斜背解明珰，小语偷声贺玉郎。从此不知兰麝贵，夜来新惹桂枝香。"（裴思谦诗）"春来无处不闲行，楚润相看别有情。好是五更残酒醒，时时闻唤状头声。"（郑合敬诗）

宴会是他们聚会的重要方式之一，很多艳情故事都是在宴会上展开的。宴会在当时十分的频繁，并且形成了一套规矩，成为一种重要的文化现象。有很多善于席纠的妓女。天水仙哥，"善谈谑，能歌令，常为席纠，宽猛得所"。郑举举，"亦善令

---

〔1〕　《唐才子传》卷9《赵光远传》载："有孙棨、崔珏，同时恣心狎狎，相为唱和，颇陷轻薄。"

章,尝与绛真互为席纠,而充博非貌者,但负流品,巧谈谐,亦为诸朝士所眷"。孙偓、刘崇等进士皆惑于郑举举,她作为席纠的出色表现,使同年宴会上少了她就令人感到遗憾:"任尔风流兼蕴藉,天生不似郑都知。"牙娘,"今小天赵为山,每因宴席,偏眷牙娘,谓之郡君"。俞洛真,"亦时为席纠,颇善章程"。

宴会上的活动是很丰富的。唱歌——郑仁表诗云:"巧制新章拍拍新,金罍巡举助精神。时时欲得横波眄,又怕回筹错指人。"诉醿罚钱——参见"郑举举"条。调戏——夏侯泽调戏牙娘。为下第士人打毷氉——杨妙儿为赵光远打毷氉。互相赠诗——孙棨和福娘互相赠诗("王团儿"条)。谐谑——郑举举言折翰林学士郑縠,王苏苏嘲笑李标。

因为妓女一般色艺俱全,宴席上又善作席纠,善于逢迎,敏于接对,所以往往为士人所迷恋,如刘覃迷恋于天水仙哥,郑光业迷恋于楚儿,刘文崇迷恋于郑举举,赵崇迷恋于牙娘,李渭迷恋于俞洛真。刘覃甚至为了召见生病的天水仙哥而费百余金。士人与妓女之间的恋情一般没有结果,因为一则士人与妓女身份悬殊,门户不当,二则妓女人身不自由,一般为权贵所买。比如:①赵光远与杨莱儿。"进士天水(赵光远),故山北之子,年甚富,与莱儿殊相悬,而一见溺之,终不能舍。莱儿亦以光远聪悟俊少,尤诣附之,又以俱善章程,愈相知爱。"然而莱儿却为豪家买走。②孙棨和福娘。互相唱和,甚相知。然而孙棨却以"非举子所宜"拒绝之。李渭迷恋于俞洛真,为求再见,竟然不顾潼关已失守,"及安上门,有自所居追予(孙棨)者曰:'潼关失守矣。'文远不肯中返,竟至南院。及回,固不暇前约,耸辔而归。及亲仁之里,已夺马纷纭矣,因仓皇而回,遂及奔窜。"

北里是长安重要艳情活动中心之一,孙棨的《北里志》给我们提供了唐末士人狎游的记载。唐末还有部分士人虽然没有留下狎游的记载,但从其遗留的诗歌来看,或者有一定的狎游经历,如韩偓,或者也熏染了艳情诗风,如吴融、王涣、李群玉、唐彦谦、曹唐等。晚唐前期以温、李为代表的艳情诗风,在唐末社会大为炽盛,形成京都与幕府二级共振的艳情诗风发生机制,这是当时社会普遍的诗歌风尚。

以韩偓为代表的艳情诗风在懿僖时代流传甚广,据其《香奁集序》云:"自庚辰辛巳之际,迄己亥庚子间,所著歌诗不啻千首,其间以绮丽得意者亦数百篇,往往在士大夫口,或乐工配入声律。粉墙椒壁,斜行小字,窃咏者不可胜记。"韩偓进一步表达了这些诗歌的旨趣:"遐思宫体,未解称庾信攻文;却诮《玉台》,何必使徐陵作序。"可见使与齐梁诗风的承传关系。[1]

统观北里狎游诗人和韩偓等诗人的艳情诗作，主要有两个方面的内容。

一是狂游狭邪的生活记录，追求感官刺激，以女性为观赏对象，带有相当的肉欲色彩，体现了娱乐功能和交际功能。妓女的姿容、技艺、身体、风韵，是他们乐于观赏也是一再吟咏的对象，如孙棨《赠妓女王福娘》，崔珏《有赠》二首与《美人尝茶行》，赵光远《咏手二首》，秦韬玉《咏手》《吹笙歌》，吴融《赋得欲晓看妆面》《浙东筵上有寄》，韩偓《屐子》《咏浴》《咏手》《偶见背面是夕兼梦》《席上有赠》等，颇见轻佻浮薄之态。如孙棨《赠妓女王福娘》云："彩翠仙衣红玉肤，轻盈年在破瓜初。霞杯醉劝刘郎赌，云髻慵邀阿母梳。不怕寒侵缘带宝，每忧风举倩持裙。谩图西子晨妆样，西子元来未得知。"以西施比美王福娘。韩偓《咏浴》云："再整鱼犀拢翠簪，解衣先觉冷森森。教移兰烛频羞影，自试香汤更怕深。初似洗花难抑按，终忧沃雪不胜任。岂知侍女帏帷外，剩取君王几饼金。"从一个窥探者角度表达了男性的狎妓心理。

他们迷恋她们的气息，观赏着她们的歌舞。他们将自己大量的时间都花费在与这些女性的交往上。在交往中，他们以一种半带情欲半带艺术化的眼光观赏着这些女性。他们将自己的男权的眼光投射到女性的身体上。崔胤曾经题诗于小润髀上，极见其放纵之态，而时人对他的嘲讽，又不无艳羡之意："慈恩塔下亲泥壁，滑腻光华玉不如。何事博陵崔四十，金陵腿上逞欧书。"（《全唐诗》卷 872 无名氏《嘲崔垂休》）而女性也在投合着这些男性的眼光，展现让他们喜欢的姿态，说着让他们高兴的话语。有些妓女本身不自重，如俞洛真，"虽有风情，而淫冶任酒，殊无雅裁"（《北里志》）。又如赵鸾鸾写出一种投合男性口味的诗歌。她将女性的头发、眉毛、口、手指、胸部，统统进行细致的描写，其《云鬟》（《全唐诗》卷 802）云："扰扰香云湿未干，鸦领蝉翼腻光寒。侧边斜插黄金凤，妆罢夫君带笑看。"其《酥乳》（同上卷 802）云："粉香汗湿瑶琴轸，春逗酥融绵雨膏。浴罢檀郎扪弄处，灵华凉沁紫葡萄。"无论是她的观念，还是她的诗歌写作本身，都是为了满足男性的情欲与男性的审美观，以让男人来欣赏她，体现了一种女性恣意受男人玩弄和控制的微观权力格局。

二是表达男女的恋爱生活和爱情心理的作品。中晚唐以来吟咏夫妻深情之

〔1〕　参见陈万成：《中晚唐的六朝风——兼论"齐梁体"》，载《中国典籍与文化论丛》第二辑，中华书局1995 年版，第 40—50 页。陈万成指出晚唐不但社会风尚追摹六代，在文学潮流上亦然，"齐梁体"诗大量出现。实际上"齐梁体"诗在内容方面往往涉及艳情，所以讲中晚唐的六朝风不能不提到艳情诗风的炽盛，这是应该补充说明的。

作,亦复不少,如李商隐之眷恋王氏,写了系列的悼亡之作,感情深笃,且为之拒妓张怡仙。李频《寄远》(《全唐诗》卷587)云:"须知此意同生死,不学他人空寄衣。"李郢《为妻作生日寄意》(同上卷590)云:"鸳鸯交颈期千岁,琴瑟谐和愿百年。"皆晚唐诗人夫妻情深之作也。

　　即使在文士与妓女之间,也会发生真纯的爱情,如中唐福建诗人欧阳詹为所爱妓一泣而死(《全唐文》卷817黄璞《欧阳行周传》),这些香艳的爱情故事在笔记小说和有关记载中不胜枚举。一些诗人尽管没有相关的爱情故事流传下来,但是从他们的诗歌来看,应都是有一段刻骨铭心的爱情故事的。如朱褒《悼杨氏妓琴弦》(《全唐诗》卷734)云:"魂归寥廓魄归泉,只住人间十五年。昨日施僧裙带上,断肠犹系琵琶弦。"江陵士子《寄故姬》(同上卷784)云:"阴云幂幂下阳台,惹著襄王更不回。五度看花空有泪,一心如结不曾开。纤萝自合依芳树,覆水宁思返旧杯。惆怅高丽坡底宅,春光无复下山来。"

　　一些情爱题材的诗歌作品比较细腻地描写了恋爱生活。韩偓《香奁集》中有大量的情爱之作,或写恋人之邂逅相逢(《踏青》),或写男女之偷情秘约(《五更》《三忆》),或写隐秘难言、矛盾交织的恋爱心理(《不见》《欲去》)。其《思录旧诗于卷上,凄然有感,因成一章》云:"缉缀小诗钞卷里,寻思闲事到心头。自吟自泣无人会,肠断蓬山第一流。"(《全唐诗》卷683)"肠断蓬山",是对其早年恋情的追忆和怀念,所以,《香奁集》的大部分,是其早年艳情生活的真实记载。[1] 其《偶见(一作秋千)》(同上卷683)云:"秋千打困解罗裙,指点醍醐索一尊。见客入来和笑走,手搓梅子映中门。"其《想得(一作再青春)》(同上卷683)云:"两重门里玉堂前,寒食花枝月午天。想得那人垂手立,娇羞不肯上秋千。"皆能抓住典型场景,描写出少女那娇涩、多情的模样,表明诗人对年少时期那些美好的爱情场景历历在目。其《五更》(同上卷683)云:"往年曾约郁金床,半夜潜身入洞房。怀里不知金钿落,暗中唯觉绣鞋香。此时欲别魂俱断,自后相逢眼更狂。光景旋消惆怅在,一生赢得是凄凉。"早年偷情的狂恣与苦涩的回味混杂在一起,"一生赢得"语又掺入了身世之感,从而使韩偓前期"悱恻眷恋"(纪昀《书韩致尧翰林集后三则》)的艳情诗与后期沉郁苍凉的身世感慨之作形成一个明显的对比。不仅如此,还有一些诗人在现实体验的基础上,追求创新,写了系列组诗。其典型者有曹唐之游仙诗,"专借古仙会聚离别之事以

---

〔1〕 笔者认为《香奁集》乃是韩偓所作,辨见《唐才子传笺注》韩偓传有关部分。

寓写情之妙"(方回《瀛奎律髓》卷 48)，借人仙相恋来表达男女相思、情爱。罗虬的《比红儿诗》以古今系列佳人誉美杜红儿，以缠绵悱恻的笔调表达了他的哀悼之情。另如王涣之《惆怅诗十二首》、唐彦谦之《无题十首》皆是系列的艳情组诗。这种现象在中唐时代还是少见的，而在晚唐大量涌现，本身说明了社会风气的变化。

　　当时诗词创作中普遍存在着代女性(尤其是歌妓)言情的现象，这是一种重要的创作现象。在写这种诗歌的时候，以儒家的礼教自持的文士们放下了他们的架子，将自己化身为女性，摹写她们的生活环境，表达她们的内心世界——痛苦和欢乐，相思和期望，情欲和恋爱。跟词一样，其所传达的正是"谢娘无限心曲"(《全唐诗》卷 891 温庭筠《归国遥(国一作自，遥一作谣)》)。这跟当时文士狎妓成风、艳情活动炽盛是有密切关系的。我们可以看一些这方面的诗歌。杜牧《八六子》云："洞房深，画屏灯照，山色凝翠沉沉。听夜雨，冷滴芭蕉，惊断红窗好梦。龙烟细飘绣衾，辞恩久归长信。凤帐萧疏，椒殿闲扃。　　辇路苔侵，绣帘垂，迟迟漏传丹禁。蕣华偷悴，翠鬟羞整。愁坐望处，金舆渐远，何时彩仗重临。正消魂，梧桐又移翠阴。"(同上卷 891)这首词从宫妃的角度来表达其被遗弃的伤感。温庭筠作品中代歌妓言情之作则更多了，其《忆江南》云："梳洗罢，独倚望江楼。过尽千帆皆不是，斜晖脉脉水悠悠。肠断白蘋洲。"(同上卷 891)其《菩萨蛮》云："小山重叠金明灭，鬓云欲度香腮雪。懒起画蛾眉，弄妆梳洗迟。　　照花前后镜，花面交相映。新帖绣罗襦，双双金鹧鸪。"(同上卷 891)又如邵谒《苦别离》(同上卷 605)、《望行人》(同上卷 605)，诗中妻子以"愿为陌上土，得作马蹄尘。愿为曲木枝，得作双车轮。安得太行山，移来君马前""若作辙中泥，不放郎车转"为喻，非常直肆地将这个女子爱惜她丈夫的心情表达出来了，虽看似无理，倒也是托出一片深情，正所谓情词悱恻。

　　从总体上看，晚唐艳情诗，无论是艳冶淫讴之作，都还是深情眷恋之作，出现了比较严重的词化的现象，这跟当时词的兴起是保持一致的。很多诗论家都指出了这种词化现象。比如，宋人张侃评韩偓《香奁集》云："(韩)偓之诗，淫靡类词家语，前辈或取其句，或剪其字，杂于词中。欧阳文忠尝转其语而用之，意尤新。"[1]今人施蛰存云："《香奁集》虽属歌诗，然其中有音节格调宛然曲子词者，且集中诸诗，造意抒情，已多用词家手法。"[2]

---

〔1〕 《拙轩集》卷 5《跋〈栋词〉》，引自《唐诗论评类编》，第 1384 页。

〔2〕 《读韩偓词札记》，《中华文史论丛》1979 年第 4 辑。以上所论颇参尹楚彬博士论文《唐末诗人群体研究》。

在晚唐社会里,各个阶层均在不同程度上染上了艳情诗风。贵胄子弟有条件狎邪玩乐,是艳情诗风的主要煽动者,而寒士阶层也由于社会风气的影响,在不同程度上熏染了艳情诗风。比如方干这样的隐士,也有《赠美人四首》(《全唐诗》卷651),诗中放肆地写有"粉胸半掩疑晴雪,醉眼斜回小样刀","常恐胸前春雪释,惟愁座上庆云生",散发出浓浓的肉欲色彩。

然而,艳情世界并不总是美好的。在传统社会中,男权独尊,女性往往是作为附属,甚至作为商品。权贵往往利用自己的权力,去占有自己所看中的女人,对于那些文人和普通百姓来说,他们想保护自己喜欢的女人也是困难的,这样就会发生许多人间悲剧。

刘损是唐末商人,他无从保护自己的女人[1],所以作有《愤惋诗三首(一作刘禹锡诗,题作怀妓)》(《全唐诗》卷597),其一云:"宝钗分股合无缘,鱼在深渊日在天。得意紫鸾休舞镜,断踪青鸟罢衔笺。金杯倒覆难收水,玉轸倾欹懒续弦。从此蘼芜山下过,只应将泪比黄泉。"以愤惋和哀伤的调子表达了一种绝望的心情,极哀婉动人之致。

又如赵碬。《唐摭言》卷15杂记门载:"(赵)碬尝家于浙西,有美姬,碬甚溺惑。洎计偕,以其母所阻,遂不携去。会中元为鹤林之游,浙帅(不知姓名)窥之,遂为其人奄有。明年碬及第,因以一绝箴之曰:'寂寞堂前日又曛,阳台去作不归云。当日闻说沙吒利,今日青娥属使君。'浙帅不自安,遣一介归之于碬。碬时方出关,途次横水驿,见兜舁人马甚盛,偶讯其左右,对曰:'浙西尚书差送新及第赵先辈娘子入京。'姬在舁中亦认碬,碬下马揭帘视之,姬抱碬恸哭而卒。遂葬于横水之阳。"(参见《唐诗纪事》卷56,《唐才子传》卷7)像这种权贵阶层掠夺他人妻妾之事例当不在少数,甚至因此而引发战争,比如,唐末淮南高骈幕之所以发生了毕师铎之乱,其导火线也是吕用之想狎玩毕的小妾。

如果说由于社会本身的不平等,权力阶层对女性资源的掠夺,使弱势群体常常面临不能保护自身眷属的危险,并蒙受屈辱,使恋情世界和艳情世界也不断出现一些悲剧事件,受害者难免心中充满愤懑、冤屈。那么,大而推之,由于唐末社会政治的黑暗,动乱不断,人们普遍遭受到各种不公正的待遇,从而整个社会中潜行暗运着一种怨恨的情绪。当这种怨恨作用于艳情诗风上的时候,就出现了两种情况。

---

[1] 刘损生平事迹见明杨慎《升庵诗话》卷4,《历代诗话续编》本。

一种是落拓不偶、心怀不满和怨愤的士人,有时借作艳情诗以寄慨,他们往往是科举不第、流落幕府的士人,如王涣、罗虬,他们主要属于寒士阶层。

唐末很多曾作艳情诗的诗人厄于一第。如唐彦谦,"咸通末应进士,才高负气,无所屈降,十余年不第"(《旧唐书》卷190下《文苑传下》)。罗虬,"累举不第,务于躁进,因罢举依于宦官"(《北梦琐言》卷13)。

艳情诗在当时无疑有着广阔的市场,所以,王涣为了引起大家的注意力,托古代的香艳故事而写了十二首《惆怅诗》,在其中寄寓自己的愤慨和伤感。"悉古佳人才子深怀感怨者,以崔氏莺莺、汉武李夫人、陈乐昌主、绿珠、张丽华、王昭君,及苏武、刘、阮辈事成篇,哀伤媚妩,如'谢家池馆花笼月,萧寺房廊竹飐风。夜半酒醒凭槛立,所思多在别离中',又'梦里分明入汉宫,觉来灯背锦屏空。紫台月落关山晓,肠断君王信画工'等,皆绝唱,喧炙士林。"[1]这些诗歌既是咏史之作,也是艳情之作,是寄寓愤慨之作,也是为自己求第制造声誉之作。"李夫人病已经秋,汉武看来不举头。得所浓华销歇尽,楚魂湘血一生休。""呜咽离声管吹秋,姜身今日为君休。齐奴不说平生事,忍看花枝谢玉楼。""青丝一绺堕云鬟,金剪刀鸣不忍看。持谢君王寄幽怨,可能从此住人间。""少卿降北子卿还,朔野离筋惨别颜。却到茂陵唯一恸,节毛零落鬓毛斑。"这些诗皆不难窥探作者在愤慨和伤感情绪的驱动下,借古代香艳故事以抒发感慨的心曲。

一种是贵胄子弟在晚唐社会里,由于社会政治环境的恶劣,尤其是广明之乱后,他们基本上减少甚至停止了艳情活动和艳情诗创作[2],而转变为感慨深沉、怨愤不平之士,其典型者为韩偓、吴融等。

韩偓和吴融都是久困科场之士,"二纪计偕劳笔研"(韩偓《与吴子华侍郎同年玉堂同直怀恩叙恳因成长句四韵兼呈诸同年》),为求一第达二十余年之久。在龙纪元年(889年)同年及第后,均received到翰林学士,受到昭宗皇帝的器重。然而,在唐王朝尚延残喘的局面里,他们不但亲自尝到了藩镇势力对他们生命安全的威胁,而且也饱尝了眼看着唐王朝走向覆灭而无可奈何的彻骨的伤感和悲愤。

韩偓与唐昭宗君臣知遇,有过一段难以忘怀的、共同患难的经历。他直接经历了唐亡前的重大政治事件,包括与崔胤一起策划东内返正、提出正确处理宦官的

---

[1] 《唐才子传》卷10《王焕传》。按,《新唐书》《唐摭言》《唐诗纪事》均作"王涣"。当从"王涣"。
[2] 韩偓、吴融在光化四年即天复元年(901年)还有无题诗唱和活动,其内容亦是艳情,可见这是一种相沿成习的社会习尚。

"重厚""公正"的原则、跟随昭宗凤翔播迁、不为韦贻范草制、抗拒苏检之经营入相、忤朱全忠，等等，终以触犯朱全忠、不与朱梁政权合作而被贬，避难于闽南。这种非同寻常的经历，使韩偓的诗作中盘纡着一股苍凉郁勃之气，而其对君主的赤诚、忘身许国的节气、抗衡强权的勇气，又使其作品中散发出金石般的慷慨激昂之声。如其天复二年（902 年）随驾凤翔，十一月作七律诗《冬至夜作（天复二年壬戌，随驾在凤翔府）》（《全唐诗》卷 680）云："中宵忽见动葭灰，料得南枝有早梅。四野便应枯草绿，九重先觉冻云开。阴冰莫向河源塞，阳气今从地底回。不道惨舒无定分，却忧蚊响又成雷。"对王朝复兴的殷切期盼和对时局的忧虑交织在一起，一扫年少轻狂浮薄之气，真老臣之言也。其晚年所作，《过汉口》（同上卷 682）、《奉和峡州孙舍人肇荆南重围中寄诸朝士二篇时李常侍洵严谏议龟李起居殷衡李郎中冉皆有续和余久有是债今至湖南方暇牵课》（同上卷 680）、《湖南梅花一冬再发偶题于花援》（同上卷 680）、《即目（一作日）二首》（同上卷 680）、《避地》（同上卷 680）、《息兵》（同上卷680）、《病中初闻复官二首》（同上卷 680）、《有瞩》（同上卷 680）、《故都》（同上卷680）、《感事三十四韵》（同上卷 681）、《天鉴》（同上卷 681）、《感旧》（同上卷 681）等，既感君主之恩重，又伤唐室之覆亡，又愤朱温之篡唐，而饱经沧桑，看破人生之苍凉，种种情绪，种种感慨，交织成一片，皆语极沉郁而意极悲哀之作。乾化二年（912年）六月戊寅，梁帝朱全忠被其子朱友珪杀害，韩偓时年已七旬，感时怀旧，乃作《八月六日作四首》（同上卷 681），其诗云：

> 日离黄道十年昏，敏手重开造化门。火帝动炉销剑戟，风师吹雨洗乾坤。
> 左牵犬马诚难测，右袒簪缨最负恩。丹笔不知谁定罪，莫留遗迹怨神孙。
>
> 金虎挺灾不复论，构成狂猘犯车尘。御衣空惜侍中血，国玺几危皇后身。
> 图霸未能知盗道，饰非唯欲害仁人。黄旗紫气今仍旧，免使老臣攀画轮。
>
> 簪裾皆是汉公卿，尽作锋铓剑血醒。显负旧恩归乱主，难教新国用轻刑。
> 穴中狡兔终须尽，井上婴儿岂自宁。底事亦疑慝未了，更应书罪在泉扃。
>
> 坐看包藏负国恩，无才不得预经纶。袁安坠睫寻忧汉，贾谊濡毫但过秦。
> 威凤鬼应遮矢射，灵犀天与隔埃尘。堤防瓜李能终始，免愧于心负此身。

首章哀昭宗，二章悲哀帝，三章伤白马诸朝士，末章自伤不能为国效力，[1]对于朱全

---

〔1〕 释参见陈寅恪识语，见蒋天枢《陈寅恪先生编年事辑》民国二十年条，又参霍松林、齐涛：《韩偓年谱》，载《陕西师大学报（哲学社会科学版）》1988 年第 3 期、第 4 期，1989 年第 1 期。

忠的痛恨,以及对白马遇难者的愤懑和伤悼,从"左牵犬马诚难测,右袒簪缨最负恩""图霸未能知盗道,饰非唯欲害仁人""显负旧恩归乱主,难教新国用轻刑"等诗句中是很容易感受得到的。像这类诗歌,既是身世之感、亡国之痛的自然流露,又对时局洞见入微,且十分娴熟地运用七律,从艺术形式到内容,水乳交织在一起,可以说达到了其诗歌艺术的高峰。

吴融的艳情诗作相对于韩偓要少一些,但还是熏染了此种风习。他的一生不论是生平经历还是诗歌创作均以乾宁二年(895 年)三镇兵入关、韦昭度之死作为前后分期的界限。前期的吴融表现出强烈的社会责任感和忧心体国之念,于《风雨吟》《金桥感事》等作品可见之。同时也有少数艳情之作,前已述之。然而,乾宁二年三镇兵入关挟制人主,韦昭度被弑,吴融亦几罹难,坐累去官,流浪荆南(参见《新唐书》卷 203《吴融传》)。乾宁二年之后,统观吴融"逃亡"路上的作品、荆南的作品以及其他作品,发现冤屈和怨愤的主题一再得以突出,吴融开始将自己的身世之感打入诗歌。在荆南的诗歌中,他一再地运用湘妃、屈原、子规、杜鹃花等意象,特别关注那些受到冤屈的历史人物(《送杜鹃花》《秋闻子规》《春晚书怀》《子规》),这不能不归之于乾宁二年悲剧性事件的影响,那种沉痛已经成为无意识情感,有意无意地在他的作品中表露出来。而怨愤的代表之作当为《偶题》:"贱子曾尘国士知,登门倒屣忆当时。西州酌尽看花酒,东阁编成咏雪诗。莫道精灵无伯有,寻闻任侠报爱丝。乌衣旧宅犹能认,粉竹金松一两枝。"此诗回忆了韦昭度对他的知遇之恩,表达了自己的痛悼之情和复仇之愿。《唐宋诗举要》吴评云:"慷慨激烈,生气凛然,此公亦侠士也。"[1]一种伤感的、沉郁的东西贯穿了他晚期的诗歌,给他的作品增加了一种凝重的品格。《废宅》《红白牡丹》《春晚书怀》等作品,均以颓败的、荒凉的景象为抒写对象,这种哀婉、无奈的心情跟冤屈、愤激的心情是有着承继性的,都是生命遭受创伤后悲剧性情感沉淀的结果。

总而言之,晚唐艳情诗作的盛行一时,并不能阻止怨恨心态的渗透和扩张。在咸、乾时期表面的繁华之下隐埋着深深的危机,在香艳的诗风愈演愈烈之时,那些落拓不偶的士子们也加重了怨愤不平、感伤惆怅的吟唱。这就是晚唐社会一大真实的面相。

---

〔1〕　转引自陈伯海编:《唐诗汇评》中册,浙江教育出版社 1995 年版,第 2893 页。

## 二、唐末隐逸之路

### (一)中晚唐隐逸风气与士人矛盾的心态

古代士人一直面对着道统和政统之间的矛盾。士人有自己的价值标准和社会理想,这些标准和理想在实际社会政治中,并不能真正得到实现。坚持这些标准和理想,往往会与现实社会发生冲突;放弃这些标准和理想,又意味着丧失作为"道统"担当者的良知和人格。这种矛盾的困扰,一直存在于古代士人的心中,对于中晚唐士人亦然。当宪宗朝济世的精神随着一些热忱的士大夫如白居易、韩愈等受贬斥、打击而日渐消沉的时候,他们的仕途观和生活方式也发生了相应的变化,以白居易为代表的"中隐"观和贾姚为代表的苦吟风尚披靡一时,并波及大多数晚唐人。他们更多地注重自我,注重日常生活,在赏玩和吟咏中消释他们的紧张和"担心",从而使很多诗歌作品不再像中唐那样直接地介入政治生活。另外,中晚唐禅宗的兴起,对于隐逸风气的兴起有着直接的影响。晚唐文士往往在仕与隐之间徘徊良久,找不到自己的位置,既想超脱这个冷漠的、艰危的世道,又不能完全做到淡忘于世事,这种矛盾的心态在他们的那些若出两人之手的诗歌作品中有着充分的反映,即隐逸之作的淡泊与淑世之作的炽热,这一冷一热的交织,更多地表明了晚唐士人在表面的淡泊、漠然掩饰之下难以摆脱的担心和焦虑。但是士人毕竟久受儒家经世观念的熏习,具有强烈的社会责任感和担当天下的抱负,所以无论他们如何沉迷于艳情甚至走向隐逸,都无法掩饰他们那一颗炽热的淑世之心。尽管晚唐文士往往作为政治边缘人物,无力参与政治、改变现实,但是他们并不因此而完全冷漠于当世,忘怀于家国,这就使他们的作品表现出一种深广的忧愤。当从他们的作品中看到他们由于恶劣的处境而走向隐逸的一面,也看到他们忧愤的一面时,才能完整地把握他们的精神世界。

### (二)晚唐隐逸者的类型

晚唐诗人的隐居往往出于各种目的,有的是出于宗教目的,有的是出于政治目的,有的则出于习俗。我们有必要粗线条地划分这些类型,以便总体上把握隐逸者。到了唐末,由于政治环境的恶化,隐逸更多跟个人身世安全的考虑紧密地结合在一起。晚唐一些文士在选择隐逸之前,未始没有过从政的热情,甚至是对利禄的热衷。但是他们处在不可为之世,最后选择隐居,往往是痛定思痛的一种选择,是一种不得不然的选择。

1.宗教类

主要是那些诗僧。佛教界以齐己、尚颜为代表,道教界以陈陶、吕岩为代表。他们往往保持了与时人的广泛的联系,除个别人汲汲于富贵,大多数人恬淡自守。

2.习俗类

主要是指隐居读书的士人。隐居读书有各种类型、各种动机。根据宋大川的研究,共有四种。一是粗通经业,择一闲雅安静之处读书自修,待业成后参加科举考试,取得功名。二是学已有成,借隐居读书而博高名,以待中央及地方官辟用。三是"道隐"者,并不怀有强烈的政治欲望,在传统思想的继承方面,瑰意琦行、用行藏舍的士人仍保持着隐居读书的固有风范,从政后基本上仍保持着隐居读书时的清雅高洁,恪守着中国古代知识分子所崇尚的品行道德。四是"性隐"者,因树为屋、读书自娱的士人中有一部分则视功名如粪土,睹荣华为虚无。[1]从总体上看,隐居读书是当时的一种重要风习,所以本书不管他们的类型、动机如何,统统视作一种社会风习。而当具体分析的时候,将注意到隐居者的身份、动机、行为等,突出其个人行为特征。

随着晚唐下层文士开始奔波举场,他们往往选择山林寺院作为习业之所,这在当时沿袭成风,很多士人都有这样的经历。严耕望先生在《唐人习业山林寺院之风尚》[2]一文对之有专门的论述。一般诗人习业山林者,多在早年,当然,随着唐末战乱的加剧,一些诗人因避乱习业山林。晚唐诗人曾习业山林者,有皮日休、许棠、顾云、郑谷、吴融、杜荀鹤、张蠙、周繇、黄滔、张乔、罗隐、沈彬、唐彦谦、周朴、杨夔、李咸用、陆希声、殷文圭、唐求、喻坦之、裴说、翁承赞等。[3]

3.政治类

对于这一类士人,本书将围绕他们的科第与仕途进行考察。首先,科第是晚唐诗人能否进入仕途的重要关口。绝大多数诗人都想冲进这堵围城,在无法进入的时候,他们往往采取隐逸的方式来自我调整心态——要么断然归隐,要么悻悻然地

〔1〕　宋大川:《略论唐代士人的隐居读书》,《史学月刊》1989 年第 2 期。
〔2〕　收入其《严耕望史学论文选集》,台北联经出版事业公司 1991 年版。
〔3〕　参见陶庆梅:《唐末诗歌专题研究》,第 67 页。

过着隐逸生活,要么暂时隐居以迎接下一次的应举。其次,即使进入仕途,身逢唐末,战乱不已,在生命安全毫无保障的时代下,一些士人不得已而归隐,且往往下了很大的决心,不再步入仕途。下面让我们粗略地将其分为四种类型,各举一些典型人物,来探讨政治性的隐居诗人。

(1)科第无望,不得已而隐居

虽然科第之路无比艰辛,但是自愿放弃科第去隐居的诗人还是不多,方干(?—约888年)就是这样的典型,他的隐逸风范和诗歌成就在当时为自己获得了很大的名声。方干大中年间曾多次应举[1],但是却没有中第的机会,或许他的“唇缺”是其落第的原因之一(何光远《鉴诫录》卷8)。他在镜湖度过了中晚年生涯,闲适的生活表面不能掩饰他不得仕进的愤慨。[2]

还有一个典型是陆龟蒙(?—约881年)。

陆龟蒙在早期生涯中,即名声早著。咸通元年(860年)“尝至饶州,三日无所诣。刺史蔡京率官属就见之,龟蒙不乐,拂衣去”(《新唐书》卷196本传,《唐诗纪事》卷64)。尽管陆龟蒙生性高洁,有着高士的派头,但是,他一度很执着于一第。咸通六年(865年)曾至睦州[3],后又至瓯越,进行广泛的干谒活动[4]。但是科第无望,陆龟蒙只得隐居在松江甫里。咸通十年(869年)秋,皮日休、陆龟蒙在苏州相逢,并开始他们的酬唱生涯,隐逸闲适的观念在他们的心中开始占据上风。一种共同的趣味性使他们沉迷于日常生活的诗意化活动,并且在诗歌竞技的冲动之下,尝试着各种诗体的创作,作有大量的次韵之作、长篇之作以及杂体诗。后期陆龟蒙则继续在松江甫里过着他的隐逸生活。

陆龟蒙的隐居其实是政治理想破灭后不得已的选择。与皮日休一样,他也以中唐儒学的承继者和发扬者自居,高唱道统,志复古道,所谓“平生守仁义,所疾唯狙诈。上诵周孔书,沉溟至醑藉。岂无致君术,尧舜不上下。岂无活国方,颇牧齐教化”[5]。“皮陆”并称,不仅指他们共同的诗文创作旨趣,也指他们具有共同的儒学信念。唐末皮陆怀着振兴儒学的强烈愿望,修明道统传人谱系,对唐代儒学向宋

---

[1] 方干并非一举受挫即罢隐镜湖。参见吴在庆:《关于方干生平的几个问题》,《文学遗产》1997年第4期。

[2] 参见《丁隐君歌序》,“咸通丙午岁”,系咸通六年之误。

[3] 参见吴在庆:《试论方干的隐居及其心态》,《厦门大学学报(哲学社会科学版)》1990年第2期。

[4] 据陆龟蒙:《读〈襄阳耆旧传〉因作诗五百言寄皮袭美》,《松陵集》卷一,文渊阁四库全书本。

[5] 乾符六年冬他还在《村夜二首》中高唱道统。

代理学的转型起着推动作用。但是现实没有给他们提供机会,陆龟蒙科举不第,皮日休亦官职卑微,于是出身于旧族〔1〕、性情孤傲、物质生活条件还过得去〔2〕的陆龟蒙,最终选择了甫里为隐居地。

从《甫里先生传》《江湖散人传》《江湖散人歌》以及其他资料来看,陆龟蒙所实践的隐士生活内容,主要有读书撰述、品茶饮酒、校勘书籍、躬耕垄亩、棹船钓鱼等等,并为时人所仰慕。在这些时间里,他也有从幕活动。乾符四年(877 年)十二月,陆龟蒙重到湖州,受辟于郑仁规,又于乾符五年(878 年)暮春归苏州。陆龟蒙虽然从事着隐士生活实践,但是他还是关注着社会现实,具有强烈的批判精神。乾符六年(879 年)卧病期间,他将自己的撰述编成《笠泽丛书》,中和初年因病去世。

(2)为了中第而暂时隐居,带有明确的功利目的

这样的士人在唐末比比皆是,曾经在九华山隐居读书的诗人,如许棠、张乔、张蠙、周繇、顾云、杜荀鹤、殷文圭、罗隐、郑谷等人,均曾执着地追求科第。下面来看一下杜荀鹤(846—904 年)。

跟唐末其他很多士人一样,杜荀鹤为了求得一第而耗尽了人生大半光阴。大概在咸通五年(864 年),杜荀鹤十九岁的时候,离家入京觅仕,但是直到大顺二年(891 年)方登进士第,时年已四十六岁。前后历时二十七年。乾符末,由于黄巢之乱,杜荀鹤自长安归隐九华,直至大顺元年(890 年)初秋,才离开池州山居入京赴举。所以这一次山居,历时达十多年。但是,这是杜荀鹤处于乱世不得已的选择,他的本意还是要求功名,这种愿望一生未变。杜荀鹤在《寄李溥》一诗中基本上道出了他的意愿:"如我如君者,不妨身晚成。但从时辈笑,自得古人情。共莫更初志,俱期立后名。男儿且如此,何用叹平生。"

无论是前期还是后期的隐居,功名科第始终是杜荀鹤的主要精神取向,而并不是真要隐居。

即使山居又怎么样呢,尽管他也品味着隐逸生活的闲雅,但是,更多是"应怜住山者,头白未登科"(《长林山中闻贼退寄孟明府》)式的自哀自怜之句,最后的落脚点也是自己未登科。他明确地表明自己的出发点不是为了隐居,而是"终拟致明

---

〔1〕　陆龟蒙远祖为陆绩,三国吴时任郁林太守。五代祖陆元方,六代祖陆象先,武后、玄宗时继登台辅,为一时名臣。

〔2〕　他所住的甫里,"有池数亩,有屋三十楹,有田畸十万步,有牛不减四十蹄,有耕夫百余指"(《甫里先生传》)。当然,在荒年他的生活可能会相当窘困,还亲自参加过农业生产。

君"。其《乱后归山(一作山居)》云:"乱世归山谷,征鼙喜不闻。诗书犹满架,弟侄未为军。山犬眠红叶,樵童唱白云。此心非此志,终拟致明君。"那种以隐居为"只此平生愿"(《将归山逢友人》)的话语不过是用来装饰门面的。科第对他的诱惑力是巨大的,所以他说:"一枝仙桂如攀得,只此山前是老期。"(《闲居即事》)

对杜荀鹤来说,隐居与功名之间的冲突并不十分强烈。他以功名为孜孜以求的目标,这占据了他的人生理想的显著位置。

(3)因王室衰微,也为了避祸而弃官隐居

无可挽回的、衰亡的王朝使很多士人直接面临身家性命危险,疲惫的心灵也需要安顿。很多人进入仕途后,在对唐室的幻想破灭之后,自觉地选择了隐居之路,如司空图、张贲、翁洮、韩偓、王驾、郑良士、王贞白、徐夤、郑谷、许棠、沈彬等。

司空图(837—908年) 咸通十年(869年)登进士第。广明之乱后,他萌发了强烈的隐逸意识,其《南北史感遇十首》诗中云"乱后人间尽不平,秦川花木最伤情",以及"惟向眼前怜易落,不如抛掷任春风",充满了幻灭之感,乃归隐于中条山王官谷,数辞昭宗之召,"时朝廷微弱,纪纲大坏,图自深惟出不如处,移疾不起"(《旧唐书》卷190下本传)。朱全忠为帝,以礼部尚书召,亦辞不赴。后梁开平二年(908年),闻唐哀帝被弑,"不怿而疾,数日卒,时年七十二"(《旧唐书》本传)。司空图的一生徘徊于仕隐之间,而最终选择了隐居。其诗多处展示与世无争的超然之情,如:"曲塘春尽雨,方响夜深船。"(《江行》)"塔影荫泉脉,山苗侵烧痕。"(《上陌梯寺怀旧僧》)"人若憎时我亦憎,逃名最要是无能。"(《偈》)"若教激劝由真宰,亦奖青松径寸心。"(《杂题二首》之二)"甘得寂寥能到老,一生心地亦应平。"(《偶诗五首》之五)"有是有非还有虑,无心无迹亦无猜。"(《狂题十八首》之十六)然而,在他的内心深处,实际并没有忘怀于家国,所以唐室的衰亡成为他的锥心之痛。

郑谷(851—?年) 作为"咸通十哲"之一的郑谷也是许久方得一第。他咸通八年(867年)开始应举,到光启三年(887年)方登进士第,前后历时二十一年。唐末战乱又使郑谷多次羁游巴蜀、荆楚间。至乾宁四年(897年)做到都官郎中。郑谷对仕途其实是比较热衷的。景福二年(893年)初为拾遗的时候,从《寄同年礼部赵郎中》《忝官谏垣明日转对》《早入谏院二首》《朝谒》《次韵和王驾校书结绶见寄之什》等作品,皆可见此公对扮演官僚角色的沉迷。但是乱离漂泊却使他心灵疲惫。如《倦客》云:"十年五年岐路中,千里万里西复东。"《漂泊》云:"十口漂零犹寄食,两川消息未休兵。"《奔问三峰寓止近墅》云:"半年奔走颇惊魂,来谒行宫泪眼昏。……兵革未休无异术,不知何以受君恩。"因而一些诗歌开始表现出强烈的归隐意识。乾宁四年(897年)郑谷升迁为都官郎中,九月,作《寄献狄右丞》(《全唐诗》卷676)云:"逐胜偷闲向杜陵,爱僧不爱紫衣僧。身为醉客思吟客,官自中丞拜右丞。残月露垂朝阙盖,落花风动宿斋灯。孤单小谏渔舟在,心恋清潭去未能。"《自遣》(同上卷676)云:"强健宦途何足谓,入微章句更难论。谁知野性真天性,不扣权门扣道门。窥砚晚莺临砌树,迸阶春笋隔篱根。朝回何处消长日,紫阁峰南有旧村。"天复四年(904年),更是坚定了归隐之心,其《舟行》云:"季鹰可是思鲈鲙,引退知时自古难。"天复五年(905年),郑谷退隐于宜春,此后不再入仕。郑谷归隐宜春后,与齐己、黄损等游,且共定"今体诗格"[1]。

王贞白(生卒年不详)　字有道,信州永丰(今江西上饶广丰区)人。乾宁二年(895年)登进士第,七年后始调校书郎。后因世乱,退居著书,不复仕进,颇为当世所称。《唐才子传》卷10辛长房评王贞白云:"深惟存亡取舍之义,进而就禄,退而保身,君子也。"其实时局混乱,朝官选择退隐乃是当时一种普遍的风气。

王贞白对有名的隐逸地带有着浓厚的吟咏兴趣,作有《过商山》(《全唐诗》卷885)、《泛镜湖□□(题缺二字)》(同上卷885)、《太湖石》(同上卷885)、《仙岩二首》(同上卷701)、《题严陵钓台》(同上卷701)、《终南山》(同上卷701)、《庐山》(同上卷701)、《商山》(同上卷701)等。王贞白写有多首咏物诗,吟咏对象广泛,如芦苇、白牡丹、松、洗竹、独芙蓉、芍药、陶潜醉石、天王院牡丹、太湖石等。对物体的吟咏表明了唐末诗人更加注重于那些微小的东西,当然有时也起思古之幽情。其《金陵怀古》(同上卷701)云:"恃险不种德,兴亡叹数穷。石城几换主,天堑谩连空。御路叠民冢,台基聚牧童。折碑犹有字,多记晋英雄。"其《经故洛城》(同上卷701)云:"卜世何久远,由来仰圣明。山河徒自壮,周召不长生。几主任奸诏,诸侯各战争。但余崩垒在,今古共伤情。"其《金陵一本同下题作二首》(同上卷701)云:"六代江山在,繁华古帝都。乱来城不守,战后地多芜。寒日随潮落,归帆与鸟孤。兴亡多少事,回首一长吁。"透过这些兴亡之叹,我们可以感受到作者伤感和无奈的心情。[2]

尽管没有谁能避开政治,在这三类隐逸诗人之中,宗教类和习俗类隐逸诗人跟政治的直接关系不大。前者如齐己虽然在晚年也接受高季兴的邀请担任荆南僧正,但是对现实总体上保持了超然的心态。后者主要是习俗的产物,很多诗人在其

---

〔1〕　(宋)黄朝英《靖康缃素杂记》(上海古籍出版社1986年版)载:"郑谷与僧齐己、黄损等共定今体诗格。"
〔2〕　以上关于隐逸者分类颇参酌刘宁《唐末五代诗歌研究》。

早年均有读书山林的经历,在科第的追求过程中也往往保持读书山林的习惯。只有政治类的隐逸诗人,由于与科第和仕途保持着紧密的关系,所以有必要从政治的角度来考察。他们往往由于科第和仕途的失意、对国家前途的忧虑,在作品中表现出相当的忧愤色彩,这是我们要重点考察的。

### (三)怨恨的气息弥漫着隐逸者的世界

如果我们能做一个统计表,晚唐隐逸者的人数还是比较多的,若不仅仅注目于这些隐逸的诗人,将僧道人物均包括进去,恐怕数目要更大。正如在全国各地流动着无数觅举、入幕的文士,在全国各地,也晃动着无数隐逸者的身影。他们有的留下了诗文材料,有的则如孤独的雁儿,飞掠过历史的天空,永远地消失了。

隐逸不仅是一种付诸行动的行为,它更多是作为一种观念支撑着晚唐人的精神世界。在黑暗的现实加重了他们的心灵负担,动乱使他们遭受着生命的危难且看不到多少人生亮色的时候,隐逸作为一种怀乡意识,不时袭上他们的心头。这就是无论何种角色的士人,均有不同程度的怀想隐逸之语的原因。或许这仅仅是一种表达的惯例,但是也有些人是真诚地向往,仅仅由于仕宦的羁绊不得付诸实施罢了。以吴融为例析之。

吴融(? —903年),龙纪元年(889年)登进士第,官至翰林学士、翰林承旨学士。从其一生经历来看,当以乾宁二年(895年)三镇兵入关、宰相韦昭度被弑作为其人生和诗歌创作的前后分期界限。吴融在三十岁左右迁居长洲,并且有长期居住此地的打算,其《祝风三十二韵》自注云:"吾有田在吴,将十祀,耕以为业,终老计。"他对江南生活有着一种切实的体验,江南的生活对他意味着"甜蜜的愉悦"。他不断地在想象中构拟江南风光的明秀,筹划隐逸生活的诗意。江南是美的——"三点五点映山雨,一枝两枝临水花。……阙下新居成别业,江南旧隐是谁家。"(《闲望》)一些咏物诗带上江南的色彩——"百花长恨风吹落,唯有杨花独爱风。"(《扬花》)那充满诗意的江行——"来时风,去时雨,萧萧飒飒春江浦。欹欹侧侧海门帆,轧轧哑哑洞庭橹。"(《江行》)秋园、秋色——"始怜春草细霏霏,不觉秋来绿渐稀。惆怅撷芳人散尽,满园烟露蝶高飞。"(《秋园》)"染不成干画未销,霏霏拂拂又迢迢。曾从建业城边路,蔓草寒烟锁六朝。"(《秋色》)这种体验成为重要的心灵图景,以及产生隐逸之思的重要源泉。

在人生前期吴融就因为身在异乡而时发归隐之语。龙纪元年三月,吴融约此时离京随韦昭度赴蜀，为其幕吏，途中有其寄同年之诗。在这些诗歌中贯穿着一种浓浓的思乡之情。其《赴职西川过便桥书怀寄同年》(《全唐诗》卷 686)、《坤维军前寄江南弟兄》(同上卷 686)、《灵池县见早梅(时太尉中书令京兆公奉诏讨蜀，余在幕中)》(同上卷 684)诸诗均表达了其"一寸乡心万里回"的心态。随着时间的推移，思乡之情更切了，他甚至在《绵竹山四韵》诗中构想他的归隐生活。在韦昭度讨蜀根本没有起色的情况下，吴融情绪低落，心中滋长出来的当然不是为国立勋的豪情，而是一种沉重的压抑。这种压抑来自西蜀的政治形势，同时也来自全国的令人悲观的政治形势。而思乡和归隐的念头作为可能性的自我疏导的方式，在这一段时间内也会格外加强。对比西蜀这个战乱地区，吴融将松江畔的家当作一个真正使他栖息的地方，并梦萦魂牵，不能忘怀。

乾宁二年(895 年)因韦昭度被弑，吴融坐累流浪荆南(《旧唐书》卷 203《吴融传》)，可谓真正品尝到仕途的风波险恶，在仕途观和诗歌创作方面均起了相应的变化，态度从积极转向消极，而怀乡意识也进一步地加强了。天复元年(901 年)十一月，韩全晦劫帝往凤翔，乃去客阌乡，作《阌乡寓居十首(一作卜居，一本阌乡上有壬戌岁三字)》——《阿对泉》《蛙声》《茆堂》《清溪》《钓竿》《山僧》《小径》《闻提壶鸟》《木塔偶题》《山禽》。从这些作品中我们发现了什么？就是一种断然决然的归隐意识。《阿对泉》云："六载抽毫侍禁闱，可堪多病决然归。五陵年少如相问，阿对泉头一布衣。"甘以布衣自居以终老，可谓看破世事，厌倦极矣。《即事》云："抵鹊山(抵鹊山即是荆山)前云掩扉，更甘终老脱朝衣。……何须一箸鲈鱼脍，始挂孤帆问钓矶。"在这些作品中，浸润着吴融早期江南生活的体验。即或天复三年(903 年)二月吴融承韩偓自翰林学士充翰林承旨，其《禁直偶书》亦云："争奈沧洲频入梦，白波无际落红蕖。"从吴融的一生，我们可以清楚地看到险恶的政治环境是怎么破灭一个士人政治理想的火焰的，而萦绕一生的怀乡意识和浓厚的隐逸之思，则不过是这种人生境遇以及内心图景的必然产物罢了。

隐逸者的生活世界，给我们提供了一种貌似闲适的假象。然而，假象之下弥漫着怨恨的气息。如前所述，怨恨是一种生存性伦理的情绪，本身不一定有确定对象。对于唐末隐逸诗人的怨恨情绪，以笔者目前的水平，还是不能精确、到位地把握住，笔者仅能从各种负面的、消极的情绪下手，尽量争取间接地、逐步地接近对这种怨恨情绪的描述。以下从三个方面来进行阐释。

### 1. 怀才不遇之叹

唐末势家把持科第，大量士人为求一第而浪费了人生中最宝贵的青春年华乃至一生。落第者无不有一种怀才不遇之感。即使是隐逸诗人，又怎能免此惯例呢？即使隐居之后，在沉浸于自然风光和闲适生活的同时，又有谁能消释那一腔的无奈和愤懑呢？

下面以方干为例来阐释这一看法。

在后世人的眼中，方干的隐逸生涯是非常惬意的。《唐才子传》卷7根据方干的诗作（如《湖北有茅斋湖西有松岛轻棹往返颇谐素心因成四韵》《鉴湖西岛言事》《山中言事》等诗）对之作出诗意的描述："隐居镜湖中。湖北有茅斋，湖西有松岛，每风清月明，携稚子邻叟，轻棹往返，甚惬素心。所住水木幽閴，一草一花，俱能留客。家贫，蓄古琴，行吟醉卧以自娱。"但是，"这只是一方面，其内心深处的思想与心态却绝非总是如此超脱与平静恬淡，人们未免美化了他的隐居生活，忽视了他内心深处的遗憾与不平"[1]。从他的一些诗作来看，方干并没有抛弃入仕的心愿。其《送婺州许评事》、《题玉笋山张处士》、《暮发七里滩夜泊严光台下》（《全唐诗》卷649）、《山中》（同上卷649）、《贻钱塘县路明府（一作感怀）》（同上卷648）、《东溪言事寄于丹》（同上卷649）、《中秋月》（同上卷649）等自勉、勉人之作均可见其落拓不偶、不甘寂寞之意，见其"未甘明圣日，终作钓渔翁"（同上卷649《山中》）、"未折青青桂，吟看不忍休"（同上卷649《中秋月》）之本心。无遮拦地表明方干这个隐士热衷仕途的事件，是浙东观察使王龟表荐他之事。咸通十四年（873年），方干年逾六旬，拜谒王龟，作有多首干谒诗，如《献浙东王大夫二首》（同上卷652）、《献王大夫二首》（同上卷652）、《献王大夫》（同上卷653）、《陪王大夫泛湖》（同上卷650）等。这些作品中充满了对王龟的誉美以及强烈的求荐之意，"不信重言通造化，须臾便可变荣衰"（《献王大夫》）。当乾符元年（874年）五月，王龟拟荐其为谏官，又使他如此的兴高采烈，其《谢王大夫奏表》（同上卷652）云："非唯言下变荣衰，大海可倾山可移。如剖夜光归暗室，似驱春气入寒枝。死灰到底翻腾焰，朽骨随头却长肥。便杀微躯复何益，生成恩重报无期。"然而不久王龟卒而不果，这又使方干的失望完全破灭，真正死心了，其《哭王大夫》（同上卷652）云："从此心丧应毕世，忍看坟草读残篇。"

方干后期基本上在浙东隐居，广明、中和之季名声很大[2]。后其甥杨弇及孙郃集方干诗为《玄英先生诗集》。王赞为之作序："吴越故多诗人，未有新定方干擅名

---

〔1〕 吴在庆：《试论方干的隐居及其心态》，《厦门大学学报（哲学社会科学版）》1990年第2期。
〔2〕 中和二年（882年）十月，僧栖浩集周朴处士诗一百首，请福建观察使幕从事林嵩作集序，林嵩欲周朴之文与方干齐名（《全唐文》卷829林嵩《周朴诗集序》），足见彼时方干名声之隆。

于杭越,流声于京洛。"孙郃《玄英先生传》[1]云:"广明、中和间为律诗,江之南未有及者。"这反映了当时士人对隐逸风气的崇尚,但是谁知道作为隐士的方干其实也有着强烈的怀才不遇之感,并且不放弃通过表荐进入仕途的机会。

### 2.怨刺不平之气、抨击现实之语

在读晚唐诗人集子的时候,我们总是可以感受到扑面而来的怨愤的气息。尽管雅颂的文学观念占据了主流,但是深受压抑、刻骨感伤的晚唐诗人焉能掩饰其内心的怨愤,不时于诗文中表露出来。隐逸诗人也概莫能外。比如王贞白的一些诗作就充满了对世情的讽刺,如《田舍曲》(《全唐诗》卷 701)云:"征赋岂辞苦,但愿时官贤。时官苟贪浊,田舍生忧煎。"《妾薄命》(《全唐诗》卷 701)托织妇以寓其不遇之意:"岂有机杼力,空传歌舞名。妾专修妇德,媒氏却相轻。"《长安道》(《全唐诗》卷 701)讽刺世人不重贤愚,只重官职,其《洛阳道》(《全唐诗》卷 701)则讽刺世人皆为功名而奔波。

唐末出现一股针砭时弊、批判现实的思潮,掀起一股乐府诗和古风创作的诗潮,皮陆二人、罗隐、曹邺、聂夷中等均为其中之代表人物。在这些作品中,充满着对现实的不满、牢骚愤激和怨刺不平之气。

下面我们以隐士陆龟蒙作例子。

陆龟蒙虽然以高士自命,别人也将其看作高士,但是他却对时局有着敏感、深刻的把握。从《江湖散人歌》来看,他对当时的各种问题,如边防问题、禁军问题、赋税问题等,都是密切关注的。皮陆有着共同的价值观念和社会视角,故可以合在一起述之。他们都密切关注着时局的变动,几乎对当时的各种社会问题都有所反映,其社会批判的深度和广度都是值得肯定的。

(1)强烈的反战意识

唐末战乱频仍,皮陆均表示强烈的反战意识。皮日休在《读司马法》中云:"古之取天下也以民心,今之取天下也以民命。"并对比了唐虞和汉魏取天下的不同方式,指出六韬的危害,"由是编之为术(谓太公六韬也),术愈精而杀人愈多,法益切而害物益甚"。对司马法的否定即是对战争的否定。其《正乐府十篇·卒妻怨》(《全唐诗》卷 608)反映了一个卒妻"其夫死锋刃,其室委尘埃"的悲惨命运。陆龟蒙在《冶家子言》中通过一个冶家孙自述其"数十年间,载易其镕范矣。今又将易之,

---

[1] 席启寓《唐诗百名家全集·方玄英先生诗集》所录。

不知其所业",武王闻之惧,"于是包干戈,劝农事。冶家子复祖之旧"的寓言,表达了作者希望偃武修文的愿望。

(2)激烈抨击统治阶级腐败堕落行为

陆龟蒙对吏治腐败的揭露和批判也是十分深刻的。

在《南泾渔父》(同上卷 619)一诗中,作者由南泾渔父打鱼的观点,即"天物未可暴",对为政者不恤民瘼、盘剥过甚提出批评,"民皆死搜求,莫肯兴愍悼。"

《记稻鼠》一文,陆龟蒙按照春秋"圣人于丰凶不隐"的原则,记录了当时乾符六年(879 年)吴兴稻鼠为害的现况,并将矛头指向了贪官污吏,"况乎上捃其财而下啖其食,率一民而当二鼠,不流浪转徙,聚而为盗何哉?"同情那些为盗的老百姓,因为他们是在盘剥过甚的情况下被逼为盗的。

陆龟蒙还将矛头直指君主。这是皮陆在民本思想驱动下最激进的言论。君主应当受到民众的监督,如果君主丧失了政治合法性,民众可以采取暴力手段进行惩罚,皮日休在《原谤》中云:"呜呼!尧舜大圣也,民且谤之,后之王天下,有不为尧舜之行者,则民扼其吭,捽其首,辱而逐之,折而族之,不为甚矣。"这其实是孟子"民贵君轻"思想的进一步表达。陆龟蒙在《野庙碑》中,深刻讽刺了吏治的腐败,官吏的贪婪无厌、作威作福、盘剥民众,"今之雄毅而硕者有之,温愿而少者有之,升阶级,坐堂筵,耳弦匏,口粱肉,载车马,拥徒隶者,皆是也。解民之悬,清民之喝,未尝贮于胸中。民之当奉者一日懈怠,则发悍吏,肆淫刑,驱之以就事。较神之祸福,孰为轻重哉?平居无事,指为贤良。一旦有天下之忧,当报国之日,则恇挠脆怯,颠踬窜踣,乞为囚房之不暇。此乃缨弁言语之土木耳,又何责其真土木耶?"

(3)关注民生疾苦

陆龟蒙在《五歌·刈获》(同上卷 621)反映了旱灾和政府的征索对农民所造成的巨大危害。在《筑城词二首》(同上卷 627)中其以反讽的语气讽刺了不恤民瘼的将军,表达了对受徭役之苦的人民的同情。为了表达对官府权贵剥削的憎恨,他甚至在《蚕》一文中否定蚕这种生物,因为官家"十夺四五,民心乃离",其实是从惩劝角度对现实进行反讽。在《送小鸡山樵人·序》中,一位樵人向陆龟蒙陈述了自元和年以来赋税益重,自盗兴以来更是"百役皆在,亡无所容"的现状。此类文章,不一而足。

皮陆的作品中,有没有一种始终如一的观念存在?回答是肯定的,那就是他们所刻意倡导的道统意识和诗教传统。他们要求诗歌"上剥远非,下补近失",发扬美刺精神,要求小品文讽世刺时,批判社会现实,反映民生疾苦。总体而言,这种道统意识和诗教传统在小品文中表现得更加充分,诗歌由于其表现手法的限制,在反映现实的深度和广度来说是不及小品文的。

值得注意的是,唐末以皮陆为代表的小品文作家沉浸在一种愤激的情绪之中,普遍地采取了与当权者对立的态度。他们或是借古讽今,或托物寄慨,或是直言痛骂,或是微言大义,从而表现出极强的战斗性。他们不但痛骂贪官污吏,而且经常将矛头指向最高统治者。这是唐末小品文与中唐古文运动不同的地方。

与中唐古文运动还有所不同的是,由于晚唐农民起义风起云涌,所以他们在作品中还深入剖析"官逼民反"的原因。陆龟蒙在《记稻鼠》一文中,把重赋和暴君比作啮食人民的二鼠,然后将起义者聚而为盗的原因归结为二鼠的肆虐,可谓敏锐地把握了农民起义的症结所在。

那些愤激与抗争的语言,更多地让我们体味到一种末世的悲哀感。

在诗歌方面,皮陆发展了韩愈"不平则鸣""穷而后工"之说,并由此形成了一种掺和韩孟诗风与元白诗风的诗体。加以他们自身也是怀才不遇,所以不免忧愤深广,吐属激切。陆龟蒙在乾符六年(879 年)在《笠泽丛书序》说自己是"内壹郁则外扬为声音",由此亦可见本丛书的创作宗旨。[1] 后人也看出陆龟蒙这点:"然识者尚恨其多愤激之辞而少敦厚之义,若《自怜赋》、《江湖散人歌》之类不可一二数。标置太高,分别太甚,镂刻太苦,讥骂太过。唯其无所遇合,至穷悴无聊赖以死,故郁郁之气,不能自掩。"[2]

### 3. 家国衰亡之痛

伴随着唐王朝衰落的是政治离心力的加强,大批文士脱离常轨,离开唐室,表现出不可逆转的离心倾向,造成唐末节士不多的现象。《新唐书》卷 183《毕崔刘陆郑朱韩传》赞曰:"懿、僖以来,王道日失厥序,腐尹塞朝,贤人遁逃,四方豪英,各附所合而奋。"《容斋续笔》卷 14 云:"唐之末世,王纲绝纽,学士大夫逃难解散,畏死之不暇。非有扶颠持危之计,能支大厦于将倾者,出力以佐时,则当委身山栖,往而不反,为门户性命虑可也。"一方面是为保全身家性命的士人大量隐遁,另一方面是丧

---

〔1〕 《笠泽丛书序》云:"内壹郁则外扬为声音,歌、诗、赋、颂、铭、记、传、叙,往往杂发。不类不次,浑而载之,得称为丛书。"

〔2〕 见元好问:《校〈笠泽丛书〉后记》,载宋景昌、王立群点校:《甫里先生文集》附录,河南大学出版社1996 年版。

失节义的士人大量出现,投身强藩,甚至谋危唐室。

就当时的人心来看,尽管经过农民的暴动和藩镇的侵凌,唐王朝已经千疮百孔,但是具有三百来年历史的唐王朝作为一个王朝的典范已经化为一种集体记忆保留在各个阶层人们的心中。[1] 很多士人还是对唐室有着深厚的感情——"雨露涵濡三百载,不知谁拟杀身酬"(《全唐诗》卷 680 韩偓《辛酉岁冬十一月随驾幸岐下作》),为其衰落而表示深深的哀伤和怨愤。

韩偓、司空图、郑谷等诗人,都是忠心于唐室的节义之士。韩偓与唐昭宗有过共存亡的君臣情谊,在遭到朱全忠的贬斥后避难到闽南地方政权,以遗老的身份度过了余年;司空图则辞去朱全忠政权的授职,归隐中条山,闻哀帝被弑"不怿而疾,数日卒"(《旧唐书》本传);郑谷一度对仕宦非常热衷,在景福年间还是津津有味地扮演着官僚角色,但是最终义无返顾地踏上归隐之途,退隐于宜春,此后不再入仕。这些唐室孤臣遗老,一生中始终未改变对唐王朝的忠诚,自小所养成的那一套价值观也基本上保持不变。下面以司空图和郑谷为例析之。

司空图  尽管在广明之乱后,司空图就产生了隐居的念头,但是还是由于对统治阶级尚且抱有希望,所以在僖宗自蜀还京后,接受了中书舍人的任命。但是随着形势的进一步恶化,司空图对唐室彻底心灰意冷了,隐逸的一面终于占了上风,数辞朝廷之征命,而隐居于中条山王官谷。

然而,司空图能就此忘怀世事吗?当司空图忧愤时世的时候,身上哪还有隐士的影子?其《庚子腊月五日》祈求"何当回万乘,重睹玉京春"(《全唐诗》卷 885)。其《华下》(同上卷 632)诗中表示希望诛灭奸邪:"尧汤遇灾数,灾数还中辍。何事奸与邪,古来难扑灭。"其《戊午三月晦二首》(同上卷 633)其一云:"笔砚近来多自弃,不关妖气暗文星。"其《浙上(一作江浙上,是今郧阳府,地在秦楚之交,故有秦云楚雨之句)》(同上卷 632):"愁看地色连空色,静听歌声似哭声。"《乱后三首》(同上卷

---

[1] 就当时的人心来看,"人心未厌唐"。郑畋在广明之乱后发表的"吾固知人心尚未厌唐"(《资治通鉴》卷 254 广明元年十二月)。杨复光在劝说周岌反正的时候,说:"公自匹夫享公侯之贵,当舍十八叶天子而北面臣贼,何恩义利害之可言乎!"(《旧唐书》卷 184《杨复光传》)董昌称帝,节度副使曰:"今唐室虽微,天人未厌。"(《资治通鉴》卷 260 乾宁二年正月)张濬在劝说王敬武反正的时候,也是"黄巢,前日贩盐房耳,公等舍累叶天子而臣贩盐白丁,何利害之可论邪!"(《旧唐书》卷 179《张濬传》)丁会在反对朱全忠篡唐投奔李克用的时候也是这种心理,就是对唐王朝典范的不可改易的认同。唐亡后一些地方政权借助唐的称呼来扩大自己的势力,一些藩镇虽称帝但还是以天复、天祐年号来维系,摆出一副承继唐朝正脉的样子(这一点王夫之在《论通鉴论》卷 27《昭宗》十三中特别指出),这反映了唐王朝尚存的感召力。

632)"空将忧国泪，犹拟洒丹墀"，伤感于当时战乱，其《移雨神》(《全唐文》卷 808)责雨神"吝其施，以愁疲民，是神怠天之职也"，借责神以申民情。这些诗文皆是其愤激当今之事的作品。他的很多诗歌充满郁郁不平之意，其《狂题十八首》(《全唐诗》卷 634)其一云："莫恨艰危日日多，时情其奈幸门何。貔貅睡稳蛟龙渴，犹把烧残朽铁磨。"其二云："别鹤凄凉指法存，戴逵能耻近王门。世间第一风流事，借得王公玉枕痕。"其四云："南华落笔似荒唐，若肯经纶亦不狂。偶作客星侵帝座，却应虚薄是严光。"其十七云："十年三署让官频，认得无才又索身。莫道太行同一路，大都安稳属闲人。"其《白菊杂书四首》(同上卷 633)其三云："狂才不足自英雄，仆妾驱令学贩春。侯印几人封万户，侬家只办买孤峰。"《有感二首》(同上卷 633)其二云："古来贤俊共悲辛，长是豪家拒要津。从此当歌唯痛饮，不须经世为闲人。"一些貌似散淡的句子其实充满了怅恨，如《华(一作花)下二首》(同上卷 633)其二云："村南寂寞时回望，一只鸳鸯下渡船。"[1]其《王官二首》(同上卷 633)云："尽日无人只高卧，一双白鸟隔纱厨。"

　　还有一个僧虚中诗受到司空图赏识的例子也大有深意。《诗话总龟》卷 10 引《郡阁雅谈》载："僧虚中……集首《寄华山司空图侍郎》云：'门径放莎垂，往来投刺希。有时开御札，特地挂朝衣。岳信僧传去，天香鹤带归。他时周召作，无复更衰微。'司空侍郎有诗言怀云：'十年华岳峰前住，只得虚中一首诗。'"很多人写诗给司空图，只有虚中的诗歌他最赏识，这主要是因为虚中道出了司空图欲兴复唐室的本心。至如徐夤诗句"金阙争权竞献功，独逃征诏卧三峰"，"紫殿几征王佐业，青山未拆诏书封"(《全唐诗》卷 709《寄华山司空侍郎二首》)对司空图的本心却是隔膜的。司空图自号"知非子""耐辱居士"，命其亭曰"休休"，"言涉诡激不常，欲免当时之祸"，"自致于绳检之外"(《唐才子传》卷 8)，皆可见其师佛老之旨，自免于灾厄之苦心，求其所以如此，必有以待也。司空图对唐王朝的命运其实一直很关注，闻哀帝被弑而卒，可谓心系唐室，不可或忘。

　　作为隐逸者的司空图，其生活显得如此的闲适，为他自己所得意的二十四联，如"草嫩侵沙长，冰轻著雨销"等(参见《全唐文》卷 807《与李生论诗书》)，即主要是幽居生活的产物。他发展了诗歌的意境理论，形成"辨于味而后可以言诗""味外之旨"(《与李生论诗书》)、"思与境偕"(《全唐文》卷 807《与王驾评诗书》)、"象外之象"

---

〔1〕　这是郑谷认为大有深意的诗句，见《唐才子传》卷 9《郑谷》。

《全唐文》卷807《与极浦书》）的诗歌理论。幽居使他有时间深入思考诗艺。但是我们不能忘记隐逸者司空图的另一面,即他的无奈、感伤、忧愤的一面,唐王朝的衰亡是萦绕他一生的内心隐痛。

郑谷　郑谷出身于下级官吏,辗转于科第场,人生经历坎坷,其诗多伤时悯乱,在伤感中蕴含着对国事的担心和对自我遭遇不平的忧愤,即"寓时代苦难于一己不平的孤愤之气"[1]。

尽管郑谷的风雅观注重于雅颂的一面,跟当时的诗歌思想是保持一致的,但是作为寒士诗人代表、"咸通十哲"之一,郑谷的诗歌浸透着时代的苦难和不幸,形成了"声调悲凉"(薛雪《一瓢诗话》)的艺术风格。

郑谷的诗歌多从自身的经历和体验出发,来反映唐末的政治现状,在笔墨中蕴含着对唐王朝衰亡的痛切之情,将这些诗歌一首一首地串联起来,一幅幅鲜明的唐末士人身世不幸和政治悲剧命运的图画就呈现在我们的面前。其《梓潼岁暮》《巴江》《蜀江有吊》《长安感兴》《汉陂》《乱后灞上》《渚宫乱后作》《江际》《奔避》《峡中二首》《送进士许彬》《摇落》《顺动后蓝田偶作》《奔问三峰寓止近墅》《回銮》《初还京师寓止府署偶题屋壁》《壬戌西幸》《黯然》等诗,均可谓唐末之"诗史"。

下略举一二以见全貌。

中和四年(884年),郑谷时游蜀中,经蟆颐津,感田令孜沉杀孟昭图事,作《蜀江有吊》(《全唐诗》卷676),其诗云:"孟子有良策,惜哉今已而。徒将心体国,不识道消时。折槛未为切,沉湘何足悲。苍苍无问处,烟雨遍江蓠。"抒发了对弹劾宦官而为田令孜杀害的孟昭图的哀思,尤其是颈联,对比折槛、沉湘之故事,极写其感愤之意。

乾符五年(878年),郑谷约八月闻乡人述说本年正月江陵战乱事,即王仙芝焚掠江陵,感而赋诗寄慨,其《渚宫乱后作》(同上卷675)云:"乡人来话乱离情,泪滴残阳问楚荆。白社已应无故老,清江依旧绕空城。高秋军旅齐山树,昔日渔家是野营。牢落故居灰烬后,黄花紫蔓上墙生。"

天祐二年(905年)六月,发生了白马之祸,朝臣纷遭贬杀,次年春,郑谷作《黯然》(同上卷677)一诗悲国势垂危,其诗云:"搢绅奔避复沦亡,消息春来到水乡。屈指故人能几许,月明花好更悲凉。"

---

〔1〕　赵昌平:《从郑谷及其周围诗人看唐末至宋初诗风动向》,《文学遗产》1987年第3期。

　　尤其值得注意的是，郑谷的一些自我抒情的作品，其《渼陂》（同上卷676）云：
"昔事东流共不回，春深独向渼陂来。乱前别业依稀在，雨里繁花寂寞开。却展渔
丝无野艇，旧题诗句没苍苔。潸然四顾难消遣，只有佯狂泥酒杯。"在渼陂这个唐代
著名的风景区，这个杜甫曾经慨叹过的地方（杜甫作有《渼陂行》），郑谷百感交集，
眼前之景与往日之事互相交织，表达了一种不可排遣的悲哀之感。其《自遣》（同上
卷676）云："强健宦途何足谓，入微章句更难论。谁知野性真天性，不扣权门扣道
门。窥砚晚莺临砌树，进阶春笋隔篱根。朝回何处消长日，紫阁峰南有旧村。"这首
诗歌明显表达了对宦途的厌倦，由于自己性情孤介，难以迎合权贵，所以面对春日
景物而萌发出强烈的隐逸之思。尽管郑谷个性不像罗隐、李山甫那样怨愤不平之
意溢于言表，诗歌风格也是"清婉明白，不俚而切"（《唐才子传》卷9），但是这些诗歌
中的牢骚不平之气，后人还是很容易能感受到的。

　　从以上这些诗歌，我们看到的是郑谷对日趋衰亡的唐帝国的担心和对一己之
力不能挽回狂澜的愤激。

# 参考文献

## 一、原始文献

白居易.白居易集笺校[M].朱金城,笺校.上海:上海古籍出版社,1988.

白居易.白氏文集[M].《四部丛刊初编》本.上海:上海书店,1989.

白居易.白香山诗集[M].汪立名,编注.《影印文渊阁四库全书》本.台北:台湾商务印书馆,1986.

蔡居厚.诗史[M].郭绍虞编《宋诗话辑佚》本.北京:中华书局,1980.

晁公武.郡斋读书志[M].《影印文渊阁四库全书》本.台北:台湾商务印书馆,1986.

陈伯海.唐诗汇评[M].杭州:浙江教育出版社,1995.

陈鸿墀.全唐文纪事[M].上海:上海古籍出版社,1987.

陈善.扪虱新话[M].《续修四库全书》本.上海:上海古籍出版社,2002.

陈尚君.全唐诗补编[M].北京:中华书局,1992.

陈耀文.天中记[M].《影印文渊阁四库全书》本.台北:台湾商务印书馆,1986.

陈应行.吟窗杂录[M].王秀梅,整理.北京:中华书局,1997.

陈振孙.直斋书录解题[M].北京:中华书局,1985.

陈子昂.陈伯玉文集[M].《四部丛刊初编》本.上海:上海书店,1989.

陈子昂.陈子昂诗注[M].彭庆生,注释.成都:四川人民出版社,1981.

董诰,等.全唐文[M].影印本.北京:中华书局,1983.

杜甫.读杜心解[M].浦起龙,注,北京:中华书局,1981.

杜牧.樊川诗集注[M].冯集梧,注.上海:上海古籍出版社,1978.

杜牧.樊川文集[M].陈允吉,校点.上海:上海古籍出版社,1978.

杜佑.通典[M].影印本.杭州:浙江古籍出版社,2000.

段成式.酉阳杂俎[M].方扶南,点校.北京:中华书局,1981.

范摅.云溪友议[M].上海:中华书局上海编辑所,1958.

范晞文.对床夜语[M].《历代诗话续编》本.北京:中华书局.1983.

范祖禹.唐鉴[M].北京:商务印书馆,1958.

方回.瀛奎律髓汇评[M].李庆甲,集评校点.上海:上海古籍出版社,1986.

冯时可.雨航杂录[M].《影印文渊阁四库全书》本.台北:台湾商务印书馆,1986.

傅璇琮.唐人选唐诗新编[M].西安:陕西人民教育出版社,1996.

高棅.唐诗品汇[M].影印明汪宗尼校订本.上海:上海古籍出版社,1982.

管世铭.读雪山房唐诗序例[M].《清诗话续编》本.上海:上海古籍出版社,1983 年.

郭若虚.图画见闻志[M].《影印文渊阁四库全书》本.台北:台湾商务印书馆,1986.

韩偓.韩偓诗集笺注[M].齐涛,注.济南:山东教育出版社,2000.

韩偓.玉山樵人集;香奁集[M].《四部丛刊初编》本.上海:上海书店,1989.

韩愈.韩昌黎诗系年集释[M].钱仲联,集释.上海:上海古籍出版社,1998.

韩愈.韩昌黎文集校注[M].马其昶,校注.马茂元,整理.上海:上海古籍出版社,1986.

何光远.鉴诫录[M].《丛书集成初编》本.北京:商务印书馆,1991.

胡曾.新雕注胡曾咏史诗[M].《四部丛刊三编》本.上海书店,1986.

胡应麟.少室山房笔丛[M].上海:上海书店出版社,2001.

胡应麟.诗薮[M].上海:上海古籍出版社,1979.

胡震亨.唐音癸签[M].上海:古典文学出版社,1957.

黄朝英.靖康缃素杂记[M].上海:上海古籍出版社,1986.

黄滔.唐黄先生文集[M].《四部丛刊初编》本.上海:上海书店,1989.

计有功.唐诗纪事校笺[M].王仲镛,校笺.成都:巴蜀书社,1989.

贾岛.贾岛集校注[M].齐文榜,校注.北京:人民文学出版社,2001.

贾岛.长江集新校[M].李嘉言,校.上海:上海古籍出版社,1983.

康骈.剧谈录[M]."历代笔记小说大观"本.上海:上海古籍出版社,2000.

况周颐.蕙风词话[M].王幼安,校订.北京:人民文学出版社,1984.

李白.李白集校注[M].瞿蜕园,朱金城,校注.上海:上海古籍出版社,1980.

李德裕.会昌一品集[M].《影印文渊阁四库全书》本.台北:台湾商务印书馆,1986.

李德裕.李文饶文集[M].《四部丛刊初编》本.上海:上海书店,1989.

李德裕.文武两朝献替记[M].《中国野史集成》本.成都:巴蜀书社,1993.

李昉,等.文苑英华[M].北京:中华书局,1966.

李昉.太平广记[M].北京:中华书局,1961.

李季平,杨荫楼,等.全唐文:政治经济资料汇编[M].西安:三秦出版社,1992.

李绛.李相国论事集[M].蒋偕,辑.《畿辅丛书》本.石家庄:河北人民出版社,1985.

李冗.独异志[M].北京:中华书局,1983.

李商隐.樊南文集[M].冯浩,详注.钱振伦,钱振常,笺注.上海:上海古籍出版社,1988.

李商隐.玉溪生诗集笺注[M].冯浩,笺注.上海:上海古籍出版社,1998.

李绅.李绅诗注[M].王旋伯,注.上海上海古籍出版社,1985.

李绅.追昔游集[M].《影印文渊阁四库全书》本.台北:台湾商务印书馆,1986.

李因培.唐诗观澜集[M].凌应曾,注.刻本.1759(清乾隆二十四年).

李肇.唐国史补[M].上海:古典文学出版社,1958.

李之仪.书牛李事[M]//李之仪.姑溪居士前后集.吴芾,编.《影印文渊阁四库全书》
    本.台北:台湾商务印书馆,1986.

刘崇远.金华子[M].上海:上海古籍出版社,1988.

刘轲.牛羊日历[M].《丛书集成续编》影印本.台北:新文丰出版公司,1989.

刘克庄.后村诗话[M].北京:中华书局,1983.

刘熙载.艺概[M].上海:上海古籍出版社,1978.

刘勰.文心雕龙辑注[M].黄叔琳,注.纪昀,评.北京:中华书局,1957.

刘昫,等.旧唐书[M].北京:中华书局,1975.

刘学锴,余恕诚.李商隐文编年校注[M].北京:中华书局,2002.

刘禹锡.刘宾客文集[M].宋敏求,补.《影印文渊阁四库全书》本.台北:台湾商务印
    书馆,1986.

刘禹锡.刘禹锡集笺证[M].瞿蜕园,笺证.上海:上海古籍出版社,1989.

刘知己.史通[M].《四部备要》1936年影印本,北京:中华书局,1989.

柳珵.常侍言旨[M].《唐人说荟》辑佚石印本.上海扫叶山房,1925.

柳宗元.柳宗元集[M].吴文治,等,校点.北京:中华书局,1979.

柳宗元.柳宗元诗笺释[M].王国安,笺释.上海:上海古籍出版社,1993.

卢肇.文标集[M].《丛书集成续编》本.台北:新文丰出版公司,1989.

鲁迅.唐宋传奇集[M]//鲁迅.鲁迅全集:第十册.北京:人民文学出版社,1981.

陆龟蒙.甫里先生文集[M].宋景昌,王立群,点校.开封:河南大学出版社,1996.

陆龟蒙.唐甫里先生文集[M].张元济,校勘.《四部丛刊初编》本.上海:上海书店,1989.

罗时进.丁卯集笺证[M].南昌:江西人民出版社,1998.

罗隐.甲乙集[M].《四部丛刊初编》本.上海:上海书店,1989.

罗隐.罗隐集[M].雍文华,校辑.北京:中华书局,1983.

冒春荣.葚原诗说[M].《清诗话》本.上海:上海古籍出版社,1978.

孟棨.本事诗[M].《历代诗话续编》本.北京:中华书局.1983.

牛僧孺.玄怪录[M].汪辟疆,辑录.上海:神州国光社,1946.

欧阳修,宋祁,等.新唐书[M].北京:中华书局,1975 年.

欧阳修.归田录[M].《学津讨原》本.扬州:广陵书社,2008.

欧阳修.新五代史[M].北京:中华书局,1974 年.

裴庭裕.东观奏记[M].北京:中华书局,1994.

彭定求,沈三曾,等.全唐诗[M].影印本.上海:上海古籍出版社,1986.

皮日休.皮日休文集[M].《四部丛刊初编》本.上海:上海书店,1989.

皮日休.皮子文薮[M].萧涤非,郑笃庆,编校.北京:中华书局,1981.

齐己.风骚旨格[M].《历代诗话续编》本.北京:中华书局.1983.

钱易.南部新书[M].上海:中华书局上海编辑所,1958.

秦再思.纪异记[M].《类说》辑佚本《洛中纪异录》.北京:文学古籍刊行社,1955.

阮阅.诗话总龟[M].郭绍虞,校点.北京:人民文学出版社,1987.

邵博.邵氏闻见后录[M]."唐宋史料笔记丛刊"本.北京:中华书局,1983.

施补华.岘傭说诗[M].《清诗话》本.上海:上海古籍出版社,1978.

释贯休.禅月集[M].《四部丛刊初编》本.上海:上海书店,1989.

释齐己.白莲集[M].《四部丛刊初编》本.上海:上海书店,1989.

司空图.二十四诗品[M].《历代诗话》本.北京:中华书局.1981.

司空图.司空表圣文集[M].《四部丛刊初编》本.上海:上海书店,1989.

司马光.资治通鉴[M].北京:中华书局,1956.

司马光.资治通鉴考异[M].《四部丛刊初编》重印本,上海:上海书店,1989.

宋敏求.唐大诏令集[M].上海:学林出版社,1992.

孙甫.唐史论断[M].《丛书集成初编》影印粤雅堂丛书本.北京:商务印书馆,1991.

孙光宪.北梦琐言[M].影印本.上海:上海古籍出版社,1991.

孙樵.唐孙樵集[M].《四部丛刊初编》本.上海:上海书店,1989.

陶宗仪.说郛[M].张宗详校明钞本.上海:商务印书馆,1927.

田雯.杂著[M]//古欢堂集.《影印文渊阁四库全书》本.台北:台湾商务印书馆,1986.

脱脱.宋史:艺文志[M].北京:中华书局,1977 年.

汪辟疆.唐人小说[M].上海:上海古籍出版社,1978.

王昶.金石萃编[M].西安:陕西人民美术出版社,1990.

王谠.唐语林校证[M].周勋初校证.北京:中华书局,1987.

王定保.唐摭言[M].上海:中华书局上海编辑所,1959.

王溥.唐会要[M].北京:中华书局,1998.

王钦若.册府元龟[M].影印本.北京:中华书局,1960 年.

王士禛.池北偶谈[M].北京:中华书局,1982.

王士禛.带经堂诗话[M].北京:人民文学出版社,1963.

王禹偁.五代史阙文[M].《影印文渊阁四库全书》本.台北:台湾商务印书馆,1986.

韦绚.戎幕闲谈[M].《说郛》影印涵芬楼本.北京:中国书店,1986.

韦庄.韦庄集[M].向迪琮,校订.北京:人民文学出版社,1958.

韦庄.韦庄集笺注[M].聂安福,笺注.上海:上海古籍出版社,2002.

韦庄.韦庄集校注[M].李谊,校注.成都:四川省社会科学院出版社,1986.

尉迟偓.中朝故事[M].《丛书集成初编》本.北京:商务印书馆,1991.

魏庆之.诗人玉屑[M].上海:上海古籍出版社,1978.

温庭筠.温飞卿诗集笺注[M].曾益,等笺注,上海古籍出版社,1980 年.

翁方纲.石洲诗话[M].《清诗话续编》本.上海:上海古籍出版社,1983.

吴乔.围炉诗话[M].《清诗话续编》本.上海:上海古籍出版社,1983.

辛文房.唐才子传[M].沈阳:辽宁教育出版社,1998.

徐松.登科记考[M].赵守俨,点校.北京:中华书局,1984.

许浑.丁卯集[M].《四部丛刊初编》本.上海:上海书店,1989.

薛居正.旧五代史[M].北京:中华书局,1976 年.

薛雪.一瓢诗话[M].《清诗话》本.上海:上海古籍出版社,1978.

严羽.沧浪诗话校释[M].郭绍虞,校释.北京:人民文学出版社,1983.

杨慎.升庵诗话[M].《历代诗话续编》本.北京:中华书局.1983.

姚铉,等.唐文粹[M].影印本.北京:中华书局,1956.

叶梦得.避暑录话[M].《影印文渊阁四库全书》本.台北:台湾商务印书馆,1986.

叶燮.原诗[M].《清诗话》本.上海：上海古籍出版社,1978.

佚名.玉泉子[M].上海：中华书局上海编辑所,1958.

佚名.元河南志[M].徐松辑.《丛书集成续编》影印本.上海：上海书店出版社,1994.

尤袤.全唐诗品[M].《历代诗话》本.北京：中华书局.1981.

俞陛云.诗境浅说[M].北京：北京出版社,2003.

元稹.元稹集[M].冀勤,点校.北京：中华书局,1982.

袁枢.通鉴纪事本末[M].北京：中华书局,1964.

曾昭岷,曹济平,王兆鹏,等.全唐五代词[M].北京：中华书局,1999.

张伯伟.全唐五代诗格汇考[M].南京：江苏古籍出版社,2002.

张齐贤.洛阳缙绅旧闻记[M].《历代笔记小说大观》本.上海：上海古籍出版社,
　　2000 年.

张为.诗人主客图[M].《历代诗话续编》本.北京：中华书局.1983.

章士钊.柳文指要[M].北京：中华书局,1971.

长孙无忌.唐律疏议[M].刘俊文,点校.北京：法律出版社,1999.

赵嘏.赵嘏诗注[M].谭优学,注.上海古籍出版社,1985.

赵璘.因话录[M].上海：古典文学出版社,1958.

郑谷.郑谷诗集编年校注[M].傅义,校注.上海：华东师范大学出版社,1983.

周必大.二老堂诗话[M].《历代诗话》本.北京：中华书局.1981.

周密.齐东野语[M]."唐宋史料笔记丛刊"本.北京：中华书局,1983.

周绍良.唐代墓志汇编[M].上海：上海古籍出版社,1992.

周勋初.唐人佚事汇编[M].上海：上海古籍出版社,1996.

## 二、基础论著

J.勒高夫.新史学[M].上海：上海译文出版社,1989.

鲍绍霖.西方史学的东方回响[M].北京：社会科学文献出版社,2001.

彼得・伯克.历史学与社会理论[M].姚明,周玉鹏,等,译.上海：上海人民出版
　　社,2001.

卞孝萱.刘禹锡年谱[M].上海：上海古籍出版社,1989.

卞孝萱.刘禹锡评传[M].南京：南京大学出版社,1997.

卞孝萱.唐传奇新探[M].南京：江苏教育出版社,2001.

卞孝萱.唐代文史论丛[M].太原:山西人民出版社,1986.

曹艺强.艺术与历史[M].杭州:中国美术学院出版社,2001.

岑仲勉.郎官石柱题名新考订(外三种)[M].上海:上海古籍出版社,1984.

岑仲勉.隋唐史[M].石家庄:河北教育出版社,2000.

岑仲勉.唐人行第录(外三种)[M].上海:上海古籍出版社,1978.

岑仲勉.唐史余沈[M].上海:上海古籍出版社,1960.

岑仲勉.通鉴隋唐纪比事质疑[M].北京:中华书局,1964.

陈伯海.唐诗学引论[M].上海:知识出版社,1988.

陈尚君.唐代文学丛考[M].北京:中国社会科学出版社,1997.

陈炎.中国审美文化史:唐宋卷[M].济南:山东画报出版社,2000.

陈寅恪.陈寅恪读书札记·旧唐书、新唐书之部[M].上海:上海古籍出版社,1989.

陈寅恪.唐代政治史述论稿[M].上海:上海古籍出版社,1997.

陈寅恪.元白诗笺证稿[M].北京:生活·读书·新知三联书店,2001.

陈垣.通鉴胡注表微[M].《新世纪万有文库》本.沈阳:辽宁教育出版社,1997.

陈振孙.旧本白文公年谱[M].《影印文渊阁四库全书》本.台北:台湾商务印书
    馆,1986.

崔瑞德.剑桥中国隋唐史[M].北京:中国社会科学出版社,1990.

戴维·伊斯顿.政治生活的系统分析[M].王浦驹,译.北京:华夏出版社,1999.

丹纳.艺术哲学[M].合肥:安徽文艺出版社,1991.

丹尼斯·朗.权力论[M].陆震纶,郑明哲,译.北京:中国社会科学出版社,2001.

杜晓勤.隋唐五代文学研究(上、下)[M].北京:北京出版社,2001.

范文澜.中国通史简编:第三编第一、二册[M].北京:人民出版社,1965.

方积六,吴冬秀.唐五代五十二种笔记小说人名索引[M].北京:中华书局,1992.

方南生.段成式年谱[M].《酉阳杂俎》附,中华书局,1981.

冯浩.玉溪生年谱[M].《四部备要》本.北京:中华书局,1936.

傅锡壬.牛李党争与唐代文学[M].台北:东大图书公司,1984.

傅璇琮,张忱石,许逸民.唐五代人物传记资料综合索引[M].北京:中华书局,1992.

傅璇琮.李德裕年谱[M].济南:齐鲁书社,1984.

傅璇琮.唐才子传校笺[M].北京:中华书局,1990.

傅璇琮.唐代科举与文学[M].西安:陕西人民出版社,1986.

傅璇琮.唐代诗人丛考[M].北京:中华书局,1980.

傅璇琮.唐五代文学编年史[M].沈阳:辽海出版社,1998.

高毅.法兰西风格:大革命的政治文化[M].杭州:浙江人民出版社,1991.

葛兆光.晚唐风韵[M].北京:中华书局,2004.

顾祖禹.读史方舆纪要[M].《传世藏书》本.海南:海南国际新闻出版中心,1996.

洪迈.容斋随笔五集[M].北京:中华书局,1977.

胡可先.中唐政治与文学:以永贞革新为研究中心[M].合肥:安徽大学出版社,2000.

胡如雷.隋唐五代社会经济史论稿[M].北京:中国社会科学出版社,1996.

纪昀,等.四库全书总目提要[M].影印本.北京:中华书局,1965.

加布里埃尔·A.阿尔蒙德,西德尼·维巴.公民文化:五国的政治态度和民主[M].杭州:浙江人民出版社,1989.

加布里埃尔·A.阿尔蒙德,小G·宾厄姆·鲍威尔.比较政治学:体系、过程和政策[M].上海:上海译文出版社,1987.

贾晋华.唐代集会总集与诗人群体研究[M].北京:北京大学出版社,2001.

蒋天枢.陈寅恪先生编年事辑[M].上海:上海古籍出版社,1997.

金宝祥.唐史论文集[M].兰州:甘肃人民出版社,1982.

金昌绪.晚唐咏史诗研究[D].北京:北京大学,1996.

孔德元.政治社会学导论[M].北京:人民出版社,2001.

拉曼·塞尔登.文学批评理论:从柏拉图到现在[M].北京:北京大学出版社,2000.

李剑国.唐五代志怪传奇叙录[M].天津:南开大学出版社,1998.

历史地理卷编纂委员会.中国历史大辞典·历史地理[M].上海:上海辞书出版社,1996.

刘宁.唐末五代诗歌研究[D].北京:北京大学,1997.

刘若愚.中国的文学理论[M].田守真,饶曙光,译.成都:四川人民出版社,1987.

刘小枫.现代性社会理论绪论[M].上海:三联书店,1998.

刘学锴,余恕诚.李商隐诗歌集解[M].北京:中华书局,2004.

刘学锴,余恕诚.李商隐资料汇编[M].北京:中华书局,2001.

刘学锴.汇评本李商隐诗[M].上海:上海社会科学院出版社,2002.

刘学锴.李商隐诗歌研究[M].合肥:安徽大学出版社,1998.

鲁迅.中国小说史略[M]//鲁迅.鲁迅全集:第九册.北京:人民文学出版社,1981.

罗时进.唐诗演进论[M].南京:江苏古籍出版社,2001.

罗宗强.隋唐五代文学思想史[M].上海:上海古籍出版社,1986.

吕思勉.隋唐五代史[M].上海:上海古籍出版社,1984.

马格廖拉(Magliola.R.R.).现象学与文学[M].周宁,译.沈阳:春风文艺出版
　　社,1988.

马克斯·舍勒.价值的颠覆[M].北京:三联书店,1997.

迈克尔·罗斯金.政治学[M].林震,等,译.北京:华夏出版社,2002.

毛汉光.中古社会史论[M].上海:上海书店出版社,2002.

毛寿龙.政治社会学[M].北京:中国社会科学出版社,2001.

毛泽东.毛泽东选集:第一卷[M].北京:人民出版社,1991.

缪钺.杜牧年谱[M].北京:人民文学出版社,1980.

钱穆.国史大纲[M].北京:商务印书馆,1996.

钱锺书.谈艺录[M].补订本.北京:中华书局,1984.

乔治·布莱.批评意识[M].郭宏安,译.桂林:广西师范大学出版社,2002.

瞿林东.唐代史学论稿[M].北京:北京师范大学出版社,1989.

全祖望.鲒埼亭集外编[M].《续修四库全书》本.上海:上海古籍出版社,2002.

沙莲香.社会心理学[M].北京:中国人民大学出版社,1997.

沈松勤.北宋文人与党争[M].北京:人民出版社,1998.

时蓉华.社会心理学词典[M].成都:四川人民出版社,1988.

史成.全唐诗索引[M].上海:上海古籍出版社,1993.

苏雪林.玉溪诗谜[M].上海:商务印书馆,1947.

隋唐五代史卷编纂委员会.隋唐五代史[M]//中国历史大辞典.上海:上海辞书出版
　　社,1995.

孙映逵.全唐诗流派品汇[M].太原:北岳文艺出版社,1998.

谭好哲.文艺与意识形态[M].济南:山东大学出版社,1997.

汤用彤.隋唐佛教史稿[M].北京:中华书局,1982.

唐晓敏.中唐文学思想研究[M].北京:北京师范大学出版社,2000.

陶敏,李一飞.隋唐五代文学史料学[M].北京:中华书局,2001.

陶敏.全唐诗人名考证[M].西安:陕西人民教育出版社,1996.

陶庆梅.唐末诗歌专题研究[D].北京:北京师范大学,2000.

童庆炳.中国古典心理诗学与美学[M].北京:中华书局,1992.

万曼.唐集叙录[M].北京:中华书局,1980.

王夫之.读通鉴论[M].北京:中华书局,1975.

王家范.中国史学通论[M].上海:华东师范大学出版社,2000.

王乐理.政治文化导论[M].北京:中国人民大学出版社,2000.

王蒙,刘学锴.李商隐研究论集(1949—1997)[M].桂林:广西师范大学出版
    社,1998.

王鸣盛.十七史商榷[M].《丛书集成初编》本.北京:商务印书馆,1991.

王先霈,王又平.文学批评术语词典[M].上海:上海文艺出版社,1999.

王亚南.中国官僚政治研究[M].北京:中国社会科学出版社,1981.

王卓君.文化视野中的政治系统:政治文化研究引论[M].南京:东南大学出版
    社,1997.

吴汝煜.刘禹锡传论[M].西安:陕西人民出版社,1988.

吴汝煜.唐五代人交往诗索引[M].上海:上海古籍出版社,1993.

吴熊和.唐宋词通论[M].杭州:浙江古籍出版社,1989.

吴在庆.杜牧论稿[M].厦门:厦门大学出版社,1991.

夏承焘.唐宋词人年谱[M].杭州:浙江古籍出版社,浙江教育出版社,1997.

肖瑞峰.刘禹锡诗论[M].长春:吉林教育出版社,1995.

杨丽新.社会心理学[M].北京:科学普及出版社,1989.

杨柳.李商隐评传[M].北京:当代中国出版社,1995.

游国恩.中国文学史[M].北京:人民文学出版社,1963.

余华青.中国宦官制度史[M].上海:上海人民出版社,1993.

余嘉锡.四库提要辨证[M].北京:中华书局,1980.

余恕诚.唐诗风貌[M].合肥:安徽大学出版社,1997.

袁行霈,罗宗强.中国文学史:第二卷[M].北京:高等教育出版社,1998.

圆仁.入唐求法巡礼行记[M].顾承甫,何泉达,点校.上海:上海古籍出版社,1986.

查屏球.唐学与唐诗:中晚唐诗风的一种文化考察[M].北京:商务印书馆,2000.

张采田.玉溪生年谱会笺(外一种)[M].上海:中华书局上海编辑所,1963.

张国刚.隋唐五代史研究概要[M].天津:天津教育出版社,1996.

张国刚.唐代藩镇研究[M].长沙:湖南教育出版社,1987.

章培恒,骆玉明.中国文学史[M].上海:复旦大学出版社,1996.

赵翼.廿二史劄记[M].北京:中华书局,1984.

中国唐代文学学会.唐代文学研究:第一辑[M].太原:山西人民出版社,1988.

中国唐史学会.唐史学会论文集[M].西安:陕西人民出版社,1986.

周绍良.唐传奇笺证[M].北京:人民文学出版社,2000.

周勋初.唐人笔记小说考索[M].南京:江苏古籍出版社,1996.

周勋初.唐诗大辞典[M].南京:江苏古籍出版社,1990.

周祖撰.中国文学家大辞典·唐五代卷[M].北京:中华书局,1992.

朱金城.白居易年谱[M].上海:上海古籍出版社,1982.

朱子彦,陈生民.朋党政治研究[M].上海:华东师范大学出版社,1992.

祝穆.新编方舆胜览[M].影印本.上海:上海古籍出版社,1986.

## 三、其他论文

卞孝萱.《霍小玉传》是早期"牛李党争"的产物[J].社会科学战线,1986(2):266-271.

卞孝萱.《戎幕闲谈》新探[J].西北师大学报(社会科学版),2000(4):35-39.

卞孝萱.关于刘禹锡的氏族籍贯问题[J].南开大学学报,1977(3):77-80.

卞孝萱.牛李党争时的四篇作品考察[J].文史知识,2001(6):14-25.

卞孝萱.唐代小说与政治[M]//《中华文史论丛》编辑部.中华文史论丛:第三十三辑,1985(1):179-196页.

卞孝萱.唐小说集《玉泉子》的政治倾向[J].南通师范学院学报(哲学社会科学版),2000(3):10-14.

曹意强.没有理论,历史照样可以留存:哈斯克尔的史学观[N].中华读书报,2000-12-13(14).

陈万成.中晚唐的六朝风:兼论"齐梁体"[M]//中国典籍与文化论丛:第二辑.北京:中华书局,1995:40-50.

陈贻焮.李商隐恋爱事迹考辨[M]//中华书局编辑部.文史:第6辑.北京:中华书局,1979:171-192.

陈寅恪.李德裕贬死年月及归葬传说辨证[M]//陈寅恪.金明馆丛稿二编.北京:三联书店,2001:9-56.

陈子建.试论杜甫夔州咏史怀古诗[J].成都大学学报,1986(2):69-75.

戴显群.唐后期政治中枢的演变与唐王朝的灭亡[J].福建师范大学学报(哲学社会科学版),1999(3):121-127.

丁鼎.李逢吉与牛僧孺关系考论:兼论牛、李两党的划分标准[J].人文杂志,1993(3):86-90.

董乃斌.论樊南文[J].文学遗产,1983(1):43-54.

渡边孝.牛李党争研究的现状与展望[J].中国史研究动态,1997(5):17-26.

傅璇琮.李商隐研究中的一些问题[J].文学评论,1982(3):76-85.

葛晓音.李商隐江乡之游考辨[M]//中华书局编辑部.文史:第17辑.北京:中华书局,1983.203-216.

何灿浩.元和对策案试探[J].南开学报(哲学社会科学版),1984(3):53-60.

霍松林,齐涛.韩偓年谱(上)[J].陕西师大学报(哲学社会科学版),1988(3):95-103.

霍松林,齐涛.韩偓年谱(下)[J].陕西师大学报(哲学社会科学版),1989(1):116-124.

霍松林,齐涛.韩偓年谱(中)[J].陕西师大学报(哲学社会科学版),1988(4):46-55.

景凯旋.孟贾异同论:兼论中晚唐诗歌的分期[J].文学遗产,1995(1):36-47.

寇养厚.杜牧与牛李党争[J].文史哲,1988(4):46-53.

寇养厚.中唐新《春秋》学对柳宗元与永贞革新集团的影响[J].东岳论丛,2000(1):114-117.

雷恩海.咏史诗渊源的探讨暨咏史诗内涵之界定[J].贵州社会科学,1996(4):70-74.

李锋敏.略论唐末宰相与藩镇的关系[J].甘肃社会科学,1998(6):55-56.

李光霁.简论唐代山东旧士族[M]//中国唐史学会.唐史学会论文集.西安:陕西人民出版社,1986:25-44.

李浩.从士族郡望看牛李党争的分野[J].历史研究,1999(4):174-178.

李晓路.唐代"孤寒"释[J].中国史研究,1989(1):135.

凌文生.杜牧与牛李党争[J].苏州铁道师院学报,1998(2):17-21.

刘修明.牛李党争和李商隐的《无题》诗[J].史林,1995(4):20-26.

刘学锴,余恕诚.李商隐开成末南游江乡说再辨正[J].文学遗产,1980(3):37-44.

刘学锴.《李商隐开成末南游江乡说再辨正》补正[J]. 文史,1992(40):257-262.

刘学锴.李商隐的无题诗[J]. 安徽师范大学学报(人文社会科学版),1979(4):38-47.

刘智亭.李商隐与牛李党争[J]. 陕西师大学报(哲学社会科学版),1985(4):67-73.

牟怀川.温庭筠从游庄恪太子考论[M]//中国唐代文学学会. 唐代文学研究:第一辑. 太原:山西人民出版社,1988:339-359.

牛志平.略论唐代宦官:兼与齐陈骏、陆庆夫同志商榷[J]. 陕西师大学报(哲学社会科学版),1985(1):94-99.

齐陈骏,陆庆夫.唐代宦官述论[J]. 中国史研究,1984(1):21-31.

任晖.杜牧与牛李党争[J]. 西南师范大学学报,1991(1):100-106.

沈祖棻.唐人七绝诗浅释[M]. 上海:上海古籍出版社,1997:1-34.

施蛰存.读韩偓词札记[M]//中华文史论丛:第12辑. 上海:上海古籍出版社,1979(4):273-282.

宋大川.略论唐代士人的隐居读书[J]. 史学月刊,1989(2):27-31.

孙映逵,刘方喜,沙先一.唐诗流派品汇导论[J]. 徐州师范大学学报(哲学社会科学版),1997(2):68-82.

唐长孺.《旧唐书》中关于元和三年对策案的矛盾记载[M]//唐史学会论文集:第二辑. 西安:陕西人民出版社,1986:167-175.

陶庆梅.新时期晚唐诗歌研究述评[J]. 南京师大学报(社会科学版),1999(4):122-128.

王红.试论晚唐咏史诗的悲剧审美特征[J]. 陕西师大学报(哲学社会科学版).1989(3):83-89.

王力平.地域分野难以界说党派之争:《从士族郡望看牛李党争的分野》商榷[J]. 历史研究,2000(4):182-185.

王蒙.通境与通情:也谈李商隐的《无题》七律[J]. 中外文学,1990(4).

王西平.杜牧与牛李党争[J]. 陕西师大学报(哲学社会科学版),1985(4):58-66.

王炎平.辨李德裕无党及其与牛党之关系[J]. 四川大学学报(哲学社会科学版),1992(2):91-98.

王炎平.辨牛李之争与士庶斗争之关系[J]. 四川大学学报(哲学社会科学版),1987(2):92-99.

王炎平.牛李党争始因辨析[J].四川大学学报(哲学社会科学版),1985(3):99-106.

王载源.牛李党争与李商隐的倾向[J].中州学刊,1986(2):91-96.

文航生.晚唐艳诗概述[J].四川师范学院学报(哲学社会科学版),1996(1):7-15.

闻一多.贾岛[M]//闻一多.神话与诗.上海:华东师范大学出版社,1997.250-256.

吴在庆.关于方干生平的几个问题[J].文学遗产,1997(4):36-40.

吴在庆.试论杜牧的党派分野[J].人文杂志,1987(2):123-129.

吴在庆.试论方干的隐居及其心态[J].厦门大学学报(哲学社会科学版),1990(2):
    69-74.

吴在庆.咸通十哲的科举生活与心态[J].广西师范大学学报(哲学社会科学版),
    1995(1):10-17.

吴在庆.中晚唐的苦吟之风及其成因初探[J].中州学刊,1996(6):112-116.

吴宗国.进士科与唐朝后期的官僚世袭[J].中国史研究,1982(1):32-43.

萧瑞峰.《刘禹锡全集》前言[M].上海:上海古籍出版社,1999:1-14.

严耕望.唐人习业山林寺院之风尚[M]//严耕望.唐史研究丛稿.香港九龙:新亚研
    究所,1969:367-424.

阎守诚,赵和平.唐代士族、庶族问题讨论会综述[J].历史研究,1984(4):134-136.

杨柳.关于李商隐的江湘之游:李商隐生平行踪考证之一[J].文史哲,1979(4):
    49-54.

杨西云.唐代门荫制与科举制的消长关系[J].南开学报(哲学社会科学版),1997
    (1):60-65.

尹楚彬.唐末诗人群体研究[D].南京:南京师范大学,1997.

余恕诚.晚唐两大诗人群落及其风貌特征[J].安徽师范大学学报(人文社会科学
    版),1996,24(2):161-170.

张宏生.姚贾诗派的界内流变和界外余响[J].文学评论,1995(2):22-32.

张政烺.讲史与咏史诗[M]//中央研究院历史语言研究所集刊:第十本第四分.上
    海:商务印书馆,1948:601-645.

赵昌平.从郑谷及其周围诗人看唐末至宋初诗风动向[J].文学遗产,1987(3):
    33-42.

周建国.白居易与中晚唐的党争[J].文献,1994(4):96-114.

周建国.关于唐代牛李党争的几个问题:兼与胡如雷同志商榷[J].复旦学报(社会科

学版),1983(6):103-106.

周建国.李德裕与牛李党争考述[M]//唐研究:第五卷.北京:北京大学出版社,1999:299-322.

周建国.论牛李党争与中晚唐文学:兼评《李德裕年谱》[J].文学遗产,1987(3):130-137.

周建国.试论李商隐与牛李党争[M]//文学评论丛刊 第二十二辑,北京:中国社会科学出版社,1984:159-179.

周振甫.前言:李商隐的诗文[M]//李商隐选集.上海:上海古籍出版社,1999:2-50.

朱碧莲.论杜牧与牛李党争[J].文学遗产,1989(2):69-78.

## 四、常用网站和检索软件

北京国学时代文化传播股份有限公司.国学网"国学宝典"(电子检索软件)[CD/OL].1999-2003.http://.www.guoxue.com.

古联(北京)数字传媒科技有限公司.籍合网[OL].http://www.ancientbooks.cn.

中央研究院·历史语言研究所.汉籍电子文献资料库(原瀚典网)[OL].1999-2003.http://hanchi.ihp.sinica.edu.tw/ihp/hanji.htm.

# 人名索引

本索引只列当时人(帝王不列);不包括传奇小说中的虚拟人物、后世人物和著述者。

409

# 后　记

　　1992 年我大学毕业后,当了一名中学教师,颇觉志愿未遂、抱负未展,至 1995 年萌生考研的念头,于是收罗了一些古代文学史专著和作品集,苦学了一番,终于在 1998 年踏入浙江大学中文系,硕、博连读,获文学博士学位。其间负笈求学之甘苦,岂一言可以尽之。犹忆月夜于西临宿舍与浙大出版社之间空地徘徊苦思之状;犹忆面对书山文海,因资料不熟、方向未明而颇感焦虑之状;犹忆夏日酷暑,袒胸赤膊,独处永强家乡的旷室,凉风吹拂,心下大快,下笔如神之状。

　　党争与文学的关系,是文学史、文化史研究的一大论题,牛李党争作为历代党争中的一大事件,尤受到唐代文史研究学者的关注,而在论及李商隐、杜牧等诗人的时候,鲜有不将其人与党争之关系先论述一番的。傅璇琮先生深刻地指出:"中晚唐的文学与初唐、盛唐有一个很大的不同:……不少作家本身就往往是政治斗争的一员,也有些则是不同程度上受到现实政治的波涉,他们的作品直接反映了这些斗争,或者带上了他那一时代所特有的政治斗争的色彩。这种情况,对于生活在九世纪前半世纪的作家来说,更是如此,而这近五十年唐朝廷政治生活中的一件大事,就是历史上所谓的牛李党争。"(《李德裕年谱·序》)这个大判断无疑为深入中晚唐文学研究指明了路径。

　　我在业师的指导之下,开始收集和阅读中晚唐的文史资料,本拟对中晚唐政治和文学之关系来一个通盘的考察,然因学识所限,后果断锁定于"牛李党争与文学"这个课题。已出版的同类著作和研究,或偏重于文学,或偏重于政治,本书最大的特点和创新之处就是以牛李党争这一绵延长久、影响广泛的政治事件为切入点,真正将文学与政治联系起来,以政治文化为中介,广泛而深入地考察了牛李党争的演变历程和中晚唐文学的演变。至于一些具体的观点,如政治与文学互动理论、党派动态结构理论、党争对士人心态的影响、中晚唐诗风的演变等,均系自己探索所得,

414

对同类研究者应不无参考价值。复旦大学陈尚君先生评拙作云:"本文是有重大学术意义的选题。作者充分吸取了前人已有的研究成绩,对有关文献作了充分的收集和清理,特别是对党争所涉人事和事件,所涉文学作品,以极大的气力作了细致的梳理,出色地完成了选题的研究。"

论文答辩老师吴熊和、陆坚、林家骊、韩泉欣、陈铭诸先生,论文评审老师骆玉明、杨海明诸先生等都对拙作有所肯定,也提出了极其中肯的批评意见。拙稿猥蒙诸先生之认可,感怀莫名,有此一番鼓励,不枉了前此一番辛苦,而后为学,当更为务实精进才是。

在做"牛李党争与文学"这个课题研究的时候,面临着如何进行"史"的还原的问题。缪凤林说:"史书之描述,于事实纵极逼真,栩栩欲活,要为事实之摹本,非即事实之自体。……真正之史,则非吾人所得而知。"[1]我们今人对古代文化的研究,所依据的主要是前人遗留下来的历史文献,试图以这些残缺的历史文献,恢复古代人的生活全貌,本身是行不通的。不过我们可以恢复部分的生活的真实,或者追求一种结构上的真实。陈寅恪论云:"吾人今日可依据之材料,仅为当时所遗存最小之一部,欲借此残余断片,以窥测其全部结构,必须备艺术家欣赏古代绘画雕刻之眼光及精神,然后古人立说之用意与对象,始可以真了解。"[2]试图"窥探其全部结构"成为不少学人的野心。

当代英国艺术史家哈斯克尔精辟地论述道:"出色的艺术史家,就像所有出色的历史一样,必须依靠观念,但没有理论,它照样可以留存。"[3]说没有理论,并不是说不需要观念,哈斯克尔反对的是那种图解化的、不注重历史殊相、让历史的真相套入某种理论模式的理论,从而陷入陈寅恪所批判的"其言论愈有条理统系,则去古人学说之真相愈远"(《金明馆丛稿二编》)的怪圈。我个人选择以傅璇琮先生所崇尚的"历史的文化研究方法(或曰:社会历史学)"为主,结合心态史学和社会心理学等,也是为了更好地与历史事实进行对话,以接近历史的原生态。在写作的过程中,师顾炎武"采铜于山"之法,尽量做到考论结合、文史互证。当然,问题仍旧是存在

---

[1]　缪凤林:《历史之意义与研究》,载孙尚扬、郭兰芳编:《国故新知论——学衡派文化论著辑要》,中国广播电视出版社 1995 年版,第 448 页。

[2]　陈寅恪:《冯友兰〈中国哲学史〉上册审查报告》,《金明馆丛稿二编》,上海古籍出版社 1980 年版,第248 页。

[3]　曹意强:《没有理论,历史照样可以留存——哈斯克尔的史学观》,载《中华读书报》2000 年 12 月 13 日。

的,正如骆玉明先生指出的:"因文章涉及范围甚大,难度亦高,故不免有不够精到、不够圆融的地方。"我愿继续思考牛李党争与文学的问题,期待以后能做更深入的研究。

在此,我首先要衷心地感谢业师肖瑞峰先生。先生明见睿识,气魄大而措事精细,获"国家级名师"称誉,桃李芬芳。不管是在生活方面还是在学业方面均给予我无微不至的关怀和指导,总是在最关键的时刻给予我最有益的帮助和教导,此恩此情,当铭刻感怀终生。其次,我要衷心感谢硕士导师沈松勤先生。先生研究文史颇多创见,善析判,令人毛发洒淅之际悟入新境。最后,我要衷心地感谢陈尚君先生。先生为唐代文史研究名家,然于我这无名小子之请教,能不厌其烦而教诲之,学识和人品均臻于一流,实学界之楷模也。

家里人的支持对一个人的成长起着莫大的作用。妻子学理工出身,却也支持我的学业,相夫教子,付出不少。嫡长子胜朴、次子俊树的诞生则使家中既平添了喜庆,又带来了压力。我的父母一直默默地支持和关爱着我,他们平凡而伟大。父母永远是儿子背后最坚强的后盾,愿将此书首先献给我挚爱的父母。

2003年写完此书后,在2009年由中国社会科学出版社出版,郭沂纹老师对本书排版、修订乃至用纸都颇费心,使之得以面世,并获2011年浙江省高等学校科研成果奖一等奖。在网络漫游过程中,我发现本书的引用率较高,口碑也不错,目前市场已断货,而索求者无处购买,于是,联系了浙江大学出版社宋旭华老师,获得再版的机会,并由杨利军老师负责编辑。近年书号颇为紧张,能得此机会,可谓难得。笔者对这几位优秀的编辑深为感谢。

要感谢的人还有不少。人文学院领导孙力平、李剑亮、王哲平、张晓玥、钱国莲等平时关心支持教师的学术成长;同门刘成国兄常有犀利独到之见,片言可以予人启发;袁九生老师、吴婷主任曾为拙作资金到账而奔走。老朋友徐芳、孙良好、杨振宇、李哲峰、吕作用、昨非、闻中(朱文信)、周小蔚、易永谊等,温州师友董建烽、章方松、潘伟光、孙建胜、卢礼阳、方韶毅等,小和山同游的同事兼朋友子张(张欣)、颜炼军、张劢、潘德宝、张逸旻、项鸿强等,常喝茶海聊,或微信交流,对于交流思想、调整心态起了重要作用。

浙江工业大学人文学院中国语言文学浙江省一流学科B类专业为本书出版提供了有力资助,在此我深表感谢。本书系浙江省哲学社会科学重点研究基地浙江工业大学浙江学术文化研究中心成果。

## 后　记

　　此书自 2003 年完稿至今,已经 15 年了,其间学界之风云变幻,不知有几许,纵是明珠,亦恐蒙尘,今日终得再版,也算了却一个心愿。恳请海内外朋友对拙著不吝赐教,以便改进。

幽忧子书于本无树斋

2008 年 10 月 12 日初稿

2018 年 7 月 28 日修订